Ada albo Żar
Kronika rodzinna

VLADIMIR NABOKOV

Ada albo Żar
Kronika rodzinna

przełożył
Leszek Engelking

komentarzem i posłowiem opatrzył
Leszek Engelking

Warszawskie
Wydawnictwo
Literackie
MUZA SA

Tytuł oryginału: ***Ada or Ardor: A Family Chronicle***
Projekt okładki: *Michał Brzozowski*
Redakcja: *Ryszard Engelking*
Redakcja techniczna: *Zbigniew Katafiasz*
Korekta: *Wojciech Górnaś*

ISBN 978-83-7495-542-3

Warszawskie Wydawnictwo Literackie
MUZA SA
Warszawa 2009

Wierze

książę Wsiesław Ziemski
[1699–1797]

x *1770*

Piotr
[1772–1832]

x *1824*

Mary O'Reilly
[1806–1850]

Daria (Dolly)
[1825–1870]

x *1840*

Iwan Durmanow
[1801–1872]

Iwan
[1842–1862]

Marina
[1844–1900]

x *1871*

Daniel Veen

Aqua
[1844–1883]

x *1869*

Diemientij Veen

księżna Zofia Tiemnosinaja
[1755–1809]

Olga
[1773–1814]

x *1793*

Erasmus Veen
[1760–1852]

Dedalus
[1799–1883]

x *1837*

księżna Irina Garin
[1820–1838]

Diemientij (Demon)
[1838–1905]

x *1869*

Aqua Durmanow

Iwan (Van)
[1870–]

Ardelion
[1800–1848]

x

Mary Trumbell
[?–1849]

Daniel
[1838–1893]

x *1871*

Marina Durmanow

Adelajda (Ada)
[1872–]

x *1893*

Andriej Vinelander
[1865–1922]

Lucinda (Lucette)
[1876–1901]

x – oznacza małżeństwo (przyp. red.)

Z wyjątkiem p. Ronalda Orangera, jego żony, kilku postaci marginalnych i paru osób niebędących obywatelami amerykańskimi wszyscy, którzy w książce są wymienieni z nazwiska, już nie żyją.

[Wyd.]

Część pierwsza

1

„Wszystkie nieszczęśliwe rodziny są do siebie podobne, każda szczęśliwa rodzina jest szczęśliwa na swój sposób" – powiada wielki rosyjski pisarz na początku słynnej powieści (*Anna Arkadiewicz Karenina*, przemieniona na angielski przez R.G. Stonelowera, Mount Tabor Ltd., 1880). Stwierdzenie to ma niewielki, jeśli ma w ogóle jakikolwiek, związek z przedstawioną tu historią, kroniką rodzinną, której pierwsza część bliższa jest, być może, innemu dziełu Tołstoja, zatytułowanemu *Dietstwo i otroczestwo* (*Dzieciństwo i ojczyzna*, Pontius Press, 1858).

Babka Vana ze strony matki, Daria („Dolly") Durmanow, była córką księcia Piotra Ziemskiego, gubernatora Bras d'Or, amerykańskiej prowincji na północnym wschodzie naszego wielkiego i zróżnicowanego kraju; książę ożenił się w 1824 roku z Mary O'Reilly, Irlandką i kobietą światową. Dolly, jedynaczka, urodzona w Bras, w 1840 w tkliwym i krnąbrnym wieku lat piętnastu poślubiła generała Iwana Durmanowa, komendanta twierdzy Jukon, spokojnego ziemianina, właściciela majątków w Severn Tories (Siewiernyja Tierritorii), tym mozaikowym protektoracie, nadal czule nazywanym „rosyjską" Estotią, który granoblastycznie i organicznie łączy się z „rosyjską" Kanadią, zwaną też „francuską" Estotią, gdzie nie tylko francuscy, ale i macedońscy i bawarscy osadnicy cieszą się łagodnym klimatem pod naszym gwiaździstym sztandarem.

Ulubionym majątkiem Durmanowów była jednak Raduga, położona niedaleko miasteczka o takiej samej nazwie, poza właściwą Estotią, w części atlantyckiej kontynentu pomiędzy elegancką Kaługą w USA (stan New Cheshire) i nie mniej elegancką Ładogą w stanie Mayne, gdzie mieli swój miejski dom i gdzie urodziła się im trójka dzieci: syn, zmarły w rozkwicie młodości i sławy, oraz para bliźniaczek o niełatwych charakterach. Dolly po matce odziedziczyła nie tylko urodę i temperament, ale również starszą cechę rodową, kapryśny i nierzadko godny pożałowania gust, którego dobrym przykładem były imiona nadane córkom: Aqua i Marina („a czemu nie Tofana" – pytał dobroduszny i obdarzony koronnym porożem generał i śmiał się serdecznie, choć powściągliwie, kończąc cichym kaszlnięciem udanej obojętności, gdyż bał się wybuchów żoninego gniewu).

23 kwietnia 1869 r. w deszczowej i ciepłej, mglistej i zielonej Kałudze, Aqua, wówczas dwudziestopięcioletnia i cierpiąca akurat na typową dla siebie wiosenną migrenę, poślubiła Waltera D. Veena, pochodzącego ze starego anglo-irlandzkiego rodu bankiera z Manhattanu, mężczyznę, który od dawna utrzymywał namiętny romans z Mariną; wkrótce miał do niego wrócić i potem z przerwami ciągnąć go dalej. Marina w roku 1871 wyszła za stryjecznego brata swego pierwszego kochanka, także Waltera D. Veena, równie bogatego, ale o wiele nudniejszego jegomościa.

Litera „D" przed nazwiskiem męża Aquy oznaczała Demona (forma imienia Demian lub Dementius), jak nazywali go bliscy. W towarzystwie był znany jako Veen Kruk albo po prostu Ciemny Walter dla odróżnienia od męża Mariny, Ciemniaka Waltera albo po prostu Rudego Veena. Demon miał podwójnego konika: kolekcjonował stare boskie obrazy oraz młode obrazy boskie, te ostatnie płci żeńskiej. Lubił też kalambury w średnim wieku.

Matka Daniela Veena pochodziła z Trumbellów i jej syn chętnie i obszernie tłumaczył – jeśli ktoś cięty na nudziarzy nie uciął opowieści – jak ciąg amerykańskiej historii zmienił angielskiego byka (*bull*) w nowoangielski dzwon (*bell*). Po ukończeniu dwudziestu lat w taki czy inny sposób zdołał „wziąć się do interesów" i w rezultacie dość gwałtownie narodził się nowy handlarz sztuki z Manhattanu. Nie żywił – przynajmniej początkowo – żadnego szczególnego upodobania do malarstwa, nie miał zdolności do żadnego rodzaju handlu ani najmniejszej potrzeby zmagania się z dolami i niedolami jakiejkolwiek „pracy", jako że odziedziczył sporą fortunę po szeregu bardziej obrotnych i przedsiębiorczych Veenów. Przyznając, że nie przepada za wsią, spędził w Ardisie, swej wspaniałej rezydencji koło Ladory, zaledwie kilka troskliwie zacienionych letnich weekendów. Tylko parę razy od czasu dzieciństwa odwiedził inny swój majątek, na północ od jeziora Kitież, niedaleko Ługi, obejmujący, i to właściwie wyłącznie, ów duży, dziwacznie prostokątny, ale całkowicie naturalny akwen, którego przecięcie po przekątnej, co zmierzył ze stoperem w ręku, zajęło pewnemu okoniowi (chociaż okoniem stanął) pół godziny, i którego właścicielem był razem ze stryjecznym bratem, w młodości zapalonym wędkarzem.

Życie seksualne biednego Dana nie było ani pogmatwane, ani piękne, ale w taki czy inny sposób (szybko zapomniał, w jakich konkretnie okolicznościach się to stało, tak jak zapomina się wymiary i cenę z czułą uwagą uszytego płaszcza, noszonego od czasu do czasu przez co najmniej kilka sezonów) wygodnie zakochał się w Marinie, rodzinę znał, kiedy jeszcze należała do niej Raduga (później kupił ją p. Eliot, żydowski handlowiec). Pewnego popołudnia na wiosnę 1871 roku oświadczył się Marinie, stało się to w jadącej do góry windzie pierwszego manhattańskiego dziesięciopiętrowego budynku, na siódmym piętrze (Zabawki) został z oburzeniem odrzucony, zjechał na parter sam i aby przewietrzyć swoje uczucia, wyruszył w trzykrotną podróż dookoła świata, w kierunku przeciwnym do wyprawy Fileasa Fogga, za każdym razem wybierając, niby obdarzony życiem równoleżnik, dokładnie tę samą trasę. W listopadzie 1871 roku, kiedy właśnie ustalał plany na wieczór z pomocą cuchnącego, ale sympatycznego *cicerone* w garniturze barwy *café-au-lait*, tego samego, którego w tym samym genueńskim hotelu wynajmował już dwa razy, pojawiła się srebrna taca z aerogramem od Mariny (wysłanym z tygodniowym opóźnieniem przez jego manhattańskie biuro, gdzie wskutek pomyłki nowej pracownicy wsunięto go do przegródki oznaczonej napisem AMOR), informujący, że gotowa jest wyjść zań zaraz po jego powrocie do Ameryki.

Jak donosił niedzielny dodatek do gazety, która wówczas na stronie „Humor" dopiero co zaczęła przedstawiać nieżyjące już od dawna Dobranockowe Dzieciaki, Nicky'ego i Pimpernellę (urocze rodzeństwo dzielące jedno wąskie łóżko) i która wraz z innymi pismami przetrwała na stryszku w Ardis Hall, ślub Veen-Durmanow odbył się w dniu św. Adelajdy w 1871 roku. Dwanaście lat i jakieś osiem miesięcy później dwoje nagich dzieci, jedno ciemnowłose i śniade, drugie zaś ciemnowłose i mlecznobiałe, pochylonych w snopie gorącego słonecznego blasku, ponad zakurzonymi pudłami ukośnie wpadającego przez okno mansardowe, przypadkiem porównało tę datę (16 grudnia 1871) z inną (16 sierpnia tego samego roku) anachronicznie nagryzmoloną charakterem pisma Mariny w rogu profesjonalnej fotografii (w ramce z malinowego pluszu na wspaniałym biurku jej męża stojącym w bibliotece), identycznej w każdym szczególe, łącznie z banalnym zawijasem ektoplazmatycznego welonu panny młodej, którego kawałek wietrzyk sprzed kościoła prostopadle przycisnął do spodni pana młodego, z reprodukcją w gazecie. Dziewczynka urodziła się 21 lipca 1872 roku w Ardisie, posiadłości jej domniemanego ojca w hrabstwie Ladore, i dla jakiejś niejasnej przyczyny natury mnemonicznej została zapisana w księgach jako Adelajda. Druga córka, tym razem istotnie dziecko Dana, przyszła na świat 3 stycznia 1876.

Oprócz starego dodatku ilustrowanego do nadal istniejącej, ale dość zramolałej „Kaluga Gazette" nasi swawolni Pimpernel i Nicolette znaleźli na tym samym poddaszu pudełko z czymś, co okazało się (według słów Kima, chłopca kuchennego, co wyjaśni się później) potężną rolką mikrofilmu ze zdjęciami autorstwa globtrotera, na których trzy razy w różnych ujęciach i tonacjach heliocoloru pojawiały się te same sceny: dziwaczne bazary, malowane cherubiny i sikający ulicznicy. Rzecz jasna, ktoś, kto zakłada właśnie rodzinę, nie będzie pokazywał pewnych fotografii zrobionych we wnętrzach (takich, jak sceny grupowe w Damaszku, gdzie w głównych rolach wystąpili właściciel filmu, spokojnie palący cygaro archeolog z Arkansas z fascynującą blizną w okolicy wątroby, trzy tłuste dziwki, a także przedwczesny wypiersk starego Archiego, jak żartobliwie nazywał to trzeci męski uczestnik zabaw tej grupy, typowy brytyjski brat łata); jednakże większą część filmu Dan wielokrotnie wyświetlał swej świeżo poślubionej żonie w czasie wielce pouczającego manhattańskiego miesiąca miodowego, seansom tym towarzyszyły czysto faktograficzne komentarze, nie zawsze łatwe do znalezienia, ze względu na pierzchliwe lub bałamutne zakładki w kilku rozrzuconych wokół przewodnikach.

Najlepsze znalezisko dwojga dzieciaków pochodziło jednak z innego pudełka i z niższej warstwy przeszłości. Był nim niewielki zielony album ze starannie wklejonymi kwiatami, które Marina zerwała lub zdobyła w inny sposób w Ex, górskim uzdrowisku położonym niedaleko Brig w Szwajcarii, gdzie bawiła przed ślubem, mieszkając na ogół w wynajętym *chalet*. Pierwszych dwadzieścia stron zdobiła pewna liczba niewielkich roślin zebranych bez żadnego planu w sierpniu 1869 roku na trawiastych zboczach ponad *chalet*, w parku hotelu „Florey" albo w ogrodzie pobliskiego sanatorium („mój Scheibehaus", jak nazywała je nieszczęsna Aqua, albo „Dom" – zgodnie z poważniejszym określeniem z notatek Mariny dotyczących miejsca zerwania rośliny). Ta wstępna część nie była zbyt interesująca ani z botanicznego, ani z psychologicznego punktu widzenia, a około pięćdziesięciu ostatnich stron pozostało pustych. Jednakowoż część środkowa, w której wyraźnie zmalała liczba roślin, okazała się prawdziwym miniaturowym melodramatem odegranym przez duchy martwych kwiatów. Okazy znajdowały się po jednej stronie albumu, a notatki Mariny Durmanoff (sic!) *en regard*.

Ancolie bleue des Alpes, Ex en Valais, I IX 69. Od Anglika w hotelu. „Alpejski orlik, kolor pani oczu".

Epervière auricule. 25 X 69, Ex, *ex* otoczonego murem ogrodu alpejskiego dra Lapinera.

Złoty [ginkgo] liść: wypadł z książki *Terra. Prawda o niej*, którą Aqua dała mi przed powrotem do swego Domu. 14 XII 69.

Sztuczna szarotka przyniesiona przez moją nową pielęgniarkę wraz z liścikiem od Aquy informującym, że kwiatek pochodzi z „*miziernoj* i dziwacznej" choinki w Domu. 25 XII 69.

Płatek orchidei, jednej z dziewięćdziesięciu dziewięciu, a jakże, przysłanych mi wczoraj za pośrednictwem firmy kurierskiej „Najlepsze rozwiązanie", *c'est bien le cas de le dire*, z willi „Armina" w Alpes-Maritimes. Odłożyłam dziesięć z nich dla Aquy i kazałam zanieść do Domu. Ex en Valais, Szwajcaria. „Śnieżyca w kryształowej kuli losu", jak mawiał. (Data wymazana.)

Gentiane de Koch, rzadkość, przyniesiona przez *łapoczkę* [kochanego] Lapinera z jego „niemego gentianarium" 5 I 1870.

[granatowy kleks atramentowy, który przez przypadek przyjął kształt kwiatu, lub podretuszowane skreślenie flamastrem] *Compliquaria compliquata*, odmiana *aquamarina*. Ex, 15 I 70.

Fantazyjny kwiatek z papieru, znaleziony w portmonetce Aquy. Ex, 16 II 1870, zrobiony przez innego pacjenta w Domu, który nie jest już jej.

Gentiana verna (printanière). Ex, 28 III 1870, na trawniku przed domkiem mojej pielęgniarki. Ostatni dzień tutaj.

Dwoje młodych odkrywców tego osobliwego i przyprawiającego o mdłości skarbu tak oto go skomentowało:

– Na drodze wnioskowania stwierdzam – powiedział chłopiec – trzy zasadnicze fakty: że niezamężna jeszcze Marina i jej zamężna siostra pogrążyły się w śnie zimowym w moim *lieu de naissance*; że Marina miała swojego własnego dra Krolika, *pour ainsi dire*; oraz że orchidee przyszły od Demona, który wolał pozostać nad morzem, swoją ciemnoniebieską prababką.

– A ja – powiedziała dziewczynka – mogę dodać, że płatek należy do pospolitego storczyka dwulistnego, przypominającego motyla, że moja matka była jeszcze bardziej szalona niż jej siostra; i że papierowy kwiatek potraktowany tak lekceważąco, jest łatwo rozpoznawalną kopią wczesnowiosennego żankla, w lutym widziałam ich mnóstwo na nadmorskich wzgórzach Kalifornii. Dr Krolik, nasz miejscowy naturalista, do którego odwołałeś się, jak ujęłaby to pewnie Jane Austen, gwoli szybszego przekazania informacji narracyjnych (pamiętasz Browna, prawda, Smith?), określił okaz przywieziony przeze mnie z Sacramento do Ardisu jako roślinę zwaną u nas niedźwiedzią łapą lub niedźwiedzią stopą. ŁAPĄ, nikt niczego nie łapie, albo stopą mój miły, i niedźwiedzią, a nie moją czy twoją czy też małej stabianki z kwiatami – tę aluzję twój ojciec, będący według Blanche również moim, zrozumiałby o tak (amerykańskie pstryknięcie palcami). Bądź mi wdzięczny – ciągnęła, obejmując go – że nie wymieniłam naukowej nazwy. Nawiasem mówiąc, druga łapa – *Pied de Lion* z żałosnego gwiazdkowego modrzewia – wykonana została tą samą ręką, być może należącą do bardzo chorego małego Chińczyka, który przyjechał aż z Barkley College.

– Brawo, Pompeianella (którą ty widziałaś rozrzucającą kwiaty tylko w jednym z ilustrowanych tomów stryjaszka Dana, a którą ja podziwiałem zeszłego lata w muzeum w Neapolu). A teraz, dziewuszko ty moja, powinniśmy chyba pozbierać nasze łaszki i fatałaszki, zabrać ten album, zbiec na dół i jak najszybciej go spalić. Prawda?

– Prawda – odpowiedziała Ada. – Zniszczyć i zapomnieć. Ale do herbaty mamy jeszcze godzinę.

Co się tyczy „ciemnoniebieskiej" aluzji ciągle nieskomentowanej:

Dawny wicekról Estotii, książę Iwan Tiemnosinyj, ojciec praprababki naszych dzieciaków, księżnej Zofii Ziemskiej (1755–1809), i potomek w linii prostej władców Jarosławia z czasów przedtatarskich, nosił znane od tysiąca lat nazwisko, które po rosyjsku znaczy „ciemnoniebieski" lub „granatowy". Chociaż całkowicie odporny na uniesienia, w jakie wprawia świadomość własnej genealogii, i obojętny na fakt, że durnie przypisują snobizmowi zarówno powściągliwość, jak i zapał, Van nie mógł jednak nie czuć się estetycznie poruszony aksamitnym tłem za czarnym listowiem drzewa rodowego, zawsze widząc w nim krzepiące, wszechobecne letnie niebo. W późniejszych latach nie był w stanie przeczytać na nowo Prousta (tak jak nie umiał odnaleźć upodobania do wonnego i gumiastego rachatłukum) bez powrotnej fali przesytu i drapiącego tarcia zgagi; niemniej jego ulubionym barwnym fragmentem pozostał urywek, w którym mówi się o nazwisku „Guermantes", z którego odcieniem w pryzmacie umysłu zlewała się sąsiednia ultramaryna, miło łechcąc artystyczną próżność Vana.

„W którym", „z którego" – niezręcznie. Zmienić! (uwaga na marginesie, charakter pisma późnej Ady).

2

Romans Mariny i Demona Veena zaczął się w dniu urodzin – jej, jego i Daniela – 5 stycznia 1868 roku, ona skończyła wtedy dwadzieścia cztery lata, a obu Veenom stuknęła trzydziestka.

Jako aktorka nie miała żadnej z tych oszałamiających cech, które sprawiają, że zdolność mimikry, przynajmniej dopóki trwa przedstawienie, wydaje się warta ceny nawet wyższej niż takie światła rampy, jak bezsenność, fantazja, arogancja artyzmu; jednakże tego akurat wieczoru, kiedy miękki śnieg padał poza domeną pluszu i malowanych dekoracji, *la Durmanska* (która płaciła wielkiemu Scottowi, swemu impresariowi, siedem tysięcy złotych dolarów tygodniowo za samą tylko reklamę plus prima premię za każdy angaż) od samego początku nędznej efemerydy (amerykańskiej sztuki, przeróbki słynnego rosyjskiego romansu, dokonanej przez jakiegoś pretensjonalnego najemnika) była tak widmowa, tak urocza, tak wzruszająca, że Demon (niezupełnie gentleman w kwestiach miłosnych) założył się ze swym sąsiadem z krzeseł, księciem N., przekupił stado portierów strzegących pomieszczeń za kulisami i w *cabinet reculé* (jak francuski pisarz minionych wieków mógłby zagadkowo nazwać ten pokoik, w którym oprócz wielu zakurzonych słoiczków z kolorowymi smarowidłami przypadkiem złożono połamaną trąbkę jakiegoś zapomnianego clowna i obręcz jego tresowanego pudla) zdołał ją posiąść między dwiema scenami (rozdział trzeci i czwarty zamęczonej powieści). W pierwszej z nich rozebrała się – pełna wdzięku sylwetka za wpół przezroczystym ekranem – wróciła w kusym i kuszącym szlafroczku, by resztę koszmarnej scenki poświęcić rozmowie ze starą nianią w eskimoskich buciorach o miejscowym dziedzicu, baronie d'O. Przyjąwszy radę nieskończenie mądrej wieśniaczki, siadła na krawędzi łóżka przy stoliczku na pałąkowatych nóżkach i gęsim piórem napisała list miłosny, po czym przez pięć minut odczytywała go omdlewającym, ale donośnym głosem, nie bardzo wiadomo komu, ponieważ niania drzemała przycupnięta na czymś w rodzaju marynarskiego kuferka, a widzowie interesowali się głównie sztucznym blaskiem księżyca na nagich ramionach i falującym biuście usychającej z miłości młodej damy.

Jeszcze nim stara Eskimoska wyczłapała z listem, Demon Veen porzucił swój obity różowym aksamitem fotel i ruszył wygrywać zakład, sukces jego przedsięwzięcia gwarantowała okoliczność, że Marina, tkliwa *demi-vierge*, kochała się w nim od ich ostatniego tańca na balu sylwestrowym. W dodatku tropikalny blask księżyca, w którym dopiero co się kąpała, przejmujące poczucie własnej urody, żarliwe porywy fikcyjnej pannicy i szarmancki aplauz niemal wypełnionej widowni uczyniły ją szczególnie wrażliwą na łaskotanie wąsa Demona. Miała też wystarczająco dużo czasu, żeby przebrać się do następnej sceny, poprzedzonej dłuższym intermezzem w wykonaniu zespołu baletowego, który zaangażował Scotty, w dwu wagonach sypialnych przywożąc Rosjan aż z Biełokonska w Estotii Zachodniej. Rzecz dzieje się we wspaniałym sadzie, gdzie kilku młodych wesołych ogrodników, noszących – nie wiadomo dlaczego – stroje gruzińskich górali, objadało się malinami, podczas gdy parę równie nieprawdopodobnych dziewcząt służebnych w szarawarach (ktoś strzelił byka albo w aerogramie agenta przekręcono słowo „samowary") pilnie zrywało z gałęzi drzew owocowych prawoślaz i fistaszki. Na niedostrzegalny znak dionizyjskiego charakteru, wszyscy puścili się w dziki taniec nazwany w humorystycznym programie *kurva* albo „ribbon boule"; właśnie przez ów program, pełen wołających o pomstę do nieba błędów, Veen (czujący lekkie mrowienie w lekkich teraz lędźwiach i różowo-czerwony banknot księcia N. w kieszeni) omal nie spadł z fotela.

Jego serce zatrzymało się na chwilę, przepuściło jedno uderzenie, nie żałując jednak tej słodkiej straty, kiedy zapłoniona i zakłopotana wbiegła w różowej sukience do sadu, przywłaszczając sobie jedną trzecią owacji na siedząco, którą klakierzy nagrodzili nagłe zniknięcie idiotycznych, ale barwnych przemienieńców z Laski czy Iwerii. Jej spotkanie z baronem O., który w zielonym fraku i ostrogach wyszedł z bocznej alejki, jakoś umknęło uwadze Demona, tak bardzo poraził go cud tej otchłani absolutnej rzeczywistości, co na krótką chwilę rozdzieliła dwa fałszywe rozbłyski wymyślonego życia. Nie czekając na koniec sceny, wybiegł z teatru w kruchą, krystaliczną noc, płatki śniegu zdobiły gwiazdkami jego cylinder, gdy wszedł do domu, stojącego kilka ulic dalej, by zarządzić wspaniałą kolację. Gdy w rozdzwonionych saniach przybył po swą nową kochankę, ostatni taniec kaukaskich generałów i przemienionych Kopciuszków dobiegł nagłego kresu i baron d'O., teraz w czarnym fraku i białych rękawiczkach, klęczał na środku pustej sceny, trzymając w ręku szklany pantofelek, który jego niestała dama zostawiła mu, umykając przed spóźnionymi zalotami. Zmęczeni klakierzy popatrywali jeszcze na zegarki, kiedy Marina, okryta czarnym płaszczem, osunęła się w objęcia Demona i na siedzenie łabędziokształtnych sań.

Hulali i podróżowali, kłócili się i wracali do siebie. Nim nadeszła kolejna zima, zaczął podejrzewać, że go zdradza, ale nie potrafił zidentyfikować rywala. W połowie marca podczas śniadania z pewnym znawcą sztuk plastycznych, lekkomyślnym, chudym, sympatycznym jegomościem w staroświeckim fraku, Demon włożył monokl, wyłuskał ze specjalnego płaskiego futerału nieduży lawowany rysunek piórkiem i oznajmił, że jak sądzi (w istocie nie miał co do tego najmniejszych wątpliwości, ale chciał, by podziwiano jego pewność), jest to nieznany wytwór tkliwej sztuki Parmigianina. Rysunek przedstawiał nagą dziewczynę z podobnym do brzoskwini jabłkiem w lekko uniesionej dłoni, siedzącą ukośnie na spowitym w kwiaty powoju postumencie, i miał dla odkrywcy dodatkowy urok, jako że dziewczyna przypominała Marinę, kiedy przywołana dzwonkiem telefonu z hotelowej łazienki, przysiadała na poręczy fotela i osłaniała słuchawkę, rzucając w nią pytanie, którego kochanek nie mógł zrozumieć, gdyż szum wody zagłuszał jej głos. Baronowi d'Onskiemu wystarczył jeden rzut oka na tę uniesioną rękę i na pewne ślimakowate wzory, w które układała się subtelna roślinność, by potwierdzić domysł Demona. D'Onsky znany był z tego, że nigdy nie okazywał najmniejszych drgnień wzruszenia estetycznego, obcując nawet z najcudowniejszym arcydziełem; tym razem jednak niby maskę odłożył szkło powiększające i z uśmiechem speszonej rozkoszy pozwolił nieuzbrojonym oczom pieścić aksamitne jabłko i dołeczki oraz mszyste spłachetki nagiego ciała. Czy pan Veen nie zastanowiłby się nad sprzedaniem mu tego rysunku, tutaj, zaraz, bardzo proszę, no jak, panie Veen? Nie, pan Veen się nad tym nie zastanowi. Skunksky (jednostronny przydomek) musi zadowolić się dumną myślą, że jak dotąd on oraz szczęśliwy właściciel to jedyni ludzie, którzy podziwiali go *en connaisance de cause*. Rysunek powędrował z powrotem do specjalnego futerału; jednakże skończywszy czwarty kieliszek koniaku, d'O. zaczął błagać o ostatni rzut oka. Obaj panowie byli trochę pijani i Demon w skrytości ducha zastanawiał się, czy raczej banalne podobieństwo rajskiej dziewczyny do młodej aktorki, którą jego gość bez wątpienia widział w *Eugeniuszu i Łarze* albo w *Lenorze Kruk* (obie sztuki bezlitośnie zjechał pewien „obrzydliwie nieprzekupny" młody krytyk) ma być i powinno zostać skomentowane. Nie zostało: takie nimfy są w istocie bardzo podobne do siebie z uwagi na swą żywiołową przezroczystość, jako że podobieństwa młodych ciał wodnej natury to tylko szmery przyrodzonej niewinności i dwuznaczniki luster – to mój kapelusz, jego jest starszy, ale mamy tego samego londyńskiego kapelusznika.

Następnego dnia Demon pił w swoim ulubionym hotelu herbatę w towarzystwie pewnej damy z Czech, której nie widział nigdy wcześniej i nie miał zobaczyć nigdy więcej (prosiła o poparcie, które pomogłoby jej uzyskać pracę w Dziale Szklanych Ryb i Kwiatów muzeum w Bostonie); nagle dama sama sobie wpadła w potok wymowy, i wskazując Marinę i Aquę, sunące przez hol w modnym posępnym milczeniu i niebieskawych futrach (za nimi podążali Dan Veen i jakiś *dackel*), powiedziała:

– To niesamowite jak ta okropna aktorzyca jest podobna do *Ewy na klepsydrofonie* ze słynnego rysunku Parmigianina.

– „Słynny" to słowo najmniej do niego pasujące – spokojnie powiedział Demon – poza tym nie mogła go pani widzieć. Nie zazdroszczę pani – dodał. – Naiwna cudzoziemka, gdy uświadomi sobie, że wdepnęła w błoto cudzego życia, musi się poczuć bardzo niewyraźnie. Czy usłyszała pani tę plotkę bezpośrednio od pana nazwiskiem d'Onsky, czy od jakiegoś przyjaciela jego przyjaciela?

– Od przyjaciela – odparła nieszczęsna Czeszka.

Na badaniu w lochu Demona Marina z perlistym śmiechem tkała barwną tkaninę kłamstw; potem się załamała i przyznała. Przysięgała, że wszystko już skończone, że baron, fizycznie całkowity wrak, a duchowo prawdziwy samraj, na zawsze wyjechał do Japonii. Z bardziej wiarygodnego źródła Demon dowiedział się, że prawdziwym celem podróży samuraja jest elegancki mały Watykan, podrzymskie uzdrowisko, skąd mniej więcej w ciągu tygodnia ma wrócić do Aardvark w stanie Massachusetts. Ponieważ roztropny Veen wolał zabić łobuza w Europie (zgrzybiały, lecz niezniszczalny Gamaliel robił, jak mówiono, wszystko, co możliwe, żeby wyplenić pojedynki z zachodniej półkuli, co chyba było zresztą kaczką dziennikarską albo przelotnym kaprysem idealistycznego prezydenta, jako że ostatecznie nic z tych planów nie wyszło), wynajął najszybszy dostępny petroloplan i złapał barona (wyglądającego kwitnąco) w Nicei: zobaczył, że wchodzi do Księgarni Guntera, wszedł za nim i w obecności niewruszonego i dość znudzonego właściciela-Anglika, spoliczkował zaskoczonego rywala pachnącą lawendą rękawiczką. Wyzwanie przyjęto; wybrano dwu miejscowych sekundantów; baron zdecydował się na szable; kiedy już spora dawka dobrej krwi (polskiej i irlandzkiej – coś w rodzaju amerykańskiej „Bloody Maryi" w żargonie pijaków) splamiła dwa włochate torsy, pobielany taras, schody prowadzące tyłem do otoczonego murami ogrodu w zabawnej inscenizacji Douglasa d'Artagnana, fartuch przypadkowej mleczarki i mankiety obu sekundantów, czarującego monsieur de Pastrouil i pułkownika St. Alina, wyjątkowego drania; ten ostatni gentleman rozdzielił zdyszanych przeciwników i Skunksky umarł, nie „z odniesionych ran" (jak błędnie twierdzono), ale w następstwie gangreny, rezultatu najbardziej powierzchownej z nich i być może zadanej własnoręcznie. Było to pchnięcie w pachwinę, które spowodowało problemy z krążeniem, nie pomogło sporo interwencji chirurgicznych w ciągu kilku lat przedłużających się pobytów w Aardvark Hospital w Bostonie, mieście, gdzie – nawiasem mówiąc – ożenił się w 1869 roku z naszą znajomą damą z Czech, obecnie kustoszem szklanej fauny i flory w lokalnym muzeum.

Marina przybyła do Nicei w kilka dni po pojedynku, wytropiła Demona w jego willi „Armina" i w ekstazie pojednania oboje zapomnieli okpić prokreację, w wyniku czego doszło do *intieriesnogo położenija* („ciekawej sytuacji"), bez czego, co tu dużo mówić, te pełne udręki notatki nie ujrzałyby światła dziennego.

(Van, ufam twemu smakowi i talentowi, ale czy jesteśmy c a ł k i e m pewni, że powinniśmy ciągle tak o c h o c z o powracać do tego okropnego świata, który w końcu istniał być może jedynie oneirologicznie, co, Van? Zapisek Ady na marginesie, 1965 r.; słabo przekreślony znacznie później ręką drżącą i niepewną.)

Ten etap lekkomyślności nie był ostatni, ale był najkrótszy, trwał ledwo cztery czy pięć dni. Wybaczył jej. Ubóstwiał ją. Bardzo chciał ją poślubić, pod warunkiem że natychmiast porzuci swoją teatralną „karierę". Demaskował tuzinkowość jej talentu i wulgarność jej otoczenia, a ona krzyczała, że jest bestią i szatanem. Około 10 kwietnia pielęgnowała go już Aqua, a Marina poleciała z powrotem na próby *Lucile*, kolejnej koszmarnej dramy, która miała zrobić jeszcze jedną klapę w ladorskim teatrze.

„Żegnaj. Być może tak jest lepiej – napisał Demon do Mariny w połowie kwietnia 1869 r. (ów dokument jest albo kopią listu napisaną jego kaligraficznym charakterem pisma, albo niewysłanym oryginałem) – bo niezależnie od tego, jaką rozkosz dałoby nam nasze życie małżeńskie i jak długo owo rozkoszne życie mogłoby trwać, jednego obrazu nie mogę zapomnieć ani wybaczyć. Niechaj ci się on wyryje w świadomości, moja miła. Pozwól, że powtórzę wszystko raz jeszcze słowami, które człowiek teatru powinien uznać za właściwe. Pojechałaś do Bostonu odwiedzić starą ciotkę – to banalny chwyt, ale tym razem prawda – a ja udałem się na ranczo swojej ciotki w pobliżu Lolity w Teksasie. Wczesnym rankiem (*chez vous* koło dwunastej) pewnego dnia w lutym zadzwoniłem do ciebie do hotelu z przydrożnej budki rżniętej w czystym krysztale ciągle mokrym od łez po potężnej burzy z piorunami, chcąc ci powiedzieć: przyleć natychmiast, ponieważ ja, Demon, łopoczący zmiętymi skrzydłami i przeklinający automatyczny dorofon, poczułem, że nie mogę bez ciebie żyć, i ponieważ pragnę, byś zobaczyła, kiedy będę cię trzymał w objęciach, rausz pustynnych kwiatów, które deszcz zbudził do życia. Twój głos był daleki i słodki; oznajmiłaś mi, że jesteś w stroju Ewy, nie odkładaj słuchawki, włożę tylko peniuar. Zamiast to uczynić, zatkawszy mi ucho, powiedziałaś coś, jak sądzę do mężczyzny, z którym spędziłaś noc (i którego chętnie bym sprzątnął, gdybym nie miał jeszcze większej ochoty go wykastrować). No cóż, tak właśnie przedstawia się szkic do fresku n a s z e g o losu, w profetycznym transie narysowany w szesnastym stuleciu przez młodego artystę z Parmy i pokrywający się, z wyjątkiem jabłka straszliwej wiadomości, z obrazem powtórzonym w umysłach dwu mężczyzn. Nawiasem mówiąc, twoją zbiegłą pokojówkę policja znalazła w tutejszym burdelu, zostanie wysłana do ciebie, kiedy tylko odpowiednio nafaszeruje się ją rtęcią".

3

Szczegóły katastrofy „El" (i nie mam tu na myśli Elizjum) w *beau milieu* poprzedniego wieku, klęski, która miała wyjątkowy wpływ zarówno na wyklucie się, jak i na wyklęcie pojęcia „Terra", są pod względem historycznym zbyt dobrze znane, a pod względem duchowym zbyt obsceniczne, by szczegółowo omawiać je w książce adresowanej do młodych amatorów i amantów, a nie do docentów lub denatów.

Oczywiście dzisiaj, kiedy lata reakcyjnych urojeń wrogich „El" przeminęły (mniej więcej!) i nasze lśniące maszynki, szczęść im Faraboże, brzęczą sobie niemal tak samo jak w pierwszej połowie dziewiętnastego wieku, czysto geograficzny aspekt sprawy ma zbawczo komiczny aspekt, jak owe desenie mosiężnych intarsji, bric-à-Braques i okropieństwa z pozłacanego brązu, które nasi pozbawieni poczucia humoru przodkowie nazywali „sztuką". I rzeczywiście nikt nie może zaprzeczyć obecności czegoś wielce groteskowego w samych konfiguracjach kształtów, które z całą powagą przedstawiano jako wielobarwne mapy Terry. *Wied'* (przecież) boki można zrywać, jeśli wyobrazić sobie, że „Rosja", zamiast być staroświeckim synonimem Estotii, amerykańskiej prowincji rozciągającej się od niebłędnego już Koła Podbiegunowego do właściwych Stanów

Zjednoczonych, na planecie Terra była nazwą kraju przeniesionego za pomocą jakiegoś hokus-globus przez rowek komicznie rozdwojonego oceanu na przeciwną półkulę, gdzie rozpościerała się na terytorium dzisiejszej Tatarii, od Kurlandii po Kuryle! Ale (jeszcze większy absurd), jeśli w kategoriach przestrzennych Terry Amerosja Abrahama Miltona rozszczepiła się na dwie części składowe i całkiem realna woda i realny lód rozdzielały – raczej politycznie niż poetycznie – pojęcia „Ameryka" i „Rosja", to nawet bardziej skomplikowane i niedorzeczne rozbieżności powstały w domenie czasu, nie tylko dlatego, że historia każdego ze składników amalgamatu nie całkiem odpowiadała historii swego wyrwanego z całości odpowiednika, ale ze względu na wynoszącą około stu lat w jedną lub drugą stronę lukę między obiema ziemiami; lukę odznaczającą się dziwacznym pomieszaniem drogowskazów na rozdrożach mijającego czasu, na których bynajmniej nie w s z y s t k i e „już nie" jednego świata odpowiadały „jeszcze nie" drugiego. Właśnie między innymi ze względu na ów „naukowo nieuchwytny" kłębek rozbieżności umysły *bien rangés* (nieskłonne do przyskrzyniania skrzatów), odrzuciły Terrę jako fanaberię i fantom, natomiast umysły zmącone (gotowe dać nura w każdą otchłań) zaakceptowały ją jako podporę i symbol własnej bezrozumności.

Jak Van Veen sam miał się przekonać w okresie swych namiętnych badań w dziedzinie terrologii (wówczas gałęzi psychiatrii), nawet najgłębsi z myślicieli, najczystsi z filozofów – Paar z Chose i Zapater z Aardvark – byli rozdarci emocjonalnie, jeśli chodzi o stosunek do możliwości istnienia „wykoślawiającego lustra naszej koślawej kuli", jak z eufonicznym dowcipem ujął to uczony, który pragnie pozostać anonimowy. (Hm. Cifne, cifne, jak mawiała do Gawrońskiego biedna mlle L. Charakterem pisma Ady.)

Byli tacy, co utrzymywali, że rozbieżności i „fałszywe analogie" między dwoma światami są zbyt liczne i zbyt głęboko wplecione w motek następujących po sobie wydarzeń, by nie nadać piętna sztampowej fantazji teorii zasadniczej tożsamości; byli też tacy, co odpowiadali, że niepodobieństwa tylko potwierdzają żywą organiczną realność innego świata, że pełna identyczność wskazywałaby raczej na coś absolutnego, a więc abstrakcyjnego i że dwie partie szachów o takim samym otwarciu i takiej samej końcówce mogą, rozgałęziając się, tworzyć nieskończenie wiele wariacji na j e d n e j szachownicy i w d w ó c h umysłach na każdym etapie nieodwołalnie zbieżnego przebiegu.

Skromny narrator musi przypomnieć o tym wszystkim temu, co raz jeszcze czyta książkę, ponieważ w kwietniu (mój ulubiony miesiąc) 1869 (*annus mirabilis* najwyżej od wielkich zbiorów mirabelek na nalewki) w dniu świętego Jerzego (wedle ckliwych pamiętników mlle Larivière) Demon Veen poślubił Aquę Durmanow, kierowany złością i litością, co stanowi nie tak znowu rzadką mieszankę uczuć.

Czy była w niej jeszcze jakaś przyprawa? Marina z perwersyjną próżnością często zapewniała w łóżku, że na zmysły Demona musiała działać szczególnego rodzaju „kazirodcza" (cokolwiek pod tym przymiotnikiem mielibyśmy rozumieć) przyjemność (w znaczeniu francuskiego słowa *plaisir*, które wywołuje wiele dodatkowych wibracji w kręgosłupie), kiedy gładził i smakował, i delikatnie rozchylał, i bezcześcił, na nienadające się do opisania, ale cudowne sposoby ciało (*une chair*), które było ciałem zarówno jego żony, jak i jego kochanki, zmieszane ze sobą i uszlachetnione uroki bliźniaczych peri, Aquamarinę, jednocześnie pojedynczą i podwójną, miraż z emiratu, sklejony klejnot, orgię oryginalnych i intrygujących instrumentacji zgłoskowych.

W istocie Aqua była brzydsza i znacznie bardziej zbzikowana niż Marina. W ciągu czternastu lat tego żałosnego związku małżeńskiego przebywała z przerwami w zakładach psychiatrycznych, za każdym razem coraz dłużej. Niewielką mapę europejskiej części Wspólnoty Brytyjskiej – powiedzmy od Skoto-Skandynawii do Riwiery, Altaru i Palermontowii – a także większości USA, od Estotii i Kanadii do Argentyny, mogły dość gęsto usiać emaliowane szpilki ze znakiem czerwonego krzyża, zaznaczając w jej „wojnie światów" obozowiska Aquy. Kiedyś zamierzała poszukać krztyny zdrowia („chociaż trochę szarości, błagam, zamiast tej litej czerni") w takich protektoratach anglo-amerykańskich, jak Bałkany i Indie, być może spróbowała nawet dwu Kontynentów Południowych, które kwitną pod naszym wspólnym władaniem. Oczywiście Tataria, niepodległe piekło, które w tym czasie rozciągało się od Bałtyku i Morza Czarnego do Pacyfiku, była niedostępna dla turystów, chociaż nazwy Jałta i Ałtyn-Dag brzmiały osobliwie atrakcyjnie… Jednakże jej prawdziwym celem była Terra Przepiękna, wierzyła, że po śmierci tam właśnie poleci na długich skrzydłach ważki. Jej budzące litość liściki przysyłane mężowi z domów obłąkania nosiły niekiedy podpis Madame Szczemiaszczich-Zwukow („Boleść-Dźwiękowej").

Po swej pierwszej bitwie z szaleństwem w Ex en Valais wróciła do Ameryki, by doznać tam klęski w dniach, kiedy Van ciągle jeszcze ssał pierś młodziutkiej mamki, niemal dziecka, Ruby Black, z domu Black, która też miała później zwariować: bo gdy tylko czułe i kruche istoty wchodziły z nim w bliski kontakt (jak później Lucette, by dać jeszcze jeden przykład), były skazane na ból i nieszczęście, chyba że wzmocniła je domieszka demonicznej krwi jego ojca.

Aqua nie miała jeszcze dwudziestu lat, gdy jej naturalna egzaltacja jęła zdradzać pewne znamiona patologiczne. Chronologicznie rzecz biorąc, wczesne stadium choroby zbiegło się z pierwszym dziesięcioleciem Wielkiej Rewelacji, oczywiście równie dobrze mogła znaleźć inny temat dla swych urojeń, ale jak wskazuje statystyka, Wielka i dla niektórych Niedopuszczalna Rewelacja przyniosła światu nawet więcej obłędu niż przesadne skupienie się na religii w średniowieczu.

Rewelacja może być bardziej niebezpieczna niż Rewolucja. Chore umysły utożsamiły pojęcie planety Terra z pojęciem innego świata i ten „inny świat" mylono nie tylko z tamtym światem, ale nawet z rzeczywistym światem w nas i wokół nas. N a s i czarodzieje, n a s z e demony to szlachetne opalizujące istoty o przezroczystych szponach i potężnie uderzających skrzydłach, ale w latach sześćdziesiątych dziewiętnastego stulecia nowowiercy kazali ludziom wyobrazić sobie miejsce, gdzie nasi wspaniali przyjaciele ulegli całkowitej degradacji, stając się jedynie nikczemnymi monstrami, odrażającymi diabłami wyposażonymi w czarne moszny drapieżników i zęby jadowe węży, znieważycielami i dręczycielami kobiecych dusz; natomiast po drugiej stronie kosmicznej dróżki tęczowa mgła anielskich duchów, mieszkańców słodkiej Terry, ożywiała najbardziej zatęchłe, ale wciąż sugestywne mity dawnych wyznań w nowej aranżacji na harmoszkę wszelkich kakofonii wszystkich bogów i sług bożych, jacy kiedykolwiek wylęgli się w bagnach tego, całkowicie wystarczającego świata.

Wystarczającego dla twoich celów, Van, *entendons-nous*. (Przypisek na marginesie.)

Biedna Aqua, której wyobraźnia łatwo ulegała wszelkim modnym wymysłom kataleptyków i katolików, przedstawiła sobie w szczegółach przyszłą Amerykę na modłę pośledniego psalmisty, Amerykę alabastrowych stupiętrowych budynków, przypominającą magazyn pięknych mebli, wypełniony wysokimi białymi szafami i niższymi lodówkami; widziała wielkie latające rekiny z oczami po bokach, którym zajmowało zaledwie jedną noc przeniesienie wędrowców poprzez czarny eter ponad całym kontynentem, znad ciemnego morza nad lśniące, i które potem hucząc powracały do Seattle lub Wark. Słyszała mówiące i grające magiczne szkatułki, które zagłuszały trwogę myśli, uskrzydlały windziarkę, zjeżdżały z górnikiem, sławiąc piękno i pobożność, Najświętszą Pannę i Wenus w przybytkach samotnych i ubogich. Niecenzuralna siła magnetyczna, potępiana przez złych prawodawców w tym naszym podupadłym kraju - och, wszędzie, w Estotii i Kanadii, w „niemieckim" Mark Kennensie i w „szwedzkim" Manitoboganie, w warsztacie Jukońca w czerwonej koszuli, jak również w kuchni Laskanki w czerwonej chuście, we „francuskiej" Estotii, od Bras d'Or do Ladory, a niebawem w całych obu Amerykach i na innych zaskoczonych kontynentach – na planecie Terra używana była równie naturalnie i swobodnie jak woda i powietrze, jak biblie i miotły. Dwa lub trzy wieki wcześniej biedaczka mogłaby się była okazać kolejną łatwopalną czarownicą.

W swych wędrownych latach studenckich Aqua opuściła modny Brown Hill College, założony przez jednego z jej mniej szanowanych przodków, by wziąć udział (co również było szalenie modne) w pewnym przedsięwzięciu na rzecz Postępu Społecznego w prowincji Siewiernyja Tierritorii. Z nieocenioną pomocą Miltona Abrahama założyła w Biełokonsku Farmaceutyczny Falanster i straszliwie zakochała się w pewnym żonatym mężczyźnie; ten, gdy minęło lato pełne parweniuszowskiej namiętności, którą obdarzał ją w swej ruchomej garsonierze kempingowego forda, wolał kochankę porzucić, niż podjąć ryzyko zagrożenia swej pozycji społecznej w filisterskim miasteczku, gdzie ludzie interesu grywali w niedziele w „golfa" i należeli do „lóż". Okropna choroba, w przybliżeniu zdiagnozowana w jej przypadku, a także w przypadkach innych nieszczęśników, jako „skrajna postać manii mistycznej połączonej z alienacją egzystencjalną" (krótko mówiąc: stary dobry obłęd), ogarniała ją stopniowo, to zamierając w antraktach ekstatycznego spokoju, to przeskakując okresy niepewnego zdrowia psychicznego, to znów nasyłając nagłe sny o niezawodnym życiu wiekuistym, zresztą coraz rzadsze i krótsze.

Po jej śmierci w roku 1883 Van obliczył, że w ciągu trzynastu lat, biorąc pod uwagę każdą przypuszczalną chwilę jej obecności, ponure wizyty u niej w rozmaitych szpitalach, jak również przypadki jej niespodziewanych i burzliwych odwiedzin (mocowała się wtedy z mężem lub wątłą, ale zwinną, angielską guwernantką i żywiołowo witana przez starego *appenzellera* przedzierała się wreszcie do pokoju dziecinnego – bez peruki, bez pantofli i ze skrwawionymi paznokciami), widział ją w istocie albo przebywał koło niej chyba nie dłużej niż wynosi okres ciąży u osobników ludzkiego gatunku.

Wkrótce złowieszcze mgły przesłoniły majaczącą w różowej dali Terrę. Rozpad umysłu miał kilka etapów, a każdy z nich był boleśniejszy niż poprzedni, jako że mózg człowieka może stać się najdoskonalszą katownią ze wszystkich kiedykolwiek wynalezionych, zbudowanych i przez miliony lat w milionach krajów pochłaniających miliony wyjących istot.

Wykształciła w sobie chorobliwą wrażliwość na język cieknącej z kurka wody, która czasami (tak jak krwiobieg przed uśnięciem) odzywa się echem urywków ludzkiej mowy, brzmiących wciąż w uszach, kiedy myje się ręce po koktajlu z cudzoziemcami. Zauważywszy po raz pierwszy to spontaniczne, nieprzerwane i w jej wypadku dość natrętne i drwiące, chociaż właściwie całkiem niewinne powtórzenie takiej czy innej wymiany zdań, poczuła się mile połechtana myślą, że to ona, biedna Aqua, przypadkiem odkryła taką prostą metodę zapisywania i przekazywania na odległość mowy, podczas gdy technolodzy (tak zwani jajogłowi) na całym świecie próbowali uczynić powszechnie dostępnymi i opłacalnymi w użyciu szalenie wymyślne i nadal bardzo drogie telefony hydrodynamiczne i inne beznadziejne urządzonka, mające zastąpić te, które poszły *k czertiam sobaczjim* („do diabła" po rosyjsku) w chwili obłożenia zakazem niecenzuralnego „jantaru". Wkrótce jednak rytmicznie doskonała, ale werbalnie dość rozmyta elokwencja kranów zaczęła nabierać aż nazbyt właściwego znaczenia. Czystość wymowy płynącej wody rosła wprost proporcjonalnie do jej dokuczliwości. W pewnych wypadkach woda zaczynała gadać niemal natychmiast, wystarczyło, by Aqua słuchała czyjejś wypowiedzi albo po prostu tylko ją słyszała, słowa niekoniecznie musiały być skierowane do niej, ważna była moc i ekspresja, mógł mówić ktoś o charakterystycznej szybkiej artykulacji i o bardzo indywidualnej lub wyraźnie obcej intonacji zdaniowej, mogła to być paplanina jakiegoś gaduły na okropnym przyjęciu, płynny monolog w nudnej sztuce, uroczy głos Vana lub fragment wiersza zasłyszany na wykładzie, śliczne pacholę, chłopcze, kochanie, zmień moją dolę, miej zmiłowanie, zwłaszcza zaś bardziej melodyjna i bardziej *flou* poezja włoska, na przykład ta rymowanka, którą recytował pomiędzy ostukiwaniem kolan i unoszeniem powiek stary doktor, na wpół Rosjanin, na wpół bzik, puk, puk, bzik, a psik, ballatetta, deboletta... tu, voce sbigotitta... bul, bul, bul e diavoletta... de lo cor dolente... con ballatetta va... va... della strutta, destruttamente... mente... mente... zmieńcie tę płytę, bo inaczej przewodnik dalej będzie pokazywał, jak tamtego ranka we Florencji, idiotyczną kolumnę upamiętniającą, jak mówił, „olmo, wionc", który okrył się liśćmi, kiedy ciężkie jak kamień zwłoki św. Zeusa przez gęsty cień tego drzewa ludzie nieśli powoli, tak powoli; albo jakaś megiera z Arlington bez ustanku będzie mówić do swego milkliwego męża, podczas gdy obok będą przelatywać winnice, a nawet w tunelu (nie mogą ci tego zrobić, wywal wszystko na ławę, Jack Black, po prostu wywal...). Woda lejąca się do wanny (a może woda z prysznica) była zbyt kalibanistyczna, żeby mówić wyraźnie – a może zbyt gwałtownie pragnęła wyrzucić z siebie gorący strumień i pozbyć się piekielnego żaru, by troszczyć się o towarzyską pogawędkę – ale bulgoczące strumyki stawały się coraz bardziej ambitne i obrzydliwe i kiedy w swoim pierwszym „domu" usłyszała, jak jeden z najbardziej znienawidzonych dochodzących lekarzy (ten, który cytował Cavalcantiego) wylał swe potoczyste i znienawidzone instrukcje w spryskanej rusycyzmami niemczyźnie do jej znienawidzonego bidetu, postanowiła nigdy już nie odkręcać kranów.

Ta faza jednak również minęła. Inne męczarnie w takiej pełni zastąpiły elokwencję tortur jej imienniczki, że w pewnym interwale jasności, gdy chcąc napić się wody, odkręciła swą słabą drobną dłonią kurek nad umywalką, ciepławy płyn odpowiedział jej w swoim języku, bez śladu oszustwa czy sztuczek: *Finito!* Teraz wyjątkowo dręczyło ją tworzenie się miękkich czarnych dołków (*jam, jamiszcz*) w jej mózgu, wyrw pomiędzy ciemnymi rzeźbami myśli i wspomnień; duchowa panika i fizyczny ból podały sobie czarno-rubinowe dłonie, pierwsza kazała się jej modlić o zdrowie psychiczne, drugi błagać o śmierć. Rzeczy wykonane przez człowieka utraciły swoje znaczenie albo obrosły potwornymi skojarzeniami; wieszaki na ubrania były w istocie ramionami ściętych Tellurian, fałdy koca, który kopniakiem zrzuciła z łóżka, patrzyły na nią żałośnie, z jęczmieniem na jednej z opadających powiek i okropnym wyrzutem w wykrzywieniu sinych i zwiotczałych warg. Wysiłek odcyfrowania informacji, jakoś przekazywanych ludziom genialnym przez cyfry i wskazówki (wskazówki wskazówek) czasomierza lub miarkę czasu, okazał się równie beznadziejny jak próba zrozumienia języka migowego tajnego stowarzyszenia albo chińskiego śpiewu owego młodego studenta z całkiem niechińską gitarą, którego poznała w okresie, kiedy ona lub jej siostra wydała na świat fioletoworóżowe dziecko. A jednak jej obłęd, majestat jej obłędu wciąż zachował wzruszającą kokieterię szalonej królowej:

– Wie pan, doktorze, chyba wkrótce będę potrzebować okularów, nie wiem, co się dzieje (wyniosły śmiech), jakoś nie mogę dostrzec, co wskazuje mój zegarek... Wielkie nieba, proszę mi powiedzieć, co wskazuje! Ach! Wpół do... do czego? Co tam, szkoda czasu. Czas i szkoda to bliźniaki. Mam siostrę bliźniaczkę i syna bliźniaka. Wiem, że chce pan zbadać moje przyrododendronie, włochatą różę alpejską. Jest u niej w albumie, zerwana dziesięć lat temu (i pokazuje mu dziesięć palców, radośnie, z dumą, jak dziesięć to dziesięć!).

Potem cierpienie rozrosło się do nieznośnego ogromu, do rozmiarów koszmaru, krzyczała i wymiotowała. Chciała (i pozwolono jej – dzięki szpitalnemu fryzjerowi, Bobowi Pale) zgolić ciemne loki, tak że została tylko akwamarynowa szczecina, bo włosy wrosły w jej porowatą czaszkę i wiły się w środku. Kawałki puzzli z fragmentem nieba lub ściany rozsypywały się ze szczętem niezależnie od tego, jak subtelnie się je dopasowało; nieuważny ruch łokcia pielęgniarki rozrzucał lekkie cząstki, które natychmiast stawały się niezrozumiałymi białymi plamami anonimowych przedmiotów albo gładkimi klockami scrabble'a, których nie mogła odwrócić właściwą stroną do góry, ponieważ jej ręce związał pielęgniarz o czarnych oczach Demona. Ale niekiedy panika i ból, jak para dzieci podczas hałaśliwej zabawy, wydawały ostatni pisk radości i biegły w krzaki, by tam wzajemnie się onanizować jak w powieści hrabiego Tołstoja *Anna Karenina*, i znów na chwilę, na krótką chwilę w domu było cicho, a ich i jej matka miały to samo imię.

Przez pewien czas Aqua wierzyła, że półroczny martwy chłopczyk, zdziwiony płód, kawałek gumy w kształcie ryby, który wydała z siebie w kąpieli – *lieu de naissance* w jej snach oznaczone było po prostu X – po tym jak z pełnym śnieżnym pyleniem najechała na nartach na pniak modrzewia, jakimś cudem został uratowany i dostarczony do niej do *Scheibehaus* z pozdrowieniami od siostry, owinięty mokrą od krwi watą, ale całkiem żywy i zdrowy, i zapisano go w księgach jako jej syna, Iwana Veena. Kiedy indziej była przeświadczona, że to dziecko jej siostry, zrodzone z nieprawego łoża podczas wyczerpującej, ale bardzo romantycznej zamieci w górskim schronisku na Sex (Scex) Rouge, gdzie dr Alpiner, lekarz ogólny i miłośnik gencjan, zrządzeniem opatrzności usiadł obok rustykalnie rumianej kozy, czekając, aż wyschną mu buty. Pewne zamieszanie powstało mniej niż dwa lata później (we wrześniu 1871 – jej dumny rozum wciąż pamiętał tuziny dat), kiedy uciekłszy ze s w e g o kolejnego przytułku i dotarłszy jakoś do niezapomnianego wiejskiego domku męża (naśladując cudzoziemkę: „*Signor Konduktor, aj want go Lago di Luga, hijer geld*"), skorzystała z tego, że brał masaż w solarium, weszła na palcach do ich dawnej sypialni i doznała cudownego wstrząsu: j e j puder w napełnionym do połowy słoiczku z kolorową etykietką „Quelques Fleurs" ciągle stał na j e j nocnym stoliku; j e j ulubiony szlafrok w kolorze płomieni leżał zmięty na dywaniku przed łóżkiem; dla niej znaczyło to, że po prostu krótki kruczy koszmar zasłonił jedynie na chwilę jasną i promienną rzeczywistość, w której bez przerwy sypiała ze swoim mężem od zielonego i deszczowego dnia urodzin Szekspira, dla innych jednak znaczyło to niestety, że Marina (po tym, jak G.A. Wroński, filmowiec, porzucił ją dla kolejnego długorzęsego *Christosika*, którym to słowem określał wszystkie ładne gwiazdki) poczęła, *c'est bien le cas de le dire*, igrać ze wspaniałym pomysłem, by Demon rozwiódł się z Aquą i ożenił z nią, Mariną, która poczuła, z radością i nie bez racji, że znowu jest w ciąży. Marina spędziła z nim *rukuliruszczij* miesiąc w Kiteżu, ale kiedy zadowolona z siebie wyjawiła swoje zamiary (tuż przed przyjazdem Aquy), on wyrzucił ją z domu. Jeszcze później, w ostatniej krótkiej fazie bezużytecznej egzystencji, Aqua pozbyła się wszystkich tych dwuznacznych wspomnień i nagle dostrzegła, że w Centaur w stanie Arizona, gdzie trafiła do „sianatorium", czyta i czyta wciąż na nowo, z uporem i upojeniem, listy swojego syna. Niezmiennie pisał po francusku, nazywając ją *petite maman* i opisując zabawną szkołę, w której zacznie się uczyć, kiedy skończy trzynaście lat. Słyszała jego głos przez nocny szum jej kolejnych, pełnych planów, ostatnich, już ostatnich bezsenności i to ją pocieszało. Mówił do niej zwykle *mummy* albo *mama*, akcentując ostatnią sylabę po angielsku, a pierwszą po rosyjsku; ktoś powiedział, że w trójjęzycznych rodzinach często są trojaczki albo heraldyczne dracunculi; ale teraz nie było absolutnie żadnych wątpliwości (być może z wyjątkiem tych w zamieszkującym piekło umyśle dawno nieżywej, znienawidzonej Mariny), że Van był j e j, j e j, Aquy, ukochanym synem.

Nie chcąc znosić jeszcze jednego pogorszenia po tym błogim stanie całkowitego spokoju myśli, ale wiedząc, że nie będzie trwać długo, zrobiła to, co w odległej Francji, w mniej olśniewającym i beztroskim „domu" uczyniła inna pacjentka. Niejaki dr Froid, jeden z miejscowych administracyjnych centaurów, który być może zmienił nazwisko w paszporcie i był bratem-emigrantem dra Froita z Signy-Mondieu-Mondieu w Ardenach lub nawet, co bardziej prawdopodobne, tą samą osobą, ponieważ obaj pochodzili z Vienne w departamencie Izery i byli jedynakami (tak samo jak jej syn), wypracował czy raczej odnowił zabieg terapeutyczny, zmierzający do wzmocnienia poczucia „grupy"; ulubieni najzdrowsi pacjenci mogli mianowicie pomagać personelowi, jeśli tylko „mieli na to ochotę". Aqua dokładnie powtórzyła zmyślną sztuczkę Eleonory Bonvard, zgłaszając się do ścielenia łóżek i czyszczenia szklanych półek. Astorium w St.Taurus czy jak się to tam nazywało (kogo to obchodzi – człowiek zapomina o drobiazgach bardzo szybko, kiedy unosi się w nieskończonej bezrzeczowości) było chyba bardziej nowoczesne i miało bardziej wyrafinowany pustynny widok niż samotnia „spytała" Mondefroid, ale w obu miejscach obłąkany pacjent łatwo mógł przechytrzyć debilnego pedanta.

W ciągu niecałego tygodnia Aqua zgromadziła ponad dwieście tabletek różnej mocy. Większość z nich znała – były tu nieszkodliwe środki uspokajające i takie, które powalały na okres od ósmej wieczorem do północy, kilka rodzajów wspaniałych środków nasennych, które po ośmiu godzinach niebytu zostawiają człowieka z miękkimi kończynami i głową z ołowiu, pewien narkotyk, sam w sobie cudowny, ale lekko śmiertelny, jeśli połączyć go z odrobiną płynu czyszczącego, znanego jako kretina, jak również pulchna purpurowa pigułka, przypominająca jej – nie mogła powstrzymać się od śmiechu – te, którymi mała cygańska czarodziejka w hiszpańskiej bajce, lubianej przez wszystkie uczennice z Ladory, uśpiła w dzień otwarcia sezonu polowań wszystkich myśliwych wraz z ich posokowcami. Aby jakiś natrętny gorliwiec nie wskrzesił jej w trakcie procesu odpływania, Aqua uznała, że musi sobie zapewnić maksymalnie długi okres otępienia gdzieś poza szklanym domem, przeprowadzenie drugiej części planu ułatwił i przyśpieszył kolejny przedstawiciel czy sobowtór izerskiego profesora, niejaki dr Sig Heiler, którego wszyscy szanowali jako wspaniałego gościa i prawie geniusza (tak jak kawa zbożowa jest prawie kawą). Ci pacjenci, którzy pod kontrolą studentów medycyny udowodnili pewnymi drgnieniami powiek i innych na wpół intymnych organów, że Sig (trochę wykoślawiony, ale przecież przystojny pan) pojawiał się w ich śnie jako „Papa Fig", zadeklarowany miłośnik klepania panieńskich zadków i zadzierzysty użytkownik spluwaczek, uznani zostali za bliskich wyzdrowienia i po przebudzeniu zezwalano im na udział w normalnych rozrywkach poza zakładem, takich jak na przykład pikniki. Przebiegła Aqua podrgała, udała ziewnięcie, otworzyła jasnoniebieskie oczy (o mocno z nimi kontrastujących czarnych jak smoła źrenicach, które miała także Dolly, jej matka), włożyła żółte spodnie i czarne bolerko, przeszła przez sosnowy lasek, zatrzymała kciukiem meksykańską ciężarówkę, przejechała kawałek, znalazła w chaparralu odpowiedni wąwóz i tam, napisawszy krótki liścik, zaczęła spokojnie wyjadać z wgłębienia dłoni wielobarwną zawartość swojej torebki niczym rosyjska wieśniaczka *łakomiaszczajasia* (racząca się) jagodami, które właśnie zerwała w lesie. Uśmiechnęła się marzycielsko na słodką myśl (o dość „kareninowskim" odcieniu), że jej odejście dotknie ludzi równie boleśnie jak nagły, zagadkowy, nigdy niewyjaśniony kres komicznego komiksu w niedzielnej gazecie, którą prenumerowało się całymi latami. Był to jej ostatni uśmiech. Odnaleziono ją znacznie szybciej, niż się spodziewała, ale za to śmierć przyszła znacznie wcześniej niż obliczyła; spostrzegawczy Siguś, który nie zdążył zmienić workowatych szortów w kolorze khaki, zaraportował, że siostra Aqua (jak, nie wiadomo dlaczego, ją nazywano) leżała, niby zwłoki pogrzebane w okresie prehistorycznym, w pozycji *fetus in utero*, komentarz ten zdawał się jego studentom istotny i może się wydać istotny także moim.

Jej ostatni liścik, skierowany do męża i syna, mógł wyjść spod pióra najzdrowszej osoby na tej czy tamtej ziemi.

> Aujourd'hui (chic et nunc) *ja, ta przewracająca oczami lalka, zdobyłam sobie* psykitsch *prawo do radosnego uczestniczenia w landparty z Herr Doktorem Sigiem, jej pielęgniarską mością Iwaną Groźną i kilkoma „pacjentami". Sceną miał być pobliski* bor *(las sosnowy), gdzie, słuchaj Van, dostrzegłam dokładnie takie same przypominające skunksy wiewiórki, jakie twój Granatowy przodek sprowadził do Ardis Park, po którym bez wątpienia pewnego dnia będziesz się przechadzał. Wskazówki zegara, nawet zepsutego, muszą wiedzieć, na czym stoją, i przekazać tę wiedzę choćby najgłupszemu zegarkowi, w przeciwnym wypadku żaden nie ma tarczy, tylko białe oblicze ze sztucznymi wąsami. Podobnie* człowiek *(istota ludzka) musi wiedzieć, na czym stoi, i przekazać tę wiedzę*

innym, w przeciwnym wypadku to nawet nie kłok *(strzępek)* czełowieka, *nie on, nie ona, tylko „cyc, czyli nic", jak mawiała biedna Ruby, tak, tak, mój malutki, o swojej skąpej prawej piersi. Ja, biedna* Princesse lointaine, *obecnie* très lointaine, *nie wiem, na czym stoję. Dlatego muszę upaść. A więc* adieu, *mój drogi, najdroższy synku, a więc żegnaj, biedny Demonie, nie znam daty ani pory roku, ale jest dziś piękny dzień, który niewątpliwie przyszedł w porę, i mnóstwo uroczych małych mrówek ustawia się w kolejce do moich ślicznych pigułek.*

[Podpisano] Siostra mojej siostry, tiepier' iz ada *(„teraz z piekła")*

– Jeśli chcemy, żeby zegar słoneczny życia ujawnił swoją wskazówkę – komentował Van, rozwijając metaforę, w różanym ogrodzie w Ardis Manor pod koniec sierpnia 1884 roku – musimy zawsze pamiętać, że siła, godność, radość człowieka polega na sprzeciwianiu się i okazywaniu pogardy cieniom i gwiazdom, które ukrywają przed nami swoje tajemnice. Tylko śmieszna moc bólu zmusiła ją do poddania. Często myślę, że byłoby znacznie bardziej przekonujące pod względem estetycznym, ekstatycznym i estotycznym, gdyby istotnie była moją matką.

4

Zacząwszy w połowie XX wieku rekonstruować swoją najgłębszą przeszłość, Van szybko zauważył, że te szczegóły jego dzieciństwa, które rzeczywiście były ważne (dla celu, któremu rekonstrukcja służyła), tłumaczą się najlepiej, a nierzadko j e d y n i e, pojawiając się znowu w różnych późniejszych fazach jego lat chłopięcych i młodości, jako nagłe zestawienia, które przywracają do życia cząstkę, ożywiając całość. Oto dlaczego jego pierwsza miłość ma tu pierwszeństwo przed jego pierwszą bolesną raną i pierwszym koszmarem sennym.

Dopiero co skończył trzynaście lat. Nigdy przedtem nie opuszczał wygodnego gniazda pod ojcowskim dachem. Nigdy przedtem nie zdawał sobie sprawy, że takie „wygody" mogą nie być czymś rozumiejącym się samo przez się, lecz pojawiającym się jako wstępna metafora, dość oklepana, w książce o chłopcu i szkole. Tylko kilka przecznic dzieliło tereny szkolne od sklepu z dziełami sztuki i antykami z bliższej lub dalszej przeszłości, należącego do pewnej wdowy, pani Tapirov, Francuzki, ale mówiącej po angielsku z rosyjskim akcentem. Odwiedził ów sklep pewnego jasnego dnia zimowego. Kryształowe wazony ze szkarłatnymi różami i złotobrązowymi astrami stały tu i ówdzie w przedniej części sklepu – na konsoli ze złoconego drewna, na kufrze z laki, na półce serwantki lub po prostu na obitych dywanem schodkach prowadzących na pięterko, gdzie wielkie szafy i pretensjonalne kredensy otoczyły półkolem osobliwe zgromadzenie harf. Przekonał się, że kwiaty są sztuczne, i zaczął się zastanawiać, dlaczego takie imitacje dogadzają zawsze wyłącznie oku, nie próbując oddać również wrażenia wilgotnej grubości żywego płatka i liścia. Kiedy następnego dnia przyszedł w sprawie przedmiotu (teraz, po osiemdziesięciu latach, nie wiadomo już jakiego), który chciał naprawić lub który przyniósł wcześniej, żeby sprowadzono drugi, identyczny, naprawy jeszcze nie dokonano lub duplikatu nie udało się na razie znaleźć. Przechodząc, dotknął na wpół rozwiniętej róży i czubki jego palców oszukały się, oczekując jałowej materii, bo pocałowało je wydętymi wargami chłodne życie.

– Moja córka – powiedziała pani Tapirov, widząc jego zaskoczenie – zawsze wkłada bukiet prawdziwych pomiędzy sztuczne *pour attraper le client*. Wyciągnął pan jokera.

Kiedy wychodził, weszła do sklepu – uczennica w szarym paletku, z kasztanowymi puklami opadającymi na ramiona i ładną buzią. Innym razem (naprawa jakiejś części przedmiotu – może ramy – wymagała strasznie dużo czasu albo duplikat mimo długich poszukiwań okazał się nieosiągalny) zobaczył ją z podręcznikami zwiniętą na fotelu, domowym sprzęcie pomiędzy meblami na sprzedaż. Nigdy się do niej nie odezwał. Kochał ją szaleńczo. Musiało to trwać przynajmniej jedno półrocze.

Była to miłość, zwyczajna i tajemnicza. Mniej tajemnicze i znacznie bardziej groteskowe były namiętności, których nie zdołało wyplenić kilka pokoleń pedagogów i które jeszcze w 1883 roku cieszyły się niebywałą popularnością w Riverlane. Każda sypialnia miała swojego ganimedesa.

Pewien histeryczny chłopak z Uppsali, zezowaty, z obwisłymi wargami i niemal nienormalnie niezgrabnymi kończynami, ale z cudownie delikatną i gładką skórą i krągłymi kremowymi wdziękami Kupida pędzla Bronzina (tego dużego Kupida, którego zachwycony satyr odkrywa w buduarze damy), był bardzo ceniony i dręczony przez grupkę cudzoziemskich chłopców, głównie Greków i Anglików, którym przewodził Cheshire, as w grze w rugby. Częściowo z brawury, a częściowo z ciekawości Van pokonał obrzydzenie i chłodno obserwował ich prymitywne orgie. Wkrótce jednak porzucił ten surogat dla bardziej naturalnej, choć równie nieczułej rozrywki.

Starzejąca się kobieta, która sprzedawała karmelki i komiksy o Weszce Fiki w narożnym sklepie, zgodnie z tradycją niestanowiącym strefy ściśle zakazanej, zatrudniła młodą pomocnicę i Cheshire, syn oszczędnego lorda, szybko stwierdził, że tę pulchną dziewuszkę można mieć za jednego zielonego dolara rosyjskiego. Van był jednym z pierwszych, którzy skorzystali z jej względów. Ofiarowywała je po zamknięciu sklepu w półmroku na jego tyłach, pośród skrzyń i worków. Powiedział jej, że jest szesnastoletnim libertynem, a nie czternastoletnim prawiczkiem, co stało się źródłem kłopotów, bo kiedy nasz piekielny rozpustnik spróbował pośpiesznie nadrobić swoje niedoświadczenie, zdołał jedynie zbryzgać hol, choć dziewczyna zapraszała na pokoje. Sześć minut później, kiedy skończyli Cheshire i Zografos, już nie przeholował, dopiero jednak podczas następnej imprezy naprawdę zaczął czerpać radość z delikatności dziewczyny, jej łagodnego słodkiego uścisku i spontanicznych ruchów. Wiedział, że jest to tylko przysadzista różowa jak prosiak kurewka, i kiedy próbowała go po wszystkim pocałować, odsuwał łokciem jej twarz, sprawdzając szybką dłonią

– widział, że tak robi Cheshire – czy jego portfel nadal tkwi w tylnej kieszeni spodni; a jednak kiedy ostatnia z jakichś czterdziestu konwulsji przyszła i minęła na zwykłą modłę zwijającego się czasu i jego pociąg toczył się przez czarne i zielone pola do Ardisu, zorientował się, że otacza niespodziewaną poezją jej ubogi obraz, kuchenny zapach jej ramion, wilgotne rzęsy w nagłym błysku zapalniczki Cheshire'a, a nawet skrzypiące kroki starej głuchej pani Gimber w sypialni na piętrze.

W eleganckim przedziale pierwszej klasy, z urękawiczniong ręką wsuniętą w aksamitną pętlę, lustrując wzrokiem stosowny pejzaż stosownie biegnący obok, człowiek czuje się światowcem. Od czasu do czasu błąkające się oczy pasażera zatrzymywały się na chwilę, kiedy skrycie nasłuchiwał swędzenia w dolnych partiach ciała, które to swędzenie uważał (słusznie, dzięki Logu) tylko za niewielkie podrażnienie nabłonka.

5

Wczesnym popołudniem wysiadł z dwiema walizkami i zanurzył się w słonecznym spokoju wiejskiej stacyjki, z której kręta droga prowadziła do Ardis Hall, odwiedzanego przezeń po raz pierwszy w życiu. Na wyobrażonej miniaturze widział przygotowanego dlań osiodłanego konia; nie było nawet dwukółki. Zawiadowca stacji, tęgi opalony mężczyzna w brązowym mundurze, był pewien, że spodziewają się jego przyjazdu pociągiem wieczornym, wolniejszym, ale prowadzącym wagon herbaciany. Zaraz zadzwoni do majątku – dorzucił, jednocześnie dając sygnał zaniepokojonemu maszyniście. Nagle do peronu podjechał wynajęty pojazd i ruda dama ze słomkowym kapeluszem w ręku, śmiejąc się ze swego pośpiechu, podbiegła do pociągu i ledwo zdążyła wsiąść przed jego odjazdem. Van zgodził się więc skorzystać ze środka transportu dostarczonego mu przez przypadkową fałdę materii czasu i usiadł w starej *calèche*. Półgodzinna jazda okazała się całkiem przyjemna. Wieziony był przez sosnowe lasy i ponad skalistymi wąwozami, a w zaroślach śpiewały ptaki i inne zwierzęta. Plamki słonecznego blasku i koronkowe cienie przesuwały mu się po nogach, nadając zarazem zielonkawy połysk pozbawionemu brata-bliźniaka mosiężnemu guzikowi na plecach płaszcza woźnicy. Minęli Torfiankę, senny przysiółek – wszystkiego trzy chałupy z belek, warsztat naprawy wiader na mleko oraz dusząca się od jaśminów kuźnia. Kierowca zamachał do jakiegoś niewidocznego przyjaciela i wrażliwy wózek lekko skręcił, by dołączyć się do jego gestu. Mknęli teraz zakurzoną wiejską drogą między polami. Droga to opadała, to się wybrzuszała, a na każdym podjeździe stara nakręcana taksówka zwalniała, jakby za chwilę miała pogrążyć się we śnie i z niechęcią pokonywała swoją słabość.

Zaczęli podskakiwać na kocich łbach na wpół rosyjskiej wsi Gamlet i szofer zamachał znowu, tym razem do chłopca na drzewie wiśni. Brzozy rozstąpiły się, pozwalając im przejechać przez stary most. Mignęła Ladora ze swoimi ruinami czarnego zamku na grani i wielobarwnymi dachami nieco dalej w dole rzeki – miał ją widzieć potem jeszcze wiele razy w życiu.

Roślinność po chwili przybrała wygląd bardziej południowy, droga okrążała już ardisowski park. Za następnym zakrętem na łagodnym wzniesieniu ze starych powieści pojawiła się romantyczna posiadłość. Był to wspaniały wiejski dom, dwupiętrowy, zbudowany z bladych cegieł i fioletowawych kamieni, które w niejednorodnym świetle na przemian sprawiały podobne wrażenie, zdając się wymieniać odcieniem i konsystencją. Mimo różnorodności rozrostu i ożywienia wielkich drzew, które już dawno temu zastąpiły dwa regularne rządki stylizowanych drzewek (raczej dorzuconych przez umysł architekta niż zaobserwowanych okiem malarza), Van natychmiast rozpoznał Ardis Hall przedstawiony na akwareli sprzed dwustu lat, wiszącej w garderobie jego ojca: posiadłość usadowioną na wzniesieniu i górującą nad abstrakcyjną łąką, na której dwa maleńkie ludziki w trójgraniastych kapeluszach rozmawiały ze sobą w niedużej odległości od stylizowanej krowy.

Kiedy Van przybył, w domu nie było nikogo z rodziny. Wierny sługa odebrał konia. Przeszedłszy przez gotycki krużganek, Van znalazł się w holu, gdzie ożywionymi gestami radości powitał go Bouteillan, stary łysy kamerdyner, noszący teraz niepasujące do jego profesji wąsy (pomalowane na soczysty kolor sosu do pieczeni) – był kiedyś pokojowcem jego ojca.

– *Je parie* – powiedział – *que Monsieur ne me reconnaît pas* – i przypomniał Vanowi to, co on sam zdążył już sobie przypomnieć, farmanekin (szczególnego rodzaju pudełkowy latawiec, niemożliwy teraz do wytropienia nawet w największych muzeach dawnych zabawek), który Bouteillan pewnego dnia pomagał mu puszczać na łące upstrzonej jaskrami. Obaj spojrzeli w górę: mały czerwony prostokąt przez chwilę wisiał ukośnie na błękitnym wiosennym niebie. Hol słynął ze swych malowanych sufitów. Było za wcześnie na herbatę: Czy Van chciałby, żeby on lub służąca rozpakowali bagaż?

– Och, może któraś ze służących – powiedział Van, szybko przebiegając w myśli zawartość uczniowskich walizek i zastanawiając się, co w nim mogłoby zaszokować pokojówkę. Zdjęcie nagiej Soni Ebur (modelki)? Kto by się tym przejmował, teraz, kiedy jest mężczyzną.

Idąc za radą kamerdynera, udał się na *tour de jardin*. Szedł krętą ścieżką, bezgłośnie stawiając na miękkim piasku stopy w lekkich tenisówkach, będących częścią szkolnego mundurka; nagle natknął się na osobę, w której pełen niechęci rozpoznał swoją dawną francuską guwernantkę (roiło się tu od duchów!). Siedziała na zielonej ławce pod krzewem bzu perskiego, w jednej ręce trzymała parasolkę, a w drugiej książkę, z której czytała na głos małej dziewczynce, a ta dłubała w nosie i z marzycielską satysfakcją oglądała palec, nim wytarła go o krawędź ławki.

Van uznał, że musi to być „Ardelia”, starsza z dwu małych kuzynek, które miał poznać. W istocie była to Lucette, młodsza kuzynka, nieodznaczające się niczym ośmioletnie dziecko z rudawoblond lśniącą grzywką i piegowatym guzikiem w miejscu nosa: na wiosnę miała zapalenie płuc i wciąż jeszcze otaczał ją welon osobliwego oddalenia, nadając jej wygląd, który dzieci, zwłaszcza psotne, otarłszy się o śmierć, zachowują jeszcze przez jakiś czas. Nagle mlle Larivière spojrzała sponad zielonych okularów na Vana i musiał sobie teraz poradzić z kolejnym gorącym powitaniem. W przeciwieństwie do Alberta nie zmieniła się ani trochę od czasu, kiedy trzy razy w tygodniu przychodziła do miejskiego domu Ciemnego Veena z pełną książek torbą i malutkim, trzęsącym się pudelkiem (już nieżyjącym), którego nie można było zostawić samego. Miał lśniące oczy podobne do smutnych czarnych oliwek.

Po chwili wszyscy ruszyli z powrotem do domu: guwernantka pogrążona w posępnych wspomnieniach i potrząsająca pod morą parasolki głową z wielkim podbródkiem i wielkim nosem, Lucy z hałasem ciągnąca ogrodową motykę, którą znalazła, i młody Van w schludnym szarym garniturze, z powiewającym krawatem, z rękoma założonymi z tyłu, patrzący w dół na starannie stawiane nieme stopy – bez szczególnego powodu usiłował stawiać je w jednej linii.

Przed gankiem zatrzymała się wiktoria. Wysiadały z niej podobna do matki Vana dama oraz jedenasto- czy dwunastoletnia ciemnowłosa dziewczynka, przed którą wyskoczył ruchliwy jamnik. Ada niosła niechlujną wiązankę kwiatów polnych. Miała na sobie białą sukienkę i czarny żakiet, długie włosy związane były białą kokardą. Później już nie widział tego stroju i zawsze, kiedy go, rysując obrazy przeszłości, wspominał, odpowiadała, że musiało mu się to przyśnić, bo nigdy takiego nie miała, a poza tym na pewno nie włożyłaby ciemnego blezera w taki upalny dzień, on jednak do końca upierał się przy tym pierwszym wrażeniu.

Jakieś dziesięć lat wcześniej, niedługo przed jego czwartymi urodzinami, a może po nich i pod koniec przewlekłego pobytu matki w zakładzie, „ciocia" Marina rzuciła się nań w miejskim parku, gdzie w wielkiej klatce były bażanty. Poradziła jego niańce, by pilnowała swego nosa, i wzięła go do kiosku przy muszli koncertowej, gdzie kupiła mu szmaragdowy cukierek miętowy i oznajmiła, że jeśli jego ojciec zechce, zastąpi mu matkę, oraz że nie wolno karmić ptaków bez pozwolenia lady Amherst, tak przynajmniej zrozumiał.

Pili teraz herbatę w przyjemnie umeblowanym kącie poza tym dość surowego holu, z którego wiodły w górę wielkie schody. Siedzieli wokół ładnego stolika na krzesłach obitych jedwabiem. Czarny żakiet Ady i różowo-żółto-niebieski bukiecik zawilców, jaskółczego ziela i orlików leżały na dębowym stołku. Pies dostał więcej kawałków ciasta, niż dostawał zwykle. Price, stary smutny służący, który przyniósł śmietanę do truskawek, wydał się Vanowi podobny do nauczyciela historii, „Jeejee" Jonesa.

– Jest podobny do mojego nauczyciela historii – powiedział Van, kiedy służący sobie poszedł.

– Uwielbiałam kiedyś historię – powiedziała Marina – uwielbiałam wcielać się w sławne kobiety. Na twoim talerzu jest boża krówka, Iwan. Zwłaszcza w sławne piękności – drugą żonę Lincolna albo królową Józefinę.

– Tak, zauważyłem – świetnie zrobiona. Mamy podobny serwis w domu

– *Sliwok* (śmietany)? Mam nadzieję, że mówisz po rosyjsku? – nalewając Vanowi herbaty, spytała Marina.

– *Nieochotno, no sowierszenno swobodno* (niechętnie, ale całkiem swobodnie) – odpowiedział Van, *slegka ułybnuwszys'* (z lekkim uśmiechem). – Tak, mnóstwo śmietany i trzy kawałki cukru.

– Ada i ja mamy takie same ekstrawaganckie gusta jak ty. Dostojewski lubił z sokiem malinowym.

– Phi – prychnęła Ada.

Portret Mariny, dość dobry olej pędzla Treshama, wiszący nad nią na ścianie, przedstawiał ją w efektownym nakryciu głowy, które nosiła na próbach „sceny myśliwskiej" dziesięć lat wcześniej; na kapeluszu z romantycznym rondem było tęczowe skrzydło i ogromne opadające srebrne pióro z czarną obwódką. I Van, przypomniawszy sobie klatkę w parku i matkę, zamkniętą w swojej klatce, doświadczył dziwnego poczucia tajemnicy, jak gdyby komentatorzy jego przeznaczenia odbywali właśnie naradę wojenną. Twarz Mariny była teraz umalowana i ten makijaż miał pomóc naśladować jej dawniejszy wygląd, ale moda tymczasem się zmieniła, na bawełnianej sukience widniał rustykalny deseń, kasztanowe loki zmatowiały i nie opadały już na skronie, nic w jej stroju czy ozdobach nie przywoływało ani szpicruty na obrazie, ani dachówkowego wzoru olśniewającego upierzenia, które Tresham oddał z talentem ornitologa.

Z tej pierwszej herbatki niewiele zostało mu w pamięci. Zauważył fortel Ady, która chowała paznokcie, zaciskając dłoń w pięść albo wyciągając ją wnętrzem do góry, gdy chciała wziąć ciasteczko. Nudziło ją i wprawiało w zmieszanie wszystko, co mówiła jej matka, i kiedy ta zaczęła opowiadać o Oczku, czyli inaczej mówiąc nowym zbiorniku wodnym, stwierdził, że Ada nie siedzi już obok niego, tylko plecami do stolika stoi kawałek dalej przy otwartym oknie, mając przy sobie na krześle cienkiego w talii pieska, także patrzącego ponad rozłożonymi przednimi łapkami na ogród, podczas gdy ona poufnym szeptem pytała go, co tam wywąchał.

– Oczko widać z okna biblioteki – powiedziała Marina. – Ada zaraz pokaże ci wszystkie pokoje. Ada? (Powiedziała to imię na sposób rosyjski, z dwoma ciemnymi, głębokimi „a", tak że przypominało angielskie słowo „ardour").

– Stąd też je widać, o tam błyszczy – powiedziała Ada, odwracając głowę i, *pollice verso*, przedstawiając widok Vanowi, który odłożył filiżankę, wytarł haftowaną serwetką usta i wsunąwszy ją do kieszeni spodni, podszedł do ciemnowłosej dziewczyny o bladych ramionach. Kiedy się ku niej pochylił (był o trzy cale wyższy, a w dniu jej ślubu z pewnym prawosławnym ta różnica nawet się podwoiła, gdy jego cień z tyłu trzymał nad nią wieniec), odsunęła głowę, by mógł przekrzywić swoją pod odpowiednim kątem i jej włosy musnęły jego szyję. W jego pierwszych snach o niej ten powtórzony kontakt, taki lekki, taki krótki, niezmiennie okazywał się nie do wytrzymania dla śpiącego i jak wzniesiony miecz komenderował: ognia, i strzał buchał.

– Skończ herbatę, skarbie – zawołała Marina.

Potem, tak jak zapowiedziała, dwoje dzieci poszło na górę. „Dlaczego schody skrzypią tak rozpaczliwie, kiedy dwoje dzieci idzie na górę?" – myślała, patrząc na poręcz, po której przesuwały się dwie lewe dłonie, poruszając się z uderzająco podobnymi drgnieniami i ślizgami jak brat i siostra, zaczynający uczyć się tańca. „W końcu byłyśmy bliźniaczkami, wszyscy to wiedzą". Jeszcze jeden powolny wysiłek, ona z przodu, on z tyłu, przeniósł ich przez ostatnie dwa stopnie i schody znów zamilkły.

– Staroświeckie skrupuły – powiedziała Marina.

6

Ada pokazała onieśmielonemu gościowi bibliotekę na pierwszym piętrze, dumę Ardisu i zarazem swoje ulubione „pastwisko", na które matka nigdy nie zaglądała (miała bowiem swój własny zestaw Tysiąca i jednej najlepszych sztuk w swym buduarze), i którego Rudy Veen, sentymentalny i tchórzliwy, unikał jak ognia, nie chcąc natknąć się na ducha swego ojca, zmarłego tam na udar, a także dlatego, że – jak uważał – nie ma nic bardziej przygnębiającego niż komplet dzieł kompletnie zapomnianych autorów; jednakże nie przeszkadzało mu, gdy przypadkowy gość podziwiał wysokie regały i niskie szafki, ciemne obrazy i blade popiersia, dziesięć krzeseł z rzeźbionego orzecha i dwa wspaniałe stoły inkrustowane hebanem. Na pulpicie leżał w skośnych promieniach uczonego słońca atlas botaniczny otwarty na kolorowej planszy przedstawiającej orchidee. We wnęce pod oknem z jedną dużą szybą, obdarzającym szczodrym widokiem na banalny park i jezioro, dzieło rąk ludzkich, stało coś w rodzaju sofy lub kozetki przykrytej czarnym aksamitem, na której leżały dwie żółte poduszki. Para lichtarzy, fantomy z metalu i łoju, stały lub zdawały się stać na szerokim parapecie.

Wychodzący z biblioteki korytarz mógłby zaprowadzić naszych milczących badaczy do apartamentów pana i pani Veen w zachodnim skrzydle, gdyby kontynuowali swoje eksploracje, obrawszy ten właśnie kierunek. Zamiast tego na wpół sekretne schodki, ukryte za obrotową szafą na książki, wyniosły ich po spirali na piętro – bladouda Ada szła pierwsza, robiąc większe kroki niż on, stąpający o trzy strome stopnie z tyłu.

Sypialnie i przyległe do nich pomieszczenia okazały się bardziej niż skromne i Van nie mógł obronić się przed żalem, że jest najwyraźniej zbyt młody, by przydzielono mu jeden z dwu pokoi gościnnych obok biblioteki. Oglądając obrzydliwe przedmioty, które miały otaczać go w samotności letnich nocy, nostalgicznie przywołał na pamięć luksusy domu rodzinnego. Wszystko uderzało go tutaj jako obliczone na kulącego się kretyna – ponure łóżko ze średniowiecznym wezgłowiem z odrapanego drewna, łóżko jak z przytułku dla ubogich, skrzypiąca sama z siebie szafa, zrobiona z podrabianego mahoniu, przysadzista komoda z gałkami połączonymi łańcuszkiem (jednej z gałek brakowało), skrzynia na pościel (zażenowana uciekinierka z prasowalni) i stare biurko cylindryczne, którego wypukła pokrywa była zamknięta na klucz albo wypaczona i przez to nieruchoma; w jednej z bezużytecznych szufladek Van znalazł brakującą gałkę i wręczył ją Adzie, która natychmiast wyrzuciła ją przez okno. Nigdy przedtem nie spotkał stojącego wieszaka na ręczniki, nigdy nie widział umywalki zrobionej specjalnie dla ludzi pozbawionych wanny. Okrągłe lustro nad umywalką ozdobione było pozłacanymi gipsowymi winogronami; diabelski wąż otaczał porcelanową miednicę (siostrę-bliźniaczkę miednicy w łazience dla dziewcząt po drugiej stronie korytarza). Krzesło z poręczami i wysokim oparciem oraz stojący przy łóżku taboret z mosiężnym świecznikiem (którego sobowtóra, ten sam trzon i profitka, zdaje się, widział odbitego w czymś przed chwilą – ale gdzie to było?) uzupełniały najgorszą i zasadniczą część skromnego umeblowania.

Wyszli z powrotem na korytarz, ona wstrząsnęła włosami, on odchrząknął. Kawałek dalej natknęli się na uchylone i kiwające się drzwi pokoju dziecinnego czy pokoju zabaw, skąd wyglądała malutka Lucette, wysuwając jedno rdzawe kolano. Nagle skrzydło drzwi gwałtownie się otworzyło, ale dziewczynka rzuciła się do środka i znikła. Kobaltowe żaglówki zdobiły białe kafle pieca; kiedy jej siostra i on przeszli przez otwarte drzwi, katarynka-zabawka zaczęła zapraszająco grać zająkliwego menuecika. Ada i Van wrócili na parter – tym razem paradnymi schodami. Pośród wielu wiszących na ścianie przodków wskazała mu swojego ulubieńca, starego księcia Wsiesława Ziemskiego (1699–1797), przyjaciela Linneusza i autora księgi pod tytułem *Flora Ladorica*; namalowany był soczystymi farbami olejnymi, na jego atłasowym łonie spoczywała narzeczona, ledwie wchodząca w okres pokwitania, a obok jej jasnowłosa lalka. Koło odzianego w haftowany mundur miłośnika różanych pączków wisiało („dość niestosowne sąsiedztwo" – pomyślał Van) powiększone, skromnie oprawione zdjęcie. Świętej pamięci Sumieriecznikow, amerykański prekursor braci Lumière, sfotografował wujka Ady, śmiertelnie chory młodzieniec przedstawiony był z profilu, ze skrzypcami przyciśniętymi do policzka, po pożegnalnym koncercie.

Żółty salon na parterze, obity adamaszkiem i umeblowany w stylu, który Francuzi zwali kiedyś *empire*, otwierał się na ogród i teraz, późnym popołudniem, uległ inwazji wpełzających przez próg cieni wielkich liści paulowni, nazwanej tak – wyjaśniła Ada – przez kiepskiego lingwistę od wziętego za drugie imię lub nazwisko patronimiku niczemu niewinnej damy, Anny Pawłowny Romanow, córki Pawła, przezywanego „Paweł minus Piotr" (czemu – nie wiedziała), kuzynki nauczyciela językowego ignoranta, botanika Ziemskiego („zaraz zacznę wyć" – pomyślał Van). W serwantce znajdował się cały ogród zoologiczny malutkich porcelanowych zwierzątek, spośród których jego czarująca, ale nieznośnie pretensjonalna towarzyszka specjalnie zarekomendowała mu oryksa i okapi, dodając ich łacińskie nazwy naukowe. Równie fascynujący był pięcioskrzydłowy parawan z jaskrawymi malowidłami na czarnej tkaninie, przedstawiającymi pierwsze mapy czterech i pół kontynentu. Przechodzimy teraz do pokoju muzycznego z rzadko używanym fortepianem i do pomieszczenia narożnego, zwanego zbrojownią, gdzie stoi wypchany kucyk szetlandzki, na którym jeździła kiedyś ciotka Dana Veena, nazwisko panieńskie, chwała Logu, zostało zapomniane. Po drugiej czy jeszcze jakiejś innej stronie domu była sala balowa, połyskująca pustynia z podpierającymi ścianę krzesłami. „Jedź dalej, czytelniku" („*mimo, czitatiel*", jak napisał Turgieniew). „Oficyny", niezbyt prawidłowo nazywane tak w hrabstwie Ladore, w wypadku Ardis Manor pod względem architektonicznym były nieszczególnie szczęśliwe. Treliażowa galeria spoglądała na ogród przez swoje spowite girlandami ramię, po czym gwałtownie skręcała w kierunku podjazdu. Natomiast elegancka lodżia, rozświetlona długimi oknami, prowadziła trzymającą teraz język za zębami Adę i nieznośnie znudzonego Vana do kamiennej altany, atrapy groty z bezwstydnie lgnącymi do niej paprociami i fałszywą kaskadą, wypożyczoną z jakiejś rzeczki czy książeczki, czy może z piekącego pęcherza Vana (po całej tej przeklętej herbacie).

Mieszkania służby (z wyjątkiem dwu umalowanych i upudrowanych pokojówek, które miały pokoje na piętrze) znajdowały się na parterze od strony dziedzińca; Ada oznajmiła, że odwiedziła je raz w dzieciństwie, w jego badawczym okresie, i zapamiętała jedynie kanarka i przedpotopowy młynek do kawy; oboje zadowolili się tą informacją.

Znów popędzili na piętro. Van skoczył do WC i wynurzył się stamtąd w znacznie lepszym humorze. Karłowaty Haydn jeszcze raz zagrał kilka taktów, kiedy go mijali.

Strych. To jest strych. Witamy na strychu. Złożono na nim mnóstwo kufrów i kartonów, były tam też dwie brązowe kanapy, jedna na drugiej, jak spółkujące żuki, a także liczne obrazy, które stały w rogach albo na półkach, twarzami do ściany jak ukarane dzieci. W specjalnym futerale leżał zwinięty stary „jikker", inaczej zwany łątką, niebieski latający dywan pokryty arabskimi wzorami, wypłowiały, ale nadal uroczy, ojciec stryjaszka Daniela używał go w latach chłopięcych, latał na nim też później, kiedy się wstawił. Z uwagi na wielką liczbę upadków, zderzeń i innych nieszczęśliwych zdarzeń, szczególnie częstych o zachodzie słońca ponad idyllicznymi polami, jikkery zostały przez policję powietrzną zakazane; jednak cztery lata później Van, który lubił tę rozrywkę, przekupił miejscowego mechanika i ten wszystko wyczyścił, przeładował rury wycharkowe i w ogóle przywrócił rzecz do stanu czarodziejskiej używalności, dzięki czemu wiele letnich dni spędzili, Van i jego Ada, wisząc nieruchomo ponad laskiem i rzeką albo szybując na bezpiecznej wysokości dziesięciu stóp nad powierzchnią dróg czy dachów. Jaki zabawny był podrygujący rowerzysta, który wpadał do rowu, jak cudacznie wyglądał ześlizgujący się po dachu i rozkładający ręce kominiarz!

Powodowana niejasnym wrażeniem, że dopóki oglądają dom, przynajmniej są c z y m ś zajęci i zachowują pozory logicznych działań, które – mimo wspaniałych talentów konwersacyjnych, jakie oboje posiedli – mogłyby, wyrodniejąc, przerodzić się w rozpaczliwą próżnię skrępowanej bezczynności, a próżni tej nie dałoby się zapełnić niczym prócz sztucznych żartów i następującego później milczenia, Ada nie oszczędziła mu sutereny, gdzie drżał brzuchaty robot, mężnie rozgrzewający rury, meandrujące do ogromnej kuchni i dwu ponurych łazienek, a w okresie świątecznych zimowych przyjazdów ze wszystkich sił starających się uczynić zamek miejscem możliwym do zamieszkania.

– Niczego właściwie nie widziałeś! – zawołała Ada. – Jest jeszcze dach!

„Po nim na nic się już dzisiaj nie wspinam" – stanowczo mruknął do siebie Van.

Ze względu na mieszaninę nachodzących na siebie stylów i dachówek (niełatwych do wytłumaczenia bez terminów technicznych komuś, kto nie jest miłośnikiem dachów), jak również, by tak rzec, przypadkowe kontinuum napraw, dach Ardis Manor stanowił nieopisany mętlik załamań i poziomów, cynowozielonych i rybioszarych powierzchni, scenicznych grani i osłoniętych przed wiatrem zakątków. Można się tu było ściskać i całować, i w przerwach podziwiać zbiornik wodny, zagajniki, łąki, a nawet atramentową kreskę modrzewi, które wiele mil dalej wyznaczały granicę sąsiedniej posiadłości, jak również obrzydliwe malutkie plamy mniej lub bardziej beznogich krów na odległym zboczu. Można się też było łatwo ukryć przed wścibskimi brzytwodziobami lub fotografującym balonem.

Na tarasie zagrzmiał brązem gong.

Nie wiadomo dlaczego oboje dzieci poczuło ulgę, dowiadując się, że na obiedzie będzie obecny gość, andaluzyjski architekt, który zgodnie z wolą stryjaszka Dana miał zaprojektować „artystyczny" basen pływacki w majątku. Stryjaszek Dan też zamierzał przybyć i przywieźć ze sobą tłumacza, ale złapał rosyjski „chrip" (grypę hiszpankę) i zatelefonował do Mariny, żeby jak najuprzejmiej przyjęła poczciwego starego Alonsa.

– Musicie mi pomóc! – powiedziała Marina dzieciom, marszcząc w zakłopotaniu brwi.

– Mogłabym mu może pokazać – powiedziała Ada, zwracając się do Vana – kopię absolutnie fantastycznie cudownej *nature morte* Juana Labradora de Extremadura – złote winogrona i dziwna róża na czarnym tle. Dan sprzedał oryginał Demonowi, a Demon obiecał zrobić mi z niego prezent na piętnaste urodziny.

– Mamy też jakieś owoce Zurbarana – zadowolony z siebie powiedział Van. – Chyba mandarynki i jakiś rodzaj figi, po której łazi osa. Olśnimy staruszka rozmową na fachowe tematy!

Nie olśnili. Alonso, drobniutki, pomarszczony mężczyzna w dwurzędowym smokingu, mówił tylko po hiszpańsku, a suma hiszpańskich słów, które znali jego gospodarze, ledwie przekraczała pół tuzina. Van wiedział, co to takiego *canastilla* (koszyczek) i *nubarrones* (chmury burzowe) – z paralelnego przekładu uroczego hiszpańskiego wiersza w jednym z jego podręczników. Ada pamiętała oczywiście słowo *mariposa*, motyl, i nazwy kilku ptaków (z atlasów ornitologicznych), takich jak *paloma*, gołąb, czy *grevol*, jarząbek. Marinie znane były wyrazy *aroma* i *hombre* oraz pewien termin anatomiczny z „j" zwisającym pośrodku. W rezultacie rozmowa przy stole składała się z długich, grudkowatych zdań hiszpańskich, artykułowanych bardzo głośno przez elokwentnego architekta, który myślał, że ma do czynienia z ludźmi głuchymi jak pień, i paru słów francuskich umyślnie, ale na próżno wymawianych przez jego ofiary z włoskim akcentem. Kiedy trudny obiad dobiegł końca, Alonso przy świetle trzech pochodni trzymanych przez dwu lokajów, zbadał ewentualne miejsce lokalizacji kosztownego basenu, włożył z powrotem do teczki plan terenu i przez pomyłkę ucałowawszy w ciemności dłoń Ady, pośpiesznie wyszedł, by złapać ostatni pociąg na południe.

7

Van, któremu kleiły się powieki, poszedł do łóżka wkrótce po „wieczornej herbacie", w zasadzie pozbawionym herbaty posiłku podawanym w lecie kilka godzin po obiedzie, dla Mariny równie naturalnym i nieuniknionym jak zachód słońca przed nocą. Ta tradycyjna rosyjska przekąska składała się w ardisowskim gospodarstwie z *prostokwaszy* (co angielska guwernantka przekładała jako *curds-and-whey*, a mlle Larivière jako *lait caillé* – ścięte mleko), której cienką, gładką jak śmietanka górną warstwę mała Miss Ada delikatnie, ale łapczywie (Ado, te przymiotniki odnoszą się do wielu twoich działań!) zbierała specjalną srebrną łyżeczką z monogramem V i zlizywała przed atakiem na bardziej amorficzne głębie przysmaku; jednocześnie podawano ciemny, gruboziarnisty chłopski chleb, mroczną *kłubnikę* (*Fragraria elatior*) i ogromne, jaskrawoczerwone truskawki ogrodowe (krzyżówka dwóch innych gatunków rodzaju *Fragraria*). Ledwie Van zdążył położyć policzek na chłodnej płaskiej poduszce, a już gwałtownie obudził go gromki gwar – wesoły szczebiot, słodkie gwizdy, ćwierkanie, trele, świergoty, zgrzytliwe krakanie i tkliwe stłumione pienia. Nie bez lęku nieaudobonisty pomyślał, że Ada mogłaby (i na pewno nie omieszkałaby tego uczynić) rozbić to wszystko na odpowiednie głosy odpowiednich ptaków. Wsunął stopy w mokasyny, wziął mydło, grzebień i ręcznik i, opanowawszy swoją nagość frotowym szlafrokiem, wyszedł z sypialni, zamierzając zanurzyć się w rzeczce, którą wypatrzył poprzedniego dnia. Zegar na korytarzu tykał we wczesnoporannej ciszy, zakłócanej wewnątrz jedynie chrapaniem dobiegającym z pokoju guwernantki. Po chwili wahania wszedł do WC pokoju dziecinnego. Przez wąskie okno runęła tam na niego szalona ptaszarnia wraz z intensywnym blaskiem słońca. Czuł się znakomicie, naprawdę znakomicie! Kiedy schodził po paradnych schodach, pozdrowiły go poważne oczy ojca generała Durmanowa, i przekazały następnie staremu księciu Ziemskiemu i kolejnym przodkom, przyglądającym mu się z równie dyskretną uwagą, z jaką strażnicy muzeum obserwują jedynego turystę w starym mrocznym pałacu.

Główne drzwi wejściowe okazały się zamknięte na zasuwę i łańcuch. Spróbował otworzyć oszklone i zakratowane drzwi oplecionej niebieskimi girlandami galerii, ale i one nie ustąpiły. Nieuświadomiony, że w skromnej wnęce pod schodami jest mnóstwo zapasowych kluczy, często bardzo starych, anonimowych, zwisających na mosiężnych hakach, i że przez skład narzędzi łączy się ona z ustronną częścią ogrodu, Van przewędrował kilka saloników w poszukiwaniu jakiegoś usłużnego okna. W pokoju narożnym natknął się na stojącą przy wysokiej framudze młodą pokojówkę, którą spostrzegł (i której postanowił przyjrzeć się bliżej) już poprzedniego wieczoru. Ubrana była w to, co jego ojciec – na pół serio mrugając okiem – nazywał „czerń soubret z falbaniastym frissonet"; szylkretowy grzebień w jej kasztanowych włosach świecił bursztynowo; oszklone drzwi były otwarte, trzymała jedną rękę, zdobną drobniutką gwiazdką akwamarynu, dość wysoko na futrynie, przyglądając się wróblowi podskakującemu po pokrytej kamiennymi płytkami dróżce i zbliżającego się do kawałka herbatnika z dziecinnymi paluszkami na krawędzi, który przed chwilą mu rzuciła. Jej profil jak z kamei, jej milutkie różowe nozdrza, jej długa, francuska, biała jak lilia szyja, zarys figury, zarówno pełny, jak kruchy (męska żądza nie zwykła iść zbyt daleko, jeśli chodzi o szczęśliwe odkrycia opisu!), a zwłaszcza dzikie poczucie okazji i swobody podnieciły Vana tak mocno, że nie mógł się powstrzymać przed złapaniem za nadgarstek jej ciasno opiętej tkaniną ręki. Uwalniając się i chłodną postawą potwierdzając, że jej nie zaskoczył, zwróciła ku niemu swą ładną, chociaż niemal pozbawiona brwi twarz i spytała, czy nie chciałby herbaty przed śniadaniem. Nie. Jak ma na imię? Blanche, ale mlle Larivière nazywa ją „Cendrillion", ponieważ na pończochach bardzo często lecą jej oczka, o, proszę spojrzeć, i dlatego, że tłucze i gubi różne rzeczy i myli kwiaty. Luźny strój zdradził jego żądzę, co nie mogło ujść uwagi dziewczyny, choćby była daltonistką, kiedy podszedł jeszcze bliżej, cały czas ponad jej głową szukając wzrokiem odpowiedniej kanapy, która nabrałaby kształtu w jakimś kącie tego magicznego domu, gdzie j a k i e k o l w i e k miejsce, jak we wspomnieniach Casanovy, może przeobrazić się dzięki czarowi marzenia w zakątek seraju – całkowicie wymknęła się z jego objęć i w swej miękkiej ladoriańskiej francuszczyźnie wygłosiła niewielki monolog:

– *Monsieur a quinze ans, je crois, et moi, je sais vierge, j'en ai dixneuf. Monsieur* jest szlachcicem, a ja jestem biedną córką kopacza torfu. *Monsier a tâté, sans doute, des filles de la ville; quant à moi, je suis, ou peu s'en faut. De plus*, gdybym zakochała się w panu, to znaczy naprawdę się zakochała – a niestety mogłoby się to stać, gdyby posiadł mnie pan *rien qu'une petite fois* – miałabym z tego tylko żal, ogień piekielny, rozpacz, a nawet śmierć, *monsieur. Finalement*, muszę dodać, że cierpię na upławy i powinnam pójść do *le docteur Chronique*, to znaczy Crolique, kiedy będę miała następne wychodne. Teraz musimy się rozstać, wróbel, jak widzę, odleciał, a do pokoju obok wszedł monsieur Bouteillan i może nas obserwować w tym lustrze nad sofą za jedwabnym parawanem.

– Wybacz mi, dziewczyno – mruknął Van, całkiem zbity z tropu jej dziwnie tragicznym tonem, wydawało mu się, że gra główną rolę w sztuce, ale z całego jej tekstu pamięta tylko tę jedną scenę.

Ręka lokaja w lustrze zdjęła znikąd karafkę i zniknęła. Van, na nowo zawiązując pasek szlafroka przeszedł przez oszklone drzwi i zanurzył się w zielonej rzeczywistości ogrodu.

8

Tego samego dnia albo parę dni później na tarasie:

– *Mais va donc jouer avec lui* – powiedziała mademoiselle Larivière, poganiając Adę, której młodziutkie biodra nierówno drgnęły pod klapsem. – Nie pozwól, żeby twój kuzyn *se morfonde*, kiedy jest taka ładna pogoda. Weź go za rękę. Idź i pokaż mu białą damę na twojej ulubionej dróżce i górę, i wielki dąb.

Ada odwróciła się do niego ze wzruszeniem ramion. Dotknięcie jej zimnych palców i wilgotnej dłoni oraz zakłopotany gest, jakim odrzucała do tyłu włosy, kiedy szli główną aleją parku, sprawiły, że również on poczuł się zakłopotany i chcąc rzekomo podnieść szyszkę jodłową, wyswobodził rękę. Rzucił szyszką w kobietę z marmuru, pochylającą się nad stamnosem, ale zdołał jedynie spłoszyć ptaka, który przysiadł na skraju jej rozbitego dzbana.

– Nie ma nic bardziej banalnego na świecie – powiedziała Ada – niż ciskanie kamieniami w grubodzioba.

– Przepraszam – powiedział Van – nie chciałem wystraszyć tego ptaka. To przez to, że nie jestem wiejskim chłopakiem, który czuje różnicę między szyszką a kamykiem. W co *au fond* mielibyśmy się, jej zdaniem, bawić?

– *Je l'ignore* – odparła Ada. – Naprawdę niespecjalnie mnie interesuje funkcjonowanie jej nieszczęsnego umysłu. Chyba w *cache-cache* albo w drapanie się na drzewa.

– O, w tym jestem dobry – oznajmił Van – mam chwytne stopy.

– Nie – powiedziała Ada – będziemy się bawić w m o j e zabawy, w zabawy, które sama wymyśliłam. W zabawy, w które biedactwo Lucette będzie mogła, mam nadzieję, bawić się ze mną już za rok. Chodź, zaczynamy. Dzisiejsza kategoria to gry z dziedziny „cień-i-światło". Pokażę ci dwie z nich.

– Pojmuję – powiedział Van.

– Pojmiesz za chwilę – rzuciła piękna pedantka. – Przede wszystkim musimy znaleźć jakiś dobry kijek.

– O, patrz – powiedział Van, trochę jeszcze się bocząc – leci następny tłustodziób.

Tymczasem doszli do *rond-point* – niewielkiej areny otoczonej kwietnikami i krzewami jaśminu w pełnym rozkwicie. W górze lipa wyciągała ręce do rąk dębu, jak ozdobiona zielonymi błyskotkami ślicznotka lecąca na spotkanie swego ojca-siłacza zaczepionego stopami na trapezie. Już wtedy orientowaliśmy się w tych niebiańskich sprawach, już wtedy.

– Jest coś akrobatycznego w tych gałęziach tam, nie? – spytał wskazują ręką.

– Tak – odpowiedziała. – Już dawno to odkryłam. Tilia to fruwająca Włoszka, a dąb to stary cierpiący kochanek, ale i tak łapie ją za każdym razem (nie sposób dokładnie odtworzyć intonacji, oddając – po osiemdziesięciu latach! – cały sens, ale niewątpliwie, kiedy tak spoglądali w górę i w dół, powiedziała coś ekstrawaganckiego, coś, co nie pasowało do jej młodego wieku).

Patrząc w ziemię i wywijając ostrym zielonym palikiem, który pożyczyła sobie od piwonii, Ada wyjaśniła zasady pierwszej gry.

Cienie liści na piasku na rozmaite sposoby porozdzielane były kręgami żywego światła. Gracz wybierał sobie taki krąg - najlepszy, najjaśniejszy, jaki mógł znaleźć - i mocno obrysowywał jego kontur ostrym zakończeniem swojego kijka; w rezultacie żółte okrągłe światło zdawało się nabierać wypukłości niby powierzchnia niemal przelewającej się za krawędzie złotej farby. Potem gracz kijkiem lub palcami delikatnie wygarniał ziemię z kręgu. Lśniąca powierzchnia *infusion de tilleul* magicznie obniżała się w ziemnym kielichu, by wreszcie ograniczyć się do jednej drogocennej kropli. Wygrywał gracz, który zrobił więcej kielichów w ciągu, powiedzmy, dwudziestu minut.

Van podejrzliwie spytał, czy to już wszystko.

Nie, nie wszystko. Żłobiąc solidny krążek wokół szczególnie pięknej bryłki złota, Ada kucała, przesuwała się na nowe miejsce, nadal kucając, jej czarne włosy opadały na gładkie jak kość słoniowa ruchliwe kolana, a biodra i ręce pracowały, jedną dłonią trzymała kijek, drugą odgarniała uciążliwe kosmyki włosów. Lekki wietrzyk nagle przesłonił cieniem jej plamkę. Kiedy zdarzało się coś takiego, gracz tracił punkt, nawet jeśli liść lub chmura szybko się odsuwały.

Dobra. A druga gra?

Druga gra (śpiewnym głosem) może się wydawać trochę bardziej skomplikowana. Żeby grać w nią właściwie, trzeba zaczekać do popołudnia, kiedy cienie są dłuższe. Gracz...

– Nie mów ciągle „gracz", chodzi albo o ciebie, albo o mnie.

– Powiedzmy, ty. Obrysowujesz mój cień na piasku za mną. Przechodzę dalej. Obrysowujesz go znowu. Potem zaznaczasz następny kontur (wręczając mu kijek). Jeśli teraz się cofnę...

– Wiesz co – powiedział Van, ciskając kijek – osobiście uważam, że to najnudniejsze i najgłupsze gry, jakie ktokolwiek kiedykolwiek wymyślił, gdziekolwiek, w dowolnym czasie, czy to przed południem czy po.

Nic nie odpowiedziała, ale jej nozdrza się zwęziły. Podniosła kijek i ze złością głęboko wbiła go z powrotem w ziemię, tam, gdzie było jego miejsce, koło wdzięcznego kwiatu, który przywiązała do drewna, kiwnąwszy w milczeniu głową. Ruszyła w kierunku domu. Zastanawiał się, czy jej chód nabierze wdzięku, kiedy dziewczyna podrośnie.

– Proszę cię, wybacz mi, bydlę ze mnie i prostak – powiedział.

Skinęła głową, nie odwracając się jednak. Jako znak częściowej zgody, pokazała mu dwa solidne haki z żelaznymi obręczami przytwierdzone do pni dwu tulipanowców, między którymi przed jej urodzeniem inny chłopiec, też Iwan, brat jej matki, zawieszał hamak, żeby spać w nim w środku lata, kiedy noce robiły się naprawdę duszne – w końcu była to szerokość geograficzna Sycylii.

– Wspaniały pomysł – powiedział Van. – *A propos*, czy robaczki świętojańskie mogą poparzyć, kiedy dotkną człowieka? Tylko tak pytam. To po prostu głupie pytania chłopca z miasta.

Potem pokazała mu, gdzie znajduje się hamak, a właściwie cały komplet hamaków, brezentowy worek pełen mocnych, ale subtelnych siatek: trzymano go w kącie umieszczonego w piwnicy składu narzędzi za krzakami bzu, klucz chowa się w tej dziurze, którą w zeszłym roku wypełniało gniazdo ptaka, nie trzeba określać gatunku. Strzałka słonecznego promienia malowała zieleńszą farbą długie zielone pudełko, gdzie przechowywano sprzęt do krykieta: jednakże piłeczki dawno stoczyły się ze wzgórza, spuszczone przez dwoje niesfornych dzieciaków, małych Ermininów, którzy teraz są w wieku Vana i wyrośli na miłych i spokojnych młodych ludzi.

– Jakimi w tym wieku jesteśmy wszyscy – powiedział Van i przystanął, żeby podnieść zakrzywiony szylkretowy grzebień, taki, jakim dziewczęta upinają z tyłu włosy; widział niedawno dokładnie taki sam grzebień, ale gdzie, w czyjej fryzurze?

– Jednej z pokojówek – powiedziała Ada. – Ta postrzępiona książczyna też musi być jej, *Les Amours du docteur Mertvago*, romans mistyczny pióra pewnego pastora.

– W krykieta gra się z tobą pewnie jeżami i flamingami.

– Listy naszych lektur się nie pokrywają – odpowiedziała Ada. – Wszyscy mówili mi zawsze, że zachwycę się *Delicją w Krainie Czarów*, toteż nabrałam do niej nieprzepartego uprzedzenia. Czytałeś któreś z opowiadań mlle Larivière? No cóż, przeczytasz. Jest przekonana, że w jakimś innym hinduistycznym wcieleniu była paryskim *boulevardier* i pisze w tym duchu. Moglibyśmy przecisnąć się stąd prosto do holu frontowego przez tajne przejście, ale – jak sądzę – mamy teraz popatrzeć sobie na *grand chêne*, który w istocie jest wiązem.

Czy lubi wiązy? Czy zna poemat Joyce'a o dwu praczkach? Owszem, zna. Podoba mu się? Tak. W ogóle zaczęły mu się podobać sady, eskapady i Ady. Rymowały się ze sobą. Czy powinien o tym wspomnieć?

– A teraz... – powiedziała i przystanęła, wbijając w niego wzrok.

– Tak? – powiedział. – A teraz?

– Cóż, może nie powinnam dostarczać ci rozrywki, po tym jak podeptałeś moje kręgi, ale ugnę się i pokażę ci prawdziwy cud Ardis Manor – zrobione przeze mnie larwarium, jest w pokoju przylegającym do mojego (którego nigdy nie zobaczył, nigdy – jakie to dziwne, pomyśleć tylko!).

Starannie zamknęła drzwi wewnętrzne, kiedy weszli do czegoś, co wyglądało jak upiększona królikarnia na końcu wyłożonej marmurem sali (jak się okazało, przerobionej łazienki). Mimo że sporo powietrza wpadało przez otwarte na oścież heraldyczne okno witrażowe (słyszało się piski i gwizdy niedożywionego i straszliwie poirytowanego ptasiego plemienia), zapach klatek – mokra ziemia, wypełnione sokami korzenie, stara cieplarnia i być może szczypta kozła – zwalał z nóg. Zanim pozwoliła Vanowi się zbliżyć, Ada dotknęła rozmaitych małych zatrzasków i siatek, i poczucie wielkiej pustki i przygnębienia zastąpiło słodki ogień, który palił Vana od samego początku ich niewinnych zabaw tego dnia.

– *Je raffole de tout ce qui rampe* (szaleję za wszystkim, co pełza) – powiedziała.

– Osobiście – powiedział Van – wolę takie, które zwijają się w mufkę, kiedy je dotknąć, takie, które zaraz zasypiają jak stare psy.

– Ależ one nie z a s y p i a j ą, *quelle idée*, one o m d l e w a j ą, to taka niewielka utrata świadomości – wyjaśniła Ada, marszcząc brwi. – Wyobrażam sobie, że to może być spory szok dla młodszych z nich.

– Tak, też mogę to sobie wyobrazić. Ale przypuszczam, że można się do tego przyzwyczaić, to znaczy stopniowo.

Jednakże jego wahania profana wkrótce ustąpiły miejsca estetycznej empatii. Wiele lat później Van pamiętał, jak bardzo podobały mu się urocze nagie, lśniące, krzykliwie nakrapiane i prążkowane gąsienice kapturnicy, równie jadowite jak otaczające je kwiaty dziewanny, a także płaska larwa miejscowej wstęgówki, której szare guzy i liliowe blaszki udają sęki oraz porosty pokrywające gałązkę, do której przywarła tak mocno, że w istocie się z nią złączyła, i – rzecz jasna – niewielki gość z rodzaju znamionówek: jego czerń na całej powierzchni grzbietu ożywiały malowane kłaczki, czerwone, niebieskie, żółte, różnej długości, przypominające włosie fantazyjnej szczoteczki do zębów, pomalowane farbami z certyfikatem nieszkodliwości. Ten rodzaj porównań i te szczególne upiększenia przypominają mi dzisiaj entomologiczne notki w dzienniku Ady, który gdzieś musimy mieć, nieprawdaż, kochanie, o, w tamtej szufladzie, co? Nie sądzisz? Tak! Hura! Próbki (oto pełne policzki twoich liter, najdroższa, litery były trochę większe, ale poza tym nic, nic, nic się nie zmieniło):

Wysuwana głowa i diaboliczne wypustki analne tego olśniewającego monstrum, które przekształca się w skromną widłogonkę siwicę, zdobią jedną z najbardziej niegąsienicowatych gąsienic, jej przednie segmenty ukształtowane są jak miechy, twarz przypomina soczewkę mieszkowego aparatu fotograficznego. Jeśli delikatnie pogłaskać jej nabrzmiałe, gładkie ciało, ma się miłe wrażenie jedwabistości, póki poirytowane stworzenie nie strzyknie niewdzięcznie na człowieka drażniącą cieczą przez szparę w gardle.

Dr Krolik otrzymał z Andaluzji i był łaskaw mi podarować pięć młodych larw nowo opisanych rusałek carmen, pojawiających się na bardzo niewielkim obszarze. Są to urocze stworzenia w cudownym nefrytowym odcieniu, ze srebrnymi kolcami, mnożą się tylko na pewnym, na wpół wymarłym gatunku wysokogórskiej wierzby (którą kochany Krolisio także dla mnie zdobył).

(W wieku lat dziesięciu albo wcześniej dziecko – podobnie jak Van – czytało *Les Malheurs de Swann*, co ujawnia kolejna próbka):

Myślę, że Marina przestanie mi wytykać moje hobby („Jest coś nieprzyzwoitego w dziewczynce, która trzyma takie odrażające zwierzaki..."; „Normalne panienki powinny brzydzić się wężami, robakami itp."), jeśli zdołam przekonać ją, żeby przezwyciężyła swoją staroświecką odrazę i potrzymała jednocześnie na dłoni i pulsie (sama ręka byłaby za mała!) szlachetną larwę zawisaka katleja (fioletoworóżowe cienie monsieur Prousta), siedmiocalowego kolosa w cielistym kolorze, z turkusowymi arabeskami, unoszącego hiacyntową głowę w sztywnej „sfinksowej" pozie.

(Cudowny opis! – powiedział Van – ale n a w e t ja nie zdołałem w młodych latach pojąć go do końca. Nie tumańmy więc tumana, który kartkuje książkę i myśli: „Staruszek V.V. robi sobie głupie dowcipy!")

Pod koniec tak odległego, tak bliskiego lata 1884 roku Van przed wyjazdem z Ardisu złożył wizytę pożegnalną w larwarium Ady.

Porcelanowobiała, nakrapiana oczkami larwa kapturnicy, wysoko ceniony klejnot, szczęśliwie dotrwała do kolejnej metamorfozy, ale jedyna w zbiorach Ady wstęgówka lorelei zginęła, sparaliżowana przez jakiegoś ichneumona, którego nie zwiodły jej sprytne wypukłości i grzybiaste plamy. Kolorowa szczoteczka do zębów spokojnie przepoczwarzyła się, tworząc kosmaty kokon, obiecujący motyla znamionówki perskiej późną jesienią. Dwie larwy widłogonki siwicy stały się jeszcze brzydsze, ale przybrały postać przynajmniej bardziej robakowatą i w pewnym sensie bardziej czcigodną: ich widły teraz wlokły się zwiotczałe za nimi, a sinawy rumieniec uspokoił kubistyczne wybryki ich ekstrawaganckich kolorów, bez przerwy szybko pełzały po podłodze swej klatki w przypływie poprzedzającej przepoczwarzenie ruchliwości. Rok wcześniej Aqua przeszła przez las i skryła się w wąwozie, by uczynić to samo. Świeżo wynurzona z poczwarki *Nymphalis carmen* machała cytrynowymi i bursztynowobrązowymi skrzydłami w słonecznej plamie na siatce, tylko po to, by zostać zduszona jednym ruchem zwinnych palców zachwyconej i bezlitosnej Ady; Sfinks Odetty zmienił się niespodziewanie, niech mu będzie na zdrowie, w słoniowatą mumię z komicznym futerałem na trąbę guermantoidalnego typu. Co się zaś tyczy dra Krolika, to biegał szybko na krótkich nóżkach za bardzo rzadką zorzynką wysoko ponad granicą lasu, na innej półkuli; znana była jako *Antocharis ada* Krolik (1884), póki wskutek nieubłaganego prawa pierwszeństwa taksonomicznego nie zmieniła nazwy na *A. Prittwitzi* Stümper (1883).

– Ale potem, kiedy wszystkie te stworzenia się wylęgną, co z nimi robisz? – spytał Van.

– Och – powiedziała. – Zabieram je do asystenta dra Krolika, asystent rozpina je, opisuje i nabiwszy na szpilki, chowa pod szkłem w bardzo stosownej szafce dębowej, która będzie moja, kiedy wyjdę za mąż. Zrobi się wtedy z tego duża kolekcja, a ja dalej będę hodować wszelkie rodzaje łuskoskrzydłych; marzę o specjalnym Instytucie

Larw Perłowców, gdzie byłyby wszystkie odmiany fiołków, którymi się karmią. Będę miała jajeczka i larwy zwożone mi tu samolotami z całej Ameryki Północnej, jak również rośliny będące ich pożywieniem – fiołki sekwojowe z Zachodniego Wybrzeża i blady fiołek z Montany, i fiołek preriowy, i fiołek z Egglestone w Kentucky, i rzadki biały fiołek z tajemniczego bagna koło niemającego nazwy jeziora w polarnych górach, gdzie fruwa mały perłowiec Krolika. Oczywiście, kiedy motyle wyjdą z poczwarek, łatwo będzie je sparzyć, po prostu palcami, trzymasz je, czasem całkiem niedługo, o, w ten sposób, profilem, za złożone skrzydła (pokazała metodę, nie bacząc na swoje nieszczęsne paznokcie), samczyka masz w lewej ręce, samiczkę w prawej, albo odwrotnie, koniuszki brzuchów muszą się zetknąć, ale okazy powinny być świeże i dosłownie nasycone swoim ulubionym fiołkowym wyziewem.

9

Czy była naprawdę ładna jako dwunastolatka? Czy on pragnął, czy mógł kiedykolwiek pragnąć ją pieścić, pieścić ją naprawdę? Jej czarne włosy spływały kaskadą na jeden z obojczyków; gest, który czyniła, odrzucając je do tyłu, jak również dołeczek w jej bladym policzku były objawieniami, w których kryło się coś doskonale znanego. Jej bladość błyszczała, jej czerń płonęła. Plisowane spódnice, które tak lubiła, były czarująco krótkie. Nawet jej nagie kończyny zupełnie nie poddawały się opaleniźnie i wzrok, głaszcząc jej białe golenie i przedramiona, mógł śledzić na nich regularne pochyłości delikatnych ciemnych włosków, jedwabi jej lat dziewczęcych. Ciemnobrązowe tęczówki jej poważnych oczu miały w sobie enigmatyczną nieprzezroczystość spojrzenia orientalnego hipnotyzera (z reklamy na tylnej okładce popularnego magazynu) i wydawały się umieszczone wyżej niż zwykle, tak że między ich dolnym brzegiem i wilgocią powieki, kiedy dziewczyna patrzyła wprost na ciebie, znajdowała się półksiężycowata kołyska bieli. Długie rzęsy wydawały się poczernione i rzeczywiście były. Tylko grubawy zarys spieczonych ust ratował jej rysy od elfiej śliczności. Jej czysto irlandzki nos był miniaturą nosa Vana. Jej zęby były dość białe, ale nierówne.

Jej biedne ładne dłonie – nie można się było nad nimi powstrzymać od tkliwego współczucia – różowe w porównaniu z przezroczystą skórą przedramienia, nawet bardziej różowe niż łokieć, zdawały się rumienić za stan jej paznokci: obgryzała je tak dokładnie, że wszelkie resztki marginesu zmieniły się w wyżłobienie wrzynające się w skórę z bezwzględnością drutu i przedłużające nagie koniuszki palców dodatkową szpatułką. Później, kiedy tak polubił całowanie jej chłodnych rąk, zaciskała je, dopuszczając jego usta jedynie do knykci, on jednak ze wszystkich sił starał się je rozewrzeć, by dostać się do tych ślepych płaskich poduszeczek. (Ale, ach, ach, te długie omdlewające onyksy jej adolescencji, różowo-srebrne, ostre i pomalowane, delikatnie kłujące!)

To, czego Van doświadczył w tych osobliwych pierwszych dniach, kiedy pokazywała mu dom – także te zakamarki, gdzie już niedługo mieli się kochać – łączyło w sobie zachwyt oraz irytację. Zachwyt jej bladą, zmysłową, niedozwoloną skórą, jej włosami, jej nogami, jej kanciastymi ruchami, jej zapachem, zapachem antylopiej trawy, nagłym ciemnym spojrzeniem jej szeroko rozstawionych oczu, wiejską nagością pod sukienką; irytację, ponieważ między nim, niezgrabnym uczniem obdarzonym geniuszem, a tym nad wiek rozwiniętym, afektowanym, nieprzeniknionym dzieckiem rozciągały się świetlista próżnia i cienisty woal, których żadna siła nie mogła przebyć ani przebić. Klął okropnie, w beznadziejności swego łóżka, koncentrując swe nabrzmiałe zmysły na jej przelotnym obrazie, który zdołał w siebie wchłonąć, kiedy podczas ich drugiej wycieczki w najwyższe partie domu wspięła się na jakiś marynarski kufer, żeby otworzyć coś w rodzaju iluminatora, przez który można się wydostać na dach (nawet pies wyszedł kiedyś tamtędy), jakaś klamra czy coś podobnego gwałtownie uniosła wtedy jej spódniczkę i Van zobaczył – tak jak widzi się jakiś mdlący cud w biblijnym epizodzie albo wstrząsającą przemianę ćmy – że dziecko jest pokryte ciemnym meszkiem. Jak zauważył, ona, zdaje się, zauważyła, że on zauważył lub mógł zauważyć (to, co nie tylko zauważył, ale z tkliwą zgrozą zachował w pamięci, dopóki nie uwolnił się od tej wizji, znacznie później i w szczególny sposób), i dziwna, pochmurna, wyniosła mina pojawiła się na chwilę na jej twarzy: jej zapadnięte policzki i pełne blade wargi poruszyły się, jakby coś żuła, a kiedy on, duży Van, przecisnąwszy się przez świetlik, poślizgnął się na dachówce, wydała z siebie skowyt pozbawionego radości śmiechu. I w nagłym świetle słońca zrozumiał, że do tej chwili on, mały Van, był ślepym prawiczkiem, jako że pośpiech, kurz i mrok zakrywały mysie wdzięki jego pierwszej ladacznicy, tak często posiadanej.

Jego uczucia szkoliły się teraz szybko. Następnego ranka zobaczył przez przypadek, jak dziewczynka myje twarz i ręce nad staroświecką miską na rokokowej umywalce, jej włosy upięte były na czubku głowy, koszula nocna, owinięta wokół talii, przypominała niekształtną koronę kwiatu, z której wysuwały się jej szczupłe plecy, na zwróconym ku niemu boku cieniowane żebrami. Gruby porcelanowy wąż wił się dokoła umywalki i kiedy obaj, gad i on, zatrzymali się, by popatrzeć na Ewę, na miękkie kołysanie się pączków jej piersi widzianych z profilu, duża kostka mydła w kolorze morwy wyślizgnęła się jej z dłoni, a stopa w czarnej skarpetce zamknęła drzwi z lekkim stukiem, który wydawał się raczej echem odgłosu upadku mydła na marmurową płytę niż wyrazem wstydliwego niezadowolenia.

10

Codzienny lunch w Ardis Hall. Lucette pomiędzy Mariną i guwernantką; Van pomiędzy Mariną i Adą; Dack, złotobrązowa łasica, pod stołem, pomiędzy Adą i Mlle Larivière albo pomiędzy Lucette i Mariną (Van, co trzymał w tajemnicy, nie lubił psów, zwłaszcza przy posiłkach i zwłaszcza małych wydłużonych dziwolągów z oddechem zalatującym rozkładem). Filuterna i pompatyczna Ada opowiada sen albo opisuje jakiś cud historii naturalnej, szczególny chwyt literacki - „*monologue intérieur*" Paula Bourgeta pożyczony od starego Lowy - lub jakiś groteskowy błąd w najnowszym felietonie Elsie de Nord, wulgarnej damy z literackiego półświatka, myślącej, że Lowin chodził po Moskwie w *nagolnym tułupie*, „baranim kożuchu mużyka, nagą stroną na zewnątrz, kosmatą do środka", jak definiuje to słownik, który nasza komentatorka wyczarowuje nagle jak magik, ale którego żadna Elsie tego świata nie widziała na oczy. Spektakularna swoboda, z jaką operowała zdaniami podrzędnymi, jej nawiasowe uwagi, zmysłowe akcentowanie sąsiadujących ze sobą wyrazów jednosylabowych („Elsie po prostu nie umie czytać, t o g ł ą b") – wszystko to ostatecznie zaczęło działać na Vana tak, jak mogłyby działać sztuczne podniety i egzotyczne tortury-pieszczoty, budząc złowrogie podniecenie, które zarówno go drażniło, jak i dawało perwersyjną przyjemność.

Jej matka nazywała ją „swoim skarbem" i przerywała wypowiedzi Ady krótkimi okrzykami: „Strasznie śmieszne!", „Och, to cudowne!", ale pozwalała sobie też na karcące uwagi, takie jak: „Wyprostuj się trochę" albo „J e d z, mój skarbie" (akcentując to „jedz" z matczynym naleganiem, zupełnie niepodobnym do złośliwości sarkastycznych spondejów jej córki).

Ada, to siedzi prosto, wciskając w oparcie krzesła elastyczne plecy, to znów, kiedy sen czy przygoda (czy cokolwiek, o czym opowiada) zbliża się do kulminacji, pochyla się nad miejscem, z którego Price roztropnie usunął jej talerz, i nagle jej łokcie rozpłaszczają się, zajmując cały stół, potem odchyla się, robi ekstrawaganckie miny, obrazując „długie, długie", obiema rękoma w górze, w górze!

– Mój skarbie, nie spróbowałaś jeszcze – och, Price, przynieś...

Przynieś co? Linę, po której dziewczynka fakira, dziecko z gołym zadkiem, wdrapie się ku topniejącemu błękitowi?

– Były to jakieś takie długie, długie. To znaczy (przerywając samej sobie)... jak macka... nie, zaraz (kręci głową, rysy drgają, jak gdyby rozsupłując splątany motek jednym szybkim szarpnięciem).

Nie: wielkie purpuroworóżowe śliwki, jedna z żółtą wilgotną szramą.

– I wtedy byłam... (kaskada włosów, ręka wędruje ku skroni, szkic gestu, niedokończony, i nagła salwa ochrypłego, falującego śmiechu, zakończona wilgotnym kaszlnięciem).

– Nie, poważnie, mamo, musisz sobie wyobrazić, że jestem całkiem oniemiała, że n i e m o krzyknęłam, kiedy zrozumiałam...

Podczas trzeciego lub czwartego posiłku Van też coś zrozumiał. Ada nie była bynajmniej dziewuszką chcącą się popisać przed przybyszem, jej zachowanie stanowiło rozpaczliwą i całkiem inteligentną próbę przeszkodzenia Marinie w opanowaniu rozmowy i przekształceniu jej w wykład o teatrze. Z kolei Marina, czekając na okazję rozpędzenia trojki swych teatralnych koników, czerpała profesjonalną rozkosz z odgrywania banalnej roli matki dumnej z uroków i humoru córki, a także uroczo i z dozą humoru przyzwalającej na bezczelny nadmiar szczegółów: to ona się popisywała, nie Ada! I kiedy Van pojął, na czym polega sytuacja, starał się wykorzystać przerwę (którą Marina zamierzała zapełnić wybranymi przez siebie stanisławskianami) do tego, by pomóc Adzie spuścić się na niespokojne wody Zatoki Botanicznej, a więc rozpocząć rejs, którego w innych okolicznościach tak się obawiał, ale który teraz okazywał się najbezpieczniejszą i najłatwiejszą podróżą dla jego bogdanki. Było to szczególnie ważne przy kolacji, ponieważ Lucette i jej guwernantka wcześniej jadły wieczorny posiłek na górze, wobec czego Mlle Larivière nie było w tych krytycznych chwilach przy stole i nie można było liczyć na to, że zluzuje pozostającą w tyle Adę, opowiadając o pracy nad nowym opowiadaniem (jej słynny *Diamentowy naszyjnik* znajdował się na etapie polerowania) albo o wydarzeniach z okresu wczesnych lat chłopięcych Vana, na przykład – historia szczególnie mile widziana – o jego ukochanym rosyjskim guwernerze, który delikatnie uwodził Mlle L., pisał „dekadenckie" rosyjskie wiersze stosując nieregularny „rytm wybuchowy" i pił w rosyjskiej samotności.

Van: To żółte coś (wskazując kwiatuszek pięknie przedstawiony na talerzu Eckercrowna)... czy to jaskier?

Ada: Nie. Ten żółty kwiat to pospolity rodzaj nagietka, knieć błotna, *Caltha palustris*. W tym kraju chłopi niewłaściwie nazywają go „pierwiosnkiem", chociaż oczywiście prawdziwy pierwiosnek, *Primula veris*, to zupełnie inna roślina.

– Aha – powiedział Van.

– Tak, istotnie – zaczęła Marina – kiedy grałam Ofelię, to, że kiedyś miałam zielnik...

– Na pewno było pomocne – powiedziała Ada. – Rosyjskie słowo oznaczające knieć błotną to *kuroslep* (mużyki w Tatarii, nieszczęśni niewolnicy, niewłaściwie odnoszą je do jaskrów) albo *kałużnica*, synonim bardzo na miejscu, skoro używają go mieszkańcy Kaługi w USA.

– Ach – powiedział Van.

– Tak jak w wypadku wielu kwiatów – ciągnęła Ada ze spokojnym uśmiechem szalonego uczonego – niefortunna francuska nazwa naszej rośliny, *souci d'eau*, była przekładana czy może powiedzmy raczej przemieniana...

– Albo deflorowana, hm, ładne kwiatki – zażartował Van.

– *Je vous en prie, mes enfants!* – wtrąciła się Marina, która śledziła rozmowę z trudnością i teraz wskutek innego rodzaju nieporozumienia uznała, że nie chodzi o kwestie translatorskie.

– Przypadkiem akurat dziś rano – powiedziała Ada, nie racząc wyprowadzić matki z błędu – nasza uczona guwernantka, która była także twoją guwernantką, Van, i która...

(Pierwszy raz wypowiedziała jego imię, w czasie tej lekcji botaniki!)

...jest dość surowa dla anglosaskich „przekładaczy-partaczy" i ich zwalających z nóg byków – chociaż, jak sądzę, jej powody są raczej natury szowinistycznej niż artystycznej i moralnej – zwróciła moją uwagę, moją chwiejną uwagę, na kilka cudownych przykładów „defloracji", jak to ująłeś, Van, w *soi-disant* dosłownej wersji niejakiego pana Fowliego – nazwanej „pełną wrażliwości" w niedawnej entuzjastycznej recenzji Elsie, „wrażliwości"! – *Mémoire* Rimbauda (którego to wiersza szczęśliwie – i dalekowzrocznie – kazała mi się kiedyś nauczyć na pamięć, chociaż podejrzewam, że woli Musseta i Coppéego)...

– ...*les robes vertes et déteintes des filletes*... – zacytował Van tryumfalnie.

– Wół-aśnie (parodiując Dana). No cóż, Larivière pozwala mi go czytać tylko w antologii Feuilletina, tej samej, którą najwyraźniej masz i ty, ale zamierzam niedługo zdobyć jego *œuvres complètes*, bardzo niedługo, znacznie szybciej, niż ktokolwiek sądzi. Nawiasem mówiąc, Mademoiselle zejdzie do nas, kiedy tylko położy Lucette, naszego kochanego rudzika, który teraz powinien już mieć na sobie swoją zieloną nocną koszulę...

– *Angieł moj* – jęknęła Marina – Vana z pewnością zupełnie nie interesuje nocny strój Lucette!

– ...w odcieniu liści wierzby i liczyć owieczki na swoim *ciel de lit*, co Fowlie rozumie jako „łoże nieba", a nie „baldachim". Ale, wracając do naszego nieszczęsnego kwiatka. Fałszywy *louis d'or* w tym zbiorze spaskudzonej francuszczyzny to transformacja *souci d'eau* (naszej knieci błotnej) w oślą „troskę wody" – a miał przecież do dyspozycji z tuzin synonimów, takich jak pierwianek, majówka, majokwiat, molikwiat i mnóstwo innych przezwisk związanych ze świętami płodności, czymkolwiek by one były.

– Z drugiej strony – powiedział Van – łatwo można sobie wyobrazić podobnie dwujęzyczną Miss Rivers sprawdzającą francuski przekład, powiedzmy, *Ogrodu* Marvella...

– Och – zawołała Ada – mogę wyrecytować *Le jardin* we własnym tłumaczeniu, zaraz...

En vain on s'amuse a gagner
L'Oka, la Baie du Palmier...

– ...to win the Palm, the Oke, or Bayes!... dla liścia palmy, dębu lub wawrzynu! – zawołał Van.

– Wiecie co, dzieci – stanowczo przerwała im Marina, obiema dłońmi czyniąc uspokajające gesty – kiedy byłam w twoim wieku, Ado, a mój brat był w twoim, Van, rozmawialiśmy o krokiecie i kucykach, i szczeniętach, i ostatniej *fête-d'enfants*, i najbliższym pikniku, i... och, o tysiącach normalnych miłych spraw, ale nigdy, przenigdy o starych francuskich botanikach i Bóg wie o czym!

– Ale czy przed chwilą nie mówiłaś, że miałaś zielnik? – spytała Ada.

– Och, tylko przez parę miesięcy, gdzieś w Szwajcarii. Nie pamiętam kiedy. To teraz nieważne.

Bratem, o którym mówiła, był Iwan Durmanow; zmarł na raka płuc w dość odległej przeszłości, w sanatorium (niedaleko od Ex, gdzieś w Szwajcarii, gdzie Van przyszedł na świat osiem lat później). Marina często wspominała Iwana, który jako osiemnastolatek był sławnym skrzypkiem, ale wspominała go, nie okazując szczególnych emocji, toteż Ada ze zdziwieniem zauważyła teraz, że gruby makijaż jej matki zaczyna się rozpuszczać w nagłej powodzi łez (może to jakaś alergia na stare płaskie suche kwiaty, atak kataru siennego albo gentianitis, co mogłaby retrospektywnie potwierdzić postawiona później diagnoza). Marina wysiąkała nos, trąbiąc jak słoń, jak to sama określała, i oto pojawiła się Mlle Larivière, która zeszła na kawę i wspominki o *bambin angélique*, czyli Vanie, który *a neuf ans* – kochany chłopczyk! – uwielbiał Gilbertę Swann *et la Lesbie de Catulle* (i który nauczył się, całkiem samodzielnie, jak sobie ulżyć w tym uwielbieniu, kiedy tylko lampa naftowa opuszczała ruchomy pokój w zaciśniętej dłoni jego murzyńskiej niańki).

11

Kilka dni po przybyciu Vana porannym pociągiem przyjechał z miasta stryjaszek Dan, by jak zwykle spędzić weekend z rodziną.

Van wpadł na niego, kiedy stryjek przechodził przez hol. Kamerdyner z wielkim wdziękiem (jak ocenił Van) zasygnalizował panu, k i m jest wysoki chłopiec, uczynił to, zawieszając jedną dłoń trzy stopy nad ziemią, a potem unosząc ją coraz wyżej i wyżej, robiąc przy tym jak gdyby karby w powietrzu – był to kod wysokościowy, który zrozumiał tylko nasz sześciostopowy młodzieniec. Van widział, jak rudowłosy gentleman patrzy z konsternacją na starego Bouteillana, który pośpiesznie szepnął mu imię chłopca.

Pan Daniel Veen miał pewien osobliwy zwyczaj: podchodząc do gościa, wkładał palce swojej otwartej już prawicy do kieszeni marynarki i trzymał je tam, dokonując w ten sposób swego rodzaju zabiegu oczyszczającego, aż do momentu samego uścisku dłoni.

Oznajmił Vanowi, że za parę minut będzie padać, „ponieważ w Ladorze już zaczęło", a deszczowi, powiedział, „droga do Ardis zajmuje około pół godziny". Van pomyślał, że to dowcip i uprzejmie zachichotał, ale stryjaszek Dan znowu zrobił zmieszaną minę i patrząc na Vana bladymi rybimi oczyma, spytał go, czy zaznajomił się już z okolicą, ile zna języków i czy nie chciałby kupić za parę kopiejek losu loterii Czerwonego Krzyża.

– Nie, dziękuję – odparł Van – wystarczą mi własne loterie.

Jego stryjek spojrzał znowu, teraz jakby trochę z ukosa.

W salonie podano herbatę, wszyscy byli dość cisi i opanowani, stryjaszek Dan szybko wycofał się do swojego gabinetu, wyciągając z wewnętrznej kieszeni złożoną gazetę, a ledwo opuścił pokój, okno samo się otworzyło, potężna ulewa zaczęła bębnić w liście tulipanowców i paulowni i rozmowa zrobiła się ogólna i głośna.

Deszcz nie trwał zbyt długo, czy raczej niedługo został: ruszył w dalszą hipotetyczną drogę do Radugi, Ładogi, Kaługi lub Ługi, rozpostarłszy nad Ardis Hall kawałek tęczy.

Stryjaszek Dan siedział w wyściełanym fotelu i, posługując się jednym z owych lilipucich słowników dla niewymagających turystów, które pomagały mu deszyfrować zagraniczne katalogi sztuki, próbował czytać artykuł poświęcony chyba hodowli ostryg, zamieszczony w niderlandzkojęzycznej gazecie ilustrowanej, zostawionej przez kogoś w pociągu na miejscu naprzeciwko – kiedy po całym domu, z pokoju do pokoju zaczął się roznosić obrzydliwy zgiełk.

Swawolny *dachshund* z jednym uchem powiewającym, a drugim wywróconym i ukazującym swoją różowość w szare cętki, szybko poruszając komicznymi nóżkami i ślizgając się na parkiecie, kiedy wykonywał gwałtowne zwroty, niósł właśnie do odpowiedniej kryjówki, by tam go poszarpać na drobne kawałki, spory kłębek nasyconej krwią waty, złapany gdzieś na piętrze. Wesołe zwierzę ścigały Ada, Marina i dwie służące, ale nie udawało się go osaczyć wśród tych barokowych mebli, jako że pies gnał przez niezliczone drzwi. Nagle całe polowanie okrążyło fotel stryjaszka Dana i wypadło z pokoju.

– Panie na niebiosach – zawołał, dostrzegając kątem oka krwawą zdobycz – ktoś musiał sobie uciąć palec!

Klepiąc się po udach i po fotelu, szukał czegoś i pod podnóżkiem znalazł kieszonkowy słowniczek, po czym wrócił do swojej gazety, ale sekundę później musiał sprawdzić słowo „*groote*", do którego już docierał, kiedy mu przeszkodzono.

Zirytowała go prostota znaczenia.

Przez otwarte oszklone drzwi Dack wyprowadził swoich prześladowców do ogrodu. Tutaj, na trzecim trawniku, Ada schwyciła go dzięki nurkującemu skokowi, znanemu z meczów „footballu amerykańskiego", czegoś w rodzaju rugby, w który niegdyś grali kadeci na wilgotnych trawiastych brzegach Goodson River. Jednocześnie Mlle Larivière podniosła się z ławki, gdzie przycinała Lucette paznokcie, wymierzyła nożyczki w Blanche, która przybiegła z papierową torebką, i oskarżyła młodego kocmołucha o stworzenie oburzającego precedensu, mianowicie o to, że kiedyś upuściła w pościel Lucette szpilkę do włosów, *un machin long comme ça qui faillit blesser l'enfant à la fesse*. Marina jednak, w typowy dla rosyjskiej szlachcianki sposób obawiająca się „obrazić niżej stojącego", oznajmiła, że sprawa jest zamknięta.

– *Niechoroszaja, niechoroszaja sobaka* – zawodziła Ada z wielkim naciskiem atakując głoski przydechowe i syczące, brała przy tym na ręce pozbawionego łupu i w najmniejszym stopniu niespeszonego „złego psa".

12

Hamak i miód: osiemdziesiąt lat później Van wciąż przypominał sobie z młodzieńczym skurczem serca pierwszą radość zakochiwania się w Adzie. Pamięć spotykała wyobraźnię w pół drogi – w hamaku jego młodzieńczych świtów. W wieku dziewięćdziesięciu czterech lat uwielbiał odtwarzać to pierwsze miłosne lato nie jako sen, który właśnie mu się przyśnił, ale jako rekapitulację świadomości mającej podtrzymać go przy życiu we wczesnych szarych godzinach między płytkim snem a pierwszym proszkiem, pierwszą pigułką nowego dnia. Zluzuj mnie, kochanie, na chwileczkę. Proszki, paproszki, paprocie, krocie. Zacznij z tego miejsca, dobrze, Ado?

(Ona). Krocie chłopców. Weź jedno stosunkowo przyzwoite dziesięciolecie. Tłum Tomów, dobrych, utalentowanych, czułych i namiętnych, nie tylko duchowo, ale i fizycznie pełnych najlepszych intencji rozbierał w ciągu tej dekady lawiny Lavinii, miliardy Milek, nie mniej tkliwych i błyskotliwych, w miejscach i warunkach, które powinny być zbadane i określone przez odpowiedniego pracownika, żeby całego raportu nie zagłuszyło zielsko statystyk i generalizacji niesięgających wyżej pasa. Nasze wysiłki byłyby bezsensowne, gdybyśmy pominęli na przykład drobną kwestię zdumiewającej świadomości indywidualnej i młodych geniuszy, którzy w pewnych wypadkach z takiego czy innego sapania czynią wydarzenie bezprecedensowe i niepowtarzalne w kontinuum życia czy przynajmniej wykorzystują tematyczne anthemiony takich wydarzeń w dziele sztuki lub oskarżycielskim artykule. Szczegóły, które przeświecają jak blask lub jak cień: miejscowy liść przez przejrzystą skórę, zielone słońce w wilgotnym brązowym oku, *tout ceci, wsio eto* in nuce i in toto, musi być brane pod uwagę, teraz przygotuj się, twoja kolej (nie, Ado, mów dalej, *ja zasłuszałsia*: zmieniłem się cały w oczarowanie i słuch), jeśli mamy zdać sprawę z faktu, faktu, faktu... że pośród bilionów tych brylujących par w jednym przekroju poprzecznym tego, co pozwolę sobie nazwać (dla wygody rozumowania) czasoprzestrzenią, jedna para to wyjątkowa nadimperialna para, *swierchimpieratorskaja czeta*, i w konsekwencji (ma stać się przedmiotem badań, ma być namalowana, oskarżona, wydana jako poemat czy nuty albo wydana na tortury i śmierć, jeśli dziesięciolecie ma jednak ogon skorpiona) szczegóły jej aktów miłosnych w szczególny sposób wpływają na dwa długie żywoty i na paru czytelników, te trzciny myślące, oraz ich pióra i ich psychiczne pędzle. Historia naturalna, doprawdy! Nienaturalna, ponieważ taka precyzja sensualności i sensu musi wydawać się wieśniakom niemiło dziwaczna i ponieważ szczegół jest wszystkim: Śpiew toskańskiego zniczka albo sitkańskiego mysikrólika na cmentarnym cyprysie, miętowy zapach cząbru ogrodowego albo kędzierzawca na zboczu nad brzegiem morza, roztańczony trzepot ogończyka wiązowca lub modraszka echo – połączone z innymi ptakami, kwiatami i motylami, właśnie to należy słyszeć, czuć i widzieć poprzez przezroczystość śmierci i płomiennego piękna. A teraz rzecz najtrudniejsza: piękno samo w sobie postrzegane w przestrzeni i czasie. Samce świetlika (teraz już naprawdę twoja kolej, Van).

Samce świetlika, małego świecącego chrząszcza, bardziej przypominającego spadającą gwiazdę niż skrzydlatego owada, pojawiły się, gdy w Ardisie nastały pierwsze ciepłe i atramentowo czarne noce. Najpierw pojedynczo, tu i tam, potem w widmowych chmarach, by z czasem znów ograniczyć się do paru osobników, kiedy ich poszukiwania dobiegały naturalnego końca. Van obserwował je z tą samą miłą trwogą, której doświadczył jako dziecko, kiedy zagubił się w fioletowym zmierzchu ogrodu włoskiego hotelu, na cyprysowej alei, myślał wówczas, że cyprysy to złociste upiory lub przelotne urojenia ogrodu. Kiedy tak leciały płynnie i, zdawałoby się, prosto, raz po raz przecinając ciemność wokół niego, każdy z nich wysyłał bladocytrynowy blask – mniej więcej co pięć sekund, w swoim własnym szczególnym rytmie (całkiem innym niż w wypadku pokrewnego gatunku, tego, co, według Ady, wraz z gatunkiem *Photinus ladorensis* latał nad Ługą i Lugano), dając sygnały mieszkającej w trawie samicy, która zaczynała pulsować w migotliwej odpowiedzi, weryfikując wpierw przez chwilę rodzaj użytego przez samca kodu świetlnego. Obecność tych wspaniałych zwierzątek, delikatnie iluminujących w przelocie wonną noc, napełniała Vana subtelną radością, którą entomologia Ady wywoływała w nim rzadko – być może w rezultacie zawiści, jaką w uczonym teoretyku czasami budzi bezpośrednia wiedza naturalisty. Hamak, wygodne podłużne gniazdo, odbijał na jego nagim ciele siatkę albo pod cedrem żałobnym, który rozpościerał się ponad jednym z rogów trawnika i zapewniał częściowe schronienie w wypadku ulewy, albo – w bezpieczniejsze noce – pomiędzy dwoma tulipanowcami (gdzie poprzedni letni gość z operową peleryną narzuconą na lepką koszulę nocną przebudził się pewnego razu, ponieważ pośród instrumentów rakietrosy wybuchła cuchnąca bomba i zapalając zapałkę stryjaszek Van ujrzał jasną krew plamiącą jego poduszkę).

Okna czarnego zamku gasły poziomymi i pionowymi rzędami lub zgodnie z ruchem konika szachowego. WC koło pokoju dziecinnego najdłużej zajmowała Mlle Larivière, która chodziła tam z lampką na różany olejek i swoim *buvard*. Lekki wietrzyk zmierzwił kotary w jego bezkresnym teraz pokoju. Wenus wypłynęła na niebo; Wenus wpłynęła w jego ciało.

Wszystko to zdarzyło się tuż przed sezonową inwazją pewnego interesująco prymitywnego komara (którego zajadłość rosyjska i niezbyt życzliwa część naszej populacji przypisywała diecie z francuskich hodowców winorośli i zjadaczy żurawiny z Ladory); a jednak fascynujące świetliki i jeszcze bardziej niesamowity blady kosmos prześwitujący przez ciemne listowie, mimo nowych niedogodności, równoważyły nocną mękę, uciążliwość potu i spermy związaną z jego dusznym pokojem. Noc, rzecz jasna, z a w s z e pozostawała męką, niemal przez całe stulecie jego życia, niezależnie od tego, jak biedak był senny czy naszpikowany pigułkami – geniusz bowiem to nie tylko słodki pierniczek, nawet dla szejka Williama z jego spiczastą bródką i stylizowaną łysą kopułą czy markotnego Marcela, który nie czując się śpiący oddawał się ścinaniu głów szczurom, czy wreszcie dla t e g o V. V., błyskotliwego lub ciemnego (zależnie od bystrości wzroku czytelników, też biednych ludzi, niezależnie od naszej finezji i ich finansów); w Ardisie wszelako bujne życie nawiedzonego przez gwiazdy nieba zaprzątało chłopca tak bardzo, że – ogólnie rzecz biorąc – czuł się wdzięczny, kiedy paskudna pogoda albo jeszcze bardziej paskudny owad - *kamargskij komar* naszych mużyków i *moustique moscovite* ich nie mniej skłonnych do aliteracji, odpłacających pięknym za nadobne antagonistów - zagnały go z powrotem do wyboistego łóżka.

W tym naszym suchym sprawozdaniu o wczesnej, zbyt wczesnej miłości Vana Veena do Ady Veen nie ma ani powodu do metafizycznej dygresji, ani miejsca na nią. Jednakże niech nam wolno będzie zauważyć (póki pulsują i lecą lucyfery, a sowa pohukuje - też bardzo rytmicznie - w pobliskim parku), że Van, który w tym czasie nie zaznał jeszcze naprawdę grozy Terry, mętnie przypisując ją, kiedy analizował męki drogiej niezapomnianej Aquy, fatalnym fanaberiom i ludowym fantazjom - nawet wtedy, w wieku lat czternastu, uznawał, że dawne mity, które udzielały bezpiecznej egzystencji wirowaniu światów (nieważne jak głupich i mistycznych) i sytuowały je w szarej materii przepełnionych gwiazdami niebios, zawierają w sobie być może robaczka świętojańskiego osobliwej prawdy. Jego noce w hamaku (ów inny nieszczęsny młodzieniec przeklinał tam krwawy kaszel i zapadał się z powrotem w sny o skradających się czarnych pumpach i katastrofie symboli w orkanie orkiestry, podpowiedziane mu przez profesjonalnych lekarzy), gdzie teraz dręczony był nie tyle swym pożądaniem Ady, ile tą bezsensowną przestrzenią nad głową, pod głową, wszędzie, diabelskim odpowiednikiem boskiego czasu wokół niego i w nim, i mającego wibrować znowu - na szczęście z nieco większym sensem - w ostatnie noce życia, którego nie żałuję, kochana moja.

Zapadał w sen w chwili, kiedy już myślał, że nigdy nie zaśnie; sny miał młode. Gdy pierwszy płomień dnia dotykał hamaka, budził się jako inny człowiek, mężczyzna, (o, prawdziwy mężczyzna). „Ado, nasze sady, eskapady", trymetr daktyliczny, który miał pozostać jedynym wkładem Vana Veena w poezję anglo-amerykańską, śpiewnie wypełniał mu cały mózg. Niech pochwalone będą ptasie aubady, a diabeł porwie gwiazd miriady! Miał czternaście lat i pół roku; był rozogniony i zuchwały; pewnego dnia gwałtownie ją posiądzie.

Jedno z takich zielonych wskrzeszeń mógł, odgrywając na nowo przeszłość, odtworzyć szczegółowo. Naciągnąwszy na siebie spodenki kąpielowe, wcisnąwszy i ścisnąwszy całe swoje skomplikowane, oporne, zwielokrotnione instrumentarium, wypadł ze swego gniazda i niezwłocznie wyruszył sprawdzić, czy jej część domu już ożyła. Ożyła. Ujrzał błysk szkła, plamkę koloru. Jadła *sa petite collation du matin*, sama, na swoim balkonie. Van odnalazł sandały - w jednym był chrząszcz, w drugim płatek kwiatu - i przez skład narzędzi wszedł do chłodnego budynku.

Dzieci tego rodzaju, co ona, wymyślają najczystsze filozofie. Ada także wypracowała sobie swój własny systemik. Od przyjazdu Vana upłynęło ledwie około tygodnia, kiedy uznała, że chłopak wart jest wprowadzenia w splątane tajniki jej mądrości. Życie ludzkiej jednostki składa się z pewnej liczby poklasyfikowanych rzeczy, są to: „rzeczy prawdziwe", nieczęste i bezcenne, zwykłe „rzeczy", stanowiące banalną materię życia oraz „rzeczy widmowe", zwane również „mgłami", takie, jak gorączka, ból zębów, straszliwe rozczarowania i śmierć. Trzy lub więcej rzeczy, które pojawiają się w tym samym czasie, tworzą „wieżę" lub, jeśli następują bezpośrednio po sobie, „most". „Wieże prawdziwe" i „mosty prawdziwe" to radości życia, a kiedy człowiek styka się z serią wież, doznaje najwyższego upojenia, co jednak nie zdarza się niemal nigdy. W pewnych okolicznościach, w pewnym oświetleniu, neutralna „rzecz" może wyglądać na „prawdziwą", a nawet się nią stać, może również jednak zagęścić się w cuchnącą „mgłę". Kiedy zdarza się tak, że radość i brak radości są ze sobą pomieszane, jednocześnie lub na równi pochyłej trwania, mamy do czynienia ze „zwalonymi wieżami" i „zerwanymi mostami".

Malarskie i architektoniczne szczegóły jej metafizyki sprawiały, że noce nie były dla niej tak męczące jak dla Vana i że tego ranka – podobnie jak większości ranków – miał wrażenie powrotu ze znacznie bardziej oddalonego i ponurego kraju niż ten, z którego przychodziła wraz ze swym słonecznym blaskiem.

Jej grube, lepko błyszczące wargi rozchylał uśmiech.

(Całując cię t u t a j – powiedział jej wiele lat później – zawsze pamiętam ten błękitny ranek na balkonie, kiedy jadłaś *tartine au miel*, o ileż lepszą po francusku.)

Klasyczne piękno miodu z koniczyny, gładkiego, bladego, przejrzystego, swobodnie spływającego z łyżki i moczącego chleb z masłem mojej ukochanej w płynnym mosiądzu. Okruch nasycony nektarem.

– Rzecz prawdziwa? – spytał.

– Wieża – odpowiedziała.

I osa.

Osa starannie badała jej talerzyk. Jej ciałko pulsowało.

– Spróbujemy kiedyś zjeść osę – stwierdziła Ada – ale musi być n a ż a r t a, żeby smakowała. Na pewno nie użądli cię w język. Żadne zwierzę nie tknie języka człowieka. Kiedy lew skończy podróżnika, z kośćmi i wszystkim, z a w s z e zostawia jego język leżący ot, tak sobie na pustyni (z gestem lekceważenia).

– Nie bardzo w to wierzę.

– To ogólnie znany sekret.

Jej włosy były tego dnia wyszczotkowane i połyskiwały ciemno, kontrastując z matową bladością jej szyi i ramion. Miała na sobie koszulkę w paski, z której w swoich samotnych fantazjach szczególnie lubił wyłuskiwać jej wijące się ciało. Na ceracie przeplatały się niebieskie i białe kwadraty. Plamy miodu pokrywały resztkę masła w chłodnym garnczku.

– No dobrze. A trzecia Rzecz Prawdziwa?

Spojrzała na niego. Ognista kropla w kąciku jej ust spojrzała na niego. Trójkolorowy aksamitny fiołek, który malowała akwarelą poprzedniego wieczoru, spojrzał na niego z wąskiego kryształowego wazonu. Milczała. Oblizała rozcapierzone palce, ciągle patrząc na niego.

Van, nie otrzymawszy odpowiedzi, opuścił balkon. Jej wieża łagodnie zawaliła się w słodkim milczącym słońcu.

13

Na wielkim pikniku z okazji dwunastych urodzin Ady i czterdziestego drugiego *jour de fête* Idy pozwolono dziewczynce włożyć jej lolitę (nazwaną tak od imienia andaluzyjskiej Cyganeczki w powieści Osberga, nawiasem mówiąc wymawianego z hiszpańskim, a nie angielskim „t"), dość długą, ale bardzo zwiewną i obszerną czarną spódnicę z wyhaftowanymi na niej czerwonymi makami czy piwoniami, „pozbawionymi botanicznej realności", jak ujęła to wyniośle, nie wiedząc jeszcze, że realność i nauki przyrodnicze są synonimami na obszarze tego i tylko tego snu.

(Ty także tego nie wiedziałeś, mądry Vanie. Dopisek Ady.)

Wskoczyła w nią naga, z nogami ciągle mokrymi i pachnącymi żywicą sosnową po specjalnym wyszorowaniu frotową rękawicą (poranne kąpiele za rządów Mlle Larivière były nieznane) i poprawiła ją, energicznie wstrząsając biodrami, co sprowokowało zwykłą naganę guwernantki: *mais ne te trémousse passe comme ça quand tu mets ta jupe! Une petite fille de bonne maison*... etc. *Per contra*, na brak majtek Ida Larivière, piersiasta dama wielkiej i odpychającej urody (w tym momencie ubrana jedynie w gorset i pończochy z podwiązkami), nie zwróciła uwagi, jako że sama była nie od tego, by czynić pewne ustępstwa z uwagi na dni kanikuły; jednakże w wypadku tkliwej Ady praktyka ta miała naganne skutki. Dziewczynka próbowała uśmierzyć wysypkę na miękkim sklepieniu, której towarzyszyły rozmaite lepkie, świerzbiące, wcale niekoniecznie nieprzyjemne wrażenia, siadając okrakiem na chłodnym konarze szattalskiej jabłoni i mocno ściskając go nogami, ku wielkiemu – jak się nie raz i nie dwa przekonamy – niezadowoleniu Vana. Oprócz lolity włożyła biało-czarny, prążkowany sweterek z krótkimi rękawami, kapelusz ze zdeformowanym rondem (wisiał jej na plecach na gumce owijającej szyję), aksamitną opaskę na włosy i parę starych sandałów. Ani higiena, ani wyrafinowanie smaku nie były, jak Van raz po raz konstatował, typowe dla mieszkańców majątku Ardis.

Kiedy wszyscy byli gotowi, Ada skoziołkowała ze swojego drzewa niby dudek. Szybciej, szybciej mój ptaszku, mój aniołku. Angielski woźnica, Ben Wright, był ciągle trzeźwy jak gwizdek (jako że na śniadanie wypił tylko pintę piwa). Blanche, która co najmniej raz uczestniczyła w wielkim pikniku (kiedy to musiała co tchu popędzić do Pineglen, żeby rozsznurować zemdloną Mademoiselle), tym razem wykonywała pełen mniejszej chwały obowiązek polegający na odstawieniu warczącego i wijącego się Dacka do jej pokoiku w wieżyczce.

Szaraban przywiózł już na miejsce pikniku dwu lokajów, trzy fotele oraz kilka koszy. Powieściopisarka w białej atłasowej sukni (uszytej przez Vassa z Manhattanu dla Mariny, która ostatnio schudła o dziesięć funtów) z Adą siedzącą obok niej i Lucette, *très en beauté* w białej bluzie marynarskiej, usadowioną obok ponurego Wrighta, jechały w *calèche*. Van sunął z tyłu na jednym z rowerów swojego stryja lub stryjecznego dziadka. Leśna droga była całkiem równa, jeśli człowiek trzymał się środka (wciąż ciemnego i maziowatego po deszczowym brzasku) pomiędzy błękitnymi koleinami, usianymi odbiciami tych samych liści brzozowych, których cienie przebiegały po napiętym perłowym jedwabiu otwartej parasolki Mlle Larivière i po szerokim rondzie dość zawadiacko wdzianego białego kapelusza Ady. Lucette od czasu do czasu oglądała się z miejsca przy ubranym w niebieski płaszcz Benie na Vana i drobnym gestami dłoni dawała mu znaki, żeby zwolnił; podpatrzyła to u matki, która podobnie sygnalizowała Adzie, że jej kucyk czy rower za chwilę wpakuje się w tył powozu.

Marina przybyła czerwonym samochodem, starym modelem dwuosobowego kabrioletu, który kamerdyner prowadził tak ostrożnie, jakby kręcił nie kierownicą, ale jakimś skomplikowanym korkociągiem. W męskim garniturze z szarej flaneli, zaciskając urękawicznioną dłoń na gałce plamistej laseczki, wyglądała niezwykle elegancko, kiedy lekko dygoczący samochód wjechał na teren pikniku, malowniczą polanę w starym lesie sosnowym poprzecinanym zachwycającymi wąwozami. Z drugiej strony, brudną drogą z Lugano, przyleciał na polanę osobliwie blady motyl, za którym natychmiast pojawiło się lando. Wysiedli z niego, jedno po drugim, zwinnie lub powoli w zależności od wieku i stanu, bliźniaki Ermininowie, ich młoda ciotka w ciąży (mocno obciążająca opowieść) oraz guwernantka, siwowłosa pani Forestier, szkolna koleżanka Matyldy w opowiadaniu, które miało się wkrótce ukazać.

Oczekiwano jeszcze trzech dorosłych gentlemanów, ci się jednak nie pojawili, byli to: stryjaszek Dan, który spóźnił się na ranny pociąg z miasta, pułkownik Erminin, wdowiec, którego wątroba, jak napisał w liściku, zachowywała się jak *pieczenieg*, oraz jego lekarz (i partner w grze w szachy), słynny dr Krolik, który sam siebie nazywał nadwornym jubilerem Ady i rzeczywiście przywiózł jej prezent urodzinowy rano następnego dnia. Były to trzy wspaniale ukształtowane *chrysalides* („Nieocenione klejnoty" – zawołała gardłowo Ada, marszcząc brwi), które – wszystkie trzy – miały niedługo wydać na świat okazy rozczarowującego gąsienicznika zamiast perłowca kibo, niedawno odkrytej rzadkości.

Stosy delikatnych kanapek z pozbawionego skórki chleba (równiutkie prostokąty, pięć cali na dwa), płowe zwłoki indyka, ciemny chleb rosyjski, słoiczki kawioru „Szare Perełki", fiołki w cukrze, ciasteczka z malinami, pół galona białego porto Goodsona, drugie pół porto czerwonego, termosy bordo z wodą dla dziewczynek i słodka zimna herbata dla tych, którzy nie wyszli jeszcze z wieku szczęśliwego dzieciństwa – wszystko to łatwiej sobie wyobrazić niż opisać. Pouczające [tak w rękopisie – wyd.].

Pouczające było umieszczenie obok siebie Ady Veen i Grace Erminin: bladość serwatki właściwa Adzie i zdrowy gorący rumieniec jej rówieśniczki; proste czarne długie włosy jednej, włosy młodej czarownicy, i krótka kasztanowa grzywka drugiej, matowe poważne oczy mojej ukochanej i niebieski błysk za okularami w rogowej oprawie, okularami Grace, nagie uda jednej i długie czerwone pończochy drugiej, spódnica Cyganki i marynarskie ubranko. Chyba jeszcze bardziej pouczające było stwierdzenie, że banalne rysy Grega w istocie nietknięte przeniesione zostały w aurę jego siostry, gdzie, nie naruszając uderzającego podobieństwa między marynarzem i marynarką przybrały pozór dziewczęcej „urody".

Służący szybko usunęli szczątki indyka, porto, którego skosztowały tylko guwernantki, i rozbity talerzyk z sewrskiej porcelany. Spod krzaka wynurzył się kot, spojrzał na wszystko bardzo zaskoczony i mimo chóralnego „kici, kici" zniknął.

Wkrótce potem Mlle Larivière poprosiła Adę, by towarzyszyła jej w ustronne miejsce. Tam owa dama w pełnej gali, w obszernej sukni z nienaruszonymi dostojnymi fałdami, ale jakby nagle o cal dłuższej, jako że zakrywała teraz jej prunelowe pantofelki, stała nieruchomo nad ukrytym wodospadem i chwilę później odzyskała swój pierwotny wzrost. W drodze powrotnej pełna najlepszych intencji pani pedagog wyjaśniła Adzie, że dwunaste urodziny dziewczynki to odpowiednia okazja do omówienia i zapowiedzenia zjawiska, które lada dzień zrobi z niej *une grande fille*. Ada, którą w tej kwestii odpowiednio pouczyła sześć miesięcy wcześniej szkolna nauczycielka i która w istocie już dwa razy doświadczyła owego procesu, wprawiła w osłupienie biedną guwernantkę (która nigdy nie mogła dać sobie rady z przenikliwym i osobliwym umysłem Ady), oznajmiając, że to na pensji tak biorą na fundusz, że takie rzeczy prawie nie zdarzają się dzisiaj normalnym dziewczynkom i z pewnością nie wystąpią w jej wypadku. Mlle Larivière, która byłą osobą wyjątkowo głupią (mimo skłonności do pisania powieści, a może właśnie z tego powodu), przebiegła w myśli swoje doświadczenia w tym względzie i przez kilka strasznych minut zastanawiała się, czy może, w czasie gdy ona oddawała się sztuce, postęp nauki nie zmienił praw przyrody.

Słońce wczesnego popołudnia znalazło sobie nowe miejsca do rozjaśniania i stare do dopiekania. Ciotka Ruth drzemała, złożywszy głowę na zwyczajnej poduszce, podsuniętej przez panią Forestier, która robiła na drutach malutki sweterek dla będącego w drodze brata przyrodniego swoich podopiecznych. „Pewnie - rozmyślała Marina - lady Erminin z niegdysiejszą melancholią i dziecinną ciekawością spogląda teraz w dół poprzez dokuczliwą pomglistość samobójstwa, pewnie patrzy z głębokiego błękitu siedziby swej szczęśliwości na uczestników pikniku pod wspaniałą zielenią sosen". Dzieci popisywały się swoimi talentami: Ada i Grace zatańczyły rosyjskiego flinga z akompaniamentem starej pozytywki (która stale zacinała się w pół taktu, jak gdyby przypominając sobie inne brzegi, inne fale, być może radiowe); Lucette, wsparłszy piąstkę na biodrze, zaśpiewała *Piosenkę rybaków z Saint-Malo*; Greg włożył granatową spódnicę swojej siostry, kapelusz i okulary, co zmieniło go w bardzo chorą, niedorozwiniętą Grace; Van chodził na rękach.

Dwa lata wcześniej, kiedy właśnie miał zacząć odsiadywanie pierwszego wyroku w modnej i twardej szkole z internatem, do której przed nim uczęszczali inni Veenowie (niektórzy jeszcze w czasach, „gdy waszyngtonie nazywano wellingtoniami"), Van postanowił opanować jakąś efektowną sztuczkę, która dałaby mu natychmiastową i wyraźną przewagę. Po rozmowie z Demonem King Wing, który trenował go w zapasach, nauczył silnego chłopca chodzić na rękach, wykorzystując w tym celu szczególną grę mięśni ramion, trick, który wymagał dla przyswojenia go sobie i udoskonalenia ni mniej, ni więcej, tylko wywichnięcia kariatyków.

Jaka przyjemność (tak w rękopisie). Przyjemność nagłego odkrycia właściwego sposobu postawionego na głowie przemieszczania się była dość podobna do tego, czego doświadczamy, opanowawszy po wielu bolesnych i zawstydzających upadkach sztukę kierowania owymi cudownymi szybowcami zwanymi latającymi dywanami (albo „jikkerami"), które w owych awanturniczych czasach przed Wielką Reakcją dawano chłopcom w prezencie na ich dwunaste urodziny... a potem jakaż zapierająca dech w piersiach pieszczota nerwów, kiedy po raz pierwszy w życiu unosisz się w powietrzu i potrafisz prześliznąć się nad stogiem siana, studnią, strumieniem, stodołą, podczas gdy dziadek Dedalus Veen pędzi z zadartą głową, machając flagą, i w końcu wpada do sadzawki, gdzie poi się konie.

Van zdjął koszulkę polo oraz buty i skarpetki. Szczupłość jego torsu, bliskiego odcieniem, choć nie strukturą materii, jasnobrązowym obcisłym szortom kontrastowała z nienormalnie rozwiniętymi trójgłowymi mięśniami ramion i muskularnymi rękami przystojnego chłopca. Cztery lata później potrafił ogłuszyć mężczyznę jednym szturchnięciem któregokolwiek z łokci.

Jego odwrócone ciało wygięło się z wdziękiem, jego brązowe nogi uniosły się jak wciągnięty na maszt żagiel tarencki, jego złączone ze sobą kostki halsowały, rozczapierzonymi dłońmi wpił się w czoło grawitacji i przesuwał się tam i z powrotem, skręcając gwałtownie i robiąc uniki, otwierając usta w niewłaściwą stronę i mrugając w dziwny bilbokietowy sposób, charakterystyczny dla powiek w tej nienormalnej pozycji. Jeszcze bardziej niż różnorodność i szybkość ruchów, które naśladowały poruszenia tylnych łap zwierzęcia, zdumiewał fakt, że czynił to wszystko bez wysiłku; King Wing ostrzegł go, że Wiekczeło, zawodowiec z Jukonu, utracił tę umiejętność, kiedy miał dwadzieścia dwa lata, lecz tego letniego popołudnia na jedwabnym terenie sosnowej polany w samym sercu Ardisu pod lazurowym spojrzeniem lady Erminin czternastoletni Van uraczył nas najwspanialszym widowiskiem, jakie kiedykolwiek widzieliśmy w wykonaniu brachiambulika. Na jego twarzy czy karku nie pojawił się nawet najmniejszy rumieniec!

Od czasu do czasu, kiedy odrywał organy ruchu od wyrozumiałego podłoża i zdawał się klaskać w powietrzu, cudownie parodiując baletowy skok, zadawaliśmy sobie pytanie, czy senna, nonszalancja lewitacji nie jest rezultatem faktu, że ziemia w przypływie roztargnionej życzliwości przestała go przyciągać. Nawiasem mówiąc, pewnym osobliwym efektem ubocznym różnych mięśniowych zmian i kostnych „ustawień" spowodowanym przez specjalny trening, którym nękał go Wing, było to, że w późniejszych latach Van nie mógł wzruszyć ramionami.

Pytania do samodzielnego przemyślenia i dyskusji:

1. Czy o b i e dłonie odrywały się od ziemi, kiedy Van, odwrócony do góry nogami, zdawał się „podskakiwać" na rękach?

2. Czy niemożność „wzruszania ramionami" i zignorowania pewnych problemów w dojrzałym wieku była natury wyłącznie fizycznej, czy „wiązała się" z archetypicznym charakterem jego „podduszy"?

3. Dlaczego Ada wybuchła płaczem w szczytowym momencie spektaklu Vana?

Na końcu Mlle Larivière przeczytała swoje opowiadanie *La Rivière de diamants*, które właśnie przepisała na maszynie dla „The Quebec Quarterly". Ładna i subtelna żona żałosnego urzędnika pożycza od bogatej przyjaciółki naszyjnik. Gubi go w drodze do domu z przyjęcia w pracy męża. Przez trzydzieści lub czterdzieści okropnych lat nieszczęsne małżeństwo pracuje i oszczędza, by zwrócić długi. Zrobili je, żeby odkupić wart pół miliona franków naszyjnik, który w sekrecie podłożyli zamiast zguby, zwracając kasetkę z klejnotami pani F. Och, jakże serce Matyldy trzepotało – czy Jeanne otworzy kasetkę? Nie otworzyła. Kiedy zniedołężniała, ale zwycięska para (on, na wpół sparaliżowany przez pół wieku *de copie* w swej *mansarde*, ona, pobrzydzona nie do poznania przez mycie podłóg *à grand eau*) wyznaje wszystko siwowłosej, ale ciągle wyglądającej młodo pani F., ta ostatnia mówi im słowa stanowiące zakończenie opowiadania: „Moja ty biedna Matyldo! Mój naszyjnik był fałszywy. Nie był wart więcej niż pięćset franków!...".

Wkład Mariny był skromniejszy, ale również miał swój urok. Pokazała ona Vanowi i Lucette (inni wszystko na ten temat wiedzieli) tę właśnie sosnę i to właśnie miejsce na jej szorstkim czerwonawym pniu, gdzie w dawnych, bardzo dawnych czasach wisiał telefon magnetyczny służący do połączeń z Ardis Hall. Po wyklęciu „prądów i obwodów" – powiedziała (wymawiając te nie całkiem właściwe słowa szybko, ale swobodnie, z dezynwolturą aktorki, podczas gdy zbita z tropu Lucette szarpała za rękaw Vana, Wanieczkę, który potrafi wszystko wytłumaczyć), babka jej męża, obdarzona wielkim talentem inżynieryjnym, „orurowała" strumień Redmont (tuż pod polaną spływający ze wzgórza nad Ardisem). Zmusiła go w ten sposób, by przenosił drgające finzżpce (pryzmatyczne pulsacje) za pośrednictwem systemu platynowych odcinków. Pozwalało to oczywiście jedynie na przekazywanie wiadomości w jedną stronę, a zainstalowanie i utrzymanie „bębnów" (cylindrów) kosztowało, jak powiedziała Marina, tyle, że trzeba by na to żydowskiego majątku, toteż pomysł ten zarzucono, jakkolwiek kusząca byłaby perspektywa powiadomienia ucztujących na pikniku Veenów, że w ich domu wybuchł pożar.

Jakby po to, żeby w pełni usprawiedliwić niezadowolenie wielu osób z polityki wewnętrznej i zagranicznej (stary Gamaliel był już w tym czasie nieźle zramolały) czerwony samochodzik perkocząc wrócił z Ardis Hall i kamerdyner wyskoczył z niego z wiadomością. Właśnie przyjechał Monsieur i przywiózł prezent dla Mademoiselle Ady, ale nikt nie ma pojęcia, jak ta skomplikowana rzecz działa, i Madame musi pomóc. Kamerdyner przywiózł list, który położył teraz na kieszonkowej tacy i przekazał Marinie.

Nie potrafimy zrekonstruować tekstu wiadomości słowo po słowie, znamy jednak jej treść: wspaniałym i kosztownym upominkiem jest ogromna i piękna lalka, co godne pożałowania i wielce osobliwe mniej więcej naga, jeszcze bardziej osobliwe jest to, że ma ona aparat ortopedyczny na prawej nodze, bandaż na lewej ręce, a zamiast zwykłych sukienek i ozdóbek – pudełko z gipsowymi gorsetami i gumowymi akcesoriami. Instrukcja użytkowania po rosyjsku i bułgarsku jest nieprzydatna, ponieważ napisana została nie nowoczesnym pismem łacińskim, tylko starą cyrylicą, koszmarnym alfabetem, którego Dan nigdy nie był w stanie opanować. Czy Marina mogłaby zaraz przyjechać, żeby kazać wykroić jakieś odpowiednie ubranko dla lalki – ze ścinków pięknego jedwabiu, które jej pokojówka zgromadziła w odkrytej przez niego szufladzie, i na nowo owinąć pudełko w bibułkę?

Ada, która czytała liścik, zaglądając matce przez ramię, zadygotała z niesmaku i powiedziała:

– Powiedz mu, żeby wziął szczypce i wyrzucił to wszystko na szpitalny śmietnik.

– *Biedniaczok!* Oj, bidula – zawołała Marina, a jej oczy rozbłysły współczuciem. – Oczywiście, że przyjadę. Twoje okrucieństwo, Ado, jest czasem... jest czasem, no, nie wiem już – szatańskie!

I marszcząc z nerwowym postanowieniem czoło, żwawo przytupując laską, Marina skierowała się ku pojazdowi, który natychmiast ruszył, skręcił i, chcąc ominąć stojącą *calèche*, powalił puste półgalonowe naczynie, gdy jego błotnik ocierał się o gałęzie rozzłoszczonych krzaków bengalskiego bzu.

Wszelki wiszący w powietrzu gniew szybko jednak opadł. Ada poprosiła guwernantkę o ołówki i papier. Leżąc na brzuchu i wpierając policzek na dłoni, Van spoglądał na pochylony kark swojej ukochanej, która grała z Grace we francuskie anagramy. Grace niewinnie zaproponowała słowo „*insecte*".

– *Escient* – powiedziała Ada i zapisała to słowo.

– Ależ nie! – zaprotestowała Grace.

– Ależ tak, jestem pewna, że taki wyraz istnieje w języku francuskim. *A bone e s c i e n t le professeur Einstec suivit l'insect.*

Grace podumała chwilę, pukając w zmarszczoną brew gumką na końcu ołówka i wreszcie wpadła na pomysł:

– *Ceintes!*

– *Inceste* – odpowiedziała natychmiast Ada.

– Poddaję się – oznajmiła Grace. – Potrzebny nam słownik, żeby sprawdzić twoje wymyśliki.

Tymczasem blask popołudnia wszedł w najbardziej męczącą fazę i bystra Lucette głośnym pacnięciem zabiła na goleni Ady pierwszego paskudnego komara tego lata. Szaraban już jakiś czas temu odjechał z fotelami, koszami i żującymi jeszcze lokajami, Essexem, Middlesexem i Somersetem; Mlle Larivière i pani Forestier wymieniały właśnie melodyjne *adieux*. Dłonie machały na pożegnanie, lando odwiozło bliźniaki, ich wiekową guwernantkę i senną młodą ciotkę. Blady przejrzysty motyl o bardzo czarnym tułowiu poleciał za nimi, Ada krzyknęła: „Patrzcie!" – a potem wyjaśniła, że był on bliskim krewnym niepylaka japońskiego. Mlle Larivière oznajmiła nagle, że opublikuje opowiadanie pod pseudonimem. Zaprowadziła swoje dwie śliczne podopieczne do *calèche* i *sans façons* czubkiem parasolki szturchnęła w gruby czerwony kark Bena Wrighta, który bezczelnie spał na tylnym siedzeniu pod nisko zwisającymi girlandami listowia. Ada cisnęła swój kapelusz na kolana Idy i pobiegła z powrotem do Vana. Nie obznajomiony z drogami światła i cienia na tej polanie, zostawił rower w miejscu, gdzie musiał znosić palące promienie przynajmniej przez trzy godziny. Ada wsiadła na niego, wydała z siebie okrzyk bólu, omal nie upadła, gwałtownie skręciła, odzyskała równowagę... i tylna opona pękła z komicznym trzaskiem.

Skonsternowany pojazd porzucono pod krzakiem, skąd miał go potem zabrać Bouteillan junior, jeszcze jedna postać spośród domowników. Lucette nie chciała zrezygnować ze swego miejsca (przyjąwszy niewyraźnym skinieniem głowy radę pijanego sąsiada z kozła, który na oczach wszystkich dobroduszną łapą dotykał jej gołych kolan). Strapontenu nie było i Ada musiała się zadowolić twardymi kolanami Vana.

Był to pierwszy kontakt cielesny tych dzieci i oboje czuli się zażenowani. Usadowiła się plecami do Vana, zmieniła pozycję, kiedy kolaska szarpnęła, trochę się jeszcze powierciła, wygładzając obszerną, pachnącą sosnami spódnicę, która zdawała się powietrznie go spowijać kropka w kropkę tak samo jak prześcieradło u fryzjera. Pogrążony w transie niewygodnej rozkoszy trzymał ją za biodra. Gorące krople słońca szybko przesuwały się po jej zebrowatych paskach i zewnętrznej stronie nagich ramion i zdawały się kontynuować podróż przez tunel w jego własnym ciele.

– Dlaczego zapłakałaś? – spytał, wdychając jej włosy i żar jej ucha. Obróciła głowę i przez chwilę wpatrywała się w niego z bardzo bliska, zachowując enigmatyczne milczenie.

(Naprawdę zapłakałam? Nie wiem, zdenerwowałam się jakoś. Nie mogę tego wytłumaczyć, ale czułam, że w tym wszystkim jest coś strasznego, brutalnego, mrocznego i... tak, strasznego. Dopisek późniejszy.)

– Przepraszam – powiedział, kiedy spojrzała w bok. – Nie zrobię tego więcej w twojej obecności.

(Nawiasem mówiąc, nie znoszę wyrażenia „kropka w kropkę tak samo". Jeszcze jedna notka późnym charakterem pisma Ady.)

Całym swym jestestwem kipiący i przelewający się przez brzegi chłopiec upajał się ciężarem Ady, który reagował na każdą nierówność drogi, delikatnie dzieląc się na dwoje i gniotąc rdzeń jego pożądania; Van wiedział, że musi je kontrolować, bo ewentualny wyciek wprawiłby w zakłopotanie jej niewinność. Już by się poddał i zwierzęco roztajał, gdyby guwernantka nie uratowała sytuacji, zwracając się do niego. Nieszczęsny Van przesunął tyłek Ady na swoje prawe kolano, stępiając to, co w żargonie izby tortur zwykło się nazywać „kątem agonii". W żałosnym znękaniu nienasyconej żądzy obserwował rząd chat defilujących przed nim, kiedy *calèche* przejeżdżała przez wieś Gamlet.

– Nigdy nie przyzwyczaję się (*m'y fairai*) – powiedziała Mlle Laparure – do kontrastu pomiędzy bogactwem natury i nędzą egzystencji ludzkiej. Spójrzcie na tego starego *décharné* mużyka w podartej koszuli, spójrzcie na jego żałosną *cabane*. I spójrzcie na tę zwinną jaskółkę! Jakaż szczęśliwa jest natura, jakiż nieszczęśliwy człowiek! Żadne z was nie powiedziało mi, jak wam się podoba moje nowe opowiadanie. Van?

– To dobra bajka – powiedział Van.

– To bajka – powiedziała ostrożna Ada.

– *Allons donc!* – zawołała Mlle Larivière. – Wprost przeciwnie. Każdy szczegół jest realistyczny. Mamy tu dramat drobnomieszczaństwa ze wszystkimi jego klasowymi troskami, klasowymi marzeniami i klasową dumą.

(Rzeczywiście, taki mógł być zamiar, jeśli pominąć *pointe assassine*; opowiadaniu jednak „realizmu" brakowało, choćby sądzić je według jego własnych reguł, jako że skrupulatny, liczący każdy grosz drobny urzędnik przede wszystkim sprawdziłby, nieważne w jaki sposób, *quitte à tout dire à la veuve*, ile właściwie kosztował zgubiony naszyjnik. To była fatalna skaza na patetycznej historyjce Larivière, wówczas jednak młody Van i jeszcze młodsza Ada nie byli wstanie jej wskazać, choć instynktownie czuli fałsz.)

Na koźle doszło do niewielkiego zamieszania. Lucette odwróciła się i powiedziała do Ady:

– Chcę siedzieć z tobą. *Mnie tut nieudobno i ot niego niechoroszo pachniet* (Niewygodnie mi tutaj, a od niego brzydko pachnie).

– Za chwilę będziemy na miejscu – odparła Ada – *potierpi* (trochę cierpliwości).

– O co chodzi? – spytała Mlle Larivière.

– Nic takiego. *Il pue*.

– O, mój Boże! Mocno wątpię, że kiedykolwiek służył u tego radży.

14

Następnego dnia czy też może jeszcze następnego cała rodzina piła w ogrodzie herbatę. Ada siedziała w trawie i starała się upleść dla psa wianuszek z margerytek, a Lucette przyglądała się temu, chrupiąc racuszek. Marina niemal przez minutę milczała – pochylona nad stołem posuwała w kierunku męża jego słomkowy kapelusz; w końcu Dan pokręcił głową, spiorunował spojrzeniem słońce, które w odpowiedzi spiorunowało jego, i wrócił ze swoją filiżanką i numerem „Toulouse Enquirer" na wiejskie siedzisko po drugiej stronie trawnika pod olbrzymim wiązem.

– Zastanawiam się, kto to może być – mruknęła Mlle Larivière spoza samowara (przedstawiającego fragmenty otoczenia jako szalone fantazje w duchu prymitywistów), zmrużonymi oczami spoglądając na kawałek podjazdu widoczny między pilastrami ażurowej galerii. Van, leżący na brzuchu obok Ady, podniósł wzrok znad książki (należącego do Ady egzemplarza *Atali*).

Wysoki rumiany młodzieniec w eleganckich bryczesach do konnej jazdy zsiadł z czarnego kucyka.

– To piękny nowy kucyk Grega – powiedziała Ada.

Z niewymuszonymi przeprosinami dobrze wychowanego chłopca Greg wręczył Marinie jej platynową zapalniczkę, którą jego ciotka znalazła w swojej torebce.

– Boże, nie zdążyłam nawet zauważyć jej braku. Jak się ma Ruth?

Greg powiedział, że zarówno ciocia Ruth, jak i Grace leżą w łóżku, powalone ostrym atakiem niestrawności, „nie przez wasze wspaniałe kanapki, tylko przez te jagody, które zerwały z tych bengalskich krzaków".

Marina miała już zadzwonić dzwoneczkiem z brązu na lokaja, żeby przyniósł więcej grzanek, ale Greg powiedział, że wpadł tylko po drodze na przyjęcie u hrabiny de Prey.

– Dosyć szybko (*skorowato*) się pocieszyła – zauważyła Marina, robiąc aluzję do wydarzenia sprzed kilku lat, śmierci hrabiego w pojedynku na pistolety na Bostońskich Błoniach.

– To bardzo wesoła i ładna kobieta – powiedział Greg.

– I tylko o dziesięć lat starsza ode mnie – powiedziała Marina.

W tym momencie uwagę matki odwróciła Lucette.

– Co to takiego Żydzi? – spytała.

– Chrześcijanie-odszczepieńcy – odpowiedziała Marina.

– A dlaczego Greg to Żyd? – spytała Lucette.

– Dlaczego, dlaczego! – powiedziała Marina. – Bo jego rodzice są Żydami.

– A jego dziadkowie? A *arrière* dziadkowie?

– Naprawdę nie mam pojęcia, kochanie. Czy twoi przodkowie to Żydzi, Greg?

– Hm, nie jestem pewien – powiedział Greg. – Hebrajczycy, owszem, ale nie Żydzi w cudzysłowie, to znaczy nie komiczne postaci czy chrześcijańscy biznesmeni. Pięć wieków temu przybyli z Tatarii do Anglii. Jednakże dziadek mojej matki był francuskim markizem, należącym, o ile wiem, do Kościoła rzymskokatolickiego, miał bzika na punkcie banków, akcji i drogich kamieni, więc przypuszczam, że ludzie mogli mówić o nim *un juif*.

– To nie jest bardzo stara religia, prawda, to znaczy jak na religię? – powiedziała Marina (zwracając się do Vana i niejasno zamierzając skierować rozmowę na Indie, gdzie była bajaderą na długo przedtem, nim Mojżesz czy ktokolwiek inny w tym rodzaju narodził się na lotosowych bagnach).

– Kogo obchodzą... – powiedział Van.

– A Belle – (tak Lucette nazywała guwernantkę) – czy ona też należy do chrześcijan-otępieńców?

– Kogo obchodzą wszystkie te zwietrzałe mity, jaka różnica: Jowisz czy Jehowa, iglica czy kopuła, minarety czy minoryci, co tam brązy bonzów i szkaplerze, i pacierze, i relikwie, i pustynie ze zbielałymi żebrami wielbłądów. To tylko pył i miraże zbiorowej umysłowości.

– Przede wszystkim, skąd się wzięła ta idiotyczna rozmowa? – chciała dowiedzieć się Ada, która, jednocześnie przekrzywiając głowę, patrzyła na częściowo ozdobionego jamnika czy *taksika*.

– *Mea culpa* – tonem urażonej godności wyjaśniła Mlle Larivière. – Powiedziałam tylko na pikniku, że być może Greg nie będzie chciał poczęstować się kanapkami z szynką, bo Żydzi i Tatarzy nie jedzą wieprzowiny.

– Rzymianie – powiedział Greg – rzymscy koloniści, którzy w dawnych czasach krzyżowali Żydów-chrześcijan, barabbitów i innych nieszczęśników, także nie brali do ust wieprzowiny, ale ja ją lubię i lubili ją moi dziadkowie.

Lucette zaintrygował czasownik, którego użył Greg. By zilustrować jej jego znaczenie, Van złączył stopy, rozłożył poziomo ramiona i przewrócił oczami.

– Kiedy byłam małą dziewczynką – powiedziała z rozdrażnieniem Marina – historii Mezopotamii uczono niemal od kolebki.

– Ale nie każda mała dziewczynka jest w stanie opanować to, czego ją uczą – zauważyła Ada.

– Czy my jesteśmy Mezopotamczycy? – spytała Lucette.

– Jesteśmy Hipopotamczycy – powiedział Van. – Chodź – dodał – jeszcze dziś nie oraliśmy.

Dzień lub dwa wcześniej Lucette zażądała, żeby nauczyć ją chodzić na rękach. Van trzymał dziewczynkę za kostki, a ona powoli sunęła do przodu na swych małych czerwonych dłoniach, czasem ze stęknięciem opadała twarzą na ziemię albo zatrzymywała się, żeby zjeść stokrotkę. Dack szczekał, gwałtownie protestując.

– *Et pourtant* – powiedziała, krzywiąc się, wrażliwa na hałas guwernantka – dwa razy czytałam jej opartą na sztuce Szekspira bajkę Ségure'a o nikczemnym lichwiarzu.

– Zna też przerobiony przeze mnie monolog jego szalonego króla – powiedziała Ada:

Ce beau jardin fleurit en mai,
Mais en hiver
Jamais, jamais, jamais, jamais, jamais
N'est vert, n'est vert, n'est vert, n'est vert,
n'est vert.

– O, to bardzo, bardzo dobre – dosłownie chlipnął z zachwytu Greg.

– Nie tak *eniergiczno*, dzieci! – zawołała Marina w stronę Vana i Lucette.

– *Elle devient pourpre*, robi się czerwona – zauważyła guwernantka. – Twierdzę, że ta niestosowna gimnastyka nie wyjdzie jej na dobre.

Oczy Vana się śmiały, jego mocne ręce anioła trzymały dziewczęce stopy w kolorze zupy z zimnej marchewki – „orał pole", a Lucette była pługiem. Jasne włosy zakryły jej twarz, spod rąbka spódniczki wystawały majtki, ale ciągle upierała się, żeby młody oracz pracował dalej.

– *Budiet*, *budiet*, wystarczy – powiedziała Marina rolniczej ekipie.

Van delikatnie opuścił nogi dziewczynki i wygładził jej sukienkę. Chwilę leżała, dysząc.

– Naprawdę, bardzo chętnie pożyczę ci go, żebyś mogła pojeździć, kiedy zechcesz, na jak długo zechcesz. Dobra? Poza tym mam jeszcze jednego, też czarnego.

Ona jednak pokręciła głową, pokręciła pochyloną głową, ciągle splatając stokrotki.

– No cóż, na mnie pora – powiedział wstając. – Do widzenia państwu. Do widzenia, Ado. To chyba twój ojciec tam pod dębem, prawda?

– Nie, to wiąz – powiedziała Ada.

Van spojrzał na drugą stronę trawnika i jakby głęboko zadumany powiedział, może ze szczyptą chłopackiej przechwałki:

– Chciałbym zajrzeć do tej gazetki, kiedy stryjaszek skończy ją czytać. Miałem wczoraj zagrać mecz krykieta w reprezentacji mojej szkoły. Veen chory, nie mógł odbijać, klęska Riverlane.

15

Pewnego popołudnia wspinali się na lśniące konary drzewa szattalskiego, rosnącego w głębi ogrodu. Mlle Larivière i mała Lucette, zakryte zasłoną kapryśnego zagajnika, ale znajdujące się jeszcze w zasięgu słuchu, grały w serso. Od czasu do czasu ponad listowiem albo w jego szczelinach widziało się szybującą obręcz, przebiegającą z jednego niewidzialnego kijka na drugi. Pierwsza cykada tego lata sprawdzała swój instrument. Srebrzysto-czarna polatucha przysiadła na oparciu ławki, próbując smaku szyszki.

Van, ubrany w niebieski strój gimnastyczny, wdrapywał się do rozwidlenia tuż pod swoją zwinną towarzyszką (która, rzecz jasna, była lepiej zaznajomiona ze skomplikowaną geografią drzewa), ale nie widząc jej twarzy, nawiązał niemą rozmowę, ujmując między palec wskazujący i kciuk jej kostkę, tak jak ona ujęłaby motyla. Jej naga stopa omsknęła się i dwoje zadyszanych podrostków sromotnie splotło się ze sobą pośród gałęzi, w deszczu owoców i liści, kurczowo wzajem się siebie czepiając, a w następnej chwili, kiedy odzyskali równowagę, jego niewyrażająca nic twarz i krótko ostrzyżona głowa znalazły się pomiędzy jej nogami i ostatni owoc spadł, wydając głuchy odgłos – kroplista kropka odwróconego wykrzyknika. Ada miała na sobie jego zegarek oraz bawełniany szlafrok.

(– Pamiętasz?

– Tak, oczywiście że pamiętam: pocałowałeś mnie tu, głęboko...

– A ty zaczęłaś mnie dusić tymi swoimi diabelskimi kolanami...

– Szukałam jakiegoś oparcia.)

Mogło to być prawdą, ale zgodnie z późniejszą (znacznie późniejszą!) wersją ciągle byli na drzewie, ciągle z pałającymi policzkami, kiedy Van oderwał od wargi jedwabne przędziwo larwy i stwierdził, że takie niedbalstwo ubioru to forma histerii.

– No cóż – odpowiedziała Ada, siadając okrakiem na ulubionym konarze – jak wszyscy już wiemy, Mlle La Rivière de Diamants nie ma nic przeciw temu, żeby histeryczna dziewczynka nie nosiła pantalonów w czasie *l'ardeur de la canicule*.

– Stanowczo protestuję przeciw dzieleniu żaru twojej malutkiej kanikuły z jakąś jabłonią.

– W istocie jest to Drzewo Wiadomości – ten okaz, owinięty brokatem, został zeszłego lata przywieziony z Edeńskiego Parku Narodowego, gdzie syn dra Krolika jest gajowym i szkółkarzem.

– Niech tam sobie zagaja i zakłada szkółki, jakie tylko chce – powiedział Van (jej historia naturalna działała mu już na nerwy), ale daję słowo, w Iraku nie rosną żadne jabłonie.

– Słusznie, tylko że to wcale nie jest prawdziwa jabłoń.

(„Słusznie albo niesłusznie – skomentowała to Ada znów znacznie później. – Omawialiśmy tę sprawę, faktem jest, że nie mogłeś pozwolić sobie wtedy na takie wulgarne riposty. W chwili, kiedy najbardziej niewinny z przypadków pozwolił ci, jak się to mówi, dmuchnąć pierwszego nieśmiałego całusa! Wstydź się. Poza tym przed osiemdziesięciu laty nie było żadnych parków narodowych w Iraku".

„To prawda” – zgodził się Van. „I żadne gąsienice nie żerowały na tym drzewie w naszym sadzie”. „To też prawda, moja kochana i bezlarwalna”. Historia naturalna stała się do tego czasu historią minioną.)

Oboje prowadzili dzienniki. Wkrótce po owym wydarzeniu, będącym przedsmakiem poznania, stało się coś interesującego. Szła właśnie przez sad do domu Krolika, niosąc pudełko świeżo wylęgłych i zachloroformowanych motyli, kiedy nagle zatrzymała się i zaklęła (*czort!*). W tej samej chwili Van, który szedł w przeciwnym kierunku, chcąc trochę poćwiczyć strzelanie w pobliskim pawilonie, gdzie znajdowały się kręgielnia i inne urządzenia służące rozrywce, kiedyś często używane przez innych Veenów, także gwałtownie stanął. Wskutek zgrabnego zbiegu okoliczności oboje rzucili się pędem z powrotem, do domu, żeby schować swoje dzienniki, zostawili je bowiem otwarte, każde w swoim pokoju. Ada, która obawiała się ciekawości Lucette i Blanche (guwernantka nie stanowiła zagrożenia, gdyż była patologicznie pozbawiona spostrzegawczości) stwierdziła, że się pomyliła – schowała album po ostatnim wpisie. Van, który wiedział, że Ada lubi „myszkować”, odkrył w swoim pokoju Blanche, udającą, że ściele zaścielone łóżko, a dziennik leżał niezamknięty na kluczyk tuż przed nią na stołku. Dał jej lekkiego klapsa w tyłek i przeniósł oprawną w szagryn książkę w bezpieczniejsze miejsce. Potem Van i Ada spotkali się w korytarzu i byliby się pocałowali na jakimś wcześniejszym etapie rozwoju powieści w historii literatury. Mogłaby to być świetna kontynuacja sceny na drzewie szattalskim. Zamiast tego każde z nich ruszyło własną drogą, a Blanche – jak przypuszczam – poszła sobie popłakać w swym buduarku.

16

Ich pierwsze swobodne i szalone pieszczoty poprzedził krótki okres osobliwej przebiegłości, skrytych manewrów. Zamaskowanym przestępcą był Van, ale jej bierna akceptacja zachowania biednego chłopaka zdawała się po cichu godzić z jego podejrzaną, a nawet potworną naturą. Kilka tygodni później na tę fazę jego zalotów oboje mieli patrzeć z pełną rozbawienia wyższością; w tym czasie jednak właściwe owej fazie oczywiste tchórzostwo zbijało ją z tropu, jego zaś przygnębiało, głównie dlatego, że miał pełną świadomość jej zmieszania.

Chociaż Van nigdy nie miał okazji zaobserwować w niej czegoś choćby trochę podobnego do dziewiczej odrazy – nie była to bowiem dziewczynka strachliwa ani nadmiernie delikatna („*Je raffole de tout ce qui rampe*") – wystarczyło przywołać na pamięć kilka koszmarów sennych, by wyobrazić sobie, że w rzeczywistym albo przynajmniej wiarygodnym życiu, Ada wzdraga się i patrzy na niego dzikim wzrokiem, puszcza jego żądzę kantem i woła guwernantkę lub matkę, lub potężnego lokaja (nie było takiego w domu, ale można go było zabić we śnie, można go było zdzielić uzbrojoną w kastet pięścią, przebić jak pęcherz z krwią), po czym Van – to było dlań oczywiste – musiał zostać wygnany z Ardis...

(Ręką Ady: zdecydowanie protestuję przeciw temu „nie była nadmiernie delikatna". Jest to niesłuszne, jeśli chodzi o fakty, i nieostre, jeśli chodzi o fantazję. Notka Vana na marginesie: Przykro mi, kiciu, ale musi tak zostać.)

...ale nawet gdyby zdołał zmusić się do wyśmiania tego wyobrażenia i wyrzucenia go dzięki temu ze świadomości, nie mógł czuć się dumny ze swego postępowania: w rzeczywistych sekretnych poczynaniach z Adą, robiąc to, co robił, i w sposób, w jaki to robił, nie odkrywając własnej delektacji, miał wrażenie, że albo wykorzystuje jej niewinność, albo skłania ją do ukrywania przed nim, ukrywającym, wiedzy o tym, co on ukrywa.

Po tym, jak jego miękkie wargi po raz pierwszy dotknęły, tak lekko, tak niemo, jej jeszcze miększej skóry – tam wysoko na jabłkowitym drzewie, gdzie była tylko zbłąkana *ardilla* z wdziękiem strącająca liście – w pewnym sensie nic się nie zmieniło, w innym wszystko przepadło. Takie dotknięcia tworzą własną fakturę; wrażenie dotykowe to ślepa plamka; dotykamy konturów. Odtąd w pewnych chwilach ich poza tym rozlazłych dni, w pewnych powracających przypadkach kontrolowanego szaleństwa, unosił się pewien sekretny drogowskaz, rozciągnęła się między nimi zasłona...

(Ada: teraz w Ardisie są już prawie wymarłe. Van: Co? A, rozumiem.)

...której nie można było usunąć do chwili, kiedy pozbył się wreszcie tego, co konieczność udawania sprowadziła do poziomu żałosnego świerzbienia.

(Och, Van!)

Nie potrafił potem powiedzieć, omawiając z nią te dość wzruszające obrzydliwości, czy naprawdę obawiał się, że jego *avournine* (jak w swojej bękarciej francuszczyźnie Adę nazywała później Blanche) może zareagować wybuchem prawdziwej albo dobrze udanej urazy na pozbawiony osłonek przejaw pożądania, czy też posępne i przebiegłe podchody dyktowało mu co innego: przyzwoitość oraz współczucie w stosunku do niewinnego dziecka, którego urok był zbyt zniewalający, by nie smakować go w tajemnicy, i zbyt święty, by go otwarcie pogwałcić; w każdym razie w pewnym momencie coś się popsuło, to przynajmniej było jasne. Mętne komunały mętnej skromności tak przeraźliwie modne przed osiemdziesięciu laty, nieznośna banalność nieśmiałych zalecanek zakopana w starych romansach tak archaicznych jak Arkadia, te wybiegi, te zabiegi – to wszystko czaiło się za ciszą jego zasadzek i ciszą jej tolerancji. Po tym konkretnym letnim dniu, kiedy zaczęły się jego ostrożne i wymyślne umizgi, nie pozostało żadne świadectwo; czując jednak, że w pewnych chwilach Van stoi nieprzyzwoicie blisko, tuż za nią, czując jego gorący oddech i muskające wargi, zdawała sobie jednocześnie sprawę z tego, że te milczące, egzotyczne zbliżenia zaczęły się dawno temu, w jakiejś nieokreślonej i nieskończonej przeszłości, i nie mogą już być przez nią powstrzymane, bo powstrzymując je, musiałaby przyznać się do cichego przyzwolenia na ich spowszedniałą powtarzalność w owej przeszłości właśnie.

Owymi nieprzejednanie upalnymi popołudniami lipcowymi Ada lubiła siedzieć w słonecznym pokoju muzycznym na chłodnym taborecie do fortepianu, inkrustowanym kością słoniową i przysuniętym do pokrytego białą ceratą stolika. Przed sobą miała otwarty ulubiony atlas botaniczny i, kopiując zamieszczony w nim obrazek, akwarelami malowała na kremowym papierze jakiś szczególny kwiat. Wybierała na przykład udającą owada orchideę, którą powiększała ze zdumiewającą zręcznością. Czasami łączyła ze sobą dwa różne gatunki (znany z nieznanym, lecz możliwym), wprowadzając osobliwe drobne zmiany i wykoślawienia niemal chorobliwe w przypadku tak młodej i tak nago ubranej dziewczynki. Wpadający ukośnie przez oszklone drzwi długi promień słońca płonął w graniastej szklance, w zabarwionej wodzie i na blasze pudełka z farbami. Podczas gdy delikatnie malowała oczko albo płat warżki, wielka koncentracja sprawiała, że koniuszek jej języka zakręcał się w rogu ust i wydawało się, że pod spojrzeniem słońca z kolei to fantastyczne dziecko o czarno-niebiesko-brązowych włosach samo imituje kwiat nazywany zwierciadłem Wenus. Jej cienka luźna sukienka miała przypadkowo tak głębokie wycięcie z tyłu, że ilekroć dziewczynka wyginała plecy (poruszała przy tym wystającymi łopatkami i przechylała głowę), z uniesionym w powietrzu pędzlem oglądając swoje mokre jeszcze osiągnięcie albo zewnętrzną stroną lewego nadgarstka odgarniając ze skroni pasemko włosów, Van, który przysuwał się do jej taboretu tak blisko, jak tylko miał odwagę, mógł widzieć lśniącą *ensellure* aż po kość ogonową i wdychać ciepło całego jej ciała. Serce mu waliło, jedną nieszczęsną dłoń trzymał głęboko w kieszeni spodni (aby ukryć swój stan, miał zawsze sakiewkę z tuzinem złotych monet dziesięciodolarowych), gdy pochylał się nad dziewczynką, a ona pochylała się nad swą pracą. Pozwalał swoim spieczonym ustom bardzo lekko wędrować w dół po jej ciepłych włosach i gorącym karku. Było to najsłodsze, najmocniejsze i najbardziej tajemnicze doznanie w dotychczasowym życiu chłopca; nic z jego nędznych rozkoszy minionej zimy nie mogło równać się z tą puszystą tkliwością, z tą rozpaczą pożądania. Na zawsze przywarłby do niedużej krągłej wypukłości rozkoszy pośrodku jej karku, gdyby dziewczynka na zawsze została pochylona i gdyby nieszczęsny chłopak potrafił dłużej wytrzymać ekstazę kontaktu tego wzgórka z jego znieruchomiałymi jak woskowy odlew ustami, nie ocierając się o nią z oszalałym zapamiętaniem. Jaskrawy szkarłat odsłoniętego ucha i coraz większe odrętwienie jej pędzla były jedynymi oznakami – straszliwymi oznakami – świadczącymi o tym, że czuje rosnący nacisk jego pieszczot. W milczeniu wymykał się do swego pokoju, zamykał drzwi na klucz, chwytał ręcznik, obnażał się, przywoływał obraz, który przed chwilą porzucił, obraz wciąż nienaruszony, bezpieczny i jasny jak chroniony dłońmi płomień, unoszony w ciemność tylko po to, żeby się go tam pozbyć z dzikim zapałem. Po tym wszystkim, przez chwilę wycieńczony, z drżącymi lędźwiami i łydkami, Van powracał w czystość zalanego słonecznym blaskiem pokoju, gdzie mała dziewczynka, lśniąca teraz od potu, ciągle malowała swój kwiat: cudowny kwiat, który udawał połyskliwą ćmę, która z kolei udawała skarabeusza.

Gdyby ulga, ochłoda, jakiekolwiek uwolnienie się od chłopięcego żaru było jedynym pragnieniem Vana, gdyby – innymi słowy – nie towarzyszyła temu wszystkiemu ani krztyna miłości, nasz młody przyjaciel mógłby spokojnie znosić – przez jedno przelotne lato – obrzydliwość i dwuznaczność swojego zachowania. Ponieważ jednak Van kochał Adę, skomplikowana ulga nie mogła być celem samym w sobie czy też raczej była ona jedynie ślepą uliczką, jako że była samotna, jako że była potwornie pokątna, jako że nie była zdolna przetopić się w następny etap pełniejszej ekstazy, który niby zamglony szczyt majaczący u kresu złowrogiej górskiej ścieżki, obiecywał zwieńczenie jego niebezpiecznej przygody z Adą. Podczas tego tygodnia czy dwu tygodni w środku lata, mimo owych codziennych motylich pocałunków w jej włosy, w jej kark, Van czuł się nawet dalszy od niej niż w wigilię dnia, kiedy jego usta przypadkowo dotknęły cala jej skóry, ledwie odczutego jego zmysłami w labiryncie szattalskiego drzewa.

Przyroda jednak to ruch i rozwój. Pewnego popołudnia w pokoju muzycznym podszedł do niej jeszcze bezszelestniej niż dawniej, jako że przypadkiem był bosy... i oto mała Ada odwróciła głowę, zamknęła oczy i przycisnęła usta do jego ust w pocałunku przypominającym świeżo rozkwitłą różę, pocałunku, który Vana urzekł i zbił z tropu.

– A teraz uciekaj – powiedziała – no, szybko, jestem zajęta – a ponieważ dalej sterczał tam jak idiota, namaściła jego poczerwieniałe czoło swoim pędzelkiem, kreśląc na nim coś w rodzaju starego estotyjskiego znaku krzyża. – Muszę to skończyć – dodała, wskazując umoczonym w fioletowej farbie cieniutkim pędzlem na krzyżówkę *Ophrys scolopax* i *Ophrys veenae* – a zaraz musimy się przebrać, bo Marina chce, żeby Kim zrobił nam zdjęcie, jak trzymamy się za ręce i szczerzymy zęby (wyszczerzyła zęby w uśmiechu i wróciła do swego wstrętnego kwiatu).

17

Największy słownik w bibliotece podawał pod hasłem „Warga”: „Każdy z dwóch mięsistych fałdów otaczających otwór”.

Milejszyj Emile, jak Ada nazywała Monsieur Littrégo, powiadał, co następuje: „*Partie extérieure et charnue qui forme le contour de la bouche (...) Les deux bords d'une plaie simple* (mówimy po prostu naszymi ranami; rany płodzą) „(...) *C'est le membre qui lèche*”. Najdroższy Emile!

Małą, ale grubą rosyjską encyklopedię interesowała *guba* (warga) jedynie jako okręgowy sąd administracyjny na dawnej Lasce albo jako arktyczna zatoka.

Ich usta były absurdalnie podobne, jeśli chodzi o styl, zabarwienie i fakturę. Górna warga Vana przypominała kształtem długoskrzydłego ptaka morskiego, lecącego prosto na człowieka, a warga dolna, gruba i posępna, dodawała jego zwykłemu wyrazowi twarzy nutę brutalności. Nic z tej brutalności nie rysowało się w przypadku warg Ady, ale wygięta w kształt łuku górna i duża, lekceważąco wysunięta i matoworóżowa dolna powtarzały w kobiecej tonacji usta Vana.

W fazie pocałunków (nieszczególnie zdrowe dwa tygodnie długich, pełnych nieładu uścisków) jakiś osobliwy ekran wstydliwości, by tak rzec, odcinał wzajem od siebie oszalałe ciała naszych dzieci. Jednakże dotknięcia i ich oddźwięki musiały przezeń przechodzić jak odległa wibracja rozpaczliwych sygnałów. Bez końca, co chwila, delikatnie Van ocierał swoje usta o jej wargi, drażniąc ten rozpalony kwiat, w przód, w tył, w prawo, w lewo, w życie, w śmierć, i rozkoszował się kontrastem między lekką czułością widzialnej idylli i zwierzęcym przekrwieniem skrytego ciała.

Były też inne pocałunki.

– Chciałbym spróbować wnętrza twoich ust – powiedział. – Boże, jak bardzo chciałbym być Guliwerem wielkości skrzacika i badać tę jaskinię.

– Mogę pożyczyć ci swój język – powiedziała i tak zrobiła.

Wielka gotowana truskawka, wciąż jeszcze bardzo gorąca. Wsysał ją tak głęboko, jak się dało. Przyciskał dziewczynę do siebie i oblizywał jej podniebienie. Ich podbródki były po chwili całkiem mokre.

– Daj chusteczkę – powiedziała i bez ceremonii wsunęła rękę do kieszeni jego spodni, ale zaraz ją cofnęła i pozwoliła mu wyjąć chusteczkę samemu. Bez komentarza.

(– Wysoko oceniłem twój takt – powiedział jej, kiedy z rozbawieniem i dreszczem wspominali ten zachwyt i ten niepokój – ale straciliśmy mnóstwo czasu, stos opali nie do odzyskania.)

Uczył się jej twarzy. Nos, policzek, broda – wszystko to odznaczało się taką miękkością konturów (z perspektywy czasu kojarzącą się z pamiątnikami, kapeluszami z piórami i przeraźliwie drogimi kurtyzankami w Wicklow), że ckliwy wielbiciel łatwo mógł sobie wyobrazić jej profil jako bladą kitę trzciny, tego niemyślącego człowieka – *pascaltrezza* – a bardziej dziecinny i zmysłowy palec mógł zapragnąć, i zapragnął, dotykać jej nosa, policzka, brody. Reminiscencje jak płótna Rembrandta są ciemne, ale uroczyste. Ci, których pamiętamy, ubierają się na tę okazję elegancko i siedzą nieruchomo. Pamięć to atelier fotograficzne *de luxe* na bezkresnej Fifth Power Avenue. Wstążeczka z czarnego aksamitu, którą tego dnia (dnia owej psychicznej fotografii) miała związane włosy, uwydatniała ich blask na jedwabiu skroni i wzdłuż kredowego przedziałka. Proste i długie włosy spływały wzdłuż karku, ich nurt rozdzielało ramię; matowobiała szyja przeświecała przez czarnobrązowy strumień, ukazując swój trójkątny szyk.

Gdyby podkreślić leciutkie zadarcie jej nosa, zmieniłby się w nos Lucette, gdyby go wyprostować – w nos Samojeda. U obu sióstr zęby przednie były odrobinę za duże, a dolna warga za gruba z punktu widzenia idealnego piękna marmurowej śmierci; a ponieważ ich nosy były stale zapchane, obie dziewczynki (zwłaszcza później, kiedy miały lat piętnaście i dwanaście) wyglądały z profilu na nieco rozmarzone albo oszołomione. Pozbawiona blasku biel skóry Ady (w wieku lat dwunastu, szesnastu, dwudziestu, trzydziestu trzech itd.) była nieporównanie bardziej wyjątkowa niż złotawy rumieniec Lucette (w wieku lat ośmiu, dwunastu, szesnastu, dwudziestu pięciu, *finis*). U obydwu długa i czysta przednia linia szyi, odziedziczona wprost po Marinie, dręczyła zmysły niewiadomymi, niesłychanymi obietnicami (przez matkę nie dotrzymanymi).

Oczy. Ciemnobrązowe oczy Ady. Czym (pyta Ada) właściwie są oczy? Dwoma otworami w masce życia. Co (pyta) znaczyłyby one dla istoty z innej korpuskuły albo innego bąbelka na mleku, istoty, której organem wzroku byłby (powiedzmy) pasożyt wewnętrzny przypominający zapisany zaimek „owo"? Co, zaiste, znaczyłaby dla kogokolwiek para pięknych oczu (ludzkich, lemurzych, sowich) znalezionych na siedzeniu taksówki? A jednak twoje muszę opisać. Tęczówka: ciemnobrązowa z bursztynowymi plamkami czy szprychami rozmieszczonymi wokół poważnej źrenicy jak identyczne godziny na tarczy zegara. Powieki: coś w rodzaju plis, *w składoczku* (rymuje się po rosyjsku ze zdrobnieniem jej imienia w bierniku). Kształt oka: omdlewający. Ta stręczycielka w Wicklow owej szatańskiej nocy, kiedy padał czarny śnieg z deszczem, w najtragiczniejszym i niemal śmiertelnym momencie mego życia (Van, chwała Bogu, ma teraz lat dziewięćdziesiąt – ręką Ady) ze szczególną mocą zwracała uwagę na „długie oczy" swojej nieszczęsnej i uroczej wnuczki. Jakże uporczywie, z jakim bólem szukałem śladów i znaków mojej niezapomnianej miłości we wszystkich burdelach świata!

Odkrył jej ręce (zapomnijmy o tych historiach z obgryzaniem paznokci). Patos nadgarstka, wdzięk paliczków domagający się bezradnych uklęknięć, mgły napływających do oczu łez, mąk beznadziejnego uwielbienia. Dotknął przegubu jej dłoni, jak konający lekarz. Spokojny szaleniec pieścił równoległe pręgi delikatnego puszku, który cieniował przedramię brunetki. Wracał do jej kłykci. Palce, proszę.

– Jestem sentymentalna – powiedziała. – Mogłabym dokonać sekcji koali, ale nie jej dziecka. Lubię słowa bogdanka, glicynia, elegant. Bardzo lubię, kiedy z galanterią całujesz moją białą wydłużoną dłoń.

Na grzbiecie lewej dłoni miała taką samą brązową plamkę, jaka znaczyła jego prawicę. Jak twierdziła – albo próbując mu to wmówić, albo z roztrzepania – była pewna, że plamka pochodziła od znamienia Mariny, ta przed wielu laty miała usunąć je z tego samego miejsca za pomocą zabiegu chirurgicznego, będąc zakochana w łobuzie, który narzekał, że przypomina mu pluskwę.

Bardzo cichymi popołudniami można było usłyszeć przedtunelowe tubalne „tuu-tuuu" pociągu do Tuluzy, odchodzącego o trzeciej trzy, dźwięk dochodził ze wzgórza, gdzie mogła się odbyć taka oto wymiana zdań:

– „Łobuz" to zbyt mocne określenie.

– Nadałam mu odcień czułości.

– Mimo to za mocne. Chyba znam tego gościa. Inna sprawa, że ma mniej serca niż dowcipu, nie da się ukryć.

Kiedy patrzy, dłoń proszącej o jałmużnę Cyganki rozmywa się i zmienia w dłoń dającego, który prosi o długie życie. (Kiedy filmowcy osiągną etap, do którego my już dotarliśmy?) Mrugając w zielonym świetle słonecznym pod brzozą, Ada wyjaśniła swemu namiętnemu wróżowi, że marmurkowe plamki, które dzieli z Turgieniewowską Katią, inną niewinną dziewczyną, w Kalifornii nazywa się „walcami" („ponieważ señorita przetańczy przez całą noc").

W dniu swoich dwunastych urodzin, 21 lipca 1884 r., dziecko przestało obgryzać paznokcie (z wyjątkiem paznokci palców stóp), osiągnąwszy to dzięki wielkiemu wysiłkowi woli (podobnie jak przy rzucaniu papierosów dwadzieścia lat później). Prawdę mówiąc, można by przedstawić tu listę pewnych rekompensat – takich jak rozkoszne zanurzenie się w słodkim grzechu na Boże Narodzenie, kiedy *Culex chateaubriandi* Browna nie lata. Nowe i ostateczne postanowienie zostało podjęte na Sylwestra, kiedy Mlle Larivière zagroziła, że posmaruje koniuszki palców biednej Ady francuską musztardą i przywiąże do nich wełniane zielone, żółte, pomarańczowe, czerwone i różowe kapturki (żółty palec wskazujący był *une trouvaille*).

Wkrótce po urodzinowym pikniku, kiedy całowanie dłoni małej ukochanej stało się tkliwą obsesją Vana, jej paznokcie, chociaż wciąż jeszcze niemal kwadratowe, były wystarczająco mocne, by dać sobie radę z nieznośnym swędzeniem, które w środku lata doskwierało miejscowym dzieciom.

W ostatnim tygodniu lipca z diabelską regularnością pojawiała się samica komara Chateaubrianda. Chateaubriand (Charles), nie był pierwszym ugryzionym przez tego owada... ale był pierwszym, który zafiolkował napastnika i z okrzykami mściwej euforii zaniósł do profesora Browna, który sporządził dosyć byle jaki Pierwszy Opis („małe czarne czułki [...] przezroczyste skrzydełka [...] żółtawe przy pewnych rodzajach oświetlenia [...] należy zlikwidować, jeśli chce się mieć offarte okna" [niemiecki drukarz]. „Boston Entomologist" z sierpnia – szybka robota – 1840 r.). Ów Chateaubriand nie był spokrewniony z wielkim poetą i memuarystą urodzonym między Paryżem a Tagne (byłoby lepiej, gdyby był – powiedziała Ada, która lubiła krzyżować ze sobą orchidee).

Mon enfant, ma sœur,
Songe a l'épaisseur
Du grand chêne a Tagne;
Songe a la montagne,
Songe a la douceur...

skrobania swymi pazurami albo paznokciami miejsc odwiedzonych przez tego puszystonogiego owada, charakteryzującego się nienasyconym i niebezpiecznym apetytem na krew Ady i Ardelii. Lucette i Lucile (pomnożonych przez swędzenie).

„Potwór" pojawiał się równie nagle, jak potem znikał. Sadowił się na wdzięcznych nagich ramionach i nogach bez najmniejszego bzyczenia, w swego rodzaju *recueillie* ciszy, i wbijał absolutnie piekielną trąbkę, która – co za kontrast! – wybuchała mosiężnym hałasem orkiestry wojskowej. Pięć minut po ataku o zmierzchu między stopniami ganku i oszalałym od świerszczy ogrodem, występowało ogniste podrażnienie, które silni i opanowani ignorowali (wiedząc, że potrwa tylko godzinę), ale z którego słabi, uroczy i zmysłowi korzystali, by drapać i drapać, i drapać do dna (jak mówiło się w szkole). *„Sładko!”* (Słodko!). Takie okrzyki wydawał Puszkin w związku z innym gatunkiem, występującym na terytorium Jukonu. W ciągu tygodnia po jej urodzinach z nieszczęsnych paznokci Ady nie schodziły granatowe plamy, a po szczególnie ekstatycznej, każącej zapomnieć o całym świecie sesji drapania, krew dosłownie ściekała po jej goleniach – przykry widok, pomyślał jej przygnębiony wielbiciel, ale jednocześnie bezwstydnie fascynujący – albowiem w osobliwym kosmosie jesteśmy gośćmi i badaczami, zaiste, zaiste.

Blada skóra dziewczynki, dla oka Vana tak podniecająco delikatna, a dla igły bestii tak miękka, była jednak równie mocna jak kawał atłasu z Samarkandy i wytrzymywała wszelkie próby samoobdzierania, gdy Ada z oczami zamglonymi jak podczas erotycznych transów, które Van znał już trochę z sesji niepohamowanych pocałunków, z rozchylonymi ustami, z dużymi zębami polakierowanymi śliną drapała pięcioma palcami różowe kopczyki, efekt ukąszeń rzadkiego owada, bo to rzeczywiście jest dość rzadki i ciekawy komar (opisany – nie całkiem jednocześnie – przez dwu starych gniewnych, drugim był Braun, dipterysta z Filadelfii, znacznie poważniejszy uczony niż profesor z Bostonu). Rzadki też i zachwycający był widok mojej ukochanej próbującej ugasić żądzę swej bezcennej skóry: pozostawiała najpierw perłowe, a potem rubinowe pasy wzdłuż urzekającej nogi i osiągała na krótko narkotyczną błogość, w którą jak w próżnię z nową siłą wdzierał się szał swędzenia.

– Słuchaj – powiedział Van – jeśli natychmiast nie skończysz, jak tylko powiem „raz, dwa, trzy", otworzę ten nóż (otwierając nóż) i potnę sobie nogę, żeby była taka jak twoja. Proszę cię, gryź paznokcie! Wszystko będzie lepsze od tego!

Być może dlatego, że życiodajny strumień Vana był zbyt gorzki – nawet w tych radosnych czasach – komar Chateaubrianda nigdy się nim specjalnie nie interesował. Obecnie chyba bliski jest wymarcia z powodu ochłodzenia klimatu i idiotycznego osuszania cudownie bogatych bagien w okręgu Ladore, jak również w pobliżu Kaługi w stanie Connecticut i w okolicach Lugano w Pensylwanii. (Niewielka grupa tych owadów, samych samic, napęczniałych od krwi szczęśliwego łowcy, została, jak mi mówiono, złapana niedawno w okrytym tajemnicą siedlisku, dość oddalonym od wspomnianych wyżej stanowisk. Przypisek Ady.)

18

Nie tylko w wieku trąbki akustycznej – kiedy stali się, jak mówił Van, ra-ra-ramolami – ale nawet jeszcze bardziej w okresie dojrzewania (lato 1888) znajdowali naukową przyjemność w odtwarzaniu wczesnych etapów ewolucji (lato 1884) swej miłości, faz jej pierwszych objawień, dziwacznych rozbieżności w pełnych luk chronologiach. Zachowała tylko kilka stron swojego dziennika – głównie poświęconych zagadnieniom botanicznym i entomologicznym – ponieważ, czytając go na nowo, słyszała w nim ton fałszywy i pedantyczny; Van zniszczył swój w całości ze względu na niezgrabny styl uczniaka połączony z nonszalanckim i nieautentycznym cynizmem. Wobec tego musieli się oprzeć na tradycji ustnej, na wzajemnym korygowaniu wspólnych wspomnień. „A pamiętasz, *a ty pomnisz*, *et te souviens-tu*" (zawsze z zakładaną z góry codettą „a", wprowadzającą perełkę, którą trzeba było nawlec na sznurek rozerwanego naszyjnika) stało się w ich naładowanych treścią i emocją rozmowach standardowym chwytem rozpoczynającym co drugie zdanie. Dyskutowali o datach kalendarzowych, określali i przekreślali kolejność wydarzeń, porównywali sentymentalne dane, namiętnie analizowali wahania i decyzje. Jeśli ich wspomnienia od czasu do czasu nie zgadzały się ze sobą, wynikało to raczej z różnicy płci niż indywidualnego temperamentu. Bawiły ich oboje niezgrabne młodzieńcze próby życia, smuciła mądrość czasu. Ada miała skłonność do tego, by widzieć w tych pierwszych etapach szczególnie niemrawy i powolny wzrost, być może nienaturalny, zapewne wyjątkowy, ale ogólnie rzecz biorąc, wspaniały w swym nieustannym rozwoju, który chronił przed jakimikolwiek nieokiełznanymi popędami czy szokiem wstydu. Pamięć Vana nie mogła się powstrzymać przed wybieraniem szczególnych epizodów, napiętnowanych na zawsze gwałtownym i przejmującym, czasem godnym pożałowania dreszczem fizycznym. Ada miała wrażenie, że nienasycone rozkosze, które odkryły się przed nią niespodziewane i nieprzyzywane, stały się dostępne Vanowi dopiero, kiedy i ona je poznała, po tygodniach kumulujących się pieszczot. Skromnie lekceważyła swe pierwsze reakcje fizjologiczne na nie, jako odnoszące się do dziecięcych praktyk, którym oddawała się już wcześniej i które miały niewiele wspólnego ze świetnością i z goryczą indywidualnego szczęścia. Van przeciwnie, nie tylko mógł sporządzić spis wszystkich marginalnych spazmów, które ukrywał, zanim zostali kochankami, ale podkreślał filozoficzne i moralne różnice między niszczącą mocą samozaspokojenia i wszechogarniającą delikatnością wyznanej i przyjętej miłości.

Kiedy przypominamy sobie siebie samych sprzed lat, zawsze napotykamy tę niewielką postać z długim cieniem, zatrzymującą się jak niepewny spóźniony gość na oświetlonym progu w oddalonym końcu nienagannie zwężającego się korytarza. Ada widziała tam siebie jako zagubione dziecko z oczami pełnymi zdumienia i ze zwiędłym bukiecikiem w ręku; Van widział siebie jako obrzydliwego młodego satyra z niezgrabnymi kopytami i dwuznaczną piszczałką.

– Ale ja miałam zaledwie dwanaście lat – krzyczała Ada, kiedy poruszany był jakiś nazbyt śmiały szczegół.

– Ja miałem piętnaście – ze smutkiem mówił Van.

– A czy młoda dama przypomina sobie – spytał, metaforycznie wyciągając z kieszeni jakieś notatki – kiedy pierwszy raz domyśliła się, że jej nieśmiały młody kuzyn (ich oficjalne pokrewieństwo) jest w jej obecności fizycznie podniecony, chociaż był przyzwoicie owinięty warstwami płótna i wełny i chociaż jego ciało nie dotykało młodej damy?

Powiedziała, że szczerze mówiąc nie, nie pamięta, nie mogła się niczego domyślić, ponieważ mając lat jedenaście mimo wielokrotnych prób otworzenia wszelkimi możliwymi domowymi kluczami szafki, w której Walter Daniel Veen trzymał „Jap. i ind. sztychy erot.", co można było przeczytać na nalepce, doskonale widocznej przez szklane drzwiczki (klucz do nich Van znalazł dla niej błyskawicznie – przylepiony taśmą z tyłu frontoniku), miała wciąż dość mgliste wyobrażenie na temat sposobów parzenia się istot ludzkich. Oczywiście była bardzo spostrzegawcza i dokładnie przyjrzała się wielu owadom *in copula*, ale w omawianym okresie wyraźne przykłady męskości ssaków rzadko znajdowały się w polu jej widzenia i nie łączyła ich z wyobrażeniem o funkcjach seksualnych ani z tych funkcji możliwością (przykładem pewien dzień w roku 1883, kiedy miała okazję przyjrzeć się wyglądającemu na dość miękki beżowemu dzióbkowi syna czarnego woźnego – chłopak czasami sikał w damskiej toalecie w jej pierwszej szkole).

Dwa inne zjawiska, które dostrzegła nawet wcześniej, okazały się groteskowo mylące. Musiała mieć około dziewięciu lat, kiedy ten starszy jegomość, znakomity malarz, którego nazwiska nie może i nie zamierza wymienić, przyszedł kilka razy na obiad do Ardis Hall. Jej nauczycielka rysunków, Miss Wintergreen, bardzo go szanowała i ceniła, chociaż w istocie jej martwe natury uznano (w roku 1888 i znowu w 1958) za nieporównanie lepsze od dzieł słynnego starego łajdaka, który na swoich malutkich aktach przedstawiał postaci zawsze od tyłu, były to usiłujące zerwać owoc z figowca nimfetki o brzoskwiniowych pośladkach albo wspinające się na skały skautki w ciasno opiętych szortach...

– Wiem doskonale, o kim mówisz – ze złością przerwał jej Van – i chciałbym tu wyraźnie stwierdzić, że nawet jeśli jego wspaniały talent popadł dziś w niełaskę, Roy J. Gigment miał wszelkie prawa do tego, żeby malować uczennice i swawolnice, z którejkolwiek strony chciał. Mów dalej.

Zawsze kiedy pojawiał się Ryj Pigment (ciągnęła niewzruszona Ada), usiłowała wleźć w mysią dziurę, słysząc, jak się mozoli, prycha i dyszy, wchodząc na schody, jak się wciąż zbliża niczym odwieczny duch, ten Marmurowy Gość, szukając jej, przywołujący ją cienkim, płaczliwym głosem niepasującym do marmuru.

– Biedaczek – mruknął Van.

Jego metoda kontaktu, mówiła, „*puisqu'on aborde ce thème-la*, a z całą pewnością nie przeprowadzam tu żadnych obraźliwych porównań", była stała: maniakalnie upierał się, że pomoże jej sięgnąć po coś, cokolwiek, prezencik, który jej przyniósł, cukierki albo po prostu jakąś starą zabawkę, którą wcześniej podniósł z podłogi w pokoju dziecinnym i zawiesił wysoko na ścianie, albo świecącą niebiesko różową świeczkę, którą kazał jej zdmuchnąć na *arbre de Noël*, i mimo jej łagodnych protestów brał dziewczynkę pod łokcie i korzystał z chwili, podnosił dziecko, stękał, powtarzał: „ach, jaka jesteś ciężka i jaka ładniutka" – trwało to i trwało, póki nie zadzwonił gong na obiad albo nie weszła niania ze szklanką soku z owoców. Jakaż to była ulga dla wszystkich zainteresowanych, kiedy podczas tego fałszywego wniebowstąpienia jej biedny tyłeczek wreszcie ześlizgiwał się na skrzypiący śnieg jego gorsu; opuszczał ją wtedy na ziemię i zapinał smoking. Pamięta też...

– Głupie wyolbrzymienie – skomentował Van. – Do tego, jak sądzę, sztucznie podkolorowane światłem późniejszych wydarzeń, jeszcze później ujawnionych.

Pamiętała też, jak się boleśnie zarumieniła, kiedy ktoś mówił, że biedny Ryj ma bardzo chory umysł i „stwardnienie tętnicy" czy może „swędzenie chętnicy", nie była pewna; wiedziała jednak również, nawet wtedy, że tętnica może stać się strasznie długa, widziała bowiem Dronga, czarnego konia, który – musiała przyznać – wyglądał na bardzo przybitego i zmieszanego tym, co mu się przytrafiło na środku łąki na oczach wszystkich stokrotek. Sądziła – opowiadała sprytna Ada (w jakim stopniu w zgodzie z prawdą, to inna rzecz) – że z brzucha Dronga zwisa, wysuwając czarną gumową nogę, źrebak, ponieważ nie zdawała sobie sprawy z tego, że Drongo wcale nie jest klaczą ani że nie ma torby tak jak kangur na ilustracji, którą uwielbiała; wówczas jednak jej angielska niańka wyjaśniła, że Drongo to bardzo chory koń, i od razu wszystko wróciło do normy.

– Świetnie – powiedział Van – to naprawdę fascynujące, ale ja pytałem o chwilę, kiedy mogłaś zacząć podejrzewać, że ja także jestem chorym umysłem albo koniem. Przypominam sobie – ciągnął – okrągły stół w okrągłym różowym blasku i ciebie klęczącą obok mnie na fotelu. Zająłem nabrzmiewającą poręcz fotela, a ty stawiałaś domek z kart; i każdy twój ruch był donioślejszy, właśnie tak jak u medium w transie, był powolny niby we śnie, ale jednocześnie niesamowicie czujny i dosłownie żłopałem dziewczęcy aromat twojego nagiego ramienia i zapach twoich włosów, który teraz zabiły jakieś popularne perfumy. Data tego wydarzenia to, jak sądzę, mniej więcej 10 czerwca, był to deszczowy wieczór niecały tydzień po moim pierwszym przyjeździe do Ardisu.

– Pamiętam karty – powiedziała – i blask, i szum deszczu, i twój niebieski kaszmirowy pulower, ale nic poza tym, nic dziwnego czy niewłaściwego, to przyszło później. Zresztą *les messieurs hument* młode damy tylko we francuskich powieściach o miłości.

– A jednak właśnie to robiłem, kiedy ty zajmowałaś się swoją subtelną pracą. Magia dotyku. Nieskończona cierpliwość. Koniuszki palców próbujące podejść grawitację. Strasznie obgryzione paznokcie, słodyczy moja. Wybacz mi te formuły, nie potrafię wyrazić balastu potężnej, lepkiej żądzy. Bo wiesz, miałem nadzieję, że kiedy twój zamek się zawali, wykonasz pluskający rosyjski gest rezygnacji i usiądziesz na mojej otwartej dłoni.

– To nie był zamek. To była pompejańska willa, pełna mozaik i obrazów, ponieważ brałam jedynie figury z pokerowych talii dziadka. Czy w końcu usiadłam na twojej gorącej napiętej dłoni?

– Na mojej rozpostartej dłoni, kochanie. Rajskie pofałdowanie. Tylko przez chwilę siedziałaś nieruchomo, wypełniając sobą mój puchar. Potem zmieniłaś układ swoich członków i znów uklękłaś.

– Raz-dwa, raz-dwa zbierając płaskie lśniące karty, żeby zacząć stawiać od nowa, powoli i od nowa. Byliśmy obrzydliwie zdeprawowani, prawda?

– Wszystkie inteligentne dzieci są zdeprawowane. Widzę, że pamiętasz...

– Nie ten konkretny przypadek, ale tę jabłoń i to, jak pocałowałeś moją szyję, *et tout le reste*. A potem... *zdrawstwujtie: apofieoz*, Noc Płonącej Stodoły!

19

Poniekąd zagadka z brodą (*Les Sophismes de Sophie* autorstwa Mlle Stopchine w edycji Bibliothèque Vieux Rose): co było najpierw – Płonąca Stodoła czy Strych. Och, Strych! Przed pożarem długo byliśmy całującym się kuzynostwem. Jeśli chcesz wiedzieć, musiałam sprowadzić z Ladory specjalny krem Château Baignet na swoje biedne spierzchnięte wargi. I obojga nas, w naszych osobnych pokojach, obudził jej krzyk *au feu!* 28 lipca? 4 sierpnia?

Kto krzyczał? Stopchine? Larivière? Czy to była Larivière? Odpowiedz. Kto krzyczał, że stodoła *flambait*?

Nie, Larivière spłonęła jak świeca... chciałam powiedzieć spała jak suseł. Wiem – powiedział Van – krzyczała ta pokojowa malarka (bo malowała się w pokoju), pokojówka, która używała twoich akwarel do cieniowania oczu, tak przynajmniej twierdziła Larivière, która oskarżała ją i Blanche o fantastyczne grzechy.

No tak, oczywiście! Ale to nie była biedna Francuzeczka Mariny, to była nasza gąska Blanche. Tak, to ona biegła korytarzem i zgubiła na paradnych schodach lamowany gronostajem pantofelek, jak Ashette w wersji angielskiej.

– A pamiętasz, Van, jaka ciepła była ta noc?

– *Jeszczo by!* (jakżeby nie!). Tej nocy ze względu na migotanie...

Tej nocy ze względu na uciążliwe migotanie dalekich płaskich błyskawic przenikające czarne wnętrze jego sypialnej altany Van porzucił tulipanowce i poszedł spać do swojego pokoju. Hałas w domu i wrzask pokojówki przerwały niezwykły, olśniewający i dramatyczny sen, którego treści nie mógł sobie potem przypomnieć, chociaż trzyma go ciągle w ocalonej szkatułce z klejnotami. Jak zwykle spał nago i wahał się przez chwilę, czy wciągnąć na siebie szorty, czy też owinąć się pledem w szkocką kratę. Ostatecznie wybrał drugie rozwiązanie, zagrzechotał pudełkiem zapałek, zapalił świeczkę z lichtarza przy łóżku i wybiegł z pokoju gotowy ratować Adę i wszystkie jej larwy. Na korytarzu było ciemno, gdzieś entuzjastycznie szczekał jamnik. Z cichnących okrzyków Van wywnioskował, że paliła się tak zwana stodoła baronów, lubiana przez wszystkich spora budowla, oddalona o trzy mile. Gdyby stało się to w późniejszej porze roku, pięćdziesiąt krów nie miałoby siana, a Larivière swojej ulubionej kawy ze śmietanką w południe. Van poczuł się zlekceważony. Wyjechali, o mnie zapomnieli, jak mamrocze stary Firs na końcu *Wiśniowego sadu* (Marina była nie najgorszą madame Raniewską).

Owinięty kraciastą togą towarzyszył swemu czarnemu sobowtórowi schodzącemu po spiralnych schodach prowadzących do biblioteki. Oparł nagie kolano na kosmatej kanapie pod oknem, rozsunął ciężkie czerwone story.

Stryjaszek Dan z cygarem w zębach oraz Marina w chustce na głowie, trzymająca w ramionach Dacka, który szydził z psów podwórzowych, sadowili się właśnie, okrążeni wzniesionymi rękami i kołyszącymi się latarniami, w małym samochodzie – równie czerwonym jak wóz strażacki! – ale na chrzęszczącym zakręcie podjazdu dali się wyprzedzić trzem jadącym wierzchem angielskim lokajom z trzema francuskimi pokojówkami *en croupe*. Dla całej służby pożar (nieczęste wydarzenie w naszych wilgotnych i bezwietrznych okolicach), jak się zdawało, był wspaniałą rozrywką, użyli więc wszelkich dostępnych lub możliwych do pomyślenia środków lokomocji: furmanek, tarantasów, taran-czasów, łodzi drogowych, tandemów, a nawet nakręcanych wózków bagażowych, w które naczelnik stacji zaopatrzył rodzinę, czcząc w ten sposób pamięć Erasmusa Veena, ich wynalazcy. Tylko guwernantka (co odkryła Ada, nie Van) spała w najlepsze, chrypiąc i chrapiąc w pokoju obok starego pokoju dziecinnego, gdzie malutka Lucette leżała czuwając jakąś minutę, by potem rzucić się za swoim snem i wskoczyć do ostatniego wozu meblowego.

Van, klęczący przy oknie panoramicznym obserwował jak zaognione oko cygara oddala się i wreszcie znika. Ten gromadny odjazd... Teraz ty.

Ten gromadny odjazd doprawdy był wspaniałym widowiskiem, świetnie to wyglądało na tle bladego, obsypanego gwiazdami firmamentu nad niemal subtropikalnym Ardisem, firmamentu zabarwionego pomiędzy czarnymi drzewami odległą flamingową czerwienią w miejscu, gdzie płonęła Stodoła. Żeby do niej dotrzeć, trzeba było ominąć duży zbiornik wodny, widziałam, jak jego powierzchnia tu i ówdzie rozpada się na łuski światła, kiedy jakiś śmiały stajenny albo chłopiec kredensowy przepływa go na nartach wodnych, lekkim kanoe albo tratwie – falki wywołane przez tratwę są jak japońskie ogniste węże. Można było teraz śledzić okiem artysty przednie i tylne światła samochodu, posuwające się na wschód wzdłuż brzegu AB prostokątnego jeziora, a następnie gwałtownie skręcające po dotarciu do rogu B, pokonujące długość krótszego boku i pełznące z powrotem na zachód, mętne i pomniejszone, ku środkowi drugiego brzegu, gdzie zbaczały na północ i znikały.

Kiedy dwóch ostatnich służących, kucharz i stróż nocny, popędziło przez trawnik do bezkonnego kabrioleciku czy breku, który stał zapraszając wyprężonymi dyszlami (a może to była riksza? Stryjaszek Dan miał kiedyś pokojowca Japończyka), Van z zachwytem i poruszeniem dostrzegł tuż, tuż, w atramentowych zaroślach, Adę w długiej koszuli nocnej, z zapaloną świeczką w jednej dłoni i butem w drugiej, która zdawała się skradać za spóźnionymi czcicielami ognia. Było to tylko jej odbicie w szybie. Wrzuciła znaleziony bucik do kosza na papiery i podeszła do kanapy.

– Czy coś widać, och, czy widać? – powtarzało wciąż ciemnowłose dziecko, a w jego bursztynowoczarnych oczach płonęło sto stodół; promieniała, z błogą ciekawością wpatrując się w dal. Wziął od niej lichtarz i postawił go na parapecie obok swojego, odrobinę dłuższego.

– Jesteś nagi, jak ci nie wstyd – zauważyła bez żadnej emfazy ani nagany, nie patrząc na niego, podczas gdy on, Ramzes Szkocki, ciaśniej otulał się pledem.

Uklękła obok niego. Przez chwilę oboje podziwiali romantyczny pejzaż nocny ujęty w ramę okna. Zaczął ją głaskać, drżąc, patrząc przed siebie, dłonią ślepca poprzez batyst odnajdując zagłębienie w jej plecach

– Patrz, Cyganie – szepnęła, wskazując trzy ciemne kształty – dwóch mężczyzn, z których jeden niósł drabinę, i dziecko lub karła, ostrożnie sunących przez szary trawnik. Zobaczyli oświetlone świecami okno i szybko się ulotnili, najmniejszy szedł *à reculons*, jak gdyby robił zdjęcia.

– Specjalnie zostałam w domu, bo miałam nadzieję, że ty też zostaniesz, to zaaranżowany zbieg okoliczności – powiedziała albo powiedziała później, że powiedziała, a on tymczasem dalej pieścił potok jej włosów i masował, i czochrał jej nocną koszulę, nie mając jeszcze odwagi sięgnąć pod nią i przesunąć ręki wyżej, mając jednak odwagę ściskać jej pośladki aż do chwili, kiedy z lekkim syknięciem usiadła na jego dłoni i swoich piętach; w tym momencie stodoła z kart rozsypała się. Obróciła się do niego i oto już całował jej nagie ramię i przyciskał się do niej jak ten żołnierz w kolejce.

– Pierwszy raz o nim słyszę. Myślałem, że moim jedynym poprzednikiem był staruszek Nimfotyłkowiec.

– Poprzedniej wiosny. Wyjazd do miasta. Popołudniówka w Teatrze Francuskim. Mademoiselle zapodziała gdzieś bilety. Ten biedak myślał chyba, że Tartuffe to dziwka albo striptizerka.

– *Ce qui n'est pas si bête, au fond.* Co w gruncie rzeczy nie było takie głupie. No dobrze. W tej scenie z Płonącą Stodołą...

– Tak?

– Nic. Mów dalej.

– Och, Van, tej nocy, w tej chwili, kiedy klęczeliśmy obok siebie oświetleni blaskiem świec jak Rozmodlone dzieci na bardzo kiepskim obrazie, pokazując dwie pary miękko pomarszczonych stóp niegdyś nadrzewnych zwierząt, pokazując je nie Babci, która dostanie kartkę świąteczną, ale zaskoczonemu i radosnemu Wężowi, strasznie chciałam – pamiętam – spytać cię z powodów czysto naukowych, ponieważ moje ukradkowe spojrzenie...

– Nie teraz, akurat teraz to nie jest najładniejsze widowisko, a za chwilę będzie jeszcze gorzej (mniej więcej taka odpowiedź Vana).

Van nie mógł rozstrzygnąć, czy naprawdę tak zupełnie nic nie wie i jest tak czysta jak nocne niebo – z którego teraz odsączono już ogniste zabarwienie – czy też pełnia wiedzy podpowiada jej chłodną zabawę. W istocie nie miało to znaczenia.

– Zaczekaj, nie teraz – odpowiedział na wpół stłumionym mruknięciem.

Upierała się:

– Chciałabym spytać, chciałabym cię...

Swoimi mięsistymi fałdami, *parties très charnues* w wypadku naszego namiętnego rodzeństwa, pieścił i rozdzielał jej proste, luźno spływające aż do samego lumbusa (kiedy odrzucała głowę do tyłu, tak jak teraz), czarne jedwabiste pasma, starając się dotrzeć do jeszcze ciepłego od łóżka spleniusa. (Nie trzeba, ani tutaj, ani gdzie indziej – gdzieś już zresztą był podobny fragment – plamić stosunkowo czystego stylu mętnymi terminami anatomicznymi, które pewien psychiatra pamięta z czasów studenckich. Późnym charakterem pisma Ady.)

– Chciabymsptać – powtórzyła, kiedy łakomie dobrał się do swojego gorącego bladego celu.

– Chciałabym cię spytać – powiedziała całkiem wyraźnie, ale zarazem całkiem już nad sobą nie panując, ponieważ jego pełzliwa dłoń przedzierała się teraz pod jej pachą, a kciuk na sutku rozwibrował jej podniebienie: w powieściach z czasów króla Jerzego nazywają to dzwonieniem na pokojówkę – niewyobrażalne, jeśli nieznana jest *elettricità*...

(Protestuję. Nie masz prawa. To zakazane nawet po litewsku i łacinie. Notka Ady.)

– ...spytać cię...

– Pytaj – zawołał Van – ale nie zepsuj wszystkiego (to znaczy nie przeszkadzaj mi żywić się tobą, owinąć się wokół ciebie).

– No więc, dlaczego – pytała (żądała, rzucała wyzwanie, zasyczał płomień świecy, poduszka spadła na podłogę) – robisz się taki gruby i twardy tam, kiedy...

– Gdzie? Kiedy co?

Aby mu wytłumaczyć, taktownie i taktylnie, wykonała, przyciskając się do niego, taniec brzucha, ciągle właściwie klęcząc, jej długie włosy właziły pomiędzy nich, jej oko wpatrywało się w głąb jego ucha (ich wzajemne położenie stało się już dość niejasne).

– Powtórz! – zawołał, jakby znajdowała się gdzieś daleko, odbita w ciemnym oknie.

– Pokaż mi to natychmiast – powiedziała stanowczo.

Zrzucił z siebie swój prowizoryczny kilt i ton jej głosu natychmiast się zmienił.

– O, raju – powiedziała po dziecięcemu. – Cała skóra oblazła, do żywego mięsa. Boli? Bardzo?

– Dotknij go, szybko – jęknął błagalnie.

– Och, Van, biedny Van – ciągnęła cienkim głosikiem, jakim słodka dziewczynka przemawia do gąsek, gąsienic, poczwarek, poczwar – tak, to musi strasznie piec, czy ulży ci, jeśli dotknę, jesteś pewien?

– Jasne – powiedział Van – *on n'est pas bête à ce point* („są granice głupoty" – potoczne i dość niegrzeczne).

– Mapa plastyczna – powiedziała prymulkowata prymuska – rzeki Afryki. – Jej palec wskazujący wędrował wzdłuż błękitnego Nilu aż do dżungli, a później z powrotem. – A to co takiego? Kapelusz koźlarza czerwonego nie jest nawet w połowie taki aksamitny. W istocie (dosłownie szczebiocąc) przypomina mi raczej kwiat geranium albo, mówiąc ściślej, pelargonii.

– Boże jedyny, przypomina nam wszystkim – powiedział Van.

– Podoba mi się ta faktura, Van, podoba mi się! Naprawdę mi się podoba!

– Ściśnij go, głuptasie, nie widzisz, że konam?

Nasza mała botaniczka nie miała jednak najmniejszego pojęcia, jak miałaby się z tą rzeczą obejść i Van, teraz już *in extremis*, ocierając nią gwałtownie o brzeg jej nocnej koszuli wydał mimowolny jęk, roztapiając się w kałuży rozkoszy.

Z niepokojem spojrzała w dół.

– To nie to, co myślisz – spokojnie oznajmił Van. – To nie jest siusiu. W gruncie rzeczy to równie czyste jak sok traw. No cóż: Kwestia Nilu rozwiązana – stop – Speke.

(Zastanawiam się, Van, dlaczego ze wszystkich sił próbujesz przemienić naszą pełną poezji i wyjątkową przeszłość w brudną farsę? Szczerze, Van! Ależ ja jestem szczery, właśnie tak to wyglądało. Brakowało mi pewności siebie, stąd bezczelność i minoderia *Ah, parlez pour vous*: ja, mój drogi, mogę przysiąc, że te słynne palcowe podróże po twojej Afryce i na kraniec świata przyszły znacznie później, kiedy już znałam marszrutę na pamięć. Przepraszam, ale nie... gdyby ludzie pamiętali to samo, nie byliby różnymi ludźmi. Właśnie-tak-to-wyglądało. Ale my nie jesteśmy „różni"! Myśleć i marzyć jest po francusku tak samo. Pomyśl o *douceur*, Van. Ależ myślę o niej, ma się rozumieć... to była sama *douceur*, moje dziecko, mój rymie. Tak lepiej – powiedziała Ada.)

Zmień mnie teraz, proszę.

Nagi Van wyciągnął się w nieruchomym w tej chwili świetle świecy.

– Śpijmy tutaj – powiedział. – Nie wrócą, zanim świt zapali na nowo cygaro stryjaszka.

– Moja koszula jest cała *trempée* – szepnęła.

– Zdejmij ją, pled wystarczy dla dwojga..

– Nie patrz, Van.

– To nie fair – powiedział, pomagając jej podciągnąć koszulę i zdjąć ją przez wstrząsającą włosami głowę.

Zaledwie muśnięcie węgla zaciemniło sekretny punkt jej kredowobiałego ciała. Pomiędzy dwoma żebrami pozostała czerwona szrama po nieprzyjemnym czyraku. Pocałował tę szramę i położył się na skrzyżowanych rękach. Ada, pochylona nad jego opalonym ciałem, obserwowała karawanę mrówek sunącą do oazy pępka; jak na młodego chłopca był bardzo włochaty. Jej młode krągłe piersi znajdowały się tuż nad jego twarzą. Zarówno jako lekarz, jak i artysta potępiam filisterskiego postkoitalnego papierosa. Van jednak, to fakt, nie był obojętny na obecność szklanej szkatułki z tureckimi „traumaticami" na konsoli, zbyt dalekiej, by zdołał jej dosięgnąć leniwy ruch ręki. Wysoki zegar wybił anonimowy kwadrans; Ada, wspierając policzek na pięści, obserwowała teraz frapujący, chociaż osobliwie posępny, coraz wyraźniejszy, jakby kierowany mechanizmem zegara, powolny, wzbierający powrót męskiej energii.

Jednakże włosy kanapy okazały się równie kłujące jak obsypane gwiazdami niebo. Nim wydarzyło się cokolwiek nowego, Ada na kolanach próbowała ułożyć pled i poduszki. Tubylcza dziewczynka udająca królika. Wysunął rękę i od tyłu zagarnął dłonią jej małe gorące grzęzawisko, potem gwałtownie przyjął pozycję chłopca budującego zamek z piasku, ona jednak odwróciła się, naiwnie gotowa do objęcia go w sposób, w jaki Julii radzono przyjąć Romea. Miała rację. Po raz pierwszy w ich miłosnej historii na nieokrzesanego chłopaka spłynęło błogosławieństwo, spłynął geniusz lirycznej mowy, Van mruczał i jęczał, całując jej twarz z elokwentną czułością, wykrzykując w trzech językach – trzech najwspanialszych na świecie – pieszczotliwe słowa, na których miał się oprzeć słownik sekretnych zdrobnień, powiększany i przeredagowywany w wielu edycjach aż do wydania definitywnego w roku 1967. Kiedy chłopak stał się zbyt głośny, zaczęła go uciszać: cii, cii, śpiewnie wydychając powietrze w jego usta, i oto jej cztery kończyny całkiem otwarcie owinęły się wokół niego, jak gdyby od lat we wszystkich naszych snach uprawiała miłość, ale niecierpliwa młoda namiętność (przelewająca się przez brzegi tak jak wanna Vana, kiedy wprowadza zmiany, polerując ten tekst, stary zrzędliwy słowiarz na krawędzi hotelowego łóżka) nie wytrzymała pierwszych ślepych pchnięć; wybuchła na płatek orchidei, a drozd wydał z siebie ostrzegawcze wołanie, światła zaczęły skradać się i powracać pod szorstką osłoną brzasku, sygnały świetlików otaczały zbiornik wodny, punkciki latarni powozów stały się gwiazdami, koła zgrzytały na żwirze, wszystkie psy wróciły zadowolone z nocnych harców, bratanica kucharza, Blanche, w samych pończochach wyskoczyła z policyjnego auta w kolorze dyni (niestety, długo, długo po północy) – i naszych dwoje półnagich dzieci, łapiąc pled i nocną koszulę i klepiąc kanapę na pożegnanie, potuptało, każde ze swoim świecznikiem, do niewinnych sypialni.

– A czy pamiętasz – spytał siwowąsy Van, biorąc papieros „cannabina" z nocnego stolika i grzechocząc żółto-niebieskim pudełkiem zapałek – jacy byliśmy lekkomyślni, Larivière przestała chrapać, a chwilę później dom zatrząsł się od jej kroków, pamiętasz, jakie zimne były żelazne stopnie i jak zbiła mnie z tropu twoja... jak to ująć... niepowściągliwość.

– Idiota – powiedziała odwrócona do ściany Ada, nie podnosząc głowy.

Lato 1960? Zatłoczony hotel gdzieś między Ex i Ardez?

Powinniśmy zacząć stawiać daty na każdej stronie rękopisu, przez wzgląd na moich nieznanych mi wędrujących wśród snów podróżników.

20

Następnego dnia rano z nosem ciągle jeszcze w niezgłębionym pełnym snów worku przyniesionym na jego skądinąd ascetyczne łoże przez słodką Blanche (z którą zgodnie z salonowymi regułami snu trzymał się za ręce w rozdzierającym serce koszmarze, może zresztą to były tylko jej tanie perfumy), chłopak od razu zdał sobie sprawę z tego, że szczęście puka do drzwi. Świadomie próbował przedłużyć blask jego incognito, trzymając się resztek jaśminu i łez w głupim śnie, ale tygrys szczęścia jednym skokiem wpadł w obszary bytu.

To radosne podniecenie nowo nabytymi prawami! Jego cień tkwił już chyba we śnie, w końcowym fragmencie, kiedy mówił Blanche, że nauczył się lewitować i że czarodziejska łatwość kroczenia w powietrzu pozwoli mu pobić wszelkie rekordy w skoku w dal, przejdzie bowiem, wzniesiony kilka cali nad ziemią, jakichś trzydzieści czy czterdzieści stóp (zbyt wielka długość wzbudziłaby podejrzenia), trybuny zaczną szaleć, a Zambowski z Zambii, wsparty pod boki, będzie patrzeć z konsternacją i niedowierzaniem.

Tkliwość zaokrągla prawdziwy tryumf, delikatność naoliwia autentyczne wyzwolenie, ale uczucia te nie są symptomami chwały czy namiętności w snach. Połowa fantastycznej radości, której miał odtąd doznawać (żywił nadzieję, że zawsze) zawdzięczała swą moc przekonaniu, że będzie mógł obsypać Adę, otwarcie i bez pośpiechu, wszystkimi chłopięcymi pieszczotami, których wstyd przed światem, męski egoizm i skrupuły moralne nie pozwalały mu przedtem sobie wyobrazić.

W soboty i niedziele zapowiedzią wszystkich trzech posiłków były uderzenia gongów – małego, średniego i dużego. Pierwszy właśnie obwieścił, że w jadalni podano śniadanie. Jego wibracje podsunęły Vanowi myśl, że zaledwie dwudziestu sześciu kroków trzeba, by dołączył do swej młodej wspólniczki, której delikatny piżmowy zapach zachował w zagłębieniu dłoni, i przejęły chłopaka swego rodzaju promiennym zdumieniem: czy to się n a p r a w d ę wydarzyło? Czy n a p r a w d ę jesteśmy wolni? Jak twierdzą chińscy hobbyści, trzęsąc się radością tłuściochów, niektóre ptaki żyjące w klatkach, rankiem każdego bożego dnia wpadają na pręty (i przez kilka minut leżą bez świadomości), uderzają w nie zaraz po przebudzeniu, w automatycznym przedłużeniu snu, podbitym snem porywie, choć potem, aż do wieczora, opalizujący więźniowie są całkiem radośni i potulni, i rozmowni.

Van wsunął nagie palce nogi w tenisówkę, wyciągnął jej towarzyszkę spod łóżka i popędził na dół, mijając wyglądającego na zadowolonego księcia Ziemskiego i ponurego Vincenta Veena, biskupa Balticomore i Como.

Jej jednak jeszcze nie było. W jasnej jadalni, pełnej żółtych kwiatów wśród girland słonecznego blasku, pożywiał się stryjaszek Dan. Miał na sobie stosowne ubranie na stosownie gorący dzień na wsi, a mianowicie garnitur w barwne prążki, a pod nim fioletoworóżową koszulę flanelową i pikowaną kamizelkę, poza tym niebiesko-czerwony klubowy krawat i przypięty złotymi agrafkami bardzo wysoki miękki kołnierzyk (wszystkie eleganckie pręgi i barwy ubrania uległy jednak w trakcie drukowania niedzielnego komiksu lekkiemu przesunięciu). Właśnie skończył pierwszą grzankę z masłem, przybraną odrobiną Pomarańczowej Marmolady Babuni, i wydawał z siebie indycze odgłosy, płucząc sztuczną szczękę, w ustach, łykiem kawy przed połknięciem jego i aromatycznych resztek. Będąc, w co mam powody wierzyć, człowiekiem odważnym, mógłbym zmusić się do spojrzenia wprost w jego różową twarz z (obracającym się) ryżym „wąsikiem", ale nie byłem obowiązany (tak dumał Van w 1922 roku, kiedy zobaczył kwiaty *baguenaudiera* znowu) wytrzymywać tego pozbawionego podbródka profilu z kręconym bokobrodem. Wobec tego Van przyjrzał się uważnie, nie bez apetytu, niebieskim dzbankom gorącej czekolady i kromkom chleba, przygotowanym dla głodnych dzieci. Marina jadła śniadanie w łóżku, kamerdyner i Price jedli we wnęce pokoju kredensowego (przyjemna myśl, nie wiadomo czemu), Mlle Larivière nie tykała jedzenia do południa, będąc losobojną midinetką (chodzi o sektę, a nie zakład krawiecki) i nawet skłoniła swego spowiednika, żeby przyłączył się do grupy.

– Mogłeś nas, drogi stryju, zabrać ze sobą, żebyśmy zobaczyli pożar – zauważył Van, nalewając sobie czekolady.

– Ada ci wszystko opowie – odpowiedział stryjaszek Dan, pieczołowicie smarując masłem i marmoladą kolejną grzankę. – Bardzo jej się podobała ta eskapada.

– Więc ona tam pojechała?

– Tak, w czarnym szarabanie, razem z kamerdynerami. Świetna zabawa, dophawdy (pseudoarystokratyczna wymowa)

– Ale to musiała być któraś z podkuchennych, nie Ada – zauważył Van. – Nie wiedziałem – dodał – że mamy ich tu kilka sztuk, to znaczy kamerdynerów.

– No, tak mi się zdaje – powiedział stryjaszek Dan niepewnie. Powtórzył proces wewnętrznego płukania i z lekkim chrząknięciem włożył okulary, ale ponieważ nie przyszła żadna poranna gazeta, zdjął je znowu.

Nagle Van usłyszał ze schodów jej uroczo mroczny głos, mówiący do kogoś na górze: „*Je l'ai vu dans une des corbeilles de la biliothèque*", prawdopodobnie chodziło o jakieś geranium albo fiołek, albo orchideę „pantofelka". Nastąpiła „poręczowa pauza", jak mówią fotografowie, po czym z biblioteki dobiegł odległy i pełen radości okrzyk pokojówki, a głos Ady dodał: „*Je me demande*, zastanawiam się, *qui l'a mis lá*, kto go tam wrzucił". *Aussitôt après* weszła do jadalni.

Miała na sobie – bez porozumienia z nim – czarne szorty, biały sweterek i tenisówki. Włosy zaczesała do tyłu, odkrywając krągłe czoło, i ciasno splotła w warkocz. Różowość wysypki pod dolną wargą błyskała gliceryną przez plamkę pudru. Była zbyt blada jak na prawdziwą piękność. W ręku trzymała tom wierszy. Marina mawiała: moja starsza jest dość zwyczajna, ale ma ładne włosy, za to moja młodsza jest ładniutka, ale ruda jak lis. Niewdzięczny wiek, niewdzięczne światło, niewdzięczny artysta, lecz wdzięczny kochanek! Rozkołysała go istna fala uwielbienia, wznosząc się od żołądka aż do niebios. Dreszcz wywołany jej widokiem i świadomością, że ona wie i że nikt inny nie wie o tym, czemu przed mniej niż sześcioma godzinami oddawali się tak swobodnie i grzesznie, i cudownie – to było zbyt wiele dla naszego kochanka-żółtodzioba, mimo że próbował zbanalizować swą radość umoralniającą korekturą obelżywego przysłówka. Spartaczywszy wymuszone „cześć", które nie było ich zwykłym porannym powitaniem (zresztą całkowicie je zignorowała), pochylił się nad śniadaniem, sekretnym polifemowym organem obserwując jednak każdy jej ruch. Lekko klepnęła książką łysą głowę pana Veena, gdy za nim przechodziła, i głośno wysunęła krzesło obok niego, po przeciwnej do Vana stronie stołu. Mrugając z gracją jak lalka, nalała sobie dużą filiżankę czekolady. Chociaż była już mocno osłodzona, dziecko wzięło na łyżeczkę kostkę cukru i zanurzyło ją w filiżance, delektując się widokiem, jak gorący brązowy płyn oblewa i rozpuszcza najpierw jeden krystaliczny róg bryłki, a potem jej całość.

Tymczasem stryjaszek Dan z opóźnieniem przegnał wyimaginowanego owada ze swojej głowy, spojrzał w górę, rozejrzał się dokoła i wreszcie zauważył nowo przybyłą.

– Ale, ale, Ado – powiedział – Van chciałby się czegoś dowiedzieć. Co robiłaś, kiedy ja i on walczyliśmy z pożarem?

Zalał ją odblask tej pożogi. Van nigdy nie widział dziewczynki (o tak przezroczystej, białej skórze) ani kogokolwiek innego, czy to o cerze porcelanowej czy brzoskwiniowej, kto rumieniłby się tak mocno i tak często, i ta skłonność przygnębiała go jako coś znacznie bardziej niestosownego niż taki czy inny czyn, który mógłby wywołać jej objawy. Rzuciła na posępnego chłopca błędne spojrzenie i zaczęła bełkotać, że spłonęła jak świeca w swojej sypialni.

– Ależ nie – przerwał jej szorstko Van – obserwowałaś przecież ze mną ogień przez okno w bibliotece. Stryjaszkowi Danowi wszystko się pokiełbasiło.

– *Ménagez vos expressions* – powiedział ten ostatni, a potem w ojcowskim geście powitania rozpostarł ramiona, jako że do pokoju wbiegła kłusem niewinna Lucette, trzymając w piąstce, jak *oriflamme*, dziecięcą różową, nakrochmaloną siatkę na motyle.

Van spojrzał na Adę i pokręcił głową na znak dezaprobaty. Pokazała mu ostry płatek języka, a zdumiony i oburzony na siebie jej kochanek poczuł, że sam z kolei się rumieni. To tyle o zdobytej wolności. Włożył swoją serwetkę w kółko i wycofał się do *miestieczka* (małego miejsca) obok głównego holu.

Doczekawszy się, aż Ada skończy śniadanie, dopadł jej, objedzonej słodkim masłem, na podeście schodów. Mieli tylko chwilę, żeby ustalić swoje plany, działo się to, ujmując rzecz historycznie, w początkach rozwoju powieści, która wciąż znajdowała się w rękach pań z plebanii i francuskich akademików, więc takie momenty były bardzo cenne. Stała, drapiąc się w uniesione kolano. Umówili się, że przed lunchem pójdą na spacer i znajdą jakieś ustronne miejsce. Ada musiała skończyć tłumaczenie dla Mlle Larivière. Pokazała mu jego szkic. François Coppée? Tak.

Wolny upadek. Ten, co w parku siedzi,
Mówi unosząc w zadumaniu brwi:
„To dąb, poznaję jego liście z miedzi,
To klon, poznaję liście pełne krwi".

– *Leur chute est lente* – powiedział Van – *on peut les suivre du regard en reconnaissant*, parafrastyczne zmiany: „ten, co w parku siedzi" i „unosząc w zadumaniu brwi" to oczywiście zupełny Lowden (drugorzędny poeta i tłumacz, 1815–1895). Zdrada wobec pierwszej części strofy, dokonana po to, żeby uratować drugą, przypomina postępowanie pewnego rosyjskiego szlachcica, który rzuciwszy wilkom woźnicę, sam potem wypadł z sań.

– Słowo daję, jesteś okrutny i głupi – powiedziała Ada. – To nie ma być dzieło sztuki ani błyskotliwa parodia. To jest okup wymuszony przez obłąkaną guwernantkę od biednej, przepracowanej uczennicy. Czekaj na mnie w *Berceau des baguenaudiers* – dodała. – Zejdę dokładnie za sześćdziesiąt trzy minuty.

Jej dłonie były zimne, jej szyja była gorąca; chłopak listonosza dzwonił do drzwi; Bout, młody lokaj, nieślubny syn kamerdynera, przeszedł po dźwięcznych płytach holu.

W niedzielne poranki poczta przychodziła późno z powodu obszernych dodatków do gazet z Balticomore, Kaługi i Ługi, które Robin Sherwood, stary listonosz, ubrany w jasnozielony mundur, konno rozwoził po sennych wioskach i przysiółkach. Kiedy Van, nucąc hymn swojej szkoły, jedyną melodię, jaką w swym życiu zapamiętał, zbiegał, przeskakując stopnie, po schodkach tarasu, ujrzał Robina na starym gniadoszu, trzymającego za uzdę żywszego odeń czarnego ogiera, na którym jeździł jego niedzielny pomocnik, przystojny młodziutki Anglik. Jak szeptano za różanymi żywopłotami, stary poczciwina żywił do niego gorętsze uczucia niż te, których wymagały stosunki służbowe.

Van dotarł do trzeciego trawnika i altany i starannie obejrzał scenę przygotowaną do spektaklu, „jak prowincjusz, który o godzinę za wcześnie przybywa do opery, przedtem przez cały letni, żniwny dzień tłukąc się po polnych drogach, gdzie maki i bławatki czepiają się kół jego kolaski i wirują wraz z nimi” (*Ursula* Floeberga).

Błękitne motyle prawie tej samej wielkości co bielinki kapustniki i tak samo pochodzące z Europy śmigały wokół krzaków i sadowiły się na opadających kiściach żółtych kwiatów. Czterdzieści lat później w mniej skomplikowanych okolicznościach nasi kochankowie mieli ze zdumieniem i radością znowu ujrzeć te same owady i te same moszenki rosnące przy leśnej drodze koło Susten w Valais. W obecnej jednak chwili Van nie mógł się doczekać gromadzenia wrażeń, które później będzie wspominał, i rozciągnięty na darni obserwował duże śmiałe błękitne okazy, przywołując wizję bladych kończyn Ady w różnokolorowym świetle altany, a potem chłodno mówiąc sobie, iż rzeczywistość nie może dorównać wyobraźni. Kiedy z mokrymi włosami i mrowieniem w skórze wrócił po kąpieli w szerokim i głębokim strumieniu za laskiem, czekała go niezwykła przyjemność: spotkanie ze swym przeczuciem żywej kości słoniowej, dokładnie zreprodukowanym. Różnica polegała jedynie na tym, że dziewczyna rozpuściła włosy i włożyła na siebie krótką sukienkę ze słonecznie jasnej bawełny, strój, który tak lubił i tak bardzo pragnął poplamić w niedawnej przeszłości.

Postanowił zająć się najpierw jej nogami, ponieważ czuł, że w nocy nie uwielbił ich dostatecznie, pokryć je całe pocałunkami od Z zachwycająco sklepionej stopy do A aksamitu; dokonał tego, kiedy tylko znaleźli się dostatecznie głęboko w modrzewiowym lasku, którym kończył się park, na stromym skalistym zboczu między Ardisem i Ladorą.

Żadne z nich nie potrafiło we wspomnieniach ustalić – zresztą nie bardzo się o to starali – kiedy, jak i gdzie Van ją „zdeflorował". Ada z Krainy Czarów przypadkiem znalazła ten wulgaryzm w *Encyklopedii Phrody'ego*: „rozerwać osłaniającą ujście pochwy błonę dziewiczą za pomocą instrumentu męskiego lub mechanicznego", hasłu towarzyszył przykład: „Zdeflorowali słodycz jego duszy" (Jeremy Taylor). Czy stało się to tamtej nocy na pledzie? Czy tamtego dnia w modrzewiowym lesie? A może później na strzelnicy, strychu, dachu, ustronnym balkonie albo w łazience czy wreszcie (niezbyt wygodne miejsce) na latającym dywanie? Nie wiemy i nie interesuje nas to.

(Całowałeś i szczypałeś, i bodłeś, i niepokoiłeś mnie tam tak często, że moje dziewictwo zapodziało się gdzieś w całym tym zamieszaniu; pamiętam jednak doskonale, że w połowie lata ta maszyna, którą nasi przodkowie zwali „seksem", działała równie sprawnie jak później, w 1888 itd., kochanie. Notatka na marginesie, napisana czerwonym atramentem.)

21

Adzie nie było wolno swobodnie korzystać z biblioteki. Zgodnie z najaktualniejszym spisem (wydrukowanym 1 maja 1884 r.) liczyła ona 14 841 pozycji; guwernantka wolała nie zostawiać w zasięgu rąk dziecka nawet owego suchego katalogu – „*pour ne pas lui donner des idées*". Na własnych półkach, rzecz jasna, Ada miała taksonomiczne prace z dziedziny botaniki i entomologii, jak również podręczniki szkolne i kilka nieszkodliwych popularnych powieści. Za rzecz nie do pomyślenia uważano, żeby bez dozoru szperała w zbiorach biblioteki, nie było to wszakże jedyne ograniczenie, każda książka, którą brała do przeczytania w łóżku albo altanie, musiała być sprawdzona przez jej mentorkę i oznaczona słowami „*en lecture*" oraz imieniem i stempelkiem z datą wypożyczenia na karcie bibliotecznej z kartoteki utrzymywanej w starannym bałaganie przez Mlle Larivière i w swego rodzaju desperackim porządku (z rejestrowanymi zapytaniami, rozpaczliwymi wezwaniami, a nawet przekleństwami, zapisywanymi na różowym, czerwonym lub fioletowym papierze) przez jej kuzyna, Monsieur Philippe'a Verger, drobniutkiego starego kawalera, chorobliwie milkliwego i nieśmiałego, który raz na dwa tygodnie jak myszka wkradał się do biblioteki na parę godzin cichej pracy, tak doskonale cichej, że kiedy pewnego popołudnia dość wysoka drabinka biblioteczna z nim na szczycie, obejmującym wiatrak woluminów, nagle przechyliła się do tyłu i z upiorną powolnością osunęła na ziemię, upadł na plecy tak cichutko, choć zwaliły się zarazem i drabinka, i książki, że grzeszna Ada, pewna, że jest sama (wyjmowała i kartkowała rozczarowujące *Baśnie z tysiąca i jednej nocy*), wzięła jego upadek za cień drzwi otwartych ukradkiem przez jakiegoś miękkociałego eunucha.

Zażyłość z *cher, trop cher René*, jak czasami w łagodnych żartach Ada nazywała Vana, całkowicie zmieniła jej sytuację jako czytelniczki, niezależnie od tego, jakie zakazy wisiały nadal w powietrzu. Wkrótce po przybyciu do Ardisu Van ostrzegł swoją byłą guwernantkę (która miała powody, żeby wierzyć jego groźbom), że jeśli nie będzie mu wolno w dowolnej chwili i na dowolnie długo brać z biblioteki bez żadnych zapisów „*en lecture*" każdego tomu, zbioru dzieł, pudełka z broszurami czy inkunabułu, na jaki mu przyjdzie ochota, każe Miss Wiertograd, bibliotekarce swego ojca, służalczo oddanej i nieskończenie uległej starej pannie tego samego formatu (data publikacji zapewne też była ta sama) co Verger, przysłać do Ardis Hall kufry pełne pism osiemnastowiecznych libertynów i niemieckich seksuologów oraz cały cyrk Szastr i Nefzawich w dosłownym tłumaczeniu z dodatkami apokryficznymi. Zbita z tropu Mlle Larivière poradziłaby się chętnie pana na Ardisie, ale nie rozmawiała z nim o niczym poważnym od dnia (w styczniu 1876 r.), kiedy niespodziewanie (i – bądźmy szczerzy – bez wielkiego entuzjazmu) poczynił jej pewne awanse. Co się tyczy drogiej, frywolnej Mariny, to, zapytana, zauważyła jedynie, że będąc w wieku Vana, otrułaby guwernantkę środkiem na karaluchy, gdyby ta zabroniła jej czytać na przykład *Dym*

Turgieniewa. W efekcie wszystko, czego Ada chciała lub mogła chcieć chcieć, Van zostawiał dla niej w rozmaitych bezpiecznych kątach, a jedynym widzialnym rezultatem konsternacji i rozpaczy Vergera było zwiększenie występowania osobliwego śnieżnobiałego pyłu, który zawsze zostawiał tu czy tam na ciemnym dywanie w trakcie swej gorliwej pracy – jakże okrutna dolegliwość w wypadku tak schludnego człowieczka!

Na uroczym przyjęciu bożonarodzeniowym dla prywatnych bibliotekarzy, zorganizowanym kilka lat wcześniej pod auspicjami Klubu Braille'a w Radudze, pełna zrozumienia Miss Wiertograd zauważyła, że ona sama i chichoczący Verger, z którym dzieliła małą i cichą papierową pukawkę (rozerwany przez nich bez słyszalnego efektu, złoty papierek, wystrzępiony na obu końcach, nie krył także w sobie cukierka ani breloczka, ani żadnego innego daru losu), dzieliła z nim również pewną spektakularną chorobę skóry, przedstawioną niedawno przez słynnego pisarza amerykańskiego w powieści *Chiron* i w komicznym stylu zobrazowaną przez też cierpiącego na nią eseistę, pisującego do pewnego londyńskiego tygodnika. Miss Wiertograd z wielkim taktem korzystała z pośrednictwa Vana i posyłała mało komunikatywnemu Francuzowi fiszki biblioteczne z taką czy inną króciutką sugestią: „Rtęć!" albo „*Höhensonne* czyni cuda". Mademoiselle, która także była o wszystkim poinformowana, przeczytała hasło „Łuszczyca" w jednotomowej encyklopedii medycznej, którą zostawiła jej w spadku matka i która nie tylko pomagała jej samej i jej podopiecznym na niewielkie niedomagania, ale również podpowiadała odpowiednie choroby bohaterów opowiadań, drukowanych w „Quebec Quarterly". W tym konkretnym przypadku kuracja z pełnym optymizmem zalecana przez encyklopedię polegała na tym, żeby „co najmniej dwa razy w miesiącu brać gorącą kąpiel i unikać przypraw"; guwernantka przepisała powyższą radę i posłała swemu kuzynowi w kopercie z nadrukiem „Dużo zdrowia!". Na koniec Ada pokazała Vanowi list od dra Krolika dotyczący tej samej kwestii; mówił on (przekład angielski): „Pokrytych szkarłatnymi plamami, srebrnymi łuskami i żółtymi strupami biedaków, nieszkodliwych łuszczyków (którzy nie mogą zarażać innych swoimi skórnymi dolegliwościami i są poza tym najzdrowszymi ludźmi w świecie – w istocie ich *bobo* chroni od bab, bubków i bubo, jak lubił powtarzać mój nauczyciel) mylono w średniowieczu z chorymi na trąd, tak jest: trąd. Wówczas to tysiące, jeśli nie miliony, panów Verger i panien Wiertograd, przywiązanych przez rozmaitych entuzjastów do pali skwierczało i wyło na placach publicznych w Hiszpanii i innych miłujących ogień krajach". Ada i Van wbrew swym wcześniejszym zamiarom (amatorów łuskoskrzydłych od tematu łusek nie oderwiesz) zdecydowali się ostatecznie nie wprowadzać tego liściku do kartoteki łagodnego męczennika (pod skrótem PS).

Powieści, poezje, dzieła naukowe i filozoficzne znikały z półek przez nikogo niezauważone, odkąd 1 sierpnia 1884 r. nieszczęsny bibliotekarz złożył *démission éplorée*. Przecinały trawniki i posuwały się wzdłuż żywopłotów trochę tak, jak przedmioty noszone przez niewidzialnego człowieka w uroczej opowieści Wellsa, i lądowały na kolanach Ady, zawsze kiedy miała schadzkę z Vanem. Oboje szukali w książkach czegoś podniecającego, jak czynią to zawsze najlepsi czytelnicy; oboje znajdowali w wielu sławnych dziełach pretensjonalność, nudę i dezinformującą płytkość.

Czytając po raz pierwszy w wieku lat dziewięciu lub dziesięciu opowieść Chateaubrianda o romantycznym rodzeństwie, Ada nie bardzo rozumiała zdanie: „*les deux enfants pouvaient donc s'abandonner au plaisir sans aucune crainte*". Sprośny krytyk w tomie artykułów (*Les Muses s'amusent*), do którego mogła teraz, często śmiejąc się, zaglądać, wyjaśniał, że „*donc*" odnosi się zarówno do bezpłodności tkliwego wieku, jak i do jałowości nie mniej tkliwego pokrewieństwa. Van oznajmił jednak, że i pisarz, i krytyk się mylą, i by zilustrować swe twierdzenie, zwrócił uwagę ukochanej na pewien rozdział w dziele pt. *Sex et lex*, traktujący o wpływie fatalnego kaprysu natury na ludzkie wspólnoty.

W tych czasach słowo „kazirodczy" znaczyło w tym kraju nie tylko „nieczysty" – kwestia dotycząca raczej lingwistów niż prawników – ale sugerowało również (w wyrażeniu „kazirodczy związek" itp.) ingerencję w ciągłość ewolucji gatunku ludzkiego. Historia już dawno zastąpiła odwołania do „prawa boskiego" zdrowym rozsądkiem i popularyzacją nauki. Mając to na względzie, „kazirodztwo" można by nazwać zbrodnią tylko o tyle, o ile przestępczy miałby być chów wsobny. Jak jednak już w czasie Buntu Albinosów w 1835 roku zauważył sędzia Bald, niemal wszyscy rolnicy i hodowcy w Ameryce Północnej i Tatarii z powodzeniem stosują chów wsobny jako metodę rozmnażania zmierzającą do zachowania, pobudzania, stabilizowania, a nawet tworzenia pozytywnych cech w obrębie rasy lub odmiany, tyle tylko, że nie należy praktykować go w sposób nazbyt sztywny. Stosowane w sposób nazbyt sztywny kazirodztwo doprowadziło do rozmaitych form zdegenerowanych, wytwarzania kalek, słabeuszy, „smutnych mutantów" i – ostatecznie – do beznadziejnej bezpłodności. Coś t a k i e g o istotnie zalatuje przestępstwem, a ponieważ nikt nie jest w stanie rozsądnie kontrolować orgii dzikiego chowu wsobnego (gdzieś w Tatarii owce od pięćdziesięciu pokoleń coraz bardziej wełniste ostatnio nagle przekształciły się w jedno całkowicie pozbawione sierści, pięcionogie, bezpłodne jagnię, ścięcie kilku hodowców nie spowodowało przywrócenia zdrowej odmiany), zapewne lepiej byłoby całkowicie zabronić „kazirodczych związków". Sędzia Bald i jego stronnicy nie zgodzili się z tym, widząc w „rozmyślnej likwidacji możliwego dobra w celu uniknięcia ewentualnego zła" pogwałcenie jednego z zasadniczych praw ludzkości, prawa cieszenia się wolnością swej ewolucji, wolnością, której nie znała nigdy żadna inna istota. Niestety po znanej jedynie z pogłosek niemiłej przygodzie stad i pasterzy znad Wołgi w szczytowym momencie dyskusji i kontrowersji zdarzył się znacznie lepiej udokumentowany *fait divers* w Stanach Zjednoczonych. Niejaki Iwan Iwanow z Jukonska, obywatel amerykański, opisany jako „wyrobnik pozostający zwykle w stanie wskazującym na spożycie alkoholu" („dobra definicja prawdziwego artysty" - zauważyła Ada), zdołał w jakiś sposób - on i jego spora rodzina twierdzili, że nastąpiło to podczas snu - zapłodnić swoją pięcioletnią prawnuczkę, Marię Iwanow, a pięć lat później, w kolejnym napadzie senności, obdarzył dzieckiem również jej córkę Darię. Zdjęcia Marii, dziesięcioletniej babci, z małą Darią i oseskiem Warią, pełzającymi wokół niej, ukazały się we wszystkich gazetach i genealogiczna farsa, w którą zmieniły się relacje pokrewieństwa pomiędzy licznymi członkami klanu Iwanowów, żyjącymi - nie zawsze przyzwoicie - w rozgniewanym Jukonsku, stała się źródłem wszelkiego rodzaju zabawnych łamigłówek. Nim sześćdziesięcioletni lunatyk mógł wziąć się do dalszej prokreacji, zamknięto go na piętnaście lat w monasterze, jak wymagało tego prastare rosyjskie prawo. Po wypuszczeniu zaproponował, że wynagrodzi wyrządzone przez siebie krzywdy, żeniąc się z Darią, teraz hożą dziewoją, mającą własne problemy. Dziennikarze narobili sporo hałasu wokół ślubu i na państwa młodych spadł deszcz prezentów od życzliwych nieznajomych (starszych dam z Nowej Anglii, postępowego poety rezydenta z Tennessee Waltz College, całej meksykańskiej szkoły średniej itd.). Tego samego dnia Gamaliel (wówczas młody krzepki senator) z taką siłą walnął w stół konferencyjny, że zranił sobie pięść, i zażądał ponownego procesu i kary głównej. Był to oczywiście jedynie pełen temperamentu gest, niemniej sprawa Iwanowa na długo rzuciła cień na skromną kwestię „korzystnego chowu wsobnego". Już w połowie stulecia nie tylko cioteczne lub stryjeczne rodzeństwo nie mogło wstępować w związki małżeńskie, ale nawet cioteczny dziadek nie mógł poślubić ciotecznej wnuczki, a w niektórych żyznych regionach Estotii zabraniano zakrywać nocą okna w chatach dużych rodzin chłopskich, gdzie w jednej izbie i na jednym przypominającym blin materacu spało do tuzina osób różnej płci i w różnym wieku, a to dla wygody patroli z naftowymi latarkami, „erynotycznych podglądaczy", jak nazywały je antyirlandzkie brukowce.

Kolejny raz Van zaniósł się serdecznym śmiechem, kiedy wygrzebał dla zainteresowanej entomologią Ady następujący fragment solidnej *Historii zwyczajów kopulacyjnych*. „Na niektóre niebezpieczeństwa i zabawne strony pozycji klasycznej (zwanej też pozycją misjonarza) przyjmowanej przy spółkowaniu przez naszą purytańską inteligencję i jakże trafnie wyśmiewanej przez «prymitywnych», ale zdrowo myślących tubylców na wyspach Begouri, wskazał wybitny francuski orientalista [długi przypis, tutaj pominięty], który opisuje zwyczaje kopulacyjne muchy *Serromyia amorata* Poupart. Podczas kopulacji powierzchnie brzuszne obojga osobników przyciskają się do siebie, osobniki dotykają się też otworami gębowymi. Kiedy ostatni dreszcz (*frisson*) stosunku ustanie, samica przez usta namiętnego partnera wsysa całą zawartość jego ciała. Można przypuścić (zob. Pesson i in.) [kolejny obfity przypis], że takie smakowite kąski, jak na przykład soczysta noga jakiegoś małego owada, owinięta czymś w rodzaju pajęczyny, albo po prostu upominki (płocha ślepa uliczka albo subtelny początek procesu ewolucyjnego – *qui le sait!*), takie jak starannie owinięty i przewiązany liściem czerwonej paproci płatek kwiatka, które pewne samce much (ale najwyraźniej nie kretyny z gatunku *fermorata* i *amorata*) przynoszą samiczce przed parzeniem się, są roztropną gwarancją tego, że żarłoczność młodej damy nie skieruje się w niewłaściwą stronę".

Jeszcze zabawniejsze okazało się „przesłanie" pewnej pracownicy opieki społecznej z Kanadii, Mme de Réan-Fichini, która opublikowała traktat pt. *O środkach antykoncepcyjnych*, napisany (by oszczędzić rumieńców Estotyjczykom i Stanozjednoczeńcom, a oświecić odważniejszych od nich specjalistów z jej wąskiej dziedziny) w kapuskańskim dialekcie. „*Sole sura metoda* – pisała – *por decevor natura, est por un strong-guy de contino-contino-contino jusque le plesir brimz; et lors, a lultima instanta, svitchera a l'altra gropa [bruzda]; ma perquoi una femme ardora andor ponderosa ne se retorna kvik enof, la transita e facilitata per positio torovago*"; dołączony do pracy słownik objaśniał ten termin następująco: „poza przyjmowana na ogół we wspólnotach wiejskich w całych Amerykach Zjednoczonych, od Patagonii po Gasp, przez wszystkie klasy, poczynając od ziemian, kończąc zaś na najniższych zwierzętach hodowlanych". *Ergo* – podsumował Van – nasz misjonarz poszedł z dymem.

– Twoja wulgarność nie zna granic – powiedziała Ada.

– No cóż, wolałbym spłonąć niż dać się połknąć tej cheramie, czy jak ją tam nazywasz, i pozwolić wdowie złożyć mnóstwo malutkich zielonych jajeczek na swych szczątkach!

O dziwo, „scjentyficzną" Adę nudziły wielkie uczone dzieła z przedstawiającymi rozmaite organy drzeworytami, wyobrażeniami ponurych burdeli średniowiecznych i fotografiami tego czy innego małego Cezara właśnie wyrywanego z macicy przez rzeźników i zamaskowanych chirurgów w czasach staro- i nowożytnych. Natomiast Vana, który nie lubił „historii naturalnej" i fanatycznie demaskował ból fizyczny we wszystkich światach, fascynowały opisy i obrazy dręczonego ciała ludzkiego. Poza tym, na bardziej kwiecistych polach, ich upodobania i radości okazały się w dużej mierze identyczne. Lubili Rabelais'go i Casanovę; nie znosili *le sieur* Sade'a, Herr Masocha i Heinricha Müllera. Angielska i francuska poezja pornograficzna, chociaż niekiedy dowcipna i pouczająca, na dłuższą metę budziła w nich obrzydzenie, a charakterystyczna dla niej skłonność, zwłaszcza we Francji przed inwazją, do przedstawiania miłosnych uciech mnichów i zakonnic wydawała im się równie niezrozumiała co przygnębiająca.

Kolekcja orientalnych rycin erotycznych stryjaszka Dana okazała się artystycznie drugorzędna i akrobatycznie niedorzeczna. Na najśmieszniejszym i zarazem najdroższym obrazku mongolska dama z bezmyślnym owalnym obliczem zwieńczonym obrzydliwą fryzurą pokazana była w trakcie odbywanego na czymś, co wyglądało na okno wystawowe, zapchane parawanami, roślinami w donicach, papierowymi wachlarzami i zastawą stołową, spółkowania z sześcioma dość pulchnymi gimnastykami o pustych twarzach. Trzech z mężczyzn, powykręcanych w pozach wyjątkowo zawiłych i niewygodnych, korzystało z trzech zasadniczych otworów ladacznicy, która dwu starszych klientów zaspokajała dłońmi; szósty, karzeł, musiał się zadowolić jej zdeformowaną stopą. Sześciu innych rozpustników oddawało się sodomii z bezpośrednimi partnerami kobiety, a jeszcze jeden wciskał się w jej pachę. Stryjaszek Dan, cierpliwie rozplątawszy wszystkie te członki i fałdy brzuchów bezpośrednio lub niebezpośrednio połączone z całkowicie niewzruszoną damą (ciągle, nie wiadomo jakim sposobem, ubraną w resztki szat), napisał ołówkiem notkę podającą cenę obrazka i określającą go jako dzieło pt. *Gejsza z trzynastoma kochankami*. Van znalazł jednak jeszcze dorzucony przez szczodrego autora piętnasty pępek, anatomicznie absolutnie niewytłumaczalny.

Biblioteka stanowiła dekorację teatralną dla niezapomnianej sceny Płonącej Stodoły; rozwarła wszystkie swoje oszklone podwoje; obiecała długą idyllę bibliomanii; mogła stać się rozdziałem jednej ze starych powieści, które znajdowały się na jej własnych półkach; szczypta parodii nadała temu tematowi komiczny kształt życia.

22

Siostrzyczko, czy wśród wspomnień ci się
Tli wciąż Ladora, dom w Ardisie?

Czyś zapomniała do tej pory
Zamek i pod nim nurt Ladory?

Ma sœur, te souvient-il encore
Du château que baignait la Dore?

Siostrzyczko, czy ci się ostały
W pamięci stare zamku wały?

Siestra moja, ty pomnisz goru,
I dub wysokij, i Ładoru?

Siostro, pamiętasz zamku mury,
Dąb rozłożysty, cień mej góry?

Oh! Qui me rendra mon Aline
Et le grand chêne at ma colline?

O, kto mi zwróci mą bogdankę
I dąb olbrzymi, i altankę?

Oh! Qui me rendra, mon Adèle,
Et ma montagne et l'hirondelle?

Oh! Qui me rendra ma Lucile,
La Dore et l'hirondelle agile?

Któż w naszej mowie tkliwe treści
Uczuć i pieśni jego zmieści?

Kąpali się w Ladorze, pływali łódką, poznawali meandry uwielbianej rzeki, próbowali zaleźć więcej słów rymujących się z jej nazwą, chodzili na spacery na wzgórze do czarnych ruin Zamku Bryant, gdzie wokół wieży ciągle fruwały jerzyki. Pojechali do Kaługi i pili tamtejsze wody, poszli do rodzinnego dentysty. Van, kartkujący jakieś pismo ilustrowane, usłyszał, jak Ada w sąsiednim pokoju najpierw krzyczy, a potem mówi „*czort*", którego to słowa nigdy przy nim nie użyła. Byli na podwieczorku u właścicielki sąsiedniego majątku, hrabiny de Prey, która bez powodzenia próbowała im sprzedać kulawego konia. Odwiedzili jarmark w Albertsville, gdzie szczególnie podziwiali chińskich żonglerów, niemieckiego clowna i zwalistą kaukaską księżniczkę-połykaczkę mieczy, która zaczęła od nożyka do owoców, potem wzięła się do wysadzanego klejnotami kindżału, by wreszcie pochłonąć wraz ze sznurkiem i całą resztą potężne salami.

Kochali się, głównie w wąwozach i wądołach.

Przeciętnemu fizjologowi energia tych dwojga młodych istot mogła się wydać nienormalna. Ich wzajemne pragnienie stawało się nie do zniesienia, jeśli w ciągu paru godzin nie zostało zaspokojone kilka razy – w słońcu lub cieniu, na dachu lub w piwnicy, gdziekolwiek. Mimo niezwykłych zasobów żaru, młody Van z trudem dotrzymywał kroku swej bladej małej *amorette* (miejscowy slang francuski). Ich niepohamowanie w oddawaniu się cielesnym rozkoszom osiągnęło rozmiary graniczące z szaleństwem i przedwcześnie zakończyłoby życie każdego z nich, gdyby lato, które w perspektywie wydawało się bezgranicznym rozlewiskiem zielonej wspaniałości i swobody, nie zaczęło wkrótce, znużone swym znojem, mgliście napomykać o możliwości zaćmienia i zatrważającej zatraty – oto ostatnia ucieczka natury, trafne aliteracje (kiedy owoce i owady odgrywają wzajemnie swoje role), nadejście pierwszej pauzy w końcu sierpnia, pierwsza cisza na początku września. Sady i winnice były tego roku szczególnie malownicze; Bena Wrighta zwolniono, kiedy puścił wiatry, odwożąc Marinę i Mlle Larivière ze święta Vendange w Brantôme koło Ladory.

Co nam o czymś przypomina. W katalogu ardisowskiej biblioteki, określony jako „Exot. lub." znajdował się z przepychem wydany tom (znany Vanowi dzięki przysłudze Miss Wiertograd), zatytułowany *Zakazane arcydzieła. Sto obrazów z sekretnych gabinetów Galerii Narodowej (zbiory specjalne), wydrukowane dla Jego Królewskiej Mości Wiktora*. Były to (wspaniale sfotografowane w kolorze) zmysłowe i tkliwe prace, na które włoscy mistrzowie pozwalali sobie pomiędzy nazbyt wieloma pobożnymi Zmartwychwstaniami w ciągu nazbyt długiego i bujnego Odrodzenia. Sam tom już to się zagubił lub został ukradziony, już to leżał ukryty na strychu pośród rzeczy wujaszka Iwana, z których wiele było dość dziwnych. Van nie mógł sobie przypomnieć, czyj był obraz, który ciągle chodził mu po głowie, ale sądził, że przypisywano go młodzieńczemu okresowi twórczości Michelangelo da Caravaggio. Był to olej na nieujętym w ramy płótnie przedstawiający młodziutką nagą parę, brzydko się bawiącą w porośniętej bluszczem lub dzikim winem grocie albo też koło niewielkiego wodospadu ze zwieszającymi się u góry zabarwionymi brązem i ciemnym szmaragdem liśćmi oraz wielkimi kiśćmi przejrzystych winogron; cienie i wilgotne odbicie owoców i listowia magicznie stapiały się z delikatnie żyłkowanymi ciałami.

Tak czy owak (to przeniesienie mogło być wyłącznie kwestią stylu), poczuł się przeniesiony w owo zakazane arcydzieło. Stało się to pewnego popołudnia, kiedy wszyscy pojechali do Brantôme, Ada zaś i on opalali się na brzegu Kaskady na plantacji modrzewi w ardisowskim parku. Nimfetka pochyliła się nad nim i jego szczegółowo zarysowanym pożądaniem. Jej długie proste włosy, które w cieniu zdawały się mieć jednakowy granatowoczarny kolor, teraz, w rozsypanych klejnotach słońca, ujawniły tony głębokiego brązu na przemian z barwą ciemnego bursztynu widoczną w wydłużonych kosmykach, zakrywających jej policzek z dołeczkiem lub z wdziękiem rozdzielonych uniesionym eburowym ramieniem. Faktura, połysk i zapach tych brązowych pasem jedwabiu rozpaliły mu zmysły pewnego razu na samym początku tego fatalnego lata i wciąż na niego działały, mocno i przejmująco, jeszcze długo po tym, jak jego młode podniecenie znalazło w niej inne źródła nieuleczalnej rozkoszy. W wieku lat dziewięćdziesięciu wspomnienie pierwszego upadku z konia chyba nie bardziej zapierało Vanowi dech niż wspomnienie momentu, kiedy ona pochyliła się nad nim i pierwszy raz posiadł jej włosy. Łaskotały mu nogi, właziły między uda, rozpościerały się na całym jego pulsującym brzuchu. Przez nie początkujący adept sztuki mógł ujrzeć szczyt szkoły *trompe-l'œil*, monumentalny, wielokolorowy, wysterczający z ciemnego tła, wypukle wymodelowany skoncentrowanym caravaggiowskim światłem. Pieściła go, oplatała go:

tak wąs rośliny pnie się, obwijając się wokół kolumny, ściskając ją coraz ciaśniej, coraz słodziej wgryzając się w jej szyję i wreszcie roztapiając energię w głębokiej szkarłatnej miękkości. I był półksiężyc wyjedzony z liścia winogradu przez larwę zawisaka. I był słynny mikrolepidopterolog, który wyczerpawszy nazwy greckie i łacińskie, stworzył takie nomenklaturowe osobliwości, jak Marykizm, Adakizm, Ochizm. To ona. Czyj to teraz pędzel? Podniecającego Tycjana? Pijanego Palmy Vecchio? Nie, na pewno nie była wenecką blondynką. Może Dosso Dossi? Faun sterany przez nimfę? Omdlewający satyr? Czy ten ząb trzonowy z nową plombą nie ociera ci twojego własnego języka? Mnie zranił. Żartuję, moja ty czerkieska cyrkówko.

Chwilę później przyszła z kolei pora na Holendrów: Dziewczyna wchodząca do stawu, żeby pod małym wodospadem umyć wosy, i ten prastary gest wykręcania ich, któremu towarzyszy wykrzywienie ust, też prastare.

Siostrzyczko, czy przed okiem masz tę
Wieżyczkę, ową „Maura basztę"?

Czy pomnisz, siostro-wspomnienistko,
Ladorę, zamek, wszystko, wszystko?...

23

Wszystko szło doskonale do momentu, kiedy Mlle Larivière uznała, że musi na pięć dni zostać w łóżku: nadwerężyła sobie plecy na karuzeli podczas Jarmarku Vintage, który – nawiasem mówiąc – był jej potrzebny jako sceneria zaczętego właśnie opowiadania (o tym, jak burmistrz udusił dziewczynkę imieniem Rockette), a z doświadczenia wiedziała, że nic nie podtrzymuje tak dobrze świądu natchnienia jak la *chaleur du lit*. Lucette zajmować się miała w tym okresie druga pokojówka z piętra, French, której humory i uroda bardzo różniły się od słodkiego usposobienia i klarownego wdzięku Blanche. Lucette robiła wszystko, co tylko można, by uwolniwszy się spod opieki leniwej służącej, towarzyszyć kuzynowi i siostrze. Złowieszcze słowa: „Cóż, jeśli panicz Van pozwoli ci przyjść", albo: „Tak, panna Ada na pewno nie będzie miała nic przeciwko temu, żebyś poszła na grzyby razem z nią", stały się czymś w rodzaju dzwonu obwieszczającego pogrzeb miłosnej swobody.

Podczas gdy korzystająca z wygód dama opisywała brzeg potoku, w którym lubiła się pluskać mała Rockette, Ada na podobnym brzegu czytała książkę, od czasu do czasu tęsknie popatrując na kuszący zagajnik wiecznie zielonych krzewów (który często dawał schronienie naszym kochankom) i na ogorzały tors Vana, który na bosaka, w podwiniętych dżinsach szukał swojego zegarka, sądził bowiem, że spadł mu on pomiędzy niezapominajki (nie pamiętał, że dał go ponosić Adzie). Rzuciwszy gdzieś skakankę, Lucette kucnęła na brzegu potoku i puszczała na wodę gumową lalkę wielkości ludzkiego płodu. Co parę chwil wyciskała z niej fascynujący strumień wody, wytryskający przez małą dziurkę, którą Ada, wykazując nie najlepszy smak, zrobiła dla niej w śliskiej, pomarańczowo-czerwonej zabawce. Z nagłą niecierpliwością właściwą przedmiotom nieożywionym lalka zdołała wymknąć się i odpłynąć. Van w cieniu wierzby zrzucił dżinsy i odzyskał uciekinierkę. Ada przez chwilę zastanawiała się nad sytuacją, po czym zamknęła książkę i powiedziała Lucette, na którą zwykle nietrudno było rzucić czar, że ona, Ada, czuje w sobie gwałtowną przemianę, zmienia się mianowicie w smoka, łuski zaczynają jej zielenieć, o już j e s t smokiem, trzeba więc Lucette przywiązać skakanką do drzewa, by Van w ostatniej chwili mógł ją uratować. Z jakiegoś powodu Lucette stanęła okoniem, ale siła fizyczna ją przemogła. Van i Ada zostawili rozzłoszczonego jeńca mocno przywiązanego do pnia wierzby i „harcując", co miało przedstawiać szybką ucieczkę i pogoń, na kilka bezcennych minut znikli w iglastym zagajniku. Lucette, wijąc się, zdołała oderwać jedną z rączek skakanki i niemal się uwolnić, ale smok i rycerz, nadal harcując, wrócili.

Poskarżyła się guwernantce, która całkowicie opacznie rozumiejąc całą sprawę (co można było też odnieść do jej nowego utworu), wezwała Vana i ze swego zasłoniętego parawanami łoża, poprzez smród linimentu i potu, oznajmiła mu, że nie powinien zawracać głowy Lucette, czyniąc z niej prześladowaną baśniową pannę.

Następnego dnia Ada poinformowała matkę, że Lucette absolutnie trzeba wykąpać i że ona to zrobi, czy podoba się to guwernantce, czy nie.

– *Choroszo* – powiedziała Marina (przygotowywała się właśnie do przyjęcia – w najlepszym stylu wielkiej damy teatru – pewnego sąsiada oraz młodego aktora, jego protegowanego) – ale temperatura musi wynosić dokładnie dwadzieścia osiem stopni (trzymano się tej reguły od XVIII wieku), i kąpiel nie może trwać dłużej niż dziesięć do dwunastu minut.

– Świetny pomysł – powiedział Van, pomagając Adzie zagrzać wodę w kotle, napełnić starą poobijaną wannę i ogrzać kilka ręczników

Mimo że miała dopiero niecałych dziewięć lat i że w dodatku była jak na swój wiek niezbyt rozwinięta, nie uniknęła złudnej dojrzałości rudych dziewczynek. Jej pachy pokryte były ledwo widocznymi kropkami jasnego puszku, a jej wzgórek wydawał się posypany miedzianym pyłem.

Płynne więzienie było gotowe, a budzik obiecywał cały kwadrans życia.

– Najpierw niech się wymoczy, namydlisz ją później – gorączkowo powiedział Van.

– Tak, tak, tak – zawołała Ada.

– Jestem Vanem – oznajmiła Lucette, stojąc w wannie z mydłem morwowym między nogami i wypinając lśniący brzuszek

– Jak będziesz tak robić, zamienisz się w chłopca – powiedziała surowo Ada – a to wcale nie będzie zabawne.

Dziewczynka zaczęła ostrożnie zanurzać pośladki w wodzie.

– Za gorąca – powiedziała – strasznie gorąca, parzy.

– Ostygnie – stwierdziła Ada – klapnij sobie i odpręż się. Masz tu swoją lalkę.

– Ada, chodźże już na Boga, niech się wymoczy – powtórzył Van.

– I pamiętaj – powiedziała Ada – nie wolno ci wychodzić z tej cudownej cieplutkiej wody, zanim zadzwoni budzik, inaczej umrzesz, tak powiedział Krolik. Zaraz wrócę i cię namydlę, ale nie wołaj mnie, musimy policzyć bieliznę i ułożyć chusteczki Vana.

Zaryglowawszy od środka drzwi łazienki w kształcie litery „L", dwoje starszych dzieci udało się w zacisze jej bocznej części, czyli w róg między komodą i starym, od dawna nieużywanym maglem, którego nie obejmowało morskozielone oko łazienkowego lustra; ledwie jednak zakończyli swe gwałtowne i niewygodne trudy w tym ukrytym kącie z jakąś fiolką idiotycznie wybijającą takt na półce, a już Lucette zaczęła donośnie wołać z wanny, do drzwi zaś zapukała pokojówka: Mlle Larivière także potrzebowała gorącej wody.

Próbowali wszelkiego rodzaju sztuczek.

Na przykład raz, kiedy Lucette szczególnie dawała się im we znaki: nos miała zasmarkany i w dodatku ciągle chwytała kuzyna za koszulę (jej skomlące przywiązanie zmieniło się w prawdziwą obsesję), Van wykrzesał z siebie maksimum umiejętności przekonywania, uroku i elokwencji i konspiracyjnym szeptem powiedział:

– Posłuchaj, kochanie. Ta brązowa książka to jeden z moich największych skarbów. Kazałem sobie w swojej szkolnej marynarce zrobić na nią specjalną kieszeń. Staczałem niezliczone walki z nikczemnymi chłopcami, którzy chcieli ją ukraść. To, co tutaj mamy (z nabożeństwem przewracając kartki), to ni mniej, ni więcej tylko zbiór najpiękniejszych i najsławniejszych wierszy napisanych w języku angielskim. Na przykład ten króciutki utwór przed czterdziestu laty napisał, zalewając się łzami, poeta laureat Robert

Brown, starszy pan, którego ojciec pokazał mi raz stojącego jak gdyby w powietrzu na urwisku pod cyprysem, poeta patrzył w dół na pienisty turkusowy przypływ w okolicach Nicei, niezapomniany widok dla wszystkich uczestników tego wydarzenia. Wiersz nosi tytuł *Peter i Margaret*. Powiedzmy więc (zwracając się do Ady, by z powagą się jej poradzić): czterdzieści minut („Daj jej całą godzinę, nie potrafi zapamiętać nawet *Mironton, mirontaine*"), no dobrze, cała godzina, masz całą godzinę, żeby nauczyć się tych ośmiu linijek na pamięć. Ty i ja (szepcząc) pokażemy twojej okropnej aroganckiej siostrze, że mała głupiutka Lucette potrafi zrobić wszystko. Jeśli (lekko dotykając wargami jej równo obciętych włosów), kochanie, wyrecytujesz wiersz i zawstydzisz Adę, nie robiąc ani jednego błędu – musisz uważać na „tu", „tam" i w ogóle na wszystkie szczegóły – j e ś l i zdołasz to uczynić, dam ci tę bezcenną książkę na własność. („Niech spróbuje innego, tego, w którym znajduje się pióro i ogląda na własne oczy Peacocka – powiedziała sucho Ada – to trochę trudniejsze"). Nie, nie, i ona, i ja już wybraliśmy tę małą balladkę. No, dobrze. Teraz wejdź tutaj (otwierając drzwi) i nie wychodź, dopóki cię nie wezwę. Inaczej stracisz nagrodę i przez całe życie będziesz tego żałować.

– Och, Van, jaki jesteś kochany – powiedziała Lucette, wchodząc powoli do swego pokoju i błądząc speszonym wzrokiem po fascynującej wyklejce, umieszczonym na niej jego nazwisku, jego śmiałych esach-floresach i jego własnych rysunkach piórkiem: czarny aster (zrobiony z kleksa), kolumna dorycka (maskująca sprośne wyobrażenie), filigranowe drzewo bez liści (widziane przez okno klasy) i kilka chłopięcych profili (Kotczesz, Zogopies, Wicuś-Picuś i sam Van, sobowtór Ady).

Popędził za Adą na strych. W tej chwili był dość dumny ze swego fortelu. Miał go sobie przypomnieć z fatumicznym dreszczem siedemnaście lat później, kiedy Lucette w ostatnim liściku do niego, „na wszelki wypadek" wysłanym 2 czerwca 1901 z Paryża pod jego adresem w Kingston, napisała:

„Przez lata trzymałam antologię, którą kiedyś mi dałeś, musi teraz być w moim pokoju dziecinnym w Ardisie. Wierszyk, którego kazałeś mi się nauczyć na pamięć, ciągle w idealnym stanie tkwi w bezpiecznym miejscu mojego pomieszanego umysłu, gdzie pakowacze ugniatają moje rzeczy i obracają kufry i gdzie słychać głosy: czas iść, czas iść. Znajdź go w swoim wydaniu Browna i pochwal mnie znowu za moją ośmioletnią inteligencję, jak ty i szczęśliwa Ada uczyniliście owego odległego dnia, owego dnia dzwoniącego gdzieś na półce jak pusta fiolka. A teraz czytaj:

„Tu – rzekł przewodnik – były pola,
A tam się puszcza rozciągała.
Tu Peter nie chciał powstać z kolan,
W tym miejscu zaś Księżniczka stała.

„Nie – rzekł turysta – jesteś w błędzie
To tyś jest marą... Wszędzie ciemno,
Las może umarł – pusto wszędzie,
Lecz ona jest na zawsze ze mną".

24

Van żałował, że ponieważ Lettrocalamitas (stary żart Vanvitellego!) zakazano na całym świecie – sama jej nazwa stała się w rodzinach należących do wyższej klasy wyższej (w sensie brazylijskim i brytyjskim), akurat klasy Veenów i Durmanowów, „brzydkim słowem" – i zastąpiono skomplikowanymi surogatami tylko w najważniejszych „przedmiotach użytkowych"... telefonach, silnikach... w czym jeszcze?... w wielu urządzonkach mechanicznych, na których widok zwykli ludzie mogli się tylko oblizywać, dysząc szybciej niż psy myśliwskie (bo to porządnie długie zdanie) – żałował więc, że takie drobiazgi jak magnetofony, ulubione zabawki przodków jego i Ady (książę Ziemski miał jeden na każde łóżko w swym haremie uczennic), nie są już nigdzie produkowane, z wyjątkiem obszaru Tatarii, gdzie wynaleziono „*minirieczi*" („mówiące minarety"), aparaciki o trzymanej w ścisłym sekrecie konstrukcji. Gdyby obowiązujące zasady dobrego wychowania i obowiązujące prawo pozwoliły naszym oczytanym kochankom uruchomić tajemniczą skrzyneczkę, którą znaleźli kiedyś na swym magicznym strychu, mogliby byli nagrać (by je osiemdziesiąt lat później odtwarzać) arie Giorgia Vanvitellego, jak również rozmowy Van Veena z jego ukochaną. Oto czego na przykład mogliby dzisiaj słuchać, z zaciekawieniem, zakłopotaniem, smutkiem, zdumieniem.

(Narrator: owego letniego dnia, wkrótce po wkroczeniu w „fazę pocałunków" ich stanowczo przedwczesnego i pod wieloma względami fatalnego romansu, Van i Ada szli właśnie do Pawilonu Prochowego czy inaczej mówiąc Strzelnicy, gdzie na górnym poziomie odkryli malutkie pomieszczenie w stylu orientalnym pełne gablotek z matowego szkła, w których – sądząc po kształcie ciemnych odcisków na wyblakłym aksamicie – leżały kiedyś pistolety i sztylety, przyjemny melancholijny zakamarek, trochę zalatujący stęchlizną, z wyłożoną poduszkami ławą pod oknem i wypchaną sową włochatką na półce stojącą obok pustej butelki po piwie, pozostawionej przez jakiegoś dawno nieżyjącego ogrodnika, na etykiecie, z nazwą nieistniejącego już browaru, widniał rok 1842.)

– Nie dzwoń kluczami – powiedziała Ada – śledzi nas Lucette, którą kiedyś chyba uduszę.

Przeszli przez zagajnik i obok groty.

Ada powiedziała:

– Oficjalnie jesteśmy kuzynami ze strony matki, a kuzynom wolno brać ślub po uzyskaniu specjalnego pozwolenia pod warunkiem, że zobowiążą się wysterylizować pierwszą piątkę swych dzieci. Ale w dodatku teść mojej matki był bratem twojego dziadka, tak?

– Tak mi mówiono – powiedział Van pogodnie.

– Niewystarczająco odległe pokrewieństwo – myślała na głos – a może jednak wystarczająco?

– Im dalej, tym wspanialej.

– Zabawne, zobaczyłam ten wierszyk napisany fioletowymi literkami, a ty zmieniłeś je w pomarańczowe, dopiero sekundę potem wypowiedziałeś ten rymek. Rymek, dymek. To coś jak obłoczek dymu poprzedzający odgłos dalekiego wystrzału armatniego.

– Fizycznie – ciągnęła – jesteśmy bardziej bliźniakami niż kuzynami, a bliźniaki czy nawet brat i siostra nie mogą oczywiście wchodzić w związki małżeńskie, a jeśli się przy tym upierają, muszą trafić do więzienia i tam ich sterylizują.

– Chyba że – powiedział Van – specjalnym dekretem uzna się ich za kuzynów.

(Van przekręcał już klucz w zamku zielonych drzwi, w które w późniejszych oddzielnych snach mieli tyle razy walić pozbawionymi kości pięściami.)

Innym razem na wycieczce rowerowej (z kilkoma przerwami) po leśnych ścieżkach i wiejskich drogach – było to wkrótce po Nocy Płonącej Stodoły, ale zanim natknęli się na strychu na zielnik i znaleźli potwierdzenie tego, co oboje przeczuwali na mroczny, zabawny, raczej cielesny niż psychiczny sposób – Van napomknął mimochodem, że urodził się w Szwajcarii i że w latach chłopięcych dwa razy był za granicą. Ona – powiedziała – tylko raz. Lato na ogół spędzała w Ardisie, zimę w ich miejskim mieszkaniu w Kałudze, które stanowiły dwa górne piętra dawnego *czertoga* (pałacu) Ziemskich.

W roku 1880 Van, który miał wówczas dziesięć lat, srebrzystymi pociągami wyposażonymi w prysznice jechał do wesołych kurortów w Luizjanie i Nevadzie, a towarzyszyli mu ojciec i jego piękna sekretarka, jej osiemnastoletnia siostra w białych rękawiczkach (w epizodycznej roli angielskiej guwernantki oraz dojarki chłopca) i jego cnotliwy, anielski rosyjski nauczyciel domowy, Andriej Andriejewicz Aksakow („AAA"). Pamiętał, jak AAA opowiadał murzyńskiemu chłopcu, z którym Van wdał się w bójkę, że w żyłach Puszkina i Dumasa płynęła afrykańska krew, a chłopiec pokazał AAA język; tę nową interesującą sztuczkę Van wypróbował przy najbliższej nadarzającej się okazji, za co dostał klapsa od młodszej z panien Fortune, która powiedziała wtedy: „Proszę go schować z powrotem do buzi, paniczu". Przypominał sobie też, jak opasany szeroką szarfą Niemiec powiedział drugiemu w holu hotelu, że ojciec Vana, który właśnie przeszedł obok, gwiżdżąc jedną ze swoich trzech melodyjek, jest słynnym szaradzistą (Szaradziistą? W gazetach roiło się od szarad. Nie, hazardzistą, graczem).

Zanim Van poszedł do szkoły z internatem, piękny dom ojca, zbudowany w stylu florentyńskim pomiędzy dwiema wolnymi działkami (Park Lane 5 w Manhattanie), był jego zimową siedzibą (wkrótce po obu stronach budynku stanęli dwaj ogromni strażnicy, gotowi wymieść go stamtąd w każdej chwili), chyba że obaj z ojcem wyjeżdżali za granicę. Letnie miesiące w Radużce, „drugim Ardisie", były znacznie chłodniejsze i bardziej ponure niż tu, w Ardisie Ady. Kiedyś spędził nawet w Radużce zarówno lato, jak i zimę, to musiało być w 1878 roku.

Tak, tak, oczywiście, przecież wtedy właśnie – przypomniała sobie Ada – przez chwilę widziała go po raz pierwszy. Był w białym marynarskim ubranku i niebieskiej marynarskiej czapeczce. (*Un régulier angiełoczek* – skomentował to Van w żargonie Radugi.) Miał wtedy osiem lat, a ona sześć. Stryjaszek Dan niespodziewanie wyraził chęć odwiedzenia starej posiadłości. W ostatniej chwili Marina oznajmiła, że także pojedzie, i nie zważając na protesty Dana, podsadziła małą Adę, hopla, i umieściła ją razem z jej sersem w *calèche*. Z Ładogi do Radugi pojechali chyba pociągiem, bo pamiętała, jak wzdłuż wagonów stojącego na stacji składu podmiejskiego szedł po peronie kolejarz z zawieszonym na szyi gwizdkiem i z hukiem zamykał jedne drzwi po drugich, sześć na każdy wagon, który składał się z sześciu połączonych w jedną całość jednookiennych karoc pochodzenia wyraźnie dyniowatego. Była to, jak zauważył Van, „wieża we mgle" (tak Ada nazywała wszelkie miłe wspomnienia). Po chwili konduktor zaczął przeskakiwać ze schodka już jadącego wagonu na schodek drugiego, i znowu otwierać kolejno wszystkie drzwi, by sprzedawać, dziurkować i zbierać bilety, oblizywać kciuk i wydawać resztę, okropna robota, ale znowu „liliowa wieża". Czy wynajęli małe motorowe lando do Radużki? Jak jej się zdawało, jakieś dziesięć mil. Dziesięć wiorst – powiedział Van. Przyznała mu rację. Był poza domem, pewnie *na progułkie* (na spacerze) w mrocznym lesie jodłowym, z Aksakowem, swoim nauczycielem, i wnukiem Bagrowa, dzieciakiem z sąsiedztwa, którego drażnił i szczypał i z którego strasznie sobie żartował, miłym i spokojnym chłopczykiem, spokojnie masakrującym krety i wszystko, co miało futerko, był to zapewne rys patologiczny. Kiedy jednak przybyli, natychmiast stało się jasne, że Demon nie oczekiwał kobiet. Siedział na tarasie i popijał „złote winko" (słodzoną whisky) z sierotą, którą adoptował, uroczą irlandzką dziką różą, w której Marina natychmiast rozpoznała bezwstydną pomywaczkę, krótko zatrudnioną w Ardis Hall i zauroczoną przez nieznanego gentlemana, teraz już dobrze znanego. Stryjaszek Dan nosił w tym okresie monokl, udając hulakę i naśladując kuzyna, dmuchał i tarł, żeby lepiej przyjrzeć się Rose, z którą może również był „po słowie" (w tym momencie Van przerwał swojej rozmówczyni, prosząc ją, by uważała na swoją leksykę). Przyjęcie okazało się katastrofą. Sierota leniwie zdjęła swoje perłowe kolczyki, by Marina mogła je ocenić. Dziadek Bagrow, kuśtykając, wkroczył do sali, obudziwszy się z drzemki w buduarze, i wziął Marinę za *une grande cocotte*, czego rozwścieczona domyśliła się później, kiedy miała okazję rozprawić się z biednym Danem. Zamiast zostać na noc, Marina sztywno wyszła z domu i przywołała Adę, która – jako że powiedziano jej, żeby „pobawiła się w ogrodzie" – mamrocząc, naznaczała numerami barwy żywego mięsa białe pnie rosnących w szeregu młodych brzózek, do czego służyła jej szminka skradziona Rose, był to wstęp do jakiejś gry, jakiej, teraz już nie pamięta (szkoda – powiedział Van). Matka jednak przerwała to wszystko, zgarnęła ją i tą samą taksówką popędziła prosto do Ardisu, zostawiając Dana (z jego miłostkami i małostkami – wtrącił Van) i przybywając do domu o wschodzie słońca. Ale – dodała Ada – tuż przedtem nim została porwana z ogrodu i pozbawiona swojej kredki (wyrzuconej przez Marinę *k czertiam sobaczim*, do piekielnych psów, co przypominało o jednym z terierów Rose, który uporczywie starał się objąć nogę Dana), dany jej był króciutki widok malutkiego Vana z innym uroczym chłopcem oraz Aksakowa z twarzą okoloną jasną brodą, ubranego w białą bluzę, idących do domu i, tak jest, zapomniała swojej obręczy, chociaż nie, została w taksówce. Sam Van wszelako nie zachował najdrobniejszego wspomnienia owej wizyty ani w ogóle tego akurat lata, ponieważ życie jego ojca przez cały czas przypominało ogród różany, a i jego samego nie raz pieściły pozbawione rękawiczki urocze dłonie, co Ady nie interesowało.

No dobrze, a co z rokiem 1881, kiedy dziewczynki, w wieku odpowiednio ośmiu-dziewięciu i pięciu lat pojechały na Riwierę, do Szwajcarii i nad włoskie jeziora w towarzystwie przyjaciela Mariny, mistrza sceny, Grana D. du Mont (owo „D" znaczyło również Duke, nazwisko panieńskie jego matki, *des hobereaux irlandais, quoi*). Gran D. podróżował dyskretnie następnym Ekspresem Śródziemnomorskim, następnym Simplon Expressem lub następnym Orient

Expressem czy jakimkolwiek innym *train de luxe* po trzech paniach Veen, angielskiej guwernantce, rosyjskiej niani i dwóch pokojówkach, podczas gdy na wpół rozwiedziony Dan udał się w pewne miejsce w Afryce Równikowej, by fotografować tygrysy (których tam ku swemu zdumieniu nie znalazł) i inne cieszące się najgorszą reputacją drapieżniki, nauczone przebiegać przeznaczone dla zmotoryzowanych turystów szlaki, jak również robić zdjęcia pulchnym murzyńskim dziewczętom w przemiłym domu agenta biura podróży na dzikich obszarach Mozambiku. Oczywiście, kiedy bawiły się z siostrą w porównywanie „wspomnień z podróży", Ada znacznie lepiej niż Lucette pamiętała takie rzeczy, jak itineraria, ciekawostki botaniczne, moda, kryte pasaże z najróżniejszymi sklepami czy przystojni opaleni mężczyźni z czarnymi wąsami, którzy przyglądali się jej ze swego kąta restauracji w „Manhattan Palace" w Genewie. Za to Lucette, chociaż znacznie młodsza, pamiętała stosy drobiazgów, małe „wieżyczki" i małe „beczułki", *biriulki proszłogo*. Była ona, *cette Lucette*, tak jak dziewczynka z *Ah, cette Line* (popularna powieść), „mieszaniną intuicji, głupoty, naiwności i przebiegłości". Nawiasem mówiąc, wyznała, to znaczy Ada z m u s i ł a ją do wyznania, że wszystko, jak podejrzewał Van, było na odwrót – że kiedy wrócili do prześladowanej panny, starała się najusilniej nie tyle uwolnić, ile przywiązać na nowo, bo wcześniej się wyswobodziła i śledziła ich przez modrzewie. „Boże – powiedział Van – to tłumaczy kąt nachylenia mydła!". Ależ co z tego, kogo to obchodzi, Ada miała nadzieję, że małe biedactwo będzie w jej wieku równie szczęśliwe jak ona obecnie, kochanie, kochanie, kochanie, kochanie. Van miał nadzieję, że zostawione w krzakach rowery błyskiem metalu w listowiu nie zdradziły jakiemuś idącemu leśną drogą przechodniowi swojej obecności.

Potem próbowali ustalić, czy ich drogi tego roku nie złączyły się gdzieś w Europie albo nie biegły przez chwilę blisko siebie. Wiosną 1881 Van, wówczas jedenastoletni, spędził kilka miesięcy z rosyjskim guwernerem i angielskim służącym w willi swojej babci niedaleko Nicei, Demon trawił wtedy czas na Kubie w sposób znacznie bardziej udany niż Dan w Mokubie. W czerwcu Vana zabrano do Florencji, do Rzymu i na Capri, gdzie na chwilę pojawił się jego ojciec. Później znowu się rozstali, Demon popłynął z powrotem do Ameryki, a Van udał się z guwernerem najpierw do Gardone nad jeziorem Garda, gdzie Aksakow z nabożeństwem pokazał mu odciski stóp Goethego i d'Annunzia uwiecznione w marmurze, a następnie przebywał przez część jesieni w hotelu na zboczu ponad Jeziorem Genewskim (po którym pływali kiedyś Karamzin i hrabia Tołstoj). Czy Marina podejrzewała, że Van jest mniej więcej w tej samej okolicy, w której spędziła cały rok 1881? Raczej nie. Obie dziewczynki przechodziły w Cannes szkarlatynę, a ona była w Hiszpanii ze swoim grandem. Starannie zestawiając wspomnienia, Van i Ada doszli do wniosku, że nie było rzeczą niemożliwą, by gdzieś na krętej drodze na Riwierze minęli się w wynajętych wiktoriach, które, jak oboje pamiętali, były zielone i zaprzężone końmi z zieloną uprzężą. Albo może jechali w dwu pociągach zmierzających w tym samym kierunku: mała dziewczynka przy oknie jednego wagonu sypialnego patrzy na brązowy wagon sypialny na równoległym torze, powoli skręcający ku połyskliwym połaciom morza, które mały chłopiec widzi po drugiej stronie torowiska. Prawdopodobieństwo zbyt wiotkie, by stało się naprawdę romantyczne, również możliwość, że przeszli lub przebiegli obok siebie na nadbrzeżnym bulwarze szwajcarskiego miasta nie wywoływała wyraźnego dreszczu. Van jednak, od niechcenia kierując reflektor retrospekcji na labirynt przeszłości, gdzie obstawione lustrami wąskie dróżki nie tylko rozmaicie zakręcają, lecz także osiągają różne wysokości (jak ciągnięta przez muła dwukółka przejeżdżająca pod wiaduktem, po którym pędzi samochód), dotykał, na razie w niejasny i powierzchowny sposób, zagadnień nauki, która miała opętać go w latach dojrzałych - problemów przestrzeni i czasu, przestrzeni przeciwstawionej czasowi, przestrzeni zniekształconej przez czas, przestrzeni jako czasu, czasu jako przestrzeni, wreszcie przestrzeni zrywającej z czasem w ostatecznym tragicznym tryumfie ludzkiego myślenia: umieram, więc jestem.

- Ale t o - zawołała Ada - jest pewne, to jest rzeczywistość, czysty fakt, ten las, ten mech, twoja ręka, biedronka na mojej nodze, tego nie da się odebrać, prawda (da się, dało się)? To wszystko zeszło się t u t a j, niezależnie od tego, jak kręciły się drogi i jedna drugą zwodziły, tutaj nieuchronnie się zeszły.

- Musimy teraz znaleźć rowery - powiedział Van - zgubiliśmy się „w innej części lasu".

- Nie, jeszcze nie wracajmy - zawołała - zaczekaj.

- Ale ja chcę zorientować się co do naszego miejsca w przestrzeni i czasie - powiedział Van. - To potrzeba natury filozoficznej.

Zaczęło się ściemniać; promienna resztka słonecznego światła ociągała się w zachodniej części zachmurzonego nieba: wszystkim nam zdarzyło się widzieć człowieka, co wesoło rzuciwszy powitanie przyjacielowi, przechodzi przez ulicę z ciągle żywym uśmiechem na ustach, lecz uśmiech nagle zamiera zduszony spojrzeniem nieznajomego, który zapewne nie widział przyczyny i mylnie wziął skutek za radosny grymas szaleństwa. Wypracowawszy tę metaforę, Van i Ada uznali, że naprawdę nadszedł czas, żeby wracać do domu. Kiedy jechali przez Gamlet, widok rosyjskiego *traktira* tak pobudził ich głód, że zeszli z rowerów i wkroczyli do niedużej ciemnej gospody. Stangret pijący herbatę ze spodka, który jego wielka łapa przytykała do głośnych ust, zjawił się tu wprost z precelkowego sznurka starych powieści. Poza tym w zaparowanej norze nie było nikogo prócz baby w chustce namawiającej (*ugawariwawszej*) majtającego nogami chłopca w czerwonej koszuli, żeby jadł swoją uchę. Okazała się ona właścicielką *traktira*, podniosła się, „wycierając ręce w fartuch", by przynieść Adzie (którą natychmiast poznała) i Vanowi (którego uznała, nie myląc się zresztą, za „kawalera" małej kasztelanki) kilka małych „hamburgerów" *à la russe*, nazywanych *bitoczkami*. Każde z nich pochłonęło ich pół tuzina, po czym wyprowadzili rowery spod jaśminów i nacisnęli na pedały. Musieli zapalić karbidówki. Przystanęli jeszcze raz, nim zanurzyli się w ciemności Ardis Park.

Przez swego rodzaju liryczny zbieg okoliczności zastali Marinę i Mlle Larivière pijące herbatę na rzadko używanej oszklonej werandzie w rosyjskim stylu. Powieściopisarka, całkiem już zdrowa, ciągle jednak w kwiecistym szlafroku, właśnie skończyła czytać swoje nowe opowiadanie, jego pierwszy czystopis, który następnego dnia miał zostać przepisany na maszynie. Czytała je sączącej tokaj Marinie, która miała *vin triste* i była mocno poruszona samobójstwem pana „*au cou rouge et puissant de veuf encore plein de sève*", co, by tak rzec, przestraszony strachem swej ofiary, przygniótł zbyt mocno szyję dziewczynki zgwałconej przezeń w chwili „*glutonnerie impardonable*".

Van wypił szklankę mleka i nagle poczuł taką falę rozkosznego znużenia, wlewającą się w jego członki, że postanowił iść prosto do łóżka.

– *Tant pis* – powiedziała Ada, żarłocznie sięgając po *fruit-cake*. – Hamak? – spytała. Ale chwiejący się Van pokręcił głową i ucałowawszy melancholijną dłoń Mariny, oddalił się.

– *Tant pis* – powtórzyła Ada i z wilczym apetytem rozsmarowała masło na mającej odcień żółtka, bogato inkrustowanej (rodzynki, anżelika, kandyzowane wiśnie, cedrat) porowatej powierzchni grubego kawałka ciasta.

Mlle Larivière, która śledziła ruchy Ady z osłupieniem i niesmakiem, powiedziała:

– *Je rêve. Il n'est pas possible qu'on mette du beurre par-dessus toute cette pâte britannique, masse indigeste et immonde.*

– *Et ce n'est que la première tranche* – powiedziała Ada.

– Czy chcesz odrobinę cynamonu na *lait caillé*? – spytała Marina. – Wiesz, Belle (zwracając się do Mlle Larivière), kiedy była dzieckiem, nazywała to „śniegiem posypanym piaskiem".

– Ona nigdy nie była dzieckiem – stanowczo powiedziała Belle. – Jeszcze nie umiała chodzić, a już mogła skręcić kark swojemu kucykowi.

– Ciekawa jestem, ile mil przejechaliście, skoro nasz atleta tak całkiem spuchł.

– Tylko siedem – odpowiedziała Ada, żując z uśmiechem.

25

Pewnego słonecznego wrześniowego ranka, kiedy drzewa były jeszcze zielone, ale astry i płeszniki opanowały już rowy i parowy, Van wybrał się do Ładogi, N.A., by spędzić tam dwa tygodnie z ojcem i trzema guwernerami; potem miał wrócić do szkoły w chłodnej Łudze w Mayne.

Ucałował Lucette w oba dołeczki, a potem w szyję, i mrugnął do sztywnej Larivière, która spojrzała na Marinę.

Czas było ruszać. Odprowadzili go: Marina w szlafroku, Lucette pieszcząca (w zastępstwie) Dacka, Mlle Lariviére, która jeszcze nie wiedziała, że Van zostawił książkę z dedykacją podarowaną mu przez nią poprzedniego wieczoru, oraz dwadzieścioro hojnie obdarzonych napiwkami służących (pośród których dostrzegliśmy kuchennego Kima z nieodłącznym aparatem fotograficznym), w gruncie rzeczy cały dom z wyjątkiem Blanche, którą bolała głowa, i obowiązkowej Ady, która prosiła o usprawiedliwienie, gdyż obiecała odwiedzić niedołężnego wieśniaka (to dziecko ma złote serce, naprawdę złote serce, jak chętnie i mądrze mawiała często Marina).

Czarny kufer i czarną walizkę Vana, a także czarne hantle ogromnych rozmiarów załadowano do bagażnika rodzinnego samochodu; Bouteillan włożył kapitańską czapkę, za dużą na niego, i gogle granatowe jak winogrona.

– *Remouvez votre* tyłek, ja będę prowadzić – powiedział Van i lato 1884 dobiegło końca.

– Bieży przewybornie, sir – stwierdził Bouteillan w swojej szczególnej staroświeckiej angielszczyźnie. – *Tous les pneus sont neufs*, ale, niestety, na drodze jest moc kamieni, młodość zaś jeździ szybko. Monsieur powinien być roztropny. A przystojności nie zna wiatr pustynnych miejsc. *Tel un lis sauvage confiant au désert...*

– Jesteś całkiem jak sługa ze starej komedii, co? – sucho zauważył Van.

– *Non, Monsieur* – odparł Bouteillan, przytrzymując czapkę. – *Non. Tout simplment j'aime bien Monsieur et sa demoiselle.*

– Jeśli masz na myśli małą Blanche – powiedział Van – zrobiłbyś lepiej cytując Delille'a nie mnie, ale swojemu synowi, który tylko patrzeć zrobi jej brzuch.

Stary Francuz spojrzał na Vana z ukosa, *pożewał gubami* (poruszył wargami, jakby coś żuł), ale nic nie powiedział.

– Zatrzymamy się tutaj na parę minut – powiedział Van, kiedy dotarli do Lasu Rozstajnego zaraz za Ardisem. – Chcę pozbierać trochę prawdziwków dla ojca (Bouteillan naszkicował w powietrzu gest oddania), któremu z pewnością przekażę pańskie wyrazy szacunku. Ten hamulec ręczny używany był chyba – cholera jasna – zanim Ludwik XVI wyemigrował do Anglii.

– Trzeba go nasmarować – powiedział Bouteillan i spojrzał na zegarek – ma pan sporo czasu, żeby złapać pociąg o 9.04.

Van dał nura w gęste zarośla. Miał na sobie jedwabną koszulę, aksamitną marynarkę, czarne bryczesy, buty do konnej jazdy z ostrogami z gwiazdkami – ten strój był niezbyt odpowiedni, by uwBiB oyCeon i żĄźBśolu juAzĆki do Ady ukrytej w stworzonej przez przyrodę altanie; tfńkón ulh, po czym powiedziała:

– Tak, żebyś nie zapomniał. To jest formuła dla naszej korespondencji. Naucz się tego na pamięć, a potem zjedz jak porządny dzielny szpieguś.

– Poste restante w obie strony. Domagam się przynajmniej trzech listów na tydzień, moje białe kochanie.

Wtedy po raz pierwszy widział ją w tej lśniącej sukience niemal tak cienkiej jak koszula nocna. Splotła włosy w warkocz, a on stwierdził, że podobna jest do młodej sopranistki Marii Kuzniecowej w scenie listu w operze Czajkowa *Oniegin i Olga*.

Ada, próbując w miarę kobiecych sił powstrzymać się od łkań i ukryć je, przekształcając w pełne żaru wykrzykniki, pokazała mu jakiegoś cholernego owada, który przysiadł na pniu osiki.

(Cholerny? C h o l e r n y? To był nowo opisany, fantastycznie rzadki przedstawiciel rodziny rusałkowatych, *Nymphalis danaus* Nab., pomarańczowo-brązowy z czarno-białym obrzeżeniem skrzydeł, który, jak stwierdził jego odkrywca prof. Nabonidus z Babylon College w Nebrasce, upodabnia się nie bezpośrednio do tzw. monarchy, czyli *Danaus plexipus*, ale za pośrednictwem „wicekróla", *Limenitis archippus*, jednego z najbardziej znanych imitatorów „monarchy". Charakterem pisma zirytowanej Ady.)

– Jutro przyjdziesz tu – powiedział Van z goryczą – z tą swoją zieloną siatką, mój motylku.

Zaczęła go całować po całej twarzy, całowała jego ręce, potem znowu usta, powieki, miękkie czarne włosy. On całował jej kostki, kolana, miękkie czarne włosy.

– Kiedy znowu, kochanie, kiedy? W Łudze? Kałudze? Ładodze? Gdzie, kiedy?

– Poczekaj, nie w tym problem – zawołał Van – problem, problem po prostu w tym... czy będziesz wierna, czy będziesz mi wierna.

– Strasznie pryskasz śliną, kochanie – powiedziała blado uśmiechnięta Ada, ścierając głoski „p" i „b". – Nie wiem. Uwielbiam cię. Nigdy, do końca życia nie będę kochać nikogo tak jak uwielbiam ciebie, nigdy i nigdzie, ani w wieczności, ani w terroniczności, ani w Ladorze, ani na rozległych terenach Terry, dokąd, jak mówią, idą nasze dusze. Ale... Ale, moje kochanie, ale, mój ty Vanie, jestem cielesna, strasznie cielesna, nie wiem, mówię uczciwie, *qu'y puis-je*? Najdroższy, nie proś mnie o nic, w szkole jest dziewczyna, która kocha się we mnie, nie wiem już, co mówię...

– Dziewczyny się nie liczą – powiedział Van – chodzi o facetów, będę zabijał, jeśli zbliżą się do ciebie. Dziś w nocy próbowałem napisać o tym dla ciebie wiersz, ale nie umiem pisać poezji; zaczyna się, tylko się zaczyna: Ado, nasze sady, eskapady, ale reszta to mgła, spróbuj wyobrazić sobie tę resztę.

Objęli się po raz ostatni i nie odwracając się Van uciekł.

Potykając się o melony, wściekle dekapitując szpicrutą aroganckie wysokie kopry włoskie, wrócił do Lasu Rozstajnego. Morio, jego ulubiony kary koń, stał czekając na niego, trzymany przez młodego Moore'a. Podziękował stajennemu garścią stellarów i pogalopował, jego rękawiczki były mokre od łez.

26

Dla potrzeb swojej korespondencji w pierwszym okresie rozłąki Van i Ada wynaleźli szyfr, który udoskonalali przez piętnaście miesięcy po opuszczeniu przez chłopaka Ardisu. Cały okres rozłączenia miał się rozciągnąć na niemal cztery lata („nasza czarna tęcza", jak nazwała go Ada), od września 1884 r. do czerwca 1888 z krótkimi przerwami pełnymi niemożliwej do wytrzymania rozkoszy (w sierpniu 1885 i czerwcu 1886) i paru przypadkowymi spotkaniami („przez kratę deszczu"). Opisywanie szyfrów jest nudne, ale kilka podstawowych szczegółów mimo niechęci trzeba tu podać.

Jednoliterowe słowa pozostawały bez kamuflażu. We wszystkich dłuższych każda litera zastępowana była inną, następująca po niej w alfabecie o tyle pozycji, ile liter dany wyraz liczył. Tak więc „miłość", słowo sześcioliterowe, zmieniało się w „rnptźh" („r" bowiem jest szóstą literą po „m", „n" szóstą po „i" itd.), a powiedzmy, „miłościwy" (którego długość w trzech wypadkach zmuszała do rozpoczęcia odliczania w alfabecie na nowo wskutek jego wyczerpania) przybierało postać „tóśyĄjóĆD", gdyż litery przelewające się na nowy szereg alfabetyczny zapisywało się wersalikami: na przykład „Ą" pojawiające się w miejsce „ś", którego zastępcą musiała być dziewiąta litera („miłościwy" składa się z dziewięciu liter) następująca po nim: śtuwyzźżAĄ, a „y" zagłębia się jeszcze bardziej w nowy szereg: yzźżAĄBCĆD. W popularnych książkach na temat teorii kosmicznych (które śmiało zaczynają od prostych niewyszukanych gawędziarskich akapitów) następuje straszna chwila, kiedy nagle pojawiają się pierwsze kiełki formuł matematycznych, natychmiast oślepiających człowiekowi umysł. Tak daleko się nie posuniemy. Jeśli nawet najbardziej naiwny czytelnik prześledzi opis szyfru naszych kochanków (to „naszych" może samo w sobie stać się źródłem irytacji, ale na to nie ma już rady) z nieco większą uwagą i nieco mniejszą antypatią, to zrozumie, miejmy nadzieję, owo przelewanie się w następne ABC.

Niestety pojawiły się komplikacje. Ada zaproponowała pewne ulepszenia, takie jak rozpoczynanie każdej wiadomości szyfrowanym francuskim, następnie przechodzenie na szyfrowany angielski po pierwszym słowie dwuliterowym, powracanie do francuskiego po trzyliterowym i wprowadzanie do opartego na ruchu wahadła komunikatu dodatkowych wariacji. Z powodu tych ulepszeń wiadomości stały się jeszcze trudniejsze do odczytania niż do napisania, zwłaszcza że oboje korespondentów, rozjątrzonych czułą namiętnością, wprowadzało rozmaite dodatki, korekty, wykreślone zdania, przeredagowane wstawki i przywrócone wykreślenia, do czego dochodziły błędy ortograficzne i błędy w kodowaniu, związane tyleż z ich walką z niewypowiedzianym cierpieniem, ile z nadmiernym skomplikowaniem kryptogramu.

W drugim okresie rozłąki, rozpoczętym w 1886 r., kod został radykalnie zmieniony. Zarówno Van, jak i Ada wciąż znali na pamięć siedemdziesiąt dwa wersy *Ogrodu* Marvella i czterdzieści wersów *Mémoire* Rimbauda. Właśnie z tych tekstów wybierali litery słów, których potrzebowali. Na przykład w2.11 w1.2.20. w2.8 oznaczało słowo „*love*" (miłość), przy czym litera „w", i następująca po niej liczba wskazywały na linijkę wiersza Marvella, a następna liczba określała miejsce litery w tym wersie, w2.11 oznacza „jedenastą literę w drugim wersie". Uważam, że jest to dosyć jasne; kiedy w celu zmylenia zróżnicowaniem śladów, używano wiersza Rimbaud, litera oznaczająca wers była po prostu duża. Wszystko to znowu jest kłopotliwe w objaśnianiu, a objaśnienia mogą się okazać zabawne tylko dla tego, kto chciałby (obawiam się zresztą, że nic z tego nie wyjdzie) szukać błędów w przytoczonych przykładach. Niemniej wkrótce okazało się, że system ma wady nawet poważniejsze niż pierwszy. Względy bezpieczeństwa wymagały, by korespondenci nie mieli przy sobie owych wierszy czy to drukowanych, czy przepisanych ręcznie, a jakkolwiek ich zdolność pamiętania była fantastyczna, błędów musiało być coraz więcej.

W ciągu roku 1886 pisali do siebie równie często jak wcześniej, nigdy mniej niż jeden list na tydzień; jednakże, co dość dziwne, w trzecim okresie rozłąki, od stycznia 1887 do czerwca 1888 (po bardzo długiej rozmowie międzymiastowej i bardzo krótkim spotkaniu), ich listy stały się rzadsze, ograniczając się zaledwie do dwudziestu w przypadku Ady (tylko parę na wiosnę 1888) i mniej więcej dwukrotnie większej liczby ze strony Vana. Nie da się tu przytoczyć żadnych fragmentów korespondencji, jako że wszystkie listy zostały zniszczone w roku 1889.

(Proponuję całkowicie pominąć ten rozdzialik. Dopisek Ady.)

27

– Marina mówi o tobie bardzo ciepło i dodaje „*uże czuwstwujetsia osień*", co jest typowo rosyjskie. Twoja babka powtarzała to „już-czuje-się-jesień" co roku, w tym samym czasie, nawet w najbardziej upalny dzień w willi „Armina": Marinie nigdy nie przyszło do głowy, że ten anagram odnosi się do morza, a nie do niej. Wyglądasz wspaniale, *synok moj*, ale wyobrażam sobie, że bokiem ci wychodzą jej dwie dziewczynki. Toteż chciałbym ci zaproponować...

– Ależ lubię je ogromnie – mruknął Van. – Zwłaszcza kochaną małą Lucette.

– Proponuję, żebyś poszedł ze mną dzisiaj na przyjęcie. Wydaje je wspaniała wdowa po niejasnym majorze de Prey, w niejasny sposób spokrewnionym z naszym sąsiadem-nieboszczykiem, świetnym strzelcem, szkoda tylko, że na Błoniach było dość ciemno i że wścibski śmieciarz wrzasnął w niewłaściwej chwili. No więc ta wspaniała i wpływowa dama, chcąca pomóc pewnej mojej przyjaciółce (odchrząkując), ma, jak słyszałem, piętnastoletnią córkę Cordulę, która z pewnością zrekompensuje ci całe lato zabaw w chowanego ze szkrabami z Ardisowskiego Lasu.

– Graliśmy głównie w scrabble'a i w wojnę – powiedział Van. – Czy ta przyjaciółka w potrzebie też jest w moim wieku?

– To przyszła Duse – odpowiedział poważnie Demon – w istocie to przyjęcie ma być początkiem jej kariery. Ty będziesz asystował Corduli de Prey, a ja Cordelii O'Leary.

– *D'accord* – powiedział Van.

Matka Corduli, przejrzała, przekarminowana i przechwalona aktorka komediowa, przedstawiła Vana pewnemu tureckiemu akrobacie z jasnymi włoskami na pięknych orangutanich rękach i płomiennymi oczami sarlatana, wrażenie zresztą fałszywe, nie był bowiem szarlatanem, tylko wielkim artystą w swej kolistej dziedzinie. Vana tak zajęły jego słowa, fachowe wskazówki, których hojnie udzielał podekscytowanemu chłopcu, jak również zazdrość, ambicja, szacunek i inne emocje typowe dla młodego wieku, że niewiele uwagi zdołał poświęcić Corduli, ubranej w golf z ciemnoczerwonej wełny, niskiej, przysadzistej dziewczynie o okrągłej twarzyczce, a nawet olśniewającej młodej damie, na której nagich plecach spoczywała ojcowska dłoń Demona, kierującego swą towarzyszkę to ku jednemu, to ku drugiemu mogącemu się przydać gościowi. Jednakże jeszcze tego samego wieczoru Van natknął się na Cordulę w księgarni i usłyszał:

– Ale, ale, Van – mogę cię tak nazywać, prawda? – Twoja kuzynka Ada to moja koleżanka ze szkoły. Tak jest. No więc wytłumacz mi, co takiego zrobiłeś z naszą bynajmniej nie najłatwiejszą Adą. W pierwszym liście z Ardisu wręcz piała – nasza Ada piała! – jaki to jesteś miły, inteligentny, niezwykły, nieodparcie uroczy...

– Głupia. Kiedy to było?

– Chyba w czerwcu. Napisała jeszcze później, ale jej odpowiedź – bo zrobiłam się zazdrosna o ciebie – słowo daję! – i zarzuciłam ją pytaniami... no więc jej odpowiedź była wymijająca i w gruncie rzeczy nie było w niej Vana.

Przyjrzał jej się dokładniej niż przedtem. Czytał gdzieś (moglibyśmy przypomnieć sobie dokładny tytuł, gdybyśmy spróbowali, nie Tiltil, to jest z Sinobrodego...), że mężczyzna może rozpoznać młodą, samotną lesbijkę (rozpoznanie wystrojonej starej pary żadnych trudności nie przedstawia) dzięki kombinacji trzech rysów: lekko drżących rąk, głosu jak przy silnym katarze i panicznie rozbieganych oczu, jeśli przypadkiem z wyraźną aprobatą przyglądasz się tym wdziękom, które okoliczności każą jej wystawić na pokaz (na przykład ładnym ramionom). Żadna z tych oznak (ależ tak, *Mytilène, petite isle* Louisa Pierre'a) nie dawała się zastosować do Corduli, która na swym okropnie nieeleganckim golfie miała „garbocza" (mackintosha z paskiem) i obie dłonie trzymała głęboko w kieszeniach, wyzywająco patrząc Vanowi w oczy. Jej krótko przycięte włosy miały neutralny odcień, coś pomiędzy suchą a wilgotną słomą. Jej jasnoniebieska tęczówka upodobniała jej oczy do milionów oczu ubogich w pigment rodzin francuskiej Estotii. Jej usta były ładne jak u laleczki, gdy świadomie je zamykała z wyrazem zmanierowanego nadąsania, by wystąpiło to, co portreciści nazywają dwoma „sierpowatymi zmarszczkami", w najlepszym wypadku będącymi podłużnymi dołeczkami, a w najgorszym bruzdami biegnącymi w dół mocno wyziębionych policzków dziewczyny w walonkach sprzedającej jabłka z furmanki. Kiedy jej usta się rozchylały, tak jak teraz, odsłaniały zęby w aparacie korekcyjnym, które jednak, przypomniawszy sobie o nich, szybko zakrywała.

– Moja kuzynka Ada – powiedział Van – to mała dziewczynka, ma jedenaście czy dwanaście lat, to stanowczo za mało, żeby zakochać się w kimkolwiek, z wyjątkiem bohaterów książek. Tak, też uznałem, że jest bardzo miła.

Trochę z niej sawantka, a jednocześnie jest dość bezczelna i kapryśna, ale owszem, bardzo miła.

– Ciekawe – mruknęła Cordula, nadając głosowi przyjemny odcień zadumy, tak że Van nie potrafił odgadnąć, czy oznacza to zamknięcie tematu, czy zostawienia go w pewnej mierze otwartym, czy wreszcie rozpoczęcie nowego.

– Jak mogę nawiązać z tobą kontakt? – spytał. – Może przyjedziesz do Riverlane? Jesteś jeszcze dziewicą?

– Nie umawiam się z chamami – odpowiedziała bez mrugnięcia powiek – ale zawsze możesz „skontaktować się" ze mną przez Adę. Nie jesteśmy z tej samej klasy i to nie tylko pod jednym względem (ze śmiechem); ona to mały geniusz, a ja jestem zwykłym amerykańskim ambiwertykiem, ale zapisałyśmy się do tej samej grupy francuskiego dla zaawansowanych, a grupa francuskiego dla zaawansowanych ma przydzieloną jedną sypialnię, więc tuzin blondynek, trzy brunetki i jedna ruda, la Rousse, może szeptać przez sen po francusku (śmiejąc się sama jedna).

– No proszę, jak fajnie. Dobra, dzięki. Sądząc po parzystej liczbie, macie piętrowe łóżka. No cóż, jak mówią chamy, do zobaczyska.

W następnym szyfrowanym liście do Ady Van spytał, czy Cordula to aby nie *lezbianioczka*, wspomniana przez nią z nieuzasadnionym poczuciem winy. Już prędzej byłbym zazdrosny o twoje paluszki. Ada odpowiedziała: „Co za bzdura, nie włączaj tej jak-jej-tam w nasze sprawy" – ale mimo to Van, chociaż nie wiedział jeszcze wtedy, jak namiętnie Ada potrafi kłamać, kryjąc wspólnika, nie był całkowicie przekonany.

Regulamin jej szkoły był staroświecki i surowy do granic obłędu, ale nostalgicznie przypominał Marinie Rosyjski Instytut dla Dobrze Urodzonych Panien w Jukonsku (gdzie nieustannie łamała przepisy z większym powodzeniem niż Ada czy Cordula, czy Grace w Brownhill). Dziewczętom zezwalano widywać chłopców na obrzydliwych herbatkach, na których podawano różowe ciasteczka i które trzy lub cztery razy w ciągu trymestru odbywały się w salonie dyrektorki. Poza tym każda dwunasto- lub trzynastoletnia uczennica co trzecią niedzielę miała prawo spotkać się z chłopcem ze szlachty w specjalnie wyznaczonym barze mlecznym zaledwie kilka przecznic dalej, musiała wszelako przybyć na spotkanie w towarzystwie starszej dziewczyny o nieposzlakowanej opinii.

Van zbierał energię, szykując się do takiego spotkania z Adą, miał nadzieję, że każdą towarzyszącą jej pannicę za pomocą swojej różdżki czarodziejskiej przemieni w łyżeczkę albo rzepę. Na owe „randki" musiała wyrazić zgodę matka ofiary z co najmniej dwutygodniowym wyprzedzeniem. Dyrektorka Brownhill, miękkogłosa panna Cleft, zadzwoniła do Mariny, która powiedziała jej, że Ada pewnie nie potrzebuje przyzwoitki, żeby pójść gdzieś z kuzynem, który był jej jedynym towarzyszem podczas trwających całe dni letnich wycieczek.

– No właśnie – rzuciła w odpowiedzi Cleft – dwoje młodych wycieczkowiczów to róże, które chętnie splatają się ze sobą, a cierń jest zawsze blisko pączka.

– Ależ oni są praktycznie bratem i siostrą – zawołała Marina, myśląc, jak wielu głupców, że „praktycznie" działa w obie strony: osłabia prawdziwość stwierdzenia i sprawia, że truizm brzmi jak prawda.

– Co tylko zwiększa niebezpieczeństwo – powiedziała miękka Cleft. – No cóż, pójdę na kompromis i powiem naszej drogiej Corduli de Prey, żeby im towarzyszyła: podziwia Iwana i uwielbia Adę, co może wręcz dodać pieprzyka (zjełczały slang, zjełczały już nawet wtedy).

– Dobry Boże, cóż to za figle-migle – powiedziała Marina, odwiesiwszy słuchawkę.

W mrocznym nastroju, nie ostrzeżony, czego ma oczekiwać (strategiczne rozpoznanie terenu mogłoby pomóc stawić czoło ciężkiej próbie), Van czekał na Adę na szkolnej alejce, posępnej głuchej uliczce, gdzie kałuże odbijały ponure niebo i ogrodzenie lodowiska, na którym rozgrywano mecze hokejowe. Parę kroków od bramy stał jeszcze jeden czekający, zapięty na ostatni guzik miejscowy licealista.

Van miał już wracać na stację, kiedy pojawiła się Ada – z Cordulą. *La bonne surprise!* Powitał je pokazem straszliwej serdeczności („Jakże ci się tu powodzi, droga kuzyneczko? O, Cordula! Kto właściwie jest przyzwoitką, ty czy panna Veen?"). Droga kuzyneczka paradowała w lśniącym czarnym deszczowcu i kapelusiku z ceraty z opadającym rondem, jak gdyby trzeba było kogoś ratować z groźnych odmętów życia czy morza. Malutki okrągły plasterek nie zdołał zakryć pryszczyka po jednej stronie brody. Jej oddech pachniał eterem. Jej nastrój był nawet bardziej mroczny niż jego. Wesoło stwierdził, że pewnie lada chwila zacznie padać. Zaczęło, i to mocno. Cordula zauważyła, że jego trencz jest bardzo szykowny. Jej zdaniem, raczej nie warto wracać po parasole, ich uroczy cel jest tuż, tuż, na rogu ronda. „Ronda nie mają rogów" – powiedział Van. Znośny dowcip. Cordula się roześmiała. Ada nie, najwyraźniej uratować nikogo się nie udało.

Bar mleczny okazał się okropnie zatłoczony, więc postanowili pójść pod Arkadami do kawiarni na dworcu. Wiedział (ale nic nie mógł na to poradzić), jak mocno będzie przez całą noc żałować świadomego pominięcia pewnego faktu, zasadniczego i dręczącego faktu, że już prawie od trzech miesięcy nie widział Ady i że w jej ostatnim liściku buchnęła płomieniem niesamowita namiętność, od której bulgocący kryptogram eksplodował, rozrywając biedne przesłanie obietnicy i nadziei i odsłaniając wyzywającą, boską linijkę niezaszyfrowanej miłości. Zachowywali się teraz tak, jakby nie spotkali się nigdy przedtem, jakby była to randka w ciemno zaaranżowana przez ich przyzwoitkę. Dziwne, złowrogie myśli wirowały mu w mózgu. Jak daleko właściwie – nie, żeby miało to znaczenie, ale w grę wchodziła duma i ciekawość – jak daleko posunęły się te dwie niezbyt zadbane dziewczyny w poprzednim trymestrze, w tym trymestrze, ostatniej nocy, każdej nocy, w swych górach od piżamy, pośród pomruków i jęków tej wynaturzonej sypialni? Czy powinien spytać? Czy potrafi znaleźć odpowiednie słowa: żeby nie zranić Ady, dając jednak do zrozumienia jej współłożnicy, jak pogardza nią za rozpalanie dziecka, takiego ciemnowłosego i bladego, czerni i czerwieni, długonogiego i wiotkiego, kwilącego w chwili roztajałej kulminacji? Kilka minut wcześniej, kiedy zobaczył, jak nadchodzą obie, niewyszukana Ada, cierpiąca na chorobę morską, ale spełniająca swój obowiązek, i podobna do zepsutego jabłka, ale śmiała Cordula, niby dwie skute branki prowadzone przed oblicze zdobywcy, przyrzekł sobie zemścić się za oszustwo, opowiadając w przyzwoitych, ale precyzyjnych słowach, ze szczegółami, o ostatniej homoseksualnej czy raczej pseudohomoseksualnej awanturze w ich szkole (ucznia ostatniej klasy, kuzyna Corduli, przyłapano z dziewczyną przebraną za chłopca w pokoju eklektycznego starosty klasowego). Będzie patrzył, jak dziewczęta się krzywią, zażąda jakiejś historyjki pasującej do tej, którą opowiedział. To pragnienie osłabło. Ciągle miał nadzieję, że pozbędzie się na chwilę tej mdłej Corduli i znajdzie jakieś okrutne słowa, po których mdła Ada roztaje lśniącymi łzami. To jednak podpowiedziała mu jego *amour-propre*, a nie ich *sale amour*. Umrze pewnie ze starym kalamburem na ustach. I dlaczego „brudna"? Czyż go kiedy paliły proustowskie płomienie? Nigdy. Przeciwnie: prywatne wyobrażenie wzajemnych pieszczot dziewcząt wciąż go kłuło, dostarczając perwersyjnej satysfakcji. Przed jego wewnętrznym nabiegłym krwią okiem Ada dwoiła się, wzbogacała, splatała się z bliźniaczką, dając to, co on dawał, biorąc to, co on brał: Corada, Ardula. Uderzyło go, że ta mała przysadzista hrabianka przypomina jego pierwszą kurewkę, i to zaostrzało świerzbienie.

Rozmawiali o lekcjach i nauczycielach i Van powiedział:

– Co sądzisz, Ado, i ty, Cordulo, na temat następującego zagadnienia literackiego. Nasz profesor literatury francuskiej utrzymuje, że w przedstawieniu romansu Marcela i Albertyny widoczna jest poważna filozoficzna, a więc i artystyczna skaza. Ma on sens, tylko jeśli czytelnik w i e, że narrator jest pedziem i że pulchne i krągłe policzki Albertyny to naprawdę jędrne i krągłe pośladki Alberta. Więc w istocie nie ma żadnego, bo od czytelnika, który chciałby w całej pełni nacieszyć się dziełem sztuki i wycisnąć z niego radość do ostatniej kropli, nie można oczekiwać, a tym bardziej wymagać j a k i e j k o l w i e k wiedzy o obyczajach seksualnych tego czy innego autora. Mój nauczyciel twierdzi, że jeśli czytelnik nic nie wie o perwersji Prousta, szczegółowy opis zazdrości heteroseksualnego osobnika płci męskiej obserwującego homoseksualną kobietę jest niedorzeczny, ponieważ normalny mężczyzna świetnie by się bawił, byłby wręcz wniebowzięty, widząc igraszki swojej kochanki z partnerką. Profesor wyciąga stąd wniosek, że powieść mogąca być doceniona tylko przez *quelque petite blanchisseuse*, która obejrzała sobie brudną bieliznę autora, to pod względem artystycznym porażka.

– Ada, o czym on u diabła mówi, o jakimś włoskim filmie, który widział ostatnio?

– Van – powiedziała Ada zmęczonym głosem – nie zdajesz sobie sprawy, że nasza grupa francuskiego dla zaawansowanych doszła nie dalej niż do Racana i Racine'a i nie awansowała na znawców literatury najnowszej.

– Dobra, dajmy temu spokój – powiedział Van.

– Ty za to naczytałeś się Marcela za dużo – mruknęła Ada.

W budynku stacyjnym była na wpół prywatna herbaciarnia prowadzona przez żonę zawiadowcy pod idiotycznymi auspicjami szkoły. Było tam pusto, jeśli nie liczyć szczupłej damy w czarnym aksamicie i w pięknym czarnym aksamitnym kapeluszu z szerokim rondem, która siedziała plecami do nich przy barze z napojami chłodzącymi i ani razu nie odwróciła głowy (mimo to pomyślał, że może to kokota Toulouse'a). Nasze mokre trio znalazło miły stolik w rogu i z westchnieniami banalnej ulgi rozpięło deszczowce. Miał nadzieję, że Ada zdejmie swój sztormowy kapelusz, ale nie zrobiła tego, ponieważ ze względu na męczące ją migreny krótko obcięła włosy, z tego względu, że nie chciała, żeby ją widział w roli konającego Romea.

(*On fait son grand Joyce après son petit Proust*. Uroczą ręką Ady.)

(Ależ nie, czytaj, toż to czysty V.V. Zauważ tę damę! Bazgroły leżącego w łóżku Vana piszącego na bibularzu.)

Kiedy Ada sięgnęła po śmietankę, chwycił i obejrzał jej udającą martwą rękę. Pamiętamy rusałkę żałobnika, tego motyla, który mocno ścisnąwszy skrzydła, siedział przez chwilkę na naszej dłoni i oto nagle dłoń opustoszała. Zobaczył, z zadowoleniem, że jej paznokcie są teraz długie i ostre.

– Czy nie są zbyt ostre, moja droga? – spytał, patrząc na *durę* Cordulę, która powinna pójść „przypudrować się", złudna nadzieja.

– Nie, dlaczego? – spytała Ada.

– Czy czasem – ciągnął, nie mogąc się zatrzymać – głaszcząc, nie drapiesz małych. Spójrz na rękę swojej przyjaciółeczki (biorąc ją), spójrz na te delikatne krótkie paznokcie (zimna, niewinna, potulna łapka!). O n a nie zdołałaby zaczepić nawet o najgładszy atłas, o nie, prawda, Ardulo, chciałem powiedzieć: Cordulo?

Obie dziewczyny zachichotały i Cordula pocałowała Adę w policzek. Van nie bardzo wiedział, jakiej reakcji oczekiwał, ale uznał ten zwykły pocałunek za rozbrajający i rozczarowujący. Szum deszczu utonął w narastającym dudnieniu kół. Spojrzał na zegarek, spojrzał w górę na zegar ścienny. Powiedział, że mu przykro, ale to jego pociąg.

„Wcale nie – napisała Ada (parafrazowana tutaj) w odpowiedzi na jego żałosne przeprosiny – myślałyśmy tylko, że jesteś pijany; ale nigdy już nie zaproszę cię do Brownhill, kochanie”.

28

Rok 1880 (Aqua jeszcze żyła – jakoś tam, gdzieś tam!) okazał się rokiem największego rozkwitu chłonności i zdolności w jego długim, nazbyt długim, nigdy nie nazbyt długim życiu. Miał dziesięć lat. Jego ojciec został dłużej na zachodzie, gdzie różnobarwne góry działały na Vana tak jak na wszystkich małych rosyjskich geniuszy. Mógł w ciągu mniej niż dwudziestu minut rozwiązać zadanie typu eulerowskiego albo nauczyć się na pamięć Puszkinowskiego *Jeźdźca bez głowy*. Razem z ubranym w białą bluzę, entuzjastycznie pocącym się Andriejem Andriejewiczem godzinami siedział w fioletowym cieniu różowych grani, studiując wielkich i drugorzędnych pisarzy rosyjskich i rozwiązując zagadki przesadnych, ale w gruncie rzeczy pochlebnych aluzji do lewitacji i miłości swego ojca (w innym wcieleniu) w brylantowych tetrametrach Lermontowa. Walczył ze łzami, AAA zaś wycierał swój tłusty czerwony nos, kiedy zobaczyli odcisk bosej jak u wieśniaka stopy Tołstoja zachowany w glinie przy motelu w Utah, gdzie pisarz stworzył swoją opowieść o Muracie, wodzu Indian Nawaho, bękarcie francuskiego generała, zastrzelonym przez Corę Day w swoim basenie. Jakimż wspaniałym sopranem była Cora! Demon zabrał Vana do światowej sławy budynku operowego w Telluride w Zachodnim Kolorado i tam chłopak oglądał z zachwytem (a czasem obrzydzeniem) największe międzynarodowe spektakle – angielskie sztuki pisane białym wierszem, francuskie tragedie (rymowane dystychy), ogłuszające niemieckie dramaty muzyczne z olbrzymami, czarodziejami i wypróżniającym się białym koniem. Przeszedł przez rozmaite drobne zamiłowania – do salonowych sztuczek magicznych, szachów, walk bokserskich wagi muszej na jarmarkach, woltyżerki... Trzeba też koniecznie wspomnieć o niezapomnianych, zdecydowanie zbyt wczesnych inicjacjach, kiedy jego urocza młoda angielska guwernantka pieściła go niezwykle umiejętnie pomiędzy koktajlem mlecznym a snem, w krótkiej halce, z drobnymi piersiami, jeszcze nie ubrana na jakieś przyjęcie, na które wybierała się z siostrą, Demonem i towarzyszem Demona w wyprawach do kasyna, a także jego ochroniarzem, aniołem stróżem, instruktorem i doradcą, Mr. Plunkettem, karcianym oszustem, który zerwał z przeszłością.

W pierwszym rozkwicie swej awanturniczej kariery Mr. Plunkett był jednym z największych szulerów, omownie nazywanych „karcianymi magikami", zarówno w Anglii, jak i Ameryce. W wieku lat czterdziestu w trakcie rozgrywki pokera dobieranego zdradził go prowadzący do omdlenia atak spowodowany problemami z sercem (który niestety pozwolił mocno przegranemu gościowi zapuścić brudne łapska do jego kieszeni). Mr. Plunkett kilka lat spędził w więzieniu, wrócił do wiary katolickiej swych przodków, i po odbyciu wyroku zaczął się bawić w pracę misjonarską, napisał książkę o magicznych sztuczkach, redagował kąciki brydżowe w paru pismach i przeprowadził kilka śledztw dla policji (miał tam dwu dzielnych synów). Skandaliczne zniszczenia wyrządzone przez czas i kilka drobnych ingerencji chirurgicznych w jego surowe rysy nie uczyniły go przystojniejszym, ale przynajmniej jego szarej twarzy nie mógł poznać nikt oprócz paru starych kumpli, którzy jednak unikali teraz jego przejmującego chłodem towarzystwa. Vana fascynował nawet bardziej niż King Wing. Szorstki, ale życzliwy Mr. Plunkett nie mógł oprzeć się pokusie wykorzystania tej fascynacji (nam wszystkim podoba się, kiedy się podobamy) do wprowadzenia Vana w parę arkanów sztuki, która teraz była czysta i abstrakcyjna, a więc prawdziwa. Mr. Plunkett uważał, że korzystanie z mechanicznych środków, takich jak lusterka czy wulgarne „grabki w rękawie", nieuchronnie prowadzi do zdemaskowania, podobnie jak używanie rozmaitych żeli, muślinu, gumowych dłoni itp. kala medium i skraca jego karierę zawodową. Nauczył Vana, na co patrzeć, jeśli podejrzewa się o oszustwo człowieka, wokół którego znajduje się wiele błyszczących przedmiotów (zawodowcy nazywają takich profanów, z których zresztą wielu jest szanowanymi członkami klubów, „choinkami" albo „błyszczakami"). Mr. Plunkett wierzył jedynie w zręczność rąk; ukryte kieszenie są przydatne (ale można je wywrócić na drugą stronę i obrócić przeciw tobie). Najważniejsze było „czucie" kart, delikatność dotyku, wrażliwość dłoni, fałszywe tasowanie, rozkładanie, zamiana pierwszej karty w talii, przygotowywanie rozdań, a nade wszystko zwinność palców, która może doprowadzić, dzięki długiej praktyce, do umiejętności dematerializowania kart albo odwrotnie: materializowania dżokera czy też przemiany dwu par w karetę królów. Absolutnie konieczne, kiedy dyskretnie używa się dodatkowej talii, jest zapamiętywanie zrzucanych kart, jeśli rozdanie nie zostało przygotowane. Przez kilka miesięcy Van ćwiczył się w sztuczkach karcianych, potem zwrócił się ku innym rozrywkom. Był uczniem, który chwyta wszystko w lot i trzyma swoje opatrzone odpowiednimi etykietami fiolki w chłodnym miejscu.

W roku 1885, ukończywszy szkołę średnią, wstąpił na Chose University w Anglii, gdzie studiowali jego przodkowie, i od czasu do czasu udawał się do Londynu albo Lutecji (jak nazywali to urocze, perłowoszare smutne miasto po drugiej stronie Kanału zamożni, ale bynajmniej nie przerafinowani brytyjscy koloniści).

Tego czy innego dnia zimą 1886/1887 roku w ponuro zimnym Chose podczas gry w pokera z dwoma Francuzami i kolegą ze studiów, którego nazwiemy Dickiem, w eleganckо umeblowanych pokojach tego ostatniego w Serenity Court, Van zauważył, że francuscy bliźniacy przegrywają nie tylko dlatego, że są radośnie i beznadziejnie pijani, ale również dlatego, że *milord* jest owym „kryształowym kretynem" ze słownika Plunketta, człowiekiem wielu luster, drobnych odbijających obrazy powierzchni ustawionych pod różnym kątem i rozmaicie ukształtowanych, dyskretnie błyszczących na zegarku lub sygnecie jak schowane w poszyciu samiczki świetlika, ukrytych za nogą stołu, we wnętrzu mankietu i po wewnętrznej stronie klapy marynarki oraz na brzegu popielniczek, których położenie na podstawkach Dick zmieniał z nonszalancką miną; wszystko to, jak mógłby wam powiedzieć każdy szuler, było tyleż głupie, ile niepotrzebne.

Odczekawszy trochę i straciwszy parę tysięcy, Van zdecydował się zastosować w praktyce pewne stare nauki. W grze zrobiono właśnie przerwę. Dick wstał i podszedł do rury komunikacyjnej w rogu, żeby zamówić więcej wina. Nieszczęśni bliźniacy podawali sobie wieczne pióro, na zmianę przyciskając je do papieru w nieudanych próbach podliczenia swoich strat, większych niż te Vana. Van wsunął talię kart do kieszeni i wstawszy, poruszał przez chwilę potężnymi ramionami, usiłując rozprostować kości.

– Słuchaj, Dick, spotkałeś kiedy w Stanach karciarza nazwiskiem Plunkett? Łysy facet z szarą twarzą, w każdym razie taki był, kiedy go znałem.

– Plunkett? Plunkett? To musiała być prehistoria. Czy to nie ten, co został księdzem czy czymś takim? Dlaczego pytasz?

– To jeden z kumpli mojego ojca. Wielki artysta.

– Artysta?

– Tak, artysta. Też jestem artystą. Myślę, że i ty uważasz się za artystę. Jak wiele osób.

– A cóż to, do diabła, takiego ten artysta?

– Podziemne obserwatorium – odparł natychmiast Van.

– To chyba z jakiejś nowoczesnej powieści – powiedział Dick, wyrzucając papierosa, którym przedtem chciwie zaciągnął się kilka razy.

– To z Vana Veena – powiedział Van Veen.

Dick ruszył z powrotem do stołu. Przyszedł służący z winem. Van udał się do toalety i zaczął „preparować talię”, jak nazywał to działanie stary Plunkett. Przypomniał sobie, że ostatni raz czarował z kartami, pokazując jakieś sztuczki Demonowi, który nie pochwalał ich pokerowego „skrzywienia”. Ach, nie, robił to jeszcze później, kiedy starał się uspokoić w szpitalu szalonego iluzjonistę, który obsesyjnie wierzył, że siła ciężkości ma coś wspólnego z obiegiem krwi Istoty Najwyższej.

Van był całkowicie pewien swojej zręczności – jak i głupoty *milorda* – ale wątpił, czy wytrzyma na odpowiednim poziomie dłużej. Żal mu było Dicka, który abstrahując od jego skłonności do amatorskiego łajdactwa, był miłym leniwcem z ziemistą cerą i kluchowatym ciałem – można go było znokautować za pomocą piórka – i który szczerze przyznawał, że jeśli rodzina nadal będzie odmawiać płacenia jego (kolosalnych i banalnych) długów, zmuszony będzie przenieść się do Australii, żeby narobić nowych, i po drodze podrobić parę czeków.

Na razie *constatait avec plaisir*, jak powiedział swoim ofiarom, że zaledwie kilkaset funtów dzieliło go od brzegu minimalnej sumy potrzebnej mu do udobruchania najbardziej bezlitosnego wierzyciela, po czym zabrał się do oskubywania biednych Jeana i Jacques'a z zuchwałą szybkością, by znaleźć się z trzema uczciwymi asami (które z czułością dał mu Van) wobec zręcznie zebranej karety dziewiątek tego ostatniego. Potem nastąpił dobry blef przeciw lepszemu i wreszcie, kiedy Van szczodrze wsunął rozpaczliwie migającemu i błyszczącemu młodemu lordowi dobre, acz za mało dobre karty, męki tego ostatniego dobiegły gwałtownego kresu (londyńscy krawcy załamują ręce we mgle, a lichwiarz, sławny St. Priest z Chose, domaga się spotkania z ojcem Dicka). Przy grze o najwyższą pulę, jaką Van dotąd widział, Jacques pokazał żałosny *couleur* (jak to nazwał szeptem konającego), a Dick musiał uznać zwycięstwo nad swym zwykłym sekwensem sekwensu z pięciu najwyższych kart, który miał jego dręczyciel. Kiedy zbierał i przyciskał do podołka „tęczową kość słoniową" (Plunkett pełen był poezji), Van, do tej pory bez trudu ukrywający swoje delikatne manipulacje przed głupimi szkiełkami Dicka, teraz z przyjemnością zobaczył, że ów zdążył dojrzeć drugiego dżokera, który mignął w jego, Vana, dłoni. Bliźniacy zawiązali krawaty, włożyli płaszcze i oznajmili, że na nich czas.

– Na mnie też, Dick – powiedział Van. – Szkoda, że jak kulawiec musiałeś wspierać się na swoich kryształowych kulach. Zawsze zastanawiałem się, dlaczego rosyjskie słowo odpowiednie w tej sytuacji – zdaje się, że mamy jakiegoś wspólnego rosyjskiego przodka – jest takie samo jak „uczeń" po niemiecku, minus umlaut – i tak paplając Van za pomocą szybko wypisanego czeku zwrócił pieniądze ekstatycznie zdumionym Francuzom. Potem zagarnął garść kart i żetonów i cisnął je Dickowi w twarz. Pociski jeszcze leciały, a już pożałował tego okrutnego i banalnego gestu, jako że nieszczęsny gość nie mógł odpowiedzieć w żaden możliwy do wyobrażenia sposób i tylko siedział zakrywając jedno oko i bacznie przypatrując się drugim, także trochę krwawiącym, swoim uszkodzonym okularom, podczas gdy francuscy bliźniacy wciskali mu dwie chusteczki, które dobrodusznie odsuwał. Różowa jutrzenka drżała na zielonym Serenity Court. Starzec ochoczy Chose.

(Powinien istnieć znak przestankowy wyrażający aplauz. Przypisek Ady.)

Van czuł się wyprowadzony z równowagi i gryzł się przez resztą ranka i po długim moczeniu się w pełnej gorącej wody wannie (najlepsza mentorka, doradczyni oraz inspiratorka na świecie, rzecz jasna, po wygodnym sedesie) postanowił pisemnie – „pisemnie" to właściwe słowo – przeprosić oszukanego oszusta. Kiedy się ubierał, posłaniec przyniósł mu liścik od lorda C. (był on kuzynem jednego z kolegów szkolnych Vana z Riverlane), w której to notce wspaniałomyślny Dick zaproponował mu, że zamiast spłacać dług, wprowadzi go do Klubu Willa Wenus, do którego należał cały jego klan. Na taką szczodrość nie mógł liczyć żaden osiemnastolatek. Był to bilet do raju. Van zmagał się przez chwilę ze swym mającym pewną nadwagę sumieniem (szczerzyli do siebie zęby w uśmiechu jak starzy kumple w starej sali gimnastycznej), po czym przyjął ofertę Dicka.

(Myślę, Van, że powinieneś lepiej wyjaśnić, dlaczego ty, najdumniejszy i najczystszy z ludzi – nie mówię tu o godnej pogardy fizjologii, wszyscy jesteśmy tak skonstruowani – dlaczego więc ty, czysty Van, przyjąłeś propozycję łajdaka, który po tej wpadce bez wątpienia dalej „migotał i błyszczał". Moim zdaniem, stanowczo powinieneś wytłumaczyć, *primo*, że byłeś wtedy okropnie przepracowany, i *secundo*, że nie mogłeś znieść pewnej myśli. A mianowicie: łajdak wiedział, że ponieważ jest on łajdakiem, nie możesz go wyzwać i, by tak rzec, nic nie ryzykujesz. Mam rację? Van, czy ty mnie słuchasz? Myślę...)

Nie „migotał" już długo. Pięć czy sześć lat później w Monte Carlo Van przechodził koło ogródka jakiejś kawiarni, kiedy czyjaś ręka chwyciła go za łokieć i oto promieniejący, rumiany i względnie przyzwoity Dick wychylił się ku niemu ponad petuniami i kratownicą balustrady.

– Van – zawołał – rzuciłem całe to lusterkowe łajno, możesz mi pogratulować! Słuchaj: jedyny bezpieczny sposób to je znaczyć! Czekaj, to nie wszystko, wyobraź sobie, że wynaleźli mikroskopijne – naprawdę mikroskopijne – drobinki euforionu, drogiego metalu, możesz je umieścić pod kciukiem, nie da się ich dostrzec gołym okiem, ale malutki kawałek monokla przygotowuje się tak, żeby powiększył znak, który robisz taką drobinką, jakbyś rozgniatał pchłę, na karcie i potem na następnych, w miarę jak je dostajesz, piękne, żadnych wstępnych działań, żadnych podpórek, nic! Znaczyć je! Znaczyć! – wciąż jeszcze wrzeszczał dzielny Dick, kiedy Van już odchodził.

29

W połowie lipca 1886 roku, kiedy Van wygrywał turniej tenisa stołowego na pokładzie „luksusowego” transatlantyku (człowiekowi zabiera teraz cały tydzień dotarcie w białej wspaniałości z Dovru do Manhattanu!), Marina, obie jej córki, ich guwernantka oraz dwie służące dygotały na różnych przystankach podróży pociągiem z Los Angeles do Ladory w mniej lub bardziej równoległych stadiach rosyjskiej influency. Hydrogram z Chicago, czekający na Vana w domu jego ojca 21 lipca (jej najdroższe urodziny!) mówił: „dadaistyczna niecierpliwa cierpiąca przybywa między dwudziestym czwartym a siódmym dzwoń doris możliwe spotkanie pozdrowienia sąsiedztwo”.

– Boleśnie przypomina mi *gołubianki* (*petits bleus*), które posyłała mi Aqua – zauważył z westchnieniem Demon (machinalnie otworzywszy wiadomość) – czy tkliwe Sąsiedztwo to jakaś dziewczyna, którą znam? Bo możesz piorunować mnie wzrokiem, ile sobie chcesz, ale to nie jest depesza od lekarza do lekarza.

Van podniósł oczy na plafon Bouchera w pokoju śniadaniowym i w szyderczym podziwie dla przenikliwości Demona pokręcił głową. Tak, oczywiście, musi natychmiast wyjechać do Roopazei Wind (to anagram słowa „pozdrowienia”, zobacz), takiej indiańskiej osady (osada to odwrotnie „da osa", widzisz?), żeby spotkać się z pewną zwariowaną artystką imieniem Doris czy Odris, ale z powodu cienkiej kibici zwaną Osą, która rysuje tylko dziecinne koniki i paple jak dzieciak, w każdym razie mówi mi „tak" i to dwa razy.

Van wynajął pod fałszywym nazwiskiem (Boucher) pokój w jedynej oberży w Malahar, nędznej wioszczynie nad Ladorą, jakieś dwadzieścia mil od Ardisu. Noc spędził na walce ze słynną komarzycą albo jakimś *cousin*, który lubił go bardziej niż bestia ardisowska. Toaleta na podeście schodów sprowadzała się do czarnej dziury ze śladami ekskrementalnego wybuchu pomiędzy dwiema olbrzymimi stopami kucającego. 25 lipca o siódmej rano zadzwonił z poczty w Malaharze do Ardis Hall i połączył się z Boutem, który połączony był z Blanche i wziął Vana za kamerdynera

– Kurczę, tato – powiedział do dorofonu przy łóżku – jestem teraz zajęty.

– Chcę rozmawiać z Blanche, bałwanie – warknął Van.

– *Oh, pardon* – zawołał Bout – *un moment, monsieur.*

Głośno odkorkowano butelkę (reńskie o siódmej rano!) i Blanche wzięła słuchawkę, ale zaledwie Van zaczął przekazywać starannie ułożoną informację dla Ady, kiedy z dziecinnego pokoju, gdzie pod martwym barometrem drżał i bulgotał najlepszy aparat w domu, odezwała się ona sama, przez całą bowiem noc była *qui vive*.

– Posłuchaj, Las Rozstajny za pięćdziesiąt parę minut. Przepraszam, że pluję.

– Wieża – odpowiedział jej słodki dźwięczny głos, tak jak lotnik w błękicie niebios mówi: „Przyjąłem".

Wynajął motocykl, czcigodną maszynę z siedzeniem obitym suknem bilardowym i z pretensjonalnymi rączkami kierownicy zrobionymi z fałszywej masy perłowej, i podskakując na korzeniach, pojechał wąską „leśną drogą”. Pierwszą rzeczą, którą ujrzał, była gwiezdna poświata jej porzuconego roweru; stała przy nim, podparłszy się pod boki – czarnowłosy biały anioł w szlafroku i domowych pantoflach, patrzący w inną stronę w otępieniu nieśmiałości. Niosąc ją w najbliższe zarośla, czuł buzującą w jej ciele gorączkę, ale zdał sobie sprawę, jak mocno jest chora, dopiero kiedy po dwu namiętnych spazmach wstała obsypana drobniutkimi brązowymi mrówkami i zatoczyła się, niemal upadła, coś mrucząc o Cyganach kradnących ich jeepy.

Była to piekielna, ale piękna schadzka. Nie mógł sobie przypomnieć...

(Zgadza się, też nie mogę. Ada.)

...ani jednego słowa z ich rozmowy, ani jednego pytania, ani jednej odpowiedzi. Odwiózł ją, w wielkim pośpiechu, tak daleko, jak się odważył (wprzódy wsunąwszy nogą jej rower w paprocie). Kiedy zadzwonił tego wieczoru do Blanche, ta dramatycznie wyszeptała, że *Mademoiselle* ma *une belle pneumonie, mon pauvre Monsieur*.

Trzy dni później Ada czuła się znacznie lepiej, on jednak musiał wrócić do Man, by złapać ten sam statek z powrotem do Anglii i przyłączyć się do wędrownego cyrku, gdzie pracowali ludzie, których nie mógł zawieść.

Odprowadził go ojciec. Demon pomalował sobie włosy, by były jeszcze czerniej czarne. Miał na palcu pierścień z brylantem lśniącym jak grzbiety gór Kaukazu. Jego długie, czarne z niebieskimi okami skrzydła sunęły z tyłu drżąc na oceanicznej bryzie. *Ludi ogladywalis'* (ludzie się oglądali). Tymczasowa Tamara, czernione brwi, szminka kazbek, flamingowe boa, nie mogła się zdecydować, co spodoba się jej demonicznemu kochankowi bardziej – czy pojękiwanie i ignorowanie jego przystojnego syna, czy uznanie, że męskość sinobrodego odbija się w posępnym Vanie, który nie mógł znieść jej kaukaskich perfum, granał maza, po siedem dolarów za flakonik.

(Wiesz co, Van, jak dotąd to mój ulubiony rozdział, nie mam pojęcia dlaczego, ale strasznie mi się podoba. I możesz zatrzymać swoją Blanche w objęciach jej młodego przyjaciela, nawet to mi nie przeszkadza. Najczulszym charakterem pisma Ady.)

30

5 lutego 1887 roku niesygnowany artykulik redakcyjny w zwykle tak sarkastycznym i krytykanckim tygodniku chosańskim „The Ranter" opisał występ Mascodagamy jako „wyjątkowy i najbardziej oryginalny pojedynczy numer, jaki kiedykolwiek przedstawiono zblazowanej publiczności music-hallu". Występ powtórzono w Rantariver Club kilka razy, ale poza określeniem „Cudzoziemiec ekscentryk" nie było ani w programie, ani w notkach reklamowych nic, co mówiłoby o konkretnych rysach „numeru" czy osobie wykonawcy. Pogłoski starannie i inteligentnie szerzone przez przyjaciół Mascodagamy, kierowały myśli publiczności ku przypuszczeniu, że jest on tajemniczym gościem spoza „złotej kurtyny", zwłaszcza że przynajmniej pół tuzina członków wielkiego Cyrku Dobrej Woli, który właśnie wtedy (to znaczy tuż przed wybuchem Wojny Krymskiej) przybył z Tatarii – trzy tancerki, stary, chory clown ze swą starą mówiącą kozą i mąż jednej z tancerek, charakteryzator (bez wątpienia potrójny lub poczwórny agent), uciekło między Francją a Anglią, gdzieś w nowo zbudowanym „Kunelu". Spektakularny sukces Mascodagamy w klubie teatralnym, ograniczającym się zwykle do dramatów elżbietańskich, w których przystojni chłopcy grali królowe i czarodziejki, podziałał inspirująco przede wszystkim na kary-

katurzystów z gazet. Dziekani uniwersyteccy, miejscowi politycy, mężowie stanu i oczywiście aktualny władca Złotej Hordy byli rysowani przez zajmujących się aktualnymi tematami humorystów pod postacią Mascodagamy. W Oksfordzie (pobliski żeński college) miejscowe rozrabiaki wygwizdały groteskowego imitatora (którym w istocie był Mascodagama we własnej osobie przedstawiający przerafinowaną parodię swych występów). Pewien bystry dziennikarz, który podsłuchał, jak Mascodagama przeklina fałdę na scenicznym dywanie, opowiedział w druku o „jankeskiej nosowej wymowie" artysty. Drogi pan „Vascodagama" otrzymał zaproszenie do Windsoru, od jego właściciela, bilateralnego potomka przodków Vana, nie przyjął go, podejrzewając (jak się później okazało, niesłusznie), że błąd druku zdradza ujawnienie jego incognito przez jednego z tajnych agentów działających w Chose, być może tego samego, który ostatnio uratował psychiatrę P.O. Tiomkina przed sztyletem jakiegoś księcia Potiomkina, zagubionego psychicznie młodzieńca z Sewastopola w stanie Idaho.

W czasie pierwszych wakacji letnich Van pod kierownictwem Tiomkina pracował w słynnej klinice w Chose nad ambitną dysertacją pt. *Terra – rzeczywistość anachorety czy kolektywne marzenie*, której nigdy nie dokończył. Przeprowadził rozmowy z wieloma neurotykami; znajdowali się pośród nich artyści variété i literaci oraz przynajmniej trzech intelektualnie przenikliwych, ale duchowo „zagubionych" kosmologów, którzy albo byli w telepatycznej zmowie (nigdy się ze sobą nie spotkali, a nawet nie wiedzieli wzajem o swoim istnieniu), albo odkryli – nie wiadomo, jak ani gdzie, być może za pomocą jakiegoś rodzaju zakazanych „onduli" – zielony świat obracający się w przestrzeni i poruszający się po spirali w czasie, świat w kategoriach materii i ducha podobny do naszego. Opisali go, zwracając uwagę na te same konkretne szczegóły, jak trzy osoby patrzące z trzech różnych okien opisałyby paradę karnawałową na tej samej ulicy.

Czas wolny spędzał na niewybrednej rozpuście.

W sierpniu sławny londyński teatr zaproponował mu kontrakt na serię popołudniowych i wieczornych przedstawień podczas wakacji świątecznych w zimie, a także w weekendy w całym sezonie zimowym. Chętnie się zgodził, bardzo potrzebując całkowitego oderwania od swych niebezpiecznych studiów: szczególny rodzaj obsesji, na którą cierpieli pacjenci doktora Tiomkina, miał w sobie coś, co czyniło możliwym „zarażenie" nią młodych badaczy.

Sława Mascodagamy dotarła, ma się rozumieć, do zapadłych kątów Ameryki: w pierwszym tygodniu 1888 roku jego fotografię – owszem, w masce, ale nie mogło to zwieść czułego krewnego ani wiernego sługi – opublikowały gazety w Ladorze, Ładodze, Lagunie, Lugano i Łudze. Nie dołączono jednak do niej żadnego tekstu. Szczególny makabryczny dreszcz, który wywoływał niezwykły występ Vana, adekwatnie mogłoby opisać pióro poety i tylko poety („zwłaszcza należącego do grupy Fioletowa Palma", jak stwierdził pewien kpiarz).

Po podniesieniu kurtyny scena okazywała się pusta; potem, nim zdołało pięć razy uderzyć serce pełnego napięcia widza, coś wielkiego i czarnego wysuwało się z kulisy, czemu towarzyszył dźwięk derwiszowych bębenków. Potęga i nagłość tego wejścia tak wstrząsały obecnymi na widowni dziećmi, że jeszcze długo potem w mroku rozełkanej bezsenności i w oślepiającym świetle gwałtownych sennych koszmarów nerwowi chłopcy i dziewczynki przeżywali na nowo, z własnymi dodatkami, coś podobnego do „pierwotnego lęku", bezkształtną obrzydliwość, szum bezimiennych skrzydeł, niemożliwe do wytrzymania narastanie gorączki, tchnące jaskiniowym powiewem z niesamowitej sceny. W ostry blask jej przestrzeni, wyłożonej dywanami w krzykliwych barwach, z energią wpadał w osobliwych miękkich butach używanych przez kozackich tancerzy zamaskowany olbrzym, wysoki na osiem stóp. Jego *silhouette inquiétante* (zgodnie z wyrażeniem pewnej korespondentki z Sorbony – zachowaliśmy wszystkie wycinki) od szyi do kolan czy do tego, co się nimi wydawało, otulała czarna kosmata peleryna czy ściślej mówiąc burka. Ubiór koronowała karakułowa czapa. Czarna maska zakrywała górną część jego twarzy otoczonej gęstą brodą. Przez chwilę ów odpychający kolos dumnie kroczył po scenie, wkrótce jednak dumne kroczenie zmieniało się w nerwowe ruchy zamkniętego w niewielkim pomieszczeniu szaleńca, potem zaczynał wirować w miejscu i wreszcie – muzycy mocno walili w cymbały, na galerii odzywały się okrzyki przerażenia (być może udane) – Mascodagama obracał się w powietrzu i oto stał na głowie.

W tej dziwacznej pozycji, z papachą jako pseudopodalną poduszką, podskakiwał niby na kijku na sprężynie i nagle rozpadał się na części. Twarz Vana, lśniąca od potu i szeroko uśmiechnięta, pojawiała się między cholewami butów, które ciągle miał na sztywno wzniesionych ramionach. Jednocześnie jego prawdziwe nogi odkopywały fałszywą głowę z pognieciona czapą i brodatą maską. Magiczne odwrócenie „zapierało widzom dech w piersiach". Szalone („ogłuszające", „entuzjastyczne", „burzliwe") oklaski następowały po zaczerpnięciu oddechu. Van dawał susa za scenę i po chwili powracał, teraz był w czarnym trykocie i tańczył na rękach gigę.

Poświęcamy tyle miejsca na opis tego występu nie tylko dlatego, że wielu artystów „ekscentryków" wyjątkowo szybko bywa zapominanych, ale również dlatego, że warto przeanalizować emocje Vana podczas wykonywania tych numerów. Ani cudowne złapanie piłki na boisku do gry w krykieta, ani rewelacyjny gol wbity na futbolowym (był czołowym zawodnikiem swego college'u w obu tych wspaniałych dyscyplinach), ani inne wcześniejsze sukcesy sportowe, jak na przykład powalenie największego zabijaki w szkole zaraz pierwszego dnia w Riverlane nie dały Vanowi takiej satysfakcji, jaką odczuwał Mascodagama. I nie było to bezpośrednio związane z ciepłym tchnieniem zaspokojonych ambicji, chociaż jako bardzo stary człowiek, spoglądający wstecz na życie pełne zapoznanych wysiłków, Van z kpiącą rozkoszą – większą nawet niż ta, którą odczuwał w czasie, gdy rozgrywały się wspomniane wydarzenia – smakował banalny aplauz i pospolitą zawiść, które przez krótki czas kłębiły się wokół niego w młodych latach. Istota owej satysfakcji należała chyba do kategorii radości, jakie później czerpał z narzuconych sobie samemu, ekstrawagancko trudnych i pozornie absurdalnych zadań, sprowadzających się do tego, że V.V. starał się dać wyraz czemuś, co *przedtem* egzystowało jedynie na mętną i mroczną modłę (a może nawet w ogóle nie istniało, pozostając jedynie iluzją rzucanego wstecz cienia swej nadciągającej inkarnacji). Był to Adzin zamek z kart. Było to stawianie metafory na głowie nie dla trudności wykonania tej sztuczki, ale po to, by zobaczyć wodospad spadający w górę albo odwrócony wschód słońca, czyli w pewnym sensie tryumf nad ardisem czasu. Zachwyt, jakim młodego Mascodagamę napełniało przezwyciężanie siły ciężkości, bliski był artystycznemu objawieniu w sensie całkowicie i naturalnie nieznanym krytykom-niewiniątkom, komentatorom stosunków społecznych, moralistom, fabrykantom idei itd. Na scenie Van dokonywał organicznie tego, czego w późniejszym okresie życia miały dokonywać jego figury retoryczne – akrobatycznych cudów, nie oczekiwanych przez nikogo i straszących dzieci.

Nie bez znaczenia była też czysta fizyczna przyjemność chodzenia na rękach, pawie plamy, zostawiane na gołych dłoniach przez dywan podczas końcowego tańca wydawały się odbiciami wspaniale barwnego dolnego świata, który on pierwszy miał odkryć. Podczas ostatniego tournée jego numer zamykało tango, do którego dostał partnerkę, krymską tancerkę kabaretową w bardzo krótkiej błyszczącej sukience z głębokim wycięciem na plecach. Śpiewała ona na melodię tanga po rosyjsku:

Pod znojnym niebom Argientiny
Pod strastnyj gowor mandoliny

Pod skwarnym niebem Argentyny
Namiętne tony mandoliny

Krucha, rudowłosa „Rita" (nigdy nie poznał jej prawdziwego imienia, piękna Karaimka z Czufut-Kale, gdzie, jak mówiła z nostalgią, pośród jałowych skał żółto kwitnął krymski dereń, *kizil*, była osobliwie podobna do Lucette, takiej, jaką miała być dziesięć lat później. Podczas tańca Van widział tylko jej srebrne pantofelki, zwinnie obracające się i przesuwające w tym samym rytmie co podeszwy jego rąk. Wynagradzał to sobie podczas prób i pewnego wieczora poprosił ją o spotkanie. Odmówiła z oburzeniem, mówiąc, że ubóstwia męża (owego charakteryzatora) i nie znosi Anglii.

Chose od dawna słynęło zarówno z surowości swoich przepisów, jak i z błyskotliwości swoich psotników. Tożsamość Mascodagamy nie mogła nie budzić zainteresowania władz uniwersytetu i nie stać się im wiadoma. Jego opiekun naukowy, zgrzybiały i ponury homoseksualista, całkowicie pozbawiony poczucia humoru i obdarzony wrodzonym szacunkiem dla wszelkich konwencji życia akademickiego, oznajmił mocno zirytowanemu i z trudem silącemu się na uprzejmość Vanowi, że student drugiego roku w Chose nie powinien łączyć studiów z cyrkiem i że jeśli będzie się dalej upierał, żeby być artystą variété, zostanie relegowany. Starszy pan napisał też list do Demona, prosząc go, żeby wybił synowi z głowy wyczyny gimnastyczne, gdyż Van powinien poświęcić się filozofii i psychiatrii, zwłaszcza że jako pierwszy Amerykanin zdobył (w wieku lat siedemnastu!) nagrodę Dudleya (za esej o chorobie psychicznej i życiu wiecznym). Kiedy wyjeżdżał do Ameryki na początku czerwca 1888 roku, Van zastanawiał się jeszcze, jaki kompromis mogłyby osiągnąć duma i roztropność.

31

Van ponownie odwiedził Ardis Hall w roku 1888. Przybył tam pewnego chmurnego czerwcowego popołudnia, nieoczekiwany, nieproszony, niepotrzebny; z brylantowym naszyjnikiem niedbale zwiniętym w kieszeni. Idąc przez boczny trawnik, ujrzał scenę jakiegoś nowego życia, próbę na potrzeby niewiadomego filmu – bez niego, nie dla niego. Jak się zdawało, rozchodzili się właśnie goście jakiegoś dużego przyjęcia. Trzy młode kobiety w żółto-niebieskich sukienkach z modnymi tęczowymi szarfami, znanych jako „yellow-blue Vass", otaczały dość korpulentnego, fircykowatego, łysawego młodego człowieka, który stojąc z kieliszkiem szampana w ręku na tarasie salonu, spoglądał w dół na ubraną na czarno dziewczynę z obnażonymi ramionami; przed gankiem siwy szofer zapalał motor małego samochodu, wzdrygającego się przy każdym obrocie korby; owe nagie rozwarte ramiona trzymały rozpostartą białą pelerynę baronowej von Skull, ciotecznej babki dziewczyny. Na tle bieli tego okrycia wyraźnie rysowała się nowa, wydłużona figura Ady w czerni eleganckiej jedwabnej sukni bez rękawów, bez ozdób, bez wspomnień. Powolna stara baronowa szukała przez chwilę czegoś pod pachą, potem pod drugą – czego, kuli inwalidzkiej, zwisającego koniuszka splątanych bransolet? – po czym odwróciła się, by włożyć okrycie (teraz już przejął je od wnuczki jej siostry spóźniony nowy lokaj), także Ada się odwróciła i jej jeszcze pozbawiona naszyjnika szyja zabielała, kiedy dziewczyna wbiegała na schody ganku.

Van podążył za nią do wnętrza domu, przeszedł pomiędzy kolumnami holu, przebił się przez grupkę gości i skierował ku odległemu stołowi z kryształowymi karafkami wiśniowej „ambrozji". Wbrew panującej modzie nie miała pończoch; jej łydki były mocne i blade, a (daję tu notkę do powieści, która pozostała widmem) „głęboki dekolt jej czarnej sukni pozwalał objawić się ostremu kontrastowi między tak dobrze znaną matową białością jej skóry a brutalną czernią całkiem nowego końskiego ogona jej włosów".

Van czuł się rozdarty między dwa wykluczające się uczucia: oszałamiającą pewność, że kiedy tylko przez labirynt nocnego koszmaru dotrze do jasno pamiętanego pokoiku z łóżkiem i dziecinną umywalką, dołączy tam do niego ona w całej swej nowej płynnej i wydłużonej urodzie, i z drugiej, mrocznej strony paniczny strach, że okaże się zmieniona, krańcowo niechętna jego pragnieniom, potępiająca je jako złe i nienaturalne, że będzie mu tłumaczyć nowe okoliczności: oboje już nie żyją albo istnieją tylko jako statyści w domu wynajętym do kręcenia filmu.

Jednakże dłonie podające mu wino albo migdały, albo same siebie przeszkadzały mu w sennych poszukiwaniach. Przeciskał się dalej mimo naporu nagłych rozpoznań: stryjaszek Dan z okrzykiem pokazywał go palcem komuś obcemu, kto udawał zdumienie niezwykłością złudzenia optycznego, a zaraz potem przemalowana Marina w rudej peruce, bardzo pijana i płaczliwa przykleiła się wiśniówkowymi wargami do jego szczęki i innych niechronionych obszarów ciała, wydając z siebie stłumione macierzyńskie dźwięki – na wpół muczenie, na wpół jęk – rosyjskiego wylewu uczuć.

Wyplątał się i podjął poszukiwania. Przeszła teraz do salonu, ale wyraz jej pleców, jej naprężone łopatki, powiedziały Vanowi, że zdaje sobie sprawę z jego obecności. Wytarł mokre, wypełnione brzęczeniem ucho i skinieniem głowy pozdrowił uniesiony kieliszek korpulentnego blondyna (czy to Percy de Prey, a może Percy ma starszego brata?). Dziewczyna, już czwarta, w zbożowo-chabrowej „kreacji" kanadiańskiego krawca, zatrzymała Vana, żeby z ładnie nadąsaną minką powiedzieć mu, że jej nie pamięta. Co było prawdą.

– Ledwie żyję ze zmęczenia – powiedział. – Mój koń złamał nogę wpadłszy kopytem w szczelinę między zgniłymi deskami na moście przez Ladorę i trzeba go było zastrzelić. Przeszedłem osiem mil. Mam wrażenie, że śnię. Mam wrażenie, że pani Teżśni.

– Nie, jestem Cordula! – zawołała, lecz jego już nie było.

Ada znikła. Wyrzucił kanapkę z kawiorem, którą, jak się nagle zorientował, niósł jak bilet i, skręciwszy do spiżarni, powiedział bratu Bouta, nowemu służącemu, żeby zaprowadził go do jego dawnego pokoju i przyniósł mu jedną z owych gumowych wanien, których używał jako dziecko cztery lata temu. I jeszcze czyjąś wolną piżamę. Jego pociąg wykoleił się pośród pól między Ładogą i Ladorą, więc przyszło mu iść dwadzieścia mil, Bóg jeden wie, kiedy przyślą jego bagaże.

– Właśnie je przywieźli – powiedział prawdziwy Bout z uśmiechem jednocześnie konfidencjonalnym i smutnym (Blanche go rzuciła).

Przed kąpielą Van wychylił się z wąskiego okna, żeby dojrzeć wawrzyny i bzy rosnące po obu stronach frontowego ganku, rozległa się wrzawa wesołych pożegnań.

Dostrzegł Adę. Biegła za Percym; ten włożył swój szary cylinder i szedł przez trawnik, który w umyśle Vana stopił się z ulotnym wspomnieniem padoku, gdzie on i Van rozmawiali kiedyś o kulawym koniu i Riverlane. Ada dogoniła młodego człowieka na łacie nagłego słonecznego blasku; zatrzymał się, stała rozmawiając z nim i potrząsając głową w taki sposób, w jaki to robiła, kiedy była zdenerwowana lub niezadowolona. De Prey pocałował ją w rękę. Zwyczaj francuski, ale nic w tym złego. Trzymał dłoń, którą ucałował, podczas gdy Ada doń mówiła, a potem ucałował tę rękę ponownie i to nie było w porządku, to było okropne, nie do zniesienia.

Opuściwszy swoje stanowisko, nagi Van stąpał po ubraniu, które zrzucił. Znalazł naszyjnik. Z lodowatą wściekłością rozerwał go na trzydzieści, czterdzieści ziarenek gradu, z których kilka potoczyło się pod jej stopy, kiedy wpadła do pokoju.

Omiotła spojrzeniem podłogę.

– Jaka szkoda... – zaczęła.

Van spokojnie zacytował pointę ze sławnego opowiadania Mlle Larivière: „*Mais, ma pauvre ami, elle était fausse*" – co było gorzkim kłamstwem. Nim jednak zebrała rozrzucone brylanty, zamknęła drzwi na klucz i objęła go, płacząc – dotyk jej skóry i jedwabiu zawierał w sobie całą magię życia, ale dlaczego wszyscy witają mnie łzami? Chciał też wiedzieć, czy to był Percy de Prey? Tak, on. Ten, którego wylali z Riverlane? Chyba rzeczywiście. Zmienił się, zrobił się tłusty jak wieprz. Tak, właśnie, prawda? Czy jest twoim nowym kochasiem?

– A teraz – powiedziała Ada – Van skończy z wulgarnością, skończy raz na zawsze! Bo miałam, mam i zawsze będę miała tylko jednego kochasia, tylko jedną bestię, tylko jedna troskę i tylko jedną radość.

– Pozbieramy twoje łzy później – powiedział – mogą poczekać, ja nie.

Pocałunek jej otwartych ust był gorący i rozedrgany, ale kiedy chciał zdjąć z niej suknię, skręciła się z pomrukiem niechętnej odmowy, drzwi bowiem ożyły: dwie piąstki bębniły w nie po drugiej stronie w rytmie, który oboje tak dobrze znali.

– Cześć, Lucette! – zawołał Van. – Przebieram się, nie teraz.

– Cześć, Van! Szukają Ady, nie ciebie. Chcą, żebyś zeszła, Ado!

Jeden z typowych gestów Ady – używany, gdy musiała w niemym błysku wyrazić wszystkie aspekty kłopotliwego położenia („No proszę, miałam rację, tak to wygląda, *niczego nie podiełajesz*") – polegał na nakreśleniu obojgiem rąk niewidzialnej czary, od krawędzi do podstawy, czemu towarzyszył smutny skłon czoła. Właśnie ten gest wykonała teraz, zanim wyszła z pokoju.

Sytuacja powtórzyła się kilka godzin później, tym razem w znacznie przyjemniejszym trybie. Na kolację Ada włożyła inną suknię, uszytą ze szkarłatnej bawełny, i kiedy spotkali się w nocy (w starym składzie narzędzi, przy świetle karbidówki) Van rozpiął zamek błyskawiczny z taką gwałtownością, że niemal rozdarł ją na pół, by odsłonić całe piękno. Ciągle jeszcze ogniście się splatali (na tej samej ławeczce przykrytej tym samym przezornie przyniesionym pledem w szkocką kratę), kiedy zewnętrzne drzwi otwarły się bezgłośnie i do pomieszczenia niczym nierozważny duch wsunęła się Blanche. Miała swój klucz, właśnie wróciła z randki ze starym Sore, burgundzkim nocnym stróżem. Stanęła jak wryta, gapiąc się na parę młodych.

– Następnym razem zapukaj – z szerokim uśmiechem powiedział Van, nie przerywając; w gruncie rzeczy był dość zadowolony z nadejścia uroczej zjawy: miała na sobie płaszczyk z gronostajów, który Ada zgubiła w lesie. Ho, ho, zrobiła się z tej dziewczyny nie lada ślicznotka, poza tym *elle le mangeait des yeux* – ale Ada gwałtownie zgasiła lampkę i mała flądra, wydając z siebie przepraszające pomruki, wyszła po omacku na wewnętrzny korytarzyk. Jego ukochana nie mogła powstrzymać chichotu, a Van powrócił do namiętnych trudów.

Czas mijał, a oni ciągle w żaden sposób nie mogli się rozstać, wiedząc, że łatwo znajdą jakieś wytłumaczenie, gdyby ktoś zdziwił się, że ich pokoje pozostały puste aż do świtu. Pierwszy promień poranka maznął już skrzynkę z narzędziami świeżą zieloną farbą, kiedy wreszcie, ponagleni głodem, wstali i cicho udali się do pokoju kredensowego.

– *Czto, wyspałsia, Waan* (no jak, Van, wyspałeś się)? – spytała Ada, cudownie naśladując głos swej matki, i ciągnęła już jej angielszczyzną: – Po twoim appeticie, sądzę. I przypuszczam, że to tylko pierwsze *sniadanka*.

– Ojej – jęknął Van – moje kolana! Ta ławka jest bezlitosna. Poza tym jestem *gałodny*.

Usiedli naprzeciw siebie przy stole śniadaniowym, racząc się ciemnym chlebem ze świeżym masłem, wirgińską szynką i plasterkami oryginalnego ementalera, znalazł się jeszcze dzbanek przezroczystego miodu: dwoje wesołych kuzynków „plądrujących lodówkę" jak dzieci w starych bajkach, a drozdy słodko śpiewały w jasnozielonym ogrodzie, gdy ciemnozielone cienie chowały pazury.

– Mój nauczyciel w szkole teatralnej – powiedziała Ada – uważa, że lepsza jestem w farsach niż w tragediach. Gdyby tak wiedzieli!

– Nie ma tu nic do wiedzenia – odparł Van. – Nic, nic się nie zmieniło! Ale to tylko ogólne wrażenie, było tam za ciemno, żeby dostrzec szczegóły, zbadamy je jutro na naszej wysepce: „Siostrzyczko, czy wśród wspomnień ci się...”.

– Dość! – powiedziała Ada. – Rzuciłam to wszystko – *petits vers, vers de soie*...

– No, no, daj spokój – zawołał Van – niektóre twoje rymy były wspaniałymi akrobacjami jak na umysł dziecka: „*Oh! qui me rendra, ma Lucile, et le grand chêne and zee big hill*”. Mała Lucile – dodał, starając się żartem rozpogodzić jej twarz – mała Lucile zrobiła się taką soczystą brzoskwinką, że chyba przerzucę się na nią, jeśli będziesz dalej wpadać w złość. Pamiętam, jak pierwszy raz rozgniewałaś się na mnie, kiedy cisnąłem kamieniem w posąg i spłoszyłem grubodzioba. To się nazywa pamięć!

Jej stosunki z pamięcią nie układały się najlepiej. Była przekonana, że służący wkrótce wstaną i wtedy będzie można zjeść coś ciepłego. Lodówa tylko struwa, fakt.

– Czemu nagle zrobiłaś się smutna?

Tak, jest smutna, odpowiedziała, ma straszny kłopot, jej dylemat chyba doprowadziłby ją do szaleństwa, gdyby nie wiedziała, że serce ma czyste. Najlepiej wytłumaczy to za pomocą przypowieści. Czuje się trochę jak bohaterka filmu, który Van wkrótce zobaczy: dziewczyną targają troski potrójnej tragedii, a musi całą rzecz ukrywać, bo inaczej utraci ukochanego, grot strzały, sedno cierpienia. W tajemnicy zmaga się jednocześnie z trzema udrękami, próbując się wyrwać z ciągnącego się w nieskończoność romansu z żonatym mężczyzną, którego jej żal, próbując zdusić w zarodku, w kleistym czerwonym zarodku, szaloną przygodę z młodym przystojnym durniem, którego żal jej nawet jeszcze bardziej, i próbując uchronić przed jakąkolwiek rysą miłość do jedynego mężczyzny, który jest całym jej życiem i który jest ponad żalem, ponad ubóstwem jej kobiecego żalu, ponieważ, jak powiada scenariusz, jego ego jest bogatsze i dumniejsze od czegokolwiek, co mogłyby sobie wyobrazić tamte dwa nieszczęsne robale.

Co właściwie zrobiła z nieszczęsnymi robalami po przedwczesnej śmierci Krolika?

Cóż... uwolniłam je (szeroki niejasny gest), wypuściłam, posadziłam na odpowiednich roślinach, te, które znajdowały się w stadium poczwarki, zakopałam w ziemi, kazałam im uciekać, póki ptaki nie patrzą albo, niestety, udają, że nie patrzą.

No dobrze, wracając do przypowieści – masz prawdziwy talent do przerywania mi i odwracania biegu moich myśli – mnie w pewnym sensie też rozdzierają trzy tajemne troski i udręki, główną udręką jest oczywiście ambicja. Wiem, że nigdy nie zostanę biologiem, moja namiętność do pełzających stworzeń jest wielka, ale nie wszechogarniająca. Wiem, że zawsze będę ubóstwiać orchidee, grzyby i fiołki i ciągle będziesz widział, jak wychodzę sama, by samotnie wędrować po lasach i wracać samotnie z samotną lilipucią lilijką; jednakże kwiaty, niezależnie od tego, jak byłyby nieodparte, także trzeba będzie porzucić, jak tylko znajdę w sobie siłę. Pozostaje wielka ambicja i jeszcze większa trwoga: marzenie o wspinaczkach na najbłękitniejsze, najodleglejsze, najtrudniejsze do zdobycia szczyty sztuki dramatycznej, które skończy się pewnie tym, że stanę się jedną z setek przypominających pająki starych panien, uczących adeptów sceny, bo przecież – ty ciągle to powtarzasz, potworny powtarzaczu – nie możemy się pobrać, i będę stale miała przed sobą okropny przykład żałosnej, drugorzędnej, dzielnej Mariny.

– Ten kawałek o starych pannach to bajdy – powiedział Van – jakoś to załatwimy, zmieniając się w artystycznie podrobionych dokumentach w coraz dalszych i dalszych krewnych, a w końcu po prostu w osoby noszące to samo nazwisko. W najgorszym wypadku będziemy żyli sobie cicho, ty jako moja gospodyni, ja jako twój epileptyk, aż wreszcie, jak u twojego Czechowa, „ujrzymy niebo całe w diamentach".

– Czy wszystkie je znalazłeś, wujaszku Vanie? – spytała, wzdychając i kładąc mu pełną boleści głowę na ramieniu. Wyznała mu całą prawdę.

– Mniej więcej wszystkie – odparł, nie uświadamiając sobie tego wyznania. – W każdym razie przeprowadziłem najbardziej gruntowne badania gruntu w postaci najbardziej zakurzonej podłogi, jaką kiedykolwiek badał bohater romantyczny. Jeden mały błyszczący gnojek potoczył się pod łóżko, gdzie rośnie dziewicza puszcza kłaków i grzybów. W najbliższych dniach pojadę do Ladory i każę je tam na nowo nawlec. Muszę kupić mnóstwo rzeczy – szykowny płaszcz kąpielowy na cześć waszego nowego basenu, krem o nazwie chryzantema, parę pistoletów pojedynkowych, nadmuchiwany materac plażowy, najlepiej czarny, żeby podkreślił twoje piękno, nie na plaży, ale na ławce i na naszej *isle de Ladore*.

– Jedno zastrzeżenie – powiedziała – nie podoba mi się, że będziesz robił z siebie pośmiewisko szukając pistoletów w sklepach z pamiątkami, przecież w Ardis Hall pełno jest śrutówek, strzelb, rewolwerów i łuków, i strzał. Pamiętasz, dobrze nauczyliśmy się nimi posługiwać, kiedy byliśmy dziećmi?

Jasne, pamiętał, pamiętał. Tak, dziećmi. W gruncie rzeczy jakie to dziwne widzieć niedawną przeszłość z perspektywy pokoju dziecinnego. Bo nic się nie zmieniło – przecież jesteś ze mną, nie? – nic, nie licząc paru zmian na lepsze, jeśli chodzi o ogród i guwernantkę.

Tak! Czy to nie komiczne? Larivière kwitnie i kwita. Przebija się swoim biustem jako wielka pisarka! Sensacyjna kanadiańska autorka bestsellerów! Jej opowiadanie *Naszyjnik* (*La rivière de diamants*) stało się lekturą obowiązkową we wszystkich szkołach dla dziewcząt, a jej niewiarygodny pseudonim „Guillaume de Monparnasse" (pominięcie „t" czyniło go bardziej *intime*) był dobrze znany od Quebecu do Kaługi. Jak ujęła to w swojej dość egzotycznej angielszczyźnie: „Sława uderzyła, potoczyły się ruble, a dolary spadły jak deszcz" (w Estotii Wschodniej używano w tym czasie obu walut). Ale poczciwa Ida, nie tylko była jak najdalsza od myśli porzucenia Mariny, w której kochała się platonicznie i nieodwołalnie, odkąd zobaczyła ją w *Bilitis*, ale oskarżyła się o zaniedbywanie Lucette w wyniku nadmiernego oddawania się Literaturze; w rezultacie poświęcała teraz dziecku, w przypływie wakacyjnej gorliwości, znacznie więcej uwagi niż biednej małej Adzie (powiedziała Ada), kiedy ta miała dwanaście lat, po jej pierwszym (żałosnym) trymestrze w szkole. Van okazał się prawdziwym idiotą, kiedy podejrzewał Cordulę! Cnotliwą, łagodną, tępą, małą Cordulę de Prey. Ada wyjaśniła mu przecież, dwa, trzy razy, posługując się różnymi kodami, że w y m y ś l i ł a paskudną i czułą koleżankę w czasie, kiedy była dosłownie o d e r w a n a od niego, i tylko przypuściła – by tak rzec, z góry – istnienie takiej dziewczyny. Swego rodzaju czeku *in blanco*, którego chciała od niego.

– No cóż, dostałaś go – powiedział Van – ale teraz został podarty na strzępy i nie będzie odnawiany. Ale dlaczego biegłaś za tym grubasem Percym, co było takie ważne?

– Och, bardzo ważne – powiedziała Ada, łowiąc dolną wargą kropelkę miodu – jego matka wisiała na dorofonie, a on prosił mnie, żebym jej powiedziała, że jedzie już do domu, ale o wszystkim zapomniałam i pobiegłam całować się z tobą!

– W Riverlane – powiedział Van – nazywaliśmy to precelkową prawdą: prawda, cała prawda i tylko prawda z dziurą w środku.

– Nienawidzę cię – zawołała Ada, i zrobiła to, co nazywała ostrzegawczą żabią miną, ponieważ w drzwiach pojawił się Bouteillan, z ogolonymi wąsami, bez marynarki, bez krawata, miał szkarłatne szelki, które podciągały aż pod pierś czarne mocno opięte spodnie. Zniknął, obiecując przynieść im kawę.

– Ale pozwól, drogi Vanie, że cię o coś spytam. Ile to razy Van był mi niewierny od września 1884?

– Sześćset trzynaście – odpowiedział Van. – Przynajmniej z dwustu kurwami, które mnie tylko pieściły. Pozostałem ci absolutnie wierny, bo to były tylko „obmanipulacje" (fałszywe, nic nieznaczące głaśnięcia zimnych, zapomnianych już rąk).

Kamerdyner, teraz już całkiem ubrany, pojawił się z kawą i grzankami. I z „Gazetą Ladorską". Było w niej zdjęcie Mariny, do której łasił się młody latynoamerykański aktor.

– Phi! – zawołała Ada. – Zapomniałam, że dzisiaj przyjeżdża, z pewnym filmowcem. Nici z naszego popołudnia. Ale czuję się odświeżona i jestem w dobrej formie – dodała (po trzeciej filiżance kawy). – Jest dopiero za dziesięć siódma. Chodźmy na miły spacer do parku, jest tam parę miejsc, które być może rozpoznasz.

– Miłości moja – powiedział Van – moja widmowa orchideo, moja urocza moszenko! Nie spałem dwie noce, jedną z nich spędziłem wyobrażając sobie drugą, a ta druga okazała się czymś znacznie wspanialszym niż sobie wyobrażałem. Na razie mi ciebie wystarczy.

– Nie najlepszy komplement – powiedziała Ada i głośno zadzwoniła po więcej grzanek.

– Sypnąłem ci ośmioma komplementami, jak pewien wenecjanin...

– Nie interesują mnie ordynarni wenecjanie. Zrobiłeś się taki trywialny, mój drogi, taki dziwny...

– Przepraszam – powiedział i wstał. – Nie wiem, co mówię, jestem śmiertelnie zmęczony. Zobaczymy się na lunchu.

– Dzisiaj nie będzie lunchu – powiedziała Ada. – Będzie jakaś nędzna przekąska koło basenu i lepkie napoje przez cały dzień.

Chciał ją pocałować w jedwabną głowę, ale w tej chwili wszedł Bouteillan i kiedy Ada zaczęła go gniewnie besztać za zbyt małą liczbę tostów, Van uciekł.

32

Scenopis był teraz gotowy. Marina w doryckiej tunice i kapeluszu kulisa na wpół leżała na szezlongu w patio i czytała. Jej reżyser, G.A. Wroński, starszy, łysy, z futrem siwych kudłów na tłustej piersi, na przemian sączył wódkę z tonikiem i karmił Marinę kartkami maszynopisu z tekturowej teczki. Po jej drugiej stronie, skrzyżowawszy nogi, siedział na macie Pedro (nazwisko nieznane, pseudonim artystyczny zapomniany), odrażająco przystojny, niemal nagi młody aktor o uszach satyra, skośnych oczach i nozdrzach rysia. Marina sprowadziła przystojniaka z Meksyku i trzymała w hotelu w Ladorze.

Ada, leżąca na brzegu basenu, ze wszystkich sił starała się zmusić płochliwego jamnika, by patrzył w obiektyw aparatu fotograficznego i zachował przy tym w miarę pionową i godną pozycję, a Philip Rack, mało znaczący, ale ogólnie rzecz biorąc sympatyczny młody muzyk, w workowatych kąpielówkach, wyglądający na jeszcze bardziej przygnębionego i niezdarnego niż w zielonym aksamitnym garniturze, który – jak sądził – nadawał się na strój nauczyciela gry na pianinie (dawał lekcje Lucette), próbował zmieścić na jednym zdjęciu krnąbrne, oblizujące wargi zwierzę i rozdzielone piersi dziewczyny, które dzięki jej lekkiemu pochyleniu były dobrze widoczne w wycięciu kostiumu kąpielowego.

Gdyby najechało się teraz kamerą na inną grupę osób, stojącą o parę kroków dalej, pod fioletowymi girlandami sklepienia patio, można by było ukazać w średnim planie ubraną w sukienkę w groszki ciężarną żonę maestra, napełniającą opróżnione miseczki solonymi migdałami, oraz naszą wybitną pisarkę: wyglądała olśniewająco w liliowych falbanach, liliowym kapeluszu, liliowych pantofelkach; starała się włożyć Lucette prążkowaną bluzeczkę, dziewczynka jednak uparcie się opierała, rzucając ordynarne uwagi, których nauczyła się od pokojówki, ale tonem i głosem pozostającym odrobinę poniżej granicy słuchu głuchawej Mlle Larivière.

Lucette pozostała obnażona. Jej napięta gładka skóra miała kolor gęstego syropu brzoskwiniowego, jej tyłeczek w wierzbowozielonych szortach zabawnie się kołysał, blask słońca lśnił na jej rudej grzywce i pulchnym torsie: ledwie dawały o sobie znać okrągłe znamiona kobiecości i Van, który był w chmurnym nastroju, z mieszanymi uczuciami przypomniał sobie, o ile lepiej rozwinięta była jej siostra w wieku niecałych dwunastu lat.

Większość dnia spędził w swoim pokoju, śpiąc; długi, rozwlekły, ponury sen powtarzał, tworząc swego rodzaju bezsensowną parodię, jego wyczerpującą, „casanovowską" noc z Adą oraz, w jakiś sposób, ich złowieszczą poranną rozmowę. Teraz, kiedy piszę to, przebywszy tyle wzniesień i zagłębień czasu, stwierdzam, że niełatwo oddzielić naszą rozmowę, przedstawioną w nieuchronnie stylizowanej formie, od jęku narzekań, wywołanych wstrętnymi zdradami dręczącymi młodego Vana w monotonnym koszmarze. A może śniło mu się teraz, że śnił? Czy groteskowa guwernantka naprawdę napisała powieść pod tytułem *Les Enfants maudits*? Powieść, którą mają zekranizować niefrasobliwe manekiny, omawiające właśnie adaptację? Więc ma być jeszcze bardziej banalna niż sama Książka Tygodnia i rozkoszne notki reklamowe na skrzydełku obwoluty? Czy nie cierpiał Ady tak jak nie cierpiał jej w swoim śnie? Owszem.

Teraz, w wieku lat piętnastu, była irytującą i rozpaczliwą ślicznotką, do tego trochę zaniedbaną. Zaledwie przed dwunastu godzinami w mrocznym składzie narzędzi szepnął jej do ucha zagadkę: Jakie słowo zaczyna się od „dez" i dalej przypomina mniej więcej kran główny przewodu sieci wodociągowej, w którym urwano łeb hydrze i zastąpiono je śląską rzeką? Ekscentrycznie się ubierała i miała ekscentryczne obyczaje. Kompletnie nie interesowały jej kąpiele słoneczne i nawet cienia opalenizny, która skalifornizowała Lucette, nie dawało się dostrzec na bezwstydnie białych długich rękach i nogach Ady ani na jej chudych łopatkach.

Daleka krewna, już nie siostra Renégo, nawet nie jego siostra przyrodnia (tak lirycznie wyklęta przez Monparnasse), zrobiła krok ponad nim, jakby był martwą kłodą, i oddała Marinie zbitego z tropu psa. Aktor, który z pewnością w następnej scenie nadzieje się na czyjąś pięść, uczynił nieprzyzwoitą uwagę w łamanej francuszczyźnie.

– *Du sollst nicht zuhören* – mruknęła Ada do ŁajDacka Teutona, nim położyła go na kolanach Mariny pod „przeklętymi dziećmi". – *On ne parle pas comme ça devant un chien* – dodała Ada, nie zaszczycając Pedra spojrzeniem, ten jednak podniósł się, poprawił slipy w kroku i skokiem godnym Nurżyńskiego znalazł się przed nią w basenie.

Czy była naprawdę piękna? Czy była przynajmniej, jak to się mówi, atrakcyjna? Była irytacją, była męką. Głupia dziewczyna schowała włosy pod gumowym czepkiem, co nadało niezwykły, niejasno szpitalny wygląd jej karkowi, na którym rysowały się pojedyncze ciemne kosmyki i meszki, jak gdyby dostała pracę pielęgniarki i nigdy już nie miała tańczyć. Na jej spłowiałym, niebieskawoszarym jednoczęściowym kostiumie kąpielowym była nad jednym z bioder tłusta plama, a w niej dziurka, wygryziona – można by przypuścić – przez larwę uwielbiającą łój; kostium wydawał się zbyt mały, by zapewnić beztroską wygodę. Pachniała mokrą bawełną, kępkami pod pachami i nenufarami jak szalona Ofelia. Żaden z tych drobiazgów nie rozdrażniłby Vana, gdyby byli razem i sami, ale obecność samczego aktora czyniła wszystko obscenicznym, brudnym i nieznośnym. Wracamy do krawędzi basenu.

Nasz młody człowiek jako wyjątkowo *briezgliw* (wrażliwy, łatwo odczuwający obrzydzenie) nie miał ochoty dzielić paru metrów sześciennych chlorowanego celestinum („lazur w twojej kąpieli") z dwoma facetami. Stanowczo nie był Japończykiem. Na zawsze zapamiętał, a wspominał go z dreszczem odrazy, kryty basen w swojej szkole średniej, cieknące nosy, pryszczate klatki piersiowe, przypadkowe kontakty z obrzydliwym męskim ciałem, podejrzane bąbelki eksplodujące jak małe smrodliwe bomby, a szczególnie, szczególnie, grzecznego, przebiegłego, triumfującego i absolutnie wstrętnego łajdaka, który stał w wodzie po ramiona i w sekrecie sikał (i, Boże, jak on go zbił, na kwaśne jabłko, chociaż ten Vere de Vere był od niego o trzy lata starszy).

Uważał teraz, żeby nie dosięgła go choćby kropelka, bo Pedro i Phil parskali i dokazywali w kąpieli. Po chwili pianista podpłynął bliżej i ukazując okropne dziąsła w służalczym uśmiechu, spróbował wciągnąć do wody rozpostartą na pokrytym płytkami obrzeżu Adę, ta jednak uchyliła się przed jego rozpaczliwym uchwytem, obejmując wielką pomarańczową piłkę, którą dopiero co wyłowiła, odepchnęła go tą tarczą, a potem rzuciła ją do Vana, który odbił balon w bok, odrzucając grę, ignorując rozigranie, gardząc graczem.

I oto włochaty Pedro wsparł się na brzegu basenu, wysunął się z wody i zaczął flirtować z nieszczęsną dziewczyną (jego banalne umizgi były doprawdy najmniejszym z jej kłopotów).

– Czeba rakomodowacz te malom dżurke.

– Boże jedyny, *que voulez-vous dire*? – spytała, zamiast przywalić mu z backhandu.

– Prosze, pozwól, że dotkne urocze penetralium – upierał się idiota i położył mokry palec na dziurce w jej kostiumie.

– Ach, o to chodzi (wstrząsając się i poprawiając zsunięte wskutek tego ramiączko). To nic takiego. Może następnym razem włożę swoje bajeczne nowe bikini.

– Następnym razem może nie być Pedro?

– Fatalnie – powiedziała Ada. – A teraz idź i przynieś mi colę jak grzeczny piesek.

– *E tu?* – spytał Mariny, przechodząc koło jej krzesła. – Jeszcze raz wódka z pomarancz?

– Tak, kochany, ale nie z pomarańczą, tylko z grejpfrutem i odrobiną *zucchero*. Nie mogę zrozumieć (zwracając się do Wrońskiego), dlaczego na tej stronie mówię, jakbym miała sto lat, a na następnej, jakbym miała piętnaście? Bo jeśli to jest retrospekcja, a jak sądzę, to jest retrospekcja („retro" wymawiała „rietro"), Renny, czy jak tam się on nazywa, René, nie powinien wiedzieć tego, co, jak się wydaje, wie.

– Nie wie – zawołał G.A. – to tylko na wpół retrospekcja. W każdym razie ten Renny, ten kochanek numer jeden, nie wie oczywiście, że ona stara się pozbyć kochanka numer dwa, a jednocześnie przez cały czas zastanawia się, czy kontynuować randki z kochankiem numer trzy, tym dziedzicem.

– *Nu, eto czto-to słożnowato* (trochę to skomplikowane), Grigoriju Akimowiczu – powiedziała Marina, drapiąc się w policzek, już bowiem sam instynkt samozachowawczy kazał jej nigdy nie wspominać znacznie bardziej *słożnych* splotów własnej przeszłości.

– Proszę czytać, czytać dalej, a wszystko się wyjaśni – powiedział G.A., kartkując swój egzemplarz.

– Nawiasem mówiąc – zauważyła Marina – mam nadzieję, że nasza droga Ida nie będzie miała nic przeciwko zrobieniu z niego nie tylko poety, ale także tancerza baletowego. Pedro zagrałby to świetnie, ale nie da się go zmusić, żeby recytował francuskie wiersze.

– Jeśli będzie protestowała – powiedział Wroński – to może sobie wsadzić słup telegraficzny... tam, gdzie jego miejsce.

Marina w skrytości ducha uwielbiała słone dowcipy, toteż nieprzyzwoite „telegraficzny" sprawiło, że jak to bywało też z Adą, przetoczyły się przez nią fale śmiechu (*pokatiwszis' so smiechu wrodie Ady*).

– Ale bądźmy poważni, ciągle nie rozumiem, w jaki sposób i dlaczego jego żona – to znaczy żona tego drugiego gościa – godzi się na tę sytuację (*położenije*).

Wroński rozłożył palce rąk i nóg

– *Priczom tut położenije* (sytuacja – syfoacja)? Ależ ona pozostaje w błogiej nieświadomości romansu, a poza tym wie, że jest pękata i obciuchana i po prostu nie może konkurować z szykowną Hélène.

– Ja rozumiem, ale niektórzy pewnie nie zrozumieją – powiedziała Marina.

Tymczasem Herr Rack wypłynął znowu i dołączył do Ady na brzegu basenu, przy zmianie środowiska z wodnego na ziemne nieomal gubiąc workowate kąpielówki.

– Pozwól, Iwan, że też czi prziniose szwietnom zimnom rosyjskom koko kole? – powiedział Pedro, naprawdę w głębi serca bardzo delikatny i miły młodzieniec.

– Wsadź se swój kokos i swoje koło – odpowiedział wstrętny Van, sprawdzając umiejętności biednego fauna, który nic nie zrozumiał i miło chichocząc wrócił na swoją matę. Klaudiusz przynajmniej nie uwodził Ofelii.

Melancholijny młody Niemiec był w nastroju filozoficznym przechodzącym w samobójczy. Musiał wracać do Kaługano, razem ze swoją Elsie, która – jak uważał dr Ecksreher – za *drei Wochen* obdarzy go drajaczkami. Nie cierpiał Kaługano, rodzinnego miasta i jego, i jej, miasta, gdzie w chwili „wzajemnego zaćmienia umysłowego" głupia Elsie oddała mu się całkowicie na ławce w parku po wspaniałym przyjęciu w biurach firmy „Organy Muzakowskiego", w której ów niewyżyty seksualnie głupek miał niezłą posadę.

– Kiedy pan wyjeżdża? – spytała Ada.

– Czywartek, pojutrze.

– Świetnie. To świetnie. Adieu, panie Rack.

Nieszczęsny Philip oklapł, rysując palcem na mokrym kamieniu ponure nicości, kiwając swoją ciężką głową i przełykając tak, że było to widać.

– Człowiek czasem czuje... czuje – powiedział – że po prostu gra rolę i zapomniał następnej kwestii.

– Mówiono mi, że wiele osób ma takie wrażenie – powiedziała Ada – to musi być *furchtbar*.

– I nic nie można poradzić? Żadnej nadziei? Umieram, tak?

– Już pan umarł, panie Rack – powiedziała Ada.

Podczas tej okropnej rozmowy rzucała ukradkowe spojrzenia i zobaczyła teraz, że czysty, dziki Van stoi pod tulipanowcem, dosyć daleko, z jedną ręką na biodrze, głową odchyloną do tyłu, i pije piwo z butelki. Porzuciła brzeg basenu i leżącego tam trupa i ruszyła ku tulipanowcowi, z powodów strategicznych wybierając drogę okrężną między autorką – ta, wciąż nieświadoma tego, co robią jej książce, drzemała na leżaku (z jego drewnianych poręczy jej pulchne palce wyrastały jak różowe grzyby) – a odtwórczynią głównej roli kobiecej, właśnie rozmyślającej nad sceną miłosną, w której mówiło się o „promiennym pięknie" młodej kasztelanki.

– Ale – powiedziała Marina – jak można zagrać tę „promienność", co właściwie oznacza „promienne piękno"?

– „Blade piękno" – podpowiedział uprzejmie Pedro, patrząc na przechodzącą Adę – takie, przez które wielu mężczyzn odcinałoby sobie członki.

– Dobra – powiedział Wroński. – Lećmy dalej z tym cholernym scenopisem. No więc on wychodzi z patia koło basenu, a ponieważ zastanawiamy się nad nakręceniem tego w kolorze...

Van wyszedł z patia koło basenu i pomaszerował przed siebie. Skręcił w boczną galerię, która prowadziła do przypominającej zagajnik części ogrodu, niedostrzegalnie przechodzącej we właściwy park. Po chwili zauważył, że Ada śpiesznie idzie za nim. Unosząc łokieć i ukazując czarną gwiazdę pachy, zerwała z głowy czepek i wstrząsnąwszy głową uwolniła strumień włosów. Lucette, w kolorze, pędziła za nią. W akcie miłosierdzia dla bosych siostrzanych stóp Van zmienił kurs, przechodząc ze żwirowej ścieżki na aksamitny trawnik (odwracając porządek działań dra Ero, gonionego przez niewidzialnego albinosa w jednaj z najlepszych powieści literatury angielskiej). Dogoniły go w Drugim Zagajniku. Lucette zatrzymała się, żeby podnieść czepek i okulary słoneczne siostry. Słoneczne lary i penaty, szkoda byłoby je zostawić! Moja mała pedantyczna Lucette (nigdy cię nie zapomnę...) umieściła oba przedmioty na pniaku obok butelki po piwie, znowu podbiegła, potem wróciła, żeby przyjrzeć się skupisku różowych grzybów, które chrapiąc przylgnęły do pniaka. Podwójne ujęcie, podwójna ekspozycja.

– Czy jesteś wściekły, bo... – zaczęła Ada zrównując się z nim (przygotowała sobie zdanie o tym, że w końcu musi być uprzejma dla stroiciela fortepianów, niemal służącego, który w dodatku cierpi na jakąś niejasną chorobę serca i na żałosną wulgarną żonę, ale Van jej przerwał).

– To nie do przyjęcia – powiedział, strzelając tym jak rakietą. – Dwie rzeczy są nie do przyjęcia. Brunetka, nawet niechlujna brunetka, powinna golić pachę, zanim ją pokaże, poza tym dobrze wychowana dziewczyna nie pozwala, żeby jakiś zboczeniec szturchał ją między żebra, nawet jeśli musi nosić zjedzoną przez mole cuchnącą szmatę stanowczo za małą dla jej wdzięków. Ach – dodał – po jakiego diabła wróciłem do Ardisu?!

– Obiecuję, obiecuję odtąd bardziej o siebie dbać i nie pozwalać zbliżać się temu wstrętnemu Pedro – powiedziała radośnie i ochoczo kiwając głową w przypływie wielkiej ulgi, której przyczyna miała stać się dla Vana udręką znacznie później.

– Zaczekajcie na mnie! – zawyła Lucette.

(Udręką, moje biedne kochanie! Udręką! Tak! Ale to wszystko dawno minęło, poszło na dno. Późny przypisek Ady.)

Cała trójka tworzyła piękną arkadyjską kompozycję, kiedy opadli na darń pod wielkim cedrem płaczącym, którego dziwaczne członki tworzyły orientalny baldachim (tak jak ta książka zawieszony tu i ówdzie na podpórkach ze swego własnego ciała) nad dwiema czarnymi i jedną złotorudą głową, tworzyły go już wcześniej, nad tobą i nade mną w ciemne i ciepłe noce, kiedy byliśmy lekkomyślnymi, szczęśliwymi dziećmi.

Chory od wspomnień Van położył się na wznak, wsunął dłonie pod kark i przez zmrużone oczy obserwował libański błękit nieba pomiędzy pęczkami liści. Lucette z czułością podziwiała jego długie rzęsy, współczując jednocześnie jego delikatnej skórze pokrytej ognistymi plamami i zadrapaniami między szyją a szczęką, gdzie golenie sprawiało największe kłopoty. Ada, skłoniwszy swój profil jak z pamiątkowej fotografii, z włosami zasmuconej Magdaleny zwisającymi (w harmonii z płaczącymi cieniami) wzdłuż bladej ręki, siedziała nieprzytomnie przyglądając się wąskiej szyjce zerwanej przez siebie woskowobiałej ciemiężycy. Nienawidziła go, uwielbiała go. Był okrutny, była bezbronna.

Lucette, zawsze grająca rolę afektowanej i grymaśnej przylepki, położyła obie dłonie na włochatej piersi Vana i chciała wiedzieć, czemu jest zły.

– Nie jestem zły na c i e b i e – odpowiedział wreszcie.

Lucette pocałowała go w rękę i zaczęła się naprzykrzać.

– Przestań! – powiedział, bo wiła się na jego nagiej piersi. – Jesteś nieprzyjemnie zimna, mała.

– Nieprawda, jestem gorąca – odparła.

– Zimna jak dwie połówki brzoskwini z konserwy. Teraz bądź łaskawa się odturlać.

– Dlaczego dwie? No, dlaczego?

– Właśnie, dlaczego – warknęła Ada z dreszczem rozkoszy i pochyliwszy się, pocałowała go w usta. Z wysiłkiem spróbował wstać. Obie dziewczyny całowały go teraz na przemian, potem zaczęły całować się wzajemnie, by po chwili znowu się nim zająć – Ada w niebezpiecznym milczeniu, Lucette z cichymi piskami zadowolenia. Nie pamiętam, co w opowieści Monparnasse robiły i mówiły „*les enfants maudits*", mieszkały chyba w *château* Bryanta, cała rzecz zaczynała się od tego, że z wolego oka wieży wprost w zachód słońca jeden po drugim wylatywały nietoperze, ale t e dzieci (których nowelistka, co szczególnie zabawne, w istocie nie znała) także mogłyby zostać postaciami dość interesującego filmu, gdyby tylko wścibski Kim, kuchenny maniak fotografii, dysponował odpowiednim sprzętem. Nieprzyjemnie pisać o takich sprawach, w opisach wszystko wychodzi, ujmując rzecz ze stanowiska estetyki, niewłaściwie, ale gdy nastaje ostatni zmrok (który sprawia, że niewielkie błędy artystyczne rysują się słabiej niż ogromnie ulotne nietoperze na ubogim w owady pustkowiu pomarańczowego powietrza), nie sposób sobie nie przypomnieć, że drobny wilgotny współudział Lucette raczej zwiększał niż osłabiał stałą reakcję Vana na najdrobniejsze nawet rzeczywiste lub wyobrażone dotknięcie jedynej i głównej dziewczyny. Ada, kiedy jej jedwabista grzywa dotykała jego sutek lub pępka, zdawała się czerpać radość z tego, że robi wszystko, by wprawić w drżenie mój dzisiejszy ołówek i by w tej groteskowo odległej przeszłości jej niewinna siostrzyczka zauważyła i zakonotowała sobie to, nad czym Van nie mógł zapanować. Dwadzieścia łaskoczących palców wesoło wpychało teraz zgnieciony kwiat pod gumkę jego czarnych spodenek. Jako ozdoba kwiatek nie miał zbyt wielkiej wartości, a jako zabawa było to niestosowne i niebezpieczne. Otrząsnął się ze swoich ślicznych dręczycielek, i odszedł, idąc na rękach, w czarnej masce na karnawałowym nosie. Chwilę potem, sapiąc i pokrzykując, na scenę wkroczyła guwernantka

– *Mais qu'est-ce qu'il t'a fait, ton cousin* – wypytywała niespokojnie. I Lucette, lejąc te same niczym nieuzasadnione łzy, które niegdyś lała jej siostra, rzuciła się w liliowe objęcia.

33

Następny dzień zaczął się od mżawki, ale po lunchu się przejaśniło. Lucette miała ostatnią lekcję gry na pianinie z posępnym Herr Rackiem. Monotonne bim-bam-bom dochodziło do Vana i Ady, kiedy zwiadowczym patrolem zanurzyli się w korytarzu na drugim piętrze. Mlle Larivière siedziała w ogrodzie, Marina odfrunęła do Ladory i Van zaproponował, by wykorzystać fakt, że Lucette jest „słyszalnie nieobecna" i znaleźć schronienie w garderobie na górze.

W rogu stał tutaj pierwszy trójkołowy rowerek Lucette; na półce nad pokrytą kretonem sofą znajdowało się trochę starych „niedotykalnych" dziecięcych skarbów, była tu między innymi sfatygowana antologia, którą dał jej przed czterema laty. Drzwi nie dawało się zamknąć na klucz, ale Van był niecierpliwy, a i muzyka niewzruszona jak mur obiecywała potrwać jeszcze przynajmniej dwadzieścia minut. Wcisnął usta w kark Ady, ale w tym momencie dziewczyna zesztywniała i ostrzegawczo uniosła palec. Powolne ciężkie kroki wspinały się na paradne schody.

– Odeślij go – szepnęła.

– *Czort* (do diabła) – zaklął Van, poprawiając ubranie, i wyszedł na podest.

Na górę mozolnie piął się Philip Rack, jabłko Adama chodziło mu tam i z powrotem, był kiepsko ogolony, blady, dziąsła miał odsłonięte, jedną rękę trzymał na piersi, druga zaciskała się na zwoju różowego papieru, tymczasem muzyka grała dalej jak gdyby dzięki jakiemuś mechanicznemu urządzeniu.

– Jest też jedna na dole, w holu – powiedział Van, uznając, że nieszczęśnik ma skurcze żołądka albo mdłości. Ale pan Rack chciał tylko „zrobić pożegnanie" z Iwanem Demonowiczem (akcent beznadziejnie padał u niego na drugie „o"), z Fräulein Adą, z Mademoiselle Idą i oczywiście z Madame. Niestety kuzynka i ciotka Vana są w mieście, ale Phil z pewnością spotka swoją przyjaciółkę Idę przy pracy pisarskiej w ogrodzie różanym. Czy Van jest pewien? Van jest pewien jak jasna cholera. Pan Rack z głębokim westchnieniem uścisnął mu rękę, spojrzał w górę, spojrzał w dół, poklepał poręcz tajemniczym rulonem różowego papieru i ruszył z powrotem do pokoju muzycznego, gdzie Mozart zaczął się zacinać. Van zaczekał chwilę, nasłuchując i mimowolnie się krzywiąc, po czym ponownie dołączył do Ady. Siedziała z książką na kolanach.

– Muszę umyć prawą rękę, zanim dotknę ciebie czy czegokolwiek – powiedział.

W istocie nie czytała, tylko nerwowo, gniewnie, z roztargnieniem przerzucała kartki tego, co przypadkiem okazało się starą antologią, a przecież wziąwszy do ręki jakiś tom, zawsze pogrążała się od razu w dowolnym miejscu, w które przypadkiem skoczyła z „brzegu książki", zanurzała się w sposób naturalny dla wodnego stworzenia, przywróconego swemu strumieniowi.

– Nigdy w życiu nie uścisnąłem bardziej mokrej, sflaczałej i obrzydliwej przedniej kończyny – powiedział Van i klnąc (muzyka na dole ucichła), poszedł do toalety koło pokoju dziecinnego, był w niej bowiem kran. Z jej okna zobaczył, jak Rack kładzie powyginaną czarną teczkę w przednim koszu swego roweru i chwiejnie odjeżdża, zdejmując kapelusz przed nie zwracającym na niego najmniejszej uwagi ogrodnikiem. Równowaga niezdarnego rowerzysty nie wytrzymała daremnego gestu: Rack mocno otarł się o żywopłot po drugiej stronie alei i upadł. Przez dłuższą chwilę pozostawał w ścisłym kontakcie z ligustrem i Van zastanawiał się nawet, czy nie powinien zejść na dół, żeby mu pomóc. Ogrodnik odwrócił się plecami do chorego albo pijanego muzyka, który na szczęście wyplątywał się z krzaków i na powrót wkładał teczkę do kosza. Odjeżdżał powoli, przypływ niejasnego niesmaku kazał Vanowi splunąć do muszli klozetowej.

Zanim wrócił, Ada opuściła garderobę. Znalazł ją na balkonie, gdzie obierała jabłko dla Lucette. Dobry pianista zawsze przynosił jej jabłko, a czasem niejadalną gruszkę czy dwie małe śliwki. Tak czy owak, był to jego ostatni prezent.

– Mademoiselle cię woła – powiedział Van do Lucette.

– No cóż, będzie musiała poczekać – powiedziała Ada nieśpiesznie dalej zdejmując z jabłka „piękną skórkę", żółtoczerwoną spiralę, na którą Lucette spoglądała z rytualną fascynacją.

– Mam coś do zrobienia – wyrzucił z siebie Van. – Nuda, że słów brak. Będę w bibliotece.

– Dobra – jasnym głosem odpowiedziała Lucette, nie odwracając się i wydała okrzyk rozkoszy, chwytając gotową girlandę.

Pół godziny zajęło mu poszukiwanie książki, którą wstawił na niewłaściwe miejsce. Kiedy w końcu ją znalazł, stwierdził, że skończył już sporządzać notki na jej temat i że nie jest mu potrzebna. Przez chwilę leżał na czarnej kanapie, ale to zdawało się tylko zwiększać ciśnienie miłosnej obsesji. Postanowił wrócić na górę kręconymi schodami. Tam z bólem przypomniał sobie, jako coś fantastycznie uroczego i bezpowrotnie utraconego, Adę w Noc Płonącej Stodoły, już zawsze w jego pamięci pisanej wielkimi literami, Adę biegnącą w górę ze świeczką, i siebie z roztańczonym światłem za jej pośladkami i łydkami, i ruchliwymi ramionami, i spływającymi strumieniem włosami, i przypomniał sobie cienie, wyprzedzające ich gwałtownymi skokami czarnych figur geometrycznych na żółtej ścianie, kiedy w drodze w górę nieustannie zataczali kręgi. Tym razem drzwi na drugim piętrze okazały się zamknięte z zewnatrz na zasuwkę, musiał więc wrócić do biblioteki (wspomnienia przesłoniła teraz trywialna irytacja) i wejść paradnymi schodami.

Zbliżając się do jasnego słońca oszklonych drzwi, usłyszał, jak Ada tłumaczy coś Lucette. Było to coś zabawnego, dotyczyło... nie pamiętam i nie mogę wymyślić. Ada zwykła była przyśpieszać przed końcem zdania, by zdążyć przed ogarniającą ją wesołością, ale czasami – i tak właśnie było teraz – jej krótki wybuch sprawiał, że słowa eksplodowały, potem doganiała je i kończyła frazę z jeszcze większym pośpiechem, powstrzymując wesołość. Po ostatnim słowie następował potrójny podskok dźwięcznego, gardłowego, erotycznego i dość ciepłego śmiechu.

– A teraz, kochanie – dodała, całując Lucette w policzek z dołeczkiem – bądź łaskawa zbiec na dół i powiedzieć niedobrej Belle, że najwyższy czas na twoje mleko i *petit-beurre*'a. *Żywo* (szybko). Tymczasem ja i Van pójdziemy do łazienki albo gdziekolwiek, gdzie jest dobre lustro, i podstrzygę mu włosy, nie można już tego odkładać. Prawda, Van? Aaa, wiem, gdzie pójdziemy... No, biegnij, Lucette.

34

Figle pod cedrem płaczącym okazały się nieporozumieniem. W każdej chwili, kiedy nie znajdowała się pod opieką swojej schizofrenicznej guwernantki, nie czytała, nie chodziła na spacery czy nie kładziono jej do łóżka, Lucette stanowiła prawdziwe utrapienie. O zmierzchu, jeśli nie było w pobliżu Mariny, jeśli – powiedzmy – nie piła z gośćmi pod złotymi kulami nowych latarni ogrodowych, które tu i tam płonęły pośród nagłej zieleni i rozsiewały woń nafty mieszającą się z tchnieniem heliotropu i jaśminu, kochankowie mogli się wymknąć, zanurzyć w jeszcze głębszą ciemność i pozostać w niej, póki, targając liście, *troussant la raimée*, jak mawiał rozpustny stróż nocny Sore, nie nadeszła *nocturna*, przenikliwy wiatr północnej godziny. Kiedyś Sore ze szmaragdową lampą wpadł prosto na nich, parę razy, cicho chichocząc, przekradała się obok nich widmowa Blanche, by w jakimś skromniejszym zakątku sparzyć się z krzepkim i bezpiecznie przekupionym starym świetlikiem. Ale czekać przez cały dzień na sprzyjającą noc – to było zbyt wiele dla naszych niecierpliwych kochanków. Na ogół okazywali się śmiertelnie zmęczeni dobrze przed wieczorem, tak samo jak w przeszłości; Lucette jednak zdawała się czaić za każdym parawanem, wyglądać z każdego lustra.

Próbowali ukryć się na strychu, ale zauważyli, w sam czas, w jego podłodze szparę, przez którą można było dostrzec kąt pomieszczenia magla, gdzie French, druga pokojówka, w samym gorsecie i halce chodziła tam i sam. Rozejrzeli się i trudno im było zrozumieć, jak kiedykolwiek mogli czule się kochać pośród połamanych skrzynek i sterczących gwoździ albo przeciskać się przez świetlik na dach, który każdy zielony kobold z miedzianymi kończynami mógł z łatwością obserwować z rozgałęzienia potężnego wiązu.

Była jeszcze strzelnica z udrapowaną na orientalną modłę wnęką pod spadzistym dachem. Teraz roiło się tam jednak od pluskiew, w powietrzu unosił się odór zwietrzałego piwa, a poza tym brud oblepiał każdy skrawek przestrzeni, więc nie było co marzyć o rozebraniu się lub wykorzystaniu niewielkiej kanapy. Wszystkim, co Vanowi udało się tu zobaczyć z jego nowej Ady, były jej eburowe uda i biodra, kiedy po raz pierwszy je ścisnął, poprosiła go, w chwili jego wybujałej radości, żeby wyjrzał ponad jej ramieniem i parapetem, na którym zaciskała jeszcze dłonie w pulsowaniu odpływu swojej odpowiedzi, i zobaczył, że zbliża się Lucette, skacząc na ścieżce wśród krzaków przez skakankę.

Tego typu najścia powtarzały się jeszcze kilka razy. Lucette zbliżała się coraz bardziej, to zbierając kurki i udając, że zjada je na surowo, to kucając, by złapać konika polnego czy po prostu naśladować naturalne ruchy jałowej zabawy i beztroskich łowów. Wchodziła aż na środek zarośniętego placu zabaw przed zakazanym pawilonem i tutaj z miną sennej niewinności zaczynała kołysać deskę starej huśtawki zwisającej z długiej i wysoko osadzonej kończyny Łysonia, częściowo bezlistnego, ale wciąż zdrowego starego dębu (pojawiał się on – och, Van, pamiętam! – na przedstawiającej Ardis stuletniej litografii Petera de Rasta jako młody kolos osłaniający cztery krowy i obdartego chłopaka z obnażonym ramieniem). Kiedy nasi kochankowie (lubisz autorski zaimek dzierżawczy, co, Van?) spojrzeli znowu, Lucette huśtała ponurego jamnika, patrzyła w górę na fikcyjnego dzięcioła albo z rozmaitymi ładniutkimi wygięciami ciała nieśpiesznie gramoliła się na zawieszoną na szarych pętlach deskę i kołysała się lekko i ostrożnie, jak gdyby nigdy jeszcze tego nie robiła, podczas gdy idiota Dack szczekał pod zamkniętymi na klucz drzwiami pawilonu. Nabierała szybkości tak sprytnie, że Ada i jej kawaler, znajdując się w stanie wybaczalnej ślepoty powodowanej narastającą rozkoszą, nigdy nie byli świadkami chwili, kiedy okrągła różowa twarzyczka z płonącymi piegami wznosiła się odpowiednio wysoko i dwoje zielonych oczu wbijało spojrzenie w zdumiewający tandem.

Lucette jak cień podążała za nimi z trawnika na strych, z budki stróża do stajni, z nowoczesnej kabiny prysznicowej przy basenie do archaicznej łazienki na górze. Jak diablik z pudełka Lucette wyskakiwała z kufra. Lucette chciała towarzyszyć im w spacerach. Lucette upierała się, żeby bawili się z nią w barani skok – i Ada z Vanem wymieniali mroczne spojrzenia.

Ada obmyśliła plan, który nie był prosty, nie był sprytny i w dodatku zrealizował się na opak. Być może zrobiła to specjalnie. (Skreśl to, Van, skreśl to, p r o s z ę.) Pomysł polegał na tym, żeby Van zwiódł Lucette głaszcząc ją w obecności Ady, jednocześnie całując starszą siostrę, oraz pieszcząc i całując samą Lucette, gdy Ada pójdzie do lasu („do lasu", „w celach botanicznych"). To, twierdziła Ada, pozwoli osiągnąć dwa cele – uśmierzy zazdrość pokwitającego dziecka i posłuży jako alibi w wypadku, gdyby przyłapało ich ono podczas bardziej dwuznacznych igraszek.

Cała trójka przytulała się i dotykała tak często i tak gruntownie, że w końcu pewnego popołudnia na cierpiącej od dawna bez skargi czarnej kanapie Van i Ada nie byli w stanie dłużej pohamować miłosnego podniecenia i pod absurdalnym pretekstem gry w chowanego zamknęli Lucette w szafie ściennej używanej do składowania oprawnych roczników „Wód Kaługi" i „Słońca Lugano", po czym oddali się szaleńczemu aktowi miłosnemu, a dziecko pukało, wołało i kopało tak długo, aż wypadł klucz i dziurka rozbłysła wściekłą zielenią.

Te ataki złego humoru Ada znosiła jednak lepiej niż wyraz bolesnej ekstazy na twarzy Lucette, kiedy obejmowała Vana rękami i kolanami, i nawet chwytnym ogonem, jakby był pniem drzewa, nawet wędrującym pniem drzewa, przy czym udawało się ją od niego oderwać dopiero dzięki umiejętnie wymierzonemu przez starszą siostrę klapsowi.

– Muszę przyznać – powiedziała Ada Vanowi, kiedy w czerwonej łódce płynęli z prądem w kierunku kotary wierzb na ladoriańskiej wysepce – ze wstydem i smutkiem muszę przyznać, że mój wspaniały plan zawiódł. Chyba smarkula ma brudne myśli. Chyba jest zbrodniczo w tobie zakochana. Chyba powinnam ją poinformować, że jesteś jej przyrodnim bratem i że flirtowanie z przyrodnimi braćmi jest nielegalne i w ogóle obrzydliwe. Wstrętne mroczne słowa ją przerażają, wiem to, przerażały mnie, kiedy miałam cztery lata; a ona jest w istocie głupim dzieciakiem i powinna być chroniona przed sennymi koszmarami i ogierami. Jeśli będzie trwała w uporze, zawsze mogę poskarżyć się Marinie, mówiąc, że przeszkadza nam w rozmyślaniach i badaniach. Ale może tobie to nie przeszkadza? Może ona cię podnieca? Tak? Podnieca cię? Przyznaj się.

– To lato jest znacznie smutniejsze od tamtego – cicho powiedział Van.

35

Jesteśmy teraz na wierzbowej wysepce położonej na najspokojniejszej odnodze niebieskiej Ladory. Po jednej stronie wysepki znajdują się podmokłe pola, z drugiej rozpościera się widok na Zamek Bryanta, odległy i romantycznie czarny na wzgórzu obsadzonym dębami. W tym owalnym ustroniu Van poddał swoją nową Adę studiom porównawczym; zestawienie było łatwe, ponieważ dziecko, które poznał do najdrobniejszych szczegółów cztery lata wcześniej, w jasnym blasku stało w jego umyśle na tle tej samej dekoracji z płynnego błękitu.

Obszar czołowy, jak się zdawało, trochę się zmniejszył, nie tylko dlatego, że wyrosła, ale również dlatego, że inaczej się czesała, pozostawiając z przodu teatralny wir włosów. Biel jej czoła, teraz bez najmniejszej skazy, przybrała odcień szczególnie matowy, przecinały je delikatne fałdki, jak gdyby zbyt często marszczyła się w ciągu tych lat, biedna Ada.

Brwi były równie królewskie i gęste jak zawsze.

Oczy. Oczy zachowały zmysłowe zmarszczki na powiekach; rzęsy – podobieństwo do inkrustacji z gagatu; lekko podniesione tęczówki – swą hinduistyczno-hipnotyczną pozycję. Powieki nadal nie potrafiły pozostać uważne i nieruchome podczas najkrótszego nawet uścisku. Jednakże wyraz tych oczu, kiedy jadła jabłko, przyglądała się znalezionemu przedmiotowi albo po prostu słuchała zwierzęcia lub człowieka – ten wyraz się zmienił, jak gdyby nagromadziły się nowe warstwy milkliwości i smutku, na wpół zasłaniając źrenice, podczas gdy lśniące gałki oczne poruszały się w uroczo wydłużonych orbitach niespokojniej niż dawniej: Mlle Hipnokusz, „której oczy nigdy na tobie nie spoczywają, a jednak cię przewiercą".

Nos nie poszedł za przykładem Vanowego, którego zarys, pogrubiony, nabrał jeszcze bardziej irlandzkiego charakteru, ale kość była niewątpliwie wydatniejsza, a koniuszek chyba stał się trochę bardziej zadarty i widniało na nim niewielkie pionowe wyżłobienie, którego, zdaje się, nie widział u dwunastoletniej irlandzkiej dziewuszki.

W mocnym świetle między nosem a ustami można było teraz dostrzec cień ciemniejszego jedwabistego puszku (pokrewnego temu na rękach), ale jak oświadczyła, skazała go na likwidację na pierwszym seansie kosmetycznym sezonu jesiennego. Odrobina szminki nadawała teraz jej ustom aurę nieruchomego nadąsania, która na zasadzie kontrastu podkreślała wstrząs wywołany jej pięknem, kiedy radosna lub głodna odsłaniała wilgotny blask dużych zębów i purpurowe bogactwo języka i podniebienia.

Jej szyja była, i pozostała, jego najdelikatniejszą, najbardziej dojmującą rozkoszą, zwłaszcza kiedy włosy były rozpuszczone i ciepła, biała, zachwycająca skóra prześwitywała przez przypadkowe luki wśród lśniących czarnych pasem. Czyraki i komary przestały ją już prześladować, odkrył jednak bladą bliznę po długim na cal skaleczeniu, biegnącą równolegle do kręgosłupa tuż pod talią, była ona rezultatem głębokiego draśnięcia zbłąkaną szpilką do kapelusza czy też raczej ostrej gałązki w kuszącym sianie.

(Jesteś bezlitosny, Van.)

Na tej sekretnej wysepce (zakazanej dla niedzielnych par – należała do Veenów i tablica spokojnie ogłaszała, że „intruz może być zastrzelony przez myśliwych z Ardis Hall", tekst ułożył stryjaszek Dan) roślinność składała się z trzech wierzb płaczących, wieńca olch, rozmaitych traw, pałek szerokolistnych, tataraku oraz lister o fioletowych warżkach, nad którymi Ada śpiewnie mruczała jak nad szczeniakami czy kociętami.

Pod osłoną tych neurotycznych wierzb Van kontynuował badania.

Jej ramiona były nie do wytrzymania wdzięczne; nigdy nie pozwoliłbym swojej żonie nosić z takimi ramionami sukni bez ramiączek, ale jak Ada mogła zostać moją żoną? W angielskiej wersji dość komicznej opowieści Monparnasse Renny mówi do Nell: „Haniebny cień naszego przeciwnego naturze romansu pójdzie za nami w najgłębsze otchłanie piekła, które nasz Niebieski Ojciec wskazuje nam swym wspaniałym palcem". Z jakiegoś dziwnego powodu najgorsze tłumaczenia to przekłady nie z chińskiego, ale ze zwykłego francuskiego.

Jej sutki, teraz zadziorne i czerwone, otoczone były delikatnymi czarnymi włoskami, które też miały wkrótce zniknąć, gdyż, jak powiedziała, są *unschiklich*. Skąd, chciał wiedzieć, wytrzasnęła to obrzydliwe słówko? Jej piersi były ładne, blade i krągłe, on jednak, nie wiadomo dlaczego, wolał małe miękkie obrzmienia wcześniejszej dziewczyny z ich tępymi i bezkształtnymi pączkami.

Rozpoznawał znajome, jedyne w swoim rodzaju, piękne przewężenie jej płaskiego młodego brzucha, jego cudowną „grę", szczery i żarliwy wyraz mięśni ukośnych i „uśmiech" jej pępka, by posłużyć się słownikiem tancerek wykonujących taniec brzucha.

Pewnego dnia przyniósł swoje przyrządy do golenia i pomógł jej pozbyć się wszystkich trzech kępek owłosienia:

– Teraz jestem Szeherem – powiedział – a ty jesteś jego Adą, to zaś jest twój zielony dywanik modlitewny.

Wizyty na wysepce pozostały wyryte we wspomnieniach owego lata wraz z plątaniną wrażeń, której nie można już było rozplątać. Widzieli siebie stojących w owym miejscu, objętych, ubranych jedynie w ruchome cienie liści, i obserwowali czerwoną łódkę z ruchomą inkrustacją odblasków drobnych falek zabierającą ich stamtąd, machali i machali chusteczkami; i to misterium pomieszanych sekwencji uwydatniały takie rzeczy, jak łódka powracająca do nich, wciąż jednak zarazem się oddalająca, wiosła kalekie z powodu refrakcji, plamki słońca kołujące jak w zjawisku stroboskopowym, kiedy szprychy obracają się w drugą stronę, choć karnawałowe pojazdy toczą się dalej. Czas płatał im figle, kazał jednemu z nich zadawać zapamiętane pytanie, a drugiemu udzielać zapomnianej odpowiedzi, a kiedyś w niedużym olchowym zagajniku, powtórzonym w czerni przez niebieską rzekę, znaleźli podwiązkę, która bez wątpienia należała do niej, temu nie mogła zaprzeczyć, ale której, Van był tego pewny, nigdy nie nosiła podczas ich pozbawionych pończoch letnich wycieczek na magiczną wysepkę.

Jej urocze mocne nogi być może się wydłużyły, ale zachowały gładką bladość i sprężystość z czasów, kiedy była nimfetką. Ciągle mogła ssać swój paluch. Podbicie prawej stopy oraz grzbiet lewej dłoni miały na sobie te same malutkie, nierzucające się w oczy, ale niemożliwe do usunięcia i święte znamiona, którymi natura naznaczyła jego prawą rękę i lewą stopę. Próbowała malować paznokcie lakierem „Szeherezada” (groteskowa moda lat osiemdziesiątych), ale była nieporządna i zapominała dbać o wygląd, lakier łuszczył się, pozostawiając nieładne plamy, Van zażądał więc, by wróciła do stanu „bez połysku". W zamian kupił jej w Ladorze (niewielkim dość eleganckim kurorcie) złoty łańcuszek na nogę, zgubiła go jednak podczas ich wyczerpujących schadzek i nieoczekiwanie wybuchła płaczem, kiedy powiedział, że to nic nie szkodzi, bo następny kochanek któregoś dnia go odnajdzie.

Jej błyskotliwość, jej talent. Oczywiście zmieniła się w ciągu czterech lat, ale i Van się zmienił, przechodząc przez podobne fazy, toteż ich umysły i odczucia pozostały do siebie dostrojone i miały takie zostać zawsze, przez wszystkie okresy rozłąki. Żadne z nich nie było już bezczelnym wunderkindem z roku 1884, ale w wiedzy książkowej oboje przewyższali swoich rówieśników w stopniu nawet bardziej absurdalnym niż w dzieciństwie; jeśli chodzi o wykształcenie formalne, Ada (ur. 21 lipca 1872) ukończyła już swoją szkołę prywatną, a Van, starszy od niej o dwa i pół roku, miał nadzieję uzyskać stopień magistra pod koniec 1889. Jej repliki straciły może trochę żywego blasku i można było dostrzec pierwsze nikłe cienie tego, co później nazwała „swym płonnym przeznaczeniem" (*pustocwietnost'*), przynajmniej, jeśli spoglądało się z pewnej perspektywy; jednakże jej wrodzony *esprit* pogłębił się, osobliwe „metaempiryczne" (wedle określenia Vana) podziemne prądy, jak się zdawało, spotężniały wewnętrznie, wzbogacając w efekcie nawet najprostszy wyraz jej najprostszych myśli. Czytała równie łapczywie i tak samo bez wyboru jak on, ale każde z nich znalazło sobie mniej lub bardziej ulubiony temat, swojego „konika" – on terrologiczną gałąź psychiatrii, ona dramat (przede wszystkim rosyjski); w jej wypadku konik poniósł w ślepą uliczkę, uważał Van, ale miał nadzieję, że to chwilowy kaprys. Jej florimania przetrwała, niestety; po śmierci doktora Krolika – umarł w 1886 r. w swym ogrodzie na atak serca – złożyła wszystkie swoje żywe poczwarki do jego trumny, w której leżał, jak mówiła, równie zażywny i różowiutki jak *in vivo*.

W miłości zaś w skądinąd pełnym trosk i niezdecydowania wieku dojrzewania Ada stała się nawet bardziej agresywna niż w ponadnormalnie namiętnym dzieciństwie. Pilny badacz wyjątkowych przypadków, dr Van Veen, nigdy nie potrafił znaleźć w swych fiszkach dokładnych analogii dla płomiennej dwunastoletniej Ady pośród niepochodzących ze środowisk przestępczych, niedotkniętych nimfomanią, dobrze rozwiniętych umysłowo, szczęśliwych i normalnych angielskich dzieci, chociaż wiele podobnych dziewczynek rozkwitało (i więdło) w starych *châteaux* Francji i Estotii, opisano je w ekstrawaganckich romansach i starczych wspomnieniach. Jeszcze trudniej było Vanowi zanalizować jego własną namiętność do niej. Kiedy przypominał sobie pieszczota po pieszczocie seanse w Willi Wenus albo wcześniejsze wizyty w pływających domach na rzekach Ranta czy Livida, upewniał się, że jego reakcje na Adę były czymś absolutnie z tym wszystkim nieporównywalnym, jako że już dzięki samej wędrówce jej palca lub warg wzdłuż nabrzmiałej żyły powstawała *delicia* nie tylko potężniejsza, ale zasadniczo inna niż ta, którą wywoływał najpowolniejszy masaż najbardziej wyrafinowanej młodej ladacznicy. Cóż to więc było takiego, co wznosiło zwierzęcy akt na poziom nawet wyższy niż ten, na którym znajdują się najściślejsza sztuka czy najdziksze wzloty czystej nauki? Nie wystarczyłoby powiedzieć, że w aktach miłosnych z Adą odkrył dźgnięcia bólu, *ogoń*, gniotący ciężar najwyższej „rzeczywistości". Rzeczywistość, by lepiej to ująć, traciła cudzysłów, który nosiła jak szpony w świecie, gdzie niezależne i oryginalne umysły muszą przylgnąć do rzeczy albo je rozbić, by ustrzec się przed szaleństwem lub śmiercią (a ta jest największym szaleństwem). Przez czas jednego spazmu lub dwu był bezpieczny. Nowa naga rzeczywistość nie potrzebowała macek ani kotwicy; trwała tylko chwilę, ale można ją było powtarzać, kiedy tylko i on, i ona byli fizycznie zdolni do uprawiania miłości. Barwa i ogień tej chwilowej rzeczywistości zależały jedynie od tożsamości Ady, jawiącej się tak, jak on ją postrzegał. Nie wiązało się to w żaden sposób z cnotą czy próżnością cnoty w szerokim znaczeniu tego słowa; w istocie, takie wrażenie miał Van później, w ciągu tego pełnego żaru lata przez cały czas wiedział, że była i ciągle jest mu okropnie niewierna, podobnie jak ona widziała, na długo zanim jej powiedział, że w trakcie rozłąki od czasu do czasu wykorzystywał te żywe mechanizmy, które nazbyt napięci mężczyźni mogą wynająć na parę minut, co opisane było i obficie zilustrowane drzeworytami i fotografiami w trzytomowej *Historii prostytucji*. Przeczytała tę książkę w wieku lat dziesięciu lub jedenastu pomiędzy *Hamletem* a *Mikrogalaktykami* kapitana Granta.

Na użytek uczonych, którzy w sekretnych głębiach bibliotek (gdzie nabożnie przechowuje się paplaninę oraz rżniątka i chłosty zgniłych pornografów) z sekretnym dreszczem (są w końcu ludźmi) będą czytać te zakazane wspomnienia, ich autor musi dodać na marginesie korekty, której bohatersko dokonuje ów przykuty do łóżka starzec (gdyż te długie śliskie węże dodają ostatnią torturę do mąk pisarza), jeszcze kilka [zakończenie zdania nieczytelne, ale na szczęście następny akapit nabazgrany jest na osobnej stronie z bloku listowego. Przypisek wydawcy].

...na temat upojenia jej tożsamością. Osły, którym naprawdę się zdaje, że w gwiezdnym blasku wieczności m o j e, Vana Veena, i j e j, Ady Veen, połączenie, gdzieś w Ameryce Północnej w dziewiętnastym stuleciu, to jedna trylionowa cząstka znaczenia małej jak główka od szpilki planety, mogą sobie ryczeć *ailleurs*, *ailleurs*, *ailleurs* (tylko francuskie słowo zapewnia onomatopeję; stary Veen jest uprzejmy), ponieważ pod mikroskopem rzeczywistości (a jest to jedyna rzeczywistość) upojenie jej tożsamością ukazuje skomplikowany system owych subtelnych mostków, po których przechodzą odczucia – roześmiane, objęte, rzucając w powietrze kwiaty – przechodzą między błoną a mózgiem, system, który zawsze był i jest formą pamięci, nawet w momencie jej postrzegania. Jestem słaby. Piszę niedobrze. Być może umrę dziś w nocy. Mój latający dywan nie szybuje już nad baldachimem wierzchołków drzew i rozdziawionych piskląt, i jej rzadkich orchidei. Wstawić.

36

Pedantyczna Ada powiedziała kiedyś, że wyszukiwanie słów w słowniku ze względu na cokolwiek prócz potrzeb ekspresji – w wykładzie czy sztuce – ma swoje miejsce gdzieś między wybieraniem kwiatów do bukietu (które może być, przyznawała, umiarkowanie romantyczne, na minoderyjnie dziewczęcy sposób) a sporządzaniem kolaży ze skrzydeł różnych motyli (które zawsze jest wulgarne, a często zbrodnicze). *Per contra*, zasugerowała Vanowi, że cyrki słowne, „słowa clowny", „gusła-susła" itd. zasługują może na odkupienie ze względu na jakość pracy umysłowej niezbędnej do stworzenia świetnego logogryfu albo natchnionego kalamburu i nie powinny wykluczać pomocy słownika, niechętnej lub uprzejmej.

Dlatego przyjęła „Fławitę". Nazwa pochodziła od słowa „ałfawit", była to stara rosyjska gra wymagająca zarówno szczęścia, jak i umiejętności, polegała na mieszaniu i układaniu liter alfabetu. Około roku 1790 była w Estotii i Kanadii bardzo modna, potem w początku XIX wieku odrodziła się wśród „Madhatterów", czyli „Szalonych Kapeluszników" (jak nazywano kiedyś mieszkańców Nowego Amsterdamu). Miała wspaniały *come back* po krótkim spadku popularności około roku 1860, a teraz, sto lat później, jak się zdaje, znowu jest *en vogue*, przynajmniej tak mi mówiono, nosi obecnie nazwę „scrabble" i została wynaleziona przez jakiegoś geniusza niezależnie od jej pierwotnej formy czy form.

W jej zasadniczą rosyjską odmianę, rozpowszechnioną w czasach dzieciństwa Ady, grano w wiejskich dworach stu dwudziestoma pięcioma klockami z literami. Zadanie polegało na tym, żeby ułożyć słowa w poziomych i pionowych rządkach na planszy składającej się z dwustu dwudziestu pięciu kwadratowych pól. Dwadzieścia cztery z nich było brązowych, dwanaście czarnych, szesnaście pomarańczowych, osiem czerwonych, reszta zaś złotożółtych (zwanych flawinowymi ze względu na oryginalną nazwę gry). Każdej literze rosyjskiego alfabetu odpowiadała określona liczba punktów (rzadkiemu w rosyjskim „F" aż dziesięć, częstemu „A" tylko jeden). Kolor brązowy podwajał liczbę punktów, czarny - potrajał. Pomarańczowy podwajał sumę punktów za całe słowo. Czerwony ją potrajał. Lucette miała później wspominać tryumfy siostry, jej podwajanie, potrajanie, a nawet podziewiętnianie (w wypadku przejścia przez dwa czerwone pola) punktowej wartości słów, tryumfy te przybrały monstrualne formy w okresie jej gorączki podczas wywołanej przez streptokoki febry we wrześniu 1888 w Kalifornii.

Przystępując do partii, gracze brali z pojemnika, gdzie leżały one napisami w dół, po siedem klocków i układali je na planszy w jakieś słowa. Gracz, który rozpoczynał grę, musiał jedynie ułożyć na pustej jeszcze planszy wyraz złożony z dwu do całych siedmiu liter w ten sposób, żeby przykryć środkowy kwadrat, oznaczony płomiennym siedmiokątem. Później któraś ze znajdujących się na planszy liter stawała się zalążkiem czyjegoś słowa, poziomego lub pionowego. Wygrywał ten z graczy, który zgromadził największą liczbę punktów, za litery i za słowa.

Nasza dziecięca trójka otrzymała w 1884 roku zestaw do gry od starego przyjaciela rodziny (jak nazywano dawnych kochanków Mariny), barona Klima Awidowa, zestaw składał się ze sporej zwijanej planszy z safianu i kasetki z dużymi hebanowymi prostokątami, inkrustowanymi platynowymi literami, z których tylko jedna była łacińska, mianowicie litera „J" na dwu klockach będących dżokerami (wywoływały wzruszenie takie jak czek *in blanco* podpisany Jupiter albo Jurojin). Nawiasem mówiąc, był to ten sam miły, ale drażliwy Awidow (wspominany w wielu pikantnych pamiętnikach z tamtej epoki), który kiedyś u Gritza w Venezia Rossa za pomocą celnie wymierzonego haka wcisnął pechowego angielskiego turystę do pokoiku portiera, turysta ów bowiem żartem zauważył, jakie dowcipne byłoby odrzucenie pierwszej litery nazwiska, by zastosować ją jako *particule*.

W lipcu okazało się, że z dziesięciu liter „A" pozostało tylko dziewięć, a z czterech „D" – trzy. Brakujące „A" odnalazło się później pod Atłasową Amerykanką, ale „D" zgubiło się na dobre, naśladując los swego bliźniaka z apostrofem wyobrażonego sobie przez niejakiego Waltera C. Keywaya, Esq., na chwilę zanim wylądował razem z paroma, nie opatrzonymi jeszcze znaczkami, widokówkami w ramionach oniemiałego poligloty w surducie z mosiężnymi guzikami. Dowcip Veenów (mówi Ada w notce na marginesie) nie zna granic.

Van, pierwszorzędny szachista – w 1887 r. miał wygrać turniej w Chose, pokonując urodzonego w Mińsku Pata Ricjanskiego (mistrza Underhill i Wilson, Karolina Północna) – był zbity z tropu faktem, że Ada nie potrafi wznieść się w swej, by tak rzec, błędnodziewiczej grze ponad poziom młodej damy z jakiejś starej powieści lub z jednej z kolorowych reklam środków przeciw łupieżowi, które pokazują piękną modelkę (stworzoną do całkiem innych gier niż szachy) wpatrującą się w ramię swego pod każdym innym względem nienagannie wypielęgnowanego przeciwnika ponad absurdalnym korkiem ulicznym białych i szkarłatnych, pracowicie wyrzeźbionych i w efekcie niemal nierozpoznawalnych figur *à la* Lalla Rookh, którymi nie chciałby grać nawet ostatni kretyn, choćby miał dostać królewskie honorarium za degradację najprostszej idei pod najbardziej świerzbiącą skórą głowy.

Od czasu do czasu Adzie udawało się wymyślić kombinację, której element stanowiło poświęcenie figury, na przykład hetmana, przy czym gdyby je przyjęto, nasza szachistka odniosłaby eleganckie zwycięstwo po kilku dalszych ruchach, widziała jednak tylko jedną stronę kwestii, w dziwacznej ospałości sparaliżowanej myśli woląc ignorować oczywistą kontrkombinację, która nieuchronnie doprowadzi do jej porażki, jeśli ofiara nie zostanie przyjęta. Natomiast przy planszy do scrrable'a ta sama nieobliczalna i nieporadna Ada zmieniała się w swego rodzaju pełną wdzięku maszynę liczącą, w dodatku obdarzoną fenomenalnym szczęściem, i znacznie przewyższała zbitego z pantałyku Vana, jeśli chodzi o przenikliwość, dalekowzroczność i umiejętność wykorzystywania szans, budując apetyczne długie słowa z najmniej obiecujących skrawków i okruchów.

Gra wydawała mu się dość męcząca i zbliżając się do końca partii, grał pośpiesznie i nieuważnie, nie racząc sprawdzać „rzadkich" i „przestarzałych", ale w pełni dopuszczalnych możliwości podsuwanych przez lojalny słownik. Co się tyczy ambitnej, niekompetentnej i pełnej temperamentu Lucette, to nawet kiedy miała dwanaście lat, trzeba jej było dyskretnie podpowiadać, co Van czynił głównie dlatego, że w ten sposób oszczędzało się czas i trochę przybliżało błogosławiony moment wyekspediowania jej do pokoju dziecinnego, dzięki czemu Ada stawała się dostępna, i możliwa była trzecia czy czwarta kulminacja słodkiego letniego dnia. Szczególnie nudne były kłótnie dziewcząt o to, czy dane słowo zgodne jest z zasadami: imiona i nazwiska były zakazane, podobnie nazwy miejsc, ale zdarzały się przypadki niejasne, źródło bolesnych wątpliwości; przykro było patrzeć, jak Lucette chwytając się pięciu swoich ostatnich liter (żadna nie została już w pudełku) układa piękne ARDIS, co – jak powiedziała jej guwernantka – oznacza grot strzały, niestety tylko po grecku.

Szczególnym utrapieniem było pełne gniewu i pogardy szukanie wątpliwych słów w rozmaitych słownikach, leżących, stojących, rozrzuconych bezładnie wokół dziewcząt, na podłodze, pod krzesłem, na którym klęczała Lucette, na kanapie, na dużym okrągłym stole, gdzie leżała plansza i klocki, oraz na sąsiedniej komodzie. Rywalizacja między kretyńskim Ożegowem (wielkie, niebieskie, źle oprawione tomisko, zawierające 52 972 słowa) i niedużym, ale oschłym Edmundsonem w przyzwoitej wersji dra Gierszeżniewskiego, małomówność skróconych brutali i niekonwencjonalna wielkoduszność czterotomowego Dala („Moja ukochana dalia" – jęczała Ada, kiedy otrzymywała od miłego długobrodego etnografa jakieś zapomniane żargonowe słowo) – to wszystko byłoby dla Vana nie do zniesienia nudne, gdyby jego ciekawości uczonego nie pobudziły osobliwe podobieństwa między pewnymi aspektami scrabble'a i planszetki spirytystów. Uświadomił je sobie pewnego sierpniowego wieczora w 1884 r. na balkonie pokoju dziecinnego, pod niebem rozświetlonym zachodzącym słońcem, którego ostatni blask jak wąż wypełzł zza zbiornika wodnego, podniecił ostatnie jerzyki i wzmocnił kolor miedzianych loków Lucette. Na poplamionym atramentem, pokrytym monogramami i ponacinanym sosnowym stole leżała rozłożona marokinowa plansza. Ładniutka Blanche, także maźnięta – małżowina uszna i paznokieć kciuka – wieczornym różem i pachnąca perfumami nazywanymi przez pokojówki Gronostajowym Piżmem, wniosła niepotrzebną jeszcze lampę. Odbyło się losowanie, Ada wylosowała pierwszeństwo i z otwartego pudełka, gdzie, każdy w osobnej przegródce z flawinowego aksamitu, leżały literą do dołu klocki, ukazując jedynie anonimowe czarne grzbiety, brała właśnie mechanicznie i bezmyślnie, siedem swoich „szczęśliwych literek". Jednocześnie paplała i mimochodem rzuciła:

– Stanowczo wolałabym lampę Benten, ale skończył się w niej *kierosin*. Kotku (zwracając się do Lucette), bądź dobrym kotkiem i zawołaj ją... Dobry Boże!

Litery, które dostała: S, R, Je, N, O, K, I, i które zaczęła układać w swoim *spiektrikie*, czyli korytku z pokrytego laką drewna (każdy z graczy miał je przed sobą), uformowały teraz, żwawo i jakby same z siebie, kluczowe słowo przypadkowego zdania, które towarzyszyło ich przypadkowemu wyborowi.

Innym razem, pewnego dźwięczącego gromami wieczoru (parę godzin przed pożarem stodoły) w wykuszu biblioteki klocki Lucette ułożyły się w zabawne słowo WANIADA, wyciągnęła ona z niego mebel, o którym właśnie mówiła poirytowanym głosikiem:

– A może ja też *choczu na diwanie sidiet'*.

Wkrótce potem, jak to się często dzieje z grami, zabawkami i wakacyjnymi przyjaźniami, które zdają się obiecywać całą wieczność uciechy, Flawita wraz z brązowymi i krwawoczerwonymi drzewami utonęła w jesiennych mgłach: później czarne pudełeczko odłożone na niewłaściwe miejsce popadło w zapomnienie. Odkryto je przypadkowo (wśród pudełek ze srebrnymi sztućcami) cztery lata później, na krótko przed wyjazdem Lucette do miasta, gdzie w połowie lipca 1888 r. spędziła kilka dni z ojcem. Tak się zdarzyło, że to właśnie wtedy trójka młodych Veenów miała zagrać ze sobą we Fławitę po raz ostatni. Czy to dlatego, że dla Ady zakończyła się ona pamiętnym rekordem, czy dlatego, że Van robił w czasie gry notatki w nadziei – niezupełnie płonnej – „ujrzenia podszewki czasu" (co, jak miał później napisać, „jest najlepszą swobodną definicją omenów i proroctw"), w każdym razie ostatnia partia tej właśnie gry mocno wyryła mu się w pamięci.

– *Je ne peux rien faire* – lamentowała Lucette – *mais rien*, z moimi idiotycznymi *Buchstaben*, RJeMNILK, LINKRJeM...

– Spójrz – szepnął Van – *c'est tout simple*, przesuń te dwie sylaby i będziesz miała fortecę w dawnej Moscovii.

– Nie, nie – powiedziała Ada, w charakterystyczny dla siebie sposób kiwając palcem na wysokości skroni. – Ależ nie. To śliczne słowo nie istnieje w języku rosyjskim. Wymyślili je Francuzi. A po rosyjsku nie ma żadnej drugiej sylaby.

– Trochę litości dla dziecka? – wtrącił Van.

– Nie ma litości! – zawołała Ada.

– No dobrze – powiedział Van – zawsze możesz z tego zrobić mały KRiEM czy KRiEMiE albo, jeszcze lepiej, KRiEMLI, co oznacza więzienia w Jukonie. O, tu u Ady jest ORcHIDiEJa, przetnij ją.

– Jej głupią orchideę – powiedziała Lucette.

– A teraz – powiedziała Ada – Adoczka zrobi coś jeszcze głupszego.

I korzystając z taniej literki, beztrosko umieszczonej wcześniej w siódmej klatce najwyższego, punktonośnego rzędu, z głębokim westchnieniem rozkoszy ułożyła przymiotnik TORFJaNUJu, który na literze „F" przebiegł przez kwadrat brązowy, a potem przez dwa czerwone (37×9 = 333 punkty) i przyniósł pięćdziesięciopunktową premię (za umieszczenie wszystkich siedmiu klocków za jednym zamachem), co dało w sumie 383, najwyższą liczbę punktów uzyskaną przez rosyjskiego scrabblistę za jedno słowo.

– Proszę – powiedziała. – Uff! *Pas facile.*

I różowymi kłykciami białej dłoni sczesując ze skroni czarnobrązowe włosy, zadowolonym z siebie melodyjnym tonem, niby księżniczka opowiadająca o otruciu zbędnego kochanka, podliczyła swoje monstrualnie liczne punkty. Lucette wpatrywała się w Vana z niemą, wściekłą skargą na niesprawiedliwość życia, potem zaś, spojrzawszy raz jeszcze na planszę, wydała z siebie nagły skowyt nadziei:

– To jest nazwa miejscowa! Nie wolno jej użyć! To nazwa pierwszej stacyjki po Moście Ladorskim!

– To prawda, kotku – zaśpiewała Ada. – Tak, kotku, masz najzupełniejsza rację. Tak Torfianaja czy, jak mówi Blanche, La Tourbière to istotnie ładniutka, ale dość wilgotna wieś, w której mieszka rodzina naszego Cendrillona. Ale, *mon petit*, ale w języku naszej matki – *que dis je*, w języku naszej wspólnej babki ze strony matki, bogatym i pięknym języku, którego mój kotek nie powinien zaniedbywać na rzecz kanadiańskiej odmiany francuskiego – ten całkiem zwyczajny przymiotnik oznacza „torfiasta”, *torfianuju*, rodzaj żeński, biernik. To jedno słowo przyniosło mi prawie 400 punktów. Szkoda, *nie dotianuła* (nie dociągnęłam).

– *Nie dotianuła!* – poskarżyła się Vanowi Lucette, nozdrza jej się przy tym rozszerzyły, ramiona drżały z oburzenia.

Przechylił jej krzesło, by ześliznęła się z niego i poszła. Ostateczny wynik biedactwa po około piętnastu partiach wynosił mniej niż połowę tego, co jej siostra zdobyła swoim mistrzowskim posunięciem, Van wypadł niewiele lepiej, ale kogo to obchodziło! Puszek pokrywający rękę Ady, blady błękit żył w zagłębieniu zgięcia jej łokcia, woń spalonego drewna, którą roztaczały jej włosy lśniące brązowo przy pergaminie abażuru (przejrzysty pejzaż z jeziorem i japońskimi smokami) zdobywały nieskończenie więcej punktów niż te napięte palce zaciśnięte na ogryzku ołówka mogłyby podliczyć w przeszłości, teraźniejszości czy przyszłości.

– Przegrana idzie prosto do łóżka – powiedział wesoło Van – i z o s t a j e tam, a my zaniesiemy jej – dokładnie za dziesięć minut – dużą filiżankę (granatową filiżankę!) kakao (słodkiego, ciemnego kakao Cadbury bez kożucha!).

– Nigdzie nie idę – powiedziała Lucette, krzyżując ręce na piersi. – Po pierwsze dlatego, że jest dopiero wpół do dziewiątej, a po drugie dlatego, że wiem doskonale, d l a c z e g o chcecie się mnie pozbyć.

– Van – powiedziała Ada po krótkiej chwili milczenia – czy byłbyś łaskaw zawołać Mademoiselle; pracuje z matką nad scenariuszem, który z pewnością nie jest głupszy niż ten paskudny dzieciak.

– Chciałbym się dowiedzieć – powiedział Van – co miała na myśli. Spytaj ją, moja droga.

– Ona sądzi, że będziemy grać tu bez niej w scrabble'a – powiedziała Ada – albo uprawiać tę orientalną gimnastykę, której, pamiętasz, Van, zacząłeś mnie uczyć, zacząłeś mnie uczyć, jak pamiętasz.

– Tak, pamiętam! Pamiętasz, pokazałem ci, czego nauczył mnie mój nauczyciel wychowania fizycznego, pamiętasz, jak się nazywał, King Wing.

– Dużo pamiętacie, cha, cha, cha – powiedziała Lucette, stając w rozkroku przed nimi w zielonej piżamie, z obnażonym śniadym torsem, podparta pod boki.

– Być może najprostsza... – zaczęła Ada.

– Najprostsza odpowiedź to ta – powiedziała Lucette – że wy dwoje n i e m o ż e c i e mi powiedzieć, dlaczego chcecie się mnie pozbyć.

– Być może najprostsza odpowiedź – ciągnęła Ada – jest taka, żebyś ty, Van, porządnie przetrzepał jej skórę.

– Proszę, spróbuj tylko! – krzyknęła Lucette i zapraszająco się odwróciła.

Van czule pogłaskał jej jedwabny łepek i pocałował ją za uchem. Lucette wybuchła okropnym płaczem i wybiegła z pokoju. Ada zamknęła za nią drzwi i przekręciła klucz.

– Oczywiście jest całkiem zwariowaną i zdeprawowaną cygańską nimfetką – powiedziała Ada – ale musimy uważać bardziej niż kiedykolwiek... och, strasznie, strasznie, strasznie... och, uważaj, kochanie.

37

Padało. Trawniki wyglądały na bardziej zielone, a zbiornik wodny na bardziej szary niż zwykle, tak przedstawiał się nudny widok z okna wykuszowego biblioteki. Ubrany w czarny strój gimnastyczny, z dwoma żółtymi poduszkami pod głową Van czytał Rattnera, rzecz na temat Terry, trudne i przygnębiające dzieło. Co jakiś czas spoglądał na wysoki zegar nad łysą czaszką ogorzałej Tatarii, przedstawionej na dużym starym globusie, tykający jesiennie w mdłym świetle popołudnia, bardziej pasującym do początku października niż lipca. Ada, ubrana w niemodny, ściśnięty paskiem makintosz, którego nie znosił, z torebką przewieszoną przez ramię, pojechała na cały dzień do Kaługi, oficjalnie po to, żeby przymierzać jakieś stroje, nieoficjalnie zaś na wizytę u kuzyna dra Krolika, ginekologa Seitza (czy „Zająca", jak go w duchu transkrybowała, ponieważ podobnie jak dr „Królik" w rosyjskiej wymowie należał on do rzędu zajęczaków). Van był pewien, że ani razu w ciągu miesiąca uprawiania miłości nie zaniechał zabezpieczania się za pomocą wszelkich możliwych sposobów, niekiedy dość dziwacznych, ale niezaprzeczalnie pewnych, a ostatnio nabył przypominający pochewkę środek antykoncepcyjny, który w hrabstwie Ladore, z jakiegoś osobliwego, ale historycznego powodu, miały prawo sprzedawać jedynie zakłady fryzjerskie. Mimo to czuł niepokój, i zły był z tego powodu na siebie, a Rattner, który w swym tekście bez przekonania negował obiektywne istnienie siostrzanej planety, choć niechętnie uznawał je w niejasnych notach niewygodnie umieszczonych między rozdziałami, był równie nudny jak deszcz, którego ukośne równoległe ołówkowe strugi dawało się dostrzec na ciemniejszym tle plantacji modrzewi, pożyczonej, jak twierdziła Ada, z Mansfield Park.

Za dziesięć piąta cicho wszedł Bout z zapaloną lampą naftową oraz zaproszeniem od Mariny na pogawędkę w jej pokoju. Przechodząc koło globusa, dotknął go i z dezaprobatą spojrzał na swój ubrudzony palec

– Świat jest bardzo zakurzony – powiedział. – Blanche należałoby odesłać do jej rodzinnej wioski. *Elle est folle et mauvaise, cette fille.*

– Dobra, dobra – mruknął Van, wracając do książki.

Bout wyszedł z pokoju, ciągle kręcąc swoją głupią krótko ostrzyżoną głową i Van, ziewając, pozwolił, żeby Rattner ześliznął się z czarnej kanapy na czarny dywan.

Kiedy znowu spojrzał na zegar, zbierał on właśnie siły do bicia. Van szybko wstał z sofy, przypominając sobie, że dopiero co zajrzała tu Blanche, prosząc, by poskarżył się Marinie, że Mlle Ada znowu nie chciała podwieźć jej do „Piwnej Wieży", jak miejscowi dowcipnisie nazywali jej ubogą wioszczynę. Przez kilka chwil krótki mglisty sen był tak bardzo wymieszany z jawą, że nawet kiedy przywołał na pamięć Bouta dotykającego palcem prostokątnego półwyspu, gdzie właśnie wylądowali Sprzymierzeni (jak ogłosiła ladorska gazeta rozpostarta na stole w bibliotece), ciągle jeszcze wyraźnie widział Blanche wycierającą do czysta Krym jedną ze zgubionych chusteczek Ady. Po ślimacznicy schodków wspiął się do ubikacji koło pokoju dziecinnego; z daleka słyszał guwernantkę i jej nieszczęsną uczennicę recytujące fragmenty z okropnej *Bereniki* (chrapliwy kontralt na przemian z kompletnie pozbawionym wyrazu słabym głosikiem). Uznał, że Blanche, to znaczy Marina zapewne chciałyby wiedzieć, czy mówił poważnie, twierdząc któregoś dnia, że zaciągnie się, kiedy skończy dziewiętnaście lat, co było minimum wieku ochotnika. Przez jakąś minutę myślał o smutnym fakcie, że (co dobrze wiedział ze swoich badań) pomieszanie dwu rzeczywistości, jednej w pojedynczym, drugiej w podwójnym cudzysłowie, to symptom grożącego szaleństwa.

Nieumalowana, z pozbawionymi blasku włosami, owinięta najstarszym kimonem (jej Pedro nagle wyjechał do Rio) Marina na wpół leżała na swym mahoniowym łóżku pod złotożółtą kołdrą, pijąc herbatę z kobylim mlekiem, co było jedną z jej fanaberii.

– Siadaj, popij *czajku* – powiedziała. – Krowie jest w mniejszym dzbanku, tak mi się zdaje. Tak, jest tam.

A kiedy Van, ucałowawszy jej pomarszczoną dłoń, opadł na *iwaniljicza* (mizerny i wzdychający stary puf, obciągnięty skórą):

– Van, mój drogi, chciałabym ci coś powiedzieć i jestem pewna, że nie będę musiała tego powtarzać. Belle z typowym dla niej wyczuciem stosownej frazy zacytowała mi: *cousinage-dangereux-voisinage*, *adage* – czy dobrze mówię, tak *adage*, zawsze mylę się przy tym słowie – skarżąc się, *qu'on s'embrassait dans tous les coins*. Czy to prawda?

Myśli Vana pobiegły przed słowami. To niesamowita przesada, droga Marino. Zwariowana guwernantka widziała raz, jak przeniósł Adę przez strumień i pocałował ją, bo skaleczyła się w palec u nogi. Jestem słynnym żebrakiem z najsmutniejszej na świecie historii.

– *Jerunda* (bzdura) – powiedział Van. – Widziała mnie raz, jak przenoszę Adę przez strumień i błędnie zinterpretowała nasze chwiejne splątanie (*spotykajuszczijesia slijanije*).

– Ależ nie miałam na myśli Ady, głuptasie – powiedziała Marina z lekkim prychnięciem, cały czas zajęta czajnikiem. – Azow, rosyjski humorysta, pisze, że *jerunda* pochodzi od niemieckiego *hier und da*, czyli ani tu, ani tam. Ada to duża dziewczyna, a duże dziewczyny mają, niestety, swoje zmartwienia. Mlle Larivière chodziło oczywiście o Lucette. Van, z tymi czułościami trzeba skończyć. Lucette ma dwanaście lat i jest naiwna, wiem, że to wszystko po prostu w żart, jednakże (*odnako*) w stosunku do małej kobietki *in spe* nigdy dość *dielikatnosti*. *A propos de coins*: w *Gorie ot uma* Gribojedowa, *Mądremu biada*, sztuce wierszem napisanej, jak mi się zdaje, w czasach Puszkina, bohater przypomina Zofii ich dziecięce zabawy i mówi:

Jak często razem siedzieliśmy w kącie
I niedobrego cóż w tym mogło być?

– ale po rosyjsku jest to trochę dwuznaczne, jeszcze filiżankę, Van? (pokręcił głową, jednocześnie podnosząc rękę, zupełnie jak jego ojciec), bo widzisz – nie, tak czy owak nic już nie zostało – drugą linijkę, *i każetsia, czto w etom*, można też zrozumieć jako „I w tym zdaje się", ze wskazaniem palcem na róg pokoju. Wyobraź sobie, kiedy próbowałam tę scenę z Kaczałowem w teatrze „Mewa" w Jukonsku, Stanisławski, Konstantin Siergiejewicz, chciał, żeby wykonał on ten miły geścik (*ujutnieńkij żest*).

– Jakież to interesujące – powiedział Van.

Wszedł pies, wilgotnym brązowym okiem spojrzał w górę, na Vana, podreptał do okna, jak mały człowiek popatrzył na deszcz i wrócił na swoją brudną poduszkę w pokoju obok.

– Nigdy nie mogłem znieść tej rasy – zauważył Van. – Dackelofobia.

– A co z dziewczętami, lubisz dziewczęta, Van, masz dużo dziewcząt? Nie jesteś pederastą jak twój biedny stryjek, prawda? Mieliśmy wśród przodków paru okropnych zboczeńców, ale... Dlaczego się śmiejesz?

– Nie, nic – powiedział Van. – Chciałbym tylko wnieść do protokołu, że uwielbiam dziewczęta. Pierwszą miałem w wieku czternastu lat. *Mais qui me rendra mon Hélène*? Miała kruczoczarne włosy i skórę jak mleko po zdjęciu kożuszka. Później miałem wiele znacznie bardziej śmietankowych. *I każetsia czto w etom.*

– Jakie to dziwne, jakie smutne! Smutne, bo właściwie nic nie wiem o twoim życiu, mój kochany (*moj duszka*). Ziemscy byli strasznymi rozpustnikami (*razwratiki*), jeden z nich lubił małe dziewczynki, a inny *raffolait d'une de ses juments* i kazał ją przywiązywać w specjalny sposób – nie pytaj mnie, jaki (gest obu rąk oznaczający pełną przerażenia niewiedzę), kiedy odwiedzał ją w stajni. *Kstati* (*a propos*), nigdy nie mogłam zrozumieć, jak można coś odziedziczyć po starym kawalerze, chyba że geny skaczą jak szachowy konik. Niemal cię pokonałam, kiedy graliśmy ostatni raz, musimy zagrać znowu, ale nie dzisiaj... dziś jestem zbyt smutna. Wspomnienia zawsze są trochę stylizowane (*stilizowany*), jak mawiał twój ojciec, czarujący, wstrętny mężczyzna, a teraz, nawet gdybyś pokazał mi swoje stare dzienniki, już nie mogłabym, czytając je, wzbudzić w sobie żadnych uczuć, chociaż wszystkie aktorki potrafią przelewać łzy, jak ja teraz. Widzisz (grzebiąc pod poduszką w poszukiwaniu chusteczki), kiedy dzieci są jeszcze całkiem małe (*takije malutki*), nie możemy sobie wyobrazić, że moglibyśmy żyć bez nich choćby kilka dni, a potem żyjemy kilka tygodni, a później kilka miesięcy, szarych lat, czarnych dziesięcioleci, a jeszcze później – *opéra bouffe* chrześcijańskiej wieczności. Myślę, że nawet najkrótsze rozłączenie jest treningiem przed Igrzyskami Elizejskimi – kto to powiedział? Ja to powiedziałam. A twój strój, chociaż bardzo twarzowy, jest w pewnym sensie *traurnyj* (żałobny). Plotę duby smalone. Wybacz mi te idiotyczne łzy... Powiedz mi, czy jest c o k o l w i e k, co mogłabym dla ciebie zrobić? Wymyśl coś! Chciałbyś na przykład dostać piękną, prawie nową peruwiańską apaszkę, którą tu zostawił ten szalony chłopak? Nie? To nie twój styl? Teraz idź. I pamiętaj – ani słowa biednej Mlle Larivière, która ma najlepsze intencje!

Ada wróciła tuż przed kolacją. Kłopoty? Zobaczył ją, gdy dość ciężko wchodziła na paradne schody, wlokąc za sobą na rzemyku sunącą po stopniach torebkę. Kłopoty? Pachniała tytoniem, może dlatego, że (jak powiedziała), jechała godzinę w przedziale dla palących, może dlatego, że (jak dodała) sama wypaliła papierosa albo dwa w poczekalni lekarza, albo wreszcie dlatego, że (tego nie powiedziała) jej nieznany kochanek to nałogowy palacz (w jego otwartych czerwonych ustach kłębi się niebieska mgła).

– No co? *Tout est bien*? – spytał Van po sugestii pocałunku. – Żadnych kłopotów?

Spiorunowała go wzrokiem albo udała, że to robi.

– Van, nie powinieneś był dzwonić do doktora Seitza! On nie wie nawet, jak się nazywam! Obiecałeś!

Pauza.

– Nie dzwoniłem – cicho odpowiedział Van.

– *Tant mieux* – powiedziała Ada tym samym sztucznym głosem, kiedy pomagał jej w korytarzu zdjąć płaszcz. – *Oui, tout est bien*. Mógłbyś przestać mnie obwąchiwać, mój drogi? Błogosławiona rzecz zaczęła się w drodze powrotnej. Daj mi przejść z łaski swojej.

Jakieś jej własne zmartwienia? Machinalnie sfabrykowane przez jej matkę? Jakaś trywialna drobnostka? „Wszyscy mamy jakieś zmartwienia"?

– Ada – zawołał.

Obejrzała się, zanim otworzyła swoje zawsze zamykane na klucz drzwi.

– Co?

– Tuzenbach, nie wiedząc, co powiedzieć: „Nie piłem dziś kawy. Powiedz, żeby zrobili". Szybko wychodzi.

– Bardzo śmieszne! – powiedziała Ada i zamknęła się w swoim pokoju.

38

W połowie lipca stryjaszek Dan wziął Lucette do Kaługi, gdzie miała zostać z Bellą i French pięć dni. W mieście były balet z Laski i niemiecki cyrk, a poza tym żadne dziecko nie opuściłoby turnieju uczennic w hokeju na trawie ani zawodów pływackich i o tej porze roku Dan, w głębi duszy dziecko, na obie te imprezy chodził z religijną żarliwością. Ponadto miała się ona poddać serii „badań" w szpitalu Tarus w celu stwierdzenia, co powoduje tak nienormalne zmiany wagi i temperatury, zagadkowe, bo miała wilczy apetyt i czuła się doskonale.

Jej ojciec planował wrócić z nią w piątek po południu, chciał zabrać ze sobą do Ardisu prawnika z Kaługi, miał również przyjechać Demon, co było wydarzeniem niecodziennym. Zamierzano omówić sprzedaż „niebieskiej" ziemi (torfowiska), należącej do obu kuzynów; obaj zresztą, z różnych powodów, pragnęli szybko się jej pozbyć. Jak zwykle w przypadku bardzo starannie opracowanych planów Dana coś nie wypaliło, prawnik mógł obiecać przyjazd dopiero późnym wieczorem i tuż przed przybyciem Demona jego kuzyn zaaerografował do Mariny, żeby „dać obiad Demonowi", nie czekając na Dana i Millera.

Ten *kontrietan* (humorystyczne określenie Mariny na niekoniecznie nieprzyjemną niespodziankę) bardzo ucieszył Vana. Tego roku rzadko widział się z ojcem. Kochał go z wesołym oddaniem; w latach chłopięcych go uwielbiał, a teraz w swej tolerancyjnej, ale bardziej świadomej młodości szczerze szanował. Jeszcze później do miłości i poważania doszła szczypta odrazy (tej samej, którą odczuwał w stosunku do własnej niemoralności); z drugiej jednak strony, im był starszy, tym mocniej czuł, że gotów byłby oddać za ojca życie, z dumą i przyjemnością, we wszelkich wyobrażalnych okolicznościach. Kiedy pod koniec lat dziewięćdziesiątych XIX wieku Marina w swym żałosnym zdziecinnieniu wyliczała „zbrodnie" zmarłego Demona, z wprawiającymi w zakłopotanie szczegółami, czuł litość i dla niego, i dla niej, ale jego obojętność wobec Mariny i uwielbienie dla ojca przetrwały niezmienione aż do chronologicznie niewiarygodnych lat sześćdziesiątych wieku XX. Żaden przeklęty zwolennik uogólnień, gość z półgroszowym umysłem i wyschniętą figą zamiast serca nie zdoła wyjaśnić (i to jest moja najsłodsza zemsta za całe krytykanctwo, z którym spotykało się dzieło mojego życia) indywidualnych ekstrawagancji dotyczących tych i podobnych kwestii. Żadna sztuka i żaden geniusz nie mogłyby istnieć bez takich ekstrawagancji, to ostateczne oświadczenie, pogrążające naszych błaznów i bałwanów.

Kiedy Demon ostatnimi laty odwiedzał Ardis? 23 kwietnia 1884 (w tym dniu zaproponowano, zaplanowano i obiecano pierwszy letni pobyt Vana tutaj). Dwa razy w lecie 1885 (Van wspinał się wtedy na góry w zachodnich stanach, a panny Veen bawiły w Europie). Obiad w 1886, w czerwcu lub lipcu (gdzie był Van?). Kilka dni w maju 1887 (Ada z pewną Niemką herboryzowała w Estotii lub Kalifornii; Van zadawał się z kurwami w Chose).

Korzystając z nieobecności Larivière i Lucette, Van długo baraszkował z Adą w wygodnym pokoju dziecinnym i teraz wychylał się z niewłaściwego okna, które nie dawało dobrego widoku na podjazd. Nagle usłyszał intensywny pomruk automobilu ojca. Popędził na dół tak szybko, że poręcze parzyły go w dłoń, radośnie przywołując na pamięć podobne epizody z dzieciństwa. W holu nie było nikogo. Demon wszedł do domu przez boczną galerię i siedział teraz w pokrytym słonecznym pyłem pokoju muzycznym, wycierając monokl specjalną *zamszynką* (irchą) i czekając na „przedbrandialną" brandy (prastary żart). Włosy miał umalowane kruczoczarną farbą, zęby białe jak kły myśliwskiego psa. Gładka smagła twarz, ozdobiona równiutko przystrzyżonym wąsikiem, i wilgotne ciemne oczy rozbłysły na widok syna, wyrażając promienną miłość, którą Van odwzajemniał i którą obaj na próżno starali się maskować żartami.

– Cześć, tato

– A, Van, czołem.

Très américain. Dziedziniec szkoły. Zamyka drzwi samochodu, idzie przez śnieg. Zawsze w rękawiczkach, nigdy w płaszczu. Chcesz zajrzeć do „łazienki", tato? Mój kraj, słodki mój kraj.

– Chcesz zajrzeć do „łazienki", tato? – spytał Van, mrugając okiem.

– Nie, dzięki, kąpałem się rano – z szybkim westchnieniem nad upływem czasu: on także pamiętał każdy szczegół tych wspólnych obiadów w Riverlane, natychmiastowe zaproszenie do ubikacji, kordialność nauczycieli, okropne potrawy, zapiekankę ze śmietaną, Boże, chroń Amerykę, zbitych z tropu synów, prostackich ojców, utytułowanych Anglików i greckich arystokratów, porównujących swe jachty, jaki i jarmarki próżności na Bahamudach. Czy mogę dyskretnie przenieść tę wyśmienitą syntezę z różowym lukrem z mojego talerza na twój, synu? Nie s m a k u j e ci, tato?! (udając strasznie urażonego). Boże, chroń ich biedne małe amerykańskie kubki smakowe.

– Twój nowy samochód ma świetne brzmienie – powiedział Van.

– Prawda? Tak. (Trzeba by zapytać Vana o tego *gorniszona* – określenie uroczej *kamieristoczki* we francusko-rosyjskim żargonie najgorszej kategorii). – A w ogóle co nowego, mój chłopcze? Ostatni raz widziałem cię w dniu, kiedy wróciłeś z Chose. Marnujemy życie w tym rozłączeniu! Jesteśmy błaznami losu! Słuchaj, spędźmy razem miesiąc w Paryżu albo Londynie przed rozpoczęciem roku szkolnego!

Demon wyjął monokl i wytarł oczy modną obrębioną koronkami chusteczką, którą trzymał w kieszonce smokinga na sercu. Jego gruczoły łzowe szybko zaczynały działać, jeśli żaden prawdziwy smutek nie kazał mu panować na sobą.

– Wyglądasz szatańsko, naprawdę świetnie, tato. Zwłaszcza z tym świeżym goździkiem w butonierce. Przypuszczam, że nie jeździłeś ostatnio do Opalowej Doliny, ale gdzie wobec tego złapałeś tę opaleniznę?

Rękodzielny kalambur w duchu Veenów.

– *En effet*, pozwoliłem sobie na wycieczkę do Akapułkowa – odpowiedział Demon, niepotrzebnie i mimowolnie przypominając sobie (z ową szczególną eksplozją drobnych szczegółów, które dręczyły również jego dzieci) rybę w fioletowe i czarne paski pływającą w kulistym akwarium, kanapę w podobne pasy, podzwrotnikowe słońce wydobywające żyłki popielatej onyksowej popielniczki stojącej na kamiennej podłodze, stertę starych, poplamionych sokiem pomarańczowym pism „Powiesa" (playboy), ofiarowaną biżuterię, fonograf śpiewający rozmarzonym dziewczęcym głosem „*Petit nègre, au champ qui fleuronne*" oraz cudowny brzuch bardzo kosztownej, bardzo wiarołomnej, a jednak zachwycającej Kreolki.

– A ta, jak jej tam, też z tobą pojechała?

– Cóż, mój chłopcze, mówiąc szczerze, kwestia nazwisk z każdym rokiem staje się coraz bardziej zagmatwana. Mówmy o prostszych rzeczach. Gdzie są alkohole? Obiecał mi je przelatujący anioł.

(Przelatujący anioł?)

Van pociągnął zielony sznurek dzwonka, który posłał melodyjną wiadomość w kierunku pokoju kredensowego i sprawił, że staroświeckie obramowane brązem nieduże akwarium z jednym jedynym więźniem, samotną pielęgnicą, zabulgotało antyfonicznie w rogu pokoju muzycznego (niesamowity, być może związany z samonapowietrzaniem oddźwięk, który rozumiał tylko Kim Beauharnais, chłopiec kuchenny). „Może zadzwonić do niej po obiedzie?" – zastanawiał się Demon. Która tam będzie wtedy godzina? Korzyści niewiele, a niezdrowe dla serca.

– Nie wiem, czy już wiesz – powiedział Van, znowu przysiadając na grubej poręczy ojcowskiego krzesła. – Stryjaszek Dan będzie tutaj z prawnikiem i Lucette dopiero po obiedzie.

– Wybornie – powiedział Demon.

– Marina i Ada powinny zejść za jakąś minutę – *ce sera un dîner à quatre.*

– Wybornie – powtórzył. – Wyglądasz doskonale, mój drogi, mój drogi chłopcze, a nie przesadzam z komplementami jak niektórzy w stosunku do starzejącego się mężczyzny z włosami wybłyszczonymi pastą do butów. Twój smoking jest bardzo przyjemny – czy raczej przyjemnie jest rozpoznać rękę swego starego krawca w ubraniu syna, to trochę jak przyłapać się na tym, że powtarzasz jakiś charakterystyczny gest któregoś z przodków, na przykład ten (kiwając trzy razy lewym palcem wskazującym na wysokości skroni), wykonywała go moja matka, wyrażając przelotny pokojowy sprzeciw; ciebie ten gen ominął, ale wiele razy widziałem go w lustrze swojego fryzjera, kiedy zabraniałem mu wcierać crêmlin w łysiejące miejsce; i wiesz, kto jeszcze miał ten gest – moja ciotka Kitty, ta, co wyszła za bankiera Bolenskiego, rozwiódłszy się z tym okropnym starym dziwkarzem Lowką Tołstojem, tym literatem.

Demon od Dickensa wolał Waltera Scotta i nie cenił zbytnio rosyjskich powieściopisarzy. Jak zwykle Van uznał, że należy wygłosić komentarz i dokonać korekty poglądów:

– To fantastyczny artysta, tato.

– A ty jesteś fantastycznie uroczym chłopcem – powiedział Demon, roniąc jeszcze jedną słodkowodną łzę. Przycisnął do policzka mocną i kształtną dłoń Vana. Van pocałował włochatą pięść ojca, która trzymała już niewidoczny na razie kieliszek alkoholu. Mimo wyraźnie męskiego wpływu ich irlandzkości, wszyscy Veenowie, w których żyłach płynęła też przecież rosyjska krew, okazywali niemałą tkliwość przy rytualnych przypływach uczucia, dość niezgrabnie wyrażając je w słowie.

– Co to – zawołał Demon – co się stało – kciuk i dłoń jak u cieśli. Pokaż drugą rękę. Dobry Boże (mamrocząc:) wzgórek Wenery zniekształcony, linia życia pokiereszowana, ale potwornie długa... (nabierając cygańskiego zaśpiewu:) Długo żyć będziesz, Terrę zobaczysz i powrócisz, mądrzejszy i weselszy (wracając do swego zwykłego głosu:) To, co mnie jako chiromantę zbija z tropu, to dziwny stan linii zwanej siostrą twojego życia. I szorstkość.

– Mascodagama – szepnął Van, unosząc brwi.

– No tak, oczywiście, co za tępak ze mnie. A teraz mi powiedz – lubisz Ardis Hall?

– Ubóstwiam – powiedział Van. – Dla mnie to *château que baignait la Dore*. Chętnie spędziłbym tutaj swoje pokiereszowane i dziwne życie. Ale to próżne marzenia.

– Próżne? No, nie wiadomo. Wiem, że Dan chce zostawić go Lucile, ale Dan jest chciwy, a moje interesy idą tak, że mogę zaspokoić największą chciwość. Kiedy byłem w twoim wieku, uważałem, że najsłodsze słowo naszego języka rymuje się z rosyjskim „*biljard*", a teraz wiem, że miałem zupełną rację. Jeśli naprawdę palisz się, synu, do tej posiadłości, mógłbym spróbować ją kupić. Mogę też wywrzeć pewną presję na moją Marinę. Wzdycha jak puf, kiedy się na nią, by tak rzec, wsiądzie. A niech to, służącym tutaj daleko do Merkurego. Pociągnij no ten sznurek jeszcze raz. Tak, być może udałoby się skłonić Dana do sprzedaży.

– To bardzo czarne z twojej strony – powiedział zadowolony Van, używając slangowego zwrotu, którego nauczył się od swojej czułej młodej niani Ruby, urodzonej na Missisipi, w okolicach, gdzie większość sędziów pokoju, donatorów na cele publiczne, wysokiej rangi duchownych różnych „konfesji" oraz innych szanowanych i szlachetnych ludzi miało ciemną lub ciemnawą skórę odziedziczoną po zachodnioafrykańskich przodkach, pierwszych żeglarzach, którzy dotarli do Zatoki Meksykańskiej.

– No, nie wiadomo – dumał Demon. – Kosztowałoby to niewiele więcej niż parę milionów minus to, co kuzyn Dan jest mi winien, i jeszcze minus pastwiska nad Ladorą, które są całkiem zapaskudzone, i których stopniowo trzeba będzie się pozbyć, jeśli tylko miejscowi ziemianie nie wysadzą w powietrze rafinerii nafty, to przecież *styd i sram* (wstyd) naszego hrabstwa. Nie jestem s z c z e g ó l n i e przywiązany do Ardisu, ale nie mam nic przeciw niemu, chociaż nie znoszę jego okolic. Miasto Ladora stało się bardzo podejrzane, a gra nie jest już tam tym, czym była. Macie tu mnóstwo różnego rodzaju dość podejrzanych sąsiadów. Biedny lord Erminin jest w gruncie rzeczy szalony. Któregoś dnia rozmawiałem na wyścigach z kobietą, na którą polowałem przed wielu, wielu laty, och, na długo zanim Mojżesz de Vere przyprawił jej mężowi rogi, pod moją nieobecność, i później go zastrzelił, w mojej obecności – ten epigram pewnie już słyszałeś i to z tych samych ust...

(Nadszedł czas tematu „ojciec się powtarza".)

...ale dobry syn nie powinien zaraz wpadać w irytację, kiedy ojciec się powtarza... Otóż mówiła mi, że jej chłopak i Ada często się spotykają et cetera. Czy to prawda?

– Niezupełnie – powiedział Van. – Spotykają się od czasu do czasu, na przyjęciach. Oboje lubią konie i wyścigi, ale to wszystko. Nie ma żadnego et cetera, to nie wchodzi w rachubę

– Świetnie! Oho, słyszę czyjeś koturnowe kroki, zbliżają się. Praskowia de Prey odznacza się najgorszą cechą snoba: skłonnością do przesady. *Bonsoir*, Bouteillan. Jesteś teraz czerwony jak wino z twoich rodzinnych stron... ale nie robimy się młodsi, jak mówią Amerloki, i moją śliczną wysłanniczkę musiał po drodze przechwycić jakiś młodszy i mający więcej szczęścia zalotnik.

– *Proszu, papoczka* (proszę, tato) – mruknął Van, który zawsze obawiał się, że abstrakcyjne żarty ojca mogłyby przypadkiem urazić służącego, sam zaś czasami grzeszył nadmierną oschłością.

Jednakże – by zastosować formułę narracyjną z długą siwą brodą – stary Francuz znał swego byłego pana zbyt dobrze, żeby oburzać się na salonowy humor. W dłoni ciągle czuł miłe mrowienie po klapsie w młody twardy zadek Blanche, która dostała go za przekręcenie prostego zamówienia pana Veena i stłuczenie wazonu. Umieściwszy tacę na niskim stoliku, Bouteillan cofnął się kilka kroków, przy czym jego palce nadal były zgięte jakby trzymał tacę, i dopiero wtedy zareagował na powitanie Demona pełnym oddania ukłonem. Czy Monsieur jak zawsze cieszy się dobrym zdrowiem? Owszem, jak najbardziej.

– Do kolacji poproszę – powiedział Demon – butelkę twojego *château latour d'estoc*.

Kiedy kamerdyner, zabrawszy *en passant* z wieka fortepianu zmiętą chusteczkę, wyszedł z jeszcze jednym ukłonem, zwrócił się znów do Vana:

– No a jak żyjecie z Adą? Ma teraz... ile... prawie szesnaście lat? Bardzo muzykalna i romantyczna?

– Jesteśmy bliskimi przyjaciółmi – powiedział Van (który starannie przygotował sobie odpowiedź na to pytanie, sądził bowiem, że się w takiej czy innej formie pojawi). – Mamy ze sobą teraz znacznie więcej wspólnego niż, na przykład, zwykli kochankowie czy zwykłe kuzynostwo albo rodzeństwo. Jesteśmy w gruncie rzeczy nierozdzielni. Dużo czytamy, ona dzięki bibliotece dziadka jest ogromnie wykształcona. Zna nazwy wszystkich kwiatów i zięb w okolicy. W ogóle to bardzo zabawna dziewczyna.

– Van... – zaczął Demon, ale umilkł, jak zaczynał i milknął wiele razy wcześniej w ciągu ostatnich lat. Któregoś dnia trzeba to będzie powiedzieć, ale nie przyszedł właściwy moment. Założył monokl i przyjrzał się butelkom. – Ale, ale, synu, może masz ochotę na któryś z tych aperitifów? Mój ojciec pozwalał mi na lilletówkę i illinois brat – straszna lura, *antrienu sładi*, jak powiedziałaby Marina. Podejrzewam, że twój wujo ma kryjówkę za imitacjami książek w swoim gabinecie i że trzyma tam lepszą whisky niż to *usque ad Russkum*. No cóż, napijmy się koniaku, chyba że z ciebie *filius aquae*.

(Kalambur nie był zamierzony, ale człowieka ponosi i strzela się gafy.)

– Wolę czerwone wino. Później się skoncentruję (*nalagu*) na *latourze*. Nie, zdecydowanie nie jestem abstynentem, a poza tym w Ardisie woda z kranu jest niezdatna do picia!

– Muszę ostrzec Marinę – powiedział Demon, przepłukawszy dziąsła i powoli łyknąwszy płyn – jej mąż powinien przestać chlać wódę i przerzucić się na francuskie i kalifrancuskie wina, zwłaszcza po tym niedużym wylewie. Spotkałem go niedawno w mieście, koło Mad Avenue, szedł w moim kierunku całkiem normalnie, ale kiedy mnie zobaczył, a był przy następnej przecznicy, maszyneria zwolniła i wreszcie stanął – dosłownie jak wryty! – nim w końcu doszedł do mnie. To raczej nie jest normalne. No dobra. Jak to mówiliśmy w Chose, niech nasze ukochane nigdy się ze sobą nie spotkają. Tylko Jukończycy sądzą, że koniak szkodzi na wątrobę, bo nie piją nic prócz wódki. Cóż, miło, że tak dobrze dogadujesz się z Adą. To świetnie. Parę chwil temu, przechodząc galerią, wpadłem na wyjątkowo ładną subretkę. Ani na chwilę nie uniosła rzęs i odpowiedziała po francusku, kiedy... Drogi chłopcze, opuść trochę zasłonę, doskonale, dźgnięcia zachodu słońca, zwłaszcza spod chmury burzowej, to nie na moje biedne oczy. Albo biedne komory mózgu. Lubisz ten typ, Van – pochylona główka, goła szyja, wysokie obcasy, ten szybki chód, kołyszące się biodra, lubisz, co?

– No cóż...

(Powiedzieć mu, że jestem najmłodszym z wenusjan? Czy i on do nich należy? Pokazać znak? Lepiej nie. Coś wymyślić.)

– ...Cóż, odpoczywam po namiętnym romansie, w Londynie, z moją partnerką, tą, z którą tańczyłem tango, widziałeś mnie z nią w tańcu, kiedy przyleciałeś na ostatni spektakl, pamiętasz?

– Tak jest, pamiętam. Dziwne, że tak to nazywasz.

– Myślę, ojcze, że wypiłeś już dość brandy.

– Dobra, dobra – powiedział Demon, walcząc z delikatnym pytaniem, które jedynie głupota pokrewnego przypuszczenia wyparła z umysłu Mariny, jeśli w ogóle pytanie to dostało się tam jakąś tylną furtką; bo głupota jest zawsze synonimem ciasnoty, nigdzie nie jest ciaśniej niż w pustej mózgownicy.

– Naturalnie – ciągnął Demon – wiele dobrego można powiedzieć o letnim odpoczynku na wsi...

– Świeże powietrze i tak dalej – powiedział Van.

– To niewiarygodne, żeby młody chłopak kontrolował swego ojca, jeśli chodzi o spożycie alkoholu – zauważył Demon, nalewając sobie czwarte źdźiebko brandy. – Z drugiej strony – snuł dalej poprzedni wątek, czule pieszcząc wypełniony po brzegi złotem kieliszek na cienkiej nóżce – życie na świeżym powietrzu może być dość smętne bez letniego romansu, a – przyznaję – niezbyt wiele przyzwoitych dziewcząt przebywa w sąsiedztwie. Była ta urocza mała Ermininówna, *une petite juive très aristocratique*, ale o ile wiem, jest zaręczona. *A propos*, ta de Preyowa powiedziała mi, że jej syn się zaciągnął i wkrótce weźmie udział w tej godnej ubolewania imprezie za granicą, nasz kraj nie powinien się do tego mieszać. Ciekaw jestem, czy zostawia tu jakichś rywali.

– Skąd, na Boga – odpowiedział szlachetny Van. – Ada to poważna młoda dama. Nie ma żadnych amantów – oprócz mnie, *ça va seins durs*. Ojej, powiedz mi, tato, kto, no kto to powiedział zamiast „*sans dire*"?

– Ależ King Wing! Kiedy chciałem się dowiedzieć, jak mu się wiedzie z francuską żoną. Cóż, to doskonałe wieści o Adzie. Powiadasz, że lubi konie.

– Lubi – powiedział Van – wszystko, co lubią nasze krasawice – bale, orchidee i *Wiśniowy sad*.

W tym momencie Ada we własnej osobie wbiegła do pokoju. Tak-tak-tak-tak, oto jestem. Promieniejąca!

Stary Demon, złożywszy opalizujące skrzydła, odrobinę podniósł się z miejsca, ale opadł na nie z powrotem, jedną ręką ogarniając Adę, a w drugiej trzymając kieliszek, całował dziewczynę w szyję, włosy i tuszował w jej słodyczy z zapałem zbyt dużym jak na stryjka.

– Jejku – zawołała (i ten wybuch dziecinnego slangu napełnił Vana nawet większym *umilenijem*, *attendrissement*, roztapiającym się zachwytem niż te, których zdawał się doświadczać jego ojciec). – Jak miło cię widzieć! Torujesz sobie drogę, szponami rozdzierając chmury! Pikując tam, gdzie zamek był Tamary!

(Lermontow sparafrazowany przez Lowdena.)

– Ostatni raz cieszyłem się spotkaniem z tobą – powiedział Demon – w kwietniu, miałaś na sobie płaszcz przeciwdeszczowy i biało-czarny szal i po prostu śmierdziałaś jakąś substancją z arszenikiem po wizycie u dentysty. Pewnie będzie ci miło usłyszeć, że dr Pearlman ożenił się ze swoją asystentką. A teraz do spraw poważnych, kochanie. Aprobuję twój strój (czarna obcisła suknia bez rękawów), ścierpię twoją romantyczną fryzurę, nie przejmuję się specjalnie twoimi czółenkami włożonymi *na bosu nogu* (na bosą nogę) ani perfumami Beau Masque – *passe encore*, ale, mój skarbie, ze wstrętem odrzucam twoją siną szminkę. Może to być modne w starej dobrej Ladorze, ale w Man i w Londynie coś takiego jest poniżej krytyki.

– *Ładno* (OK) – powiedziała Ada i odsłaniając swoje duże zęby, mocno wytarła usta malutką chusteczką, wyjętą zza dekoltu.

– To także trąci prowincją. Powinnaś nosić torebkę z czarnego jedwabiu. A teraz pokażę ci, jaki ze mnie jasnowidz: twoim marzeniem jest zostać pianistką!

– Wcale nie! – gwałtownie sprzeciwił się Van. – Kompletny absurd. Nie potrafi zagrać nawet jednej nuty!

– No cóż, nie szkodzi – powiedział Demon. – Obserwacja nie zawsze jest matką dedukcji, wszelako nie ma nic złego w chusteczce rzuconej na bechsteina. Nie musisz się tak bardzo rumienić, najdroższa. Pozwól, że dla odmiany zarecytuję komiczny kawałek:

Lorsque son fi-ancé fut parti pour la guerre
Irène de Grandfief, la pauvre et noble enfant
Ferma son pi-ano... vendit son éléphant.

Enfant jest autora, ale słoń jest mój.

– Nie mów – śmiała się Ada.

– Nasz wielki Coppée – powiedział Van – jest oczywiście okropny, ale ma pewien uroczy kawałek, który obecna tu Ada de Grandfief z większym lub mniejszym powodzeniem parę razy przekręciła na angielski.

– Och, Van! – wtrąciła Ada niezwykłym u niej figlarnym tonem i wzięła garść solonych migdałów.

– Posłuchajmy tego, posłuchajmy – zawołał Demon, biorąc orzech z miseczki jej otwartej dłoni.

Zgrabne współdziałanie harmonijnych ruchów, niewinna wesołość rodzinnych spotkań, nigdy nieplączące się ze sobą sznurki marionetek – wszystko to łatwiej opisać niż sobie wyobrazić.

– Stare chwyty narracyjne – powiedział Van – mogą parodiować jedynie bardzo wielcy i nieludzcy artyści, a tylko bliskiej rodzinie można wybaczyć parafrazowanie znakomitych wierszy. Pozwólcie mi poprzedzić próbę kuzynki

– czyjąkolwiek kuzynką by była – urywkiem z Puszkina, choćby dla dobrych rymów...

– Choćby dla kobry rymów! – zawołała Ada. – Parafraza, nawet moja parafraza jest jak robienie z wężownika żmijowca albo diablika – i może okazać się, że to wszystko, co zostaje z delikatnego małego kokornaka.

– Co absolutnie wystarczy – powiedział Demon – na moje małe potrzeby i potrzeby moich małych przyjaciółek.

– A więc proszę – ciągnął Van (puszczając mimo uszu to, co uznał za nieprzyzwoitą aluzję, jako że ostatnia nieszczęsna roślina uważana była przez dawnych mieszkańców okolic Ladory nie tyle za remedium przeciwko ukąszeniu węża, ile za gwarancję lekkiego porodu bardzo młodej kobiety, ale mniejsza o to). – Przypadkiem wiersze ocalały. Mam je u siebie. Tu je wplotę: *Leur chute est lente* – wiele osób je zna...

– Ależ j a je znam – przerwał Demon:

Leur chute est lente. On peut les suivre
Du regard en reconnaissant
Le chêne à sa feuille de cuivre
L'érable à sa feuille de sang.

Kapitalna rzecz.

– Tak, to był Coppée, a oto teraz kuzynka – powiedział Van i zadeklamował:

Wolno spadają. Ten, który je śledzi,
Każdy z nich widzi w jego locie z drzew
To dąb – powiada – znam te liście z miedzi,
To klon – powiada – bo ten liść to krew.

– Fuj! – wyrzuciła z siebie tłumaczka.

– Wcale nie! – zawołał Demon. – „Ten, który je śledzi" – to świetne rozwiązanie, dziewczyno.

Przyciągnął dziewczynę do siebie, w rezultacie trafiła na jego *Klubsessel*, lądując na poręczy; grubymi wilgotnymi wargami przez gęste czarne kosmyki przykleił się do jej gorącego czerwonego ucha. Van poczuł dreszcz rozkoszy.

Przyszła teraz kolej na *entrée* Mariny, wkroczyła w roziskrzonej sukni, w sprzyjających warunkach, jakie dawała gra światłocienia, i rozpostarła ramiona, twarz ukazana była zmiękczającym obiektywem, tak lubianym przez gwiazdy w rozkwicie lat, za panią szedł Jones, który niósł dwa lichtarze i starając się nie naruszać etykiety, wymierzał słabe odpędzające kopniaki w jakiś brązowy kłąb w mroku za nim.

– Marina! – zawołał Demon ze zdawkowym entuzjazmem i poklepał ją po dłoni, siadając obok na kanapie.

Rytmicznie posapując, Jones ustawił jeden z pięknych oplecionych smokami świeczników na niskim stoliku ze lśniącymi kieliszkami i miał już przynieść drugi w miejsce, gdzie Demon i Marina kończyli przyjazną wymianę wstępnych uprzejmości, ale został przez nią szybko skierowany ku konsoli koło pasiastej ryby. Sapiąc, zasunął zasłony, ponieważ z dnia nie zostało już nic prócz malowniczych ruin. Jones był nowy, działał sprawnie, poważnie i powoli, ale trzeba było przyzwyczajać się stopniowo do jego nawyków i zadyszki. Wiele lat później oddał mi przysługę, której nigdy nie zapomnę.

– To *jeune fille fatale*, blada, łamiąca serca piękność – zwierzył się Demon swojej byłej kochance, nie kłopocząc się tym, czy przedmiot jego pochwał go słyszy (owszem, słyszał) z drugiego końca pokoju, gdzie przedmiot ów pomagał Vanowi przyprzeć do muru psa, i nadmiernie eksponując w trakcie tej akcji nogi. Nasz stary przyjaciel, równie podniecony jak reszta złączonej na nowo rodziny, wpadł do pokoju za Mariną, w zadowolonym pysku trzymając stary gronostajowy kapeć. Należał on do Blanche, której kazano zabrać Dacka do siebie, ale która jak zwykle nie uwięziła go jak należy. Oboje dzieci doznało przejmującego dreszczem wrażenia *déjà-vu* (w istocie podwójnego *déjà-vu*, jeśli patrzeć na nie z artystycznej perspektywy czasowej).

– *Pożałujsta biez głupostiej* (bez głupstw, proszę), zwłaszcza *devant les gens* – powiedziała bardzo mile połechtana Marina (wzorem babek i prababek wymawiając ostatnie „s"); i kiedy powolny lokaj o rybich ustach wyszedł, wynosząc przewróconego na plecy, wypinającego pierś Dacka oraz jego nieszczęsną zabawkę, ciągnęła: – Doprawdy, w porównaniu z miejscowymi pannami, na przykład z Grace Erminin albo Cordulą de Prey, Ada jest turgieniewowską dzieweczką, a może nawet miss z Jane Austen.

– W istocie jestem Fanny Price – skomentowała to Ada.

– W scenie na schodach – dodał Van.

– Nie zwracajmy uwagi na zrozumiałe tylko dla nich żarciki – powiedziała Marina do Demona. – Nigdy nie pojmuję ich gier i małych sekretów. Ale Mlle Larivière napisała wspaniały scenariusz o tajemniczych dzieciach robiących różne dziwne rzeczy w starych parkach... tylko nie pozwól jej opowiadać dziś wieczór o ostatnich sukcesach literackich, to byłby fatalny błąd.

– Mam nadzieję, że twój mąż nie przyjedzie z b y t późno – powiedział Demon. – Jak wiesz, nie bywa w najlepszej formie po ósmej letniego czasu. Ale, ale, jak tam Lucette?

W tej chwili Bouteillan majestatycznie otworzył oba skrzydła drzwi i Demon *kałaczikom* (wyginając rękę w kształt rosyjskiego rogala) podał ramię Marinie. Van, który w obecności ojca popadał zwykle w posępne w gruncie rzeczy rozbawienie, chciał w podobny sposób poprowadzić Adę, ta jednak trzepnęła go po ręce z siostrzanym *sans-gêne*, którego Fanny Price mogłaby nie zaaprobować.

Inny Price, typowy, aż nazbyt typowy, stary sługa, którego Marina (i podczas ich krótkiego romansu G.A. Wroński), nie wiadomo dlaczego, nazywali „Grib", położył u szczytu stołu onyksową popielniczkę dla Demona, który lubi między daniami zaciągnąć się ancestralnym rosyjskim papierosem. Boczny stolik był, także na rosyjską modłę, zastawiony zbiorem czerwonych, czarnych, szarych i beżowych przystawek, kawior prasowany (*sałfietocznaja ikra*) oddzielała od miseczki świeżego (*ikra swieżaja*) mięsista wspaniałość grzybków w occie, prawdziwków i koźlaków, różowość wędzonego łososia rywalizowała z karmazynową barwą szynki westfalskiej. Na osobnej tacy połyskiwały *wodoczki* o różnych aromatach. Udział kuchni francuskiej w tym bogactwie stanowiły *chaudfroids* oraz *foie gras*. Okno było otwarte, w czarnym nieruchomym listowiu świerszcze cykały ze złowieszczą szybkością.

Był to – by nie zaprzestać wierności wymaganiom gatunku powieściowego – długi, radosny, wyśmienity obiad i chociaż na rozmowę składały się głównie rodzinne żarty i błyskotliwe banały, spotkanie to miało pozostać w pamięci jako osobliwie ważne, choć nie całkiem przyjemne przeżycie. Człowiek cenił to doświadczenie tak jak ceni się nagłe miłosne oczarowanie obrazem w pinakotece albo wspomnienie stylistyki snu, jakiegoś szczegółu snu, znaczącego bogactwa koloru i konturów skądinąd nic nieznaczącej wizji. Trzeba zauważyć, że nikt, nie wyłączając czytelnika ani nawet Bouteillana (który niestety pokruszył bezcenny korek), nie był podczas owego przyjęcia w najlepszej formie. Fatalnie psuła je lekka domieszka farsy i fałszu, niepozwalająca aniołowi – jeśli anioły mogły odwiedzać Ardis – czuć się całkiem swobodnie; a jednak było to fantastyczne widowisko, którego żaden artysta nie chciałby przegapić.

Obrus i blask świec przyciągnął bojaźliwe lub porywcze ćmy, pośród których Ada – jej oczy prowadził ku nim jakiś duch – nie mogła nie rozpoznać starych „skrzydlatych przyjaciół". Bladzi intruzi, pragnący jedynie rozpostrzeć delikatne skrzydła na jakiejś lśniącej powierzchni, walący w sufit napastnicy ubrani w futra członków gildii, przysadziści nicponie z puszystymi czułkami oraz zawisaki z czerwonymi brzuszkami w czarne pasy, postrach przyjęć – wszystko to, w ciszy lub brzęcząc, powoli wpływało lub szybko wpadało z obszarów czarnej i wilgotnej nocy do jadalni.

Nie wolno nam, w żadnym razie nie wolno nam zapomnieć, że była to czarna, gorąca i wilgotna noc w Ardisie w hrabstwie Ladore w połowie lipca 1888 roku i że złożona z czterech osób rodzina siedziała wokół owalnego stołu, jaśniejącego kwiatami i kryształami. Pamiętajmy, że nie była to scena ze sztuki, jak mogło, a nawet musiało się wydawać widzowi siedzącemu (z aparatem fotograficznym lub programem) na widowni, na aksamitnym parterze ogrodu. Od zakończenia trzyletniego romansu Mariny z Demonem upłynęło szesnaście lat. Różnej długości przerwy – dwa miesiące na wiosnę 1870, niemal cztery w połowie 1871 – w swoim czasie tylko nasilały tkliwość i udrękę. Jej rysy, które stały się wyjątkowo z gruba ciosane, jej strój, ta usiana cekinami suknia, lśniąca siateczka na poziomkowoblond ufarbowanych włosach, jej opalony na czerwono dekolt i melodramatyczny makijaż z nazbyt dużą przewagą ochry i bistru nawet mgliście nie przypominały mężczyźnie, który kochał ją bardziej niż jakąkolwiek inną kobietę w dziejach swych podbojów, werwy, uroku ani liryzmu urody Mariny Durmanow. Przygnębiło go to – ta kompletna ruina przeszłości, rozproszenie się muzyków i jej wędrownego dworu, logiczna niemożliwość odniesienia podejrzanej, niepewnej rzeczywistości czasu teraźniejszego do niewątpliwej rzeczywistości czasu przeszłego. Nawet *hors-d'œuvres* wypełniające *zakusocznyj stoł* w majątku Ardis ani jadalnia z rozmaitymi malowidłami nie łączyły się z ich *petits soupers*, chociaż, Bóg świadkiem, trzy rzeczy, od których zaczynała się uczta, były wciąż te same – małe marynowane prawdziwki w płowych, mocno naciśniętych i błyszczących kaskach, szare paciorki świeżego kawioru i pasztet z gęsiej wątróbki utkany asami pik perigordzkich trufli.

Demon włożył sobie do ust ostatni kęs czarnego chleba z elastycznym płatem młodego łososia, przełknął ostatni kieliszeczek wódki i zajął swe miejsce przy stole, przez którego obłą długość patrzyła na niego Marina, zza brązowej misy wyglądających na wyrzeźbione jabłek *calville* i wydłużonych winogron w rodzaju *piersty*. Alkohol, wchłonięty już przez jego silny organizm, jak zwykle pomógł otworzyć znów to, co, popełniając galicyzm, nazywał potępionymi drzwiami, i teraz, mimowolnie rozdziawiając usta, jak wszyscy mężczyźni przy rozkładaniu serwetki, zastanawiał się nad pretensjonalną fryzurą Mariny (*ciel-étoilé*) i próbował u c h w y c i ć (w rzadkim sensie tego słowa), to znaczy próbował, zagnawszy go w czuciowe ognisko, p o s i ą ś ć realność faktu, że oto tutaj jest kobieta, którą nieznośnie kochał, która histerycznie i kapryśnie kochała jego, która upierała się, żeby kochali się na dywanikach i poduszkach położonych na podłodze („jak ludzie z najlepszego towarzystwa w dolinie Eufratu i Tygrysu"), która zaledwie dwa tygodnie po porodzie pędziła w bobsleju w dół pokrytego śniegiem stoku albo przyjeżdżała Orient Expressem z pięcioma kuframi, dziadkiem Dacka i pokojówką do *ospedale* dr Stelli Ospienko, gdzie dochodził do siebie po draśnięciu w pojedynku na szable (draśnięciu nadal po upływie niemal siedemnastu lat widocznym jako biała blizna pod jego ósmym żebrem). Jakie to dziwne, że kiedy człowiek po długiej rozłące spotyka kumpla albo tłustą ciotunię, którą lubił w dzieciństwie, natychmiast następuje odrodzenie nieosłabionych ciepłych ludzkich uczuć przyjaźni, natomiast podczas spotkania z dawną kochanką nigdy nie dochodzi do czegoś takiego – jakby ludzka cząstka uczucia okazywała się wymieciona wraz z pyłem nieludzkiej namiętności w ramach procesu całkowitego zniszczenia. Spoglądał na nią i składał w duchu hołd doskonałemu smakowi zupy, ale ona, ta dość przysadzista kobieta, mająca niewątpliwie dobre serce, ale narowista i zgryźliwa, cała polakierowana – nos, czoło itd. – jakimś brązowawym olejkiem, który uważała za bardziej „odmładzający" od pudru, była mu dalsza niż Bouteillan, który kiedyś, gdy udawała omdlenie, wyniósł ją na rękach z willi w Ladorze do dorożki; było to po ostatecznej, najzupełniej ostatecznej kłótni w przeddzień jej ślubu.

Marina, w istocie kukła w ludzkim przebraniu, nie doświadczała tego rodzaju niepokojów, brakowało jej bowiem owego „trzeciego wzroku" (indywidualnej, magicznie szczegółowej wyobraźni), który mogą też posiadać liczni skądinąd zwykli i ulegli ludzie, ale bez którego pamięć (nawet w przypadku głębokiego „myśliciela" albo genialnego technika) jest, spójrzmy prawdzie w oczy, stereotypem albo wyrwaną kartką. Nie chcemy zbyt surowo sądzić Mariny; w końcu jej krew pulsuje w naszych nadgarstkach i skroniach i wiele z dziwactw odziedziczyliśmy po niej, a nie po nim. Jednakże nie możemy wybaczyć grubiaństwa jej duszy. Mężczyzna, który siedział u szczytu stołu i z którym łączyła ją para wesołych dzieciaków, „młody amant" (w żargonie filmowym) po jej prawej stronie i „pierwsza naiwna" po lewej, w żaden sposób nie różnił się od tego samego Demona w takim samym czarnym smokingu (tylko może bez goździka, bo ten prawdopodobnie ukradł z wazonu na wyraźne polecenie przyniesionego z galerii przez Blanche), siedzącego obok niej u Praslinów w zeszłym roku w dniu Bożego Narodzenia. Brzegów przyprawiającej o zawrót głowy przepaści, którą wyczuwał za każdym razem, kiedy spotykał Marinę, tego straszliwego „cudu życia" z jego osobliwą mieszaniną uskoków geologicznych, nie dawało się połączyć mostem tego, co o n a uznawała za kropkowaną linię zwyczajnych spotkań: „biedny stary" Demon (wszyscy jej łóżkowi przyjaciele odchodzili w stan spoczynku z tym tytułem) pojawiał się przed nią jako nieszkodliwe widmo w foyer teatrów „między lustrem a wachlarzem", w salonach wspólnych przyjaciół, a raz w Parku Lincolna (pokazywał laską małpiszona z indygowym tyłkiem i zgodnie z zasadami *beau monde* nie ukłonił się jej, był bowiem w towarzystwie kurtyzany). Gdzieś głębiej, znacznie głębiej znajdował się, bezpiecznie zmieniony przez jej zepsuty filmem umysł w zwietrzały melodramat, trzyletni okres gorączkowo rozrzuconych w przestrzeni schadzek z Demonem, *Namiętny romans* (tytuł jej jedynego ekranowego przeboju), pełne żaru sceny w *palaces*, palmy i modrzewie, jego całkowite oddanie, jego paskudny charakter, zerwania, pogodzenia, „Błękitne Ekspresy", płacz, zdrady, panika, pogróżki pękniętej siostry, bezsilne, bez wątpienia, ale pozostawiające ślady tygrysich pazurów na draperii snów, zwłaszcza kiedy wilgoć i ciemność wywołują gorączkę. I cień kary (z idiotycznymi insynuacjami prawnymi) na murze z tyłu. Wszystko to było tylko dekoracją, łatwą do spakowania, opatrzenia nalepką „Piekło" i wysłania daleko; i tylko bardzo rzadko przychodziło jakieś przypomnienie, na przykład trickowe zbliżenie przedstawiające dwie lewe ręce przedstawicieli różnych płci, co te ręce robiły? Marina nie potrafiła już odpowiedzieć (chociaż upłynęły zaledwie cztery lata!) – grały *à quatre mains*? – nie, żadne nie brało lekcji gry na pianinie – rzucały cienie królików na ścianę? – lepiej, cieplej. Ale ciągle nieprawidłowo; coś mierzyły? Ale co? Wdrapywały się na drzewo? Wypolerowany pień drzewa? A gdzie, w jaki sposób? Któregoś dnia – dumała – przeszłość człowieka trzeba uporządkować. Wyretuszować, zrobić dubel. To i owo musi się „wyciąć", to i owo „wmontować", pewne wymowne uszkodzenia taśmy warto naprawić, za pomocą „przenikania" należy powiązać epizody i dyskretnie skombinować to działanie z odrzuceniem niepotrzebnego, wprawiającego w zakłopotanie „materiału", zapewnić sobie jakieś ostateczne gwarancje; tak, któregoś dnia... przed śmiercią, która klapsem kończy ujęcie.

Tego wieczoru ograniczyła się do automatycznego rytuału podawania mu potraw, które planując menu, przypomniała sobie mniej lub bardziej trafnie jako jego ulubione. A więc *zielonyje szczi*, aksamitna zielona zupa ze szczawiu i szpinaku z pływającymi w niej śliskimi jajkami na twardo, podawana z parzącymi palce, cudownie miękkimi *pirożkami* z mięsem, marchewką lub kapustą, *peer-rush-key*, tak wymawiano to w Ardisie i czczono tę nazwę od zawsze i na zawsze. Potem, uznała, poda się obtoczonego w bułce tartej sandacza (*sudak*) z gotowanymi ziemniakami, jarząbki (*rjabcziki*) i szczególny rodzaj szparagów (*biezu-*

chanka), które – jak mówią książki kucharskie – nie wywołują Proustowskich następstw.

– Marino – mruknął Demon, kończąc pierwsze danie. – Marino – powtórzył głośniej. – Jestem bardzo daleki (jego ulubione wyrażenie) od krytykowania smaku Dana, jeśli chodzi o białe wina czy manier *de vos domestiques*. Znasz mnie, nie zwracam uwagi na takie drobiazgi, jestem... (gest), ale, moja droga – ciągnął przechodząc na rosyjski – *czełowiek*, który podał mi *pirożki*, ten nowy, tłustawy, z oczami (*s głazami*)...

– Każdy ma oczy – zauważyła sucho Marina.

– No cóż, tak, ale ten patrzy, jakby miał wchłonąć jak ośmiornica całe jedzenie, które podał. Ale nie o to chodzi. On sapie, Marino! Ma jakąś *odyszku* (zadyszkę). Powinien zbadać się u dra Krolika. To przygnębiające. To rytmiczne sapanie, jakby był pompą. Zupa się od tego marszczy.

– Słuchaj, tato – powiedział Van – dr Krolik niewiele może zrobić, ponieważ, jak wiesz, nie żyje, a Marina nie może zabronić swoim służącym oddychania, ponieważ, jak wiesz, żyją.

– Humor Veenów, humor Veenów – mruknął Demon.

– Właśnie – powiedziała Marina. – Stanowczo odmawiam jakiejkolwiek interwencji. Poza tym biedny Jones nie jest astmatykiem, on się tylko denerwuje, bo pragnie jak najlepiej spełniać swoje obowiązki. Jest zdrowy jak byk, tego lata wiele razy pływałam z nim na łódce, wiosłował z Ardisville do Ladory i z powrotem i sprawiało mu to przyjemność. Jesteś okrutny, Demonie. Nie mogę mu powiedzieć „*nie pichtitie*", tak jak nie mogę powiedzieć Kimowi, naszemu kuchcikowi, żeby nie robił zdjęć z ukrycia – to prawdziwy maniak fotografowania, ten Kim, chociaż poza tym to cudowny, cichy, uczciwy chłopiec, nie mogę też mojej francuskiej pokojóweczce powiedzieć, żeby przestała dostawać zaproszenia, jakoś je zawsze zdobywa, na najwytworniejsze *bals masqués* w Ladorze.

– To interesujące – zauważył Demon.

– Stary świntuch! – zawołał Van wesoło.

– Van! – powiedziała Ada.

– Jestem młodym świntuchem – westchnął Demon.

– Bouteillan, proszę mi powiedzieć, jakie mamy jeszcze dobre białe wino, co byś polecał? – spytała Marina.

Kamerdyner uśmiechnął się i wyszeptał bajeczną nazwę.

– Tak, o, tak – powiedział Demon. – Ach, moja droga, nie powinnaś obmyślać obiadów całkiem sama. Ale wróćmy do wiosłowania... wspomniałaś o wiosłowaniu... Czy wiesz, że *moi, qui vous parle*, byłem w 1858 w wioślarskiej reprezentacji uniwersytetu. Van woli futbol, ale jest tylko w reprezentacji college'u. Prawda, Van? Jestem też od niego lepszy w tenisie, nie w tenisie na trawie oczywiście, to dobre dla duchownych, ale w „tenisie królewskim", jak nazywają to w Manhattanie. Co by tu jeszcze dodać, Van?

– Zawsze pokonujesz mnie w szermierce, ale jestem lepszy w strzelaniu. To nie jest prawdziwy *sudak*, *papa*, ale jest kapitalny, zapewniam cię.

(Marina, nie zdoławszy na czas zdobyć produktu europejskiego, wybrała miejscową rybę najbardziej do niego podobną, sandacza amerykańskiego, zwanego „szczupakiem z wytrzeszczem" albo „płaskodenką", z sosem tatarskim i gotowanymi młodymi ziemniakami.)

– No! – powiedział Demon, próbując reńskiego lorda Byrona. – To prawdziwa rekompensata za łzy Najświętszej Marii Panny.

– Mówiłem przed chwilą z Vanem – ciągnął podnosząc głos (miał mylne wrażenie, że Marinie popsuł się słuch) – o twoim mężu. Moja droga, on pije za dużo jałowcówki, robi się jakiś mętny, dziwny. Któregoś dnia przypadkiem szedłem Pat Lane po stronie Czwartej Alei i oto widzę, że właśnie on jedzie, bardzo szybko, w tym swoim strasznym miejskim samochodzie, dwumiejscowym, z dźwignią, napędzanym nieoczyszczoną naftą. Zobaczył mnie, z dużej odległości, zamachał i cała machina zaczęła dygotać, a potem zatrzymała się w połowie drogi do następnej przecznicy, siedział w tym aparaciku, próbując wprawić go w ruch kołysaniem tyłka, no wiesz, tak jak dziecko, które utknęło gdzieś na swoim trójkołowym rowerku, podszedłem do niego i odniosłem nieodparte wrażenie, że to jego mechanizm się zatrzymał, a nie tego gruchota.

Jednakże Demon w dobroci swego podstępnego serca czegoś Marinie nie powiedział, tego mianowicie, że ten imbecyl w tajemnicy przed swym doradcą w sprawach sztuki, panem Aixem, za kilka tysięcy dolarów kupił od karcianego przyjaciela Demona (i z jego, Demona, błogosławieństwem) kilka fałszywych obrazów Correggia, po to tylko, by sprzedać je jakimś niewybaczalnym fuksem innemu stukniętemu kolekcjonerowi za pół miliona; Demon uważał odtąd tę sumę za pożyczkę, którą kuzyn zdecydowanie powinien mu zwrócić, jeśli zdrowy rozsądek ma jeszcze na tej bliźniaczej planecie jakiekolwiek znaczenie. Z kolei Marina nie powiedziała Demonowi o młodej pielęgniarce, z którą Dan wygłupia się od czasu ostatniej choroby (nawiasem mówiąc, była nią ta sama wścibska Bess, którą Dan przy pewnej pamiętnej okazji poprosił, by pomogła mu znaleźć „coś sympatycznego dla małej pół-Rosjanki zainteresowanej biologią").

– *Vous me comblez* – powiedział Demon, mając na myśli burgunda – chociaż, prawdę mówiąc, mój dziadek ze strony matki raczej odszedłby od stołu, niż patrzył na mnie pijącego z *gelinotte* nie szampana, tylko czerwone wino. Znakomite, moja droga (posyłając pocałunek nad krajobrazem z płomienia i srebra).

Pieczony jarząbek (czy raczej jego odpowiednik z Nowego Świata, zwany regionalnie „górską kuropatwą") podany był z brusznicami (zwanymi regionalnie „górską żurawiną"). W szczególnie soczystym kęsie tego brązowego ptaszka znalazła się między czerwonym językiem Demona i mocnym kłem kuleczka śrutu.

– *La féve de Diane* – zauważył, starannie kładąc ją na brzegu talerza. – Jak wygląda sprawa samochodu, Van?

– Niewyraźnie. Zamówiłem roseleya, takiego jak twój, ale nie dostarczą go przed Bożym Narodzeniem. Próbowałem znaleźć silentium z przyczepą, ale z powodu wojny nie udało mi się, chociaż związek między motocyklami a działaniami wojennymi pozostaje dla mnie tajemnicą. Ale radzimy sobie, Ada i ja, radzimy sobie, jeździmy konno, na rowerach, nawet latamy na dywanach.

– Zastanawiam się – powiedział Demon – dlaczego nagle przyszły mi na myśl nasze wspaniałe kanadiańskie wersy o rumieniącej się Irène:

Le feu si délicat de sa virginité
Qui coś tam *sur son front...*

Dobra. Możesz zabrać do Anglii mojego pod warunkiem...

– *A propos* – przerwała mu Marina – powiedz mi, gdzie i w jaki sposób mogłabym zdobyć starą obszerną limuzynę ze starym doświadczonym szoferem, taką, jaką na przykład Praskowia ma od lat?

– To rzecz niemożliwa, moja droga, oni wszyscy są teraz w niebie albo na polach Terry. Ale co Ada chciałaby dostać, co moja milcząca kochana dziewczynka chciałaby dostać na urodziny? To w następną sobotę *po rasczotu po mojemu* (według moich obliczeń). Tak? *Une rivière de diamants*?

– *Protiestuju!* – zawołała Marina. – Tak jest, mówię *sieriozno*. Jestem przeciwna temu, żebyś dawał jej *kłaka sesła* (*quoi que ce soit*). Zajmiemy się tym z Danem.

– Poza tym zapomnisz – powiedziała Ada ze śmiechem, bardzo zręcznie pokazując czubek języka Vanowi, który przy słowie „diamants" spojrzał na nią, z zainteresowaniem oczekując odruchu warunkowego.

Van spytał:

– Pod warunkiem, że co?

– Pod warunkiem, że taki sam nie czeka już na ciebie w Garażach George'a na Ranta Road.

– Ado, wkrótce będziesz latać na dywanie sama – ciągnął. – Mascodagama spędzi resztę wakacji ze mną w Paryżu. *Qui* coś tam *sur son front, en accuse la beauté*!

Banalna paplanina ciągnęła się w podobny sposób. Któż nie przechowuje w najciemniejszej zatoce mózgu takich jasnych wspomnień? Któż nie wstrząsnął się i nie zakrył rękami twarzy, kiedy łypnęła na niego okiem oślepiająca przeszłość. Któż w przerażeniu i samotności długiej nocy...

– Co to było? – krzyknęła Marina, którą burze kerletyczne przerażały nawet bardziej niż antybursztynowców z hrabstwa Ladore.

– Sucha błyskawica – wyraził przypuszczenie Van.

– Gdybyście zapytali mnie – powiedział Demon, odwracając się na krześle, żeby spojrzeć na wzdętą zasłonę – uznałbym, że to chyba lampa magnezjowa. W końcu jest pośród nas sławna aktorka i rewelacyjny akrobata.

Ada podbiegła do okna. Pod niespokojnymi magnoliami stał, mając po obu bokach rozdziawiające usta służące, chłopak o białej twarzy i celował obiektywem aparatu fotograficznego w nieszkodliwą, wesołą grupę rodzinną.

Był to jednak tylko nocny miraż, rzecz w lipcu nierzadka. Nikt nie robił zdjęć, z wyjątkiem Peruna, boga gromów, którego imienia nie wolno wymieniać. Oczekując grzmotu, Marina zaczęła niemal bezgłośnie liczyć, jakby modliła się albo mierzyła puls komuś bardzo choremu. Jedno uderzenie serca miało obejmować milę mrocznej nocy, oddzielającej nasze żywe serce od skazanego pasterza, rażonego gdzieś, och, bardzo daleko, na szczycie góry. Grzmot nadszedł, ale jego dźwięk był dość stłumiony. Drugi błysk ujawnił budowę przeszklonych drzwi.

Ada wróciła na miejsce. Van podniósł spod jej krzesła serwetkę i w trakcie szybkiego nura i wynurzenia otarł się skronią o bok jej kolana.

– Czy mogłabym dostać kolejną porcję jarząbka, opisanego przez Patersona, *Terastes bonasia windriverensis*? – spytała Ada wyniośle.

Marina zadzwoniła malutkim krowim dzwonkiem z brązu. Demon położył dłoń na grzbiecie dłoni Ady i poprosił ją o podanie osobliwie działającego na wyobraźnię przedmiotu. Uczyniła to – *staccato* łuku jej gestu. Demon założył monokl i, uciszając język pamięci, obejrzał dzwonek; nie był to jednak ten, który kiedyś stał na szpitalnej tacce w mrocznym pokoju w domku dra Lapinera, nie wyprodukowano go nawet w Szwajcarii, był tylko jednym z owych słodkobrzmiących przekładów, które ujawniają prostackie fałszerstwo przeinaczacza, kiedy tylko zajrzy się do oryginału.

Niestety, ptak nie przetrwał „składanych mu hołdów”, więc po krótkiej naradzie z Bouteillanem obok *asperges en branches*, którymi raczyli się teraz wszyscy, na talerzu młodej damy pojawił się niezbyt stosowny, ale bardzo smaczny kawałek *saucisson d’Arles*. Niemal przerażała przyjemność, z jaką ona i Demon zupełnie tak samo wykrzywiali lśniące usta, by z jakiejś niebiańskiej wysokości wsunąć w nie zmysłowego krewniaka zimnej konwalii, trzymając trzon takim samym pękiem palców, w sposób przypominający zreformowany „znak krzyża", za protesty przeciw któremu (śmieszną małą schizmę, mierzącą mniej więcej cal, tyle co odległość palca wskazującego od kciuka) bardzo wielu Rosjan zostało spalonych przez innych Rosjan zaledwie dwa wieki temu na brzegach Wielkiego Jeziora Niewolniczego. Van przypomniał sobie, że serdeczny przyjaciel jego guwernera, wielce uczony, ale pruderyjny Siemion Afanasjewicz Wiengierow, wówczas młody docent, ale już ceniony puszkinolog (1855–1954), mawiał, że jedynym wulgarnym fragmentem w dziele autora, którym się zajmował, jest godna kanibalów radość młodych smakoszy wyrywających „żywe i tłuste" ostrygi z ich „klasztorów" w niedokończonej pieśni *Eugeniusza Oniegina.* Ale w końcu „każdemu smakuje co innego", jak brytyjski pisarz Richard Leonard Churchill dwukrotnie błędnie przekłada trywialne francuskie powiedzenie (*chacun à son goût*) w powieści o pewnym chanie krymskim, niegdyś popularnym wśród dziennikarzy i polityków, zatytułowanej *Wielki i dobry człowiek* – tak przynajmniej twierdził złośliwy i pełen uprzedzeń Guillaume Monparnasse, o którego niedawno zdobytej sławie, zanurzając w miseczce odwrócony kielich kwiatowy dłoni, Ada opowiadała Demonowi, spełniającemu ten sam rytuał w ten sam elegancki sposób.

Marina wyjęła jednego albany z kryształowego pojemniczka wypełnionego tureckimi papierosami z filtrem z płatków czerwonej róży i podała szkatułkę Demonowi. Ada z niejakim zażenowaniem zapaliła również.

– Dobrze wiesz – powiedziała Marina – że twój ojciec nie lubi, kiedy palisz przy stole.

– Ależ nic nie szkodzi – mruknął Demon.

– Miałam na myśli Dana – ciężko wyjaśniła Marina. – Jest bardzo drażliwy, jeśli chodzi o tę kwestię.

– A ja nie jestem – oznajmił Demon.

Ada i Van nie mogli powstrzymać się od śmiechu. Wszystko to były żarty, nie najwyższego lotu, ale żarty.

Chwilę później jednak Van stwierdził:

– Chyba też wezmę alibi, to znaczy albany.

– Wszyscy raczą zauważyć – powiedziała Ada – na ile *voulu* było to przejęzyczenie! Lubię palić, szukając grzybów, a kiedy wracam, ten okropny kpiarz upiera się, że pachnę jakimś romantycznym Turkiem czy Albańczykiem spotkanym w lesie.

– No cóż – powiedział Demon – Van bardzo dobrze robi, troszcząc się o twoją moralność.

Prawdziwy rosyjski *profitrol* (bardzo miękkie „l"), wymyślony przez rosyjskich kucharzy w Gawanie przed 1700 rokiem, to większy ptyś pokryty bardziej śmietankową czekoladą niż ciemne i mizerne „*profit rolls*", jakie podaje się w europejskich restauracjach. Nasi przyjaciele właśnie skończyli ten słodki przysmak polany sosem *chocolat-au-lait* i gotowi już byli zabrać się do owoców, kiedy Bout, za którym szedł jego ojciec i niezdarny Jones, weszli wzbudzając niejaką sensację.

Wszystkie toalety i rury wodociągowe w domu zaburczały tak, jak burczy w brzuchu. To zapowiadało zawsze rozmowę zamiejscową. Marina, która od kilku dni czekała na wiadomość z Kalifornii, odpowiedź na pewien płomienny list, ledwie mogła przy pierwszym bulgocącym spazmie powstrzymać gwałtowną niecierpliwość i już miała rzucić się do dorofonu w holu, kiedy wpadł młody Bout, ciągnąc długi zielony sznur (w widoczny sposób wstrząsany serią nabrzmień i skurczów, mniej więcej tak jak połykający mysz polną wąż) ozdobnej, wykonanej z mosiądzu i masy perłowej słuchawki, którą Marina z dzikim „*A l'eau!*" przycisnęła do ucha. Był to jednak tylko stary namolny Dan, dzwonił do niej, by zawiadomić wszystkich, że Miller jednak nie da rady przyjechać tego wieczoru i będzie mu towarzyszyć do Ardisu jutro skoro świt.

– Skoro świt, to świt, ale trochę wstyd – cierpko stwierdził Demon, przesycony już rodzinnymi uciechami i trochę zły, że stracił pierwszą część wieczoru hazardzisty w Ladorze, poświęcając ją dla przygotowanego w najlepszej wierze, ale jednak nie c a ł k i e m pierwszorzędnego jedzenia.

– Kawę wypijemy w żółtym salonie – powiedziała Marina tak smutno, jakby ów salon był miejscem ponurego wygnania. – Jones, proszę z ł a s k i s w o j e j nie deptać sznura. Nie masz pojęcia, Demonie, jak bardzo nie mam ochoty na nowe, po tylu latach, spotkanie z Norbertem von Millerem, który zapewne stał się jeszcze bardziej arogancki i uniżony i który w dodatku nie uświadamia sobie, że żona Dana to ja. To bałtycki Rosjanin (zwracając się do Vana), ale naprawdę *echt deutsch*, chociaż jego matka była z domu Iwanow czy Romanow, czy jakoś tak, miała fabrykę perkalu w Danii albo Finlandii. Nie mam pojęcia, jak uzyskał tytuł barona, kiedy znałam go przed dwudziestu laty, nazywał się po prostu Miller.

– I nadal tak się nazywa – oschle powiedział Demon – pomylili ci się dwaj Millerowie. Prawnik, który pracuje dla Dana, to mój stary przyjaciel Norman Miller z kancelarii adwokackiej Fainley, Fehler i Miller, fizycznie jest bardzo podobny do Wilfrida Lauriera. Z kolei Norbert ma, pamiętam, głowę jak *Kegelkugel*, mieszka w Szwajcarii, bardzo dobrze wie, za kogo wyszłaś za mąż, i jest niesamowitym łajdakiem.

Po szybkiej filiżance kawy i odrobinie likieru wiśniowego Demon się podniósł.

– *Partir c'est mourir un peu, et mourir c'est partir un peu trop*. Powiedz Danowi i Normanowi, że jutro jestem gotów o dowolnej porze przyjąć ich kawą i ciastkiem u Bryanta. Ale, ale, jak się ma Lucette?

Marina ściągnęła brwi i pokręciła głową, odgrywając rolę tkliwej i niespokojnej matki, chociaż w gruncie rzeczy darzyła swoje córki nawet mniejszym uczuciem niż milutkiego Dacka i żałosnego Dana.

– Oj, napędziła nam stracha – odpowiedziała wreszcie – niezłego stracha. Ale teraz, jak się zdaje...

– Van – powiedział jego ojciec – bądź tak miły. Kapelusza nie miałem, ale miałem rękawiczki. Poproś Bouteillana, żeby poszukał ich na galerii, mogłem je gdzieś tam rzucić. Nie. Czekaj! W porządku. Musiałem zostawić je w samochodzie, bo przypominam sobie chłód kwiatu, który, przechodząc, wziąłem z wazonu...

Wyrzucił go teraz, pozbywając się wraz z nim cienia przelotnej chętki, by przytulić dłonie do delikatnych piersi.

– Miałam nadzieję, że będziesz spać tutaj – powiedziała Marina (w istocie było jej wszystko jedno). – Jaki jest numer twojego pokoju w hotelu – czy przypadkiem nie 222?

Lubiła romantyczne zbiegi okoliczności. Demon przyjrzał się cyfrom na kluczu: 221, co wróżebnie i anegdotycznie nie było najgorsze. Niesforna Ada oczywiście rzuciła ukradkowe spojrzenie na Vana, który naprężył nozdrza, starając się naśladować nachylenie wąskiego, pięknego nosa Pedra.

– Naigrawają się ze staruszki – powiedziała Marina nie bez kokieterii i na rosyjską modłę pocałowała gościa w nachylone czoło, kiedy podnosił jej rękę do ust. – Wybacz – dodała – że nie wyjdę na taras. Reaguję od pewnego czasu alergicznie na wilgoć i mrok; jestem pewna, że mam temperaturę, przynajmniej trzydzieści siedem i siedem.

Demon popukał w szkiełko barometru koło drzwi. Pukano go zbyt często, by reagował na to w jakikolwiek czytelny sposób, i nadal wskazywał trzecią piętnaście.

Van i Ada go odprowadzili. Noc była bardzo ciepła i mżąca tym, co chłopi z okolic Ladory nazywali zielonym deszczem. Czarny sedan gościa elegancko połyskiwał pośród lakierowanych wawrzynów w świetle latarni na ganku, gdzie jak płatki śniegu wirowały ćmy. Demon czule ucałował dzieci, dziewczynę w jeden policzek, chłopca w drugi, potem znowu Adę – w jamkę białej, obejmującej jego szyję ręki. Nikt nie zwracał większej uwagi na Marinę, która z wykuszowego okna w kolorze tangelo machała roziskrzonym szalem, chociaż widziała jedynie połysk maski samochodu i deszcz ukośnie padający w świetle jego reflektorów.

Demon wciągnął rękawiczki i ruszył wywołując głośny trzask wilgotnego żwiru

– Ostatni pocałunek zaszedł trochę za daleko – ze śmiechem zauważył Van.

– No cóż, usta mu jakby trochę zjechały – zaśmiała się Ada i nadal się śmiejąc, objęli się w ciemności, okrążając skrzydło budynku.

Na chwilę zatrzymali się pod osłoną wyrozumiałego drzewa, gdzie po obiedzie stawało wielu palących cygara gości. Spokojnie, niewinnie, tuż przy sobie, każde w odmiennej pozycji, przepisanej przez płeć, dodali ciurkanie i chlust do bardziej profesjonalnych dźwięków nocnego deszczu, a potem, trzymając się za ręce, czekali w kącie treliażowej galerii, aż pogasną światła w oknach.

– Coś było trochę nie tak w całym tym wieczorze? – cicho spytał Van. – Zauważyłaś?

– Oczywiście, że zauważyłam. A jednak uwielbiam go. Myślę, że to zupełny wariat, że nie ma w życiu ani miejsca, ani zajęcia, że bynajmniej nie jest szczęśliwy, że jest filozoficznie nieodpowiedzialny... i że nie ma drugiego takiego jak on.

– Ale co stanowiło zgrzyt? Nie mogłaś wykrztusić słowa. Wszystko, co mówiliśmy, było *falszywo*. Zastanawiam się, czy jakiś jego wewnętrzny węch nie wyczuł ciebie we mnie i mnie w tobie. Próbował mnie spytać... Nie, to nie było miłe spotkanie rodzinne. Co właściwie poszło nie tak w czasie obiadu?

– Kochanie, kochanie moje, mówisz tak, jakbyś nie wiedział! Może zdołamy zawsze nosić nasze maski, póki pani „Ś" nas nie rozdzieli, ale nigdy nie będziemy mogli się pobrać, tak długo, jak oni oboje żyją. Po prostu nie jesteśmy w stanie tego zmienić, bo on na swój sposób jest nawet bardziej poddany konwencjom niż prawo i wszawe społeczeństwo. Nie da się przekupić własnych rodziców, a czekać czterdzieści, pięćdziesiąt lat, aż umrą, to zbyt straszne, żeby nawet o tym myśleć... chodzi mi o to, że sama myśl o tym, że k t o k o l w i e k czeka na coś takiego, nie leży w naszej naturze, jest podła i potworna!

Pocałował ją w na pół zamknięte usta, delikatnie i „moralnie", tym słowem definiowali chwile wewnętrznej głębi, by odróżnić je od desperacji namiętności.

– Niemniej – powiedział – to zabawne być dwojgiem tajnych agentów w obcym kraju. Marina poszła na górę. Masz mokre włosy.

– Szpiegami z Terry? Wierzysz, wierzysz w istnienie Terry? O tak, wierzysz! Przyjmujesz je. Znam cię przecież!

– Przyjmuję ją jako stan umysłu. To niezupełnie to samo.

– Tak, ale ty chcesz udowodnić, że to j e s t to samo.

Musnął jej usta kolejnym religijnym pocałunkiem. Jego brzeżek jednak chwytał już ogień.

– Któregoś dnia – powiedział – poproszę cię o powtórkę spektaklu. Będziesz siedziała tak jak przed czterema laty, przy tym samym stole, w tym samym świetle, rysując taki sam kwiat i odtworzę całą tę scenę z taką uciechą, taką dumą, taką – czy ja wiem – wdzięcznością! Popatrz, wszystkie okna są już ciemne. Też potrafię tłumaczyć, jeśli po prostu muszę. Posłuchaj tego:

Światła w pokojach gasły, ciemno.
    Słodkim zapachem tchnęły *rozy*.
Siedziałaś w mroku razem ze mną
    Ciemniał rozległy cień *bieriozy*.

– No tak, „brzoza" to dla tłumacza czasem „zgroza", prawda? To koszmarny wierszyk Konstantina Romanowa, co? Tego, którego właśnie wybrali na prezesa Laskańskiej Akademii Literatury, tak? Kiepski poeta i szczęśliwy mąż. Szczęśliwy mąż!

– Wiesz co – powiedział Van – naprawdę uważam, że powinnaś nosić c o ś pod spodem, kiedy idziesz na bardziej oficjalne imprezy.

– Twoje ręce są zimne. Dlaczego oficjalne? Sam powiedziałeś, że to była impreza rodzinna.

– Mimo to. Byłaś w niebezpieczeństwie za każdym razem, kiedy pochylałaś się albo rozwalałaś.

– Ja się nigdy nie r o z w a l a m !

– Jestem pewien, że to niehigieniczne, a może to swego rodzaju zazdrość z mojej strony. Wspomnienia Szczęśliwego Krzesła. Och, kochanie moje.

– W każdym razie – szepnęła – czasem to upraszcza sytuację, nie? Sala do gry w krokieta? *Ou comme ça*?

– *Comme ça* tym razem – powiedział Van.

39

Chociaż dość eklektyczna, w roku 1888 ladorska moda nie była tak dowolna, jak uważano w Ardisie.

Na wielki piknik z okazji swoich urodzin szesnastoletnia Ada włożyła prostą bluzkę z lnu, kukurydzianożółte spodnie i znoszone mokasyny. Van chciał, żeby rozpuściła włosy; sprzeciwiła się, mówiąc, że są za długie jak na wiejskie warunki, ale w końcu poszła na kompromis, wiążąc je zmiętą wstążką z czarnego jedwabiu w połowie długości. Jedynym wkładem Vana w letnią elegancję były niebieski golf, szare flanelowe spodenki do kolan i sportowe buty na gumowej podeszwie.

Podczas gdy pośród kropel słońca na tradycyjnej polance w sosnowym borze przygotowywano wiejskie święto, szalona dziewczyna i jej kochanek wymknęli się na parę chwil łapczywych żarów do porośniętego paprociami jaru, gdzie strumyk spływał ze skały na skałę pomiędzy wysokimi krzakami przypalin. Dzień był gorący i bezwietrzny. Każda, nawet najmniejsza sosna miała swoją cykadę.

Ada powiedziała:

– Żeby wyrazić się jak postać ze starej powieści – to wydaje się, jakbym już tak dawno, *dawnym dawno*, grywała tutaj w gry językowe z Grace i dwiema innymi uroczymi dziewczynkami. *Escient, insecte, inceste.*

– Żeby wyrazić się jak botanik i szalona kobieta – powiedziała – uważam, że najbardziej niezwykłym słowem w języku angielskim jest „*husked*”, ponieważ oznacza przeciwstawne sobie rzeczy, pokryty łuską i pozbawiony łuski, łuska mocna, ale łatwo się łuszczy, to znaczy lekko odłazi, nie musisz wyrywać wszywanego paska, zwierzaku.

– Starannie obłuskany zwierzak – powiedział Van z czułością.

Upływ czasu tylko powiększał jego czułość dla obejmowanej istoty, tej uwielbianej istoty, której ruchy były teraz bardziej gibkie, której pupa nabrała wyraźniejszego kształtu liry, której wstążeczkę wiążącą włosy właśnie rozwiązał.

Kiedy kucali na brzeżku przy jednym z krystalicznych progów strumyka, gdzie przed zwaleniem się w dół zamierał na chwilę, by zostać sfotografowany i samemu robić fotografie, przy ostatnim dreszczu Van zobaczył w wodzie odbicie spojrzenia Ady błyskającego ostrzeżeniem. Coś podobnego zdarzyło się gdzieś wcześniej: nie miał czasu, żeby rozpoznać wspomnienie, które jednak pozwoliło mu natychmiast rozpoznać odgłos potknięcia z tyłu.

Pośród nierównych skał znaleźli i pocieszyli biedną małą Lucette, której w plątaninie krzaków noga pośliznęła się na granitowej płycie. Zarumienione i zakłopotane dziecko z mocno przesadzonym grymasem bólu rozcierało sobie udo. Van i Ada wesoło chwycili ją każde za jedną rączkę i pobiegli razem z nią z powrotem na polankę, gdzie Lucette zaśmiała się, gdzie Lucette klapnęła na ziemię, gdzie Lucette pomknęła ku swoim ulubionym plackom z owocami, czekającym na nią na rozkładanym stole. Wyłuskała się z koszulki, podciągnęła zielone szorty i kucając na rudobrunatnej ziemi wzięła się do zgromadzonych przez siebie smakołyków.

Ada nie zaprosiła na piknik nikogo prócz bliźniaków Ermininów, ale wcale nie chciała, żeby zjawił się tylko brat bez siostry. Ta ostatnia jednak, jak się okazało, nie mogła przyjść, bo pojechała do New Cranton, odprowadzając młodego dobosza, swego pierwszego chłopaka, który odpływał ze swym regimentem w stronę wschodzącego słońca. Grega trzeba było wszelako zaprosić: dzień wcześniej wpadł do Ady, przywożąc „talizman" od swojego ciężko chorego ojca, który prosił, by z równą pieczołowitością jak jego babka strzegła tego wielbłądzika z żółtej kości słoniowej wyrzeźbionego w Kijowie przed pięciu wiekami, w czasach Timura i Naboka.

Van nie mylił się, uważając, że oddanie Grega nie wywiera na Adzie żadnego wrażenia. Ponowne spotkanie z nim sprawiło mu przyjemność, tego rodzaju amoralną w swej czystości przyjemność, jaka dodaje smaku przyjaznym uczuciom żywionym przez szczęśliwego kochanka w stosunku do odrzuconego rywala, pod każdym względem przyzwoitego.

Greg, który zostawił na leśnej drodze swój wspaniały nowy motocykl marki Silentium, zauważył:

– Mamy towarzystwo.

– Rzeczywiście – potwierdził Van – *Kto sii* (kim oni są)? Wiesz coś o nich?

Nikt nie wiedział. Do chłopców podeszła ubrana w płaszcz przeciwdeszczowy, nieumalowana, posępna Marina i przez gałęzie drzew spojrzała we wskazanym przez Vana kierunku.

W nabożnym skupieniu przyjrzawszy się silentium, około tuzina starszawych ludzi z miasta w ciemnych, wyświeconych i źle usztych ubraniach przeszło przez drogę i weszło do lasu i tam zasiadło do skromnego *colazione*, na które składały się ser, bułki, salami, sardynki i chianti.

Byli dostatecznie daleko od uczestników pikniku, by w żaden sposób im nie przeszkadzać. Nie mieli ze sobą mechanicznych szkatułek muzycznych. Mówili głosami ściszonymi, ich gesty nie mogły być bardziej dyskretne. Najczęstszym z nich było rytualne zgniatanie w tej czy innej dłoni papieru pakowego, szorstkiego papieru gazetowego albo papieru piekarskiego (bardzo lekkiego i kiepskiego rodzaju) i spokojne, roztargnione wyrzucanie zgniecionej kulki, tymczasem inne smutne apostolskie dłonie rozpakowywały prowiant albo, nie wiadomo dlaczego, pakowały go z powrotem, a wszystko to w nobliwym cieniu sosen i w pokornym cieniu fałszywych akacji.

– To dziwne – powiedziała Marina, drapiąc się w rozświetloną słońcem pozbawioną włosów plamkę na głowie.

Posłała lokaja, żeby zbadał sytuację i powiedział tym cygańskim politykom albo kalabryjskim robotnikom, że jaśnie pan Veen będzie w ś c i e k ł y, jeśli odkryje intruzów obozujących w jego lasach.

Lokaj wrócił kręcąc głową. Nie mówią po angielsku. Do rzeczy wziął się Van:

– Proszę odejść, to jest własność prywatna – powiedział w łacinie ludowej, po francusku, w kanadiańskiej odmianie francuskiego, po rosyjsku, w jukońskiej odmianie rosyjskiego i znowu w bardzo prostackiej łacinie: *proprieta privata*.

Stał i patrzył na nich, ledwie przez nich dostrzegany, ledwie tknięty cieniem listowia. Byli to źle ogoleni mężczyźni z policzkami o granatowym odcieniu, mieli na sobie stare odświętne garnitury. Niektórym brakowało kołnierzyków, ale ich tarczycę i tak zdobiły spinki. Jeden miał brodę i wilgotnego zeza. Zdjęli lakierki, w których pęknięciach zebrał się kurz, i pomarańczowo-brązowe półbuty o noskach albo bardzo tępych, albo bardzo spiczastych i wsunęli je pod łopiany lub umieścili na starych pniakach dość monotonnej przecinki. Rzeczywiście było to dziwne! Kiedy Van powtórzył swoją prośbę, intruzi zaczęli mamrotać między sobą w kompletnie niezrozumiałym żargonie, lekko machając w jego kierunku, jakby bez większego przekonania odganiali komara.

Spytał Mariny, czy chce, by użył siły, ale kochana słodka Marina, przygładzając ręką włosy, a drugą wspierając na biodrze, powiedziała „nie", lepiej ich zignorować, zwłaszcza że odsuwają się teraz bardziej w las, o patrz: niektórzy *à reculons* ciągną na czymś, co przypomina starą kołdrę, części składowe swojego posiłku, wloką to niby kuter rybacki po piasku i kamykach, a inni grzecznie zabierają zgniecione opakowania i niosą je do jakichś odleglejszych kryjówek, podporządkowując się regułom ewakuacji: obraz wielce melancholijny i znaczący, ale co, co właściwie znaczył?

Pomału Van o nich zapomniał. Wszyscy bawili się teraz doskonale. Marina zrzuciła z siebie blady płaszcz przeciwdeszczowy czy raczej „przeciwkurzowy", który włożyła na piknik (w końcu jej szara domowa suknia z różową apaszką jest, jak oznajmiła, dość wesoła dla starej kobiety) i unosząc pusty kieliszek, zaśpiewała arię ze *Śniadania na trawie*: „Więc pijmy, więc pijmy na chwałę miłości!". Z trwogą i litością, ale bez cienia miłości Van wciąż powracał w myślach do tej nieszczęsnej łysej plamki na nieszczęsnej starej głowie Traverdiaty, do kawałka skóry zabarwionego jej farbą do włosów na okropny kolor rdzawej sosny i znacznie bardziej błyszczącego niż jej martwa czupryna. Spróbował, jak wiele razy przedtem, wycisnąć z siebie choć trochę sympatii dla niej, ale jak zwykle mu się to nie udało, jak zwykle powiedział sobie, że także Ada nie lubi swojej matki, co było mętnym i tchórzowskim pocieszeniem.

Greg, z rozczulającą prostotą sądzący, że Ada zauważy i doceni jego gesty, obsypywał Mlle Larivière tysiącem drobnych oznak zainteresowania, pomagając jej zdjąć liliowy żakiet, zamiast niej wlewając z termosu mleko do kubka Lucette, częstując ją kanapkami, dolewając jej wina i z zachwyconym uśmiechem wysłuchując diatryb przeciwko Anglikom, których nie znosiła nawet bardziej niż Tatarów czy, co tu dużo mówić, Asyryjczyków.

– Anglia! – zawołała – Anglia! Kraj, gdzie na jednego poetę przypada dziewięćdziesięciu dziewięciu *sales petits bourgeois*, w części podejrzanego pochodzenia! Anglia śmie małpować Francję! Mam w tym koszyku wysoko cenioną angielską powieść, w której pewna dama otrzymuje w prezencie perfumy – bardzo drogie perfumy! – o nazwie „*ombre chevalier*", a to przecież jest ryba, bardzo smaczna ryba, ale raczej niezbyt odpowiednia do tego, żeby wypachniać nią swoją chusteczkę. Zaraz na następnej stronie pewien *soi-disant* filozof wspomina „*une acte gratuite*", jak gdyby wszystkie akty były kobiece, a *soi-disant* paryski hotelarz mówi „*je me regrette*" zamiast „*je regrette*"!

– *D'accord* – wtrącił Van – ale co pani powie o takich okropnych błędach we francuskich przekładach z angielskiego, jak na przykład....

Na nieszczęście, a może na szczęście, w tej właśnie chwili Ada wydała z siebie rosyjski okrzyk wyrażający najwyższy stopień irytacji, ponieważ na polanę powoli wsunął się stalowoszary kabriolet. Jeszcze się nie zatrzymał, kiedy okrążyła go dobrze już znana grupa ludzi z miasta, którzy teraz wydawali się liczniejsi przez to, że zrzucili z siebie marynarki i kamizelki. Z oznakami gniewu i pogardy torując sobie drogę przez ich krąg, młody Percy de Prey, ubrany w koszulę z żabotem i białe spodnie, podszedł do leżaka Mariny. Został zaproszony na przyjęcie, mimo że Ada próbowała powstrzymać swoją głupią matkę surowym spojrzeniem i znanym tylko najbliższym lekkim wstrząśnieniem głowy.

– Nie śmiałem żywić nadziei... och, z największą przyjemnością – odparł Percy. Zaraz potem – jak najbardziej zaraz potem – ów niby to zapominalski, w istocie zaś wyrachowany szarmancki bandyta wrócił do samochodu (przy którym stał jeszcze ostatni zachwycony admirator pojazdów mechanicznych), by wyjąć z bagażnika bukiet róż na długich łodygach.

– Jaka szkoda, że nie znoszę róż – powiedziała Ada, przyjmując je z ociąganiem.

Odkorkowano butelkę muszkatelu, wypito zdrowie Ady i Idy. „Rozmowa stała się ogólna", jak lubiła pisać Monparnasse.

Hrabia Percy de Pray zwrócił się do Iwana Diemianowicza Veena:

– Słyszałem, że lubi pan nienormalne pozycje?

Na wpół pytanie zadane było na wpół drwiąco. Van spojrzał przez uniesiony kieliszek na miodowe słońce.

– To znaczy? – spytał.

– No cóż... ta sztuczka z chodzeniem na rękach. Jedna ze służących pańskiej ciotki jest siostrą jednej z naszych służących, a dwie ładne plotkareczki to niebezpieczna drużyna (ze śmiechem). Legenda głosi, że pan to robi przez cały dzień, w każdym kącie, gratuluję (z ukłonem).

Van odpowiedział:

– Legenda przesadza z tą moją specjalnością. W istocie zajmuję się tym przez parę minut co drugą noc, prawda, Ado (rozglądając się za nią)? Czy mogę panu, hrabio, nalać jeszcze trochę myszy i kota? Kiepski kalambur, ale mój własny.

– Waan, kochanie – powiedziała Marina, która z rozkoszą słuchała ożywionej i beztroskiej paplaniny dwu młodzieńców – opowiedz mu o swoim sukcesie w Londynie. *Że tampri* (proszę)!

– Tak – powiedział Van – wie pan, to wszystko zaczęło się jako żart, w Chose, ale potem...

– Van! – rozdzierająco zawołała Ada. – Chcę ci coś powiedzieć. Chodź tutaj.

Dorn (przeglądając czasopismo, do Trigorina):

– Dwa miesiące temu był tu zamieszczony pewien artykuł... List z Ameryki, i chciałem pana spytać między innymi... (Obejmuje Trigorina wpół i prowadzi go do rampy.) Ponieważ bardzo interesuję się tym zagadnieniem...

Ada stała, opierając się plecami o pień drzewa jak piękny szpieg, który właśnie odrzucił przepaskę na oczy.

– Chciałam cię spytać, między innymi, Van... (szeptem ciągnąc dalej z pełnym złości zamaszystym ruchem nadgarstka), kiedy wreszcie przestaniesz odgrywać gospodarza idiotę? Przyszedł pijany jak bela, nie widzisz tego?

Egzekucję przerwało przybycie wujaszka Dana. Samochód zwykł prowadzić wyjątkowo lekkomyślnie, co, Bóg jeden wie czemu, często zdarza się ponurym i milkliwym ludziom. Lawirując między sosnami, dotarł niedużym samochodzikiem tuż przed Adę, tu zatrzymał go gwałtownie i wręczył jej wspaniały prezent – duże pudełko miętówek, białych, różowych i – a to dopiero siurpryza – zielonych! Ma też dla niej aerogram – powiedział, znacząco mrugając.

Ada otworzyła go i stwierdziła, że nie został przysłany z ponurego Kaługano, jak się obawiała, tylko ze znacznie weselszego Los Angeles, i że przeznaczony jest nie dla niej, tylko dla jej matki. Twarz Mariny, przebiegającej oczyma tekst, stopniowo przybierała wyraz całkiem nieprzyzwoitego młodzieńczego błogostanu. Z tryumfem pokazała aerogram Larivière-Monparnasse, która przeczytała go dwa razy i z uśmiechem pobłażliwej dezaprobaty przechyliła głowę.

Dosłownie przytupując z radości nogą, Marina zawołała (zabulgotała, zaszemrała) do spokojnej córki:

– Pedro wraca!

– I pewnie zostanie do końca lata – zauważyła Ada i na pledzie rozścielonym na mrówkach i suchych igłach sosen zasiadła wraz z Gregiem i Lucette do partyjki wojny.

– Ależ nie, *da niet że*, zostanie tylko dwa tygodnie (chichocząc jak dziewczynka). Potem pojedziemy do Houssaie, *Golliwud-toż* (była naprawdę we wspaniałej formie), tak, wszyscy tam pojedziemy, autorka, dzieci i Van, jeśli zechce.

– Chciałbym, ale nie mogę – powiedział Percy (próbka jego specyficznego poczucia humoru).

Tymczasem wujaszek Dan, bardzo elegancki w blezerze w wiśniowe pasy i komicznym kapeluszu słomkowym z wodewilu, mocno zaintrygowany obecnością innych piknikowiczów, podszedł do nich z kieliszkiem wina o nazwie „Bohaterskie" w jednym ręku i kanapką z kawiorem w drugiej.

– *Przeklęte dzieci* – powiedziała Marina w odpowiedzi na jakieś pytanie Percy'ego.

Percy, miałeś niedługo potem umrzeć – nie od kuli w twojej grubej nodze, na trawie krymskiego wąwozu, ale parę minut później, kiedy otworzyłeś oczy i poczułeś się uspokojony i bezpieczny w ukryciu makii; miałeś umrzeć bardzo niedługo potem, Percy; ale tego lipca w hrabstwie Ladore, rozwalając się nonszalancko pod sosnami, królewsko pijany po jakiejś wcześniejszej bibce, z pożądaniem w sercu i lepkim kieliszkiem w pokrytej jasnymi włoskami silnej ręce, słuchając literackiej nudziary, gawędząc ze starzejącą się aktorką i pożerając wzrokiem jej posępną córkę, upajałeś się pikanterią sytuacji – twoje zdrowie, stary – i nic dziwnego. Krzepki, przystojny, leniwy i dziki, pierwszorzędny gracz w rugby, pogromca serc młodych wieśniaczek, łączyłeś w sobie urok atlety na wakacjach z ujmującym afektowanym tonem modnego osła. Jak mi się zdaje, w twojej przypominającej księżyc w pełni przystojnej twarzy najbardziej nie znosiłem dziecięcej cery, gładkiej skóry na szczękach, charakterystycznej dla kogoś, kto goli się z łatwością. J a za każdym razem krwawiłem i miało tak pozostać przez kolejnych siedem dziesięcioleci.

– W budce dla ptaków, tej przymocowanej do pnia sosny – powiedziała Marina swemu młodemu wielbicielowi – był kiedyś telefon. Jakżeby się mi teraz przydał! No, przyszedł, *enfin*.

Jej mąż, już bez kieliszka i kanapki, wrócił, przynosząc wspaniałe nowiny. Była to „wyjątkowo sympatyczna grupa". Rozpoznał przynajmniej tuzin słów włoskich. Jeśli dobrze zrozumiał, odbywała się tam przekąska pasterzy. Myśleli, jak myśli, że też jest pasterzem. Oryginałem, na podstawie którego namalowano tę kopię, mogło tu być płótno nieznanego twórcy z kolekcji kardynała Carla de Medici. Z podnieceniem, podnieceniem nadmiernym, mały człowieczek oznajmił, że domaga się, by służący zanieśli jego cudownym nowym przyjaciołom wiktuały i wino; sam pierwszy chwycił pustą butelkę oraz koszyk, w którym były kłębki wełny, druty, angielska powieść (autorstwa Quigleya) oraz rolka papieru toaletowego. Marina wytłumaczyła mu jednak, że jej obowiązki zawodowe wymagają, by niezwłocznie zadzwoniła do Kalifornii, toteż zapominając o swoich zamiarach, skwapliwie zgodził się zawieźć ją do domu.

Łańcuchy i meandry następujących po sobie wydarzeń dawno już utonęły we mgle, ale mniej więcej w momencie odjazdu albo trochę później Van znalazł się na brzegu strumienia (który wcześniej tego popołudnia odbijał dwie pary niemal nałożonych na siebie oczu) i z Percym oraz Gregiem rzucał kamykami w resztki starej, zardzewiałej, nieczytelnej tablicy po drugiej stronie.

– *Och, nado* (muszę) *odmoczati*! – zawołał Percy w swoim ulubionym słowiańskim żargonie, nadymając policzki i gorączkowo grzebiąc w głębi rozporka.

Flegmatyczny Greg powiedział Vanowi, że nigdy w życiu nie widział tak obrzydliwego aparatu, chirurgicznie obrzezanego, potwornie dużego i nasyconego kolorem, z fantastycznym *coeur de boeuf*; żaden z dwu zafascynowanych, wybrzydzających chłopców nie spotkał się też z podobną, potężnie wygiętą, niemal niewyczerpaną strugą.

– Uff! – wyrzucił z siebie z ulgą młody człowiek i zwinął kram.

Jak zaczęła się przepychanka? Czy wszyscy trzej przeszli przez strumień po śliskich kamieniach? Czy Percy popchnął Grega? Czy Van szturchnął Percy'ego? Był tam jakiś przedmiot, kij? Wyrywany z czyjejś pięści? Ściśnięty i potem wolny nadgarstek?

– Oho – powiedział Percy – żartowniś z ciebie, mój chłopcze!

Greg w pumpach z mokrą nogawką, przyglądał się bezradnie – obydwu przeciwników lubił – jak zmagają się na brzegu strumienia.

Percy był trzy lata starszy i ze dwadzieścia kilogramów cięższy niż Van, ten jednak łatwo radził już sobie z bardziej krzepkimi brutalami. Niemal natychmiast płonąca twarz hrabiego znalazła się pod pachą Vana, unieruchomiona. Hrabia, zgięty w pół, stękając, rył nogami trawę. Udało mu się oswobodzić jedno szkarłatne ucho, ale został złapany znowu i podcięty runął pod Vana, który natychmiast położył go *sur les omoplates*, na łopatki, jak w swoim zapaśniczym żargonie mawiał King Wing. Percy leżał dysząc jak umierający gladiator, obie łopatki przycisnął mu do ziemi dręczyciel, którego kciuki jęły w straszliwy sposób uciskać unoszącą się ciężko klatkę piersiową. Percy rykiem bólu dał do zrozumienia, że ma już dość. Van domagał się jednoznacznego aktu poddania się i otrzymał go. Greg, obawiając się, że Van nie usłyszał stłumionej prośby o łaskę, powtórzył ją, tłumacząc, w trzeciej osobie. Van puścił nieszczęsnego hrabiego, a ten po chwili usiadł, spluwając, macając sobie szyję, poprawiając zmiętą koszulę na potężnym torsie i ochrypłym głosem prosząc Grega, żeby poszukał brakującej spinki do mankietu.

Van umył ręce w wodzie strumienia pod jednym z progów i z wesołym zakłopotaniem dostrzegł przezroczysty rurkowaty kształt, przypominający morskie żyjątko z gromady *Ascidiacea*, rzecz ta płynęła z prądem strumienia, ale zaczepiła się o frędzle niezapominajek, też dobra nazwa.

Szedł już w kierunku piknikowej polany, kiedy od tyłu zwaliła się na niego góra. Jednym gwałtownym ruchem przerzucił napastnika ponad głową. Percy walnął w ziemię i przez kilka chwil leżał na wznak. Van, trzymając krabie kleszcze w pogotowiu, obserwował go, z nadzieją, że znajdzie pretekst do zastosowania szczególnej egzotycznej tortury, której jeszcze nie miał okazji wypróbować w prawdziwej walce.

– Złamałeś mi bark – jęknął, unosząc się trochę i trąc swoje grube ramię. – Trochę więcej samokontroli, cholerne demoniątko.

– Wstawaj – powiedział Van. – No, rusz się, wstawaj! Masz ochotę na dokładkę czy wrócimy do pań? Do pań? W porządku. Ale, jeśli mogę cię prosić, idź teraz przede mną.

Kiedy on i jego jeniec szli ku polanie, Van wymyślał sobie w duchu za to, że niespodziewana druga runda tak go wzburzyła; nie zdradzał tego, ale brakowało mu tchu, drżały w nim wszystkie nerwy, złapał się na tym, że utyka i poprawia krok, podczas gdy Percy de Prey w swych jak za sprawą czarów nieskalanych białych spodniach i nonszalancko zmiętej koszuli, kroczył, energicznie ćwicząc wymachy ramion i sprawność łopatek i wydawał się całkiem spokojny, a nawet wręcz wesoły.

Dogonił ich Greg, który znalazł spinkę – mały tryumf drobiazgowej dedukcji; i z wyświechtanym „Brawo, brachu!" Percy zapiął jedwabny mankiet, dopełniając w ten sposób bezczelnego odrodzenia.

Ich usłużny towarzysz, ciągle biegnąc, jako pierwszy dotarł do miejsca zakończonej uczty; Ada patrzyła na niego, w jednym ręku trzymając dwa czerwone grzyby na czarno nakrapianych białych nóżkach i trzy dalsze w drugiej. Mylnie interpretując jej zdziwioną minę, wywołaną głośnym stukotem jego kopyt, jako wyraz niepokoju, dobry sir Greg pośpiesznie zawołał z daleka:

– Nic mu nie jest, nic mu nie jest, panno Veen.

Ślepe współczucie nie pozwoliło młodemu rycerzowi uświadomić sobie, że Ada raczej nie może jeszcze wiedzieć o starciu między pięknym i bestią.

– Rzeczywiście nic – powiedział ten pierwszy, biorąc od niej kilka muchomorów (ulubiony przysmak dziewczyny) i gładząc ich gładkie kapelusze. – A dlaczego coś by mi miało być? Pani kuzyn uraczył nas, Grega i pani pokornego sługę, szalenie orzeźwiającym pokazem tego, co chyba nazywa się Orientalny Scrotomoff.

Poprosił o wino, ale wszystkie niewypite butelki trafiły do tajemniczych pasterzy, ci zaś nie zaszczycali już swoją obecnością sąsiedniej polanki, być może załatwili i pogrzebali jednego ze swych kolegów, jeśli sztywny kołnierzyk i gadzi krawat zwisający z gałęzi robinii należały do niego. Zniknął również bukiet róż, który Ada kazała włożyć z powrotem do bagażnika samochodu hrabiego, zamiast tracić je na nią – powiedziała – może je ofiarować uroczej siostrze Blanche.

Mlle Larivière klasnęła w dłonie, by zbudzić ze sjesty Kima, który powoził jej gigiem, oraz Trofima, jasnobrodego woźnicę dzieci. Ada z powrotem chwyciła swoje grzyby i Percy mógł złożyć *Handkuss* jedynie na zimnej pięści.

– Strasznie miło było cię widzieć, stary – powiedział, lekko klepiąc Vana w łopatkę, co w ich *milieu* stanowiło gest zakazany. – Mam nadzieję, że wkrótce znowu będziemy mieli okazję do zabawy. Ciekaw jestem – dodał ściszając głos – czy jesteś równie dobry w strzelectwie co w zapasach.

Van ruszył za nim w kierunku kabrioletu.

– Van, chodź tu, Greg chce się pożegnać – krzyknęła Ada, ale wołany się nie odwrócił.

– Czy to wyzwanie, *me faites-vous un duel*? – spytał Van.

Percy, siedzący już za kierownicą, uśmiechnął się, zmrużył oczy, pochylił się nad tablicą rozdzielczą, znowu się uśmiechnął, ale nie powiedział nic. Brum, brum – odezwał się cicho motor, a potem zagrzmiał; Percy włożył rękawiczki.

– *Quand tu voudras, mon gars* – rzekł Van, używając strasznej drugiej osoby liczby pojedynczej charakterystycznej dla pojedynkujących się w dawnej Francji i poklepując błotnik.

Samochód skoczył w przód i zniknął.

Van wrócił na miejsce pikniku, serce głupio mu waliło. Idąc zamachał do Grega, który kawałek dalej, na drodze, rozmawiał z Adą.

– Naprawdę, zapewniam panią – mówił Greg – pani kuzynowi nic nie można zarzucić, zaczął Percy i został pokonany w walce prowadzonej wedle wszelkich reguł zapasów korotomskich, tak jak prowadzi się je w Terystanie i Sorokacie, mój ojciec bez wątpienia mógłby pani o tym opowiedzieć ze wszystkimi szczegółami.

– Jest pan bardzo miły – odpowiedziała Ada – ale obawiam się, że w głowie się panu gmatwa.

– Zawsze się tak dzieje w pani obecności – zauważył Greg i wsiadł na milczącego karego wierzchowca. Wściekły na niego, na siebie i na dwu zabijaków.

Poprawił gogle i cicho ruszył. Z kolei Mlle Larivière wsiadła do swojego giga i dała się ponieść poprzez splamione słońcem widoki leśnej drogi.

Lucette podbiegła do Vana i niemal klęcząc, objęła wielkiego kuzyna wokół bioder i przylgnęła do niego na chwilę

– No, chodź już – podnosząc ją powiedział Van – nie zapomnij sweterka, nie możesz jechać goła.

Ada podeszła do nich.

– Mój bohater – powiedziała prawie nie patrząc na niego, miała przy tym tę nieprzeniknioną minę, którą przybierała, żeby każdy, kto ją widział, musiał się zastanawiać, czy wyraża sarkazm czy ekstazę albo może parodię jednego bądź drugiego.

Lucette, kołysząc swoim koszykiem na grzyby, zaśpiewała:

Biedak kaleką został skutkiem
Przygody z odkręconym sutkiem...

– Lucy Veen, natychmiast przestań! – zawołała na chochlika Ada, a Van z bardzo oburzoną miną potrząsnął małym nadgarstkiem, który trzymał w dłoni, jednocześnie z rozbawieniem mrugając w drugą stronę do Ady.

Beztrosko wyglądające trio ruszyło do oczekującej go wiktorii. Z konsternacji klepiąc się po udach, woźnica strofował rozczochranego pazia, który wygramolił się spod krzaka. Wlazł tam, by w spokoju napawać się sfatygowanym egzemplarzem „Tattersalii" z obrazkami wspaniałych, bajkowo wydłużonych rasowych koni, i w rezultacie nie zabrał się szarabanem, który odwiózł brudne naczynia i sennych służących.

Wdrapał się na kozioł i siadł koło Trofima, który posłał cofającym się gniadoszom rozwibrowane „prrr". Lucette ciemniejącymi zielonymi oczyma patrzyła, jak ktoś zajmuje jej zwykłe miejsce.

– Będziesz musiał wziąć ją na swoje półbraterskie kolano – obojętnie i jakby na stronie powiedziała Ada.

– Ale czy *La maudite rivière* nie będzie miała obiekcji? – w zamyśleniu spytał Van, próbując schwycić za ogon wrażenie powrotu losu.

– Larivière może sobie (i tkliwe blade usta Ady powtórzyły okrutny żart Gawrońskiego)... Dotyczy to również Lucette – dodała.

– *Vos „vyragences" sont assez lestes* – zauważył Van. – Czy jesteś na mnie bardzo zła?

– Ależ Van, wcale nie jestem! W gruncie rzeczy bardzo się cieszę, że wygrałeś. Ale mam od dziś szesnaście lat. Szesnaście! Jestem starsza niż nasza babka podczas pierwszego rozwodu. To chyba mój ostatni piknik. Już po dzieciństwie. Kocham cię. Ty kochasz mnie. Greg mnie kocha. Wszyscy mnie kochają. Zalewa mnie miłość. Szybko, bo ściągnie tego ptaszka... Lucette, zostaw go natychmiast!

W końcu pojazd ruszył w miłą drogę do domu.

– Au! – jęknął Van, kiedy na kolano opadł mu jego krągły ładunek, i krzywiąc się wyjaśnił, że uraził sobie prawą rzepkę, uderzając o skałę.

– Jasne, jeśli ktoś wyprawia dzikie harce... – mruknęła Ada i w miejscu oznaczonym szmaragdową wstążeczką otwarła małą brązową książeczkę ze złotymi tłoczeniami na oprawie (plamki słońca zatańczyły z radości), czytała ją już w drodze na piknik.

– Lubię trochę sobie dziko poharcować – powiedział Van. – Dotąd mnie świerzbi i to z więcej niż jednego powodu.

– Widziałam was... jak harcujecie – powiedziała Lucette, odwracając głowę.

– Ćśśś – syknął Van.

– To znaczy ciebie i jego.

– Nie interesują nas twoje wrażenia, mała. I nie odwracaj się ciągle do mnie. Wiesz, że robi ci się niedobrze, kiedy droga...

– Zbieg okoliczności: „*Jean qui tâchait de lui tourner la tête...*" – na chwilę wypłynęła na powierzchnię Ada.

– ...kiedy droga „wybiega z ciebie", jak powiedziała raz twoja siostra, będąc dokładnie w twoim obecnym wieku.

– To prawda – z melodyjną zadumą zgodziła się Lucette.

Dała się też przekonać i zakryła ubraniem miodowobrązowe ciało. Jej biała koszulka nabrała z niedawnego tła śmieci – sosnowe igły, trochę mchu, okruszki ciastek, malutką gąsienicę. Szczelnie wypełnione zielone szorty poplamione były fioletowym sokiem przypalin. Jej włosy w kolorze rozżarzonego węgielka nalatywały mu na twarz, pachniały innym latem. Rodzinny zapach; tak, zbieg okoliczności: cały szereg lekko przesuniętych zbiegów okoliczności; artyzm asymetrii. Siedziała na jego kolanach, ciężko, marzycielsko, pełna *foie gras* i brzoskwiniowego ponczu, niemal dotykając mu twarzy tyłem brązowych opalizujących ramion i dotykając jej, kiedy spoglądał w dół, w prawo albo w lewo, żeby sprawdzić, czy zabrano grzyby. Zabrano. Mały służący czytał i dłubał w nosie, sądząc po ruchach łokcia. Ubity tyłek Lucette i jej zimne uda zdawały się tonąć coraz głębiej i głębiej w lotnym piasku przypominającej sen, sennie przekomponowanej, zdeformowanej przez legendę przeszłości. Ada, siedząca obok niego, przewracająca mniejsze kartki swojej książki szybciej niż chłopak na koźle, była - rzecz jasna - urocza, obsesyjna, wieczna i bardziej zachwycająca, bardziej posępnie żarliwa niż cztery lata wcześniej, ale Van ożywiał teraz inny piknik i to miękkie pośladki Ady trzymał teraz na kolanach, jak gdyby się rozdwoiła, jakby była obecna na dwu sztychach w różnym odcieniu.

Poprzez kosmyki miedzianego jedwabiu spojrzał z ukosa na Adę, która stuliła usta jakby posyłając mu pocałunek (wybaczyła mu wreszcie udział w awanturze z Percym!) i zaraz potem wróciła do oprawnej w welin książeczki, a były nią *Ombres et couleurs*, opowiadania Chateaubrianda, wydanie z 1820 roku, z ręcznie kolorowanymi ilustracjami i płaską mumią sprasowanego zawilca. Światła i cienie lasu przebiegały jej książkę, jej twarz i prawą rękę Lucette, na której nie mógł nie pocałować znaku po ukąszeniu komara, wyłącznie z potrzeby złożenia hołdu podwojeniu. Biedna Lucette rzuciła mu omdlewające spojrzenie i znowu spojrzała na czerwony kark woźnicy, tego drugiego woźnicy, który od kilku miesięcy dręczył ją w snach.

Nie zamierzamy śledzić myśli niepokojących Adę, której zainteresowanie książką było znacznie mniej głębokie, niż mogłoby się wydawać; nie będziemy tego robić, nie, nie możemy śledzić ich skutecznie, myśli bowiem pamięta się znacznie mniej wyraziście niż cienie i kolory, niż skurcze młodej żądzy czy zielonego węża w mrocznym raju. Czujemy się więc znacznie wygodniej, siedząc we wnętrzu Vana, podczas gdy jego Ada siedzi we wnętrzu Lucette, one zaś obie siedzą we wnętrzu Vana (a cała trójka w moim – dodaje Ada).

Z dreszczem przyjemności przypomniał sobie uległą spódniczkę, którą nosiła w tamtym dniu Ada, taką „zwiewną i rzewną", jak mawiają podlotki z Chose, i poczuł żal (uśmiechnął się przy tym), że Lucette ma na sobie dzisiaj te cnotliwe szorty, Ada zaś spodnie w kolorze wyłuskanej kukurydzy (zaśmiał się). W czasie fatalnych postępów najbardziej bolesnych dolegliwości czasami (poważnie pokiwał głową) bywają cudowne poranki całkowitego spokoju i to nie w rezultacie zastosowania jakiejś błogosławionej pigułki czy mikstury (gestem obrazując stolik przy łóżku zawalony lekarstwami) czy przynajmniej bez świadomości, że kochająca dłoń rozpaczy podała nam narkotyk.

Van zamknął oczy, żeby móc się lepiej skupić na złocistym przypływie narastającej radości. Wiele, o, jakże wiele lat później ze zdumieniem (jak można było wytrzymać taki zachwyt?) przypomniał sobie tę chwilę absolutnego szczęścia, całkowitego zaćmienia przeszywającego i miażdżącego bólu, logiki odurzenia, błędnego koła, zgodnie z którym nawet najbardziej ekscentryczna dziewczyna nie może nie być wierna, jeśli kocha kogoś tak, jak ten ktoś kocha ją. Obserwował, jak bransoletka Ady błyska w rytmie kołysania się wiktorii i jak jej pełne usta, widziane z profilu, lekko rozdzielone, ukazują w słońcu czerwony pyłek resztki balsamu schnącej w ich malutkich poprzecznych fałdkach. Otworzył oczy: bransoletka rzeczywiście błyskała, ale na ustach nie było już ani śladu szminki i pewność, że za chwilę dotknie ich gorącego bladego miąższu, zmieniła się w groźbę wybuchu tajemnego kryzysu pod czcigodnym brzemieniem drugiego dziecka. Jednakże szyjka małej zastępczyni, połyskująca potem, była rozczulająca, jej ufna nieruchomość – otrzeźwiająca, zresztą żadne ukradkowe tarcie nie mogło równać się z tym, co czekało go w buduarze Ady. Na ratunek przyszło też ukłucie w kolanie i szlachetny Van zaczął czynić sobie wymówki, że próbował skorzystać z małej żebraczki zamiast z bajkowej księżniczki, „której drogocenne ciało nie może sczerwienieć pod ciosem karzącej ręki", jak mówi Pierrot w wersji Petersona.

Kiedy przygasł ten ulotny płomień, zmienił się nastrój Vana. Coś należało powiedzieć, coś należało rozkazać, kwestia była poważna lub mogła się taką stać. Wjeżdżali teraz do małej rosyjskiej wioski o nazwie Gamlet, z której brzozowa aleja wiodła prosto do Ardisu. Nieduża grupa wieśniaczych nimf w chustkach na głowach, nimf niewątpliwie nieumytych, ale zachwycająco pięknych ze lśniącymi nagimi ramionami i pełnymi, wysoko uniesionymi w tulipanowych czaszach gorsetów piersiami, przeszła przez młodniak obok, śpiewając w swojej rozczulającej angielszczyźnie starą piosnkę:

Ciernie i pokrzywy
Wam, głupie dziewczęta;
Ach, kwiat już nieżywy,
Nić pereł pęknięta.

– W kieszonce z tyłu masz ołówek – powiedział Van do Lucette. – Mogę go pożyczyć? Chcę zapisać tę piosenkę.

– Tylko mnie tam nie łaskocz – odpowiedziała dziewczynka.

Van sięgnął po książkę Ady, która obserwowała go dziwnymi nieufnymi oczami, gdy pisał na wyklejce:

Nie chcę go więcej widzieć.
Nie żartuję.
Powiedz M., żeby go nie przyjmowała, albo wyjadę.
Odpowiedzi nie trzeba.

Przeczytała i powoli, w milczeniu wymazała wszystko drugą stroną ołówka, który oddała potem Vanowi, ten zaś umieścił go tam, gdzie był poprzednio.

– Ciągle się kręcisz – nie odwracając się, stwierdziła Lucette. – Następnym razem – dodała – nie pozwolę mu zająć swojego miejsca.

Podjechali już do ganku i Trofim musiał trzepnąć małego czytelnika w niebieskim kubraku, żeby odłożył książkę, zeskoczył z kozła i podał rękę wysiadającej Adzie.

40

Van leżał w swoim gnieździe z siatki pod lirodendronami, czytając Antiterrenusa o Rattnerze. Kolano dokuczało mu przez całą noc; teraz, po lunchu, jego stan jakby się poprawił. Ada pojechała konno do Ladory, Van miał nadzieję, że zapomni tam kupić brudzący olej terpentynowy, który Marina kazała jej dla niego przywieźć.

Jego kamerdyner zbliżał się przez trawnik, a za nim szedł posłaniec, smukły młodzieniec od szyi po kostki ubrany w czarną skórę; spod czapki z daszkiem wysuwały mu się kasztanowe loki. Dziwny dzieciak, rozglądając się dokoła z afektacją właściwą amatorskim sługom Tespisa, wręczył Vanowi list oznaczony napisem „Do rąk własnych".

Drogi Veen!

Za kilka dni wyjeżdżam, by odbyć za granicą służbę wojskową. Jeśli chcesz widzieć się ze mną przed moim odjazdem, rad będę cię podjąć (jak również jakiegokolwiek innego gentlemana, którego zechcesz przyprowadzić) jutro o świcie w miejscu, gdzie Maidenhair Road przecina się z Chemin de Tourbière. Jeśli nie chcesz, proszę o potwierdzenie w krótkim liściku, że nie żywisz do mnie urazy, podobnie jak żadnej urazy w stosunku do Ciebie nie żywi Twój uniżony sługa

Percy de Prey

Nie, Van nie pragnął widzieć hrabiego. Powiedział to przystojnemu posłańcowi, który stał z jedną ręką wspartą o biodro oraz z jednym kolanem wykręconym w bok, jak statysta, czekający na sygnał dołączenia do innych tancerzy w wiejskim tańcu po arii Calabra.

– *Un moment* – dodał Van. – Chciałbym się dowiedzieć – to da się stwierdzić w ciągu sekundy, jeśli zajdziemy za drzewo – kim jesteś: chłopcem stajennym czy dziewuszką z psiarni.

Posłaniec nic nie odpowiedział i odszedł odprowadzany przez tłumiącego śmiech Bouta. Cichy pisk, który dobiegł zza zakrywających ich odejście wawrzynów, pozwalał się domyślać, że posłańca w nieprzyzwoity sposób uszczypnięto.

Trudno było zgadnąć, czy ten niezdarny i pretensjonalny list podyktowała obawa człowieka odpływającego, by walczyć za swój kraj, że ktoś może to uznać za ucieczkę przed bardziej osobistymi zmaganiami, czy też pojednawczy ton był rezultatem czyichś żądań, może żądań jakiejś kobiety (na przykład matki Percy'ego, Praskowii *de domo* Łanskoj); w każdym razie cześć Vana pozostała nienaruszona. Utykając podszedł do najbliższego kosza na śmieci i spaliwszy list razem z ozdobioną herbem kopertą, wyrzucił cały incydent z pamięci, mówiąc sobie jedynie, że teraz Ada nie będzie już zadręczana czynionymi jej przez tego osobnika awansami.

Wróciła późnym popołudniem, na szczęście bez mazidła. Ciągle jeszcze leżał na nisko zawieszonym hamaku, wyglądał na opuszczonego i minę miał dość ponurą, ale Ada, rozejrzawszy się dokoła (z naturalnym wdziękiem, od którego kasztanowowłosy posłaniec był bardzo daleki), uniosła welon, uklękła przy nim i zdołała go ukoić.

Kiedy dwa dni później gruchnął grom (stara metafora mająca przywieść wspomnienie starej stodoły), Van uświadomił sobie, że zetknął on ze sobą w sinej konfrontacji dwóch sekretnych świadków, którzy od dnia brzemiennego w skutki powrotu do Ardisu trwali gdzieś w dalekim kącie jego umysłu. Jeden, odwracając wzrok, mruczał, że Percy de Prey był i zawsze zostanie jedynie partnerem do tańca, nic nieznaczącym adoratorem, drugi z widmowym naciskiem nieustannie napomykał, że jakieś bezimienne zło zagraża wręcz zdrowiu umysłowemu bladej, wiarołomnej kochanki Vana.

Rankiem dnia, który poprzedzał najgorszy dzień jego życia, stwierdził, że może zgiąć nogę bez grymasu bólu, ale zrobił błąd i przyłączył się do Ady i Lucette podczas lunchu na dawno nieużywanym boisku do krykieta i wrócił do domu z trudnością. Pomogły mu jednak kąpiel w basenie oraz kąpiel słoneczna i ból niemal przeszedł, kiedy w łagodnym upale długiego popołudnia Ada wróciła z jednej z ciągnących się w nieskończoność „przydróżek", jak nazywała swoje wędrówki przyrodoznawcze, zwięźle i trochę smutno, bo florula przestała dostarczać jej wielkich radości (z wyjątkiem rzeczy znanych i ulubionych). Marina, ubrana we wspaniały szlafrok, siedziała przy wyniesionym na trawnik białym stoliku toaletowym, mając przed sobą składane owalne lustro. Zgrzybiały, ale wciąż czyniący cuda Monsieur Violette z Lionu i Ladory pracował nad jej fryzurą. Zawsze poddawała się tym zabiegom na dworze, co tłumaczyła i usprawiedliwiała tym, że jej babka również lubiła *qu'on la coiffe au grand air*, aby uprzedzić ataki zefirów (tak pojedynkowicz wzmacnia rękę, spacerując z pogrzebaczem w dłoni).

– A oto nasz najznakomitszy artysta – powiedziała, wskazując Vana panu Violette, który wziął go za Pedra i ukłonił się z *un air entendu*.

Van zamierzał przed przebraniem się do obiadu odbyć z Adą krótką przechadzkę dla zdrowia kolana, dziewczyna jednak, opadając na ogrodowe krzesło, oznajmiła, że jest wykończona i brudna, musi umyć twarz i stopy i przygotować się do tortury, jaką będzie pomaganie matce w bawieniu filmowców spodziewanych wieczorem.

– Widziałem go w *Sexico* – wymamrotał Monsieur Violette do Mariny, której uszy zakrył dłońmi, przesuwając to tu, to tam odbicie jej głowy w lustrze.

– Nie, robi się późno – mruknęła Ada – a w dodatku obiecałam Lucette...

Zapalczywym szeptem upierał się przy swoim planie, wiedząc jednak, jak bezcelowa rzeczą jest próbować zmienić jej postanowienie, zwłaszcza w kwestiach miłosnych; aliści ni z tego ni z owego, w jakiś cudowny sposób jej nieprzytomne spojrzenie zaczęło się topić i błysnęła w nim łagodna wesołość, jak gdyby nagle otwarło się przed nią jakieś nowe rozwiązanie. Tak dziecko może patrzeć w przestrzeń z zarodkiem uśmiechu na ustach, zaczynając sobie uświadamiać, że senny koszmar się skończył albo że drzwi nikt nie zamknął na klucz i można bezkarnie się taplać w roztajałym niebie. Ada zrzuciła z ramienia torebkę na botaniczne okazy i odprowadzani dobrotliwym spojrzeniem pana Violette, śledzącym ich ponad odbitą w lustrze głową Mariny, wyszli, by poszukać względnego odosobnienia na parkowej alejce, gdzie kiedyś pokazywała mu swoje gry ze światłem i cieniem. Objął ją i pocałował, i pocałował raz jeszcze, jak gdyby wróciła z długiej niebezpiecznej podróży. Słodycz jej uśmiechu była czymś w najwyższym stopniu niespodziewanym i szczególnym. Nie był to uśmiech przebiegłego demona, towarzyszący wspomnieniom minionych żądz lub przedsmakowi przyszłych, tylko cudowny ludzki blask szczęścia i bezradności.

Wszystkie ich namiętne trudy pompowania radości, od Płonącej Stodoły po Strumień Wśród Przypalin, były niczym w porównaniu z tym *zajczikom*, świetlnym zajączkiem, odblaskiem uśmiechniętej duszy. Jej czarny pulower i czarna spódnica z kieszeniami przypominającymi kieszenie fartucha straciły narzucone im przez zmyślną Marinę znaczenie „żałoby-po-utraconym-kwiatku" („*niemiedlenno pierieodiet'sia*, natychmiast się przebrać!" – głośno rzuciła w zielony połysk lustra) i zyskały urok staroświeckiego mundurka uczennicy z Laski. Stali czołami do siebie, brązowe naprzeciw białego, czarne naprzeciw czarnego, on podtrzymując jej łokcie, ona przebiegając wiotkimi jasnymi palcami po jego obojczyku, i jakże – powiedział – „ladoruje" aromat jej włosów zmieszany z zapachem zgniecionych łodyg lilii, tureckich papierosów i tego znużenia, które pochodzi (niech diabli porwą ortografię!) od „nurzania się" w tych włosach.

– Nie, nie, daj spokój – powiedziała – muszę się umyć, Ada musi się umyć – ale jeszcze przez kolejną nieśmiertelną chwilę obejmując się stali na oniemiałej alejce, doznając czegoś, czego nigdy dotąd nie doznali – uczucia „na zawsze szczęśliwi" z końca nigdy niekończących się bajek.

To bardzo piękny fragment, Van. Będę płakała przez całą noc (późniejsza wstawka).

Kiedy ostatni promień słońca padł na Adę, jej usta i broda zabłysły zmoczone jego biednymi daremnymi pocałunkami. Pokręciła głową, mówiąc, że naprawdę muszą się teraz rozdzielić, całowała jego ręce, co czyniła jedynie w chwilach najwyższej tkliwości, a potem szybko się odwróciła i naprawdę się rozdzielili.

W torbie, którą Ada, teraz wlekąca ją w górę po schodach, zostawiła na stole w ogrodzie, więdła tylko jedna pospolita orchidea, obuwik, czyli trzewiczek. Marina i lustro znikły. Van ściągnął podkoszulek i po raz ostatni dał nura do basenu, nad którym z rękami założonymi do tyłu stał kamerdyner, patrząc w zamyśleniu na fałszywie niebieską wodę.

– Czy mi się zdawało – powiedział – czy naprawdę właśnie widziałem kijankę?

Ważny dla powieściowego gatunku temat wiadomości pisanych nabiera teraz rumieńców. Kiedy Van wszedł do swojego pokoju, z dreszczem ponurego przeczucia zauważył sterczący z kieszonki smokinga kawałek papieru. Tekst, napisany ołówkiem, dużymi literami specjalnie wydętymi i rozfalowanymi, był anonimowym napomnieniem: „Proszę się nie pozwolić bernerować". Tylko osoba francuskojęzyczna mogła użyć tego słowa w znaczeniu „oszukiwać". Co najmniej piętnaścioro spośród służących było pochodzenia francuskiego, będąc potomkami emigrantów, którzy osiedli w Ameryce po tym, jak w 1815 roku Anglia zaanektowała ich piękny i nieszczęśliwy kraj. Przesłuchiwanie ich wszystkich – torturowanie mężczyzn, gwałcenie kobiet – byłoby, rzecz jasna, absurdalne i upokarzające. W infantylnym gniewie wyrwał skrzydełka swojej najlepszej czarnej muszce. Ból ukąszenia dotarł teraz do serca. Znalazł inny krawat, skończył się ubierać i ruszył na poszukiwanie Ady.

Obie dziewczyny oraz ich guwernantkę znalazł w jednym z „dziecinnych salonów", ślicznej bawialni z balkonem, na którym Mlle Larivière siedziała przy ładnie zdobionym owalnym składanym stole, z mieszanymi uczuciami czytając trzeci scenopis *Les Enfants maudits* i z furią nanosząc na niego poprawki. Przy większym okrągłym stole na środku pokoju Lucette pod kierunkiem Ady próbowała nauczyć się rysować kwiaty, dokoła leżało kilka atlasów botanicznych, dużych i małych. Wszystko wyglądało tak samo jak zwykle, małe nimfy i kozy na plafonie, łagodne światło dnia dojrzewające do czerwieni zmierzchu, odległy marzycielski rytm „składającego-pościel” głosu Blanche, która nuciła „Malbrough” (*...ne sait quand reviendra, ne sait quand reviendra*), i dwie urocze głowy, brązowoczarna i miedziana, pochylone nad stołem. Van zdał sobie sprawę, że musi trochę ochłonąć, zanim zacznie zadawać Adzie pytania, czy raczej zanim jej powie, że chce ją o coś spytać. Wyglądała wesoło i elegancko; po raz pierwszy miała na szyi jego brylanty, włożyła na siebie nowy strój wieczorowy połyskujący gagatami i – także po raz pierwszy – przejrzyste jedwabne pończochy.

Usiadł na małej kanapie, machinalnie wziął jeden z otwartych tomów i z obrzydzeniem gapił się na kilka znakomicie przedstawionych bezwstydnych orchidei, których wzięcie wśród pszczół zależne jest, jak mówił tekst, „od rozmaitych pociągających zapachów, począwszy od zapachu martwych robotnic, kończąc na odorze kocura”. Martwi żołnierze mogą pachnieć nawet przyjemniej.

Tymczasem krnąbrna Lucette upierała się, że najprostszym sposobem narysowania kwiatu jest ułożenie przezroczystej bibułki na jego rysunku (w tym wypadku rudobrodej pogonii, odznaczającej się nieprzyzwoitymi szczegółami budowy, rośliny występującej na bagnach Ładogi) i przekalkowanie konturów kolorowymi tuszami. Cierpliwa Ada chciała, żeby Lucette nie kopiowała kwiatu mechanicznie, tylko „z oka do ręki i z ręki do oka” i żeby za model posłużył jej żywy okaz innej orchidei, która miała brązowy pomarszczony woreczek i fioletowe działki kielicha. Po chwili jednak poddała się pogodnie i odstawiła kryształowy wazonik z obuwikiem, który zerwała. Od niechcenia, lekko zaczęła tłumaczyć, jak funkcjonują organy orchidei, ale dziwne dziecko chciało wiedzieć tylko jedno:

czy pszczoła-chłopczyk może zapłodnić kwiat-dziewczynkę p r z e z coś, przez swoje getry, sweter czy cokolwiek, co nosi.

– No popatrz – powiedziała Ada komicznym nosowym głosem – to dziecko ma najbardziej kosmate myśli, jakie sobie można wyobrazić, a teraz będzie na mnie wściekła, że to powiedziałam, pójdzie się wypłakać na piersi Larivière i poskarży się, że została zapylona, bo siedziała na twoich kolanach.

– Ale ja nie mogę rozmawiać z Belle o nieprzyzwoitych rzeczach – powiedziała Lucette całkiem spokojnie i rozsądnie.

– Co ci jest, Van? – zainteresowała się bystrooka Ada.

– Czemu pytasz? – odpowiedział Van pytaniem na pytanie.

– Uszy ci się ruszają i ciągle chrząkasz.

– Skończyłaś już z tymi cholernymi kwiatami?

– Tak. Idę umyć ręce. Spotkamy się na dole. Przekrzywił ci się krawat.

– Nie szkodzi, nic nie szkodzi – powiedział Van.

Mon page, mon beau page,
– Mironton-mironton-mirontaine –
Mon page, mon beau page…

Na dole Jones zdejmował już z haka w holu gong obiadowy.

– No więc o co chodzi? – spytała, kiedy minutę później spotkali się na tarasie salonu.

– Znalazłem to w smokingu – powiedział Van.

Pocierając swoje duże zęby przednie nerwowym palcem wskazującym, Ada przeczytała i przeczytała powtórnie kartkę.

– Skąd wiesz, że to skierowane jest do ciebie? – spytała, oddając mu ten wyrwany z zeszytu kawałek papieru.

– Przecież ci mówię – wrzasnął.

– *Tisze* (cicho)! – powiedziała Ada.

– Mówię ci, że znalazłem to t u t a j (wskazując na swoje serce).

– Zniszcz to i zapomnij – powiedziała Ada.

– Twój uniżony sługa – odparł Van.

41

Pedro nie wrócił jeszcze z Kalifornii. Katar sienny i ciemne okulary nie poprawiły wyglądu G.A. Wrońskiego. Adorno, gwiazda *Nienawiści*, przywiózł nową żonę, która okazała się jedną z dawnych (i najbardziej kochanych) żon innego gościa, znacznie ważniejszego komedianta, który po kolacji przekupił Bouteillana, by ten udał, że przyszła wiadomość czyniąca koniecznym jego natychmiastowy wyjazd. Grigorij Akimowicz pojechał razem z nim (jako że razem z nim przyjechał tą samą wynajętą limuzyną), zostawiając Marinę, Adę, Adorna i jego ironicznie prychającą Mariannę przy stoliku do kart. Grali w *birjucz*, odmianę wista, tak długo, aż można było przywołać taksówkę z Ladory, co nastąpiło dobrze po pierwszej w nocy.

Tymczasem Van przebrał się z powrotem w szorty, owinął się pledem w szkocką kratę i wrócił do swojego lasku, gdzie tego wieczoru, który nie okazał się tak wspaniały, jak spodziewała się Marina, w ogóle nie zapalono bergamaskowych lamp. Wdrapał się do swego hamaka i sennie zaczął przeglądać w myśli tych francuskojęzycznych służących, którzy mogli mu wsunąć ten złowieszczy, ale według Ady pozbawiony znaczenia liścik. Pierwszą oczywistą kandydatką była histeryczna i lubiąca fantazjować Blanche, gdyby nie jej nieśmiałość, jej obawa przed „wylaniem" (przypomniał sobie okropną scenę: płaszczyła się, błagając o łaskę, u stóp Larivière, która oskarżyła ją o to, że „świsnęła" jakieś świecidełko, które w końcu odnalazło się w jej własnym bucie). W wyobraźni Vana nabrały z kolei ostrości rumiana twarz Bouteillana i krzywy uśmiech jego syna, ale zaraz potem Van zasnął i we śnie zobaczył samego siebie na jakiejś pokrytej śniegiem górze, ludzi, drzewa i krowę porywała ze sobą lawina.

Coś wyrwało go z tego stanu złego odrętwienia. Początkowo pomyślał, że to chłód umierającej nocy, potem rozpoznał ciche skrzypnięcie (które w jego bezładnym sennym koszmarze stało się krzykiem) i uniósłszy głowę, zobaczył blade światło między krzakami, gdzie drzwi składu narzędzi otwarły się od środka. Ada jeszcze ani razu nie przyszła tu bez rozważnego planowania każdego momentu ich nieczęstych nocnych schadzek. Wygramolił się z hamaka i cicho ruszył ku oświetlonym drzwiom. Przed nim stała blada, drżąca postać Blanche. Wyglądała dziwnie: miała gołe ramiona, była w halce, jedną pończochę podtrzymywała podwiązka, druga opadła na kostkę; stopy miała bose, pachy lśniły potem, rozpuszczała włosy, nędznie naśladując siłę uwodzenia.

– *C'est ma dernière nuit au château* – powiedziała cicho i powtórzyła to w swojej dziwnej angielszczyźnie, elegijnej i napuszonej, którą mówi się tylko w przestarzałych powieściach: – To ostatnia już ma noc z tobą.

– Ostatnia noc? Ze mną? Co chcesz przez to powiedzieć?

Przyglądał się jej z pełnym grozy podenerwowaniem, jakie człowiek odczuwa, słuchając słów wypowiedzianych w stanie delirium lub zamroczenia.

Mimo jednak szalonego wyglądu Blanche była całkowicie świadoma. Kilka dni wcześniej postanowiła opuścić Ardis Hall. Właśnie wsunęła w szczelinę pod drzwiami

Madame swoją rezygnację, opatrzoną dopiskiem dotyczącym prowadzenia się młodej pani. Zamierzała wyjechać za kilka godzin. Kochała go, był jej „szaleństwem i gorączką", chciałaby z nim spędzić kilka chwil w ukryciu.

Wszedł do składu i powoli zamknął drzwi. Jego powolność miała pewien nieprzyjemny powód. Blanche postawiła lampę na szczeblu drabiny i zagarniała już i unosiła w górę swe kuse odzienie. Współczucie, uprzejmość i jej współudział być może pomogłyby mu wzbudzić w sobie pożądanie, które ona uważała za oczywiste i którego kompletny brak starannie ukrywał pod kraciastym okryciem, ale obok obawy przed zarażeniem się (Bout czynił aluzje do kłopotów nieszczęśnicy) na zawadzie stała poważniejsza, pochłaniająca go całkowicie sprawa. Odsunął jej śmiałą rękę i usiadł obok dziewczyny na ławce.

Czy to ona włożyła mu karteczkę do kieszeni smokinga?

Tak. Nie mogłaby odejść, gdyby go nadal oszukiwano, bałamucono, gdyby mu nadal mydlono oczy. Jest pewna – dodała w naiwnym nawiasie – że zawsze jej pragnął, porozmawiają później. *Je suis à toi, c'est bientôt l'aube*, ziściło się twoje marzenie.

– *Parlez pour vous* – odpowiedział Van. – Nie jestem w nastroju do kochania się. I uduszę cię, możesz być tego pewna, jeśli natychmiast nie opowiesz mi wszystkiego, i to ze szczegółami.

Kiwnęła głową, w jej zamglonych oczach malowały się strach i uwielbienie. Kiedy i jak to się zaczęło? Powiedziała, że w sierpniu. *Votre demoiselle* zrywała kwiaty, a on towarzyszył jej w drodze przez wysokie trawy, z fletem w ręku. Jaki on? Co za flet? *Mais le musicien allemand, monsieur Rack*. Ochocza informatorka leżała wtedy po drugiej stronie żywopłotu pod własnym kawalerem. Jak ktokolwiek mógł to robić z *l'immonde monsieur Rack*, który kiedyś zapomniał w stogu siana swojej kamizelki – to informatorce nie mieściło się w głowie. Może to przez to, że pisał dla niej piosenki, jedną z nich, bardzo ładną, wykonano raz na dużym balu publicznym w ladorskim kasynie, zaraz, jak to szło... Nieważne, mów dalej. Informatorka oraz dwu kawalerów pewnej gwiaździstej nocy, siedząc w wierzbowych zaroślach, słyszeli, jak monsieur Rack na płynącej rzeką łódce opowiada smutną historię swojego dzieciństwa, lat głodu i muzyki, i samotności, a jego gołąbka płacze i odrzuca w tył głowę, a wtedy on wpija się w jej nagą szyję, *il la mangeait de baisers dégoûtants*. Miał ją na pewno nie więcej niż tuzin razy, nie był taki silny jak ten drugi pan... przestań, już przestań – powiedział Van – a w zimie młoda pani dowiedziała się, że jest żonaty i że nie znosi swojej okrutnej żony, a w kwietniu, kiedy zaczął uczyć Lucette gry na fortepianie, wszystko zaczęło się na nowo, ale potem...

– Wystarczy! – zawołał i waląc się pięścią w czoło, chwiejnie wyszedł na światło słoneczne.

Zegarek zwisający z siatki hamaka wskazywał za piętnaście szóstą. Stopy miał Van lodowate. Po omacku poszukał mokasynów, a potem przez pewien czas przechadzał się bez celu pośród drzew w zagajniku, gdzie drozdy śpiewały tak wspaniale, z taką dźwięczną mocą, z takimi fletowymi fioriturami, że nie sposób było wytrzymać męki świadomości, brudu życia, utraty, utraty, utraty. Stopniowo jednak odzyskał coś, co przypominało panowanie nad sobą, a udało mu się to dzięki pewnej magicznej metodzie: nie dopuszczał obrazu Ady w pobliże uświadamiania sobie własnej osoby. Tworzyło to próżnię, w którą wpadało mnóstwo trywialnych refleksji. Pantomima myśli racjonalnej.

W kabinie koło basenu wziął letni prysznic, wszelkie czynności wykonując z komicznym namysłem, bardzo powoli i ostrożnie, jak gdyby bał się uszkodzić nowego, nieznanego, kruchego Vana, który narodził się zaledwie chwilę wcześniej. Obserwował, jak kręcą się jego myśli, tańczą, dumnie paradują, trochę się wygłupiają. Uznał na przykład za urocze przypuszczenie, że dla rojących się na niej mrówek kostka mydła jest zastygłą ambrozją - i jakie to niesamowite utopić się podczas tych bachanaliów. Kodeks honorowy - rozmyślał - nie pozwala wyzwać osoby niskiego pochodzenia, ale robi się wyjątki dla artystów, pianistów, flecistów, a jeśli tchórz nie zechce się stawić, można rozkrwawić mu dziąsła, wielokrotnie go policzkując, albo jeszcze lepiej obić gościa grubą lagą - nie mogę zapomnieć wybrać jakiejś w szafie w westybulu, zanim odjadę na zawsze, na zawsze. Kapitalna zabawa! Przez chwilę delektował się jako czymś absolutnie wyjątkowym swego rodzaju dżigiem na jednej nodze, jaki tańczy nagus, w skupieniu próbując wsunąć się w szorty. Spacerowym krokiem ruszył boczną galerią. Wszedł na górę po paradnych schodach. Dom był pusty, zimny i pachniał goździkami. Dzień dobry i do widzenia, sypialenko. Van ogolił się, Van obciął sobie paznokcie palców u nóg, Van ubrał się z wyjątkową dbałością: szare skarpety, jedwabna koszula, szary krawat, ciemnoszary garnitur, świeżo wyprasowany... buty, no tak, buty, nie wolno zapomnieć o butach, i nie porządkując reszty swego dobytku, wcisnął do giemzowej sakiewki ze dwadzieścia złotych dwudziestodolarówek, powkładał do odpowiednich kieszeni chusteczkę do nosa, książeczkę czekową, paszport, coś jeszcze?... nie, już nic, nic, tylko jego sztywna osoba... przyszpilił do poduszki liścik z prośbą, żeby pozostałe rzeczy spakować i posłać pod adresem ojca. Syn zginął pod lawiną, kapelusza nie odnaleziono, prezerwatywy podarowano Domowi Emerytowanych Przewodników Górskich. Mniej więcej po ośmiu dziesięcioleciach to wszystko brzmi bardzo zabawnie i głupio, ale wówczas był trupem wykonującym gesty nierealnego śniącego. Przeklinając swe kolano, pochylił się z chrząknięciem, żeby założyć narty, pośród zamieci na krawędzi stoku, ale narty znikły, wiązania okazały się sznurowadłami, a stok zmienił się w schody.

Zszedł do stajni i chłopakowi stajennemu, niemal równie nieprzytomnemu co on, oznajmił, że za parę minut życzy sobie jechać na stację. Chłopak wyglądał na zbitego z tropu i Van rzucił w jego kierunku parę przekleństw.

Zegarek! Wrócił do hamaka, gdzie był przypięty do siatki. W drodze powrotnej do stajni, okrążając dom, spojrzał przez przypadek w górę i zobaczył mniej więcej szesnastoletnią czarnowłosą dziewczynę w żółtych spodniach i czarnym bolerku stojącą na balkonie drugiego piętra i dającą mu jakieś sygnały, sygnały telegraficzne, szeroko przesuwała w jednej linii rękę i wskazywała bezchmurne niebo (co za niebo!), wierzchołek jakarandy w kwiatach (w kwiatach! niebieskich!) i własną nagą stopę uniesioną wysoko i wspartą na parapecie (muszę tylko włożyć sandały!). Ku swemu przerażeniu i wstydowi Van ujrzał, że Van czeka, aż dziewczyna zejdzie na dół.

Szybkim krokiem szła ku niemu poprzez opalizująco błyszczący trawnik.

– Van – powiedziała – muszę ci opowiedzieć swój sen, zanim go zapomnę. Ja i ty byliśmy wysoko w górach, w Alpach... Dlaczego właściwie masz na sobie miejskie ubranie?

– No cóż, powiem ci – przeciągając samogłoski jak ze snu wymruczał Van. – Powiem ci, dlaczego. Ze sromnego, to znaczy skromnego, wybacz moją wymowę, ze skromnego, ale wiarygodnego źródła dowiedziałem się właśnie *qu'on vous culbute* za każdym żywopłotem. Gdzie mogę znaleźć tego przewrotnika?

– Nigdzie – odpowiedziała całkiem spokojnie, ignorując jego ordynarność, a może nawet jej nie zauważając, zawsze bowiem wiedziała, że katastrofa wydarzy się dziś albo jutro, że jest to kwestia czasu, czy raczej wyboru terminu przez los.

– Ale on istnieje, przecież istnieje – wymamrotał Van, wbijając wzrok w pajęczynę tęczy na trawie.

– Tak, raczej tak – powiedział wyniosły dzieciak – wczoraj jednak wyjechał w stronę jakiegoś greckiego czy tureckiego portu. Poza tym zamierza zrobić wszystko, żeby zginąć, jeśli ta informacja ci pomoże. Ale teraz słuchaj! Te spacery po lasach nic nie znaczyły. Czekaj, Van! Uległam tylko dwa razy, kiedy tak obrzydliwie go zraniłeś, no może wszystkiego trzy razy. Proszę! Nie mogę tego wytłumaczyć tak hop-siup, ale w końcu zrozumiesz. Nie każdy jest taki szczęśliwy jak my. On jest biednym, zagubionym, niezdarnym chłopakiem. Wszyscy jesteśmy przeklęci, ale niektórzy są bardziej przeklęci niż inni. Jest dla mnie niczym. Nigdy więcej go nie zobaczę. Jest niczym, przysięgam. Uwielbia mnie do szaleństwa.

– Myślę, że wzięliśmy się do niewłaściwego kochanka. Ja pytałem o Herr Racka, który ma takie smakowite dziąsła i także uwielbia cię do szaleństwa.

Obrócił się, jak to się mówi, na pięcie i ruszył w stronę domu.

Gotów byłby przysiąc, że nie odwrócił się ani razu i że, kiedy się oddalał, nie mógł – dzięki jakiemuś optycznemu przypadkowi czy w jakimś pryzmacie – widzieć jej fizycznym wzrokiem, a jednak zachował na zawsze okropnie wyrazisty i złożony obraz jej postaci stojącej tam, gdzie ją zostawił. Obraz, który wniknął weń przez oko na potylicy, poprzez szklisty kanał kręgowy i którego nigdy nie mógł zapomnieć, nigdy, bo składał się z mieszaniny wybranych na chybił trafił jej wizerunków, wyrazów jej twarzy, które w różnych chwilach przeszłości przeszywały go nieznośnym żalem. Sprzeczali się niezwykle rzadko i krótko, ale tych sprzeczek wystarczyło, by stworzyć trwałą mozaikę. Była tam chwila, kiedy stała oparta plecami o pień drzewa i patrzyła, czekając, aż dopełni się los zdrajczyni; chwila, kiedy odmówił jej pokazania jakichś głupich zdjęć z Chose przedstawiających dziewczęta, które brało się pychówką na przejażdżkę, i wściekle podarł te fotografie, a ona, ściągając brwi i mrużąc oczy, wpatrywała się w niewidoczny krajobraz w oknie. Albo chwila, kiedy wahała się, mrugając, kształtując bezdźwięczny wyraz, podejrzewając go o nagłą niechęć do pruderyjności jej języka, kiedy szorstko kazał jej znaleźć rym do „patio", a ona nie była całkiem pewna, czy ma na myśli pewne brzydkie słowo, a jeśli tak, to jak się je poprawnie wymawia. I być może najgorsza ze wszystkich chwila, kiedy stała, bawiąc się bukietem polnych kwiatów (łagodny obojętny półuśmiech nie kwapił się, by opuścić jej oczy), sznurowała usta, leciutko, niewyraźnie kiwała głową, jakby sama sobie potwierdzała jakieś tajemnicze decyzje i milczące klauzule swego rodzaju kontraktu z sobą samą, z nim, z nieznanymi stronami zwanymi dalej Niewesołość, Bezużyteczność, Niesprawiedliwość, a on pławił się w brutalnym wybuchu złości spowodowanym jej propozycją – rzuconą mimochodem i uroczo, podobnie mogła zaproponować krótki spacer po skraju bagna w celu sprawdzenia, czy rozwinęła się już pewna orchidea – żeby odwiedzić grób doktora Krolika na cmentarzu, koło którego przechodzili; nagle zaczął wrzeszczeć

(„Wiesz, że nie cierpię cmentarzy, gardzę śmiercią, potępiam ją, martwe ciała są groteskowe, odmawiam gapienia się na kamień, pod którym gnije stary tłusty Polak, niech karmi swoje robaki w spokoju, entomologia śmierci zupełnie mnie nie rozpala, nie znoszę, gardzę...”), rozprawiał tak przez kilka minut, a potem dosłownie padł do jej nóg, całował jej nogi, błagał o wybaczenie, a ona jeszcze przez jakiś czas w zadumie mu się przyglądała.

Takie były kawałki mozaiki, były też inne, nawet bardziej błahe, ale składając się razem, te nieszkodliwe cząstki tworzyły niezwykle groźną całość i dziewczyna w żółtych spodniach i czarnym żakiecie, stojąca z rękami założonymi za plecy, opierająca się to słabiej, to mocniej o pień drzewa, lekko kołysząca ramionami i wstrząsająca włosami, wyraźny obraz, którego z całą pewnością nigdy w istocie nie widział, pozostał w nim bardziej rzeczywisty niż prawdziwe wspomnienie.

Marina w kimonie i lokówkach stała przed gankiem otoczona przez służących i zadawała pytania, na które, jak się zdawało, nikt nie odpowiadał.

Van powiedział:

– Nie uciekam z twoją pokojówką, Marino. To złudzenie optyczne. Powody, dla których ona cię opuszcza, mnie nie dotyczą. Jest pewna sprawa, którą odkładałem jak idiota na później, ale która teraz wymaga mojej obecności, zanim wyjadę do Paryża.

– Ada bardzo mnie niepokoi – powiedziała Marina, marszcząc brwi, po rosyjsku drżały jej policzki. – Wróć proszę, kiedy tylko będziesz mógł. Masz na nią taki dobry wpływ. *Au revoir*. Bardzo jestem dzisiaj na wszystkich zła.

Przytrzymując suknię, weszła na schody ganku. Oswojony smok na jej plecach miał język mrówkojada, przynajmniej według jej starszej córki, uczonej. Co biedna matka wiedziała o różnych panach P. i R.? Niemal nic.

Van uścisnął dłoń zasmuconego starego kamerdynera, podziękował Boutowi za laskę ze srebrną gałką i parę rękawiczek, skinął głową pozostałym służącym i ruszył ku zaprzężonemu w parę koni powozowi. Blanche, stojąca obok w długiej szarej spódnicy i słomkowym kapeluszu, ze swoją taniutką walizką pomalowaną na kolor mahoniowy, przewiązaną na krzyż sznurkiem, wyglądała jak młoda nauczycielka wyruszająca w westernie na Dziki Zachód. Zaproponowała, że siądzie obok rosyjskiego woźnicy na koźle, ale Van wprowadził ją do *calèche*.

Mijali pofałdowane pola pszenicy z confetti maków i modraków. Przez całą drogę gadała o młodej kasztelanowej i jej dwu najświeższych kochankach, mówiła melodyjnym niskim głosem jak w transie, zdawało się, że jest *en rapport* z duchem jakiegoś nieżyjącego minstrela. Ledwie dwa dni temu za tym szeregiem gęstych jodeł, proszę popatrzeć, po pana prawej stronie (ale Van nie patrzył, siedział milczący, obie dłonie złożył na gałce laski), ona i jej siostra Madelon, z butelką wina na obie, obserwowały, jak *monsieur le comte* zalecał się na mchu do młodej pani, miażdżąc ją jak stękający niedźwiedź, tak jak miażdżył – wiele razy! – Madelon, która powiedziała, żeby powiedziała, znaczy żeby ona, Blanche, ostrzegła go, znaczy Vana, bo jest trochę zazdrosna, ale powiedziała też – bo ma takie dobre serce – że lepiej to odłożyć, aż „Malbrook" *s'en va t'en guerre*, bo inaczej będą walczyć ze sobą, on całe rano strzelał z pistoletu do stracha na wróble i to właśnie dlatego czekała tak długo, i to było pismo Madelon, nie jej. Paplała i paplała, póki nie dojechali do Tourbière, dwu rzędów chat i czarnego kościółka z witrażami. Van otworzył dziewczynie drzwiczki. Najmłodsza z jej trzech sióstr, śliczna dziewuszka z kasztanowymi lokami, szelmowskimi oczyma i podskakującymi piersiami (gdzie ją przedtem widział? – niedawno, ale gdzie?), zaniosła walizkę Blanche i klatkę na ptaki do nędznej chałupy, pokrytej pnącymi różami, ale poza tym ponurej nie do opisania. Ucałował płochliwą dłoń Kopciuszka, po czym, chrząkając, wrócił na swoje miejsce w powozie i szybkim ruchem poprawił kant spodni przed założeniem nogi na nogę. Paw Van Veen.

– Ekspres nie zatrzymuje się w Torfiance, prawda Trofim?

– Przez bagna będzie jakich pięć wiorst – powiedział Trofim – zawiozę. Najbliższa stacja to Wołosianka.

Był to jego ordynarny przekład angielskiej nazwy Maidenhair. Przystanek kolejowy na żądanie. Pociąg będzie pewnie zatłoczony.

Maidenhair. Idiota. Percy mógłby już mieć pogrzeb! Maidenhair. Nazwa od wielkiego i rozłożystego chińskiego drzewa na końcu peronu, kiedyś mylnie uznawanego za paproć, złotowłos. W powieści Tołstoja doszła do końca peronu. To pierwszy przykład monologu wewnętrznego później wykorzystanego przez Francuza i Irlandczyka. *N'est vert, n'est vert, n'est vert. L'arbre aux quarante écus d'or*, przynajmniej jesienią. Nigdy, nigdy nie usłyszę już jej „botanicznego" głosu, obniżającego ton przy *biloba*, „przepraszam, że popisuję się łaciną". *Ginkgo*, giń go, gnik, inkog. Znane też jako *adiantofolia* z Salisbury. In folio Ady, biedna *Salisburia*: anulowana; biedny strumień świadomości, teraz *marée noire*. Kto chce Ardis Hall!

– *Barin, a barin* – powiedział Trofim, zwracając okoloną jasną brodą twarz do pasażera.

– *Da?*

– *Daże skwoz' kożanyj fartuk nie stał by ja trogat' etu francuzskuju diewku.*

Bárin – jaśnie panie. *Dáże skwoz' kóżanyj fártuk* – nawet przez skórzany fartuch. *Nie stał by ja trógat'* – nie dotykałbym. *Étu* – tej, owej (po ros. biernik). *Francúzskuju* – francuskiej (po ros. biernik). *Diéwku* – dziewki (po ros. biernik). *Úżas, otczájanije* – zgroza, rozpacz. *Żáłost'* – żal. *Kónczeno, zagáżeno, rastiérzano* – skończone, spaskudzone, rozszarpane na strzępy.

42

Aqua mawiała, że tylko ludzie bardzo okrutni bądź bardzo głupi lub też niewinne niemowlęta mogą być szczęśliwi na Demonii, naszej wspaniałej planecie. Van czuł, że aby przeżyć na obszarach owej Antyterry, w wielobarwnym i złym świecie, na który go wydano, koniecznie powinien unicestwić albo przynajmniej trwale okaleczyć dwu mężczyzn. Musiał niezwłocznie ich odnaleźć; zwłoka mogła osłabić moc pozwalającą przetrwać. Rozkosz ich unicestwienia nie była w stanie uleczyć jego serca, ale z pewnością oczyściłaby mózg. Owi dwaj mężczyźni znajdowali się w dwu różnych miejscach, a przy tym żadne z nich nie było precyzyjnie określone, brakowało konkretnego numeru ulicy, konkretnej kwatery. Miał nadzieję, że ukarze ich w sposób honorowy, jeśli Los pomoże. Nie był przygotowany na komicznie przesadną gorliwość, jaką Los miał przejawić, prowadząc go za sobą, by potem wmieszać się w sprawę i okazać nazbyt skorym do działania współpracownikiem.

Van zdecydował się najpierw pojechać do Kaługano, a by wyrównać rachunki z Herr Rackiem. Ze strapienia usnął w kącie przedziału pełnego obcych nóg i głosów, w pierwszorzędnym ekspresie pędzącym na północ z prędkością stu mil na godzinę. Drzemał do dwunastej w południe, wysiadł w Ładodze i po niewyobrażalnie długim oczekiwaniu znalazł się w jeszcze bardziej trzęsącym i zatłoczonym pociągu. Przepychając się przez jeden korytarz po drugim w beznadziejnym poszukiwaniu wygodnego kąta w jednym z czteromiejscowych przedziałów pierwszej klasy i przeklinając pod nosem wyglądających przez okna pasażerów, którzy nie wciągali tyłków, żeby dać mu przejść, ujrzał w pewnym momencie Cordulę i jej matkę siedzące pod oknem naprzeciw siebie. Dwa pozostałe miejsca zajęte były przez starszego korpulentnego jegomościa w staroświeckiej brązowej peruce z przedziałkiem pośrodku oraz chłopca w okularach i marynarskim ubranku siedzącego koło Corduli, która właśnie podsuwała mu połówkę swego batonika. Vanowi przyszła do głowy świetna myśl i kazała mu wejść do środka, ale matka Corduli poznała go nie od razu. Zamieszanie związane z ponownym przedstawianiem oraz szarpnięcie pociągu sprawiły, że Van nastąpił na obutą w prunelowy trzewik stopę starszego pasażera, który wydał przenikliwy krzyk i powiedział niewyraźnie, ale nie niegrzecznie:

– Ostrożnie (albo: „uważaj, proszę" czy „miej wzgląd"), młody człowieku, mam podagrę!

– Nie lubię, kiedy ktoś się do mnie zwraca „młody człowieku" – powiedział choremu Van, w którego głosie zadźwięczała niczym nieuzasadniona kipiąca złość.

– Zrobił ci kuku, dziadku? – spytał chłopczyk.

– Tak – odpowiedział dziadek – ale swoim krzykiem bólu nie chciałem nikogo urazić.

– Nawet ból nie zwalnia nikogo od uprzejmości – ciągnął Van (a lepszy Van w jego wnętrzu szarpał go za rękaw, skonsternowany i zawstydzony).

– Cordulo – powiedziała stara aktorka (wykazując tę samą błyskotliwość, z którą kiedyś podniosła i zaczęła głaskać należącego do strażaka kota, który podczas spektaklu

Trwałych kolorów w połowie jej najlepszego monologu wlazł na scenę), może byś poszła z tym młodym gniewnym demonem do wagonu herbacianego. Mam ochotę uciąć sobie odrobinę drzemki.

– Coś idzie nie tak jak trzeba? – spytała Cordula, kiedy usadowili się w bardzo przestronnym, rokokowym „racuchciku", jak nazywali go kaługańscy licealiści w latach osiemdziesiątych i dziewięćdziesiątych.

– Wszystko – odparł Van – ale czemu pytasz?

– No cóż, znamy trochę doktora Płatonowa i wiem, że absolutnie nie miałeś powodu, żeby być taki obrzydliwie niegrzeczny dla tego przemiłego staruszka.

– Przepraszam – powiedział Van. – Zamówmy tradycyjną herbatę.

– Inna dziwna rzecz – powiedziała Cordula – to fakt, że mnie dziś od razu zauważyłeś. Dwa miesiące temu potraktowałeś mnie jak powietrze.

– Zmieniłaś się. Zrobiłaś się urocza i rozleniwiona. Dzisiaj jesteś szczególnie urocza, Cordula nie jest już dziewicą! Słuchaj, masz może przypadkiem adres Percy'ego de Prey? Wiemy wszyscy, że zdobywa Tatarię, ale gdzie można by wysłać do niego list? Nie chcę prosić o pośrednictwo twojej podejrzliwej ciotki.

– Sądzę, że Fraserowie mogą mieć adres, sprawdzę. Ale dokąd wybiera się Van? Gdzie znajdę Vana?

– W domu, przy Park Lane 5, będę tam za parę dni. Teraz muszę na chwilę wpaść do Kaługano.

– Do tej koszmarnej dziury? Dziewczyna?

– Facet. Znasz Kaługano? Dentysta? Najlepszy hotel? Sala koncertowa? Nauczyciel muzyki mojej kuzynki?

Pokręciła krótkimi lokami. Nie, bywa tam bardzo rzadko. Dwa razy była na koncercie, w sosnowym lasku. Nie wiedziała, że Ada uczy się muzyki. Jak się ma Ada?

– Lucette – powiedział – to Lucette bierze albo brała lekcje gry na fortepianie. Dobra. Dajmy spokój Kaługano. Te racuchy to bardzo ubodzy krewni tych z Chose. Masz rację, *j'ai des ennuis*. Ale możesz sprawić, że o nich zapomnę. Opowiedz coś, co by mnie od nich odciągnęło, chociaż i tak mnie odciągasz, bo mnie pociągasz, *un petit topinambour*, jak powiedział Niemiaszek w pewnym opowiadaniu. Opowiedz o swoich sprawach sercowych.

Nie była zbyt błyskotliwa. Była jednak dziewczyną elokwentną i naprawdę całkiem ekscytującą. Zaczął pieścić ją pod stołem, ale delikatnie odsunęła jego rękę, szepcząc „mokres", równie szczególnie jak inna dziewczynka w innym śnie. Głośno chrząknął i zamówił pół butelki koniaku, każąc kelnerowi otworzyć ją w jego obecności, tak jak radził Demon. Mówiła i mówiła i zgubił gdzieś nić jej opowieści czy też raczej nić owa wplotła się w szybko przepływający krajobraz, który jego wzrok śledził ponad jej ramieniem, i nagły wąwóz przypominał, co powiedział Jack, kiedy zadzwoniła jego żona, samotne drzewo na polu koniczyny wcielało się w rolę porzuconego Johna, a romantyczny strumień spadający w dół urwiska odbijał jej krótki krystaliczny romans z markizem Quizz Quisaną.

Zniknął sosnowy lasek i zastąpiły go kominy fabryki chemicznej. Pociąg ze stukiem przejechał koło parowozowni i jęcząc zwolnił. Obrzydliwy dworzec przyćmił światło dnia.

– Boże – zawołał Van – to moja stacja.

Położył pieniądze na stoliku, pocałował chętne usta Corduli i ruszył ku wyjściu. Kiedy był już na platformie, obejrzał się, pomachał trzymaną w ręku rękawiczką i wpadł na kogoś, kto pochylił się, żeby wziąć walizkę.

– *On n'est pas goujat à ce point* – zauważył ów człowiek, krzepki wojskowy z rudawymi wąsami i dystynkcjami sztabskapitana.

Van przecisnął się koło niego i ledwo kapitan zszedł na peron, z rozmachem trzepnął go rękawiczką w twarz.

Oficer podniósł czapkę i rzucił się na bladego czarnowłosego gogusia. Jednocześnie Van poczuł, że ktoś chwyta go z tyłu, starając się w najlepszej woli, ale nieuczciwie, ograniczyć jego ruchy. Nie odwracając głowy, pozbył się niewidzialnego natręta, lekko uderzywszy go lewym łokciem (tzw. walnięcie tłokiem) i jednym prawym prostym posłał chwiejnego kapitana na jego własne bagaże. Wokół nich zebrało się już kilku amatorów darmowego widowiska, więc przebijając się przez ich krąg, Van wziął swego przeciwnika pod ramię i niewzruszenie wprowadził do poczekalni. Komicznie ponury bagażowy z mocno krwawiącym nosem wszedł za nimi, niosąc trzy sztuki bagażu kapitana, jedną z nich pod pachą. Kubistyczne nalepki z odległych i bajkowych miejsc pokrywały barwnymi plamami nowszą z walizek. Wymieniono bilety wizytowe.

– Syn Demona? – mruknął kapitan Tapper z Willi „Dorian" w Kaługano.

– Tak jest – powiedział Van. – Zatrzymam się zapewne w „Majesticu", jeśli nie, zostawię notkę dla pańskiego sekundanta lub sekundantów. Będzie pan musiał znaleźć jednego i dla mnie, portiera o tę usługę raczej poprosić nie mogę.

Mówiąc to Van wziął z dłoni pełnej złota dwudziestodolarową monetę i z szerokim uśmiechem wręczył ją staremu zranionemu bagażowemu.

– Trochę żółtej waty – dodał. – Do każdej dziurki. Przepraszam, kolego.

Z rękoma w kieszeniach spodni przeszedł przez plac do hotelu, zmuszając auto, by z piskiem skręciło na mokrym asfalcie. Minął samochód stojący teraz poprzecznie do kierunku jazdy i przebił się przez drzwi obrotowe do hotelu, czując się jeśli nie szczęśliwszym, to przynajmniej weselszym niż przez ostatnich dwanaście godzin.

Wchłonął go „Majestic", ogromne stare gmaszysko, z zewnątrz całe pokryte warstwą brudu, wewnątrz całe obite skórą. Poprosił o pokój z łazienką, ale powiedziano mu, że wszystkie są zarezerwowane przez uczestników zjazdu dostawców. W nieodparty Veenowski sposób przekupił recepcjonistę i dostał znośny apartament, były w nim trzy pokoje i pokryta mahoniową boazerią wanna, jak również fotel bujany, pianola oraz fioletowy baldachim nad podwójnym łożem. Umywszy ręce, natychmiast zszedł na dół, żeby spytać o adres Racka. Rackowie nie mieli telefonu; prawdopodobnie wynajmowali pokój na peryferiach; portier spojrzał na zegar i zadzwonił do czegoś pomiędzy biurem adresowym a wydziałem osób zaginionych. Okazało się, ze urząd ów jest zamknięty do ranka następnego dnia. Poradził Vanowi spytać w sklepie muzycznym na ulicy Głównej.

W drodze do owego sklepu Van zaopatrzył się w drugą laskę: tę z Ardis Hall, zakończoną srebrną gałką, zostawił w kawiarni na stacji w Maidenhair. Nowa była toporna i gruba, miała wygodny uchwyt i konwencjonalną końcówkę kija alpejskiego, którą doskonale dałoby się wydłubywać półprzejrzyste wybałuszone oczy. W sąsiednim sklepie kupił walizkę, a w kolejnym koszule, szorty, spodnie, piżamy, chusteczki do nosa, podomkę, pulower i parę safianowych pantofli jak płód w łonie ułożonych w skórzanym futerale. Wszystkie zakupione rzeczy włożył do walizki i natychmiast odesłał do hotelu. Miał właśnie wejść do sklepu muzycznego, kiedy wzdrygnął się, przypomniawszy sobie, że nie zostawił żadnej wiadomości dla sekundantów Tappera, toteż poszedł z powrotem.

Ujrzał ich siedzących w holu i poprosił o ustalenie wszystkiego jak najszybciej, miał ważniejsze sprawy do załatwienia. „*Nie grubit' siekundantam*" (nigdy nie być impertynenckim wobec sekundantów) – powiedział głos Demona w jego mózgu. Arwin Charlus, porucznik gwardii, był rozlazłym blondynem, miał różowe wilgotne wargi i długą na stopę cygarniczkę. Johnny Rafin, Esq., był niski, ciemnowłosy i wystrojony, miał na sobie niebieskie zamszowe buty i okropny jasnobrązowy garnitur. Charlus szybko wyszedł, pozostawiając ustalenie szczegółów Vanowi i Johnny'emu, który chociaż ze wszystkich sił chciał być lojalnym sekundantem Vana, nie ukrywał, że sercem jest przy jego przeciwniku.

Johnny powiedział, że kapitan jest pierwszorzędnym strzelcem i członkiem podmiejskiego klubu Do-Re-La. Brutalna krwiożerczość jako Brytyjczyka cechować go nie może, ale jego ranga wojskowa i naukowa nakazują mu bronić honoru. Jest specjalistą od map, koni i ogrodnictwa. Jest też bogatym ziemianinem. Najmniejszy cień przeprosin ze strony barona Veena pozwoliłby zakończyć sprawę w duchu szlachetnej wielkoduszności.

– Jeśli nasz drogi kapitan tego właśnie oczekuje, to może odmaszerować i wsadzić sobie pistolet do swojej szlachetnej wielkodupności.

– Nieładnie tak mówić – krzywiąc się, powiedział Johnny. – Mojemu przyjacielowi te słowa się nie spodobają. Pamiętajmy, że to bardzo wytworny człowiek.

Czy Johnny w końcu jest sekundantem Vana, czy pana Tappera?

– Pańskim – powiedział Johnny z omdlewającym spojrzeniem.

Czy on albo wytworny kapitan znają może pianistę pochodzenia niemieckiego Philipa Racka, żonaty, troje dzieci (prawdopodobnie).

– Przykro mi – powiedział Johnny z nutą wzgardy w głosie – ale nie znam zbyt wielu dzieciatych osób w Kaługano.

Czy znajdzie się w pobliżu jakiś dobry burdel?

Z rosnącą wzgardą Johnny oznajmił w odpowiedzi, że jest zaprzysięgłym kawalerem.

– W porządku – powiedział Van. – Muszę wyskoczyć na miasto, zanim zamkną sklepy. Mam kupić parę pistoletów pojedynkowych czy kapitan pożyczy mi służbowego brugera?

– Możemy dostarczyć broń – powiedział Johnny.

Kiedy Van znalazł się przed sklepem muzycznym, stwierdził, że jest zamknięty. Przez chwilę gapił się na harfy, gitary i wycofujące się w mrok luster kwiaty w srebrnych ustawionych na konsolach wazonach i przypomniał sobie uczennicę, której tak mocno pragnął przed sześciu laty – Rose? Roza? Czy tak się nazywała. Czy byłby z nią szczęśliwszy niż ze swą bladą zgubną siostrą?

Szedł przez jakiś czas ulicą Główną, jedną z milionów ulic Głównych, a potem, czując przypływ zdrowego głodu, wkroczył do dość przyjemnej restauracji. Zamówił befsztyk z opiekanymi ziemniakami, szarlotkę i butelkę bordeaux. W oddalonym końcu sali na jednym z wysokich czerwonych taboretów przy lśniącym barze siedziała elegancka kokota w czerni, miała na sobie obcisłą bluzkę, szeroką spódnicę, długie czarne rękawiczki, aksamitny kapelusz z szerokim rondem, sączyła przez słomkę złocisty napój. W lustrze za barem pośród barwnych błysków dostrzegł zamazany odblask jej rudawoblond urody, pomyślał, że mógłby jej później popróbować, ale kiedy znowu spojrzał w tamtym kierunku, już jej nie było.

Jadł, pił, knuł.

Radośnie rwał się do pojedynku. Nie można było sobie wyobrazić nic bardziej ożywiającego. Strzelanie się z tym przypadkowym błaznem obiecywało niespodziewaną ulgę. Zwłaszcza że Rack na pewno wybierze zwykłą chłostę, a nie walkę. Wymyślanie i wymyślanie wciąż na nowo rozmaitych ewentualności związanych z tym małym pif-paf można by porównać do błogosławionych w skutkach koników, których wielkoduszne instytucje, oświeceni administratorzy i zmyślni psychiatrzy uczą chorych na polio, szaleńców i więźniów, koników takich jak introligatorstwo albo wprawianie niebieskich paciorków w oczodoły lalek zrobionych przez innych kryminalistów, kaleki i wariatów.

Początkowo bawił się myślą o zabiciu swego adwersarza; pod względem ilościowym przyniosłoby mu to największe poczucie ulgi, pod jakościowym oznaczało rozmaitego rodzaju moralne i prawne komplikacje. Zranienie wydawało się nieudolnym półśrodkiem. Postanowił uczynić coś artystycznego i fantazyjnego: wybić pistolet z ręki przeciwnika albo zrobić przedziałek w gęstej szczecinie na jego głowie.

W drodze powrotnej do ponurego „Majestiku" nabył rozmaite drobiazgi: trzy okrągłe kostki mydła w podłużnym opakowaniu, chłodną sprężystą tubkę kremu do golenia, dziesięć żyletek, dużą gąbkę, mniejszą gumową rękawicę do namydlania, płyn do włosów, grzebień, Balsam Garbarskiego, szczoteczkę do zębów w plastikowym pudełeczku, pastę do zębów, nożyczki, wieczne pióro, kieszonkowy notes – co jeszcze? – a tak, nieduży budzik, którego krzepiąca obecność nie przeszkodziła mu jednak poprosić portiera o zadzwonienie do niego o piątej rano.

Była dopiero dziewiąta wieczorem i późne lato; nie byłby zdziwiony, gdyby mu powiedziano, że nadszedł już październik i zbliża się północ. Miał za sobą niewiarygodnie długi dzień. Z trudnością obejmował umysłem fakt, że to dzisiejszego ranka bajkowa postać z jakiejś powieści dla panien służących pióra Dormilony rozmawiała z nim, niemal naga i drżąca, w składzie narzędzi w Ardisie. Zastanawiał się, czy ta druga dziewczyna ciągle stoi wyprostowana jak strzała, obiekt adoracji i abominacji, bez serca i z sercem złamanym, oparta o pień szumiącego drzewa. Zastanawiał się też, czy w obliczu jutrzejszej *partie de plaisir* nie powinien napisać do niej notki w stylu „kiedy-otrzymasz-ten-list", nonszalanckiej, okrutnej i ostrej jak sopel. Nie. Lepiej napisać do Demona.

Drogi Tato!

W rezultacie błahej sprzeczki z kapitanem Tapperem z Willi „Dorian", na którego wpadłem przypadkiem w korytarzu wagonu, dziś rano miałem pod Kaługano pojedynek na pistolety i w chwili obecnej już nie ma mnie na tym świecie. Chociaż okoliczności mojej śmierci pozwalają ją uznać ze swego rodzaju łatwe samobójstwo, sam pojedynek i niedający się opisać kapitan nie mają żadnego związku z Cierpieniami młodego Veena. *W 1884 roku, mego pierwszego lata w Ardisie, uwiodłem Twoją córkę, wówczas dwunastoletnią. Nasz namiętny romans trwał aż do mego powrotu do Riverlane. Rozkwitł na nowo po czterech latach, tego roku w czerwcu. To szczęście było największą sprawą w moim życiu i niczego nie żałuję. Wczoraj jednak odkryłem, że była niewierna, i rozstaliśmy się. Tapper to być może ten facet wyrzucony z jednego z Twoich klubów karcianych za próbę podjęcia stosunku oralnego z dziadkiem klozetowym, starym bezzębnym kaleką, weteranem I Wojny Krymskiej. Proszę o dużo kwiatów!*

Twój kochający syn Van

Starannie przeczytał list i starannie go podarł. Notka, którą ostatecznie wsunął do kieszeni marynarki, była znacznie krótsza:

Tato!

Miałem błahą sprzeczkę z nieznanym mi człowiekiem, którego spoliczkowałem i który zabił mnie w pojedynku pod Kaługano. Przykro mi!

Van

Obudził Vana nocny portier, który na stoliku przy łóżku postawił filiżankę kawy wraz z miejscową „bułeczką jajeczną" i wprawnie ukrył w dłoni oczekiwanego czerwońca. Przypominał trochę Bouteillana o dziesięć lat młodszego i takiego, jaki ukazał się Vanowi we śnie. Teraz Van zrekonstruował ów sen, na ile się dało: dawny kamerdyner Demona wyjaśniał w nim, że „dor" w nazwie godnej adoracji rzeki odpowiada przekształconemu „hydro" w „dorofonie". Van często śnił o słowach.

Ogolił się, pozbył się dwu skrwawionych żyletek wkładając je do masywnej popielniczki z brązu, wyrzucił z siebie stolec o idealnej strukturze, wziął szybką kąpiel, błyskawicznie się ubrał, zostawił walizkę u portiera, zapłacił rachunek i punktualnie o szóstej wcisnął się do paradoksa, taniego półwyścigowego samochodu, sadowiąc się obok jego granatowawobrodego nieprzyjemnie pachnącego właściciela, Johnny'ego. Przez kilka mil jechali ponurym brzegiem jeziora – sterty węgla, chałupiny, hangary dla łodzi, długi pas wymieszanego z kamykami błota i w oddali, za półksiężycem jesiennie zamglonej wody, płowe dymy ogromnych fabryk.

– Gdzie teraz jesteśmy, Johnny, skarbie? – spytał Van, kiedy wyrwali się z orbity jeziora i popędzili podmiejską drogą pośród zbitych z desek chat oraz sosen, między którymi na sznurkach suszyła się bielizna.

– Na Dorofey Road – wrzasnął kierowca, przekrzykując ryk silnika. – Prowadzi do lasu.

Doprowadziła. Van poczuł lekkie ukłucie w kolanie, którym uderzył o kamień, kiedy zaatakowano go od tyłu przed tygodniem, w innym lesie. W chwili, gdy jego stopa dotknęła pokrytej igłami sosen leśnej drogi, obok przeleciał biały przezroczysty motyl i Van nabrał całkowitej pewności, że zostało mu tylko parę minut życia.

Zwrócił się do swego sekundanta i powiedział:

– List w tej pięknej i ofrankowanej kopercie hotelu „Majestic" zaadresowany jest, jak pan zobaczy, do mojego ojca. Przenoszę go teraz do tylnej kieszeni spodni. Proszę niezwłocznie go wysłać, jeśli kapitan, który, jak widzę, przyjechał w wyglądającej dość pogrzebowo limuzynie, przypadkiem mnie uśmierci.

Znaleźli odpowiednią polanę i główni aktorzy wydarzenia, z pistoletami w dłoniach, stanęli twarzami do siebie oddzieleni odległością mniej więcej trzydziestu kroków – był to rodzaj pojedynku opisany przez większość powieściopisarzy rosyjskich i przez niemal wszystkich rosyjskich powieściopisarzy pochodzenia szlacheckiego. Kiedy Arwin klasnął w dłonie, co stanowiło nieformalny sygnał dla obu stron, że mogą strzelać, gdy tylko uznają to za stosowne, Van dostrzegł jakiś barwny ruch po swej prawej ręce: dwoje małych widzów – gruba dziewczynka i chłopiec w okularach i marynarskim ubranku, a pomiędzy nimi kołysał się koszyk grzybów; nie był to chrupacz czekolady z przedziału Corduli, ale chłopiec bardzo do niego podobny. Kiedy owe myśli przemknęły Vanowi przez głowę, poczuł uderzenie kuli rozrywającej mu, tak to przynajmniej czuł, całą lewą stronę tułowia. Zakołysał się, ale odzyskał równowagę i z piękną godnością wystrzelił w słoneczną mgiełkę powietrza.

Serce biło mu miarowo, jego plwocina była czysta, płuca nienaruszone, ale ogień bólu szalał gdzieś w okolicy lewej pachy. Krew przesączała się przez odzież i spływała strużką wzdłuż nogawki spodni. Usiadł, powoli, ostrożnie i wsparł się na prawej ręce. Bał się stracić świadomość, ale być może na chwilę zemdlał, bo zaraz potem uprzytomnił sobie, że Johnny uwolnił go od brzemienia listu i właśnie wkładał go do swojej kieszeni.

– Podrzyj go, idioto – powiedział Van z mimowolnym jękiem.

Tymczasem zbliżył się kapitan i dość ponuro mruknął:

– Założę się, że nie jest pan w stanie kontynuować.

– Założę się, że pan nie poczeka... – zaczął Van. Chciał powiedzieć: „pan nie poczeka, aż pana znowu spoliczkuję", ale przy słowie „poczeka" roześmiał się i mięśnie wesołości nieznośnie zabolały, więc musiał przerwać w środku zdania i pochylić pokryte potem czoło.

Tymczasem Arwin przekształcał limuzynę w karetkę pogotowia. Podarto gazety, żeby ochronić tapicerkę, a pedantyczny kapitan dodał do nich coś, co wyglądało jak worek na kartofle albo coś innego, co gniło w bagażniku, i mrucząc, że go zaraz nagła krew zaleje (co, gdyby siadł blisko, można by zrozumieć dosłownie), zdecydował się poświęcić stary i brudny makintosz, na którym kiedyś w drodze do weterynarza pożegnał się ze światem ukochany zgrzybiały pies.

Przez pół minuty Van był pewien, że nadal leży w samochodzie, podczas gdy naprawdę znajdował się na sali ogólnej „Szpitala nad Jeziorem" (nad Jeziorem!) pomiędzy dwoma szeregami rozmaicie zabandażowanych, chrapiących, majaczących i jęczących mężczyzn. Kiedy zdał sobie z tego sprawę, natychmiast z oburzeniem zażądał, żeby przenieść go do najlepszej prywatnej *pałaty* w zakładzie i sprowadzić z „Majestika" jego walizkę i kij alpejski. Następnie kazał powiedzieć sobie, jak poważnie jest ranny i jak długo pozostanie niesprawny. Trzecim działaniem był powrót do tego, co stanowiło jedyny powód jego wizyty w Kaługano (wizyty w Kaługano!). Jego nowa kwatera, gdzie zatrzymawszy się w drodze, monarchowie ze złamanym sercem przewracali się w nocy na łóżku, okazała się białą repliką apartamentu w hotelu, były tu białe meble, biały dywan, biały baldachim. By tak rzec, do wyposażenia należała też Tatiana, wyjątkowo ładna i wyniosła młoda pielęgniarka o czarnych włosach i przezroczystej skórze, niektóre z jej póz i gestów, a także owa harmonia między szyją i oczami, która jest szczególnym, niedostatecznie dotąd zbadanym sekretem kobiecego wdzięku, osobliwie i boleśnie przypominały mu o Adzie, starał się uciec od jej obrazu, z całą mocą odpowiadając na uroki Tatiany, także będącej swego rodzaju aniołem udręki. Wymuszony bezruch nie pozwalał Vanowi na podchody i zasadzki z karykatur w złym guście. Błagał ją, by wymasowała mu nogi, ona jednak zmierzyła go jednym spojrzeniem swoich poważnych, ciemnych oczu i zleciła to zadanie Dorofiejowi, pielęgniarzowi o muskularnych rękach, tak silnemu, że jednym ruchem podnosił z łóżka trzymającego się jego potężnego karku Vana jak chore dziecko. Kiedy Van zdołał pomacać jej piersi, ostrzegła go, że się poskarży, jeśli kiedykolwiek raz jeszcze pozwoli sobie na te, jak się wyraziła, trafniej niż można by przypuszczać, „chore amory". Prezentacja jego żałosnego stanu i pokorna prośba o leczniczą pieszczotę wywołała tylko jej suchą uwagę, że wytworni panowie w parkach dostają za takie rzeczy całkiem spore wyroki. Niemniej dużo później napisała do niego uroczy i melancholijny list czerwonym atramentem na różowym papierze, ale czas przyniósł już inne uczucia i wydarzenia i nie spotkali się nigdy więcej. Jego walizka szybko dotarła z hotelu; kija jednak nie dało się zlokalizować (zapewne teraz wspina się na Górę Wellingtona albo pomaga jakiejś pani zbierać ostrężyny w Oregonie); szpital wyposażył go więc w Trzecią Laskę, sękaty, ciemnowiśniowy przedmiot z przyjemną rączką i solidną nasadką z czarnej gumy. Dr Fitzbishop pogratulował mu faktu, że skończyło się na powierzchownej ranie i naruszeniu mięśnia, w którym kula wyżłobiła niewielki rowek czy też, jeśli wolno mu użyć tego określenia, otarła *serratus magnus*. Doktorek Fitz wspomniał też coś o cudownych zdolnościach regeneracji organizmu Vana, które już wyraźnie dały o sobie znać, i obiecał wyzwolić go ze środków dezynfekujących i bandaży w ciągu jakichś dziesięciu dni, pod warunkiem że pierwsze trzy przeleży nieruchomy jak kłoda. Czy Van lubi muzykę? Sportowcy na ogół mają do niej skłonność, prawda? Czy chciałby mieć przy łóżku sonorolę? Nie, nie znosi muzyki, ale czy pan doktor, chodzący na koncerty meloman, wie może, gdzie można znaleźć muzyka nazwiskiem Rack? „Sala numer pięć" – natychmiast odpowiedział doktor. Van myślał, że to tytuł utworu muzycznego i powtórzył pytanie. Czy znajdzie adres Racka w sklepie muzycznym Harpera? No cóż, kiedyś wynajmowali domek przy Dorofey Road, daleko pod lasem, ale teraz wprowadził się tam ktoś inny. W sali numer pięć leżą przypadki beznadziejne. Biedny chłopak zawsze miał kiepską wątrobę, a i serce nienadzwyczajne, ale na domiar złego do jego organizmu dostała się trucizna. Miejscowe „laborko" nie było w stanie jej zidentyfikować, czekają teraz na wyniki analizy jego żabiozielonego kału, którą mają przeprowadzić specjaliści z Ługi. Jeśli Rack zaaplikował coś sobie sam, to słowa o tym nie pisnął, ale to raczej robota jego żony, która zabawiała się hindusko-andyjskim wudu i miała właśnie bardzo skomplikowane poronienie na oddziale położniczym. Tak, trojaczki, jak się tego domyślił? Ale jeśli Vanowi tak bardzo zależy, żeby odwiedzić starego kumpla, to musi to zrobić jak najszybciej, zaraz pierwszego dnia, kiedy Dorofiej będzie mógł go zawieźć w wózku na salę numer pięć, więc lepiej niech podda działaniu wudu - cha, cha - własne ciało i krew.

Dzień ten nadszedł dość szybko. Po długiej podróży korytarzami, gdzie usuwały się z drogi, potrząsając termometrami, urocze drobne stworzenia, a później wjeździe i zjeździe dwiema różnymi windami, z których druga była bardzo obszerna (oparte o ścianę stało w niej czarne wieko z metalowymi uchwytami, a na pachnącej mydłem podłodze tu i ówdzie leżały liście ostrokrzewu czy lauru), Dorofey, jak woźnica Oniegina, powiedział: „*prijechali*" („przyjechaliśmy") i delikatnie popchnął Vana obok dwu zasłoniętych parawanami łóżek ku trzeciemu stojącemu pod oknem. Zostawił tam Vana, a sam usadowił się w rogu przy drzwiach i bez pośpiechu rozłożył rosyjskojęzyczną gazetę „Gołos" („Logos").

Nazywam się Van Veen, mówię to na wypadek, gdyby nie miał pan już na tyle jasnego umysłu, żeby rozpoznać kogoś, kogo widział pan tylko dwa razy. Szpitalne dokumenty podają, że ma pan trzydzieści lat; myślałem, że jest pan młodszy, ale nawet trzydziestka to dla człowieka bardzo wczesny wiek na umieranie, kimkolwiek człowiek ten, *twoju mat'*, jest - nierozwiniętym geniuszem, w pełni opierzonym łajdakiem czy jednym i drugim jednocześnie. Jak może się pan domyślić, widząc proste, ale starannie przemyślane wyposażenie tej sali, jest pan mówiąc jednym językiem nieuleczalnym przypadkiem, a mówiąc drugim gnijącym szczurem. Żaden aparacik tlenowy nie pozwoli panu uniknąć „agonii agonii", by użyć trafnego pleonazmu profesora Lamorta. Męki fizyczne, których będzie pan doznawał lub w istocie już doznaje, są ogromne, ale to nic w porównaniu z cierpieniami prawdopodobnego życia pozagrobowego. Umysł człowieka, z natury monisty, nie potrafi uznać dwu nicości; wie, że istnieje jedna nicość, jego biologiczne nieistnienie w nieskończonej przeszłości, gdyż jego pamięć jest całkowicie pusta, i ta nicość, będąc przeszłością, nietrudna jest do wytrzymania. Druga nicość jednak – którą być może też nie tak trudno byłoby wytrzymać – jest pod względem logicznym niemożliwa do przyjęcia. Mówiąc o przestrzeni, możemy sobie wyobrazić żyjącą drobinę w nieskończonej jedności przestrzennej; ta koncepcja nie ma jednak odpowiednika, jeśli idzie o nasze krótkie bytowanie w czasie, jakkolwiek bowiem byłoby ono krótkie (a trzydzieści lat to okres wręcz nieprzyzwoicie krótki!), nasza świadomość istnienia nie jest punktem w wieczności, tylko szparą, szczeliną, rysą na całą szerokość metafizycznego czasu, rozcinającą go i lśniącą – nieważne jak wąsko – pomiędzy płytą z tyłu i płytą z przodu. Dlatego, panie Rack, możemy mówić o czasie minionym i, w sposób bardziej mglisty, potoczny, o czasie przyszłym, lecz w żadnym razie nie możemy się spodziewać drugiej nicości, drugiej próżni, drugiej niezapisanej karty. Niepamięć to jednorazowy spektakl; widzieliśmy go już, wznowienia nie będzie. Musimy dopuścić możliwość przedłużonego istnienia jakiejś formy naszej rozprzężonej świadomości, a to doprowadza do mojej głównej tezy, panie Rack. Wieczny Rack, nieskończona „Rackość" to być może nic wielkiego, ale jedna rzecz jest pewna: jedyna świadomość, która trwa w życiu pozagrobowym, to świadomość bólu. Mały Rack dnia dzisiejszego to nieskończony rak jutra i to rak w najboleśniejszej formie – *ich bin ein unverbesserlicher Witzbold*. Możemy sobie wyobrazić, a nawet – jak sądzę – wyobrazić sobie powinniśmy, drobne cząstki osobowości Racka, skupiające się tu czy tam, tam czy ówdzie na tamtym czy ówdziamtym świecie, lepiące się do siebie, jakoś, gdzieś, tutaj sieć bólów zębów Racka, tam kłąb jego koszmarów sennych – przypomina to trochę niewielkie grupki mętnych uchodźców z jakiegoś unicestwionego kraju zbijające się razem dla odrobiny cuchnącego ciepła, dla skorzystania z jakichś lichych aktów miłosierdzia albo dla wspólnych wspomnień nienazwanych tortur w obozach Tatarii. Dla starego człowieka specjalną torturką musi być czekanie w długiej, długiej kolejce do odległego klozetu. No cóż, Herr Rack, twierdzę, że nadal trwające komórki starzejącej się Rackości będą tworzyły takie ogonki męki, nigdy, nigdy nie docierając do upragnionej brudnej dziury w przerażeniu i bólu nieskończonej nocy. Może pan oczywiście odpowiedzieć, jeśli jest pan oczytany we współczesnych powieściach i jeśli lubi pan żargon pisarzy angielskich, że stroiciel z „niższej klasy średniej", który zakocha się w zepsutej dziewczynie z „klasy wyższej", niszcząc w ten sposób swoją rodzinę, nie popełnia zbrodni zasługującej na ukaranie przez przypadkowego intruza...

Gestem, który nie jest nam nieznany, Van podarł przygotowane przemówienie i powiedział:

– Panie Rack, proszę otworzyć oczy. Jestem Van Veen, gość.

Blada jak wosk twarz z zapadniętymi policzkami, długą szczęką, dość grubym nosem i małą krągłą brodą przez moment nie reagowała, ale otwarły się piękne, bursztynowe, zwilgłe, wymowne oczy ze wzruszająco długimi rzęsami. Potem w okolicy ust zarysował się słaby uśmiech i chory wyciągnął rękę, nie unosząc głowy z pokrytej ceratą poduszki (dlaczego ceratą?).

Van wyciągnął ku niemu ze swego krzesła koniec laski, który słaba ręka ujęła i uprzejmie obmacała, sądząc, że to zrobiona w dobrej wierze propozycja podparcia się.

– Nie, nie jestem jeszcze w stanie przejść nawet kilku kroków – powiedział całkiem wyraźnie Rack, z niemieckim akcentem, który zapewne utworzyłby najtrwalszą grupę widmowych komórek.

Van cofnął swoją bezużyteczną broń. Panując nad sobą, walnął nią w podnóżek wózka. Dorofiej spojrzał znad gazety, a potem wrócił do pasjonującego artykułu – *Mądra świnka (ze wspomnień tresera)* albo *Wojna Krymska: Partyzanci tatarscy wspomagają chińskie oddziały*. Jednocześnie zza odległego parawanu wyszła malutka pielęgniarka, by zaraz znowu za nim zniknąć.

Czy poprosi mnie o przekazanie wiadomości? Czy odmówię? Zgodzę się... i nie przekażę?

– Czy wszyscy pojechali już do Hollywood? Niech mi pan powie, proszę, baronie von Wien.

– Nie wiem – odpowiedział Van. – Pewnie tak... Doprawdy...

– Bo posłałem ostatni utwór na flet i list dla c a ł e j rodziny, a nie przyszła żadna odpowiedź. Muszę teraz zwymiotować. Zadzwonię sam.

Malutka pielęgniarka na niesłychanie wysokich białych obcasach rozstawiła parawan przy łóżku Racka, oddzielając go od melancholijnego, lekko rannego, zszytego, dokładnie ogolonego młodego dandysa, którego wywiózł na korytarz i dalej sprawny Dorofiej.

Wróciwszy do swojego chłodnego jasnego pokoju, w którego na wpół otwartym oknie na przemian padał deszcz i świeciło słońce, Van na dość efemerycznych nogach podszedł do lustra, uśmiechnął się do siebie na powitanie i bez pomocy Dorofieja wrócił do łóżka. Do pomieszczenia wsunęła się urocza Tatiana i spytała go, czy chce napić się herbaty.

– Kochanie – powiedział – chcę c i e b i e. Spójrz na tę potężną wieżę.

– Gdyby pan wiedział – rzuciła przez ramię – ilu lubieżnych pacjentów obraziło mnie w taki właśnie sposób.

Napisał krótki list do Corduli, informując, że miał niewielki wypadek i leży w apartamencie dla upadłych książąt w „Szpitalu nad Jeziorem" w Kaługano i padnie do jej nóżek we wtorek. Napisał też liścik do Mariny, po francusku, dziękując za urocze lato. Ten list, rozważywszy sprawę, postanowił wysłać z Manhattanu do „Pisang Palace Hotel" w Los Angeles. Trzeci list zaadresował do Bernarda Rattnera, swojego najbliższego przyjaciela w Chose, bratanka wielkiego Rattnera. „Twój stryj to człek zacny – pisał między innymi – ale zamierzam go wkrótce zniszczyć".

W poniedziałek około południa pozwolono mu posiedzieć na leżaku ustawionym na trawniku, któremu z takim pożądaniem przyglądał się z okna przez kilka dni. Dr Fitzbishop powiedział, nieustannie zacierając ręce, że laboratorium w Łudze przysłało wyniki analizy: wykryto „*arethusoides*", który nie zawsze jest śmiertelny, to jednak nie ma już żadnego znaczenia, bo nieszczęsny nauczyciel muzyki i zarazem kompozytor raczej nie spędzi kolejnej nocy na Demonii, przed nabożeństwem wieczornym trafi – cha, cha – na Terrę. Doktorek Fitz był typem, jaki Rosjanie określają mianem *poszlaka* („pretensjonalny prostak") i wskutek działania jakiegoś przeciwnego bodźca Van poczuł ulgę, że nie umie radować się męką pożałowania godnego muzyka.

Wysoka sosna rzucała cień na Vana i na jego książkę. Pożyczył ją sobie z półki, na której bez ładu i składu stały rozmaite podręczniki medyczne, sfatygowane powieści kryminalne, zbiór opowiadań Monparnasse *La Rivière de diamants* oraz ów pojedynczy zeszyt „Problemów Nauki Współczesnej" z niełatwym w lekturze esejem Ripleya

Struktura przestrzeni. Od kilku dni zmagał się z jego podejrzanymi wzorami i diagramami i stwierdził, że nie będzie w stanie przyswoić sobie całego tekstu przed wypisaniem ze „Szpitala nad Jeziorem", które miało nastąpić nazajutrz.

Dotarła do niego gorąca plamka słońca i odrzucając czerwone czasopismo, Van wstał z leżaka. W miarę powrotu do zdrowia obraz Ady wzbierał w nim jak gorzka, świetlista fala, gotowa go połknąć. Zdjęto mu bandaże, jego tułów otulało teraz tylko coś w rodzaj flanelowego kaftanika i chociaż ściśle przylegał on do ciała i był gruby, nie chronił przed zatrutym ostrzem Ardisu. Dwór Strzały, *Le château de la Flèche*, *Flesh Hall*.

Szedł po pokrytym pasmami cienia trawniku, czując, że mu za gorąco w czarnej piżamie i ciemnoczerwonym szlafroku. Tę część ogrodu oddzielał od ulicy ceglany mur, a wąska wyasfaltowana aleja wiodąca od otwartej bramy łączyła się z podjazdem skręcającym łukiem ku głównemu wejściu długiego budynku szpitalnego. Miał już wrócić na leżak, kiedy w bramę wsunął się elegancki, bladoszary, czterodrzwiowy sedan i po chwili zatrzymał się o parę kroków przed nim. Drzwiczki gwałtownie się otwarły i zanim szofer, starszy mężczyzna w bluzie mundurowej i bryczesach, zdążył pomóc Corduli wysiąść, ta już biegła ku Vanowi jak balerina. Przytulił ją w gorączkowym powitaniu, całując zaróżowioną, rozpaloną twarzyczkę i ściskając miękkie kocie ciało przez czarną jedwabną sukienkę: cóż za wspaniała niespodzianka!

Przyjechała aż z Manhattanu, pędząc sto kilometrów na godzinę, obawiała się bowiem, że być może już wyszedł, chociaż pisał, że nastąpi to dopiero jutro.

– To jest myśl! – zawołał. – Zabierz mnie ze sobą, natychmiast. Tak, bierz mnie, jak jestem!

– Dobrze – powiedziała – chodź, zamieszkasz w moim mieszkanku, jest tam piękny pokój gościnny dla ciebie.

Była świetnym kumplem – mała Cordula de Prey. Po chwili siedział obok niej w samochodzie, który cofał się w stronę bramy. W ich kierunku gestykulując biegły dwie pielęgniarki i szofer spytał po francusku, czy pani hrabina każe się zatrzymać.

– *Non, non, non*! – zawołał rozradowany Van i odjechali.

Łapiąc oddech, Cordula powiedziała:

– Mama dzwoniła z Małorukina (ich wiejska posiadłość w Malbrook w Mayne), miejscowe gazety piszą, że miałeś pojedynek. Wyglądasz na okaz zdrowia, niepokonany jak wieża, tak się cieszę. Wiedziałam, że musiało się wydarzyć coś paskudnego, bo mały Russel – wnuk dra Płatonowa, pamiętasz? – widział przez okno, jak bijesz na peronie jakiegoś oficera. Ale przede wszystkim, Van, *niet, pożałujsta, on nas widit* (nie, proszę, on nas widzi), mam dla ciebie bardzo złe wiadomości. Młody Fraser, którego właśnie ewakuowano z Jałty, był świadkiem śmierci Percy'ego zaraz drugiego dnia inwazji, mniej niż tydzień po tym, jak opuścili lotnisko Goodsona. Sam ci wszystko opowie; za każdym razem, kiedy opowiada, podaje coraz to więcej okropnych szczegółów, Fraser chyba w całym tym zamieszaniu niczym się nie popisał i dlatego stara się mnożyć efekty.

(Bill Fraser, syn sędziego Frasera z Wellington na własne oczy widział koniec porucznika de Prey z błogosławionego rowu zarosłego dereniem i nieszpułką, ale oczywiście nic nie mógł zrobić, by pomóc dowódcy swego plutonu, a to z wielu powodów, które skrupulatnie wymienił w raporcie, ale których wypunktowanie w tym miejscu byłoby nużące i kłopotliwe. Kula trafiła Percy'ego w udo podczas potyczki z chazarskimi partyzantami w wąwozie koło

Chew-Foot-Calais, jak żołnierze amerykańscy wymawiali „Czufut-Kale", nazwę ufortyfikowanej skały. Z osobliwą ulgą człowieka skazanego na śmierć natychmiast wmówił sobie, że wykpił się powierzchowną raną. Z powodu upływu krwi zemdlał, jak stało się to i w naszym przypadku, kiedy tylko zaczął się czołgać, czy raczej, wijąc się, pełznąć w kierunku osłony z gałęzi dębów i kolczastych krzaków, gdzie wygodnie odpoczywał inny ranny. Gdy parę minut później Percy – ciągle hrabia Percy de Prey – odzyskał świadomość, nie był już na swym twardym łożu ze żwiru i trawy sam. Obok niego siedział w kucki uśmiechnięty stary Tatar, absurdalnie, ale w jakiś sposób kojąco ubrany nie tylko w beszmet, ale i amerykańskie dżinsy. „*Biednyj, biednyj*" (biedaku, biedaku) – mruczała ta dobra dusza, kręcąc wygoloną głową i mlaszcząc: „*Bolno* (boli)?". Percy odpowiedział w swym równie prymitywnym rosyjskim, że rana nie jest chyba bardzo poważna; „*Choroszo, choroszo, nie bolno*" (dobrze, dobrze) – powiedział uprzejmy staruszek, podniósł pistolet automatyczny, który upuścił Percy, przyjrzał mu się z naiwną radością i strzelił rannemu w skroń. (Człowiek się zastanawia, człowiek zawsze się zastanawia, jak wygląda krótka, szybka seria wrażeń ofiary, zachowana gdzieś, w jakiś sposób, w jakiejś wielkiej bibliotece ostatnich myśli na mikrofilmach, między dwiema chwilami, w tym wypadku między chwilą, kiedy nasz przyjaciel uświadomił sobie miłe, quasi-indiańskie zmarszczki promieniejące na tle pogodnego nieba, niezbyt różnego od tego w Ladorze, a chwilą, kiedy poczuł, jak stalowa paszcza gwałtownie wżera się w delikatną skórę i trzaskającą kość. Można przypuścić, że było to coś w rodzaju suity na flet, składającej się z „części", takich na przykład, jak: żyję – kto to? – cywil – współczucie – spragniony – córka z dzbanem – to mój cholerny pistolet – nie rób... et cetera czy raczej bez cetera... podczas gdy Bill Złamana Ręka w gorączce strachu modlił się do swojego rzymskiego bóstwa, żeby Tatar skończył robotę i sobie poszedł. Ale oczywiście nieocenionym fragmentem tej taśmy myśli – być może następującym po peri z dzbanem – byłyby błysk, cień, dźgnięcie Ardisu.)

– Jakie to dziwne, jakie dziwne – mruknął Van, kiedy Cordula skończyła swoją znacznie mniej rozbudowaną wersję sprawozdania, które otrzymał potem od Billa Frasera.

Jaki dziwny zbieg okoliczności! Albo śmiercionośne strzały Ady spełniły swoje zadanie, albo to on, Van, zdołał w jakiś sposób załatwić jej dwu nieszczęsnych kochanków, pojedynkując się z manekinem.

Dziwne było też to, że słuchając małej Corduli, nie odczuwał nic szczególnego oprócz, być może, swego rodzaju neutralnego zdziwienia. Człowieka w kwestiach czułej namiętności jednotorowego, dziwnego Vana, syna dziwnego Demona, znacznie bardziej interesowało w tym momencie to, żeby nacieszyć się Cordulą, kiedy tylko nastręczą się ludzkie czy nadludzkie warunki, przy pierwszej okazji, jaką podsuną diabeł i droga, niż smutny los faceta, którego ledwo znał; i chociaż w niebieskich oczach Corduli raz czy dwa błysnęły łzy, wiedział z całą pewnością, że rzadko widywała swego dalekiego krewnego i w istocie raczej go nie lubiła.

Cordula powiedziała Edmondowi:

– *Arrêtez près de*, jak to się nazywa, aha, „Albion", *le* sklep *pour messieurs*, w Łudze.

A kiedy poirytowany Van zaprotestował, powiedziała zdecydowanym tonem:

– Nie możesz wrócić do cywilizacji w piżamie. Kupię ci jakieś ubrania, a Edmond wypije tymczasem kubek kawy.

Kupiła mu parę spodni i płaszcz przeciwdeszczowy. Niecierpliwie czekał w zaparkowanym samochodzie, a gdy tylko wróciła, pod pretekstem włożenia nowego ubrania poprosił ją, żeby zawiozła go w jakieś ustronne miejsce, podczas gdy Edmond, gdziekolwiek się znajdował, będzie pił drugi kubek.

Kiedy tylko dotarli w odpowiednie miejsce, przesunął Cordulę na swoje kolana i bardzo wygodnie ją posiadł, z takimi jękami rozkoszy, że poczuła się wzruszona i wyraźnie jej to pochlebiło.

– Lekkomyślna Cordula – wesoło zauważyła lekkomyślna Cordula – to będzie chyba oznaczało kolejną aborcję, *encore un petit enfantôme*, jak mówiła służąca mojej biednej ciotki, za każdym razem kiedy się to tej dziewczynie przytrafiało. Czy powiedziałam coś nie tak?

– Wszystko jak trzeba – rzekł Van, całując ją czule, i pojechali z powrotem na kolację.

43

Van spędził miesiąc rekonwalescencji w manhattańskim mieszkaniu Corduli przy Alexis Avenue. Cordula kilka razy w tygodniu sumiennie odwiedzała matkę w Malbrook Castle, a Van nie towarzyszył jej ani w tych odwiedzinach, ani na rozmaitych światowych „bibkach", w których uczestniczyła jako frywolne stworzenie lubiące zabawę; swój udział w niektórych przyjęciach jednak odwołała i zdecydowanie unikała spotkania ze swoim ostatnim kochankiem (był nim modny psychotechnik, dr F.S. Fraser, kuzyn mającego szczęście towarzysza broni świętej pamięci P. de P.). Kilka razy Van rozmawiał przez dorofon z ojcem (który oddawał się rozległym studiom nad meksykańskimi kurortami i kuriozami) i załatwił mu parę spraw w mieście. Często brał Cordulę do francuskich restauracji, na angielskie filmy i waregowskie tragedie. Wszystko to sprawiało mu dużo radości, bo dziewczyna rozkoszowała się każdym kęsem, każdym łykiem, każdym żartem, każdym chlipnięciem, a on zachwycał się aksamitnym różem jej policzków i czystą lazurową tęczówką jej odświętnie umalowanych oczu, którym indygowo-czarne gęste rzęsy, wydłużające się i wyginające w górę w kącikach, nadawały to, co moda nazywa „arlekinową skośnością".

Którejś niedzieli, kiedy Cordula leniuchowała jeszcze w wonnej kąpieli (uroczy, osobliwie dla niego nowy widok, którym cieszył się dwa razy na dzień), Van „w stroju Adama" (jego nowa ukochana uznała, że ten zabawny zwrot brzmi bardziej wytwornie niż „nagi"), spróbował po raz pierwszy po miesięcznej abstynencji przejść się na rękach. Czuł się mocny, w dobrej formie i beztrosko przyjął na zalanym słońcem tarasie „pierwszą pozycję". Tuż potem upadł na plecy. Spróbował jeszcze raz i natychmiast stracił równowagę. Miał przerażające, aczkolwiek iluzoryczne wrażenie, że jego lewa kończyna przednia jest teraz krótsza niż prawa, i z goryczą zastanawiał się, czy jeszcze kiedykolwiek zatańczy na rękach. King Wing ostrzegał go, że kilka miesięcy bez ćwiczeń może skutkować nieodwracalną utratą tych rzadkich artystycznych umiejętności. Tego samego dnia (w ten sposób dwa nieprzyjemne drobne wydarzenia pozostały w jego umyśle połączone na zawsze) przez przypadek podniósł słuchawkę – niski głuchy głos, który uznał za męski, chciał rozmawiać z Cordulą; okazało się, że dzwoni dawna koleżanka ze szkoły, Cordula zagrała bezbrzeżny zachwyt, robiąc jednak nad słuchawką wielkie oczy do Vana i wymyślając mnóstwo nieprzekonywających zobowiązań niepozwalających na spotkanie.

– To straszna dziewczyna! – zawołała po melodyjnym „do widzenia". – Nazywa się Vanda Broom i dopiero niedawno dowiedziałam się czegoś, czego nie podejrzewałam w szkole: jest regularną *tribadką*. Biedna Grace Erminin mówiła mi, że Vanda ciągle robiła jej awanse... jej i jeszcze jednej dziewczynie. Mam tu jej zdjęcie – mówiła dalej, szybko zmieniając ton i pokazując elegancko oprawiony i ładnie wydrukowany album maturalny z wiosny 1887 roku, który to album widział już w Ardisie, ale w którym nie zauważył posępnej twarzy ani krzaczastych brwi tej konkretnej dziewczyny, a teraz nie miało to już znaczenia. Cordula szybko wrzuciła książkę z powrotem do szuflady, on jednak pamiętał bardzo dobrze, że pośród wielu mniej lub bardziej nieśmiałych drobiazgów, wkładu poszczególnych uczennic, zawierała ona zmyślny pastisz pióra Ady Veen, w którym naśladowała Tołstojowski podział tekstu na akapity oraz typowe dlań zakończenia rozdziałów; wyraźnie widział oczami umysłu jej sztywną fotografię, pod którą umieściła charakterystyczny dla jej stylu dźwięczny wierszyk:

W majątku starym i wielkopańskim
Sparodiowałam izby, werandy,
Nawet Ardisu cud, jakarandy
W kwieciu tak bujnym, że aż niebiańskim.

Nie ma znaczenia, nie ma znaczenia. Zniszczyć i zapomnieć! Ale motyl w Parku, orchidea na wystawie sklepowej wskrzeszą wszystko oślepiającym wewnętrznym wybuchem rozpaczy.

Jego głównym zajęciem były badania, którym oddawał się w Bibliotece Publicznej, potężnym budynku z kolumnami z granitu stojącym o kilka przecznic od przytulnego mieszkanka Corduli. Człowiek odczuwa nieprzezwyciężoną pokusę, żeby porównywać osobliwe pragnienia i mdłości, które stapiają się w skomplikowane ekstazy tworzenia pierwszej książki młodego autora, do kobiecej ciąży. Van dotarł dopiero do fazy ślubu; potem, by rozwinąć metaforę, następuje wagon sypialny niechlujnej defloracji, potem pierwszy balkon śniadań miodowego miesiąca, z pierwszą osą. Pod żadnym względem nie da się Corduli porównać do muzy pisarza, ale wieczorny pieszy powrót do jej mieszkania był przyjemnie nasycony odblaskami i oddźwiękami wykonanego zadania i oczekiwaniem na jej pieszczoty;

szczególnie cieszył się na te wieczory, kiedy mieli zjeść wymyślnie skomponowaną kolację przysłaną z „Monaco", dobrej restauracji na antresoli wysokiego budynku ukoronowanego apartamentem Corduli wraz z należącym do niego obszernym tarasem. Słodki banał ich stadła darzył Vana poczuciem bezpieczeństwa, znacznie silniejszym niż towarzystwo wiecznie podnieconego i rozognionego ojca podczas ich rzadkich spotkań w mieście i potem w czasie dwu tygodni w Paryżu przed kolejnym trymestrem w Chose. Z wyjątkiem plotek - lekkich splątanych plotek - Cordula nie miała tematów do rozmowy i to także ułatwiało życie. Bardzo szybko instynktownie zdała sobie sprawę z tego, że nigdy nie powinna wspominać Ady ani Ardisu. Z kolei on zaaprobował oczywisty fakt, że Cordula właściwie go nie kocha. Przyjemnie było gładzić jej drobne, przejrzyste, delikatne, ścisłe, zaokrąglone ciało, a jej szczere zdumienie różnorodnością i wigorem miłosnych procedur stawało się balsamem na to, co jeszcze pozostało z surowej męskiej dumy biednego Vana. Podrzemywała między dwoma pocałunkami. Kiedy nie mógł spać, co teraz zdarzało się często, wychodził do salonu, siadał i komentował swoich autorów albo pod mgłą gwiazd spacerował tam i z powrotem po otwartym tarasie, oddając się ściśle ograniczonym tematycznie rozmyślaniom, póki ze świtającej otchłani miasta nie dobiegł go dzwonek i zgrzyt pierwszego tramwaju.

Kiedy na początku września wyjeżdżał z Manhattanu, zmierzając do Lutecji, Van Veen był w ciąży.

Część druga

1

Na lotnisku imienia Goodsona w jednym z luster w złoconych ramach w staroświeckiej poczekalni Van dostrzegł jedwabny kapelusz swego ojca, który czekając na niego, siedział w fotelu z imitacji hebanu, skryty za gazetą oznajmiającą odwróconymi literami: „Krym kapituluje". W tej samej chwili Vana nagabnął ubrany w deszczowiec mężczyzna z przyjemną, trochę świńską, różową twarzą. Był on przedstawicielem słynnej międzynarodowej agencji, znanej jako BPL, co było skrótem od Bardzo Prywatne Listy. Gdy minęło zaskoczenie, Van pomyślał, że Ada Veen, jego niedawna kochanka, nie mogła wybrać bardziej przenikliwie (we wszystkich znaczeniach tego słowa) sposobu przekazania mu wiadomości, gdyż sposób ów, kosztowny i ceniony, zapewniał absolutną dyskrecję, której nie zdołały naruszyć w okropnych dniach 1859 roku ani tortury, ani mesmeryzm. Chodziły słuchy, że nawet Gamaliel podczas swoich (niestety już niezbyt częstych) podróży do Paryża, król Wiktor podczas nadal dość regularnych wizyt na Kubie i Hekubie i, rzecz jasna, muskularny lord Goal, wicekról Francji, kiedy pozwalał sobie na miłe przejażdżki po całej Kanadii, woleli fenomenalnie dyskretną i w gruncie rzeczy dość niesamowitą niezawodność BPL od oficjalnych środków komunikacji, które mieli do dyspozycji wygłodniali seksualnie potentaci, by oszukiwać swoje żony. Posłaniec, który zaczepił Vana, przedstawił się jako James Jones; to połączenie imienia i nazwiska odznaczało się brakiem dodatkowych odcieni znaczeniowych, co czyniło je idealnym pseudonimem, on jednak przypadkiem naprawdę tak się nazywał. W lustrze pojawił się jakiś wstrzymywany trzepot, ale Van nie chciał działać szybko. Pragnąc zyskać na czasie (ponieważ ujrzawszy pokazany mu na osobnej kartce herb Ady, poczuł, że musi zdecydować, czy przyjąć jej list, czy nie), dokładnie przyjrzał się odznace z godłem przypominającym asa kier, którą J.J. pokazał mu z usprawiedliwioną dumą. Posłaniec poprosił Vana, żeby otworzył list, przekonał się o jego autentyczności i złożył podpis na kartce, która potem powędrowała znów do jakiejś sekretnej szpary czy torebki przynależnej strojowi lub anatomii młodego detektywa. Niecierpliwe okrzyki powitalne, które wydawał ojciec Vana (na lot do Francji ubrał się w podbitą szkarłatnym jedwabiem czarną pelerynę) zmusiły go w końcu do przerwania konwersacji z Jamesem i wsunięcia listu do kieszeni (przeczytał go parę minut później w ubikacji, przed wejściem na pokład samolotu).

– Ceny akcji – powiedział Demon – silnie zwyżkują. Nasze zdobycze terytorialne et cetera. Dla Besarabii zostanie wyznaczony amerykański gubernator, mój przyjaciel Biessborodko, a Armenią rządzić będzie brytyjski, Armborough. Widziałem cię obejmującego się z twoją małą hrabiną na parkingu. Jeśli się z nią ożenisz, to cię wydziedziczę. Oni są o wiele niżej od nas.

– Za parę lat – powiedział Van – dobiorę się do własnych milionów (miał na myśli fortunę zostawioną mu przez Aquę). – Ale ojciec nie musi się martwić, przerwaliśmy nasz romans na czas nieokreślony, do następnego razu, kiedy postanowię zamieszkać w jej *girlinière* (kanadiański slang).

Demon, chcąc pokazać, że ma nosa do takich spraw, zainteresował się, czy Van lub jego *poule* mieli jakieś kłopoty z policją (ruchem głowy wskazał przy tym Jima czy Johna, który usiadł i w oczekiwaniu na kolejnego adresata przesyłki przeglądał gazetę: Zbrodnia... Besarmenia... Kopulacja...).

– *Poule* – odpowiedział Van z wymijającą lakonicznością rzymskiego rabina chroniącego Barabasza.

– Dlaczego szary? – spytał Demon, mając na myśli płaszcz Vana. – Skąd ten wojskowy krój? Za późno, żeby się zaciągnąć.

– Nawet bym nie mógł... moja komisja poborowa nie przyjęłaby mnie.

– Jak rana?

– Komsi-komsa. Wygląda teraz na to, że chirurg w Kaługano spartaczył robotę. Szew na cięciu bez żadnego powodu zrobił się czerwony i otarty, poza tym pod pachą pojawił mi się jakiś guzek. Trzeba będzie się poddać jeszcze jednemu zabiegowi, tym razem w Londynie, gdzie rzeźnicy kroją lepiej. Gdzie tu jest *miestieczko*? A, widzę. Urocze: narecznica samcza na jednych drzwiach, wietlica samicza na drugich, muszę iść do tego herbarium.

Nie odpowiedział na jej list i dwa tygodnie później John James, tym razem przebrany za niemieckiego turystę (od stóp do głów w kraciastym pseudotweedzie), wręczył Vanowi drugą wiadomość, stało się to w Luwrze, akurat przed *Bâteau ivre* Boscha, tym, na którym błazen popija na olinowaniu (biedny stary Dan myślał, że ma to coś wspólnego z poematem satyrycznym Branta!). Odpowiedzi znów nie było, chociaż – jak zaznaczył uczciwy posłaniec – odpowiedź i jego bilet powrotny wliczone są w cenę.

Padał śnieg, ale James w przypływie abstrakcyjnej zuchowatości stał, wachlując się trzecim listem, przy drzwiach wejściowych *cottage orné* pod Chose, na brzegu Ranty; Van zabronił mu przynosić dalsze wiadomości.

W ciągu następnych dwu lat wręczono mu dwa dalsze listy, oba w Londynie i oba w holu „Albania Palace Hotel", uczynił to inny agent BPL, starszy gentleman w meloniku, którego rzeczowy wygląd, kojarzący się z zakładem pogrzebowym, jak sądził skromny i wrażliwy Jim, powinien irytować pana Vana Veena mniej niż powierzchowność powieściowego detektywa prywatnego. Szósty przyszedł w naturalny sposób na Park Lane. Wszystkie te listy (z wyjątkiem ostatniego, który dotyczył wyłącznie scenicznych i filmowych przedsięwzięć autorki) przytoczone są poniżej. Ada pomijała daty, ale można je w przybliżeniu ustalić.

[Los Angeles, początek września 1888 r.]

Musisz mi wybaczyć, że postanowiłam postawić na taką wyszukaną metodę dostarczenia Ci listu (poszłam nawet na jej poszłost'*), ale nie byłam w stanie znaleźć bezpieczniejszego sposobu.*

Kiedy powiedziałam, że nie będę mówić, tylko napiszę, miałam na myśli to, że nie mogę tak od razu znaleźć odpowiednich słów. Błagam Cię. Czułam, że nie zdołam wydobyć ich z siebie i w ustnej formie we właściwy sposób uporządkować. Błagam Cię. Czułam, że jedno niewłaściwe czy niewłaściwie umieszczone słowo będzie czymś fatalnym, że po prostu się odwrócisz, co istotnie zrobiłeś, i odejdziesz, znowu i znowu, i znowu. Błagam Cię o smak [sic! – powinno być znak, uwaga wyd.] zrozumienia. Teraz jednak myślę, że powinnam była podjąć ryzyko i zacząć mówić, jąkać się, bo widzę, że tak samo straszliwie trudno jest przenieść serce i honor na papier, nawet jeszcze trudniej, bo mówiąc można użyć zająknienia jako zasłony i jak krwawiący zając z odstrzeloną połową szczęki zrzucić winę na przypadkowy błąd wymowy albo trochę pokluczyć, cofnąć się i poprawić; natomiast na tle śniegu, nawet niebieskiego śniegu tego papieru listowego, błędy rysują się czerwono i ostatecznie. Błagam Cię.

Jedna rzecz musi zostać ustalona raz na zawsze, niepodważalnie. Kochałam, kocham i będę kochać tylko Ciebie. Błagam Cię i kocham Cię z wiecznym bólem i namiętnością, najdroższy. Ty tut stojał *(Ty stałeś tutaj), w tym karawanseraju – Ty w centrum wszystkiego, zawsze, kiedy miałam chyba siedem czy osiem lat, prawda?*

*[*Los Angeles*, połowa września 1888 r.]*

To drugi skowyt iz ada *(z hadesu). Co dziwne, tego samego dnia z trzech różnych źródeł dowiedziałam się o Twoim pojedynku w K., o śmierci P. i o Twojej rekonwalescencji u jego krewnej („gratulencje", jak mówiłyśmy ona i ja). Zadzwoniłam do niej, ale powiedziała, że wyjechałeś do Paryża i że R. też umarł, nie wskutek Twojej interwencji, jak przez chwilę myślałam, tylko z winy własnej żony. Ani on, ani P. nie był w ścisłym sensie moim kochankiem, ale obaj są teraz na polach Terry, więc nie ma to znaczenia.*

*[*Los Angeles*, 1889 r.]*

Ciągle jesteśmy w cukierkoworóżowym i zielonym jak banan malajski albergo*, gdzie zatrzymałeś się kiedyś ze swoim ojcem. Nawiasem mówiąc, zawsze był bardzo dla mnie miły. Lubię z nim podróżować. Uprawialiśmy razem hazard w Nevadzie, mieście, które rymuje się z moim imieniem, ale też tam jesteś, tak samo jak legendarna rzeka Starej Rusi.* Da. *Och, Van, napisz do mnie choćby jedną* *malutką notkę, tak bardzo się staram, żeby sprawić Ci przyjemność! Chcesz jeszcze jakichś historyjek (rozpaczliwych)? Nowy reżyser sumienia artystycznego Mariny definiuje Nieskończoność jak najdalszy od kamery punkt, który zachowuje jeszcze na taśmie ostrość. Marina została obsadzona jako głucha zakonnica Warwara (która pod pewnymi względami jest najbardziej interesująca z Czechowowskich* Czterech sióstr*). Trzymając się zasady Stana, że ludowa tradycja i rola winny mieszać się z codziennością, uparcie pozostaje swoją postacią w hotelowej restauracji, pije herbatę* w prikusku *(„rozgryzając cukier między łykami") i udaje, że wszystkie stawiane jej pytania rozumie na opak, jak udająca głupotę Warwara – to podwójne zamieszanie drażni obcych, ale we mnie budzi znacznie wyraźniejsze niż w czasach Ardisu poczucie, że jestem jej córką. Ogólnie rzecz biorąc, jest tu sensacją sezonu. Dostała w Universal City (jak sądzę, niezupełnie gratis) osobny bungalow z tabliczką Marina Durmanowa. Jeśli chodzi o mnie, to jestem tylko epizodyczną kelnerką w czwartorzędnym westernie, kołyszącą biodrami pośród walących w stoły pijaków, ale dosyć lubię atmosferę Houssaie, jego sumienną sztukę, drogi wijące się wśród pagórków, zrekonstruowane na dawną modłę ulice i nieunikniony ryneczek, i liliowy szyld sklepu na zdobionej drewnianej fasadzie, i ubranych w historyczne kostiumy statystów, tłoczących się koło południa przed szklaną budką, chociaż ja nie mam z kim poszczebiotać ani pogruchać.*

Ale skoro mówimy o szczebiocie – kiedyś oglądałam z Demonem naprawdę wspaniały film ornitologiczny. Nigdy nie uświadamiałam sobie faktu, że paleotropikalne nektarniki (poszukaj ich w książkach!) to „mimotypy" kolibrów Nowego Świata, a wszystkie moje myśli, najdroższy, to mimotypy Twoich. Wiem, wiem! Wiem nawet, że przestałeś czytać przy słowach „uświadamiałam sobie", jak dawniej.

[Kalifornia?, 1890]

Kocham tylko Ciebie, szczęśliwa jestem tylko w snach o Tobie, jesteś moją radością, moim światem, jest to tak pewne i prawdziwe jak świadomość, że żyję, ale... och, nie oskarżam Cię! – ale, Van, j e s t e ś odpowiedzialny (albo odpowiedzialny jest działający przez Ciebie Los, ce qui revient au même*) za rozpętanie we mnie jakiegoś szaleństwa, kiedy byliśmy jeszcze dziećmi, jakiejś cielesnej tęsknoty, nienasyconej świerzbiączki. Ogień, który rozniecileś wypalił piętno w najbardziej bezbronnym, najbardziej występnym i najczulszym punkcie mojego ciała. Muszę teraz płacić za to, że drapałeś czerwoną wysypkę zbyt mocno, zbyt wcześnie, tak jak zwęglony las musi płacić za to, że płonął. Kiedy nie czuję Twoich pieszczot, tracę kontrolę nad swoimi nerwami, nie istnieje już nic poza ekstazą tarcia, to trwały rezultat ukłucia Twojego żądła, Twojej cudownej trucizny. Nie oskarżam Cię, ale to właśnie jest powód, dla którego pragnę innego ciała i nie mogę odeprzeć jego natarcia; to jest powód, dla którego od naszej wspólnej przeszłości kręgami rozchodzą się fale niezmierzonych zdrad. Możesz to wszystko zdiagnozować jako przypadek zaawansowanej erotomanii, ale jest w tym coś więcej, ponieważ istnieje prosty lek na wszystkie moje* maux *i drgawki: mocny i wyborny jak przednie wino sok ze szkarłatnej osnówki, łyk tego wina, tylko tego jednego Veena.* Je réalise, *jak mawiał twój słodziutki Kopciuszek de Torf (obecnie pani Trofimowa Fartukow), że jestem jednocześnie nieśmiała i obsceniczna. To wszystko jednak prowadzi do ważnej, bardzo ważnej propozycji! Van,* je suis sur la verge *(znowu*

Blanche) ohydnej przygody erotycznej. Ty mógłbyś mnie natychmiast uratować. Wynajmij najszybszą maszynę latającą, jaką ci się uda, i leć prosto do El Paso, Twoja Ada będzie czekać, machając jak szalona, potem pojedziemy dalej Ekspresem Nowego Świata, w „apartamencie", który na pewno zdołam zarezerwować, na płonący koniuszek Patagonii, na Horn kapitana Granta, do willi w Vernie, mój klejnocie, moja agonio. Poślij mi aerogram z jednym rosyjskim słowem – końcem mojego imienia i końcem przywary.

[Arizona, lato 1890 r.]

Tylko litość, żałost' *rosyjskiej dziewczyny pchnęła mnie ku R. (którego krytycy muzyczni teraz „odkrywają"). Wiedział, że umrze młodo, i w gruncie rzeczy zawsze był w dużej mierze trupem, który ani razu – przysięgam – nie potrafił stanąć na wysokości zadania, nawet kiedy otwarcie okazałam swój współczujący brak oporu, ponieważ, niestety, kipiałam bez-Vanną witalnością i rozważałam nawet opłacenie usług jakiegoś brutalnego – im bardziej brutalnego, tym lepiej – młodego mużyka. Co się tyczy P., mogę wyjaśnić uległość wobec jego pocałunków (najpierw czułych i zwyczajnych, później coraz bardziej gwałtownych i wprawnych, a w końcu smakujących mną samą, kiedy wracał do moich ust – błędne koło, które zaczęło obracać się w początku targeliona w 1888 roku) zapowiedzią, że jeśli przestanę go widywać, ujawni Marinie mój romans z kuzynem. Stwierdził, że może przedstawić świadków, takich jak siostra Twojej Blanche i chłopiec stajenny, w którego – jak podejrzewam – wcieliła się najmłodsza z trzech demoiselles de Tourbe, wiedźm co do jednej... ale dość już, Van, mogłabym długo jeszcze mówić o tych groźbach, wyjaśniając swoje zachowanie wobec Ciebie. Nie wspomniałabym oczywiście o tym, że wygłaszane były one tonem żartobliwym, raczej nieodpowiednim dla prawdziwego szantażysty. Nie wspomniałabym też, że gdyby kontynuował ten werbunek anonimowych posłańców i donosicieli, mogłoby się to skończyć zszarganiem jego własnej reputacji, kiedy tylko wyszłyby na jaw motywy i działania werbownika, a ich ukrycie było nie do pomyślenia na dłuższą fetę [sic! – metę, metę oczka, które puszcza jej niebieska pończocha. Wyd.]. Krótko mówiąc, ukryłabym, że te ordynarne żarty zmierzały tylko do tego, by wstrząsnąć Twoją biedną kruchą Adą – bo mimo ordynarności, miał on duże poczucie honoru, jakkolwiek dziwne wydawałoby się to Tobie i mnie. Nie. Skoncentrowałabym się wyłącznie na tym, co oznaczały owe groźby dla kogoś, kto gotów był pogodzić się z każdą niesławą, byle tylko uniknąć choćby cienia demaskacji, bo (a tego, rzecz jasna, ani on, ani żaden z donosicieli nie mógł przeczuwać) wiedząc, jak horrendalną rzeczą dla każdej praworządnej rodziny byłby romans między kuzynami pierwszego stopnia, nie potrafię sobie wyobrazić (czego Ty i ja nigdy nie robiliśmy), jak Marina i Demon zareagowaliby w „naszym" przypadku. Ze skoków i skrętów mojej składni widzisz, że nie jestem w stanie wytłumaczyć swego zachowania. Nie zaprzeczam, że doświadczałam osobliwej słabości podczas ryzykownych spotkań z P., na które się godziłam, jak gdyby jego brutalna żądza fascynowała nie tylko moje dociekliwe zmysły, ale także mój niechętny intelekt. Jednakże mogę przysiąc, solenna Ada może przysiąc, że w trakcie naszych „leśnych schadzek" skutecznie wymykałam się, jeśli nie wytryskowi, to przynajmniej posiadaniu, przed Twoim powrotem do Ardisu i po Twoim powrocie, z wyjątkiem jednego nieprzyjemnie mętnego przypadku, kiedy wziął mnie na pół gwałtem – nazbyt namiętny nieboszczyk.*

Piszę z rancza „Marina", to niezbyt daleko od niedużego wąwozu, gdzie umarła Aqua i gdzie sama mam ochotę wpełznąć któregoś dnia. Na razie na jakiś czas wracam do hotelu „Pisang".

Pozdrawiam dobrego słuchacza.

Kiedy Van w 1940 roku wyjął ten cienki plik pięciu listów (każdy w różowej kopercie z cienkiego papieru, charakterystycznej dla BPL) z sejfu w banku szwajcarskim, gdzie przechowywano je dokładnie przez pół stulecia, był zaskoczony ich niewielką liczbą. Puchnięcie przeszłości, bujny rozrost pamięci zwiększył tę liczbę co najmniej do pięćdziesięciu. Przypomniał sobie, że jako schowka używał też biurka w swej pracowni na Park Lane, ale pamiętał również, że przechowywał tam tylko niewinny list szósty (Sny o teatrze) z 1891 r., który uległ zagładzie razem z jej zaszyfrowanymi liścikami (z lat 1884–1888), kiedy niezastąpiony mały *palazzo* spłonął do fundamentów w 1919. Plotki przypisywały płomienny czyn ojcom miasta (trzem starcom z długimi brodami i młodemu niebieskookiemu burmistrzowi z bajecznie licznymi zębami przednimi), nie potrafiącym dłużej opanować żądzy przestrzeni, którą pomiędzy dwoma alabastrowymi kolosami zajmował ten solidny karzeł; jednakże zamiast sprzedać im pogorzelisko, jak tego oczekiwano, Van, zacierając z satysfakcją ręce, zbudował na nim słynną willę „Lucinda", miniaturowe, zaledwie jednopiętrowe muzeum mieszczące na jednej kondygnacji stale powiększającą się kolekcję utrwalonych na mikrofilmach obrazów ze wszystkich publicznych i prywatnych zbiorów na świecie (nie wyłączając Tatarii), a na drugiej miodowy plaster kabin projekcyjnych, bardzo apetyczną instytucję kulturalną z paryjskiego marmuru, obsługiwaną przez spory personel, strzeżoną przez trzech uzbrojonych po zęby wyrwidębów i otwartą dla publiczności tylko w poniedziałki za symboliczną opłatą jednego złotego dolara niezależnie od wieku i pozycji społecznej.

Bez wątpienia osobliwe rozmnożenie tych listów we wspomnieniu można wyjaśnić faktem, że każdy z nich rzucał bolesny cień, podobny do cienia księżycowego wulkanu, na kilka miesięcy życia Vana, kurczący się w punkt, dopiero kiedy pojawiała się łuna nie mniej nieznośnego przeczucia kolejnej wiadomości. Jednakże wiele lat później, pracując nad *Fakturą czasu*, w zjawisku tym dostrzegł dodatkowy dowód na to, że rzeczywisty czas wiąże się z interwałem między wydarzeniami, a nie z ich „biegiem", nie z ich łączeniem się ze sobą, nie z cieniem zamazującym szczelinę, w której rysuje się czysta i nieprzenikniona faktura czasu.

Powiedział sobie, że pozostanie twardy i będzie cierpieć w milczeniu. Głaskało to jego miłość własną: śmiertelnie raniony w pojedynku umiera jako człowiek szczęśliwy, szczęśliwszy niż kiedykolwiek będzie jego żywy przeciwnik. Nie możemy jednak potępiać Vana za to, że nie wytrwał w swym postanowieniu, gdyż nietrudno zrozumieć, dlaczego siódmy list (przekazany mu przez jego i Ady siostrę przyrodnią w Kingston w 1892 r.) osiągnął swój cel. Wiedział, że był ostatni z serii. Ponieważ przyszedł z krwawoczerwonych klonowych gęstwin Ardisu. Ponieważ sakramentalny czteroletni okres zrównał się z czasem ich pierwszej rozłąki. Ponieważ Lucette, wbrew rozumowi i woli, okazała się nienaganną paranimfą.

2

Listy Ady oddychały, wiły się, żyły; natomiast *Listy z Terry* – „powieść filozoficzna" pióra Vana – nie dawały żadnych oznak życia.

(Nie zgadzam się, to sympatyczna, bardzo sympatyczna książeczka! Dopisek Ady.)

Napisał to dziełko mimowolnie, ani trochę nie dbając o sławę literacką. Także pseudonim nie łechtał przewrotnie jego dumy, inaczej niż wtedy, gdy tańczył na rękach. Temat „ważniactwo Vana Veena" często pojawiał się w salonowej paplaninie wachlujących się wachlarzami dam, tym razem jednak długie niebieskie pióra jego pychy pozostawały zwinięte. Co więc pchnęło go do tego, by osnuć intrygę wokół tematu zajeżdżonego niemal na śmierć przez rozmaite „Galaktyczne galopy" i „Astroasy"? Możemy – kogokolwiek miałaby ta liczba mnoga oznaczać – zdefiniować ten wewnętrzny impuls jako przyjemną chęć wyrażenia poprzez wyobraźnię słowną reprezentatywnego wyboru pewnych w niewytłumaczalny sposób powiązanych kaprysów, które od czasu do czasu obserwował u chorych psychicznie, poczynając od swego pierwszego roku w Chose. Van miał słabość do szaleńców, tak jak niektórzy mają słabość do orfików lub orchidei.

Nie brak było powodów, by dać sobie spokój ze szczegółami technologicznymi wzajemnej komunikacji między Terrą Przepiękną i naszą okropną Antyterrą. Jego znajomość fizyki, mechaniki i tym podobnych dziedzin była ograniczona do wzorów nabazgranych kredą na tablicy w szkole średniej. Pocieszał się myślą, że żaden cenzor w Ameryce czy Wielkiej Brytanii nie przepuściłby najmniejszej wzmianki o „magnetycznych" zabaweczkach. Po cichu pożyczył sobie od swych największych poprzedników (na przykład Countersone'a) to, co wymyślili oni w kwestii napędu przenoszących ludzi kapsuł, w tym sprytny pomysł prędkości początkowej kilku tysięcy mil na godzinę rosnącej pod wpływem środowiska typu Counterstone'owskiego między dwiema siostrzanymi galaktykami do paru bilionów lat świetlnych na sekundę, by potem bezpiecznie zmaleć przed leniwym lądowaniem na spadochronie. Ponowne opracowywanie w irracjonalnych zmyśleniach wszystkich tych cyranianów i pomysłów „fantastyki fizycznej" byłoby nie tylko nudne, ale wręcz absurdalne, nikt bowiem nie wiedział jak daleko Terra, czy niezliczone inne planety pełne chałup i krów, mogą znajdować się w zewnętrznej lub wewnętrznej przestrzeni: „wewnętrznej", bo nikt nie zabrania nam przyjąć ich mikrokosmicznej obecności w złotych globulach szybko, szybko wznoszących się w wąskim kieliszku moëta albo w krwinkach w moim, Vana Veena –

(albo moim, Ady Veen)

– krwiobiegu, albo w ropie nabrzmiałego czyraka pana Niekty dopiero co rozciętego w Nektorze czy Nektonie. Poza tym, chociaż na półkach bibliotecznych stoją w dostępnej i zbędnej obfitości dzieła encyklopedyczne, nie dało się dotrzeć do zakazanych lub spalonych książek trzech kosmologów, Xertigny'ego, Yatesa i Zotowa (wszystko to *noms de plume*), którzy pół wieku wcześniej lekkomyślnie rozkręcili cały interes, powodując i podtrzymując zalew paniki, szaleństwa i obrzydliwych „*romanczikow*". Wszyscy trzej uczeni znikli z horyzontu: X popełnił samobójstwo, Y został porwany przez pewnego właściciela pralni i przetransportowany do Tatarii, a Z, stary rumiany brat-łata z siwymi wąsami, doprowadzał strażników więziennych w Yakimie do szaleństwa niezrozumiałymi trzaskami, bezustannym wymyślaniem atramentów suympatycznych, kameleonizacjami, sygnałami nerwowymi, spiralami światła i napadami brzuchomówstwa, podczas których imitował strzały pistoletowe i syreny.

Biedny Van! Ze wszystkich sił starając się trzymać autorkę listów z Terry jak najdalej od obrazu Ady, tak podbarwił Teresę złotem i karminem, że stała się wcieleniem banału. Teresa doprowadzała swymi wiadomościami do szaleństwa pewnego uczonego na tej naszej łatwo wpadającej w szaleństwo planecie; wyglądające na anagram imię i nazwisko tego uczonego, Sig Leymanski, Van ukształtował w części na wzór imienia ostatniego lekarza Aquy. Kiedy obsesja Leymanskiego zmieniła się w miłość i sympatia czytelnika skupiła się na jego uroczej, melancholijnej, zdradzonej żonie (Antilii z domu Glems), nasz autor stanął wobec bolesnego zadania wyrugowania z Antilii, rasowej brunetki, wszelkich śladów Ady, co skończyło się uczynieniem z kolejnej postaci kukły z utlenionymi włosami.

Przesławszy Sigowi ze swej planety około tuzina komunikatów, Teresa leci do niego, on zaś w swym laboratorium musi umieścić ją na szkiełku najsilniejszego mikroskopu i dopiero wtedy widzi drobną, ale pod innymi względami doskonałą postać swojej maluśkiej ukochanej, pełen wdzięku mikroorganizm wyciągający przezroczyste wyrostki ku jego ogromnemu wilgotnemu oku. Niestety *testibulus* (probówka, nigdy nie mylić z *testiculus*, orchidea), gdzie Teresa pływała jako mikrosyrena, „przypadkowo" została wyrzucona przez asystentkę profesora Leymana (w tym czasie używał już przystrzyżonego nazwiska) Florę, początkowo eburowobladą ciemnowłosą zgubną piękność, którą autor w samą porę przekształcił w trzecią banalną lalkę z burym kokiem.

(Antilia odzyskała później męża, a Florę trzeba było wyplenić. *Addendum* Ady.)

W swym świecie Teresa była jeżdżącą reporterką amerykańskiego czasopisma, co dało Vanowi możliwość opisania życia politycznego siostrzanej planety. To sprawiło mu najmniej problemów, gdyż obraz owego życia był mozaiką skrupulatnie zebranych notatek z jego własnych obserwacji „transcendentalnego delirium" pacjentów. Akustyka była tu kiepska, imiona własne często bywały przekręcone, chaotyczny kalendarz zakłócał porządek wydarzeń, jednak ogólnie rzecz biorąc, kolorowe punkty tworzyły swego rodzaju geomantyczny obraz. Jak przypuszczali wcześniejsi eksperymentatorzy, nasze annały pozostają na mostach czasu mniej więcej o pół wieku za terrańskimi, ale wyprzedzają niektóre z jej podwodnych nurtów. W chwili gdy rozgrywa się nasza smutna historia, w terrańskiej Anglii panował jeszcze jeden Jerzy (było przed nim przynajmniej pół tuzina królów noszących to imię), panował albo właśnie przestał panować nad imperium nieco bardziej niejednolitym (z obcymi pustaciami i plamami pomiędzy Wyspami Brytyjskimi i Afryką Południową) niż solidna i zwarta Anglia antyterrańska. Europa Zachodnia stanowiła szczególnie rażącą lukę: od osiemnastego wieku, kiedy w istocie bezkrwawa rewolucja obaliła Kapetyngów i odparła wszystkich najeźdźców, terrańska Francja kwitła pod panowaniem kilku cesarzy i szeregu mieszczańskich prezydentów, z których obecny, Doumercy, zdawał się znacznie sympatyczniejszy niż Milord Goal, gubernator Lutecji! Na wschodzie zamiast chana Sosso i jego okrutnego Chanatu Sowietnamurskiego był Związek Suwerennych Republik Radosnych (przynajmniej w tej formie doszła do nas ta nazwa), który zastąpił carów, zdobywców Tatarii i Trstu, i rządził Superrosją, panią basenu Wołgi i podobnych działów wodnych. I wreszcie Athaulf Przyszły, jasnowłosy olbrzym w eleganckim mundurze, sekretny obiekt uwielbienia wielu brytyjskich arystokratów, honorowy kapitan francuskiej policji i życzliwy sojusznik Rusi i Romy miał podobno przekształcać piernikowe Niemcy w wielki kraj autostrad, żołnierzy bez skazy i zmazy, orkiestr dętych i zmodernizowanych koszar przeznaczonych dla nieprzystosowanych i ich potomstwa.

Bez wątpienia spora część tych informacji, zebranych przez naszych terrapeutów (jak nazywano kolegów Vana), dotarła w zepsutym kształcie, jednakże zawsze jako dominującą słyszało się w nich nutę słodkiego zadowolenia. Celem powieści natomiast była sugestia, że Terra oszukuje, że nie wszystko przypomina tam raj, że być może pod pewnymi względami ludzkie umysły i ludzkie ciało musiały znosić na tej siostrzanej planecie gorsze tortury niż na naszej Demonii, o której mówi się tyle złego. W swych pierwszych listach, sprzed wyjazdu z Terry, Teresa miała dla jej władców jedynie pochwały – zwłaszcza dla rządzących w Rosji i Niemczech. W późniejszych wiadomościach, nadsyłanych z przestrzeni kosmicznej, przyznała, że przesadziła z tym błogostanem, że była w istocie narzędziem „kosmicznej propagandy". Przyznać to było aktem odwagi, jako że agenci z Terry mogli ściągnąć ją z powrotem albo unicestwić podczas lotu, gdyby zdołali przechwycić jej niemaskowane fale, teraz idące głównie w jedną stronę, naszą, nie pytajcie Vana, w jaki sposób i w zgodzie z jakimi prawami. Niestety nie tylko mechanika nie była mocnym punktem Vana, nie można także powiedzieć, by wyróżniał się na obszarze moralistyki. To, co wyłożyliśmy tu w kilku nieśpiesznych zdaniach, on rozwinął i ubrał w strojne szaty na dwustu stronach. Musimy pamiętać, że miał zaledwie dwadzieścia lat, że jego młoda dumna dusza znajdowała się w stanie bolesnego zamętu, że przeczytał zbyt wiele, a wymyślił zbyt mało i że olśniewające miraże, rozbłyskające przed nim, kiedy poczuł na tarasie Corduli pierwsze literackie bóle porodowe, teraz blakły pod wpływem rozwagi, tak jak cuda, które po powrocie z Kitaju średniowieczni badacze obawiali się wyjawić weneckiemu księdzu lub flamandzkiemu filistrowi.

Kilka miesięcy w Chose poświęcił na kopiowanie ładnym charakterem pisma swych przypominających strachy na wróble bazgrołów, a potem dokonał tak wielu poprawek, że jego ostateczny rękopis wyglądał jak pierwszy szkic, kiedy zaniósł książkę do podrzędnej agencji w Bedford, by tam w ścisłej tajemnicy przepisano ją w trzech egzemplarzach na maszynie. Te egzemplarze również oszpecił poprawkami, płynąc z powrotem do Ameryki na pokładzie „Queen Guinevere". W Manhattanie tekst do korekty szpaltowej trzeba było składać dwukrotnie, nie tylko ze względu na nowe zmiany, ale również wskutek faktu, że Van używał ekscentrycznych znaków korektorskich.

Listy z Terry Voltemanda wyszły w 1891 roku w dniu dwudziestych pierwszych urodzin Vana, wydane przez dwa fikcyjne domy wydawnicze – Abencerrajess w Manhattanie i Zegries w Londynie.

(Gdyby wpadł mi w ręce egzemplarz, rozpoznałabym *łapoczku* Chateaubrianda i wobec tego twoją łapkę n a - t y c h m i a s t.)

Jego nowy prawnik, pan Gromwell, którego naprawdę piękne kwietne nazwisko pasowało w jakiś sposób do jego niewinnych oczu i jasnej brody, był bratankiem wielkiego Grombczewskiego, przez ostatnich trzydzieści czy trzydzieści parę lat zajmującego się niektórymi sprawami Demona z wielką troską i przenikliwością. Gromwell niańczył osobisty majątek Vana nie mniej czule, miał jednak niewielkie doświadczenie, jeśli chodzi o zawiłości kwestii wydawniczych, a Van był pod tym względem całkowitym ignorantem, nie wiedział na przykład, że „egzemplarze recenzyjne" powinny trafić do redaktorów rozmaitych periodyków, ani że anonse wydawnicze trzeba opłacać i nie należy oczekiwać, by pojawiły się spontanicznie zrodzone jako dojrzałe całostronicowe osobniki pomiędzy podobnymi reklamami promującymi *Biesy* panny Love i *Pchacza* pana Dukesa.

Za przyjemne honorarium Gwen, jedna z pracownic Gromwella, została wydelegowana nie tylko do tego, żeby zabawiać Vana, lecz także dostarczyć księgarniom w Manhattanie połowę nakładu, zaopatrzenie w pozostałe egzemplarze księgarń w Londynie powierzono jej dawnemu kochankowi. Van uznał za rzecz niesprawiedliwą i nielogiczną, by komukolwiek na tyle uprzejmemu, że sprzedaje jego książkę, odbierać około dziesięciu dolarów, które włożono w wyprodukowanie każdego egzemplarza książki. Toteż przeczytawszy staranne sprawozdanie o rozchodzeniu się nakładu, które jego agenci przysłali mu w lutym 1892 roku, i dowiedziawszy się, że w ciągu dwunastu miesięcy sprzedano tylko sześć egzemplarzy, dwa w Anglii i cztery w Ameryce, zaczął czuć się winny z powodu kłopotu, który sprawił źle opłacanym, zmęczonym, ciemnowłosym i bladoskórym sprzedawczyniom z nagimi ramionami, bez wątpienia usiłującym skusić na jego wytwór ponurych homoseksualistów („Proszę, *Listy od Terry*, dość niezwykła powieść o dziewczynie o tym imieniu"). Statystycznie rzecz biorąc, nie można było oczekiwać żadnych recenzji, zważywszy na nietypowe okoliczności, w których zajęto się korespondencją nieszczęsnej Terry. Niespodziewanie jednak ukazały się aż dwie. Jedna, podpisana „Pierwszy Clown", pojawiła się w *Przeglądzie powieści kosmicznych roku* (w tym czasie zaczęło ich już ubywać) drukowanej w znakomitym londyńskim tygodniku „Elsinore"; nosiła tytuł typowy dla brytyjskich dziennikarzy, zdradzających skłonności do pseudogier słownych: *Terre à terre, 1891*. Krytyk wywęszył utwór Voltemanda jako stosunkowo najlepszy ze wszystkich i nazwał go (niestety z bezbłędnym wyczuciem) „nazbyt ozdobną, sztampową, nudną i mętną bajką z kilkoma absolutnie cudownymi metaforami, skazami na kompletnej nieporadności opowieści".

Jedyną inną pochwałą obdarzyło biednego Voltemanda manhattańskie pisemko „Prowincjonalna Brew" piórem poety Maxa Mispela (kolejne botaniczne nazwisko – „nieszpułka"), pracownika wydziału germanistyki Goluba University). Herr Mispel, który lubił obnosić się ze swoimi pisarzami, odkrył w *Listach z Terry* wpływ Osberga (hiszpańskiego twórcy pretensjonalnych bajek i mistyczno-alegorycznych anegdot, wysoko cenionych przez pracujących w pośpiechu autorów magisteriów i doktoratów), a także obscenicznego Araba z dawnych czasów, Ben Sirine'a – jak przetransliterował jego imię kapitan de Roux – interpretatora anagramatycznych snów, przynajmniej według Burtona, w jego adaptacji traktatu Nefzawiego o najlepszej metodzie współżycia płciowego z kobietami otyłymi lub garbatymi (*The Perfumed Garden*, edycja domu wydawniczego Panther, s. 187 egzemplarza podarowanego dziewięćdziesięciotrzyletniemu baronowi Vanowi Veenowi przez jego lekarza-świntucha, profesora Lagosse'a). Recenzja kończyła się następująco: „Jeśli pan Voltemand (albo Voltimand, Mandalatov czy Mandałatow) jest psychiatrą, a sądzę, że może nim być, to współczuję jego pacjentom, zarazem jednak podziwiając jego talent".

Przyparta do muru, Gwen, grubiutka mała *fille de joie* (ze skłonności, jeśli nie z profesji), zdradziła jednego ze swych nowych wielbicieli, przyznając, że ubłagała go, aby napisał ten tekst, bo nie mogła już znieść „krzywego uśmieszku" Vana, obserwującego, z jakim okropnym brakiem zainteresowania przyjmowana jest jego pięknie oprawiona i umieszczona w ozdobnym futerale książka. Przysięgała, że Max nie tylko nie wie, kim naprawdę jest Voltemand, ale w ogóle nie przeczytał powieści. Van igrał z myślą wyzwania pana Nieszpułki (miał nadzieję, że wybierze szable) na pojedynek: o świcie w jakimś ustronnym kącie Parku, którego główny trawnik widział z tarasu apartamentu na najwyższym piętrze, gdzie dwa razy w tygodniu uprawiał szermierkę ze swoim trenerem (były to jedyne oprócz jeździectwa ćwiczenia fizyczne, na które jeszcze sobie pozwalał), ale ku jego zaskoczeniu i uldze – trochę bowiem wstydził się bronić honoru swojej „powiastki" i najchętniej by o niej zapomniał, tak samo jak inny, niezwiązany z nim Veen, gdyby dano mu żyć dłużej, zapragnąłby pewno wyrzec się, snutych w okresie dojrzewania, marzeń o idealnych burdelach – Max Muszmuła („nieszpułka" po rosyjsku) odpowiedział na niejasne wyzwanie pełną serdeczności obietnicą przysłania mu swego następnego dzieła, *Zielsko wypiera kwiaty* (Melville & Marvell).

Wszystkim, co dały Vanowi te kontakty i konszachty z Literaturą, było poczucie bezcelowości i pustki. Jeszcze pisząc książkę, boleśnie uświadomił sobie, jak mało wie o swojej własnej planecie, podczas gdy stara się z drobnych postrzępionych kawałków, przywłaszczonej przezeń treści chorych umysłów, sklecić drugą. Postanowił, że po ukończeniu studiów medycznych w Kingston (bardziej odpowiednim, jak uznał, niż dobre stare Chose) wybierze się w długą podróż po Ameryce Południowej, Afryce i Indiach. Jako chłopak piętnastoletni (wiek, w którym Eric Veen osiągnął największy rozkwit) z namiętnością właściwą poetom studiował rozkłady jazdy trzech wielkich amerykańskich pociągów transkontynentalnych, które któregoś dnia miały go – i to nie samego (teraz już samego) uwieźć w dal. Ciemnoczerwony Ekspres Nowego Świata ruszał z Manhattanu i jadąc przez Mephisto, El Paso, Mieksikansk i Tunel Panamski, docierał do Brazilii i Witch (czyli Wied'my lub Viedmy, założonej przez pewnego rosyjskiego admirała). Tutaj linia dzieliła się na dwie, nitka wschodnia ciągnęła się dalej do Grant's Horn, a zachodnia zawracała na północ przez Valparaiso i Bogotę. Co drugi dzień bajkowa podróż zaczynała się w Jukonsku, skąd dwutorowa linia prowadziła na wybrzeże Atlantyku, a inna przez Kalifornię i Amerykę Środkową z rykiem wdzierała się w Urugwaj. Granatowy Ekspres Afrykański wyruszał z Londynu i docierał do Cape trzema różnymi trasami – przez Nigero, Rodosję lub Efiopię. I wreszcie brązowy Orient Express łączył Londyn z Cejlonem i Sydney przez Turcję i kilka podwodnych tuneli. Nie jest jasne, kiedy zapadasz w sen, dlaczego wszystkie kontynenty z wyjątkiem Euforii zaczynają się od litery „A".

W każdym ze składów tych trzech cudownych pociągów znajdowały się przynajmniej dwa wagony, w których wybredny podróżnik mógł wynająć przedział sypialny z łazienką i WC, jak również salonem z pianinem bądź harfą. Długość podróży była różna, zależąc od przedsennego nastroju Vana, kiedy to w wieku Erica wyobrażał sobie, jakie krajobrazy rozpościerają się po jednej ze stron jego wygodnego, zbyt wygodnego fotela. Przez lasy deszczowe, górskie kaniony i inne fascynujące miejsca (och, wymień je! Nie mogę – zasypiam) pomieszczenie poruszało się bardzo wolno, zaledwie piętnaście mil na godzinę, ale przez pustynie lub pustacie rolnicze już szybciej, siedemdziesiąt, dziewięćdziesiąt siedem, dziesiędziąt, stosiąt prosiąt...

3

Na wiosnę 1869 David van Veen, bogaty architekt pochodzenia flamandzkiego (absolutnie niespokrewniony z Veenami z naszej kapryśnej powieści), miał wypadek, ale wyszedł bez szwanku, mimo że w prowadzonym przez niego z Cannes do Calais samochodzie na oblodzonej drodze pękła przednia opona, w wyniku czego auto wpakowało się na stojącą na poboczu furgonetkę do przewozu mebli; siedząca obok niego córka zginęła na miejscu, zabita przez walizkę, która nadleciała od tyłu i złamała jej kark. Jej mąż, niezrównoważony psychicznie nieudany malarz (dziesięć lat starszy od swego teścia, któremu zazdrościł i którym gardził), zastrzelił się w swej londyńskiej pracowni, otrzymawszy kablogram z normandzkiej wioski o makabrycznej nazwie Deuil.

Nieszczęście nie straciło nic ze swego impetu, również bowiem Eric, chłopiec piętnastoletni, mimo troski i uwielbienia, którymi otaczał go dziadek, nie uniknął dziwnego losu, w osobliwy sposób przypominającego los matki.

Po przeniesieniu z Note do małej prywatnej szkoły w kantonie Vaud i spędzeniu suchotniczego lata w Alpach Nadmorskich, posłano go do Ex-en-Valais, którego krystaliczne powietrze miało wzmacniać młode płuca; zamiast czego najgorszy huragan w historii tej okolicy cisnął weń dachówką, śmiertelnie raniąc go w głowę. Pośród rzeczy pozostałych po chłopcu David van Veen znalazł pewną liczbę wierszy oraz szkic eseju zatytułowanego *Willa Wenus, zorganizowane marzenie.*

Mówiąc bez ogródek, chłopiec starał się ukoić pierwsze udręki płci, wymyślając i szczegółowo opracowując pewien pomysł (był to rezultat lektury zbyt wielu tekstów erotycznych, znalezionych w umeblowanym domu koło Vence, który jego dziadek kupił od pewnego Rosjanina czy Polaka, hrabiego Tołstoja). Wyobraził sobie mianowicie sieć wspaniałych domów publicznych, które spadek pozwoliłby mu założyć na „obu półkulach naszego kallipygiańskiego świata". Chłopak widział ją jako elegancki klub z wieloma filiami czy, jak wyraził to w swym poetyckim języku, „floramorami" w okolicach miast i kurortów. Członkostwo miało być dostępne tylko dla szlachetnie urodzonych, „przystojnych i zdrowych", z limitem wiekowym pięćdziesięciu lat (co trzeba uznać za wspaniałomyślność ze strony biednego dzieciaka); członek miał uiszczać corocznie opłatę wysokości 3650 gwinei, w którą nie wchodziły koszta bukietów, klejnotów ani innych miłych prezentów. Pracujące i mieszkające na miejscu lekarki, ładne i młode („w typie amerykańskiej sekretarki lub asystentki dentysty") miały sprawdzać stan intymnego zdrowia „pieszczącego i pieszczonej" (kolejne szczęśliwe określenie), jak również swego własnego, jeśli „pojawi się taka potrzeba". Jeden z punktów Regulaminu Klubu zdawał się wskazywać, że Eric, chociaż fanatycznie heteroseksualny, znajdował jakiś erzac w czułych machinacjach z kolegami w Note (notorycznie przygotowawczej szkole pod tym względem): przynajmniej dwie z maksymalnej liczby pięćdziesięciu osób stałego personelu głównych floramorów mogło być ładnymi chłopcami, noszącymi przepaski na czoło i krótkie fartuszki, nie starszymi niż czternastoletni, jeśli byli blondynami, lub dwunastoletni, jeśli brunetami. Jednakowoż, aby wykluczyć stały napływ „zatwardziałych pederastów", na miłość z chłopcem zezwalało się zblazowanemu gościowi tylko pomiędzy dwiema seriami po trzy dziewczyny, które posiadłby w ciągu jednego tygodnia – warunek dość komiczny, ale niepozbawiony przemyślności.

Kandydatki do każdego floramuru miał wybierać Komitet Członków Klubu, biorąc pod uwagę zgromadzone w ciągu roku wrażenia i dezyderaty, notowane przez gości w specjalnej Perłoworóżowej Księdze. „Piękno i czułość, wdzięk i uległość" były najważniejszymi cechami wymaganymi od dziewcząt. Powinny one mieć od piętnastu do dwudziestu pięciu lat w wypadku „smukłych nordyckich laleczek" i od dziesięciu do dwudziestu w wypadku „bujnych południowych uwodzicielek". Mogły hasać po „buduarach i oranżeriach" bądź leniuchować tam w niedbałych pozach, zawsze nagie i gotowe do miłości; inaczej rzecz miała wyglądać, jeśli chodzi o ich asystentki, atrakcyjnie ubrane służące mniej lub bardziej egzotycznego pochodzenia, „niedostępne kaprysom członków, chyba że za specjalnym zezwoleniem Rady". Mój ulubiony punkt regulaminu (posiadam bowiem fotokopię rękokaligrafu biednego chłopca) powiada, że każdą z dziewcząt we floramorze podczas menstruacji można wybrać przez aklamację na szefową zakładu. (Oczywiście nic z tego nie wyszło i komitet znalazł kompromisowe wyjście, wybierając na szefową personelu ładną lesbijkę i dodając wykidajłę, o którym Eric zapomniał.)

Ekscentryczność to najlepsze lekarstwo na najgorsze nieszczęście. Dziadek chłopca natychmiast wziął się do urzeczywistniania jego fantazji, przyoblekając ją w cegły i kamień, beton i marmur, ciało i radość. Postanowił, że jako pierwszy wypróbuje pierwszą hurysę, którą zatrudni w ostatnim ze swych zakładów, a do tej chwili będzie żył w pracowitej abstynencji.

Musiał to być wzruszający i wspaniały widok, ten stary, ale jeszcze pełen wigoru siwowłosy Holender o szorstkiej twarzy gada projektujący z pomocą lewicowych dekoratorów tysiąc jeden floramorów-mauzoleów, które postanowił wznieść na całym świecie, może nawet w niecywilizowanej Tatarii, którą uważał za rządzoną przez „zamerykanizowanych Żydów" (ale w końcu „sztuka zdolna jest odkupić politykę"); była to głęboko oryginalna koncepcja, którą musimy wybaczyć uroczemu staremu dziwakowi. Zaczął od wiejskiej Anglii i przybrzeżnej Ameryki i był pochłonięty wznoszeniem budowli w duchu Roberta Adama (miejscowi dowcipnisie nazywali ją okrutnie Domem „Madam-I'm-Adam") niedaleko od Newport na wyspie Rodos, budowli odznaczającej się stylem poniekąd zramolałym – z tymi wszystkimi marmurowymi kolumnami wydobytymi z klasycznych mórz, nadal inkrustowanymi etruskimi muszlami ostryg – kiedy umarł na udar mózgu, pomagając podeprzeć propyleje. A był to dopiero jego setny dom!

Jego siostrzeniec i spadkobierca, uczciwy, ale zdumiewająco sztywny kupiec sukiennik z Ruinen (jak mi mówiono, to gdzieś koło Zwolle), z dużą rodziną i małymi przychodami, nie stracił milionów guldenów, których rzekome trwonienie już od jakichś dziesięciu lat było tematem jego konsultacji z psychiatrami. Wszystkich sto floramorów otwarto jednocześnie 20 września 1875 roku (w wyniku rozkosznej koincydencji staroruskie słowo na oznaczenie września – „*riujen*", co można wymawiać „ruin" – odbiło echem nazwę rodzinnego miasteczka ekstatycznego Cholerendra). Na początku nowego stulecia dochody z wenusowego przedsięwzięcia dochodziły do poziomu powodzi (chociaż trzeba przyznać, że był to ostatni przybór wód). Około 1890 roku pewien brukowiec-donosiciel doniósł, że raz – i tylko raz – wdzięczny i zaciekawiony „Aksamitny" Veen wybrał się z całą rodziną do najbliższego floramoru, doniósł też, że Guillaume de Monparnasse z oburzeniem odrzucił propozycję Hollywood, by napisać scenariusz o tej godnej szacunku i zabawnej wycieczce. Zwykłe plotki, bez wątpienia.

Wachlarz propozycji dziadka Erica był szeroki – od dodo do dada, od Niedergotik do Hochmodern. W swych parodiach *paradiso* pozwolił sobie nawet, zaledwie parę razy, odzwierciedlić prostoliniowy chaos kubizmu (abstrakcyjna forma w bardzo konkretnym betonie), imitując – rzecz doskonale opisana w wydanej w miękkiej oprawie *Historii architektury angielskiej* Vulnera, którą podarował mi poczciwy dr Lagosse – takie ultrautylitarne pudełka z cegły jak *maisons closes* El Freuda w Lubetkin w Austrii albo domki wielkiej potrzeby Dudoka we Fryzji.

Ogólnie jednak rzecz biorąc preferował idylliczność i romantyzm. Znakomici angielscy gentlemani doznawali wielu rozkoszy w Bongo Bay Lodge, porządnym wiejskim domu, otynkowanym aż po ostatnie wole oko, albo w Château Chalaville na Cap Vieux, domku wyróżniającym się obrośniętym kominem i wspaniałymi marmurowymi biustami na kominkach. Nie sposób było nie podziwiać talentu, z jakim David van Veen potrafił nowiutkiemu dworowi w stylu regencji nadać wygląd odnowionego wiejskiego domu albo zbudować na niewielkiej wysepce przemieniony klasztor, z takim wspaniałym rezultatem, że nie dawało się odróżnić arabeski od aralii, arkadii od artyzmu, żaru od róży. Zawsze będziemy pamiętać Petite Lamanterie koło Rantchester i Pseudotermy w uroczej ślepej uliczce na południe od wiaduktu bajkowej Palermontowii. Bardzo ceniliśmy połączenie miejscowych banałów (ten *château* otoczony kasztanami, ów *castello* strzeżony przez cyprysy) z wewnętrznymi ornamentami, które pobudzały do wszystkich orgii odbitych w sufitowych lustrach erogenetyki Erica. Najbardziej efektywne – w sensie funkcjonalnym – było zabezpieczenie, by tak rzec, wydestylowane przez architekta z bezpośredniego otoczenia domów. Niezależnie od tego, czy willa gnieździła się w zadrzewionej dolinie, czy była otoczona przez wiele akrów parku, czy też górowała nad ukształtowanymi tarasowo gajami i ogrodami, wejście do „Wenus" zaczynało się od drogi prywatnej, wiodło przez plątaninę żywopłotów i murów z nierzucającymi się w oczy drzwiami, do których klucze mieli tylko goście i strażnicy. Zmyślnie rozmieszczone reflektory towarzyszyły wędrówce znakomitych postaci w maskach i pelerynach przez mroczne labirynty zagajników, bo jedna z zasad wymyślonych prze Erica mówiła, ze „każdy z zakładów powinien otwierać podwoje z nadejściem nocy, a zamykać je o wschodzie słońca". System dzwonków, który Eric być może wymyślił sam (w istocie był równie stary jak *bautta* i *wyszybała*), chronił gości przed spotykaniem się ze sobą, toteż niezależnie od tego, ilu szlachetnie urodzonych czekało czy oddawało się rozpuście w jakiejś części floramoru, każdy czuł się jedynym kogutem w kurniku, ponieważ wykidajło, osoba milcząca i uprzejma, przypominająca nadzorcę w mahattańskim domu towarowym, oczywiście się nie liczył: widziało się go czasem, kiedy pojawiały się jakieś wątpliwości co do twoich listów uwierzytelniających lub wierzytelności, rzadko jednak był zmuszony zastosować prymitywną siłę fizyczną czy wezwać pomocnika.

Zgodnie z planem Erica za nabór dziewcząt odpowiedzialne były Rady Starszych Arystokratów. Subtelnie ukształtowane paliczki, dobre zęby, nieskazitelny naskórek, niefarbowane włosy, nienaganne pośladki i piersi i nieudawany żar namiętnych pragnień były dla Starszych absolutnie niezbędnymi warunkami wstępnymi, podobnie jak były nimi dla Erica. *Intacta* dopuszczalna była tylko w bardzo młodym wieku. Z drugiej strony nie aprobowano żadnej kobiety, która kiedykolwiek (nawet we własnym dzieciństwie) urodziła dziecko, nawet jeśli jej sutki zdawały się bez skazy.

Nie określano pozycji społecznej kandydatek, ale Komitety skłaniały się początkowo i teoretycznie do wybierania mniej więcej dobrze urodzonych. Córkom artystów, ogólnie rzecz biorąc, dawano pierwszeństwo przed potomstwem rzemieślników. Niespodziewanie wiele z wybranych okazało się dziećmi rozgoryczonych lordów z nieogrzewanych zamków lub zrujnowanych baroness dożywających swych dni w nędznych hotelach. Na liście około dwu tysięcy kobiet pracujących we wszystkich floramorach 1 stycznia 1890 r. (najwspanialszego roku w annałach Willi Wenus) naliczyłem aż dwadzieścia dwie blisko spokrewnione z europejskimi rodami królewskimi, przynamniej jednak jedna czwarta dziewcząt należała do plebsu. Z powodu jakiejś miłej *wstriaski* (przetasowanie) w kalejdoskopie genetycznym albo tylko gry przypadków, a może bez żadnego powodu córki chłopów, chałupników i hydraulików miały nierzadko więcej stylu niż ich towarzyszki ze średniej klasy średniej i wyższej klasy wyższej – ta interesująca okoliczność zapewne ucieszy czytelników, w których żyłach nie płynie błękitna krew, nie mniej niż fakt, że służące orientalnych czarodziejek (które srebrnymi miseczkami, haftowanymi ręcznikami i uśmiechami bez następstw asystowały przy rozmaitych rytuałach klienta i jego Kleopatry), zajmujące znacznie niższą pozycję od nich, często zstępowały na te niziny z herbowych książęcych wysokości.

Ojciec Demona (a w bardzo niedługim czasie po nim także sam Demon), lord Erminin, pan Szykow, hrabia Piotr de Prey, jaśnie oświecony Mire de Mire i baron Azzuroscudo – wszyscy byli członkami pierwszej Rady Klubu Wenus. Jednakże to wizyty nieśmiałego, otyłego, wielkonosego pana Szykowa najbardziej ekscytowały dziewczęta i wypełniały okolice agentami, którzy sumiennie udawali przycinających żywopłoty ogrodników, stajennych, konie, wysokie dójki, nowe statuy, starych pijaków itd., podczas gdy Jego Królewska Mość zabawiał się w specjalnym fotelu, skonstruowanym stosownie do jego wagi i kaprysów, z tą czy inną słodką poddaną z jego królestwa, białą, czarną lub brązową.

Ponieważ floramor, który, będąc świeżym członkiem Klubu Willi Wenus, odwiedziłem jako pierwszy (niedługo przed drugim latem z moją Adą w altanach Ardisu), dzisiaj, po wielu przygodach, jest uroczym wiejskim domem wykładowcy z Chose, którego darzę wielkim szacunkiem, i jego czarującej rodziny (czarująca żona i czarujące dwunastoletnie córki, trojaczki, Ala, Lolá i Lalage – zwłaszcza Lalage), nie mogę podać jego nazwy – chociaż moja najdroższa czytelniczka upiera się, że podałem ją gdzieś wcześniej.

Odwiedzałam burdele od szesnastego roku życia, ale chociaż niektóre z lepszych, zwłaszcza we Francji i Irlandii, otrzymały w przewodniku Nugga potrójny czerwony znaczek, nic w nich nie zapowiadało luksusu i delikatności mojej pierwszej Willi Wenus. Było to jak różnica między ryjem a rajem.

Trzy egipskie squaw, sumiennie odwrócone profilem (długie hebanowe oko, uroczy zadarty nosek, zaplecione w warkocze czarne włosy, faraoński fartuch w miodowym odcieniu, szczupłe bursztynowe ramiona, murzyńskie bransolety, gruby złoty kolczyk rozcięty kosą grzywy, indiańska opaska na włosy, ozdobny napierśnik), z uwielbieniem zapożyczone przez Erica Veena z wydrukowanej w Niemczach (*Künstlerpostkarte*, nr 6034 – powiada cyniczny dr Lagosse) reprodukcji tebańskiego fresku (z pewnością dość banalnego w 1420 r. p.n.e.), przygotowywały mnie przy pomocy tego, co rozpalony Eric nazwał „wyrafinowanymi zabiegami na pewnych nerwach, których położenie i właściwości znane były tylko paru starożytnym seksuologom", wzmacnianymi przez nie mniej wyrafinowane wcieranie pewnych maści, o których niezbyt precyzyjnie wspominano w orientalnych źródłach pornowiedzy Erica, do spotkania z przestraszoną dziewiczką, pochodzącą z rodu króla Irlandii, jak w jego ostatnim śnie w Ex w Szwajcarii powiedział Ericowi mistrz ceremonii raczej pogrzebowych niźli orgiastycznych.

Owe przygotowania przebiegały w tak powolnym, nieznośnie rozkosznym rytmie, że Eric umierający we śnie i Van pulsujący paskudnym życiem na rokokowej kanapie (trzy mile na południe od Bedford) nie mogli sobie wyobrazić, jak te trzy młode kobiety, teraz nagle pozbawione ubrań (dobrze znany chwyt oneiroerotyczny) są w stanie przedłużać preludium i pozostawać na samej krawędzi jego rozwiązania. Leżałem na plecach i czułem się dwukrotnie większy niż kiedykolwiek byłem (starczy nonsens – napisze nastroszona nauka!), kiedy wreszcie sześcioro delikatnych rąk spróbowało nasadzić *la gosse*, drżącą Adadę, na przeraźliwy instrument. Głupie współczucie – coś, czego doznaję bardzo rzadko – sprawiło, że moja żądza opadła i odesłałem ją na ucztę z placków brzoskwiniowych z bitą śmietaną. Egipcyganki wyglądały na zbite z tropu, ale wkrótce się ożywiły. Nakazałem wszystkim dwudziestu rusałkom z tego domu (wliczając w to słodkouste maleństwo ze lśniącym podbródkiem) stawić się przed moją przywróconą do życia osobą. Po dokładnym przeglądzie i licznych pochlebstwach pod adresem pośladków i karków wybrałem złocistą Gretchen, bladą Andaluzyjkę oraz czarną piękność z Nowego Orleanu. Służące rzuciły się na nie jak pantery i z nie całkiem wyzbytym lesbijskich odcieni zapałem namaściły je wonnościami, po czym podprowadziły trzy raczej melancholijne gracje do mnie. Ręcznik, wręczony mi, bym wytarł pot, który pokrył mi twarz i piekł mnie w oczy, mógłby być czystszy. Podniosłem głos, szarpnąłem przeklęte opierające się skrzydło okna i otworzyłem je szeroko. Jakaś ciężarówka ugrzęzła w błocie zakazanej i niedokończonej drogi i jej jęki i wysiłki rozproszyły osobliwą ponurą atmosferę. Tylko jedna z dziewcząt ukąsiła mnie prosto w serce, ale posiadłem wszystkie trzy, powoli i bezlitośnie, „zmieniając konie w biegu" (jak radził Eric) i kończąc za każdym razem w uścisku namiętnej Ardiluzyjki, która – chociaż nieerotyczne pogaduszki były wbrew regulaminowi – powiedziała mi (minął ostatni spazm i już mieliśmy się rozstać), że jej ojciec zbudował kiedyś basen w posiadłości kuzyna Demona Veena.

Było po wszystkim. Ciężarówka odjechała albo utonęła, a z Erica został szkielet w najdroższym rogu cmentarza w Ex („Ale cóż, wszystkie cmentarze to domena ex", jak zauważył pewien jowialny pastor), między anonimowym alpinistą i moim martwo urodzonym sobowtórem.

Cherry, jedyny chłopak w naszym następnym (amerykańskim) floramorze, jedenasto- czy dwunastolatek ze Shropshire (jak to mówią w Anglii, Salopian), wyglądał tak zabawnie z miedzianymi lokami, rozmarzonymi oczyma i kośćmi policzkowymi elfa, że dwie szczególnie rozwiązłe kurtyzany, zajmujące się Vanem, namówiły go pewnej nocy, żeby spróbował efeba. Ich wspólne wysiłki nie zdołały jednak rozbudzić ładnego ganimeda, zmęczonego nazbyt wieloma niedawnymi obowiązkami. Jego dziewczęcy tyłek okazał się naznaczony różnokolorowymi śladami okrutnych zadrapań i uszczypnięć, a co najgorsze, malec nie mógł ukryć gwałtownej niestrawności z nieapetycznymi symptomami czerwonki, wskutek czego faja jego kochanka pokryła się musztardą i krwią, co było bez wątpienia rezultatem zjedzenia zbyt wielu niedojrzałych jabłek. Potem musiano go zlikwidować albo gdzieś oddać.

W ogóle trzeba było skończyć z udziałem chłopców w całym przedsięwzięciu. Słynny francuski floramor nigdy się nie odrodził po tym, jak hrabia Langburn odkrył tam swego porwanego syna, małego kruchego faunika o zielonych oczach; badał go weterynarz, którego hrabia przez pomyłkę zastrzelił.

W roku 1905 Wille Wenus dosięgnął nie całkiem precyzyjny cios z innej strony. Postać, którą nazywaliśmy Szykowem czy Koszewem, wskutek dolegliwości sędziwego wieku musiała wycofać swój patronat. Pewnego wieczoru jednak ów mąż przybył niespodziewanie, znów rumiany jak przysłowiowe jabłuszko, do swego ulubionego floramoru koło Bath; cały personel bezskutecznie pracował nad nim aż do momentu, gdy ironiczny Hesperus wzeszedł na mdłe i monotonne niebo mleczarzy; nieszczęsny władca połowy globu poprosił o Perłoworóżową Księgę i napisał w niej linijkę, którą ułożył kiedyś Seneka:

subsidunt montes et iuga celsa ruunt

– po czym, łkając, odjechał. Mniej więcej w tym samym czasie pewna szanowana lesbijka, która prowadziła Willę

Wenus w Souvenir, pięknym kurorcie w Missouri, własnymi rękoma udusiła (kiedyś była rosyjską zawodniczką w podnoszeniu ciężarów) dwie ze swych najpiękniejszych i najcenniejszych podopiecznych. Wszystko to było dość smutne.

Raz zapoczątkowany, upadek klubu przebiegał bardzo szybko kilkoma niezależnymi od siebie torami. Wychodziło na jaw, że panienki z najlepszych domów są poszukiwane przez policję jako kochanki gangsterów o groteskowych szczękach albo wręcz kryminalistki. Skorumpowani lekarze uznawali za zdatne wypłowiałe blondyny mające po pół tuzina dzieci, z których część też zamierzała wstąpić do oddalonych floramorów. Genialne kosmetyczki sprawiały, że czterdziestoletnie matrony wyglądały i pachniały jak uczennice na balu maturalnym. Wysoko urodzeni panowie, sędziowie pokoju o nieposzlakowanej opinii, dobroduszni uczeni okazywali się tak brutalnymi kopulatorami, że niektóre z ich młodszych ofiar musiano hospitalizować i przenieść do zwykłych lupanarów. Anonimowi opiekunowie kurtyzan podkupywali inspektorów medycznych i w rezultacie radża Cachou (fałszywy) zaraził się chorobą weneryczną od (prawdziwej) ciotecznej prawnuczki cesarzowej Józefiny. Jednocześnie szereg katastrof gospodarczych (poza finansowym i filozoficznym obszarem niewrażliwych na takie ciosy Vana i Demona, ale fatalne dla niektórych osób z ich środowiska) zaczął ograniczać estetyczne walory Willi Wenus. Spośród krzewów różanych co rusz wyskakiwali z ilustrowanymi prospektami obrzydliwi sutenerzy odsłaniając w służalczych uśmiechach luki w żółtawym uzębieniu, zdarzyły się pożary i trzęsienia ziemi i niespodziewanie z setki pierwotnych pałaców został jedynie tuzin i nawet te zakłady zeszły do poziomu nieruchawych bajzli, a w 1910 r. wszystkich zmarłych z angielskiego cmentarza w Ex trzeba było przenieść do wspólnej mogiły.

Van nigdy nie żałował ostatnich odwiedzin w ostatniej Willi Wenus. Kształtem przypominająca kalafior świeca niechlujnie paliła się w cynowej miseczce na parapecie okiennym koło przypominającego kształtem gitarę owiniętego w papier bukietu róż o długich łodygach, kwiatów, dla których nikt nie pofatygował się lub też nie potrafił znaleźć wazonu. Trochę dalej na łóżku, drapiąc się sennie w brązową pachwinę, leżała z uniesionym jednym kolanem kobieta w ciąży, paliła i obserwowała, jak dym miesza swoje skręty z cieniami na suficie. Daleko za nią otwarte na oścież drzwi otwierały widok na coś, co wydawało się zalaną księżycowym blaskiem galerią, ale w istocie było opuszczonym, na wpół zdemolowanym obszernym salonem z wyburzoną zewnętrzną ścianą, zygzakowatymi szczelinami na podłodze i czarnym widmem rozdziawionego fortepianu, w środku nocy wydającego z siebie widmowe glissandowe brzdęknięcia. Przez wielką wyrwę w marmuryzowanym ceglano-gipsowym murze, niewidoczne, ale słyszalne jak ciężkie oddechy przestrzeni oddzielonej od czasu, głucho huczało nagie morze, głucho cofało się, porywając swą porcję kamyków, i przy akompaniamencie dźwięków kruszenia się i osypywania niemrawe porywy ciepłego wiatru wpadały do pozbawionych ścian pokojów, poruszając skręty cienia nad kobietą i kłaki brudnego puchu, które opadły na jej blady brzuch, a nawet odbicie świecy w popękanej szybie niebieskawego okna. Van rozsiadł się na szorstkiej, kłującej w tyłek kanapie, w zamyśleniu wydymając wargi, w zamyśleniu głaszcząc spoczywającą na jego piersi, tonącą w powodzi czarnych włosów ładną główkę młodszej siostry lub kuzynki żałosnej floryndy na zniszczonym łóżku.

Oczy dziecka były zamknięte i za każdym razem, kiedy całował ich wilgotne wypukłe powieki, rytmiczny ruch jej ślepych piersi zmieniał się lub całkowicie zamierał, po czym szybko powracał.

Chciało mu się pić, ale szampan, który przyniósł wraz z cicho szeleszczącymi różami, pozostał zakorkowany, a on nie miał serca oderwać drogiej jedwabistej główki od swej piersi, żeby zająć się wybuchową butelką. Pieścił i bezcześcił dziewczynę wiele razy w ciągu ostatnich dziesięciu dni, ale nie był pewien, czy naprawdę nazywa się Adora, jak twierdzili wszyscy – ona i inna dziewczyna, i jeszcze jedna (służąca, księżniczka Kaczurin), urodzona, jak się zdawało, w wypłowiałym kostiumie kąpielowym, którego nigdy nie zmieniała i w którym zapewne umrze, nie doczekawszy się ani pełnoletności, ani pierwszej naprawdę mrocznej zimy, na plażowym materacu; jęczała teraz na nim w narkotycznym otępieniu. A jeśli dziewczynka naprawdę nazywa się Adora, to jakiej jest narodowości... nie jest Rumunką, Dalmatynką, Sycylijką ani Irlandką, chociaż jakieś echo irlandzkiego akcentu dawało się wysłyszeć w jej łamanej, ale niespecjalnie cudzoziemskiej angielszczyźnie. Czy ma jedenaście, czy czternaście lat, może prawie piętnaście? Czy to naprawdę dzień jej urodzin – ten dwudziesty pierwszy lipca, tysiąc dziewięćset czwartego albo ósmego, albo nawet jeszcze o parę lat późniejszego roku, na skalistym śródziemnomorskim półwyspie?

Bardzo daleki zegar na wieży kościoła, słyszalny tylko nocą, zadzwonił dwa razy i dodał jeszcze kwadrans.

– *Smorchiama la secandela* – wymamrotała rajfurka na łóżku w miejscowym dialekcie, który Van rozumiał lepiej niż włoski. Dziewczynka w jego ramionach poruszyła się, a on naciągnął na nią swój operowy płaszcz. W cuchnącej tłuszczem ciemności na podłodze pojawił się nikły wzór księżycowego blasku, obok jego zrzuconej na zawsze półmaski i stopy w lakierku. Nie był to Ardis, nie była to biblioteka, nie był to nawet ludzki pokój, tylko brudna nora, gdzie sypiał wykidajło przed ponownym podjęciem swojej zasadniczej pracy trenera rugby w szkole powszechnej gdzieś w Anglii. Fortepian w pustej poza tym sali zdawał się grać sam z siebie, ale w istocie klawisze trącało kilka szczurów poszukujących smakowitych odpadków, które wrzuciła tam pewna służąca; lubiła posłuchać trochę muzyki, kiedy przed świtem pierwszym znajomym ukłuciem budził ją rak macicy. Zrujnowana Willa nie wykazywała już żadnego podobieństwa do „zorganizowanego marzenia" Erica, ale delikatna istotka w desperackim uścisku Vana była Adą.

4

Czym są sny? Przypadkowymi sekwencjami scen, trywialnych lub tragicznych, iluzyjnych lub iluzjonistycznych, szarych lub szalonych, ukazujących mniej lub bardziej prawdopodobne wydarzenia połatane groteskowymi szczegółami i ponownie obsadzających umarłych w tych samych rolach, odgrywanych jednak w innych dekoracjach.

Kiedy analizuję mniej lub bardziej pamiętne sny, które miałem w ciągu ostatnich dziewięciu dziesięcioleci, mogę je na podstawie tematu podzielić na kilka kategorii, z których dwie górują nad pozostałymi w wyrazistości gatunkowej. Są to sny zawodowe i erotyczne. W wieku dwudziestu i dwudziestu paru lat sny pierwszego rodzaju śniły mi się mniej więcej równie często jak drugiego, a oba rodzaje miały swoje wstępne odpowiedniki, stany bezsenności wywołane albo przez nadmiar dziesięciogodzinnej pracy zawodowej, albo przez wspomnienie Ardisu, którego cierń za dnia ożywał i kłuł jak wściekły. Po pracy walczyłem z potęgą gotowości umysłu; twórczy strumień, siła zdań domagających się kształtu nie dawały się zatrzymać przez godziny mroku i męki, nawet kiedy osiągnięty został jakiś cel, strumień wciąż szumiał za ścianą, choćbym zamknął na klucz swój mózg za pomocą samohipnozy (akt woli albo tabletka już nie pomagały) w jakimś innym obrazie albo innej medytacji – ale nie obrazie Ardisu czy myśli o nim, nie w obrazie Ady, to bowiem znaczyłoby utonąć w wodach katarakty gorszego rozbudzenia, dać się porwać gniewowi i żalowi, pożądaniu i rozpaczy w przepaść, gdzie czysto fizyczne wyczerpanie ogłuszało mnie w końcu i dawało sen.

W snach zawodowych, które szczególnie prześladowały mnie, gdy pracowałem nad pierwszą powieścią i płaszczyłem się przed słabiutką muzą („klęcząc i załamując ręce", bez cienia dostojeństwa, jak Marmlad w zakurzonych spodniach przed swoją Marmlady u Dickensa), śniłem na przykład, że robię korektę szpaltową. Ale że mimo to w jakiś sposób (wielkie „w jakiś sposób" snów!) książka już wyszła, wyszła w dosłownym znaczeniu tego słowa, poszła sobie, że z kosza na papiery wystercza ku mnie ludzka ręka i podaje mi ją w ostatecznej – i przeraźliwie nieostatecznej – formie, z błędem drukarskim na każdej stronie, takim jak złośliwe „ma tyle" zamiast „motyle" czy bezsensowne „atomy" zamiast „a tomy". Albo że śpieszę się na odczyt, który muszę wygłosić, i do rozpaczy doprowadzają mnie masy ludzi i pojazdów przeszkadzających mi w ruchu, i nagle z nagłą ulgą uświadamiam sobie, że jedyne, co muszę zrobić, to przekreślić słowa „zatłoczone ulice" w swoim rękopisie. To, co mógłbym określić jako sny niebieskie (większość naszej klasy byłaby przekonana, że chodzi o kolor), należy do podgrupy moich sennych wizji zawodowych, czy też może raczej stanowi przedmowę do nich, bo to w okresie wczesnego pokwitania nie było prawie nocy, żeby jakieś moje dawne lub niedawne dzienne wrażenie nie wchodziło w delikatny, ale głęboki związek z moim ciągle jeszcze niemym geniuszem (bośmy razem „van", co rymuje się z „one" w rosyjskiej, głęboko samogłoskowej i zdwajającej „n" wymowie Mariny i co naprawdę znaczy „jeden"). Obecność czy obietnica sztuki w tego typu śnie przychodziła w postaci obrazu zasnutego nieba z różnorodnym podbiciem chmur, raz nieruchomych, ale białych i pełnych nadziei, innym razem beznadziejnie szarych, ale szybujących; widać było artystyczne znaki przejaśnienia i nagle blask bladego słońca przebijał się przez chudszą warstwę, ale zaraz na powrót wiatr nasuwał nań kaptur, bo nie byłem jeszcze gotowy.

Pokrewne profesjonalnym i zawodowym snom są „niejasno złowieszcze" wizje: pełne proroczych znaków koszmary, talamiczne kataklizmy, groźne zagadki. Nierzadko groźba jest dobrze ukryta i niewinny incydent, jeśli został zanotowany i przywołany później, jak się okazywało, miał swego rodzaju posmak wiedzy uprzedniej, który Dunne tłumaczył działaniem „odwróconej pamięci". Nie zamierzam jednak rozwodzić się teraz nad niesamowitymi cechami snów, zauważę tylko, że jakieś prawa logiki powinny ustalić liczbę zbiegów okoliczności w danej domenie, wskutek czego przestałyby one być zbiegami okoliczności i stworzyłyby zamiast tego żywy organizm nowej prawdy („Powiedzcie mi – mówi mała *gitana* Osberga do dwu Maurów, El Moteli i Ramery – jaka jest dokładnie minimalna liczba włosów na ciele, która pozwala nazwać kogoś «włochatym»?").

Pomiędzy „niejasno złowieszczymi" i przejmująco zmysłowymi umieściłbym „rozpływanie się" erotycznej tkliwości i rozdzierającego serce zauroczenia, przypadkowe *frôlements* anonimowych dziewcząt na niejasnych przyjęciach, półuśmiechy zaproszenia i uległości – zapowiedzi lub echa bolesnych, pełnych żalu snów z szeregiem oddalających się Ad, niknących z milczącym wyrzutem; i łzy, nawet gorętsze niż te, które przelewałem na jawie, przejmowały dreszczem i parzyły biednego Vana i przypominały się w przypadkowych chwilach przez wiele dni i tygodni.

Opis erotycznych snów Vana trochę żenuje w kronice rodzinnej, którą po śmierci starca czytać będą być może całkiem młodzi ludzie. Dwie próbki, ujęte mniej lub bardziej eufemistycznie, powinny wystarczyć. W skomplikowanym układzie tematycznych wspomnień i automatycznych fantazmatów Aqua odgrywająca Marinę albo Marina ucharakteryzowana na Aquę przybywa, aby radośnie poinformować Vana, że Ada właśnie powiła dziewczynkę, którą on ma zaraz poznać cieleśnie na twardej ławce w ogrodzie, podczas gdy pod sosną obok jego ojciec lub jego matka we fraku próbuje dodzwonić się przez Atlantyk do Vence, chcąc poprosić o natychmiastowe przysłanie stamtąd karetki pogotowia. Inny sen, stale powtarzający się w swej zasadniczej, niemożliwej do wysłowienia formie, poczynając od 1888 roku i głęboko zapuszczający się w to stulecie, niósł potrójną i w pewnym sensie lesbijską myśl. Zła Ada i lubieżna Lucette znajdują dojrzałą, bardzo dojrzałą kolbę kukurydzy. Ada trzyma ją za oba końce, jakby to były organki, i oto nagle to s ą organki, a ona przesuwa rozchylonymi ustami po całej ich długości, lakierując śliną ich trzon, i podczas gdy każe im trelować i zawodzić, Lucette pochłania ich koniuszek. Uroczo młode twarze dwu łapczywych sióstr są teraz tuż przy sobie, smętne i tęskne w nieomal ospałej grze, ich języki spotykają się jak języczki ognia i znów się zwijają, ich włosy, rudobrązowe i ciemnobrązowe, luźno opadają, cudownie mieszając się ze sobą, a ich tyłki uniesione są wysoko, kiedy zaspokajają pragnienie, chłepcząc z kałuży krwi śniącego.

Mam tu kilka notatek na temat ogólnego charakteru snów. Jedną z ich zastanawiających cech jest duża liczba całkowicie obcych osób o wyraźnych rysach twarzy (osoby te jednak nigdy nie pojawiają się powtórnie) towarzyszących mi, spotykających się i witających ze mną, zanudzających mnie długimi opowieściami o innych nieznajomych, wszystko to dzieje się w znanym mi otoczeniu i pośród ludzi, żywych i umarłych, których także dobrze znam. Albo te osobliwe sztuczki agenta pana Chronosa – mam jasną świadomość bardzo precyzyjnego czasu zegarowego, dręczy mnie niepokój (być może jest to zamaskowana udręka pełnego pęcherza), że dokądś nie zdążę, przede mną wskazówka zegara, numerycznie pełna sensu, mechanicznie wiarygodna, ale połączona – i to jest zastanawiające – z wyjątkowo mglistym, ledwie istniejącym poczuciem upływu czasu (ten temat także rezerwuję sobie na późniejszy rozdział). Na wszystkie sny wpływają doświadczenia i wrażenia teraźniejsze, jak również wspomnienia z dzieciństwa, wszystkie sny odbijają – w postaci obrazów lub doznań – przeciąg, światło, obfity posiłek lub poważny zamęt psychiczny. Być może najbardziej typowym rysem właściwie wszystkich snów, błahych lub złowróżbnych – i to mimo zachowania płatów bądź łat całkiem logicznego (w określonych granicach) myślenia i logicznej świadomości (często absurdalnych) – jest opłakane osłabienie zdolności intelektualnych śniącego, który nie jest w istocie zdumiony spotkaniem z dawno nieżyjącym przyjacielem; zwracam na to uwagę swoich studentów. W najlepszym razie śniący nosi półprzezroczyste okulary, w najgorszym jest imbecylem. Grupa (1891, 1892, 1893, 1894 itd.) będzie łaskawa zanotować (szelest zeszytów), że ze względu na swą naturę, myślowe partactwo i bełkot sny nie są w stanie dać nam niczego zbliżonego do moralności, symbolu, alegorii czy greckiego mitu, chyba że śniący jest Grekiem lub specjalistą od mitologii. Metamorfozy są w snach równie częste jak metafory w poezji. Pisarz, który porównuje, powiedzmy, fakt, że wyobraźnia słabnie wolniej niż pamięć do wolniejszego zużywania się grafitu ołówka niż gumki na jego drugim końcu, porównuje dwie rzeczywiste, konkretne, realnie istniejące rzeczy. Chcecie, żebym to powtórzył? (Okrzyki: „tak! tak!"). Dobrze więc, ołówek, który trzymam w ręku, jest ciągle jeszcze wystarczająco długi, żeby nim pisać, mimo że służył mi nad wyraz często, ale gumka na jego wierzchołku jest niemal starta, bo zbyt wiele razy była używana. Moja wyobraźnia wciąż jest mocna i sprawna, ale moja pamięć jest coraz krótsza. Porównuję rzeczywiste doświadczenie do tego rzeczywistego zwyczajnego przedmiotu. Nic tu nie jest symbolem niczego. Podobnie, jeśli dowcipniś z cukierni powiada, że mały stożkowaty smakołyk z zabawną wisienką na szczycie przypomina to czy tamto (chichoty na sali), to zmienia on różowe ciastko w różową pierś (gwałtowny śmiech), frywolnie frazując fryzurę lub fryzując frazę czy kryzę (cisza). Oba przedmioty są rzeczywiste, nie są wymienne, nie są znakami czegoś innego, powiedzmy pozbawionego głowy tułowia Waltera Raleigha wciąż uwieńczonego wyobrażeniem jego mamki (pojedynczy stłumiony wybuch śmiechu). Otóż błąd, obleśny, groteskowy i wulgarny błąd psychoanalityków z Signy-Mondieu polega na tym, że rzeczywisty przedmiot, pompon albo, powiedzmy, pampuch (faktycznie śniony przez pacjenta) uznają za znaczącą abstrakcję rzeczywistego przedmiotu, pączek parobka albo pół biustu, sami widzicie (rozproszone śmiechy). Nie ma żadnych emblematów ani paraboli w halucynacjach wiejskiego głupka ani w ostatnim śnie kogokolwiek na tej sali. W tych przypadkowych wizjach nic – proszę podkreślić „nic" (zgrzytliwy dźwięk kreślenia poziomych linii) – nie jest tak skonstruowane, by mógł to rozszyfrowywać psychiatryczny znachor, który leczy szaleńca lub pociesza zabójcę, zrzucając odpowiedzialność na któreś z rodziców, zbyt czułe albo zbyt okrutne, albo zbyt obojętne – na ukryte wrzody, które opiekuńczy szarlatan rzekomo leczy za pomocą kosztownych seansów zwierzeń (śmiech i oklaski).

5

Jesienny semestr 1892 roku Van spędził na Uniwersytecie Kingston w Mayne, prowadzącym pierwszorzędny dom wariatów, był tam również słynny Wydział Terrapii. Van wrócił na tej uczelni do jednego ze swych dawnych projektów, pracy o idei wymiaru i wariactwa („*Sie werden noch mit einer* aliteracją na ustach «*störben*», Van" - żartował stary Rattner, genialny pesymista, rezydent uczelni, dla którego życie było tylko „szczerbą" w rattnerterologicznym porządku rzeczy - od słowa „*nertoros*", nie „*terra*").

Van Veen [a także, na swój skromny sposób, wydawca *Ady*] lubił zmieniać miejsce pobytu pod koniec części, rozdziału czy nawet akapitu; niemal skończył trudny fragment dotyczący rozwodu czasu i jego zawartości (takiej jak działanie na materię w przestrzeni i natura samej przestrzeni) i zastanawiał się nad przenosinami do Manhattanu (tego typu zmiana odzwierciedlała raczej duchowe przekształcenie zapisów w rubrykach niż ustępstwo na rzecz jakiegoś farsowego „wpływu środowiska" propagowanego przez Marksa ojca, popularnego autora sztuk „historycznych"), kiedy zadzwonił dzwonek dorofonu; niespodziewany dzwonek na moment oddziałał na jego układ oddechowy i układ krążenia.

Nikt, nawet jego ojciec, nie wiedział, że Van kupił niedawno apartament Corduli na ostatnim piętrze drapacza chmur między Biblioteką Miejską a Parkiem. Było to znakomite miejsce do pracy, z tarasem, azylem uczonego, zawieszonym w niebieskiej próżni, i hałaśliwym, ale wygodnym miastem, pluskającym w dole o podstawę niezniszczalnej skały jego umysłu, a ponadto apartament ów stanowił, by użyć modnego określenia, „kawalerski buduarek", w którym Van mógł sekretnie przyjąć dowolną dziewczynę czy dowolne dziewczyny. (Jedna z nich nazwała je jego „skrzydłem *à terre*".) Jeszcze jednak przebywał w swych obskurnych, przypominających Chose pokojach w Kingston, kiedy zgodził się na odwiedziny Lucette tamtego jasnego listopadowego popołudnia.

Nie widział jej od 1888 roku. Jesienią 1891 przysłała mu z Kalifornii chaotyczne, nieprzyzwoite, szalone, niemal dzikie wyznanie miłosne w postaci dziesięciostronicowego listu, którego nie będziemy omawiać w tych wspomnieniach [zob. jednak nieco dalej – wyd.]. Studiowała obecnie historię sztuki (wedle jej słów, była to „ostatnia ucieczka miernoty") w pobliskim Queenston College dla Pięknych i Przygłupich Panien. Kiedy zadzwoniła do niego i błagała o rozmowę (nowym, ciemniejszym głosem boleśnie przypominającym Adę), dała do zrozumienia, że przywiozła mu ważną wiadomość. Podejrzewał, że okaże się ona kolejnym odcinkiem wyznań jej nieodwzajemnionej namiętności, czuł jednak również, że jej wizyta roznieci piekielny ogień.

Kiedy czekał na nią, chodził tam i z powrotem wzdłuż całego swego pokrytego brązowymi dywanami mieszkania, to przez wychodzące na północny wschód okno na końcu korytarza podziwiając płomieniste na przekór porze roku drzewa, to wracając do salonu z widokiem na lamowany słońcem Zielonosukienny Dziedziniec, i bez przerwy starał się odegnać od siebie Ardis z jego ogrodami i orchideami, przygotowywał się na trudną próbę, zadawał sobie pytanie, czy nie powinien odwołać wizyty albo kazać służącemu przekazać przeprosin za nagły, ale nieunikniony wyjazd, ale przez cały czas wiedział, że się nie wycofa. Samą Lucette zainteresowany był tylko pośrednio: zamieszkiwała ona tę czy tamtą plamkę wolno płynącego słońca, ale razem z resztą cętkowanego blaskiem Ardisu przegnać się jej nie dało. Przypomniał sobie *en passant* słodki ciężar na kolanach, jej krągły tyłeczek, jej szczypiorkowo zielone oczy, kiedy odwróciła się do niego i uciekającej w tył drogi. Mimowolnie zastanawiał się, czy jest teraz gruba i piegowata, czy też dołączyła do szeregu nimf, z których słynęli Ziemscy. Zostawił drzwi salonu wychodzące na podest schodów lekko uchylone, ale jakoś nie usłyszał stuku jej wysokich obcasów (albo nie odróżnił go od bicia serca), zaabsorbowany chyba dwudziestym mozolnym marszem tam gdzie „tamte sady, eskapady! Eros *qui prend son essor*! Sztuka - schronu marmur blady: Eros, *la rose et le sort*". Plączę się w tych rytmach, ale nawet rymowanie jest łatwiejsze „niż obalanie przeszłości za pomocą niemej prozy". Kto to napisał? Voltimand czy Voltemand? Czy Świnburak? Cholera z jego chorejami! „Nasze dawne miłe – trupy albo żony". Nasze smutki, męki – dziewice lub dziwki.

Czekał na niego czarny niedźwiedź z jasnymi rdzawymi włosami (słońce dotarło do pierwszego okna salonu). Tak, gen Z zwyciężył. Była szczupła i dziwna. Zielone oczy stały się większe. Jako szesnastolatka wyglądała na bardziej rozwiązłą niż jej siostra w tym fatalnym wieku. Miała na sobie czarne futro, była bez kapelusza.

– Radości moja (*moja radost'*) – powiedziała Lucette tak po prostu; oczekiwał większej oficjalności: ogólnie rzecz biorąc, znał ją dotąd słabo, chyba że jako embriona, rozżarzony węgielek.

Miała wilgotne oczy, rozdęte koralowe nozdrza, czerwone, niebezpiecznie rozchylone usta, w przygotowawczym wykrzywieniu ukazywały język i zęby (tak oswojone zwierzę daje znak, że teraz lekko ugryzie), podeszła w transie zbliżającego się upojenia, rozkwitającej pieszczoty – jutrzenka, która wie coś (o n a wiedziała) o nowym życiu dla nich dwojga.

– W policzek – ostrzegł Van młodą damę.

– Wolisz *skieletiki* (szkieleciki) – mruknęła, kiedy lekkimi wargami (które nagle stały się jeszcze bardziej suche niż zwykle) dotknął twardej i gorącej kości policzkowej swojej przyrodniej siostry. Nie mógł nie wdychać przez chwilę zapachu jej degrasse, eleganckich, chociaż zdecydowanie „korynckich" perfum, i poprzez tę woń płomienia jej Małego Larousse'a, jak powiedzieli on i ta druga, kiedy postanowili uwięzić dziewczynkę w pełnej wody wannie. Tak, bardzo nerwowa i pachnąca. Babie lato – zbyt parno na futro. Krzyż (*kriest*) bardzo zadbanego rudzielca (*rousse*). Jego cztery płonące końce. Bo nie sposób pogładzić (jak uczynił to teraz) górnego płatu miedzi, nie wyobrażając sobie natychmiast dolnego liska i pary rozżarzonych węgielków.

– A więc to tutaj mieszka – powiedziała, rozglądając się dokoła, odwracając się, kiedy ze zdziwieniem i smutkiem pomagał jej zdjąć miękkie, obszerne, ciemne okrycie, zastanawiając się w myślach (lubił futra): niedźwiedź morski (*kotik*)? Nie, desman (*wychuchol*). Uprzejmy Van podziwiał jej smukłą figurę, szary, uszyty na miarę kostium, apaszkę koloru dymu i kiedy zwiał ją powiew powietrza, jej długą białą szyję. Powiedział, żeby zdjęła żakiet, albo sądził, że to powiedział (stojąc z wyciągniętymi dłońmi, w czarnym jak węgiel drzewny – rezultat samospalania – garniturze, w ponurym salonie w ponurym budynku anglofilsko nazwanym Voltemand Hall i należącym do Uniwersytetu Kingston, w semestrze jesiennym 1892 r., ok. godziny 16).

– Chyba zdejmę żakiet – mruknęła, kobieco marszcząc brwi, co miało oznaczać „myśl". – Masz centralne ogrzewanie; my, dziewczyny, mamy tylko małe kominki.

Zrzuciła go z siebie, odsłaniając białą bluzkę bez rękawów, ozdobioną falbankami. Uniosła ramiona, przesuwając palcami przez jasne loki, i Van zobaczył oczekiwane płonące jamki.

Powiedział:

– Wszystkie trzy okna *pourtant* są otwarte i można je otworzyć szerzej; jednakże otwierają się tylko na zachód, zielone podwórze na dole służy wieczornemu słońcu jako dywanik modlitewny, co sprawia, że pokój jest jeszcze cieplejszy. To straszne dla okna nie móc ruszyć swojej sparaliżowanej framugi i zobaczyć, co jest po drugiej stronie domu.

Kto się Veenem urodził, zawsze Veenem pozostanie.

Ze szczękiem otwarła torebkę z czarnego jedwabiu, wyłowiła z niej chusteczkę, zostawiła rozdziawioną torebkę na skraju kredensu, podeszła do najdalszego okna i stanęła przy nim, a jej kruche ramiona drgały nieznośnie.

Van dostrzegł długą, niebieską, zapieczętowaną fioletowym lakiem kopertę wystającą z torebki.

– Lucette, nie płacz. To zbyt łatwe.

Wróciła, wycierając nos, starając się opanować dziecięco mokre smarkanie, wciąż mając nadzieję na decydujący uścisk.

– Masz tu kieliszek koniaku – powiedział. – Siadaj. Gdzie reszta rodziny?

Włożyła zwiniętą w kłębek chusteczkę z tylu starych powieści z powrotem do torebki, która jednak nadal pozostała otwarta. Psy rasy chow-chow też mają niebieskie języki.

– Mama przebywa w swojej prywatnej Samsarze. Tata miał kolejny atak. Sios jest znowu w Ardisie.

– Sios! *Cesse*, Lucette! Nie chcemy tu żadnych małych węży.

– Ten akurat mały wąż nie bardzo wie, jaki ton przyjąć w rozmowie z doktorem V.V. (wi, wi) Sektorem. Nie zmieniłeś się ani trochę, moje blade kochanie, oprócz tego, że bez swego letniego *Glanzu* wyglądasz jak nieogolony duch.

– I letniej *Mädel*.

Zauważył, że list w niebieskiej kopercie leży teraz na mahoniowym kredensie. Stał pośrodku salonu, trąc czoło, nie mając śmiałości, nie mając śmiałości, bo była to papeteria Ady.

– Chcesz herbaty?

Pokręciła głową.

– Nie mogę zostać długo. Poza tym mówiłeś przez dorofon coś o bardzo zajętym dniu. Nie sposób nie być zajętym po czterech całkowicie pustych latach (też zacząłby płakać, gdyby nie przestała).

– Tak. Nie wiem. Około szóstej mam spotkanie.

Dwie myśli były uwięzione w powolnym tańcu, mechanicznym menuecie z ukłonami i dygnięciami. Jedna: „Mamy-sobie-tyle-do-powiedzenia", a druga: „Nie-mamy-sobie-absolutnie-nic-do-powiedzenia". Ale coś takiego może się zmienić w jednej chwili.

– Tak, mam pilne spotkanie z Rattnerem o wpół do siódmej – mruknął Van zaglądając do kalendarzyka, którego nie widział.

– Rattner na temat Terry! – wyrzuciła z siebie Lucette. – Van czyta pracę Rattnera na temat Terry. Małej nie wolno, pod żadnym pozorem nie wolno przeszkadzać Vanowi i mnie, kiedy czytamy Rattnera!

– Błagam cię, moja miła, tylko żadnego odgrywania innych osób. Nie zmieniajmy przyjemnego spotkania po latach we wzajemną torturę.

Co robi w Queenston? Już mu mówiła. Tak, możliwe. Tam możliwie? Tak. Aha. Od czasu do czasu oboje patrzyli spode łba na list, żeby sprawdzić, jak się zachowuje – czy nie majta nogami, czy nie dłubie w nosie.

Zwrócić go, nie otwierając?

– Przekaż Rattnerowi – powiedziała, wlewając w siebie trzeci koniak tak po prostu, jakby to była technikolorowana woda. – Przekaż mu (alkohol rozwiązywał jej śliczny języczek żmii)...

(Żmii? Lucette? Mojego umarłego kochania?)

– Przekaż mu to: gdy wtedy przed laty ty i Ada...

To imię rozwarło się jak czarny korytarz, potem drzwi trzasnęły.

– ...zostawialiście mnie dla niego, a potem wracaliście, zawsze wiedziałam, żeście *wsio sdiełali* (ukoili żądzę, zaspokoili palące pragnienie).

– Pamięta się te rzeczy aż nazbyt wyraźnie, Lucette. Przestań proszę.

– Pamięta się te drobne rzeczy znacznie wyraźniej niż wielkie i przełomowe. Na przykład ubrania, które nosiliście w danym momencie, w wielkodusznie danym momencie, kiedy słońce zalewało krzesła i podłogę. Ja, jako bezpłciowe niewinne dziecko byłam oczywiście prawie goła. Ale ona miała na sobie koszulę chłopca i krótką spódniczkę, a ty nosiłeś tylko te zmięte i brudne krótkie spodenki, jeszcze krótsze, bo zmięte, i te spodenki pachniały tak jak zawsze po tym, jak byliście z Adą na gruntach Terry, z Rattnerem na Adzie, z Adą na gruntach Antyterry i w Ardisowskim Lesie, och, one po prostu cuchnęły, te twoje krótkie spodenki, Adą i jej lawendą, i jej żarciem dla kotów, i twoim zaschniętym chlebem świętojańskim!

Czy list, teraz leżący przy koniaku, powinien słuchać tego wszystkiego? Czy on w ogóle jest od Ady (nie było adresu)? Bo to przecież mówił teraz szalony, szokujący list miłosny Lucette.

– Van, pewnie będziesz się śmiał [tak w rękopisie – wyd.].

– Van – powiedziała Lucette – pewnie będziesz się śmiał (nie śmiał się: ta przepowiednia rzadko się sprawdza), ale jeśli zadasz słynne Pytanie Vana, odpowiem twierdząco.

Pytanie, które zadał małej Corduli. W tej księgarni za obrotowym stojakiem z książkami w miękkiej oprawie, takimi jak *Gitanilla*, *Nasi chłopcy*, *Klisze w Clichy*, *Sześć ptaszków*, *Biblia bez skrótów*, *Miortwago na zawsze*, *Gitanilla*... znany był w *beau monde* z tego, że stawiał to pytanie, gdy pierwszy raz spotykał młodą damę.

– Oczywiście nie było to łatwe! W zaparkowanych samochodach i na swobodnych imprezach trzeba było parować pchnięcia, odpierać natarcia! Dopiero ostatniej zimy na włoskiej Riwierze pojawił się pewien chłopak, czternasto- czy piętnastolatek, strasznie nad wiek rozwinięty, ale okropnie nieśmiały i neurotyczny młody skrzypek, który przypominał Marinie brata... Krótko mówiąc, niemal przez trzy miesiące każdego Bożego popołudnia pozwalałam mu się dotykać i sama go dotykałam, i mogłam potem przynajmniej zasypiać bez tabletek, ale poza tym przez całe moje kochanie, to znaczy, chciałam powiedzieć – życie, ani razu nie pocałowałam męskiego nabłonka. Słuchaj, mogę przysiąc, że nigdy, mogę przysiąc na... Williama Szekspira (dramatycznie wyciągając rękę w stronę półki z rzędem grubych czerwonych książek).

– Stój! – zawołał Van. – To *Dzieła zebrane* Falknermanna, zostawione przez mojego poprzednika.

– Phi! – wyrzuciła z siebie Lucette.

– I proszę, nie używaj tego wykrzyknika.

– Wybacz... och, wiem, oj, nie będę.

– Jasne, że wiesz. Tak czy owak, urocza z ciebie dziewczyna. Cieszę się, że przyszłaś.

– Ja też się cieszę – powiedziała. – Ale, Van! Nie wolno ci myśleć, że cię „relansuję", żeby powtarzać, jaka jestem szalenie i beznadziejnie w tobie zakochana i jak to możesz zrobić ze mną wszystko, co zechcesz. Nie nacisnęłam po prostu dzwonka, wsunąwszy przedtem tę notkę w płonącą szczelinę pod drzwiami, i nie spadłam z powrotem wodospadem po schodach, bo m u s i a ł a m cię zobaczyć, bo jest jeszcze coś, co musisz wiedzieć, nawet jeśli przez to będziesz gardził Adą i mną i będziesz nas nie znosił. Trudno, *otwratitielno* (obrzydliwie) trudno to wytłumaczyć, zwłaszcza dziewicy... no, formalnie rzecz biorąc, dziewicy, *kokotische* dziewicy, pół na pół *poule* i *puelli*. Zdaję sobie sprawę z intymnego charakteru tematu, z tego, że chodzi o sprawy tajemnicze, których nie powinno się omawiać nawet z jednowaginalnym bratem – tajemnicze nie tylko w ich aspekcie moralnym i mistycznym...

Jednomacicznym... ale owszem, to prawie to samo. Słówko pochodzi z pewnością od siostry Lucette. Ona znała postać i kolor. „Postać dziewczyny, ten kolor siny" (ckliwa piosenka z sonoroli). Sina twarz od błagania „proszę łaskawie odpowiedzieć".

– ...ale i w sensie fizycznym. Ponieważ, mój kochany Vanie, w bezpośrednim sensie fizycznym wiem o Adzie równie wiele co ty.

– No, śmiało, dawaj – ze znużeniem w głosie powiedział Van.

– Nigdy ci o tym nie pisała?

Przeczący Gardłowy Dźwięk.

– O czymś, co nazywaliśmy naciskaniem sprężyny?

– My?

– Ona i ja.

P.G.D.

– Pamiętasz sekreter babci między globusem i gerydonem? W bibliotece?

– Nie wiem nawet, co to jest sekreter i nie potrafię sobie wyobrazić gerydonu.

– Ale pamiętasz globus.

Zakurzona Tataria i palec Kopciuszka pocierający miejsce, gdzie padnie najeźdźca.

– Tak, pamiętam. I jeszcze coś w rodzaju stolika z namalowanymi złotymi smokami.

– To właśnie miałam na myśli, mówiąc o „gerydonie". W istocie był to pokryty czerwoną laką japoński stolik w chińskie smoki, sekreter stał pośrodku.

– Więc Japonia czy Chiny? Zdecyduj się. Poza tym ciągle nie wiem, jak wygląda twój skrytek, to znaczy jak wyglądał w 1884 czy 1888 roku

Sekreter, to właściwie wcale nie lepsze niż blemolopie i molospermy tej drugiej.

– Van, Vaniczka, oddalamy się od istoty rzeczy. A rzecz w tym, że biurko czy, jeśli wolisz, sekretarzyk...

– Nie znoszę ani jednego, ani drugiego, ale w każdym razie ten mebel stał przy drugim końcu czarnej kanapy.

Teraz została ona wspomniana po raz pierwszy, chociaż oboje milcząco posługiwali się nią jako punktem orientacyjnym albo jako prawą dłonią namalowaną na przezroczystym szyldzie, koło którego pozbawione orbity oko filozofa, obrane ze skorupki ugotowane na twardo jajko, przesuwa się swobodnie, choć wyczuwa, że jeden jego kącik bliższy

bliższy jest wyimaginowanego nosa, i który widzi wiszący w bezkresnej przestrzeni; a potem wolne oko z germańską gracją okrąża szklany szyld i dostrzega przeświecającą przezeń lewą dłoń – i to jest rozwiązanie! (Bernard powiedział „szósta trzydzieści", ale mogę się trochę spóźnić.) To, co umysłowe, zawsze otaczało u Vana to, co zmysłowe: niezapomniany chropowaty, włochaty welur willi Viciosy.

– Van, specjalnie kierujesz sprawę na boczny tor...

– Ze sprawą czegoś takiego zrobić się nie da.

– ...bo z drugiej strony, tej dla pięt *etogo diwana Waniady* – pamiętasz? – była szafa, w której wy dwoje zamykaliście mnie co najmniej dziesięć razy.

– *Nu uż i diesiat'* (przesada). Raz i ani razu więcej. Miała dziurkę bez klucza wielką jak oko Kanta. Kant słynął z tęczówki ogórkowego koloru.

– No więc w tym sekretarzyku – ciągnęła Lucette, zakładając uroczą nogę na drugą uroczą nogę i przyglądając się przy tym swemu lewemu bucikowi, szykownemu lakierkowi od Glassa – był składany stolik do kart i ściśle tajna szufladka. Jak mi się zdaje, byłeś przekonany, że mnóstwo w niej listów miłosnych naszej babki, z czasów, kiedy miała dwanaście lub trzynaście lat. A nasza Ada wiedziała, o tak, dobrze wiedziała, że ta szufladka tam jest, ale zapomniała, jak wywołać orgazm czy jak to się tam nazywa w stolikach do kart i biurkach.

Jak to się tam nazywa.

– Obie, ja i ona, namawiałyśmy cię, żebyś znalazł sekretne *czuwstwiliszcze* (receptor) i jakoś skłonił mechanizm do zadziałania. Było to tego lata, kiedy Belle nadwerężyła sobie plecy i samopas zajmowaliśmy się swoimi sprawami; ty i Ada dawno nie dostrzegaliście w sprawach praw, ale moje postępki były wtedy wzruszająco mało występne. Szukałeś, gdzie się dało, macałeś, po omacku szukałeś małego organu, którym okazał się krążek ustępliwego palisandru pod tkaniną, na którą się natknąłeś, to znaczy pod tkaniną, której się dotknąłeś, była to ustępująca POD kciukiem sprężyna i Ada wybuchnęła śmiechem, kiedy szufladka się wysunęła.

– I okazała się pusta – powiedział Van.

– Nie całkiem. Był w nim malutki czerwony pionek, o, taki tyci (pokazała jego wielkość równą wielkości ziarenka jęczmienia. Nad czym trzymając kciuk? Nad nadgarstkiem Vana). – Zatrzymałam go na szczęście, muszę go ciągle gdzieś mieć. Tak czy owak, całe to wydarzenie preemblematyzowało, żeby zacytować mojego profesora Sztuki Ornamentalnej, deprawację twojej biednej Lucette w wieku lat czternastu w Arizonie. Belle wróciła do Kanadii, bo Wroński wykoślawił *Potępione dzieci*; jej następczyni uciekła z Demonem, *papa* był na Wschodzie, *maman* rzadko wracała przed świtem, służące szły do kochanków ze wschodem pierwszej gwiazdy, a ja nie znosiłam spać sama w narożnym pokoju, który mi przydzielono, mimo że nie gasiłam różowej porcelanowej lampki nocnej z prześwitującym obrazkiem zbłąkanej owieczki, bo bałam się pum i węży [bardzo możliwe, że nie mamy tu do czynienia z zapamiętaną wypowiedzią, tylko z fragmentem lub fragmentami listu albo listów – wyd.], których wrzaski i grzechoty Ada naśladowała tak wspaniale – a robiła to, jak sądzę, specjalnie – w pustynnej ciemności pod moim oknem na parterze. No cóż [w tym miejscu zapewne znowu włącza się zapisany w pamięci głos], ujmując rzecz niezbyt krótko…

Było to powiedzenie starej hrabiny de Prey, która w 1884 roku w swych stajniach tymi słowy rozpoczęła pochwałę kulawej klaczy, przekazała to powiedzenie synowi, ten z kolei przekazał je swojej kochance, a ta siostrze przyrodniej. Tak błyskawicznie zrekonstruował ten proces Van, siedząc ze złożonymi w kształt namiotu dłońmi w czerwonym pluszowym fotelu.

– ...wzięłam swoją poduszkę do sypialni Ady, gdzie podobny przeświecający rysunek ukazywał jasnobrodego ekscentryka we frotowej szacie obejmującego odnalezioną owieczkę. Tej nocy panował straszliwy upał i byłyśmy całkiem gołe, jeśli nie liczyć kawałka plastra w miejscu, w którym lekarz zadrapał i ukłuł mi ramię, a ona wyglądała jak marzenie o czarno-białej piękności, *pour coigner une fraise*, którą *fraise* dotknęła w czterech miejscach, symetryczna dama kier.

Chwilę potem sczepiły się ze sobą i doznały cudownej przyjemności, wiedziały więc, że odtąd będą to robić, ze względów higienicznych, kiedy zabraknie im ogierów, a nie zabraknie ognia.

– Nauczyła mnie praktyk, które nigdy nie przyszłyby mi nawet do głowy – powielając zachwyt, wyznała Lucette. – Splotłyśmy się jak węże i łkałyśmy jak pumy. Byłyśmy mongolskimi akrobatkami, monogramami, anagramami, adalucindami. Całowała mój *krestik*, a ja całowałam jej, nasze głowy więzły w tak osobliwych kombinacjach, że Brigitte, mała pokojówka, która przypadkiem ze świecą zabłąkała się do pokoju, chociaż sama była niezłym ziółkiem, przez chwilę myślała, że jednocześnie rodzimy, twoja Ada rodziła *une rousse*, a niczyja Lucette – *une brune*. Wyobraź sobie.

– Boki zrywać – powiedział Van.

– Och, na ranczo „Marina" działo się tak właściwie co noc, a często także w porze sjesty; chociaż z drugiej strony pomiędzy tymi *vanouissements* (jej wyrażenie) albo kiedy miałyśmy okres, co, wierz, jeśli chcesz...

– Mogę uwierzyć doprawdy we wszystko – powiedział Van.

...zdarzało się jednocześnie, byłyśmy zwyczajnymi siostrami, wymieniającymi codzienne banały. Mającymi ze sobą niewiele wspólnego, ona kolekcjonowała kaktusy albo uczyła się roli na kolejny casting w „Stervie", a ja dużo czytałam albo kopiowałam piękne erotyczne obrazki z albumu *Zakazane arcydzieła*, który kiedyś znalazłyśmy, nawiasem mówiąc, w skrzynce *korsietow i chriestomatij* (gorsetów i chrestomatii), którą zostawiła Belle. Mogę cię zapewnić, że są znacznie bardziej realistyczne niż obraz na zwoju Monga Monga, działającego (bardzo aktywnie) około 888 roku, tysiąc lat przed tym, jak Ada powiedziała, że przedstawiają one ćwiczenia orientalnej gimnastyki, kiedy znalazłam go w kącie jednej z moich czatowni. No więc tak przechodził dzień, a potem wschodziła pierwsza gwiazda, cudowne ćmy łaziły na sześciakach po szybach, a my kłębiłyśmy się, a później zapadałyśmy w sen. I właśnie wtedy poznałam... – kończyła Lucette, przymykając oczy i z tak diabelską precyzją, że Van aż się skręcił, naśladując cichy jęk Ady towarzyszący najwyższej rozkoszy.

W tym momencie, jak w dobrze skonstruowanej sztuce naszpikowanej elementami wyzwalającego komizmu, zadzwonił mosiężny kampusofon, a jednocześnie nie tylko zaczęły gulgotać kaloryfery, ale jeszcze ze współczuciem zasyczała niezamknięta butelka wody sodowej.

Van (z rozdrażnieniem):

– Nie rozumiem pierwszego słowa... Co to jest? *L'adorée*? Chwileczkę (do Lucette). Proszę cię, nigdzie nie idź (Lucette szepcze francuskie dziecięce słowo z dwoma „p"). Dobra (wskazując na korytarz). Przepraszam, Polly. Więc *l'adorée*? Nie? Przytocz kontekst. Aha, *la durée. La durée* nie jest... jaki syn i o kim? Synonim trwania. Aha. Jeszcze raz przepraszam, muszę ujarzmić tę orgiastyczną sodówkę. Nie rozłączaj się. (Krzyczy w kierunku Kory, co się tarza, jak nazywali w Ardisie długie przejście na piętrze.) Lucette, niech się przeleje, nieważne!

Nalał sobie kolejny kieliszek koniaku i przez komicznie długą chwilę nie mógł sobie przypomnieć, o czym, do cholery... a tak, polifon.

Umilkł, ale rozległ się natychmiast, kiedy Van odłożył słuchawkę, a jednocześnie Lucette delikatnie zapukała do drzwi

– *La durée*... Na rany Boga, wchodź bez pukania... Nie, Polly, o pukaniu nie było do ciebie, jest tu moja kuzyneczka. W porządku. *La durée* nie jest dokładnym synonimem trwania, bo jest impregnowana – tak, jak impreza – myślą tego konkretnego filozofa. Co teraz nie gra? Nie wiesz, *dorée* czy *durée*? D, U, R. Myślałem, że znasz francuski. Aha, rozumiem. Pa.

– Moja maszynistka, prymitywna, ale zawsze dostępna blondynka, nie mogła odczytać *durée* w moim całkiem porządnym rękopisie, bo, jak twierdzi, zna wprawdzie francuski, ale nie naukowy francuski.

– W gruncie rzeczy – zauważyła Lucette, wycierając długą kopertę, na którą upadła kropla wody sodowej – Bergson jest tylko dla bardzo młodych ludzi albo bardzo nieszczęśliwych, takich jak ta zawsze dostępna *rousse*.

– Rozpoznanie Bergsona – powiedział profesor nadzwyczajny w katedrze lubieżności – zasługuje na czwórkę z minusem *dans ton petit cas*, nie więcej. A może powinienem nagrodzić cię całusem w twój *krestik*, cokolwiek by to było?

Krzywiąc się i zmieniając układ nóg, nasz młody Vandemoniec bezdźwięcznie przeklął stan, w który na dobre wpędził go obraz czterech rozżarzonych węgielków na krzyżu lisicy. Jeden z synonimów „stanu" to „kondycja". *Condition humaine – Męski stan*, tak niedawno Lowden przełożył tytuł powieścidła *malheureux* Pompiera, w którym nawiasem mówiąc „Vandemoniec" opatrzony został groteskowym przypisem: *„Koulak tasmanien d'origine holladaise"*. Wykop ją stąd, zanim będzie za późno.

– Jeśli mówisz poważnie – powiedziała Lucette, przesuwając językiem po wargach i mrużąc ciemniejące oczy – to możesz to, kochanie, zrobić natychmiast. Ale jeśli żartujesz sobie ze mnie, to jesteś obrzydliwie okrutnym Vandemońcem.

– Czekaj no, Lucette, to po rosyjsku znaczy „mały krzyż" i tyle. Co innego miałoby znaczyć? Czy to jakiś amulet? Dopiero co wspomniałaś o czerwonym guziku czy pionku. Czy to coś, co nosisz albo kiedyś nosiłaś na łańcuszku na szyi? Koralowy żołądź, *glandulella* starorzymskich westalek? O co chodzi, moja droga?

Ciągle przyglądając mu się przez zmrużone powieki, powiedziała:

– Skorzystam z okazji. Objaśnię cię, chociaż to jeden z „czułowieżowych" wyrazów naszej siostry, a myślałam, że jej słownik jest ci dobrze znany.

– Aha – zawołał Van (drżąc od złego sarkazmu, kipiąc tajemniczą wściekłością, wyładowywaną na rudowłosej, kozłoofiarnej, naiwnej Lucette, której jedyną zbrodnią było to, że przepełniały ją widma niezliczonych warg innej). – Jasne, teraz pamiętam. To, co w liczbie pojedynczej jest paskudnym piętnem, w mnogiej może być znakiem świętości. Mówisz, rzecz jasna, o stygmatach pomiędzy brwiami czystych i chorowitych młodych zakonnic, które księża nazbyt często namaszczają tam i w innych miejscach przypominającymi krzyż pociągnięciami maczanego w mirrze pędzla.

– Nie, to dużo prostsze – powiedziała cierpliwa Lucette. – Wróćmy do biblioteki, gdzie znalazłeś tę rzecz wciąż stojącą w szufladzie...

– Z jak Ziemski. Tak jak przypuszczałem, podobna jesteś do Dolly w ślicznych panatalonach, trzymającej flamandzki goździk na portrecie wiszącym w bibliotece *au dessus de son inscrutable.*

– Nie, nie – powiedziała Lucette – to przeciętne płótno nadzorowało twoje badania i igraszki po drugiej stronie, koło szafy ściennej, nad oszkloną biblioteczką.

Kiedy skończy się ta męka? Czy nie mogę otworzyć listu przy niej i przeczytać go na głos, by skorzystała też publiczność? Nie umiem skandować westchnień moich.

– Pewnego dnia w bibliotece, klęcząc na żółtej poduszce położonej na fotelu w stylu chippendale przy owalnym stoliku na lwich łapach...

[Styl pełen epitetów wyraźnie wskazuje na epistolarne źródło tej przemowy – wyd.]

– ...ugrzęzłam z sześcioma *Buchstaben* w ostatniej rundzie flawity. Pamiętaj, że miałam osiem lat i nie uczyłam się anatomii, ale robiłam co w mojej lichej mocy, by dotrzymać kroku dwojgu wunderkindom. Przyjrzałeś się mojemu żłobkowi, przesunąłeś po nim palcami i szybko inaczej ułożyłeś przypadkową sekwencję liter, powiedzmy LIKROR czy ROTIKL, Ada spojrzała ponad naszymi głowami i zalała nas oboje swymi kruczymi jedwabiami, kiedy skończyłeś, skończyliście jednocześnie, *si je puis le mettre comme ça* (kanadiańska francuszczyzna), padając na czarny dywan w paroksyzmie niezrozumiałej wesołości; a ja w końcu cicho ułożyłam ROTIK („usteczka") i zostałam ze swoim własnym inicjałem. Mam nadzieję, że porządnie zamąciłam ci w głowie, bo *la plus laide fille du monde peut donner beaucoup plus qu'elle n'a*, a teraz powiedzmy sobie „żegnaj, twoja na zawsze, twój na zawsze".

– ...dopóki ta machina pozostanie jego własnością – mruknął Van.

– *Hamlet* – powiedziała najzdolniejsza studentka profesora nadzwyczajnego.

– Dobra, dobra – odpowiedział dręczyciel jej i samego siebie – ale wykształconemu medycznie graczowi w a n g i e l s k i e g o scrabble'a, potrzebne byłyby jeszcze dwie litery i mógłby ułożyć na przykład STIRCOIL, dobrze znany środek pobudzający gruczoły potowe, albo CITROILS, których stajenni używają do nacierania młodych klaczy.

– Daj już spokój, Vandemończe – jęknęła. – Przeczytaj jej list i podaj mi płaszcz.

On jednak nie przestawał, twarz mu się wykrzywiała:

– Jestem zdumiony! Nigdy nie przypuszczałem, że dziewczyna z dobrego domu, której ród wywodzi się od skandynawskich królów, rosyjskich wielkich książąt i irlandzkich baronów może używać języka przysłowiowego rynsztoka. Tak, masz rację, zachowujesz się jak kokota, Lucette.

W posępnej zadumie Lucette powiedziała:

– Jak odrzucona kokota, Van.

– *O moja duszeńka* (kochanie ty moje) – zawołał Van, uderzony własnym chamstwem i okrucieństwem. – Proszę, wybacz mi! Jestem chory. Od czterech lat cierpię na consanguinocanceroformię, tajemniczą chorobę opisaną przez Coniglietta. Nie kładź swojej malutkiej zimnej ręki na mojej łapie – to może tylko przyśpieszyć twój koniec, i mój. Opowiadaj dalej.

– No cóż, nauczywszy mnie prostych ćwiczeń na jedną rękę, które mogłam praktykować sama, okrutna Ada mnie porzuciła. Prawdę powiedziawszy, nigdy nie przestałyśmy t e g o robić od czasu do czasu, to tu, to tam – na *ranchito* jakichś znajomych po przyjęciu, w białym sedanie, którego uczyła mnie prowadzić, w wagonie sypialnym pędzącym przez prerię, w smutnym, bardzo smutnym Ardisie, gdzie spędziłam z nią jedną noc przed wyjazdem do Queenston. Och, uwielbiam jej ręce, Van, bo jest na nich ta sama *rodinka* (małe znamię), bo jej palce są takie długie, bo naprawdę są to ręce Vana w pomniejszającym lustrze, w tkliwym zdrobnieniu, *w łaskatielnoj formie* (rozmowa, jak to często bywało w pełnych uczucia momentach u Veenów-Ziemskich, w tej gałęzi owej dziwnej rodziny, najbardziej arystokratycznej w Estotii, najświetniejszej na całej planecie, upstrzona była słowami i zwrotami rosyjskimi, cecha w niniejszym rozdziale oddana w sposób niedostateczny – czytelnicy są dziś wieczorem niespokojni).

– Porzuciła mnie – ciągnęła Lucette, lekko cmokając kącikiem ust i roztargnioną dłonią wygładzając ruchami w górę i dół bladocielistą pończochę. – Tak, zaczęła dość ponury romans z Johnnym, młodym gwiazdorem z Fuerteventura, *c'est dans la famille*, jej *odnoletkom* (rówieśnikiem), z wyglądu w gruncie rzeczy bliźniakiem, urodzonym w tym samym roku, tego samego dnia, w tej samej chwili...

Głupiutka Lucette popełniła w tym miejscu błąd.

– Och, nie, to niemożliwe – przerwał jej posępny Van, kołysząc się w lewo i prawo z zaciśniętymi pięściami i ze zmarszczonym czołem (miałoby się ochotę przyłożyć umoczony we wrzącej wodzie *Wattebausch*, jak biedny Rack nazywał jej mdłe arpeggia, do nabrzmiałego pryszcza na jego prawej skroni) – to po prostu niemożliwe. Żaden cholerny bliźniak nie może tego dokonać. Nie mogły nawet te, które widziała Brigitte, niezły, jak sądzę, numer, którą sobie wyobrażam z płomykiem świecy igrającym z jej nagimi sutkami. Normalna różnica wieku między bliźniakami – ciągnął głosem szaleńca tak bardzo opanowanym, że wydawał się nazbyt pedantyczny – to rzadko mniej niż kwadrans, czas, którego trudząca się macica potrzebuje, żeby odprężyć się i odpocząć, rozerwać pismem dla kobiet i móc potem podjąć swe dość nieapetyczne skurcze. W bardzo rzadkich przypadkach, kiedy macica po prostu automatycznie kontynuuje swój trud, lekarz może wykorzystać okazję i wyciągnąć drugiego bachora, którego wówczas uznaje się za, powiedzmy, trzy minuty młodszego, co jeśli chodzi o dynastyczne szczęśliwe wydarzenia, podwójnie szczęśliwe, zapierające dech całemu Egiptowi, może mieć nawet większe znaczenie niż na mecie maratonu. Niemniej żywe istoty, niezależnie od tego, jak liczne, nigdy nie wychodzą *à la queue-leu-leu*. Wyrażenie „jednoczesne bliźniaki" to *contradictio in adiecto*.

– *Nuuż nie znaju* (no to już nie wiem) – mruknęła Lucette (wiernie kopiując okropną intonację swej matki przy wypowiadaniu tego zdania, które zdawało się uznawać błąd i niewiedzę, ale starało się jakoś – ledwo dostrzegalnym skinieniem głowy, oznaczającym raczej protekcjonalność niż zgodę – osłabić i rozmyć prawdę słusznej riposty rozmówcy).

– Chodziło mi tylko o to – ciągnęła – że był on przystojnym hiszpańsko-irlandzkim chłopakiem, ciemnowłosym i bladym, i że ludzie brali ich za bliźnięta. Nie twierdziłam, że naprawdę byli bliźniakami, czy „drajaczkami".

Drajaczki? Kto tak to wymawiał? Kto? No kto? Ten dra, dra... drań, który spadał i spadał – wolny upadek. We śnie. Czy sieroty przeżyły? Ale musimy słuchać Lucette.

– Po roku czy coś koło tego odkryła, że utrzymuje go stary pederasta, i rzuciła faceta, a on chciał się zastrzelić na plaży podczas przypływu, ale został uratowany przez dokerów i doktorów; jego mózg jest uszkodzony i chłopak nigdy nie przemówi.

– Niemy zawsze może się przydać – ponuro powiedział Van. – Mógłby teraz zagrać pozbawionego języka eunucha w *Bul, bul, bulu w Istambule* albo stajennego przebranego za przynoszącą list dziewuchę z walącej się chałupy.

– Nudzę cię, Van, co?

– Ależ skąd, to porywająca i wzruszająca historia choroby.

Bo to rzeczywiście nieźle: ustrzelić trzech gości w tyleż lat, przy okazji wpakowawszy grot w skrzydło czwartego. Doskonały strzał, Adiano! Ciekawe, kogo upoluje teraz.

– Nie powinieneś mnie wypytywać o szczegóły naszych słodkich i strasznych nocy przed pojawieniem się tego chłopca, a i potem, przed pojawieniem się kolejnego intruza. Gdyby moja skóra był płótnem, a jej wargi pędzlem, nawet cal mojej osoby nie pozostałby niepomalowany i odwrotnie. Jesteś przerażony, Van, nienawidzisz nas?

– Wprost przeciwnie – odparł Van, dość dobrze naśladując sprośną wesołość. – Gdybym nie był heteroseksualnym mężczyzną, z pewnością byłbym lesbijką.

Jego trywialna reakcja na jej popisową scenę, na rozpaczliwą przemyślność kazała Lucette się poddać, poniechać, by tak rzec, wysiłków wobec czarnej otchłani, wobec publiczności, to tu, to tam ponuro pokasłującej w niewidocznej i wiecznej sali. Po raz setny spojrzał na niebieską kopertę, na jej bliższą długą krawędź, nie całkiem równoległą do krawędzi lśniącego mahoniu, na jej lewy górny róg, na wpół ukryty za tacą z koniakiem i wodą sodową, na jej prawy dolny róg wskazujący na ulubioną powieść Vana, *Zmienny znak*, leżącą na kredensie.

– Chciałbym się wkrótce znowu z tobą zobaczyć – powiedział Van, nadgryzając kciuk, rozmyślając, przeklinając przerwę w rozmowie, bardzo pragnąc poznać zawartość koperty. – Musisz do mnie przyjechać i pomieszkać trochę w moim mieszkaniu na Alex Avenue. Do pokoju gościnnego wstawiłem mnóstwo *bergères* i *torchères*, i foteli na biegunach; wygląda zupełnie jak buduar twojej matki.

Dygnęła, a kąciki jej smutnych ust wygięły się *à l'américaine.*

– Przyjedziesz na parę dni? Obiecuję zachowywać się właściwie. To jak, jesteśmy umówieni?

– Moje pojęcie o tym, co właściwe, może różnić się od twojego. A co z Cordulą de Prey? Nie będzie jej to przeszkadzać?

– Mieszkanie jest moje – powiedział Van – a poza tym Cordula jest teraz panią Iwanową G. Tobak, wyrabiają *folies* we Florencji. O, mam tu widokówkę od niej. Portret Włodzimierza Chrystiana, króla Danii, jak utrzymuje Cordula, jej Iwan Giovanniewicz to po prostu skóra zdjęta z tego władcy. Popatrz.

– Kogo obchodzi Sustermans – zauważyła Lucette w sposób, który przypominał odpowiedzi jej macicznej siostry, przypominające z kolei zwodnicze ruchy konika szachowego albo *rovesciatę* piłkarza z krajów romańskich.

Nie, to wiąz. Pięćset lat temu.

– Jego przodek – paplał dalej Van – był sławnym czy *fameux* admirałem rosyjskim, który miał pojedynek na *epées* z Jeanem Nicotem i na którego cześć nazwane zostały wyspy Tobago albo Tobakoffa, nie pamiętam już które, to było dawno temu, pięćset lat.

– Wspomniałam o niej tylko dlatego, że dawne ukochane łatwo wpadają w złość wskutek fałszywych wniosków i skaczą do oczu jak kotek na pisklę, a potem uciekają, nie podejmując drugiej próby i nie oglądając się za siebie.

– Kto ci powiedział o tym rozwiązłym corduludium, to znaczy interludium?

– Twój ojciec, *mon cher* – widywałyśmy się z nim często na Zachodzie. Ada początkowo sądziła, że Tapper to wymyślone nazwisko – że pojedynkowałeś się z kimś innym – ale to było zanim ktokolwiek usłyszał o śmierci kogoś innego w Kaługano. Demon powiedział, że powinieneś go był po prostu obić.

– Nie udało się – powiedział Van – to szczurzysko dogniwało już na szpitalnym łóżku.

– Miałam na myśli prawdziwego Tappera – zawołała Lucette (jej wizyta zmieniła się w kompletny galimatias) – nie mojego biednego, zdradzonego, otrutego, niewinnego nauczyciela muzyki, którego nawet Ada, chyba że opowiada głodne kawałki, nie potrafiła uleczyć z impotencji.

– Drajaczki – powiedział Van.

– Niekoniecznie były jego – powiedziała Lucette. – Kochanek jego żony grał na potrójnej wioli. Słuchaj, wezmę sobie jakąś książkę (lustrując najbliższą półkę *Gitanilla*, *Klisze w Clichy*, *Miortwago na zawsze*, *Wstrętny bostończyk*) i zaszyję się, *komondi*, w pokoju obok, podczas gdy ty... Och, uwielbiam *Zmienny znak*.

– Nie ma pośpiechu – powiedział Van.

Chwila milczenia (mniej więcej piętnaście minut do końca aktu).

– Kiedy miałam dziesięć lat – powiedziała Lucette, żeby się odezwać – byłam jeszcze na etapie „*Vieux-Rose*" pani Stopczin, ale nasza (używała tego dnia, tego roku, niespodziewanej, królewskiej, autorskiej, żartobliwej, technicznie nieprecyzyjnej, zabronionej, dzierżawczej liczby mnogiej, kiedy mówiła do niego o niej) siostra w tym wieku czytała w trzech językach i to znacznie więcej książek niż ja, mając lat dwanaście. A jednak! Po przerażającej chorobie, która dopadła mnie w Kalifornii, doszłam do siebie: *Pionierzy* pobili piogeny. Nie chcę się bynajmniej popisywać, ale wiesz, kto jest moim wielkim ulubieńcem? Herodas.

– Oczywiście – odpowiedział Van nonszalancko. – Sprośny współcześnik Justynusa, rzymskiego uczonego. Tak, kapitalne rzeczy. Porażające połączenie subtelności i błyskotliwego grubiaństwa. Czytałaś go, kotku, w dosłownym przekładzie francuskim z greckim oryginałem *en regard*, prawda? Ale pewien mój przyjaciel, zresztą ktoś stąd, pokazał mi fragment nowo odnalezionych tekstów, którego ty nie mogłaś widzieć, kawałek o dwojgu dzieci, bracie i siostrze, którzy robili to tak często, że w końcu umarli połączeni i nie można ich było rozdzielić. To tylko się rozciągało i rozciągało, a potem wszystko wracało na miejsce, kiedy zbici z tropu rodzice przestawali ciągnąć. Bardzo obsceniczne, bardzo tragiczne i strasznie śmieszne.

– Nie, nie znam tego fragmentu – powiedziała Lucette. – Ale, Van, dlaczego ty...

– Katar sienny, katar sienny! – zawołał Van, grzebiąc w pięciu kieszeniach jednocześnie w poszukiwaniu chusteczki do nosa. Jej współczujące spojrzenie i niepowodzenie poszukiwań wzbudziły w nim tyle żalu, że wolał wyjść z pokoju, chwyciwszy list, upuściwszy go, podniósłszy, i oddalić się do najdalszego pomieszczenia (pachnącego wciąż degrasse Lucette), by wchłonąć go jednym haustem.

Najdroższy Vanie! To ostatnia moja próba. Możesz to nazwać świadectwem szaleństwa lub zielem skruchy, ale chciałabym przyjść do Ciebie i żyć z Tobą, gdziekolwiek się teraz znajdujesz, pozostać z Tobą na zawsze. Jeśli pogardzisz dziewczyną pod twym oknem, natychmiast wyślę aerogram informujący, że przyjmuję propozycję małżeństwa, którą przed miesiącem złożono Twojej biednej Adzie w walentynkowym stanie. On jest Rosjaninem z Arizony, porządnym i czułym, nie nazbyt bystrym i nieprzestrzegającym najświeższej mody. Jedyną rzeczą, która nas łączy, jest żywe zainteresowanie dla wielu roślin pustynnych o dość militarnym wyglądzie. Zwłaszcza dla rozmaitych gatunków agawy, żywicieli larw najszlachetniejszych zwierząt Ameryki, megathymusów (Krolik, jak widzisz, znowu ryje). Jest właścicielem koni, kubistycznych obrazów, ma też „szyby naftowe" (czymkolwiek to jest, ojciec nasz, który jest w piekle, też ma parę, nie raczył mi tego wyjaśnić, zbywszy mnie, jak to on, paru pikantnymi aluzjami). Powiedziałam swemu cierpliwemu walentyńczykowi, że dam mu ostateczną odpowiedź, zasięgnąwszy porady jedynego mężczyzny, którego kiedykolwiek kochałam i będę kochać. Spróbuj zadzwonić do mnie dziś wieczór. Coś złego dzieje się z ladorską linią, ale zapewniono mnie, że podjęto już odpowiednie kroki i uszkodzenie zostanie usunięte przed przyborem rzeki. Twoja, twoja, twoja A.

Van wziął ze schludnego stosiku w szufladzie czystą chustkę do nosa i zaraz dokonał czynności analogicznej, wyrywając kartkę z notatnika. To niesamowite, jak pomocne bywają w chwilach chaosu takie powtarzalne rytmy dotyczące przypadkowo zbliżonych (biel, prostokątny kształt) przedmiotów. Napisał krótki aerogram i wrócił do salonu. Zobaczył tam Lucette wkładającą futro i pięciu niezgrabnych uczonych, których wpuścił jego służący-idiota, stojących w milczącym kręgu wokół uroczej, pełnej gracji modelki prezentującej modę na nadchodzącą zimę. Bernard Ratter, młody krępy brunet o czerwonych policzkach, w okularach z grubymi szkłami, powitał Vana z radosną ulgą.

– Dobry Loże! – zawołał Van. – Sądziłem, że mamy się spotkać u twojego stryja.

Szybkim gestem odwirował ich na krzesła w poczekalni i mimo protestów swojej ślicznej kuzynki („To tylko dwudziestominutowy spacerek, nie odprowadzaj mnie") wezwał kampusofonem swój samochód. Potem kataraktą spłynął z Lucette po wąskich schodach, *katrakatra* (*quatre à quatre*). Proszę, dzieci, tylko nie *katrakatra* (Marina).

– Ja też wiem – powiedziała Lucette, jak gdyby ciągnąc niedawną wymianę zdań – kim o n jest.

Wskazała palcem na napis „Voltemand Hall" na fasadzie domu, z którego się wynurzyli.

Van rzucił jej szybkie spojrzenie – ale ona myślała po prostu o dworzaninie w *Hamlecie*.

Przeszli przez mroczną sklepioną bramę i kiedy zanurzyli się w barwnym powietrzu subtelnego zachodu słońca, Van zatrzymał ją i dał jej notkę, którą był napisał. Nakazywał w niej Adzie, by wyczarterowała samolot i zjawiła się w jego mieszkaniu w Manhattanie o dowolnej porze następnego ranka. On wyjedzie z Kingston samochodem około północy. Ciągle miał nadzieję, że dorofon w Ladorze zacznie działać jeszcze przed jego wyjazdem. *Le château que baignait le Dorophone*. Sądził, że w każdym razie aerogram dojdzie do niej w ciągu kilku godzin. Lucette mruknęła: „uhm, uhm", poleci najpierw do Mont-Dore, to znaczy, przepraszam, do Ladory... i jeśli będzie oznaczony jako „pilny", dojdzie o wschodzie słońca, przywiezie go oślepiony zorzą posłaniec, galopujący na wschód na pogryzionej przez pchły chabecie poczmistrza, ponieważ w niedziele nie wolno używać motocykli, to takie stare miejscowe prawo, *l'ivresse de la vitesse, conceptions dominicales*; nawet jednak w takim wypadku będzie miała mnóstwo czasu na spakowanie się, znalezienie pudełka holenderskich kredek, o które Lucette prosiła, gdyby przyjeżdżała, i trafienie na śniadanie do niedawnej sypialni Corduli. Ani przyrodni brat, ani przyrodnia siostra nie byli tego dnia w najlepszej formie.

– Ale, ale – powiedział – ustalmy datę twoich odwiedzin. Jej list zmienił moje ustalenia. Zjedzmy razem kolację w „Ursusie" w następny weekend. Będę z tobą w kontakcie.

– Wiedziałam, że to beznadziejne – powiedziała, patrząc w bok. – Robiłam, co mogłam. Naśladowałem wszystkie jej *petits effets* (sztuczki). Jestem lepszą aktorką niż ona, ale to nie wystarczy, jasna sprawa. Wracaj, musieli już się strasznie upić twoim koniakiem.

Wsunął dłonie w ciepłe pochwy jej krecio miękkich rękawów i przez chwilę ściskał wewnątrz nagie łokcie, z zamyślonym pożądaniem spoglądając na umalowane usta.

– *Un baiser, un seul*! – zaskomlała błagalnie.

– Obiecujesz nie otwierać ust, nie roztapiać się, nie trzepotać ani nie trzpiotować językiem?

– Obiecuję!

Zawahał się.

– Nie – powiedział – to szalona pokusa, ale nie wolno mi ulec. Nie przeżyłbym kolejnej katastrofy, kolejnej siostry, nawet tylko połowy siostry.

– *Takoje otczajanije* (co za rozpacz)! – jęknęła Lucette, otulając się ciaśniej futrem, które instynktownie rozchyliła na jego przyjęcie.

– Czy pocieszy cię fakt, że po jej powrocie spodziewam się tylko udręki? Że uważam cię za rajskiego ptaka?

Pokręciła głową.

– Że mój podziw dla ciebie jest taki, że aż boli?

– Chcę Vana – krzyknęła – a nie niematerialnego podziwu...

– Niematerialnego? Ty gąsko. Możesz go zmierzyć, możesz, ale tylko raz, otrzeć się o niego kłykciami urękawicznionej dłoni. Powiedziałem „kłykciami" i powiedziałem „raz". To wystarczy. Nie mogę cię pocałować. Nawet twojego płonącego policzka. Do widzenia, malutka. Powiedz Edmondowi, żeby się zdrzemnął, kiedy wróci. Będę go potrzebował o drugiej w nocy.

6

Celem tej ważnej debaty było porównanie spostrzeżeń dotyczących problemu, który Van miał wiele lat później próbować rozwiązać inaczej. W klinice w Kingston zbadano dokładnie kilka przypadków akrofobii, by sprawdzić, czy łączą się one z jakimikolwiek śladami lub aspektami lęku przed czasem. Badania przyniosły rezultaty całkowicie negatywne; co jednak wydawało się szczególnie osobliwe, jedyny dostępny przypadek ostrej chronofobii pod najbardziej zasadniczymi względami – posmak metafizyczny, kontury psychologiczne i tak dalej – różnił się od lęku przestrzeni. To prawda, że jeden pacjent, który wpadł w obłęd wskutek kontaktu ze splotem czasu, to zbyt mała próbka w porównaniu z wielką grupą gadatliwych akrofobów i czytelnicy oskarżający Vana o nierozwagę i brak rozsądku (by posłużyć się uprzejmą terminologią młodego Rattnera), nabiorą o nim lepszej opinii, jeśli dowiedzą się, że nasz młody badacz robił, co mógł, by pan C.L. (ów chronofob) nie wyszedł ze swej rzadkiej i ważnej choroby nazbyt szybko. Van przekonał się, że nie ma ona nic wspólnego z zegarami, kalendarzami ani jakąkolwiek miarą czy zawartością czasu, a przy tym podejrzewał i miał nadzieję (jak może mieć nadzieję tylko odkrywca, czysty, namiętny i głęboko nieludzki), że jego koledzy stwierdzą ścisły związek między lękiem wysokości a niewłaściwą oceną dystansów i że pana Arshina, ich najlepszego akrofoba, który nie był w stanie zejść z podnóżka, dałoby się namówić na zrobienie ze szczytu wieży kroku w pustkę, gdyby jakaś sztuczka optyczna ukazała mu płachtę strażacką, rozpostartą pięćdziesiąt jardów niżej, jako matę leżącą o cal od niego.

Van przygotował dla dyskutantów mięso na zimno oraz galon piwa gallows, myśli jego jednak błądziły gdzie indziej i nie błyszczał podczas dysputy, która w jego wspomnieniach pozostała na zawsze szarym obszarem bezproduktywnej nudy.

Goście wyszli około północy, ich tupot i jazgot ciągle jeszcze dobiegał ze schodów, kiedy po raz pierwszy zadzwonił do Ardis Hall – bezskutecznie, bezskutecznie. Podejmował regularne próby aż do brzasku, wtedy zrezygnował, miał stolec o idealnej strukturze (jego krzyżowa symetria przypomniała mu o ranku przed pojedynkiem) i nie kłopocząc się wiązaniem krawata (wszystkie, które naprawdę lubił, czekały na niego w nowym mieszkaniu), pojechał do Manhattanu, przejąwszy kierownicę, kiedy stwierdził, że Edmond potrzebował czterdziestu pięciu minut zamiast pół godziny, by pokonać jedną czwartą drogi.

Wszystko, co chciał powiedzieć Adzie przez niemy dorofon, ograniczało się do trzech słów po angielsku, które mogły się skurczyć do dwu po rosyjsku i półtora po włosku; Ada miała później utrzymywać, że jego wściekłe usiłowania złapania jej w Ardisie doprowadziły jedynie do tak gwałtownej rapsodii „fal wstecznych", że w końcu piwniczny bojler nie wytrzymał i nie było ciepłej wody – w ogóle nie było wody – kiedy wstała z łóżka, włożyła więc na siebie najcieplejszy płaszcz i poprosiła Bouteillana (dyskretnie rozradowanego Bouteillana), żeby zniósł jej walizki i zawiózł ją na lotnisko.

Tymczasem Van dotarł na Alexis Avenue, na godzinę położył się do łóżka, potem ogolił się i wziął prysznic, i niemal urwał brutalną łapą klamkę drzwi prowadzących na taras, kiedy rozległ się dźwięk niebiańskiego silnika.

Mimo atletycznego wysiłku woli, ironii wobec nadmiernie silnych uczuć i pogardy dla płaczliwych mięczaków, Van świadom był, że ma skłonności do nieuleczalnych napadów szlochu (niekiedy dochodzących do poziomu epilepsji, gdy wyrywał mu się z gardła nagły skowyt, wstrząsający całym jego ciałem, i niewyczerpane zasoby śluzu zatykały mu nos), rozstanie z Adą wiodło do udręk, których jego samokontrola i zdolność do koncentracji nie przeczuwały w hedonistycznej przeszłości. Mały jednopłatowiec (wyczarterowany, sądząc po perłowych skrzydłach i nielegalnych, ale i nieudanych próbach wylądowania na centralnym zielonym owalu Parku, po których rozpłynął się w porannej mgle, poszukując lądowiska gdzie indziej) wycisnął pierwsze chlipnięcie z Vana stojącego w krótkim frotowym szlafroku na tarasowym dachu, który był teraz ozdobiony krzakami tawuły w zwycięskim kwieciu. Stał tak w chłodnym blasku słońca, aż poczuł, że skóra pod tkaniną zmienia mu się w płytki okrywające miednicę pancernika. Klnąc i na wysokości piersi potrząsając zaciśniętymi pięściami, wrócił w ciepło swego mieszkania, wypił butelkę szampana, po czym zadzwonił po Rose, wesołą murzyńską służącą, którą na różne sposoby dzielił ze sławnym, odznaczonym niedawno kryptografem, panem Deanem, prawdziwym gentlemanem, mieszkającym piętro niżej. Z mieszanymi uczuciami, z niewybaczalną żądzą przyglądał się jej ładnemu tyłkowi, który kiedy słała łóżko, przetaczał się i naprężał pod koronkową kokardą, a po rurach centralnego ogrzewania dobiegało radosne nucenie kochanka z dołu (znów odczytał zaszyfrowany dorogram Tatarów informujący Chińczyków, gdzie zamierzamy dokonać najbliższego desantu!). Rose wkrótce skończyła porządkować pokój i wyfurkotała z niego, a podśpiewywania bożka Pana natychmiast zmieniło (nazbyt prosto dla człowieka profesji Deana) crescendo międzynarodowych skrzypnięć, które odszyfrowałoby nawet dziecko. Nagle zadzwonił dzwonek w holu i oto jeszcze bledsza, jeszcze bardziej czerwonowarga, cztery lata starsza Ada stanęła przed wstrząsanym konwulsjami, już łkającym, wiecznie chłopięcym Vanem, jej opadające falami włosy mieszały się z ciemnym futrem, jeszcze wspanialszym niż to, w którym chodziła jej siostra.

Przygotował sobie jedno z tych zdań, które brzmią właściwie w snach, ale kiepsko na jasnej jawie: „Widziałem, jak krążysz nade mną na skrzydłach ważki"; załamał się przy „...łach" i upadł do jej stóp – do jej nagich podbić w lśniących czarnych pantofelkach (od Glassa), przyjmując taką samą pozę, zmieniając się w taką samą kupkę beznadziejnej tkliwości, samopoświęcenia, potępienia demonicznego życia, w jaką zmieniał się ze wsteczną datą w najskrytszej altanie mózgu, zawsze kiedy przypominał sobie niesamowity półuśmiech, z którym przyciskała łopatki do pnia ostatniego drzewa. Niewidoczny maszynista teatralny podsunął jej stołek, a ona płakała i gładziła jego czarne loki, czekając, aż przejdzie mu atak żalu, wdzięczności i skruchy. Mogło to trwać znacznie dłużej, gdyby inna, już fizyczna gorączka, która burzyła mu krew od poprzedniego dnia, nie przyniosła błogosławionej odmiany.

Zdawało się, że uciekła właśnie z płonącego pałacu i ginącego królestwa, bo prosto na zmiętą koszulę nocną narzuciła ciemnobrązowe, jakby błyszczące szronem futro z wydry morskiej, słynnego *kamczatskogo bobra* dawnych handlarzy estotyjskich, znanego także jako „lutromarina" na wybrzeżu Laski; „moje naturalne futro" – mówiła z przyjemnością Marina o swej odziedziczonej po babce ze strony Ziemskich pelerynie, kiedy po skończonym zimowym balu jakaś dama nosząca norki czy nutrie albo skromne *mateau de castor* (bobry, *niemieckij bobr*) zaczynała z pełnym zachwytu jękiem mówić *o bobrowoj szubie*. „*Starieńkaja* (starutka)" – zwykła dodawać Marina, czule deprecjonując futro (naturalna reakcja na kokieteryjne „dziękuję bardzo" bostońskiej damy jak brzuchomówca użyczającej głosu swojemu banalnemu okryciu z norek czy nutrii w odpowiedzi na uprzejmą pochwałę, co nie przeszkadzało jej później skarżyć się na „zarozumialstwo" tej „nadętej aktorzycy", która w istocie wcale nie była pozerką). Bobry (w tym wypadku książęca liczba mnoga) Ady były prezentem od Demona, który – jak wiemy – ostatnimi czasy widywał ją w zachodnich stanach znacznie częściej niż we Wschodniej Estotii, kiedy była dzieckiem. Pełen entuzjazmu dziwak wykształcił w sobie taką samą *tendresse* dla niej, jaką miał zawsze dla Vana. Nowy wyraz twarzy, który przybierał, spoglądając na Adę, był wystarczająco żarliwy, by czujni durnie podejrzewali, że stary Demon „spał ze swoją bratanicą" (w istocie coraz bardziej zajmowały go hiszpańskie dziewczęta, każdego roku coraz to młodsze, aż w końcu pod koniec wieku, kiedy miał lat sześćdziesiąt i włosy ufarbowane na kolor ciemnego granatu, zapłonął namiętnością do nieznośnej dziesięcioletniej nimfetki). Świat w tak niewielkim stopniu zdawał sobie sprawę z prawdziwego stanu rzeczy, że nawet Cordula Tobak, z domu de Prey, i Grace Wellington, z domu Erminin, mówiły o Demonie Veenie, noszącym modną kozią bródkę i gors koszuli obszyty falbanami, jako o „następcy Vana".

Żadne z rodzeństwa nie potrafiło nigdy przypomnieć sobie (wszystkiego powiedzianego wyżej, nie wyłączając wydry morskiej, nie należy traktować jako wykrętów narratora – robiło się, w swoim czasie, trudniejsze rzeczy), co mówili, jak się całowali, jak zapanowali nad łzami, jak Van pociągnął ją na kanapę, rycersko dumny z tego, że natychmiast może zademonstrować reakcję na jej skąpą odzież (pod gorącym futrem) – tak samo wyglądała, kiedy ze świecą w dłoni przeszła przez czarodziejskie okno panoramiczne.

Nasyciwszy się gwałtownie jej gardłem i sutkami, miał właśnie przejść do następnego etapu obłąkanej niecierpliwości, ale powstrzymała go, tłumacząc, że przede wszystkim musi zażyć porannej kąpieli (to naprawdę była nowa Ada) i że w dodatku czeka na swój bagaż, który powinny lada chwila przynieść chamy z holu hotelu „Monaco" (pomyliła wejście, chociaż Van przekupił oddanego Corduli portiera i ten miał wręcz wnieść Adę na górę).

– Szybko, szybko – powiedziała Ada – *da, da*, Ada wynurzy się z piany za kilka sekund!

Ale szalony, uparty Van zrzucił szlafrok i podążył za nią do łazienki, gdzie wyprężyła się nad niską wanną, odkręcając jednocześnie oba kurki, a potem pochyliła, by wetknąć w otwór korek na łańcuszku z brązu; zassał się sam z siebie, a on przytrzymując jej uroczą lirę, nagle dotknął delikatnego jak zamsz korzenia, poczuł, że coś go ściska, i znalazł się głęboko między dobrze znanymi, niezrównanymi, wyściełanymi szkarłatem wargami. Chwyciła za bliźniacze gałki kranu, bezwiednie wzmagając życzliwy szum tryskającej wody i Van wydał długi jęk wybawienia, i oto czworo ich oczu znowu wpatrywało się w lazurowy strumień w Pinedale, i Lucette otworzyła gwałtownie drzwi, wprzód zapukawszy krótko kłykciem, i zatrzymała się, zahipnotyzowana widokiem włochatego tyłka Vana i okropnej blizny wzdłuż jego lewego boku.

Dłonie Ady zatrzymały strumień wody. Bagaż z hukiem rozrzucano po całym mieszkaniu.

– Nie patrzę – idiotycznie powiedziała Lucette – wpadłam tylko po swoje pudełko.

– Daj im na piwo, malutka, dobrze? – powiedział Van, nałogowy napiwkowicz...

– I podaj mi ten ręcznik – dodała Ada, ale *ancilla* podnosiła rozrzucone w pośpiechu monety i z kolei teraz starsza z sióstr dostrzegła szkarłatną drabinkę szwów na skórze Vana.

– Moje biedne kochanie! – zawołała i z czystego współczucia pozwoliła mu powtórzyć scenę, której omal nie przerwało pojawienie się Lucette.

– Nie jestem pewna, czy przywiozłam jej te kretyńskie kredki Cranach – powiedziała Ada chwilę później, robiąc minę przestraszonej żaby. Obserwował ją z poczuciem pełnej błogości pachnącej sosnami, kiedy wyciskała do wody w wannie strumienie perłowego płynu z tubki z napisem „Pennsilvestris".

Lucette poszła już sobie (zostawiając oschłą notkę z numerem swojego pokoju w „Hotelu Winstera dla Młodych Dam"), kiedy dwoje naszych kochanków, teraz odczuwających miękkość w nogach i przyzwoicie odzianych, usiadło do wspaniałego śniadania (ardisowski chrupiący bekon, ardisowski przeźroczysty miód!), przywiezionego windą przez Valeria, starszego rudowłosego rzymianina, zawsze kiepsko ogolonego i ponurego, ale ogólnie rzecz biorąc sympatycznego (to właśnie on, wystarawszy się w lipcu tegoż roku o schludną Rose, pobierał stałą opłatę za to, że trzymał ją wyłącznie dla Veena i Deana).

Jakież wybuchy śmiechu, jakież łzy, jakież lepkie pocałunki, jakaż wrzawa nieprzebranych planów! I jakież bezpieczeństwo, jakaż swoboda miłości! Dwie kurtyzany, obie Cyganki, ale niespokrewnione ze sobą, dzika dziewczyna w krzykliwej lolicie, z makowymi wargami i o skórze pokrytej czarnym puszkiem, wzięta przezeń z kawiarni między Grasse i Niceą, i druga, pracująca od czasu do czasu jako modelka (widziałaś ją, jak pieści bardzo męską szminkę do ust na reklamach firmy Fellata), trafnie obdarzona ksywką Ciągutka przez klientów floramoru Norfolk Broads, podały naszemu bohaterowi ten sam powód, nie do wymienienia w kronice rodzinnej, dla którego uważały go mimo wielkiej jurności za całkowicie bezpłodnego. Rozbawiony tą hekacią diagnozą, Van poddał się jednak rozmaitym badaniom, a lekarze, chociaż potraktowali z lekceważeniem symptomy, uznając je za przypadkowe, zgodzili się, że Van Veen może być mężnym i wytrzymałym kochankiem, ale nie może liczyć na potomstwo. Jakże radośnie mała Ada klasnęła w dłonie!

Czy chciałaby zostać w tym mieszkaniu do trymestru wiosennego (dzielił teraz czas na trymestry), by potem towarzyszyć mu do Kingston, czy woli na parę miesięcy wyjechać za granicę - gdziekolwiek, do Patagonii, Angoli, Gululu w górach Nowej Zelandii? Zostać w tym mieszkaniu? Więc spodobało się? Z wyjątkiem jakichś rzeczy Corduli, które trzeba będzie wyrzucić, jak na przykład ten nazbyt rzucający się w oczy almanach almeczek z alma mater w Brown Hill, otwarty na portrecie biednej Vandy. Zginęła zastrzelona przez przyjaciółkę swojej przyjaciółki pewnej gwiaździstej nocy nie gdzie indziej, tylko w Ragusie. Van uznał to za smutne. Mała Lucette opowiedziała mu o późniejszej eskapadzie, prawda? W ofelijnym obłędzie kalamburując o kobiecym żołędziu? Rozwodząc się nad rozkoszami clitoryzmu?

– *N'exagérons pas, tu sais* – powiedziała Ada, obiema dłońmi przyklepując powietrze.

– Lucette twierdziła – powiedział – że ona (Ada) imitowała górskie lwy.

Był *omniscient*. Czy raczej: *omni-incest*.

– To prawda – powiedziała druga, wszystko pamiętająca istota.

Nawiasem mówiąc prawdziwą ulubienicą Vandy była Grace, tak jest, Grace, *pas petite moi* i nie mój krzyżyk. Potrafiła (Ada), nieprawdaż, wygładzać zawsze fałdy przeszłości – czyniąc z flecisty właściwie impotenta (z wyjątkiem stosunków z żoną) i pozwalając gentlemanowi farmerowi tylko na jeden uścisk, przy czym miała mu się wówczas przydarzyć przedwczesna *ejakulacyja* (jedno z owych ohydnych słów, które rosyjski zapożyczył). Tak, czyż nie jest ohydne, ale chętnie znowu zagrałaby w scrabble'a, kiedy osiądą gdzieś na dobre. Ale gdzie, jak? Czy państwo Iwanowie Veen nie będą się mieli całkiem dobrze gdziekolwiek? A co zrobić z wpisem „stan wolny" w paszportach obojga? Udadzą się do najbliższego konsulatu i okrzykami oburzenia i/lub bajeczną łapówką zmienią ją w „żonaty", „zamężna", na zawsze.

Dobra ze mnie dziewczyna. Są tu te jej specjalne kredki. To bardzo taktowne i w ogóle urocze, że zaprosiłeś ją na przyszły weekend. Myślę, że nawet bardziej szaleje z miłości do ciebie niż do mnie, biedna malutka. To Demon kupił je w Strasburgu. W końcu jest teraz tylko półdziewicą (– Słyszałem, że ty i ojciec... – zaczął Van, ale wprowadzenie nowego tematu nie powiodło się) i nie powinniśmy się obawiać, że zobaczy nasze *ébats* (z tryumfalnym łobuzerstwem, za które chwalona jest też moja proza, umyślnie wymówiła pierwszą samogłoskę *à la Russe*).

– Ty naśladujesz pumę – powiedział – a obiektem jej naśladownictwa, i to doskonałego, jest moja ulubiona *viola surdina*. Nawiasem mówiąc to wspaniała imitatorka, a jeśli ty jesteś nawet lepsza...

– O moich talentach i sztuczkach pomówimy innym razem – powiedziała Ada. – To bolesny temat. Teraz obejrzyjmy te zdjęcia.

7

Podczas ponurego pobytu w Ardisie zwrócił się do niej bardzo zmieniony i wyrośnięty Kim Beauharnais. Przyniósł pod pachą album oprawny w pomarańczowobrązowe płótno, brudny odcień, którego całe życie nienawidziła. Nie widziała Kima przez ostatnich kilka lat; lekkonogi, chudy chłopiec o ziemistej cerze zmienił się w smagłego olbrzyma, niejasno przypominającego janczara w jakiejś egzotycznej operze, wchodzącego z tupotem na scenę, by obwieścić najazd lub egzekucję. Stryjaszek Dan, którego jego przystojna i wyniosła pielęgniarka wywoziła właśnie do ogrodu, gdzie opadały miedziane i krwawoczerwone liście, głośno domagał się dużej książki, ale Kim powiedział: „Może później", i dołączył do Ady w kącie holu, gdzie witano gości.

Przyniósł jej prezent, kolekcję fotografii, które zrobił w starych dobrych czasach. Miał nadzieję, że stare dobre czasy wrócą, ale ponieważ, jak rozumie, *mossio votre cossin* (używał przesadnej kreolszczyzny, sądząc, że w uroczystych sytuacjach będzie ona lepsza niż jego codzienny ladorski angielski) nie jest spodziewany w zamku w bliskiej przyszłości, co pozwoliłoby zaktualizować album, najlepszym rozwiązaniem *pour tous les cernés* („podkrążonych", „otoczonych" raczej niż „zainteresowanych") mogłoby być, gdyby ten ilustrowany dokument znalazł schronienie w jej ślicznych rączkach (albo został zniszczony i zapomniany, by nikogo nie zranić). Zmarszczywszy się z gniewem przy *jolies*, Ada otwarła album w miejscu zaznaczonym przez jedną z rdzawoczerwonych zakładek, nieprzypadkowo wetkniętych w różne miejsca, spojrzała, zatrzasnęła z powrotem zamek, wręczyła szczerzącemu zęby szantażyście tysiącdolarowy banknot, który miała akurat w torebce, przywołała Bouteillana i kazała mu wyrzucić Kima. Album w kolorze błota leżał na krześle, pod jej hiszpańskim szalem. Stary służący szuraniem podeszwy po podłodze usunął przyniesiony przez przeciąg zeschły liść bagiennego tulipanowca i zamknął drzwi frontowe.

– *Mademoiselle n'aurait jamais dû recevoir ce gredin* – gderał, idąc z powrotem przez hol.

– To samo miałem właśnie powiedzieć – zauważył Van, kiedy Ada skończyła opowiadać o tym wstrętnym incydencie. – Czy zdjęcia były bardzo nieprzyzwoite?

– Ach! – wyrzuciła z siebie z powietrzem Ada.

– Te pieniądze mogły posłużyć lepszej sprawie, mogły na przykład pójść na Przytułek dla Ślepych Źrebaków lub Podstarzałych Kopciuszków.

– Dziwne, że to mówisz.

– Czemu?

– Mniejsza z tym. Tak czy owak, to paskudztwo jest teraz w bezpiecznym miejscu. M u s i a ł a m za to zapłacić, bo inaczej pokazałby biednej Marinie zdjęcia Vana uwodzącego swoją kuzyneczkę Adę – co już samo w sobie byłoby dostatecznie okropne; a w istocie ten genialny jastrząb mógł podejrzewać całą prawdę.

– Więc ty rzeczywiście myślisz, że ponieważ kupiłaś ten jego album za marny tysiączek, wszelkie dowody zostały usunięte, i że wszystko jest w porządku?

– No... tak. Myślisz, że suma była za mała? Mogę posłać mu więcej. Wiem, gdzie go znaleźć. Wykłada, wyobraź sobie, sztukę polowania na migawki z życia w Szkole Fotograficznej w Kaługano.

– Świetne miejsce na polowanie – powiedział Van. – Więc jesteś całkiem pewna, że masz to „paskudztwo"?

– Jasne, że tak. Mam je ze sobą, jest na dnie tego kufra. Zaraz ci pokażę.

– Powiedz mi, kochanie, jaki był twój tak zwany iloraz inteligencji, kiedy spotkaliśmy się po raz pierwszy?

– Dwieście z czymś. Niesamowita liczba.

– Na cóż, chyba zmniejszył się i to bardzo. Nasz negatywny bohater zachował sobie wszystkie negatywy i mnóstwo odbitek i później odbije sobie nakłady na wywoływacze, wklei gdzieś te fotki albo prześle pocztą.

– Chcesz powiedzieć, że iloraz spadł do poziomu Corduli?

– Niżej. No to teraz przyjrzyjmy się tym zdjęciuszkom, zanim ustalimy jego miesięczne wynagrodzenie.

Pierwsza fotografia z niegodziwej serii przedstawiała jedno z inicjalnych wrażeń Vana z Ardis Manor, ale pod kątem innym niż w jego wspomnieniach. Obraz obejmował przestrzeń między cieniem kolaski ciemniejącym na żwirze i białym stopniem ganku z kolumienkami lśniącego w słońcu. Marina z jedną ręką ciągle jeszcze uwięzioną w rękawie prochowca, który służący (Price) pomagał jej zdjąć, stała wznosząc drugą, wolną rękę w teatralnym geście powitania (kontrastującym z grymasem bezradnej błogości malującym się na jej twarzy), Ada zaś, ubrana w czarny hokejowy blezer, należący w istocie do Vandy, odgarniając włosy, rozsypała je na nagich kolanach i lekko uderzała Dacka kwiatami, by przerwać jego nerwowe szczekanie.

Następowało kilka przygotowawczych widoków pobliskich terenów: krąg moszeńców, aleja, czarne „O" groty i wzgórze, i wielki łańcuch wokół pnia rzadkiego dębu, *Quercus ruslan* Chat., i mnóstwo innych miejsc, które kompilator ilustrowanej broszury uznał za malownicze, ale które wyglądały dość nędznie wskutek braku doświadczenia fotografa.

Stopniowo zdjęcia się polepszały.

Inna dziewczyna (Blanche!) garbiąca się i kucająca zupełnie tak samo jak Ada (i w istocie podobna do niej z rysów twarzy) nad walizką Vana otwartą na podłodze i „pożerająca wzrokiem" sylwetkę Soni Ebur na reklamie perfum. Dalej krzyż i cień gałęzi na grobie ukochanej klucznicy Mariny, Anny Pimienowny Niepraslinow (1797–1883).

Pomińmy zdjęcia natury – przypominających skunksy wiewiórek, pasiastej ryby w akwarium z bańkami powietrza, kanarka w pięknym więzieniu.

Fotografia owalnego portretu, w dużym zmniejszeniu przedstawiającego księżną Zofię Ziemską w wieku lat dwudziestu (rok 1775) z dwojgiem dzieci (dziadkiem Mariny, urodzonym w 1772, i babką Demona, urodzoną w 1773).

– Chyba go nie pamiętam – powiedział Van – gdzie wisiał?

– W buduarze Mariny. A wiesz, kim jest ten palant w surducie?

– Wygląda na kiepskie zdjęcie wycięte z pisma ilustrowanego. Kto to?

– Sumieriecznikow! Przed bardzo wielu laty zrobił sumierografie wujaszka Wani.

– Zmrok, a potem Lumières. O, a tutaj jest Alonso, specjalista od basenów. Spotkałem jego słodką smutną córkę na pewnym rozpustnym przyjęciu – w dotyku była taka jak ty, miała twój zapach i roztapiała się zupełnie jak ty. Potężny urok zbiegu okoliczności.

– Nie interesuje mnie to. A tu proszę – chłopczyk.

– *Zdrastie*, Iwan Diemientiewicz – powiedział Van, pozdrawiając samego siebie w wieku lat czternastu, bez koszuli, w szortach, mierzącego jakimś stożkowatym pociskiem w marmurową prefigurację krymskiej dziewczyny skazanej na podawanie z poszczerbionego kulami dzbana wiecznego łyku marmurowej wody umierającemu żołnierzowi piechoty morskiej.

– Przeskocz skakankę Lucette.

– O, słynna pierwsza zięba.

Nie, to *kitajskaja punoczka* (trznadel z chińskiego muru). Usiadł na progu drzwi do piwnicy. Drzwi są uchylone. W środku są narzędzia ogrodnicze i młotki do krokieta. Pamiętasz, tyle egzotycznych (alpejskich i polarnych) zwierząt mieszało się w naszym regionie z lokalną fauną.

Pora lunchu. Ada pochylająca się nisko nad niewłaściwie obraną, kapiącą brzoskwinią, którą pochłaniała (zdjęcie zrobione z ogrodu przez drzwi balkonowe).

Dramat i komedia. Blanche zmagająca się z dwoma namiętnymi *tsigans* w Berceau des Baguenadiers. Stryjaszek Dan spokojnie czytający gazetę w swym małym samochodzie, który beznadziejnie ugrzązł w czarnym błocie na drodze do Ladory.

Dwie wielkie pawice, wciąż jeszcze złączone. Stajenni i ogrodnicy każdego roku przynosili Adzie ten pospolity gatunek, co w pewien sposób przypomina nam o tobie, słodki Marco d'Andrea, albo o tobie, rudowłosy Domenico Benci, albo o tobie, mroczny i melancholijny Giovanni del Brina (który myślałeś, że to nietoperze) czy o tym, którego nie odważę się wymienić po imieniu (bo to uczony wkład Lucette, a coś takiego tak łatwo wypaczyć po śmierci uczonego) i który także być może schwytałeś majowym rankiem 1542 r. pod Florencją, u podnóża otaczającego ogród muru – nie zwieszały się z niego jeszcze niesprowadzone glicynie (dodatek jej przyrodniej siostry) – parę pawic gruszkówek *in copula*, samiec z pierzastymi czułkami, samica ze zwykłymi nitkami, by przedstawić je wiernie (pośród nędznych, niewziętych z natury innych owadów) po jednej stronie niszy okiennej w tak zwanej Komnacie Żywiołów w Palazzo Vecchio.

Wschód słońca w Ardisie. Gratulacje: nagi Van ciągle jeszcze w kokonie swego hamaka pod „lirodraniami", jak w Ladorze nazywają liriodendrony, niezupełnie *lit d'édredon*, ale rzecz warta jest jutrzenkowego kalamburu i z pewnością sprzyjająca fizycznej ekspresji fantazji młodego marzyciela, niezamaskowanej przez siatkę.

– Gratulacje – powtórzył Van w języku męskich pogaduszek. – Pierwsza nieprzyzwoita pocztówka. Kurwipołeć z pewnością ma powiększoną odbitkę w swoich prywatnych zbiorach.

Ada przyjrzała się wzorom hamaka przez szkło powiększające (używane przez Vana do odcyfrowywania pewnych szczegółów rysunków jego wariatów).

– Będzie ich jeszcze wiele – zauważyła lekko łamiącym się głosem. I korzystając z tego, że oglądali album w łóżku (co, jak uważamy obecnie, świadczyło o złym smaku) ekstrawagancka Ada przesunęła lupę na żywego Vana, jako głodne wiedzy naukowej i artystycznie zdeprawowane dziecko robiła to zresztą wiele razy w opisanym tu roku pańskim.

– Poszukam *mouche* (muszki do makijażu), żeby to zakryć – powiedziała, wracając do mięsistego wyrostka wystającego z niedyskretnej siatki. – *A propos*, masz całą kolekcję czarnych masek w komodzie.

– Na bale maskowe (*bals-masqués*) – mruknął Van.

Coś analogicznego: bardzo wyeksponowane białe uda Ady (jej urodzinowa spódniczka zaplątała się w gałązki i liście) ściskają czarny konar rajskiego drzewa. Dalej: kilka zdjęć z pikniku w 1884, na przykład Ada i Grace tańczące laskańskiego flinga i zwrócony nogami do góry Van obgryzający kępę gwiazdnicy (określenie rośliny przypuszczalne).

– Z tym już koniec – powiedział Van. – Bezcenne lewe ścięgno wysiadło. Ciągle mogę się fechtować i zadać piękny cios, ale z chodzeniem na rękach koniec. Nie pociągaj nosem, Ado. Ada nie będzie pociągać nosem ani zawodzić. King Wing mówi, że wielki Wiekczeło stał się znowu zwyczajnym *czełowiekom* w wieku, w którym teraz jestem, więc wszystko jest najzupełniej normalne. O, tutaj pijany Ben Wright próbuje w stajni zgwałcić Blanche – ona ma całkiem dużą rolę w tym miszmaszu.

– Nic podobnego. Widzisz przecież, że po prostu tańczą. Są zupełnie jak Piękna i Bestia na balu, gdzie Kopciuszek gubi podwiązkę, a Książę swój śliczny szklany saczek. W końcu pomieszczenia można też rozpoznać pana Warda i panią French w brueghelowskim *kimbo* (ludowy taniec). Wszystkie te wiejskie gwałty w naszych okolicach to gruba przesada. *D'ailleurs* była to ostatnia *pietarda* pana Bena Wrighta w Ardisie.

Ada na balkonie (sfotografowana przez naszego podglądacza-akrobatę ze skraju dachu) rysująca jeden ze swoich ulubionych kwiatów, to satyrion ladorski, jedwabnowłosy, mięsisty, sterczący. Vanowi zdawało się, że przypomina sobie ten akurat słoneczny wieczór, podniecenie, miękkość i parę przypadkowych słów, które wymamrotała (w związku z niedorzecznym komentarzem botanicznym, jaki wygłosił): „m ó j kwiat otwiera się tylko o zmierzchu". Ten, który starała się wyczarować z wilgotnego fioletu.

Formalna fotografia na oddzielnej stronie: Adoczka, śliczna i nieprzyzwoita w swojej przejrzystej sukience, i Waniczka w szarym flanelowym garniturze i pod szkolnym krawatem w ukośne paski, patrzący w *kimerę* (chimerę, kamerę), jedno stoi przy drugim, na baczność, on z cieniem wymuszonego uśmiechu, ona z twarzą bez wyrazu. Oboje przypomnieli sobie czas (pomiędzy pierwszym niedużym krzyżem a całym cmentarzem pocałunków) i okazję zrobienia zdjęcia: zamówiła je Marina, która kazała je oprawić i powiesiła w swojej sypialni obok fotografii brata w wieku lat dwunastu lub może czternastu, ubranego w *bajronkę* (koszula z otwartym kołnierzem) i trzymającego świnkę morską w miseczce dłoni; cała trójka wyglądała na rodzeństwo i umarły chłopak dostarczał wiwisekcyjnego alibi.

Jeszcze jedna fotografia zrobiona w tych samych okolicznościach, ale z jakiegoś powodu odrzucona przez kapryśną Marinę: Ada czyta, siedząc przy stoliku na trzech nogach, jej na wpół zaciśnięta dłoń zajmuje dolną część zdjęcia. Bardzo rzadki promienny uśmiech, jak się zdawało, niczym nie wywołany, pojawił się na jej niemal mauretańskich wargach. Włosy opadają częściowo na obojczyk, a częściowo na plecy. Van stoi, pochylając nad nią głowę, i spogląda niewidzącym wzrokiem na otwartą książkę. W chwili, kiedy pod zasłoną szczęknęła migawka, rozmyślnie, z pełną świadomością zestrzelił w jedno bliską przeszłość z nadciągającą przyszłością i powiedział sobie, że to będzie oznaczać obiektywną percepcję rzeczywistej teraźniejszości i że musi zapamiętać smak, błysk i miąższ tej teraźniejszości (i rzeczywiście, pamiętał ją pół tuzina lat później i pamięta teraz, w drugiej połowie kolejnego stulecia).

Ale co powiedzieć o rzadkiej promienności tych uwielbianych ust? Błyskotliwa drwina szybko może przejść przez całą skalę rozbawienia aż do czegoś podobnego do ekstazy:

– Czy wiesz, Van, j a k a książka tam leżała, obok lusterka Mariny i pęsety? Powiem ci. Jedna z najbardziej tandetnych i *réjouissants* powieści, jakie kiedykolwiek „zdobiły" pierwszą stronę przeglądu literackiego manhattańskiego „Timesa". Jestem pewna, że twoja Cordula ciągle miała ją jeszcze gdzieś w swoim przytulnym kąciku, gdzie siedzieliście skroń przy skroni po tym, jak mnie porzuciłeś

– Kotek! – powiedział Van.

– Och, coś znacznie gorszego. *Dachowiec* starego Becksteina był arcydziełem w porównaniu z tą… z tą *Miłością w cieniu lip* niejakiego Eelmanna przetransportowaną na obszary angielszczyzny przez Thomasa Gladstone'a, który zdaje się pracować w firmie Pakowacze i Tragarze, bo na stronie, którą upaja się akurat tutaj Adoczka, *adowa doczka* (córa piekieł), „auto" przełożone jest jako „wagon". I pomyśleć tylko, że Lucette musi uczyć się o Eelmannie i trzech okropnych Tomaszach na zajęciach z literatury w Los!

Ty pamiętasz tę szmirę, a ja pamiętam nasz nieprzerwany trzygodzinny pocałunek w cieniu modrzewi zaraz potem.

– Zobacz następną ilustrację – ponuro powiedziała Ada.

– Ale drań! – zawołał Van. – Na pewno czołgał się za nami na brzuchu z całym tym swoim sprzętem. Będę go musiał unicestwić.

– Żadnej destrukcji więcej, Van. Tylko miłość.

– Ale popatrz tylko, dziewczyno, tutaj wcinam twój język, tam chyba wycinam zębami twoją nagłośnię, a…

– Przerwa – błagalnie pisnęła Ada – już, zaraz.

– Jestem do pani usług aż do dziewięćdziesiątki (wulgarność peep-showu okazała się zaraźliwa), po dziewięćdziesiąt razy na miesiąc, mniej więcej…

– Więcej, znacznie więcej, powiedzmy sto pięćdziesiąt, to by znaczyło, to by znaczyło...

Ale rozpętała się burza i obliczenia poszły do kanikularnych diabłów.

– No cóż – powiedział Van, kiedy rozum odzyskał utraconą pozycję – wracajmy do naszego wykoślawionego dzieciństwa. Chciałbym już (podnosząc album z dywanika przy łóżku) pozbyć się tego brzemienia. O, nowa postać, podpis głosi: dr Krolik.

– Poczekaj chwilę, to może najlepszy Vańka-znikańka, ale wszystko jest takie zapaprane. Dobra. Tak, to istotnie mój biedny nauczyciel przyrody.

W pumpach, kapeluszu panama, pożądający swej *baboczki* (ros. słowo oznaczające osobnika z rzędu łuskoskrzydłych). Namiętność, choroba. Cóż Diana mogła wiedzieć o t y c h łowach?

– To ciekawe, Kim przedstawił go tutaj w taki sposób, że wygląda na znacznie mniej puchatego i tłustego niż myślałem. W istocie, kochanie, jest dużym, silnym i przystojnym starym Marcowym Królikiem! Możesz to wyjaśnić?

– Nie ma tu nic do wyjaśniania. Pewnego dnia poprosiłam Kima, żeby pomógł mi zanieść i przynieść z powrotem kilka pudełek i tu mamy wizualne świadectwo. Poza tym to nie jest m ó j Krolik, tylko jego brat, Karol *alias* Karapars Krolik. Doktor filozofii, urodzony w Turcji.

– Uwielbiam sposób, w jaki zwężają się twoje oczy, kiedy kłamiesz. Daleka *fata morgana* Bezczelności Mniejszej.

– Nie kłamię (z uroczą godnością)! On j e s t doktorem filozofii.

– Van *ist auch one* – mruknął Van, wymawiając ostatnie słowo jak „*wann*".

– Naszym ukochanym marzeniem – ciągnęła – ukochanym marzeniem Krolika i moim było opisać i przedstawić wczesne fazy, od jajeczka do poczwarki, wszystkich znanych perłowców, wielkich i małych, poczynając od tych z Nowego Świata. Ja miałam być odpowiedzialna za budowę argyninnarium (niedostępnego dla szkodników inkubatora z regulacją temperatur i innymi udogodnieniami – takimi jak szczególne nocne zapachy i krzyki nocnych zwierząt, mające wytworzyć naturalną atmosferę w trudnych przypadkach) – gąsienica wymaga wyjątkowej opieki! Istnieją setki gatunków i dobrych podgatunków na obu półkulach, ale – jak już mówiłam – zaczęlibyśmy od Ameryki. Żywe składające jajeczka samice i żywe stanowiące pokarm rośliny, jak na przykład fiołki różnych rodzajów, dostarczane byłyby pocztą lotniczą zewsząd, poczynając, bo to podniecające, od siedlisk arktycznych – Laski, Le Bras d'Or, Wyspy Wiktora. Wylęgarnia byłaby równocześnie hodowlą fiołków, pełną fascynujących kwitnących roślin, od *endiconensis*, rodzaju północnych fiołków bagiennych, do malutkiego, ale wspaniałego *Viola kroliki* opisanego niedawno przez profesora Halla z Goodson-Bay. Sporządziłabym kolorowe wyobrażenia wszystkich stadiów rozwoju i konturowe rysunki kapitalnych genitaliów owada i innych narządów. To byłaby cudowna praca.

– Dzieło miłości – powiedział Van i odwrócił stronę.

– Niestety mój drogi współpracownik umarł, nie pozostawiwszy testamentu, i wszystkie jego zbiory, łącznie z moją drobną częścią, zostały przekazane przez całą króliczą kolonię krewnych agentom w Niemczech i handlarzom w Tatarii. To haniebne, niesprawiedliwe i takie smutne!

– Znajdziemy ci innego doradcę naukowego. A teraz spójrzmy, co mamy tutaj.

Służący, Price, Norris i Ward, ubrani jak groteskowi strażacy. Młody Bout żarliwie całujący żyłki na podbiciu ślicznej obnażonej stópki uniesionej i opartej o balustradę. Zrobione z zewnątrz nocne zdjęcie dwu drobnych białych widm o d wewnątrz przyciskających nosy do okna biblioteki.

Strona, na której ułożono w artystyczny *éventail* siedem *fotoczek* (miniaturowych zdjęć) zrobionych w ciągu tyluż minut z dość odległej kryjówki w scenerii wysokiej trawy, polnych kwiatów i zwisających liściastych gałęzi. Cień listowia i kaprysy łodyg delikatnie zakamuflowały zasadnicze szczegóły, każąc się domyślać niewiele więcej niż mocowania się ze sobą dwojga nie do końca ubranych dzieci.

Na centralnej miniaturze jedynym widocznym członkiem Ady było jej nagie wyciągnięte do góry ramię, statycznie powiewające, jak flagą, zrzuconą sukienką nad upstrzoną stokrotkami trawą. Szkło powiększające (odnalezione teraz pod prześcieradłem) wyraźnie pokazało na górnym zdjęciu sterczący ponad stokrotki muchomor z wąskim kapeluszem nazywany w szkockim prawie (od czasów polowań na czarownice) „Władcą Erekcji". Na kwietnym horyzoncie trzeciej fotografii można dostrzec inną interesującą roślinę, melon Marvela, udający tyłek bardzo zajętego chłopca. Na kolejnych trzech zdjęciach *la force des choses* („gorączka obcowania") w wystarczającej mierze rozchyliła bujną roślinność, by można było dostrzec szczegóły zagmatwanej kompozycji, niezgrabne cygańskie kleszcze i niedozwolone nelsony. Wreszcie na ostatniej fotografii, najniższej w wachlarzowym układzie, Adę reprezentowały jej dwie dłonie poprawiające włosy, podczas gdy jej Adam stał nad nią, pierzasty liść lub kwiaty zasłaniały jego udo z przemyślną swobodą Dawnych Mistrzów, chwyt pozwalający zachować Eden cnotliwym.

Równie swobodnym tonem Van powiedział:

– Kochanie, za dużo palisz, mam cały brzuch obsypany popiołem. Miejmy nadzieję, że Bouteillan zna dokładny adres profesora Beauharnais w Atenach Grafiki Artystycznej.

– Nie zarzynaj go – powiedziała Ada. – Jest niedorozwinięty, ma może charakter szantażysty, ale w jego nikczemności kryje się *istosznyj ston* („bebechowaty jęk") okaleczonej sztuki. W dodatku ta strona jest jedyną naprawdę nieprzyzwoitą. Pamiętajmy też, że ośmioletnia ruda dziewczynka również czyhała gdzieś tam w chaszczach.

– Sztuki, *mon cul*. To jest karawan *artis*, Carte du Tendre zwinięta w rolkę papieru toaletowego! Żałuję, że mi to pokazałaś. Ten małpiszon sprostytuował nasze pamięciowe fotografie. Albo wybatożę mu mordę tak, że mu oczy wypłyną, albo uratuję nasze dzieciństwo, zmieniając je w książkę: *Ardis*, kronika rodzinna.

– O, tak, zrób to! – powiedziała Ada (przeskakując jeszcze jeden ohydny epizod, podejrzany najwyraźniej przez dziurę w podłodze strychu). Patrz, tu jest nasza malutka Wyspa Kalifa!

– Nie chcę już nic oglądać. Podejrzewam, że to świństwo cię podnieca. Są maniacy, którym wystarcza komiks *Bikini i motor*, żeby się rozochocić.

– Proszę cię, Van, rzuć na to okiem! To nasze wierzby, pamiętasz?

Adour odbija zamku wieże,
Chwalą to miejsce w bedekerze.

Tak się złożyło, że to jedyne kolorowe zdjęcie. Wierzby wydają się zielonawe, bo gałązki mają taki kolor, ale w istocie są tu bez liści, to wczesna wiosna, w sitowiu możesz dostrzec naszą czerwoną łódkę „Souvenance". A tutaj mamy ostatnie: Kimowa apoteoza Ardisu.

Cały personel stał w kilku rzędach na stopniach schodów ganku z kolumienkami za prezesem banku baronową Veen i wiceprezesem Idą Larivière. Obok tej dwójki, po obu stronach, stały najładniejsze maszynistki, Blanche de la Tourberie (eteryczna, ze śladami łez na twarzy, absolutnie zachwycająca) i murzyńska dziewczyna zaangażowana na kilka dni przed odjazdem Vana, by pomagała French, dość ponuro górującej nad nią w następnym rzędzie, gdzie postacią centralną był Bouteillan, ciągle w *costume sport*, który miał na sobie, odwożąc Vana (to zdjęcie nie udało się albo zostało pominięte). Po prawej stronie kamerdynera stało trzech lokajów, po lewej stał Bout (który był służącym Vana), gruby, mączysto blady kucharz (ojciec Blanche) oraz – obok French – straszliwie tweedowy gentleman z zawieszonym na ramieniu ekwipunkiem turysty. Był to (wedle słów Ady) w istocie miłośnik zwiedzania, który przybył aż z Anglii, by zobaczyć Zamek Bryant, jechał rowerem, skręcił w złą drogę i sądził (w tym stanie znalazł się na fotografii), że przypadkiem przyłączył się do grupy innych turystów, zwiedzających jakąś inną starą posiadłość, także ze wszech miar wartą uwagi. Tylne rzędy składały się z mniej ważnych służących płci męskiej oraz pomywaczek, jak również ogrodników, stajennych, stangretów, cieni kolumn, pokojówek pokojówek, pomocnic kuchennych, praczek, pastuszków, fartuszków, okruszków, coraz to mniej i mniej wyraźnych jak na reklamach banków, gdzie niepełnoetatowi pomocnicy, w połowie zakryci przez mające więcej szczęścia ramiona, ale wciąż manifestujący swoją obecność, uśmiechają się, jednocześnie stopniowo i pokornie się rozmywając.

– Czy to nie ten astmatyczny Jones, tam, w drugim rzędzie? Zawsze lubiłem staruszka.

– Nie – odparła Ada – to Price. Jones pojawił się cztery lata później. Jest teraz wysokim rangą policjantem w Ladorze Dolnej. No cóż, to wszystko.

Van nonszalancko wrócił do wierzb i powiedział:

– Wszystkie zdjęcia w tym albumie zostały zrobione w 1884 roku, z wyjątkiem tego jednego. Nigdy nie pływałem z tobą po Ladorze wczesną wiosną. Miło mi zauważyć, że nie utraciłaś swojej cudownej zdolności do rumienienia się.

– To j e g o błąd. Musiał przez pomyłkę wkleić tu *fotoczku* zrobioną później, być może w 1888. Możemy ją wyrwać, jeśli chcesz.

– Najmilsza, cały ten rok już został wyrwany. Nie trzeba być detektywem z powieści kryminalnej, żeby zauważyć, że usunięto przynajmniej równie dużo stron, co pozostawiono. J a nie mam zresztą pod tym względem żadnych obiekcji – *Knabenkräuter* i inne wisiory botanizujących razem z tobą przyjaciół mnie nie interesują, nie chcę ich widzieć, niemniej 1888 został utajony i z pewnością wypłynie, kiedy fotograf wyda pierwsze wynagrodzenie.

– Sama zniszczyłam 1888 – przyznała się dumna Ada – ale przysięgam, przysięgam uroczyście, że mężczyzna stojący za Blanche na zdjęciu *du perron* to całkowicie nieznajomy człowiek.

– Tym lepiej dla niego – powiedział Van. – To naprawdę nie ma znaczenia. Ważne, że cała nasza przeszłość została skarykaturowana i skazana. Po namyśle uznałem, że jednak nie napiszę tej kroniki rodzinnej. Ale, ale, gdzie jest teraz moja biedna mała Blanche?

– Ma się dobrze. Jest tam, gdzie przedtem. Bo wiesz, wróciła po tym, jak ją uprowadziłeś. Wyszła za naszego rosyjskiego woźnicę, tego, co zastąpił Bengalskiego Bena, jak go nazywali służący.

– Naprawdę? To pysznie. Madame Trofim Fartukow. Nigdy bym nie pomyślał.

– Mają ślepe dziecko – powiedziała Ada.

– Miłość jest ślepa – powiedział Van.

– Zapewnia mnie, że przystawiałeś się do niej zaraz pierwszego ranka po swoim pierwszym przyjeździe.

– Kim tego nie uwiecznił – powiedział Van. – Czy ich dziecko zawsze już będzie ślepe? To znaczy... chcę spytać, czy sprowadziłaś im naprawdę dobrego lekarza?

– Tak, beznadziejnie ślepe. Ale skoro mówimy o miłości i miłosnych mitach, czy zauważyłeś – bo ja nie, dopóki nie porozmawiałam z nią przed paru laty – że ludzie otaczający nas w trakcie naszego romansu mieli wręcz świetny wzrok? Dajmy spokój Kimowi, on jest tylko koniecznym w każdej historii błaznem... ale czy zdajesz sobie sprawę, że wokół nas tworzyła się prawdziwa legenda, podczas gdy my bawiliśmy się i uprawialiśmy miłość?

Nie miała pojęcia – powtarzała w kółko (jakby chcąc wyrwać przeszłość prozaicznej trywialności albumu) – że ich pierwsze lato w ogrodach i orchidariach Ardisu stało się świętym sekretem i wyznaniem wiary w całej wiejskiej okolicy. Skłonne do romantycznych uniesień służące, których lektury składały się z *Gwen de Vere* i *Klary Miortwago*, wielbiły Vana, wielbiły Adę, wielbiły ardisowskie radości, namiętności, aleje i altany. Ich amanci brzdąkający pod kwitnącą czereśnią lub w starym różanym ogrodzie ballady na siedmiostrunnych lirach rosyjskich (a okna zamku jedno po drugim gasły), dodawali nowo wymyślone linijki – naiwne, trącące lokajskimi stokrotkami, ale płynące prosto z serca – do cykli ludowych pieśni. Ekscentrycznych policjantów zaczął gwałtownie pociągać urok kazirodztwa. Ogrodnicy parafrazowali opalizujące perskie opowieści liryczne o nawadnianiu i Czterech strzałach miłości. Nocni stróże zwalczali bezsenność i pieczenie trypra bronią *Przygód Vaniady*. Pasterze, oszczędzeni przez gromy na odległych stokach wzgórz używali swych wielkich trąbit jako trąbek do ucha, by usłyszeć ladorskie piosenki. Dziewicze kasztelanki w dworach o marmurowych podłogach pielęgnowały delikatnymi dłońmi samotne płomienie rozpalone romansem Vana. I przyjdzie następne stulecie, i malowane słowa podretuszuje jeszcze bogatszy pędzel czasu.

– A wszystko to znaczy – powiedział Van – że nasza sytuacja jest rozpaczliwa.

8

Wiedząc, jak jego siostry lubią rosyjską kuchnię i rosyjskie występy w knajpkach, Van wziął je w sobotę wieczorem do „Ursusa", najlepszej franko-estotiańskiej restauracji Wielkiego Manhattanu. Obie młode damy miały na sobie bardzo krótkie i bardzo wydekoltowane suknie wieczorowe, które Vass „mirażował" w tym sezonie, by posłużyć się modnym w tymże sezonie wyrazem. Ada była w przejrzystoczarnej, Lucette w kantarydowozielonej. Usta jednej odzywały się echem szminki drugiej, jeśli chodzi o ton (ale nie odcień). Oczy miały „zrobione" w stylu „zaskoczony rajski ptak", modnym zarówno w Los, jak i w Lutecji. Z hybrydycznymi metaforami i dwuznacznikami do twarzy było wszystkim Veenom, dzieciom Wenus.

Ucha, szaszłyk oraz „aï" odniosły sukces łatwy i banalny, ale w starych piosenkach tkwiła jakaś szczególna żałość, zapewne dzięki temu, że w wieczorze brali udział kontralt z Laski i bas z Banff, słynni wykonawcy rosyjskich „romansów" ze szczyptą wyżymającej serce *cyganszcziny* drżącej w dziełach Grigorjewa i Glinki. No i była tu jeszcze Flora, smukła, nie całkiem dojrzała, na wpół naga tancerka rewiowa niepewnego pochodzenia (rumuńskiego? romskiego? ramsejańskiego?), z której zachwycających usług Van korzystał parę razy jesienią tego roku.

Jako „światowiec" patrzył na jej utalentowane uroki z chłodną (być może zbyt chłodną) obojętnością, bez wątpienia jednak miały one sekretny udział w erotycznym mrowieniu, które odczuwał od chwili, gdy od jego ślicznotek odebrano futra, sadzając je naprzeciw niego w barwnym blasku biesiady; ten dreszcz podniecenia wzmocniła w jakiś sposób świadomość (przejrzyście zakryta staranną pozą pokazującą profil) ukradkowego, zazdrosnego, intuicyjnego podejrzenia, z którym Ada, a także Lucette bez uśmiechu obserwowały jego reakcje na fałszywie skromny wyraz zawodowego rozpoznania na twarzy chodzącej w tę i we w tę *bladuszki* (miłej kurewki), jak ze źle udawanym brakiem zainteresowania nasze młode damy nazwały Florę (bardzo drogą i absolutnie uroczą). Po chwili Vana i Adę zaczęło roztkliwiać i niemal dławić łkanie bezsennej skrzypki: młodzieńcza wrażliwość na romantyczne bodźce sprawiła, że niemal natychmiast zapłakana Ada musiała iść „przypudrować sobie nos", a Van wstał z miejsca wstrząsany spazmatycznym szlochem, który przeklinał, ale którego nie umiał opanować. Zaraz jednak wrócił do wszystkiego, co miał na talerzu, i okrutnie pogładził pokryte morelowym puszkiem przedramię Lucette, a ona powiedziała po rosyjsku:

– Jestem pijana i w ogóle, ale nad życie kocham, uwielbiam (*obożaju*), uwielbiam, uwielbiam, uwielbiam ciebie, ciebie (*tiebia*, *tiebia*), nieznośnie cię pragnę (*ja toskuju po tiebie niewynosimo*), i proszę, nie daj mi już żłopać (*chlestat'*) szampana, nie tylko dlatego, że skoczę do rzeki Goodson, jeśli stracę nadzieję zdobycia cię, i nie tylko przez tę czerwoną rzecz, kawałek ciała – niemal wyrwali ci serce, mój biedny *duszeńka* (kochanie, więcej niż kochanie), wydawało mi się, że to ma przynajmniej osiem cali długości...

– Siedem i pół – mruknął skromny Van, któremu muzyka osłabiała słuch.

– ...ale dlatego, że jesteś Vanem, całym Vanem i tylko Vanem, skórą i blizną, jedyną prawdą naszego jedynego życia, m o j e g o przeklętego życia, Van, Van, Van.

W tym momencie Van wstał powtórnie, bo wróciła Ada, elegancko sunący przez salę czarny wachlarz, odprowadzany setkami spojrzeń. Jednocześnie po klawiszach przebiegły pierwsze takty romansu (do wspaniałych słów wiersza Feta *Sijała nocz*), a bas, zanim zaczął, *à la russe* odkaszlnął w kułak.

Do ciemnego salonu księżycowa łuna
Z ogrodu przenikała świetlistym zalewem.
W otwartym fortepianie drgała każda struna
Jak nasze serca twoim urzeczone śpiewem.

Potem Banoffski wziął się do wspaniałych amfibrachów Glinki (Michaił Iwanowicz był letnim gościem w Ardisie, kiedy żył jeszcze ich wuj – zachowała się zielona ławeczka, gdzie kompozytor podobno siadywał pod pseudoakacjami szczególnie często, ocierając szerokie czoło):

Cicho, wzburzone namiętności!

Następnie przejęli pałeczkę inni śpiewacy, wykonując coraz to smutniejsze pieśni – *Czułe całusy zapomniane*, *To się zdarzyło wczesną wiosną, trawa zaledwie kiełkowała*, *Wiele pieśni słyszałem w kraju rodzinnym, i posępne, i inne wesołe* oraz fałszywie ludową:

W nurtach Rossy jest skała, mchem zarosła już cała,
Ze stron wszystkich, od dołu do góry...

– jak również serię żalów wędrowców, na przykład umiarkowanie wierne anapestowi:

Dzwonek zabrzmiał przy uprzęży,
Z drogi się wzbija kurz...

Zaśpiewano też niejasno zniekształconą piosnkę żołnierską:

Nadieżdo, ja powrócę wtedy,
Gdy wierni przechłopaczą bunt...

i jedyny godny zapamiętania liryk Turgieniewa, zaczynający się słowami:

Ranek zamglony, ranek szary,
Skoszone pola smutne pod śniegami...

i, ma się rozumieć, ceniony pseudocygański gitarowy kawałek Apołłona Grigorjewa (innego przyjaciela wujka Iwana):

O, siedmiostrunna, smagłolica,
Choć ty rozmawiaj ze mną,
W kanionie jasno od księżyca,
A w sercu moim – ciemno.

– Oświadczam, że jesteśmy nasyceni blaskiem księżyca i sufletem truskawkowym, ten ostatni, obawiam się, nie całkiem „dorósł" do poziomu dzisiejszych wydarzeń – zauważyła Ada w wyjątkowo figlarnym stylu bohaterek Jane Austen. – Czas do łóżka. Widziałaś nasze ogromne łóżko, malutka, prawda? Patrz, nasz rycerz ziewa, „że mało tłuka nie poluzuje" (wulgarny żargon z Ladory).

– O, jakże to (wspinaczka na Wielki Ziew) prawdziwe – wyrzucił z siebie Van, przestając obmacywać aksamitny policzek brzoskwini Kupidyna, którą pokancerował, ale której nie skosztował.

Kapitan, *winoczerpij*, szaszłykarz, i liczna załoga kelnerów byli urzeczeni ilością *ziernistoj ikry* i „aï" skonsumowaną przez zwiewnych z wyglądu Veenów. Nie spuszczali teraz mnogich oczu z tacy, która właśnie dopłynęła z powrotem do Vana z ładunkiem złotych monet oraz banknotów.

– Dlaczego – całując Adę w policzek spytała Lucette, kiedy obie się podniosły (wykonując przy tym za plecami gesty pływaczek, szukały bowiem futer, zamkniętych w sejfie albo jeszcze gdzie indziej) – dlaczego pierwsza piosenka, *Uż gasli w komnatach ogni*, i „wonne róże" poruszyły cię bardziej niż twój ulubiony Fet i ten kawałek o ostrym łokciu trębacza?

– Van też był poruszony – tajemniczo odparła Ada i maznęła świeżo pomalowanymi ustami najbardziej fantazyjny z piegów podchmielonej Lucette.

Obojętnie, czysto dotykowo, jak gdyby dopiero dziś wieczorem poznał te dwie powolne, kołyszące biodrami Gracje, kierując je ku wyjściu (na spotkanie szynszylowych mantyli, z którymi pędziło do nich wiele nowych, gorliwych, niesprawiedliwie i niepojęcie ubogich osób), położył jedną dłoń, lewą, na długich obnażonych plecach Ady, drugą na kręgosłupie Lucette, również nagim i długim (chodziło jej o drabinkę czy dubinkę, a może był to lapsus sepleniących ust?). Obojętnie przesiewał i smakował swoje wrażenia, jedno, potem drugie. Wygięcie kręgosłupa jego kochanki było jak gorąca kość słoniowa, wygięcie Lucette – pokryte meszkiem i wilgotne. On także przesadził trochę z szampanem: cztery butelki z pół tuzina, „bez małej kapeczki" (jak mówiliśmy w starym Chose) i teraz, sunąc za ich niebieskawymi futrami, jak idiota powąchał prawą dłoń, nim włożył na nią rękawiczkę.

– Ejże, Veen – zarżał jakiś głos obok niego (dookoła było mnóstwo rozpustników) – chyba nie potrzeba ci aż dwóch, co?

Van odwrócił się gwałtownie, gotów rąbnąć natrętnego gbura, ale okazało się, że to tylko Flora, straszna żartownisia i doskonała imitatorka głosów. Spróbował dać jej banknot, ale uciekła, czule błysnąwszy na pożegnanie bransoletkami i gwiazdkami na piersiach.

Kiedy tylko Edmund (nie Edmond, który dla bezpieczeństwa – znał Adę – został odesłany do Kingston) przywiózł ich do domu, Ada wydęła policzki, zrobiła wielkie oczy i skierowała się do łazienki Vana. Swoją własną zostawiła zataczającemu się gościowi. Van, zająwszy punkt geograficzny odrobinę bliżej starszej dziewczyny, nieprzerwanym strumieniem wykorzystał udogodnienia małego *vessie* (kanadiańska wymowa WC) obok garderoby. Zdjął smoking i krawat, rozpiął kołnierzyk jedwabnej koszuli i znieruchomiał w postawie męskiego wahania: Ada, oddzielona od niego tylko ich sypialnią i salonem, nalewała wody do wanny; niedawno słyszany dźwięk gitary zharmonizował się akwatycznie (była to jedna z rzadkich chwil, kiedy przypominał ją sobie i jej całkiem rozumną mowę w sanatorium w Agawii).

Oblizał wargi, odchrząknął i postanowiwszy zabić jedną szyszką dwa grubodzioby, ruszył ku drugiemu południowemu końcowi mieszkania przez pokój bouderowy i mangeralnię (zawsze mówimy po kanadiańsku, kiedy jesteśmy *haut*). W sypialni dla gości zastał Lucette stojącą plecami do niego, właśnie wkładała przez głowę swoją bladozieloną nocną koszulę. Jej wąski tyłek był nagi i naszego paskudnego rozpustnika nie mogła nie poruszyć idealna symetria dwu cudownych bliźniaczych dołeczków, jakie na świętym pasie piękna nad pośladkami mają tylko doskonałe młode istoty. Ach, były nawet wspanialsze niż u Ady! Na szczęście dziewczyna odwróciła się, przygładzając potargane rude loki, a rąbek koszuli opadł na wysokość kolan.

– Kochanie – powiedział Van – pomóż mi, proszę. Opowiadała mi o swoim walentyńskim *estanciero*, ale nie mogę sobie teraz przypomnieć nazwiska, a nie chcę jej przeszkadzać.

– Nigdy ci go nie podała – powiedziała lojalna Lucette – więc nie masz czego sobie przypominać. Nie. Nie mogę tego zrobić twojej ukochanej, i swojej, bo wiemy przecież, że możesz trafić z pistoletu w tę dziurkę od klucza.

– Proszę cię, lisiczko! Nagrodzę cię bardzo specjalnym całusem.

– Ech, Van – powiedziała, głęboko westchnąwszy. – Obiecujesz, że jej nie powiesz, kto ci powiedział?

– Obiecuję. Nie, nie, nie – ciągnął, teraz z rosyjskim akcentem, kiedy Lucette w bezmyślnym zapamiętaniu miłości chciała przycisnąć swój brzuch do jego. – *Nikak-s niet*: nie w usta, nie w ten kawałek nad górną wargą, nie w czubek nosa, nie w płynne oko. W pachę lisiczki, o tak... chyba że... (odsuwając się z udawaną niepewnością) g o l i s z się tam?

– Bardziej śmierdzę, kiedy się golę – wyznała prościutka Lucette, posłusznie obnażając jedno ramię.

– Ręka do góry! Kierunek – Raj! Terra! Wenus! – rozkazał Van i na kilka skoordynowanych uderzeń dwu serc przycisnął pracowite usta do gorącego, wilgotnego, niebezpiecznego wgłębienia.

Gwałtownie usiadła na krześle, przyciskając dłoń do czoła.

– Światła rampy wyłączyć! – powiedział Van. – A teraz nazwisko tego gościa.

– Vinelander – odpowiedziała.

Van usłyszał głos Ady Vinelander, domagający się, żeby podać jej nocne pantofelki od Glassa (których, podobnie jak w księstwie Corduleńki, nie bardzo potrafił odróżnić od balowych), i minutę później, nie słabnąc ani na chwilkę w zaistniałym napięciu, pogrążył się w pijany sen, w którym na jakiejś komódce kochał się gwałtownie z Rose... nie, z Adą, ale na przyjęty z Rose sposób. Poskarżyła się, że to bolało i że był bezwzględny „jak tygrysi Turek". Poszedł do łóżka i już miał na dobre zasnąć, kiedy opuściła miejsce obok niego. Dokąd się wybierała? Malutka chciała obejrzeć album.

– Dotrę znów za minetkę – powiedziała (uczniowski slang trybadek) – więc nie zasypiaj. A w ogóle od teraz do następnego obwieszczenia będzie *Chère-amie-fait-morata* (gra słów wykorzystująca rodzajową i gatunkową nazwę słynnej muchy).

– Tylko żadnych safickich *Vorschmack*'ów – wymamrotał w poduszkę.

– Och, Van – powiedziała z jedną ręką na opalowej gałce drzwi nieskończonego pokoju, ale obróciwszy się, żeby pokręcić głową. – Mówiliśmy o tym już tyle razy! Sam przyznałeś, że jestem tylko „bladą dziką dziewczyną o włosach Cyganki" z nieśmiertelnej ballady, dziewczyną, co znalazła się w bezświecie, w „pstrym kosmosie" Rattnera, gdzie jedyną regułą są przypadkowe wariacje. Nie możesz wymagać – ciągnęła gdzieś między policzkami jego poduszki (bo Ada dawno znikła razem z krwawobrązową książką) – nie możesz wymagać wstydliwości od małej delfinki! Wiesz, że naprawdę kocham tylko mężczyzn, niestety, tylko jednego mężczyznę.

W aluzjach Ady do jej cielesnych przygód zawsze było coś kolorowo impresjonistycznego, ale i dziecinnego, przypominającego podstępne obrazki albo szklane labirynciki z dwoma ziarnkami grochu, albo maszynę w Ardisie – pamiętasz? – wyrzucającą w górę gliniane gołębie i szyszki sosnowe, do których się strzelało, albo angielski *cockamaroo* czy rosyjski *biks*: grało się w to miniaturowym kijem na pokrytej bilardowym suknem prostokątnej desce z dziurami i bramkami, dzwonkami i kołkami, pośród których zygzakami toczyła się biała jak kość słoniowa kula wielkości piłeczki do pingponga, robiąc „biks-piks" przy uderzeniach.

Tropy to sny mowy. Przez bukszpanowy labirynt i „biksowe" łuki Ardisu Van przeszedł w sen. Kiedy znów otworzył oczy, była dziewiąta rano. Ada leżała wygięta w łuk, oddzielona od niego pustką otwartego nawiasu, jego zawartość nie była jeszcze gotowa do tego, by ją tam umieścić, a ukochane, piękne, zdradzieckie, granatowo-czarno-brązowe włosy pachniały Ardisem, ale również „o-de-grâce" Lucette.

Posłała mu kablogram? Sprawa zakończona czy decyzja odroczona? Pani Viner... nie, Vingolfer, nie, Vinelander – to był pierwszy Ruski, który skosztował winogron labrusca.

– *Mnie snitsia soPIERnik SZCZASTLIWOJ!* (Michaił Iwanowicz rysujący laską półkola na piasku, zgarbiony na swej ławce pod kremowymi czereśniami).

– Śni mi się szczęśliwy rywal!

Tymczasem oto przybyli do mnie doktor Kac i jego mocne pigułki kaffeina.

W wieku lat dwudziestu Ada rano sypiała dłużej, od początku ich nowego życia we dwoje zwykł brać prysznic przed jej obudzeniem, a potem, goląc się, dzwonić z łazienki, żeby Valerio podał im śniadanie; Valerio wtaczał stolik na kółkach prosto z windy do salonu obok sypialni. Tej jednak niedzieli, nie wiedząc, na co może mieć ochotę Lucette (pamiętał jej dawną skłonność do kakao) i pragnąc zbliżyć się z Adą, zanim zacznie się dzień, nawet za cenę wdarcia się w jej ciepły sen, Van przyśpieszył ablucje, energicznie się wytarł, przypudrował sobie pachwiny i nie racząc nic włożyć na siebie, w pełnej krasie wszedł do sypialni, gdzie zastał rozczochraną i nadąsaną Lucette, ciągle w wierzbowozielonej koszuli, siedzącą po drugiej stronie na skraju małżeńskiego łoża. Tymczasem Ada (wyraźnie rysowały się jej nabrzmiałe sutki), która z rytualnych i wróżebnych powodów włożyła już *rivière de diamants*, wchłaniała w siebie pierwszy tego dnia dymek i starała się dowiedzieć od młodszej siostry, czy woli naleśniki „Monaco" z syropem potomackim, czy raczej jego niezrównany bursztynowo-rubinowy bekon. Ujrzawszy Vana, który niewzruszony w swej imponującej postaci podszedł i umieścił prawowite kolano na bliższym brzegu ogromnego łoża (Mississippi Rose sprowadziła tu kiedyś w celach pedagogicznych – przy czym postępowe były i edukacyjne treści, i metoda wizualna – swoje dwie małe siostry o skórze w kolorze toffi i lalkę niemal tej samej wielkości, ale białą), Lucette wzruszyła ramionami i wykonała taki ruch, jakby szykowała się do wyjścia, ale nienasycona ręka Ady ją powstrzymała.

– Wskakuj do łóżka, malutka (wzięło się to stąd, że dziewczynka puściła przy stole malutkiego bąka, *circa* 1882). A ty, bożku ogrodów, zadzwoń po służbę – trzy kawy, pół tuzina jajek na miękko, mnóstwo grzanek z masłem, mnóstwo...

– No nie! – przerwał Van. – Dwie kawy, cztery jajka itd. Nie dopuszczę do tego, żeby służba zobaczyła dwie dziewczyny w moim łóżku, jedna (*teste* Flora) wystarczy dla moich niewielkich potrzeb.

– N i e w i e l k i c h potrzeb! – prychnęła Lucette. – Daj mi odejść, Ado. J a potrzebuję kąpieli, a o n potrzebuje ciebie.

– Malutka zostaje tutaj – wrzasnęła zuchwała Ada i jednym zgrabnym ruchem zerwała z siostry nocną koszulę. Lucette mimowolnie schyliła głowę i wygięła kruchy kręgosłup, potem położyła się na zewnętrznej części poduszki Ady w pozycji omdlałej wstydliwej męczennicy, a jej loki rozpostarły się pomarańczowym blaskiem na czarnym aksamicie wyściełanego wezgłowia.

– Rozkrzyżuj ramiona, głuptasie – rozkazała Ada i kopniakiem zrzuciła prześcieradło, które częściowo przykrywało sześcioro nóg. Jednocześnie, nie odwracając głowy, klapsem odrzuciła od siebie skrycie przyciskającego się do niej od tyłu Vana, drugą ręką wykonując magiczne ruchy nad drobnymi, ale bardzo ładnymi piersiami, zdobnymi klejnotami potu, i wzdłuż płaskiego, pulsującego brzucha nimfy z nadmorskiego piasku, opuszczając się ku żar-ptakowi, widzianemu przez Vana tylko raz, a w pełnym upierzeniu dopiero teraz i na swój sposób równie fascynującemu jak niebieski kruk, jego faworyt. Czarodziejka! Akrazja!

To, co tutaj mamy, to nie tyle sytuacja z Casanovy (ten dubletowy dziwkarz miał zdecydowanie monochromatyczny ołówek, co zgadzało się z manierą wspomnień jego bezbarwnej epoki), ile znacznie wcześniejsze płótno Szkoły Weneckiej (*sensu largo*), zreprodukowane (w *Zakazanych arcydziełach*) wystarczająco dobrze, by potwierdzić się przy widoku dowolnego burdelu z lotu ptaka.

Oto więc ta scena widziana z góry, jakby odbita w lustrze na suficie, które Eric naiwnie wykoncypował, gdy kłębiły mu się w głowie cypryjskie marzenia (w istocie wszystko tu leży w cieniu, bo żaluzje są wciąż opuszczone i nie wpuszczają do pokoju szarego poranka): widzimy sporą wyspę łóżka oświetloną z naszej lewej strony (prawej strony Lucette) blaskiem lampy żarzącej się z pomrukiem na stoliku nocnym od zachodu. Górne prześcieradło i kołdra leżą zmięte koło pozbawionego wezgłowia południowego krańca wyspy, gdzie spojrzenie, które dopiero co na niej wylądowało, zaczyna wędrówkę na północ, ku rozchylonym siłą nogom młodszej z panien Veen. Rośna kropelka rdzawego mchu znajduje potem stylistyczne dopełnienie w akwamarynowej łzie jej płonącego policzka. Inna podróż z portu w głąb interioru pozwala objawić długie białe udo (lewe) centralnej postaci dziewczęcej; odwiedzamy stragany z pamiątkami: pomalowane na czerwono pazury Ady, prowadzące rozsądnie krnąbrny, wybaczalnie uległy nadgarstek mężczyzny z mrocznego wschodu ku jaskrawo rudemu zachodowi, i błysk jej brylantowego naszyjnika, który tym razem nie jest o wiele cenniejszy niż akwamaryny na drugiej (zachodniej) stronie ulicy Nowej Powieści. Naznaczony szramą akt męski na wschodnim wybrzeżu wyspy pozostaje częściowo w cieniu i, ogólnie rzecz biorąc, jest mniej interesujący, chociaż zdecydowanie bardziej podniecony niż służy to jemu czy pewnemu typowi turystów. Niedawno na nowo wytapetowana ściana bezpośrednio na zachód od głośniej teraz mruczącej (*et pour cause*) dorocenowej lampy ukazuje na cześć centralnej dziewczyny wzór przedstawiający peruwiańskie kwiaty kapryfolium, do których zlatują się (nie tylko po nektar, jak sądzę, ale także po drobne żyjątka, które w nich uwięzły) cudowne kolibry z gatunku *Loddigesia*, a na nocnym stoliku po tej stronie znajdują się ordynarne pudełko zapałek, *karawanczik* papierosów, popielniczka z hotelu

„Monaco", egzemplarz kiepskiego thrillera Voltemanda i krzykliwa orchidea *Oncidium* w ametystowym flakoniku. Na analogicznym stoliku po stronie Vana są: podobna bardzo mocna, ale niezapalona lampa, dorofon, paczka wyciereksów, lupa, zwrócony właścicielce ardisowski album oraz nadbitka artykułu dra Anbury'ego (żartobliwy pseudonim młodego Rattnera) *Muzyka rozrywkowa jako przyczyna powstawania guzów mózgu.* Dźwięki mają barwy, barwy mają zapachy. Ogień bursztynu Lucette przenika noc woni i żaru Ady i zatrzymuje się na progu lawendowego kozła Vana. Dziesięć ochoczych, złych, kochających, długich palców, należących do dwu różnych młodych demonów pieści ich bezradne pościelowe zwierzątko. Rozpuszczone czarne włosy Ady przypadkiem łechcą miejscowe kuriozum, które dziewczyna trzyma w lewej dłoni, wspaniałomyślnie demonstrując swą zdobycz. Bez podpisu i bez ramy.

To mniej więcej wszystko (bo magiczna błyskotka natychmiast się roztopiła, a Lucette chwyciła nocną koszulę i uciekła do swego pokoju). Był to tego rodzaju sklepik, w którym koniuszki palców jubilera potrafią na swój czuły sposób podnieść wartość świecidełka, przez coś podobnego do pocierania tylnych skrzydeł przycupniętego na chwilę modraszka albo ruchów kciuka rozpuszczającego monetę iluzjonisty; ale tylko w takim sklepiku anonimowy obraz przypisywany Grillo czy Obieto, kaprysowi lub świadomemu zamiarowi, *Ober-* lub *Unterart*, może znaleźć artysta-szperacz.

– Jest strasznie nerwowa, biedne dziecko – zauważyła Ada, wyciągając się nad Vanem, by sięgnąć po wyciereksy. – Mógłbyś zamówić to śniadanie teraz, chyba że... Och, co za wspaniały widok! Orchidee. Nigdy nie widziałam, żeby mężczyzna tak szybko wrócił do formy.

– Mówiły mi to setki dziwek i dziesiątki ślicznotek bardziej doświadczonych niż przyszła pani Vinelander.

– Może nie jestem taka bystra jak kiedyś – powiedziała smutno Ada – ale znam kogoś, kto nie tylko jest pawiem, ale i pawianem, a tym kimś jest Cordula Tobacco alias Madame Perwitsky. Czytałam w dzisiejszej gazecie, że pawie w ogrodach zoologicznych masowo zdychają, nie wiem, jak jest z pawianami.

Po chwili Van poadorował [sic! – wyd.] naleśniki. Żadna Lucette jednak się nie pojawiła i kiedy Ada, ciągle w swoich brylantach (co miało oznaczać, że chce jeszcze przynajmniej jednego *caro* Vana i jednego camela przed poranną kąpielą), zajrzała do pokoju gościnnego i stwierdziła, że biała walizka i niebieskie futro zniknęły. Do poduszki przypięty był liścik, nabazgrany zielonym tuszem do powiek firmy Arlen.

Oszalałabym gdybym została jeszcze jedną noc będę jeździć na nartach w Vermie razem z innymi biednymi opatulonymi robalami przez jakieś trzy tygodnie nieszczęsna

Pour Elle

Van podszedł do klasztornego pulpitu, który nabył, żeby w pozycji pionowej zapisywać zrodzone przez kręgosłup myśli, i skreślił, co następuje:

Biedna L.!

Przykro nam, że opuściłaś nas tak szybko. Nawet jeszcze bardziej nam przykro, że podstępnie skłoniliśmy naszą Esmeraldę i syrenkę do brzydkich figli. Tego rodzaju zabawy już się w Twojej obecności nie powtórzą, kochana żar-ptaszko. Przepra [przepra-

szamy]. Wspomnienia, płomienie i tchnienia piękna sprawiają, że artyści i kretyni tracą nad sobą kontrolę. Piloci ogromnych statków powietrznych, a nawet ordynarni, cuchnący furmani, jak wiadomo, bywali doprowadzani do szaleństwa przez parę zielonych oczu i miedziany pukiel. Chcieliśmy tylko Cię zabawić i pozachwycać się Tobą, RP (rajski ptaku). Posunęliśmy się za daleko. Ja, Van, posunąłem się za daleko. Żałujemy tej żenującej, choć w zasadzie niewinnej sceny. Są w życiu momenty emocjonalnego stresu i uspokojenia. Zniszcz i zapomnij.

Tkliwie Ci oddani
A. i V. (w porządku alfabetycznym)

– Moim zdaniem, to napuszone purytańskie bzdury – powiedziała Ada, rzuciwszy okiem na list Vana. – Dlaczego mamy przepraszać ją za to, że doznała cudownej *spazmoczki*? Kocham ją i nigdy nie pozwolę ci jej skrzywdzić. To dziwne, wiesz, coś w tonie twojego liściku budzi moją prawdziwą zazdrość, po raz pierwszy w moim żarze [tak w rękopisie, powinno być „życiu" – wyd.]. Van, gdzieś, kiedyś, po jakiejś kąpieli słonecznej albo tańcu prześpisz się z nią, Van!

– Tylko jeśli skończy ci się zapas magicznego napoju miłosnego. Czy zgadzasz się, żebym wysłał jej ten list?

– Tak, ale chcę dodać parę słów.

Jej PS wyglądało tak oto:

Powyższe oświadczenie jest dziełem Vana, a ja podpisuję je niechętnie. Jest napuszone i purytańskie. Uwielbiam Cię, mon petit, *i nigdy mu nie pozwolę Cię skrzywdzić, nieważne czy z czułości, czy z szaleństwa.*

Jeśli masz dość Queen, czemu nie polecisz do Holandii albo Włoch?

A.

– No to teraz chodźmy zaczerpnąć świeżego powietrza – zaproponował Van. – Każę osiodłać Pardusa i Pega.

– Wczoraj wieczorem rozpoznało mnie dwu mężczyzn – powiedziała. – Dwu nieznających się wzajemnie kalifornijczyków, ale nie odważyli się ukłonić – a powodem był mój *bretteur* w jedwabnym smokingu, rzucający dokoła gniewne spojrzenia. Jednym z nich był Anskar, producent, drugim – był z kokotą – Paul Whinnier, jeden z londyńskich kumpli twojego ojca. Myślałam, że wrócimy do łóżka.

– Zaraz wybierzemy się na przejażdżkę do parku – zdecydowanie powiedział Van i zadzwonił po niedzielnego posłańca, żeby ten zaniósł list do hotelu Lucette albo do kurortu Verma, gdyby okazało się, że już wyjechała.

– Mam nadzieję, że wiesz, co robisz – stwierdziła Ada.

– Tak – odparł.

– Łamiesz jej serce – powiedziała Ada.

– Ado, adorowana ty moja – zawołał Van – jestem promienną próżnią. Odbywam rekonwalescencję po długiej i strasznej chorobie. Płakałaś nad moją niestosowną blizną, ale teraz życie będzie już tylko miłością i śmiechem, i karmelkami. Nie mogę zastanawiać się nad złamanymi sercami, bo moje własne zbyt niedawno zostało sklejone. Będziesz nosić niebieski woal, a ja sztuczne wąsy, z którymi wyglądam jak Pierre Legrand, mój nauczyciel fechtunku.

– *Au fond* – powiedziała Ada – bliscy kuzyni mają pełne prawo jeździć konno razem. A nawet tańczyć albo jeździć na łyżwach, jeśli mają chęć. Kuzyni pierwszego stopnia to niemal brat i siostra. Jaki niebieski, lodowaty, tracący dech dzień.

Wkrótce była gotowa, pocałowali się czule w przedpokoju, między windą a schodami, rozstając się na kilka minut.

– Wieża – mruknęła w odpowiedzi na jego pytające spojrzenie, zupełnie tak samo, jak robiła to owymi słodkimi jak miód rankami w przeszłości, kiedy sprawdzali swoje szczęście: – A u ciebie?

– Prawdziwy zigurat.

9

Poszukali trochę i znaleźli w malutkim kinie specjalizującym się w „malowanych westernach" (jak nazywano te pustynie antysztuki) *Młodych i potępionych* (1890). Oto jak nisko w końcu upadły *Les Enfants maudits* (1887) Mlle Larivière. W jej utworze dwoje podrostków, mieszkających we francuskim zamku, truje swą owdowiałą matkę, która uwiodła młodego sąsiada, kochanka jednego z bliźniąt. Autorka poszła na wiele ustępstw wobec swobody epoki i wobec paskudnej wyobraźni scenarzystów; zarówno jednak ona, jak i główna gwiazda wyparły się ostatecznego rezultatu licznych zafałszowań fabuły, która teraz stała się historią morderstwa popełnionego w Arizonie; jego ofiarą był wdowiec, mający właśnie poślubić prostytutkę-alkoholiczkę. Marina całkiem rozsądnie odmówiła wcielenia się w tę postać. Biedna mała Ada jednak przywiązała się do swojego epizodu, dwuminutowej sceny w *traktirie* (przydrożnej karczmie). Podczas prób czuła, że nieźle radzi sobie z rólką wężowatej bufetowej, póki reżyser nie ofuknął jej, bo jego zdaniem chodziła jak kanciasty podlotek. Nie raczyła obejrzeć gotowego filmu i niespecjalnie paliła się do tego, aby zobaczył go teraz Van, on jednak przypomniał jej, co ten sam reżyser, G.A. Wroński, powiedział jej kiedyś: że zawsze jest wystarczająco ładna, by pewnego dnia stać się dublerką Lenory Colline, która w wieku dwudziestu lat była równie jak ona atrakcyjnie *gauche* i w ten sam sposób, przechodząc przez pokój, unosiła i wysuwała do przodu ramiona. Obejrzawszy krótkometrażowy dodatek o robotach publicznych, doczekali się *Młodych i potępionych*, tylko po to, by przekonać się, że scena z bufetową została z sekwencji w karczmie wycięta, z wyjątkiem bardzo wyraźnego cienia łokcia Ady, jak uprzejmie utrzymywał Van.

Następnego dnia w ich małym salonie z czarną kanapą, żółtymi poduszkami i wykuszem z nowym uszczelnionym oknem, które zdawało się powiększać wciąż padające pionowo powolne płatki śniegu (przypadkiem stylizowane na okładkę najnowszego numeru „Dandysa i Motyla", który leżał na parapecie), Ada zaczęła mówić o swojej „karierze aktorskiej". Cała ta kwestia w głębi duszy przyprawiała Vana o mdłości (dzięki czemu jej zainteresowania przyrodoznawcze nabierały nostalgicznego blasku). Dla niego słowo pisane istniało jedynie w swej abstrakcyjnej czystości, w niepowtarzalnym uroku przyciągającym równie idealny umysł. Należało ono jedynie do swego stwórcy i nie mogło być wypowiadane ani odgrywane mimicznie (Ada twierdziła coś przeciwnego), bo oznaczało to, że śmiertelny cios sztyletu innego umysłu zabija artystę w samym mateczniku jego artyzmu. Dramat w postaci napisanego tekstu był ze swej istoty czymś doskonalszym niż nawet najlepsze jego wystawienie, choćby spektakl reżyserował sam autor. Poza tym Van zgadzał się z Adą, że mówiącemu ekranowi należy przyznać przewagę nad żywym teatrem z tej prostej przyczyny, że na tym pierwszym reżyser może zrealizować swoje standardy doskonałości i utrzymywać je w nieograniczonej liczbie powtórzeń.

Żadne z nich nie mogło sobie wyobrazić rozstań, których mogłoby wymagać zawodowe życie Ady „w plenerach", ani wspólnych wyjazdów do argusowo wielookich miasteczek, ani mieszkania razem w Hollywood w Stanach Zjednoczonych, w Ivydell w Anglii lub w cukrowobiałym hotelu „Cohnritz" w Kairze. Prawdę powiedziawszy, nie wyobrażali sobie żadnego innego życia niż obecne *tableau vivant* na tle uroczego gołębiosinego nieba Manhattanu.

W wieku lat czternastu Ada mocno wierzyła w to, że dobije się pozycji gwiazdy i z wielkim hukiem rozpryśnie na pryzmatyczne łzy tryumfu. Studiowała w odpowiednich szkołach artystycznych. Różne nieodnoszące sukcesów, wszelako utalentowane aktorki, jak również Stan Slavsky (żaden krewny, ale też i nie pseudonim sceniczny) udzielali jej prywatnych lekcji aktorstwa, rozpaczy, nadziei. Jej debiut był skromną cichą katastrofą; jej następne role szczerze oklaskiwali tylko bliscy przyjaciele.

– Pierwszą miłością – powiedziała Vanowi – jest pierwsza owacja na stojąco, właśnie ona tworzy wielkiego artystę, zapewniali mnie o tym Stan i jego dziewczyna, która grała pannę Łapes Trapez w *Latających obręczach*. Prawdziwe uznanie może przyjść dopiero wraz z ostatnim wieńcem.

– Bosz – wymamrotał Van i coś jeszcze, ale tak cicho, że nie było słychać (Boże, co za bzdury!).

– Otóż to, tamtego też wygwizdywały w dużo starszych Amsterdamach najemne draby, i proszę, trzysta lat później kopiuje go każdy szczeniak z grupy pierwszoroczniaków! Ciągle sądzę, że mam talent, ale może mylę właściwy *podchod* (podejście) z talentem, który gra na nosie regułom wyprowadzonym ze sztuki przeszłości.

– No cóż, przynajmniej znasz tę prawdę – powiedział Van. – Długo rozwodziłaś się na ten temat w jednym z listów.

– Chyba zawsze czułam na przykład to, że aktorstwo nie powinno skupiać się na „postaciach", na „typach", takich czy innych, na *fokus-pokus* tematów społecznych, ale wyłącznie na indywidualnej i wyjątkowej poezji autora, bo dramaturdzy, co udowodnili najwięksi z nich, są bliżsi poetom niż powieściopisarze. W „prawdziwym" życiu jesteśmy sługami przypadku w absolutnej próżni, chyba że sami bylibyśmy artystami; ale w dobrej sztuce czuję się stworzona z określonym zamysłem, dopuszczona do istnienia przez radę cenzorów, czuję się bezpieczna, mając przed sobą tylko dyszącą ciemność (zamiast naszej czwartej ściany czasu), czuję się utulona w objęciach zbitego z tropu Williama (myślał, że jestem tobą) albo znacznie normalniejszego Antona Pawłowicza, który zawsze uwielbiał długie czarne włosy.

– To też mi kiedyś napisałaś.

Początek scenicznego życia Ady w 1891 roku zbiegł się z końcem dwudziestopięcioletniej kariery jej matki. W dodatku obie wystąpiły w *Czterech siostrach* Czechowa. Ada zagrała Irinę na skromnych deskach Akademii Teatralnej Jakima w trochę skróconej wersji, w której na przykład tylko mówiło się o siostrze Warwarze, gadatliwej *originałkie* („dziwnej kobiecie", jak nazywa ją Marsza), ale wykreślono sceny z jej udziałem, toteż tytuł sztuki można byłoby zmienić na *Trzy siostry* i tak ją rzeczywiście nazwały najdowcipniejsze z miejscowych notek recenzenckich. Marina grała nieco rozbudowaną rolę mniszki w wypieszczonej wersji ekranowej; i film, i ona zebrali mnóstwo niezasłużonych pochwał.

– Odkąd postanowiłam pójść na scenę – powiedziała Ada (wykorzystujemy tu jej zapiski) – prześladowała mnie mierność Mariny, *au dire de la critique*, która albo ją ignorowała, albo grzebała we wspólnym grobie z innymi

„kompetentnymi wykonawcami"; jeśli zaś rola była odpowiednio duża, skala określeń rozciągała się od „drewniana" do „wrażliwa" (największy komplement, jakim kiedykolwiek nagrodzono jej dokonania). I oto w najdelikatniejszym momencie m o j e j kariery powiela i rozsyła do przyjaciół i wrogów takie irytujące urywki, jak: „Durmanowa jest wspaniała jako neurotyczna mniszka, przemieniwszy zasadniczo statyczną i epizodyczną rolę w et cetera, et cetera, et cetera".

– Oczywiście kino nie ma problemów językowych – ciągnęła Ada (a Van raczej połknął niż zdusił ziewnięcie). – Marina i trójka wykonawców ról męskich nie potrzebowali znakomitego dubbingu, bez którego pozostali aktorzy, nieznający języka, nie mogli się obejść i tym użyczono głosów; natomiast nasza nieszczęsna jakimowska inscenizacja mogła się oprzeć tylko na dwojgu Rosjan, na protegowanym Stana Altshulerze w roli barona Nikołaja Lwowicza Tuzenbacha-Krone-Altschauera, i na mnie grającej *la pauvre et noble enfant* Irinę, która w jednym akcie pracuje jako telegrafistka, w innym jako urzędniczka w magistracie, a na końcu jako nauczycielka. Cała reszta zespołu miała mieszankę najróżniejszych akcentów, angielskiego, francuskiego, włoskiego, *à propos*, jak jest „okno" po włosku?

– *Finestra*, *siestra* – powiedział Van, parodiując kiepskiego suflera.

– Irina (szlochając): Dlaczego? Dlaczego wszystko minęło? Gdzie jest? O Boże, Boże! Wszystko pozapominałam, w głowie mi się plącze... Nie pamiętam, jak jest po włosku sufit albo, na przykład, okno.

– Nie, w tej kwestii „okno" jest pierwsze – powiedział Van – bo Irina najpierw rozgląda się wokół siebie, a potem patrzy na sufit, zgodnie z naturalnym ruchem myśli.

– Tak, oczywiście: ciągle zmagając się z „oknem", spogląda w górę i napotyka równie enigmatyczny „sufit". Jestem pewna, że grałam to w zgodzie z twoją interpretacją psychologiczną, ale jakie to ma znaczenie, jakie to miało znaczenie, spektakl był absolutnie obrzydliwy, mój baron potykał się co parę słów... ale Marina, Marina była c u d o w n a w swoim świecie cieni. „Minęło dziesięć lat i jeszcze rok minął, odkąd opuściłam Moskwę" (Ada, grając teraz Warwarę, imitowała „śpiewny, dewocyjny ton" (*piewuczij ton bogomołki*, zalecany przez Czechowa i oddany tak irytująco dobrze przez Marinę). „Nie ma już Starej Basmannej, gdzie (zwracając się do Iriny) urodziłaś się dwadzieścia roczków (*godkow*) temu, teraz to ulica Buszmeńska, po obu stronach warsztaty i garaże (Irina stara się powstrzymać łzy). Dlaczego więc miałabyś tam wracać, Arinuszka? (w odpowiedzi Irina szlocha)". Ma się rozumieć, tak jak każdy dobry wykonawca, matka – niech jej Bóg da zdrowie – trochę improwizowała. W dodatku jej głos, jej młody melodyjny głos mówiący po rosyjsku, zastąpił irlandzką angielszczyznę Lenory.

Van widział ten film i rzecz mu się podobała. Młoda Irlandka, nieskończenie pełna wdzięku i melancholijna Lenora Colline

Oh! Qui me rendra ma colline
Et le grand chêne and my colleen!

– niesamowicie przypominała Adę Ardis na wspólnej z matką fotografii w „Belladonnie", piśmie o filmie, które posłał mu Greg Erminin, sądząc, że będzie mu przyjemnie zobaczyć ciotkę i kuzynkę, razem, na patio w Kalifornii, tuż przed premierą filmu. Warwara, najstarsza córka świętej pamięci generała Siergieja Prozorowa, w pierwszym akcie przybywa ze swego odległego klasztoru Cycykar, do Permu (zwanego również Spermem) pośród puszcz nad Zatoką Akimską w północnej Kanadii, by napić się herbaty z Olgą, Marszą oraz Iriną w dniu imienin tej ostatniej. Ku przerażeniu mniszki jej trzy siostry marzą tylko o jednym – o wyjechaniu z zimnego, wilgotnego, pełnego komarów Permanentnego, jak przezywa to miasto Irina, do odległej i grzesznej Moskwy w stanie Idaho, dawnej stolicy Estotii, i miejsca, gdzie kwitnie światowe życie. W pierwszej wersji sztuki, która nie potrafiła jakoś nikogo zmusić do lekkiego westchnienia, jakim wita się arcydzieła, Tchechoff (tak zapisywał on swoje nazwisko, kiedy mieszkał w ohydnym Pension Russe, 9, rue Gounod, Nice) wepchnął na dwie strony groteskowej sceny wstępnej wszystkie informacje, których chciał się pozbyć, wielkie kawały wspomnień i dokładnych dat, brzemię nie do uniesienia na kruchych barkach trzech nieszczęśliwych Estotianek. Później rozmieścił te informacje w znacznie dłuższej scenie, w której przybycie *monaszki* Warwary uzasadnia wszelkie wypowiedzi potrzebne do zaspokojenia niecierpliwej ciekawości widowni. Piękny przykład mistrzostwa dramaturgicznego. Niestety jednak (jak dzieje się to często z postaciami wprowadzonymi po to, by pozbyć się kłopotu) mniszka została, i dopiero w trzecim, przedostatnim akcie autor zdołał się jej pozbyć, posyłając ją z powrotem do klasztoru.

– Przypuszczam – powiedział Van (znający Adę) – że nie prosiłaś Mariny o żadne rady co do roli Iriny, tak?

– To by tylko doprowadziło do kłótni. Jej uwagi zawsze mnie denerwowały, bo wygłaszane były sarkastycznym, obraźliwym tonem. Słyszałam, jak ptasia mama wpadała w paroksyzmy wściekłości, kiedy jej biedne małe bezogonki (*biezchwostnyje biedniażki*) zbyt wolno uczyły się latania. Miałam tego dość. Nawiasem mówiąc, mam tu program tej mojej katastrofy.

Van przejrzał listę aktorów i osób dramatu i zauważył dwa interesujące szczegóły: rola Fiedotika, oficera artylerii (którego komediowym atrybutem był wiecznie pstrykający aparat fotograficzny) przydzielona została niejakiemu „Kimowi (skrót od imienia Jakim) Eskimossoffowi", a ktoś nazwany „Johnem Shpackiem" został obsadzony jako Skworcow (sekundant dość amatorskiego pojedynku w ostatnim akcie), a *skworiec* to *shpack*. Kiedy przekazał tę uwagę Adzie, zarumieniła się, jak to miała w zwyczaju, wywodzącym się ze Starego Świata.

– Tak – powiedziała – to był całkiem miły chłopak i trochę z nim flirtowałam, ale nie wytrzymywał napięcia i rozdarcia, był przedtem, od okresu pokwitania, *puerulusem* grubego baletmistrza o nazwisku Dangleleaf i w końcu popełnił samobójstwo. Widzisz („rumieniec zastąpiła *matowaja* bladość"), nie ukrywam nic z tego, co dźwiękowo kojarzy się z Permem.

– Jasne. A Jakim?

– Och, to było kompletne zero.

– Nie o to chodzi. Czy Jakim, w odróżnieniu od kojarzącego się z nim dźwiękowo odpowiednika nie robił zdjęć twojemu bratu obejmującemu swoją dziewczynę, graną przez Zorzę de Laire?

– Nie jestem pewna. Jeśli dobrze pamiętam, nasz reżyser nie miał nic przeciwko momentom komicznego odprężenia.

– Zorza *en robe rose et verte* pod koniec aktu pierwszego.

– Jak mi się zdaje, w kulisach rozległo się pstryknięcie, a na sali słychać było śmiech. Biedny Shpack nie miał zbyt wiele do zagrania, musiał tylko wołać za sceną, niby z łodzi wiosłowej na Kamie, dając mojemu narzeczonemu sygnał, żeby przyszedł na miejsce pojedynku.

Ale przejdźmy do dydaktycznego metaforyzmu przyjaciela Czechowa, hrabiego Tołstoja.

Wszyscy znamy te stare szafy w starych hotelach w subalpejskiej strefie Starego Świata. Na samym początku człowiek otwiera je z maksymalną ostrożnością, bardzo powoli, z płonną nadzieją stłumienia straszliwego skrzypnięcia, narastającego jęku, który drzwi wydają z siebie w połowie procesu otwierania. Niedługo jednak odkrywa się, że jeśli otwierać je lub zamykać szybko, jednym zdecydowanym ruchem, piekielny zawias wzięty jest z zaskoczenia i panuje tryumfalna cisza. Van i Ada, mimo że zalewała ich i wypełniała potężna rozkosz (i nie mamy tu na myśli jedynie rosy i rany Erosa), wiedzieli, że pewne wspomnienia muszą pozostać nieruszane, bo inaczej ich straszliwy skowyt wyrwie im wszystkie nerwy duszy. Jeśli jednak operację przeprowadzić szybko, jeśli nieusuwalne zło wspomina się między dwiema dowcipnymi uwagami, jest szansa, że anestetyk życia uśmierzy niemożliwą do zapomnienia mękę przy gwałtownym otwieraniu drzwi.

Od czasu do czasu pozwalała sobie na żarciki na temat jego seksualnych grzeszków, chociaż generalnie wolała je ignorować, jakby milczące porozumienie zakładało taką samą pobłażliwość w stosunku do jej słabości. On był bardziej dociekliwy niż ona, ale nie zdołał dowiedzieć się z jej ust wiele więcej niż z listów. Swoim dawnym adoratorom Ada przypisywała wszystkie znane nam już cechy i niedostatki: niesprawność w działaniu, bezmyślność i nijakość; sobie samej zaś nic prócz łatwej kobiecej litości i takich względów, jak higiena i zdrowie psychiczne, co raniło Vana bardziej, niż mogłoby go zranić wyzywające wyznanie namiętnej zdrady. Ada postanowiła przejść do porządku nad sensualnymi grzechami ich obojga. Przymiotnik „sensualny” był dla niej nieomal synonimem przymiotnika „bezsensowny”, a nawet „bezduszny”, a przeto nie mógł istnieć w niewypowiedzianych zaświatach, w które oboje młodych ludzi milcząco i nieśmiało wierzyło. Van starał się kroczyć ścieżką tej samej logiki, ale nie mógł zapomnieć wstydu i udręki, nawet kiedy osiągał szczyty szczęścia, jakich nie poznał w najjaśniejszej godzinie przeszłości, w chwilach poprzedzających godzinę najczarniejszą.

10

Podejmowali wszelkie możliwe środki ostrożności, wszystkie absolutnie bezużyteczne, nic bowiem nie może zmienić końca (już napisanego i włożonego w odpowiednią przegródkę) niniejszego rozdziału. Adres Vana znała tylko Lucette oraz agencja, która przesyłała pocztę do niego i do Ady. Od życzliwej i godnej zaufania pani w banku Demona, Van dowiedział się, że ojciec nie pojawi się w Manhattanie przed 30 marca. Nigdy nie wychodzili z domu ani nie wracali do niego razem, ustalając miejsce spotkania w bibliotece albo w centrum handlowym, gdzie zaczynali swą codzienną wędrówkę – raz tylko naruszyli reguły (ona na kilka wypełnionych paniką chwil uwięzła w windzie, podczas gdy on beztrosko zbiegał schodami z ich wspólnego szczytu), pojawiając się akurat w polu widzenia pani Voochterry, staruszki, która właśnie przechodziła obok ich drzwi frontowych, wyprowadzając swego malutkiego jasnobrązowo-szarego yorkshire teriera o długiej jedwabistej sierści. Rozpoznali się natychmiast i bez trudu, starsza pani od lat znała obie rodziny i teraz z nieskrywaną ciekawością dowiadywała się z gęganiny (raczej niż gadaniny) Ady, że jak się okazało, Van akurat był w mieście, kiedy ona, Ada, przypadkiem wróciła z Zachodu; Marina ma się dobrze, Demon jest w Meksyku lub Emsykuku, a Lenora Colline ma podobnego uroczego pieska z podobnym uroczym przedziałkiem po środku grzbietu. Tego samego dnia (3 lutego 1893) Van ponownie przekupił już nasyconego pieniędzmi dozorcę, żeby na wszelkie pytania o jakichkolwiek Veenów stawiane przez jakiegokolwiek gościa, zwłaszcza wdowę po dentyście, panią z przypominającym gąsienicę psem, odpowiadał krótko, zapewniając o swej całkowitej niewiedzy. Jedyną osobą, której nie brali pod uwagę, był stary drań portretowany zwykle jako szkielet lub anioł.

Ojciec Vana opuścił właśnie jedno Santiago, by obejrzeć efekty trzęsienia ziemi w innym, kiedy szpital w Ladorze zadepeszował, że Dan umiera. Demon natychmiast odleciał do Manhattanu, z płonącymi oczyma i łopotem skrzydeł. Nie miał w życiu zbyt wielu rozrywek.

Na lotnisku białego w księżycowym świetle miasta na północnej Florydzie, które my nazywamy Tent, a jego budowniczowie, marynarze Tabakowa nazywali Pałatka, gdzie ze względu na problemy z silnikiem musiał zmienić samolot, przeprowadził rozmowę międzymiastową i od nadmiernie drobiazgowego dra Nikulina (wnuka wielkiego badacza gryzoni Kunikulinowa, nie możemy pozbyć się liści sałaty) otrzymał szczegółowy raport o śmierci Dana. Życie Daniela Veena było mieszaniną stereotypu i groteski, ale jego śmierć ujawniła rys artystyczny, ponieważ odzwierciedliła (co natychmiast zauważył jego kuzyn, ale nie jego lekarz) późno zrodzoną w nim namiętność do obrazów i podróbek obrazów Hieronima Boscha.

Następnego dnia, 5 lutego około dziewiątej rano zimowego czasu manhattańskiego, idąc do adwokata Dana, Demon – miał właśnie przejść przez Alexis Avenue – zauważył starą, ale niezbyt ważną znajomą, panią Voochterry, która wraz ze swoim terierem-zabaweczką szła ku niemu po jego stronie ulicy. Bez wahania zszedł z krawężnika i nie mając na głowie kapelusza, którego można by uchylić (nie nosiło się kapeluszy do płaszczy deszczowych, a poza tym zażył właśnie bardzo egzotyczną i mocną pigułkę, by stawić czoło ciężkiej próbie dnia po nieprzespanej, spędzonej w podróży nocy), zadowolił się, całkiem słusznie, machnięciem cienkim parasolem; przypomniał sobie z podobną muśnięciu pędzla drobiną rozkoszy jedną z dziewcząt płuczących usta jej świętej pamięci męża i płynnie przeszedł przed powoli stukającym kopytami koniem zaprzężonym do wozu z jarzynami, który odseparował go od pani W4. Jednakże przewidziawszy właśnie taką ewentualność, Los przygotował inne zagranie. Mijając pędem (czy w realiach pigułki wolnym krokiem) hotel „Monaco", gdzie często jadł lunch, pomyślał, że jego syn, z którym nie udawało mu się ostatnio „skontaktować", może ciągle jeszcze mieszkać z małą mdłą Cordulą de Prey w apartamencie na ostatnim piętrze tego eleganckiego wieżowca. Nigdy tam nie był – chyba. A może był, żeby porozmawiać z Vanem o interesach? Na parnym od słońca tarasie? Pił zamglonego drinka? (Owszem, był tam, ale Cordula nie była mdła, nie była też wtedy obecna.)

Wpadła mu do głowy prosta i (z punktu widzenia kombinacji) zgrabna myśl, że w końcu jest tylko jedno niebo (białe z malutkimi wielobarwnymi iskrami optycznymi), i pośpiesznie wszedłszy do przedsionka, złapał jeszcze windę, w której stał już rudowłosy kelner ze śniadaniem na stoliku na kółkach przeznaczonym dla dwu osób i manhattańskim „Timesem" pośród lśniących, jak zawsze lekko zarysowanych srebrnych czasz. Automatycznie spytał, czy jego syn nadal tu mieszka, umieszczając kawałek szlachetniejszego metalu między kopułami.

– *Si* – potwierdził szczerzący zęby imbecyl i dodał, że spędził tu ze swą panią całą zimę.

– No to jesteśmy towarzyszami podróży – powiedział Demon, nie bez smakoszowskiej niecierpliwości wdychając zapach kawy z „Monaco", wyostrzony przez cienie tropikalnego zielska kołyszące się na wietrze w jego mózgu.

Tego pamiętnego ranka, zamówiwszy śniadanie, Van wygramolił się z wanny i wkładając truskawkowoczerwony frotowy szlafrok, odniósł wrażenie, że z sąsiedniego salonu dobiega głos Valeria. Nucąc fałszywie, ruszył w tamtą stronę, cieszył się na kolejny dzień rosnącego wciąż szczęścia (które wygładzi jeszcze jeden niewygodny kancik i jeszcze jeden nieprzyjemny supeł przeszłości tak się wymodeluje, żeby pasował do nowego promiennego deseniu).

Przy śniadaniowym stoliku siedział Demon, ubrany cały na czarno, w czarnych getrach, czarnym szalu, z monoklem na szerszej czarnej wstążce niż zwykle, w jednej dłoni trzymał filiżankę kawy, w drugiej dodatek finansowy „Timesa", dla wygody zagięty.

Wzdrygnął się lekko i dość nerwowo odstawił filiżankę, zauważając zbieżność jej koloru z upartym szczegółem w jasno oświetlonym dolnym lewym rogu pewnego obrazu, którego reprodukcja znajdowała się w bogato ilustrowanym katalogu jego szybko reagującego umysłu.

Van powiedział tylko, nic lepszego bowiem nie zdołał wymyślić: „Nie jestem sam" (*je ne suis pas seul*), ale Demona po brzegi przepełniały przyniesione przezeń złe wiadomości i nie zwrócił uwagi na napomknienie kretyna, który powinien był po prostu wyjść do sąsiedniego pokoju i wrócić chwilę potem (zamykając na klucz drzwi za sobą, zamykając całe lata utraconego życia), ale który zamiast tego nadal stał koło krzesła ojca.

Według Bess (czytane z rosyjska daje to biesa), okazałej, ale poza tym odrażającej pielęgniarki Dana, którą przedkładał on nad wszystkie inne i wziął do Ardisu, ponieważ potrafiła oralnie wydobyć z jego biednego ciała ostatnie krople „play-zero" (jak stara kurwa wymawiała słowo *plaisir*), pacjent skarżył się od pewnego czasu, zaczęło się to nawet jeszcze przed nagłym wyjazdem Ady, że diabeł łączący w sobie cechy żaby i gryzonia, chce go dosiąść i wjechać na nim do katowni wieczności. Doktorowi Nikulinowi Dan opisał swego jeźdźca jako czarną istotę z bladym brzuchem, czarnym puklerzem grzbietowym błyszczącym jak pokrywy żuka gnojaka i nożem w wyciągniętej kończynie. Pewnego bardzo chłodnego ranka pod koniec stycznia zdołał jakoś uciec przez labirynt piwnic i skład narzędzi w brązowe zarośla Ardisu; był nagi, jeśli nie liczyć czerwonego ręcznika kąpielowego, który zwisał mu z tyłka na kształt czapraka, chociaż droga okazała się trudna, pełznął na czworakach jak okaleczony rumak pod niewidzialnym jeźdźcem i dopełznął daleko w głąb leśnego pejzażu. Z drugiej strony, gdyby spróbował ją ostrzec, mogłaby wydać z siebie wielkie charakterystyczne dla niej ziewnięcie i powiedzieć coś nieodwołalnie intymnego w chwili, gdy on otwierałby bezpiecznie grube drzwi.

– Błagam cię, tato – powiedział Van – proszę, zejdź na dół, a ja dołączę do ciebie w barze, kiedy tylko się ubiorę. Jestem w delikatnej sytuacji.

– Ale, ale, daj spokój – odparł Demon, wypuszczając i na nowo władając monokl. – Cordula się nie pogniewa.

– To inna, znacznie bardziej wrażliwa dziewczyna (jeszcze jeden okropny błąd). Do diabła z Cordulą! Cordula jest teraz panią Tobak.

– No tak, oczywiście! – zawołał Demon. – Ale głupek ze mnie! Przypominam sobie, że narzeczony Ady mówił mi o tym, on i młody Tobak krótko pracowali razem w tym samym banku w Phoenix. O c z y w i ś c i e, wspaniały chłopak, barczysty, niebieskooki blondyn. Bostonowicz Tobakowicz!

– Nieważne – powiedział krańcowo spięty Van – jak dla mnie może sobie wyglądać jak kaleka, zdjęta z krzyża ropucha-albinos. Proszę cię, tato. Naprawdę muszę...

– To zabawne, że to mówisz. Wpadłem tylko, żeby ci powiedzieć, że mój biedny kuzyn Dan umarł osobliwą Boschowską śmiercią. Zdawało mu się, że fantastyczny gryzoń wygryza go z domu. Znaleźli go za późno, wyzionął ducha w klinice Nikulina, majacząc o tym fragmencie obrazu. Diablo dużo czasu zajmie mi zgromadzenie całej rodziny. Obraz jest teraz w zbiorach wiedeńskiej Akademii Sztuk Pięknych.

– Ojcze, przepraszam, ale staram się ci uświadomić...

– Gdybym umiał pisać – zadumał się Demon – pokazałbym, używając zbyt wielu słów, z pewnością, jak namiętnie, jak żarliwie, jak kazirodczo – *c'est le mot* – sztuka i nauka łączą się w owadzie, w droździe, w oście z tego książęcego gaju. Ada wychodzi za człowieka otwartych przestrzeni, ale jej umysł to zamknięte muzeum, właśnie ona i kochana Lucette zwróciły kiedyś moją uwagę, przez przyprawiający o dreszcz przypadek, na pewne szczegóły tego drugiego tryptyku, tego niesamowitego ogrodu, he, he, rozkoszy, namalowanego około 1500 roku, a mianowicie na przedstawione tam motyle, samicę oczennicy w centralnej partii prawego skrzydła i pokrzywnika w części środkowej, jak gdyby siadającego na kwiecie, zapamiętaj to „jak gdyby", mamy tu bowiem do czynienia z przykładem precyzyjnej wiedzy tych dwu godnych podziwu pannic, ponieważ, jak powiadają, na obrazie pokazana jest niewłaściwa strona insekta; skoro przedstawiony jest on z profilu, powinno być widać część spodnią. Bosch najwyraźniej znalazł skrzydło albo i dwa w pajęczynie rozpiętej w rogu okna i namalował jego ładniejszą powierzchnię górną, prezentując w ten sposób nieprawidłowo zwiniętego owada. Chcę powiedzieć, że mam gdzieś znaczenie ezoteryczne, zaćmiewający ćmę mit, jegomościa, który nęci arcydziełami i każe Boschowi buszować pośród bzdur swojej epoki, mam alergię na alegorie i jestem całkiem pewien, że po prostu doskonale się bawił, krzyżując ze sobą przygodne fantazje dla radości, jaką daje kształt i kolor, a tym, co powinniśmy badać, jak mówiłem twoim kuzynkom, jest uciecha oka, namacalność i smak truskawki wielkości kobiety, truskawki, którą bierzesz w ramiona razem z nim, albo wyszukana niespodzianka niezwykłego otworu... ale ty mnie nie słuchasz, chcesz, żebym sobie poszedł, bo wtedy będziesz mógł przerwać sen pięknej, szczęśliwa bestio! *A propos*, nie byłem w stanie zawiadomić Lucette, która jest gdzieś we Włoszech, ale zdołałem wytropić Marinę – jest w Cycykarze, gdzie flirtuje z biskupem Biełokonska, przyjedzie późnym popołudniem, bez wątpienia w *pleureuses*, bardzo twarzowych, a potem *à trois* udamy się do Ladory, bo nie sądzę...

Czyżby był pod wpływem jakiegoś piorunującego chilijskiego narkotyku? Strumień wymowy jest po prostu nie do zatrzymania, szalone spectrum, paleta gadaniny...

– ...nie, doprawdy nie sądzę, byśmy mieli niepokoić Adę w tej jej Agawii. On jest, chodzi mi o Vinelandera, potomkiem, po-tom-kiem, jednego z tych wielkich Waregów, którzy podbili Brązowych Tatarów albo Czerwonych Mongołów, albo kogoś takiego, nie pamiętam już, a ci z kolei podbili jakichś wcześniejszych Jeźdźców Miedzianych, to było zanim my wprowadziliśmy naszą rosyjską ruletkę i irlandzkie lu w szczęśliwym okresie historii zachodnich kasyn.

– Jest mi niezmiernie, wręcz przeraźliwie przykro – powiedział Van – z powodu śmierci wujaszka Dana i twojego wzburzenia, ale kawa mojej pani stygnie, a ja nie mogę poturlać się do naszej sypialni ze wszystkimi tymi infernalnymi akcesoriami.

– Już wychodzę, już, już. W końcu nie widzieliśmy się od... od kiedy, od sierpnia? W każdym razie mam nadzieję, że jest ładniejsza od Corduli, którą miałeś tu wcześniej, zmienny chłopcze!

Może to wolatina? Albo dragonara? Bez wątpienia pachnie eterem. Proszę, proszę, proszę, idź już sobie.

– Moje rękawiczki! Płaszcz! Dziękuję. Czy mogę skorzystać z twojej łazienki? Nie? W porządku. Znajdę coś gdzie indziej. Przyjdź najszybciej, jak możesz, spotkamy się z Mariną na lotnisku około czwartej, potem siup na czuwanie przy zwłokach i...

W tym momencie weszła Ada. Nie naga, och, nie – w różowym peniuarze, żeby nie zaszokować Valeria, spokojnie czesząc się, słodka i senna. Popełniła błąd wołając: „*Boże moj*”, i uciekając z powrotem w mroki sypialni. W tym ułamku sekundy wszystko przepadło.

– Albo lepiej... przyjdźcie natychmiast, oboje... odwołam swoje spotkanie i zaraz wrócę do domu.

Mówił – albo wydawało mu się, że mówi – panując nad sobą i bardzo dobrze artykułując słowa, co tak bardzo zbija z tropu i hipnotyzuje partaczy, fanfaronów, elokwentnego maklera, uczniaka, który coś przeskrobał. Zwłaszcza teraz, kiedy wszystko poszło do kundli z piekła, *k czertiam sobaczjim* Jeroena Anthniszoona van Äkena i *molti aspetti affascinanti* jego *enigmatica arte*, jak Dan tłumaczył, wydając już ostatnie tchnienie, doktorowi Nikulinowi i siostrze Bellabestii („Bess”), której zapisał kufer katalogów muzealnych i swój niemal najlepszy cewnik.

11

Smoczy narkotyk przestał działać, konsekwencje jego zastosowania nie są przyjemne, występuje zmęczenie fizyczne i pewne otępienie myśli, jak gdyby z mózgu odsączono kolory. Ubrany teraz w szary szlafrok, Demon leżał na szarej kanapie w swoim gabinecie na trzecim piętrze. Jego syn stał przy oknie plecami do milczenia. Ada, która parę minut wcześniej przyjechała razem z Vanem, czekała w obitym adamaszkiem pomieszczeniu piętro niżej, bezpośrednio pod gabinetem Demona. W drapaczu chmur za wąską uliczką akurat okno naprzeciw gabinetu było otwarte, stał tam jakiś mężczyzna w fartuchu, ustawiał sztalugi i przekrzywiał głowę, poszukując odpowiedniego kąta widzenia.

Pierwsze słowa Demona brzmiały:

– Chcę, żebyś na mnie patrzył, kiedy do ciebie mówię.

Van zdał sobie sprawę, że brzemienna w skutki rozmowa w umyśle ojca musiała się już zacząć, ponieważ w reprymendzie można się było dosłuchać tonu nawiasowej uwagi, i lekko się skłoniwszy, usiadł.

– Jednak zanim poinformuję cię o tych dwu faktach, chciałbym się dowiedzieć, jak długo... jak długo to już... („trwa”, można się domyślić takiego zakończenia lub czegoś równie banalnego, ale w końcu wszystkie końce są banalne – pętla, metalowy kolec starej panny z Norymbergi, posłana samemu sobie kula, ostatnie słowa w nowiutkim szpitalu w Ladorze, pomylenie na wysokości trzydziestu tysięcy stóp drzwi samolotu z drzwiami do toalety, otrucie przez własną żonę, nadzieja na odrobinę krymskiej gościnności, życzenia dla pani i pana Vinelanderów...).

– Wkrótce będzie dziewięć lat – odparł Van. – Uwiodłem ją latem 1884. Z jednym wyjątkiem nie uprawialiśmy później miłości do 1888. Po długim rozłączeniu spędziliśmy ze sobą jedną zimę. Ogólnie rzecz biorąc, miałem ją, jak sądzę, około tysiąca razy. Jest całym moim życiem.

Nastąpiła długa pauza, wyglądało to trochę tak, jakby drugi aktor na scenie zapomniał tekstu odpowiedzi na dobrze przećwiczoną tyradę.

W końcu Demon rzekł:

– Drugi fakt może wstrząsnąć tobą nawet bardziej niż pierwszy. Kosztował mnie – oczywiście moralnie, nie finansowo – dużo więcej niż sprawa Ady, o której jej matka ostatecznie poinformowała kuzyna Dana, więc w pewnym sensie...

Pauza, cieknący pod ziemią strumyczek.

– Innym razem opowiem ci o Czarnym Millerze, tak go nazywaliśmy: Schwarz albo Black Miller. Nie, nie teraz, to zbyt trywialne.

(Żona doktora Lapinera, z domu hrabina Alp, nie tylko porzuciła męża w roku 1871, żeby żyć z Norbertem von Millerem, poetą amatorem, rosyjskim tłumaczem we włoskim konsulacie w Genewie i zawodowym przemytnikiem neonegryny, znanej tylko w Valais, ale również zdradziła kochankowi melodramatyczne szczegóły intrygi, która w przekonaniu tego lekarza o złotym sercu miała być dobrodziejstwem dla jednej damy i błogosławieństwem dla drugiej. Wszechstronny Norbert mówił po angielsku z ekstrawaganckim akcentem, bezgranicznie podziwiał ludzi bogatych i kiedy wymienił czyjeś nazwisko, nigdy nie omieszkał dodać, że jego właściciel „ma oghooomne pieniądze”, a czynił to z pełnym respektu miłosnym upodobaniem, wciskając się plecami w oparcie fotela i wyciągając mocno zaokrąglone ramiona jakby dla objęcia niewidocznej fortuny. Miał krągłą głowę, łysą jak kolano, trupi nos przypominający guzik i bardzo blade, bardzo słabe i bardzo wilgotne dłonie, ozdobione błyszczącymi pierścieniami. Kochanka szybko go rzuciła. Dr Lapiner zmarł w 1872 roku. Mniej więcej w tym samym czasie baron ożenił się z niewinną córką pewnego oberżysty i zaczął szantażować Demona Veena; ciągnęło się to niemal przez dwadzieścia lat, do chwili, gdy jakiś włoski policjant zastrzelił starzejącego się Millera na mało znanym szlaku przez granicę, z każdym rokiem, jak się wydawało, bardziej stromym i błotnistym. Z czystej życzliwości albo z przyzwyczajenia Demon nadal cztery razy w roku posyłał wdowie po Millerze pieniądze, które ta w swej naiwności brała za raty ubezpieczenia; sumy pęczniały po każdej ciąży krzepkiej Szwajcarki. Demon mawiał, że pewnego dnia wyda czterowiersze „Czarnego Millera”, które zdobiły jego listy i pobrzmiewały tonem wierszyków na zrywanych kartkach kalendarza:

Ja chudnę, jej przybywa ciała,
Nowe bambino, w tym rzecz cała.
Bądź dobry dla nas, czyń starania,
Jej piec tak dużo drew pochłania.

Możemy dodać, by uzupełnić tę przydatną uwagę nawiasową, że na początku lutego 1893 roku, niezbyt długo po śmierci poety, czaiło się w kulisach dwu innych, mniej szczęśliwych szantażystów: Kim, który znowu niepokoiłby Adę, gdyby nie wyniesiono go z jego domku z jednym okiem zwisającym na czerwonej nitce i drugim pływającym we krwi, oraz syn jednego z dawnych pracowników słynnej agencji, zajmującej się dostarczaniem poufnych listów. Ten ostatni wystąpił już po jej zamknięciu przez rząd amerykański w 1928 roku, kiedy przeszłość przestała być ważna i optymistyczne oczekiwania drugiego pokolenia łajdaków musiały kontentować się słomą z więziennego siennika).

Najdłuższa z kilku pauz dobiegła swego mrocznego kresu i głos Demona odezwał się z energią, której mu przedtem brakowało:

– Van, przyjmujesz te wiadomości z niepojętym spokojem. Nie przypominam sobie w życiu rzeczywistym ani fikcyjnym ani jednego przypadku, w którym ojciec musiałby powiedzieć synowi tego rodzaju rzeczy w tego rodzaju okolicznościach. A ty bawisz się ołówkiem, twój spokój wydaje się niezmącony, jakbyśmy omawiali tutaj twoje długi karciane albo roszczenia dziwki, której zrobiłeś brzuch w jakimś rowie.

Czy powiedzieć mu o znalezionym na poddaszu zielniku? O niedyskrecjach (anonimowych) służących? O sfałszowanej dacie ślubu? O wszystkim, co dwoje bystrych dzieciaków tak wesoło sobie ustaliło? Opowiem. I opowiedział.

– Miała dwanaście lat – dodał – a ja byłem czternastoipółletnim samczykiem zwierzęcia z rzędu naczelnych i po prostu nie przejmowaliśmy się. A teraz jest już za późno, żeby się przejmować.

– Za późno? – zawołał jego ojciec, unosząc się na kanapie.

– Proszę cię, tato, nie trać panowania nad sobą – powiedział Van. – Natura, jak ci kiedyś mówiłem, była dla mnie łaskawa. Możemy pozwolić sobie na to, żeby się nie przejmować, we wszystkich znaczeniach tego słowa.

– Nie obchodzi mnie semantyka... ani inseminacja. Ważna jest tylko jedna rzecz. N i e jest za późno, żeby przerwać ten haniebny związek...

– Tylko błagam, bez krzyku i bez filisterskich epitetów.

– Dobrze – powiedział Demon – cofam ten przymiotnik, ale za to cię spytam: Twój romans z siostrą zrujnuje jej życie, czy jest też za późno, żeby na to nie pozwolić?

Van wiedział, że i ta kwestia się pojawi. Wiedział – oznajmił – że o to spyta. Słowo „haniebny" zostało cofnięte, czy oskarżyciel zechciałby zdefiniować słowo „zrujnuje"?

Rozmowa nabrała teraz neutralnego charakteru, co było jeszcze okropniejsze niż wstępne wyznanie błędów, które nasi młodzi kochankowie już dawno wybaczyli swym rodzicom. Jak Van wyobraża sobie dalszą karierę sceniczną siostry? Czy przyznaje, że będzie zrujnowana, jeśli ich relacje będą trwały dalej? Czy wyobrażał sobie życie w ukryciu, na luksusowej emigracji? Czy gotów jest pozbawić ją normalnych satysfakcji i normalnego małżeństwa? Dzieci? Normalnych rozrywek?

– Nie zapominaj o „normalnym cudzołóstwie" – wtrącił Van.

– O ileż by to było lepsze! – powiedział ponury Demon, siedzący na brzegu kanapy, wspierając łokcie na kolanach i kryjąc twarz w dłoniach. – Wasze położenie jest straszne, to otchłań, im dłużej o niej myślę, tym głębsza. Zmuszasz mnie, żebym przywołał najbardziej banalne wyrazy, takie jak „rodzina", „honor", „szacunek", „prawo"... Dobra, przekupiłem w swym burzliwym życiu niejednego urzędnika, ale ani ja, ani ty nie możemy przekupić całej kultury, całego kraju. A co powiedzieć o wstrząsie emocjonalnym towarzyszącym odkryciu, że niemal przez dziesięć lat ty i to urocze dziecko oszukiwaliście rodziców...

W tym momencie Van oczekiwał, że ojciec ucieknie się do frazy „to-zabiłoby-twoją-matkę", ale Demon był na tyle mądry, że wystrzegał się tego sformułowania. Nic nie zdołałoby „zabić" Mariny. Gdyby jakiekolwiek plotki o kazirodztwie pojawiły się na jej drodze, troska o „spokój wewnętrzny" pomogłaby jej zignorować każdą z nich, a przynajmniej otoczyć mgiełką romantyzmu i wyekspediować za granice rzeczywistości. Obaj panowie doskonale o tym wiedzieli. Jej obraz pojawił się tylko na chwilę, potem gładko przeszedł w ściemnienie.

Demon mówił dalej:

– Nie mogę cię wydziedziczyć, Aqua zostawiła ci wystarczająco dużo „sałaty" i nieruchomości, żeby przekreślić tę tradycyjną karę. Nie mogę też donieść na ciebie władzom, nie narażając przy tym swojej córki, którą zamierzam chronić za wszelką cenę. Ale mogę podjąć niemal równie odpowiedni krok, mogę cię przekląć, uczynić z dzisiejszej rozmowy nasze ostatnie, ostatnie...

Van, którego palec bez końca przesuwał się to w przód, to do tyłu po niemej, ale kojąco gładkiej krawędzi mahoniowego biurka, z przerażeniem usłyszał szloch, który wstrząsał całym ciałem Demona, a potem ujrzał potop łez spływających po zapadniętych opalonych policzkach. W parodystycznym amatorskim przedstawieniu na przyjęciu urodzinowym Vana piętnaście lat wcześniej jego ojciec przebrał się za Borysa Godunowa i lał dziwne, przerażające, czarne jak węgiel łzy, a potem stoczył się po stopniach wiodących na burleskowy tron w całkowitym poddaniu się grawitacji, właściwym śmierci. Czy te ciemne smugi w obecnym widowisku są wynikiem przyciemniania oczodołów, rzęs, powiek, brwi? Złowróżbny hazardzista... blada dziewczyna, wysłanniczka fatum w innym znanym melodramacie... W tym. Van podał ojcu czystą chusteczkę, by ten zastąpił nią brudną szmatkę. Własny marmurowy spokój nie zaskoczył Vana. Śmieszność wspólnych łkań z ojcem w pełni zablokowała zwykłe kanały uczucia.

Demon odzyskał zimną krew (choć nie młodzieńczy wygląd) i powiedział:

– Wierzę w ciebie i twój zdrowy rozsądek. Nie wolno ci pozwolić, żeby stary rozpustnik wyrzekł się jedynego syna. Jeśli ją kochasz, chcesz, żeby była szczęśliwa, a nie będzie tak szczęśliwa, jak by mogła, póki z niej nie zrezygnujesz. Możesz iść. W drodze na dół powiedz jej, żeby tu przyszła.

Na dół. Pierwsza sylaba to druga sylaba pieniędzy, jak na nie teraz mówią, druga i trzecia sylaba to tkanina na dziurze, a całość to znów pieniądze w gwarze staromanhattańskiej.

Zszedłszy na podest drugiego piętra, przez sklepione drzwi dwu pokoi zobaczył Adę w czarnej sukni stojącą plecami do niego w owalnym okienku buduaru. Kazał lokajowi zanieść jej wiadomość od ojca i niemal biegiem przemknął się przez znajome echa wyłożonego kamiennymi płytami westybulu.

Całość to także pożywienie królików. Dolna prawa szuflada mojego nowego właściwie nieużywanego biurka, jest prawie tak duże jak to taty, z pozdrowieniami od Siga.

Uznał, że znalezienie taksówki o tej porze zajmie mu więcej czasu niż przejście zwykłym zamaszystym krokiem do dziesiątej przecznicy, Alex Avenue. Był bez płaszcza, krawata, kapelusza; mocny ostry wiatr oślepiał go słonym szronem i zmieniał w meduzi chaos jego czarną czupryne. Ostatni raz pozwoliwszy sobie wejść do swego idiotycznie radosnego mieszkania, natychmiast siadł przy istotnie wspaniałym biurku i napisał następujący liścik:

Zrób, co Ci powie. Jego logika jest niedorzeczna, zdaje się zapokładać [sic] niejasne istnienie swego rodzaju epoki „wiktoriańskiej", w której, jeśli wierzyć „moim czubom" [?] znajduje się teraz Terra, ale w paroksyzmie [wyraz nieczytelny] zrozumiałem nagle, że ma rację. Tak, rację, tu i tam, nie ani tu, ani tam, jak w wypadku większości rzeczy. Widzisz, dziewczyno, jak to jest i jak musi być. W naszym ostatnim wspólnym oknie widzieliśmy człowieka malującego [nas?], ale Twoje spojrzenie z drugiego piętra prawdopodobnie pozwoliło Ci dostrzec, że miał na sobie coś, co wyglądało jak fartuch rzeźnika, strasznie umazany. Bądź zdrowa, dziewczyno.

Van zapieczętował list, znalazł swój pistolet typu piorun w miejscu, które przedtem przywołał przed oczy wyobraźni, włożył do magazynka jednego dziuroroba, przemieścił go do komory. Potem, stojąc przy lustrze szafy, przyłożył broń do głowy w miejscu zwanym skrzydlak i nacisnął zakrzywiony wygodnie cyngiel. Nic się nie stało – lub może stało się wszystko i jego los po prostu rozwidlił się w tym momencie, jak prawdopodobnie rozwidla się czasami w nocy, zwłaszcza w nieznanym nam wcześniej łóżku w okresie wielkiego szczęścia lub wielkiego smutku, kiedy zdarza nam się umrzeć we śnie, ale dalej normalnie żyjemy, bez dostrzegalnej rysy w fałszywej serii, kontynuowanej następnego starannie przygotowanego ranka, ze zmyśloną przeszłością dyskretnie, ale mocno doczepioną z tyłu. Tak czy owak, w prawej dłoni nie trzymał już pistoletu, tylko kieszonkowy grzebień, którym czesał włosy na skroniach. Miały posiwieć do czasu, kiedy Ada, już trzydziestoletnia, powiedziała, rozmawiając z nim o ich dobrowolnym rozstaniu:

– Ja także bym się zabiła, gdybym ujrzała Rose lamentującą nad twoimi zwłokami. „*Secondes pensées sont les bonnes*", jak w swojej ślicznej gwarze mawiała inna twoja *bonne*, tym razem biała. Co się tyczy fartucha, miałeś rację. Z kolei ty nie zobaczyłeś, że artysta prawie skończył malować duży obraz przedstawiający twój łagodny mały *palazzo* stojący między dwoma potężnymi strażnikami. Być może malował go na okładkę jakiegoś pisma ilustrowanego, które ostatecznie odrzuciło dzieło. Ale wiesz, jedna rzecz sprawia mi przykrość – dodała. – To, że wyładowując brutalną złość, używałeś alpejskiej laski, to nie byłeś ty, to nie był mój Van. Nigdy nie powinnam ci była mówić o tym policjancie z Ladory. Nigdy nie powinieneś był mu zaufać ani wchodzić z nim w porozumienie, szykując się do spalenia tych dokumentów i przy okazji większej części sosnowego lasu w Kaługano. *Eto unizitielno* (to upokorzające).

– Wyrównałem wszystkie straty – odparł Van ze stłumionym chichotem grubasa. – Kim jest cały i szczęśliwy, opłaciłem mu miejsce w milutkim Domu dla Ofiar Wypadków przy Pracy, gdzie otrzymuje ode mnie tony wspaniale wydrukowanych brajlem książek o najnowszych technikach robienia kolorowych fotografii.

Są też inne możliwe rozwidlenia i dalsze ciągi, które przychodzą do śpiącej głowy, ale te tutaj wystarczą.

Część trzecia

1

Podróżował, studiował, uczył.

Podziwiał piramidy w Ladorah (odwiedził to miejsce głównie ze względu na jego nazwę) w blasku pełni księżyca, srebrzącej piaski inkrustowane spiczastymi czarnymi cieniami. Z brytyjskim gubernatorem Armenii i jego siostrzenicą jeździł polować nad jezioro Wan. Na balkonie hotelu w Sidrze za radą jego dyrektora obserwował kilwater pomarańczowego zachodu słońca, który zmieniał drobne fale lawendowego morza w łuski złotej rybki, widowisko warte ceny znoszenia egzotyzmu małych pasiastych pokoi, które dzielił ze swą sekretarką, młodą lady Scramble. Na innym tarasie, wychodzącym na inną bajkową zatokę, Eberthella Brown, ulubiona tancerka miejscowego szacha (naiwna istotka, która sądziła, że „chrzest pragnienia" to coś związanego z seksem), rozlała poranną kawę, widząc sześciocalową gąsienicę z pierścieniami pokrytymi lisim futerkiem, *qui rampait*, która sunęła wzdłuż balustrady i zwinęła się, omdlała, kiedy Van ją uniósł – odniósł potem piękne stworzenie w krzaki i godzinami pożyczoną od dziewczyny pęsetą ponuro wyciągał z palców świerzbiące jasne włoski.

Nauczył się cenić szczególny dreszczyk, przechodzący człowieka, gdy zanurza się w ciemne uliczki obcych miast, wiedząc, że nie znajdzie tam nic prócz brudu i nudy, i walających się puszek z nalepką „Billy", i dzikich dźwięków eksportowej dżungli jazzu dobiegających z syfilitycznych kafejek. Często czuł, że słynne miasta, muzea, prastare katownie i wiszący ogród to tylko punkty na mapie jego obłędu.

Lubił tworzyć swe dzieła (*Nieczytelne podpisy*, 1895; *Jasnowidzące podglądactwo*, 1903; *Umeblowana przestrzeń*, 1913; *Faktura Czasu*, zaczęte w 1922) w górskich schroniskach i w salonkach wielkich ekspresów, i na pokładach słonecznych białych statków, i na kamiennych stołach romańskich ogrodów publicznych. Wychodząc z nie wiadomo jak długo trwającego transu, ze zdziwieniem stwierdzał, że statek płynie w drugą stronę lub że odwróceniu uległ układ palców jego lewej dłoni i teraz zaczynają się, zgodnie z ruchem wskazówek zegara, kciukiem, jak na prawej dłoni, albo że marmurowy Merkury, który zaglądał mu przez ramię, zmienił się w uważne drzewo życia. Nagle uświadamiał sobie, że to trzy lata, siedem, trzynaście lat w jednym cyklu rozłączenia i cztery lata, osiem, czternaście lat w innym, że tyle minęło już, odkąd po raz ostatni obejmował, trzymał, opłakiwał Adę.

Liczby, szeregi i serie – koszmar i przekleństwo, dręczące czystą myśl i czysty czas, zdawały się skłaniać jego umysł do automatyzmu. Trzy żywioły – ogień, woda i powietrze – niszczyły, w tej kolejności, Marinę, Lucette i Demona. Terra czekała.

Od siedmiu lat, od chwili, kiedy skończyło się jej życie z mężem, który szczęśliwie zmienił się w nieboszczyka, tak samo nieistotnego jak wcześniej żywy osobnik, i wycofała się do wciąż olśniewającej, wciąż obsługiwanej przez magicznie znakomitą służbę willi na Lazurowym Wybrzeżu (tej samej, którą podarował jej niegdyś Demon), matka

Vana cierpiała na rozmaite „tajemnicze” choroby; wszyscy byli przekonani, że je sobie wymyśla lub że z talentem symuluje objawy, a ona twierdziła, iż da się je zwalczyć siłą woli, i po części istotnie tak było. Van odwiedzał ją rzadziej niż obowiązkowa Lucette, którą przelotnie widział tam podczas kilku wizyt; a raz, w 1899 roku, wszedłszy do wypełnionego jeżówkami włoskimi i wawrzynami ogrodu willi „Armina”, zobaczył starego brodatego popa, ubranego w neutralne czarne szaty i wyjeżdżającego właśnie na motocyklu z powrotem do swej parafii w Nicei, obok kortów tenisowych. Tematem rozmów Mariny z Vanem były religia, Terra i Teatr, ale nigdy nie była nim Ada. Tak jak on nie podejrzewał, że matka wie wszystko o zgrozie i ogniu Ardisu, nikt nie podejrzewał, jak wielki ból w krwawiących jelitach usiłowała uśmierzyć za pomocą inkantacji i „skupienia wewnętrznego” lub też zabiegu przeciwnego – „wewnętrznego rozproszenia”. Z enigmatycznym i pełnym niejakiego zadowolenia z siebie uśmiechem wyznała, że chociaż ogromnie lubi rytmicznie wypuszczane niebieskie obłoczki kadzidła, dźwięczne i głębokie pomruki diakona na ambonie i oleisto brązowe ikony w sukienkach z filigranu, chroniących przed pocałunkami wiernych, jej dusza *napieriekor* (na przekór) Daszy Vinelander pozostaje nieodwołalnie oddana ostatecznej mądrości hinduizmu.

Na początku roku 1900, parę dni przed ostatnimi odwiedzinami u Mariny w klinice w Nicei (gdzie po raz p i e r w s z y poznał nazwę choroby), Van miał „słowny” koszmarny sen, wywołany być może piżmowymi aromatami w Willi Wenus w Miramas (Bouches Rouges-du-Rhône). Dwie grube, bezkształtne i przezroczyste istoty pogrążone były w jakiejś dyskusji, jedna powtarzała „Nie mogę” (co miało znaczyć „nie mogę umrzeć” – co istotnie trudno uczynić dobrowolnie bez pomocy sztyletu, kuli lub trucizny), a druga stwierdzała: „Ależ może pan!”. Marina umarła dwa tygodnie później, jej ciało spalono, zgodnie z pozostawionymi przez nią instrukcjami.

Van, duch przenikliwy, uważał się za człowieka mniej odważnego moralnie niż fizycznie. Zawsze (czyli aż do lat sześćdziesiątych XX wieku) miał przypominać sobie z niechęcią, jak gdyby chciał wyprzeć z umysłu mały, tchórzliwy i głupi czyn (bo, kto wie, być może już wtedy, osadziłoby się późniejsze rogi, w świetle zielonych lamp jeszcze rozzieleniających zielone zarośla przed hotelem, gdzie zatrzymali się Vinelanderowie), swoją reakcję na wysłaną z Nicei depeszę Lucette („Mama umarła dziś rano pogrzeb kreska kremacja kreska odbędzie się pojutrze o zachodzie słońca”): poprosił, by powiadomiła go („powiadom mnie”), kto jeszcze się tam zjawi, a otrzymawszy szybką odpowiedź, że Demon razem z Andriejem i Adą już przyjechali, oddepeszował: „*Désolé de ne pouvoir être avec vous*”.

Włóczył się po Cascadilla Park w Kingston w ożywionym, rojnym słodyczą wiosennym półmroku, znacznie bardziej seraficznym niż nawałnica depesz. Kiedy ostatni raz widział pomarszczoną jak mumia Marinę i powiedział jej, że musi wracać do Ameryki (chociaż w istocie nie było pośpiechu – tylko ten zapach w szpitalnym pokoju, zapach, którego nie mógł usunąć żaden wietrzyk), spytała z nowym, czułym, krótkowzrocznym, bo zwróconym do wewnątrz, wyrazem twarzy: „Możesz poczekać, aż odejdę?” – a on odpowiedział; „Będę z powrotem dwudziestego piątego. Muszę wygłosić referat o psychologii samobójstwa”; ona zaś powiedziała, podkreślając – teraz, kiedy wszystko było już *tripitaka* (dobrze spakowane) – właściwą relację pokrewieństwa: „Opowiedz im koniecznie o swojej głupiej cioci, Aquie”; z uśmieszkiem kiwnął głową, zamiast powiedzieć: „Tak, mamo". Zgarbiony w ostatniej smudze zachodzącego słońca na ławce, gdzie niedawno pieścił i bezcześcił wyróżnianą przez niego chudą i niezdarną murzyńską studentkę, Van dręczył się myślami o niewystarczającym uczuciu synowskim, długiej historii obojętności, rozbawionej pogardy, fizycznego wstrętu i notorycznego lekceważenia. Z dzikim pragnieniem naprawy tego wszystkiego rozejrzał się dokoła, chciał, żeby jej duch dał mu jednoznaczny, wszystkorozstrzygający znak dalszego istnienia za zasłoną czasu, poza miąższem przestrzeni. Nie otrzymał jednak żadnej odpowiedzi, żaden płatek nie spadł na jego ławkę, żaden komar nie dotknął jego ręki. Zastanawiał się, co kazało i każe mu wlec żywot na powierzchni strasznej Antyterry, wobec faktu, że Terra jest tylko mitem, sztuka – grą i nic nie ma znaczenia od dnia, gdy trzepnął otwartą dłonią ciepły, szczeciniasty policzek Valeria, i skąd, z jakiej głębokiej studni nadziei wciąż wydobywał i wydobywa drżącą gwiazdę, skoro wszystko ma ostre kanty bólu i rozpaczy, bo w każdej sypialni z Adą śpi obcy mężczyzna.

2

Pewnego ponurego paryskiego poranka między wiosną a latem 1901 roku, gdy Van, w czarnym kapeluszu, jedną ręką bawiąc się ciepłymi monetami w kieszeni palta, a drugą, obciągniętą kozłową rękawiczką, kołysząc zwiniętym angielskim parasolem, przechodził koło szczególnie niepociągającego kawiarnianego ogródka, jakich wiele na Avenue Guillaume Pitt, jakiś tęgi łysy mężczyzna z łańcuszkiem od zegarka na kamizelce podniósł się z miejsca i zatrzymał go powitalnym okrzykiem.

Van przez chwilę zastanawiał się nad tymi krągłymi czerwonymi policzkami, nad tą czarną kozią bródką.

– *Nie uznajosz* (nie poznajesz mnie)?

– Greg! Grigorij Akimowicz! – zawołał Van, zdzierając z dłoni rękawiczkę.

– Zeszłego lata nosiłem prawdziwą *vollbart*. Wtedy za nic byś mnie nie poznał. Napijesz się piwa? Ciekaw jestem, jak ty to robisz, że wyglądasz tak chłopięco, Van.

– Dieta szampańska zamiast piwnej – powiedział profesor Veen, wkładając okulary i rączką parasola dając znak kelnerowi. – Raczej nie zapobiega przybywaniu kilogramów, ale moszna jest jędrna.

– Ech, nieźle obrosłem sadłem, co?

– A co z Grace, nie mogę sobie wyobrazić, żeby o n a przytyła?

– Kto się urodził bliźniakiem, bliźniakiem zostanie. Moja żona też jest dość korpulentna.

– *Tak ty żenat* (więc jesteś żonaty)? Nie wiedziałem. Dawno?

– Jakieś dwa lata.

– Z kim?

– Maude Sween.

– Córka poety?

– Nie, jej matka jest z Broughamów.

Mógł odpowiedzieć „Ada Veen", gdyby pan Vinelander nie okazał się szybszym konkurentem. Chyba spotkałem gdzieś jakiegoś Brooma. Zostawmy ten temat. To pewnie okropny związek: masywna, arogancka żona, a on jeszcze większy nudziarz niż kiedykolwiek.

– Ostatni raz widziałem cię trzynaście lat temu, jechałeś na czarnym kucyku... nie, dosiadałeś czarnego silentium. *Boże moj*!

– Tak... *Boże moj*, nie ma lepszego określenia. Te urocze, urocze udręki w uroczym Ardisie! Och, byłem *absolutno biezumno* (szaleńczo) zakochany w twojej kuzynce!

– Masz na myśli pannę Veen? Nie wiedziałem. Jak długo...

– Ona też nie wiedziała. Byłem strasznie...

– Jak długo zostajesz...

– ...strasznie nieśmiały, bo oczywiście uświadamiałem sobie, że nie mogę konkurować z jej licznymi chłopakami.

Licznymi? Dwoma? Trzema? Czy to możliwe, że nigdy nie słyszał o tym głównym? Wszystkie różane żywopłoty wiedziały, wszystkie służące wiedziały, we wszystkich trzech majątkach. Szlachetna powściągliwość tych, co ścielą nam łóżka.

– Jak długo zostajesz w Lutecji? Nie, Greg, to ja zamówiłem. Ty zapłacisz za następną butelkę. Powiedz mi...

– To takie dziwne przypomnieć sobie to wszystko! To było szaleństwo, to była fantazja, to była rzeczywistość podniesiona do x-tej potęgi. Powiadam ci, zgodziłbym się, żeby Tatar uciął mi głowę, gdybym w zamian mógł pocałować podbicie jej stopy. Ty byłeś jej kuzynem, prawie bratem, nie potrafisz zrozumieć tej obsesji. Och, te pikniki! I Percy de Prey, który przechwalał się przede mną swoimi sukcesami z nią i doprowadzał mnie do szaleństwa z zazdrości i żalu, i dr Krolik, który, jak mówiono, też ją kochał, i Phil Rack, genialny kompozytor... martwi, martwi, wszyscy są martwi!

– Nie znam się na muzyce, ale usłyszeć wycie twojego kumpla to była prawdziwa przyjemność. Niestety, za parę minut mam spotkanie. *Za twojo zdorowje, Grigorij Akimowicz.*

– Arkadjewicz – powiedział Greg, który raz nie zareagował, ale teraz machinalnie poprawił Vana.

– Tak, oczywiście! Idiotyczny błąd niechlujnego języka. A jak się ma Arkadij Grigorjewicz?

– Zmarł. Zmarł niedługo przed twoją ciotką. Uważam, że gazety pięknie uczciły jej talent. A gdzie jest Adelajda Daniłowna? Czy wyszła za Christophera Vinelandera, czy za jego brata?

– W Kalifornii czy Arizonie. Chyba Andriej. Mogę się mylić. W gruncie rzeczy nigdy nie znałem zbyt dobrze swojej kuzynki; w Ardisie byłem wszystkiego dwa razy, zawsze tylko parę tygodni, lata temu.

– Ktoś mi mówił, że jest aktorką filmową.

– Nie mam pojęcia, nigdy nie widziałem jej na ekranie.

– Och, to byłoby straszne, powiadam ci, włączyć dorotelię i nagle – ona. Tak jakby topiący się zobaczył całą swoją przeszłość, drzewa, kwiaty i dachshunda w wianuszku. Strasznie musiała nią wstrząsnąć straszna śmierć matki.

Lubi słowo „straszny", powiadam ci. Straszne ubranie, straszny guz. Dlaczego muszę to znosić? Odrażające... a jednak na szczególny sposób fascynujące: mój paplający cień, mój komiczny sobowtór.

Van właśnie miał odejść, kiedy szofer w eleganckim mundurze podszedł, by poinformować „milorda", że jego lady zaparkowała na rogu rue Saïgon i go przyzywa.

– Oho – powiedział Van – widzę, że używasz swego brytyjskiego tytułu. Twój ojciec wolał uchodzić za czechowowskiego pułkownika.

– Maude jest Angloszkotką i, no cóż, to jej odpowiada. Uważa, że tytuł zapewnia za granicą lepszą pracę służby. Ale, ale, ktoś mi mówił – no tak, Tobak – że Lucette zatrzymała się w „Alfonsie IV". Chyba nie pytałem cię o ojca? Cieszy się dobrym zdrowiem? (Van skinął głową). A jak się ma *guwiernantka bieletristka*?

– Jej ostatnia powieść to *L'ami Luc*. Za swoją opasłą bzdurę otrzymała ostatnio Nagrodę Akademii Literatury Lebonów.

Rozstali się ze śmiechem.

Chwilę później, jak często dzieje się to w farsach i obcych miastach, Van wpadł na kogoś innego, kogo znał. Czując napływającą falę przyjemności, dostrzegł Cordulę, była w obcisłej szkarłatnej spódnicy i paplając jak do potrzebującego pociechy dziecka, pochylała się nad dwoma nieszczęśliwymi pudelkami przywiązanymi do słupa przed wędliniarnią. Van pogładził ją koniuszkami palców i kiedy z oburzeniem wyprostowała się i odwróciła (oburzenie zmieniło się w radosne rozpoznanie), wyrecytował zwietrzały, ale pasujący do sytuacji wierszyk, który znał, odkąd drażnili go nim jego szkolni koledzy:

Veenowie mówią tylko do Tobaków,
A Tobakowie jedynie do psiaków.

Upływ lat tylko wypolerował jej urodę, a chociaż wiele mód pojawiło się i przeminęło od 1889 roku, natknął się na Cordulę akurat w okresie, gdy fryzury i fasony spódnic na krótko (inne, znacznie elegantsze od niej damy były już daleko przed nią) wróciły do stylu sprzed dwunastu lat, jak gdyby likwidując przerwę między teraźniejszością a ówczesną aprobatą i przyjemnością. Wyrzuciła z siebie potok uprzejmych pytań, ale on chciał jak najszybciej załatwić inną sprawę, póki płomyk migotał.

– Nie marnujmy – powiedział – nabrzmienia odzyskanego czasu na wylew towarzyskiej gadaniny. Tryskam energią, jeśli tego chcesz się dowiedzieć. Posłuchaj: może to zabrzmieć głupio i bezczelnie, ale mam pewną pilną prośbę. Czy nie zechciałabyś pomóc mi przyprawić twojemu mężowi rogi? To konieczność!

– Doprawdy, Van – wołała rozzłoszczona Cordula. – Posuwasz się ciut za daleko. Jestem szczęśliwą żoną. Mój Tobaczok uwielbia mnie. Mielibyśmy już dziesięcioro dzieci, gdybym nie była ostrożna, z nim i z innymi.

– No to z radością się dowiesz, że ten inny jest, jak wykazały badania, całkowicie bezpłodny.

– Ja niestety nie. Mam wrażenie, że od samego mojego spojrzenia mógłby się oźrebić muł. W dodatku jem dzisiaj lunch z Goalami

– *C'est bizzare*, taka fascynująca dziewuszka okazuje tyle czułości pudlom, a odrzuca biednego starego Veena, brzuchatego i sztywnego.

– Lepszy pies, co szczeka, niż Veen, co się łasi.

– Skoro jesteś zbieraczką przysłów – upierał się Van – pozwól, że zacytuję ci jedno arabskie. Raj leży tylko o jedną asbę na południe od paska ładnej dziewczyny. *Eh bien*?

– Jesteś niemożliwy. Gdzie i kiedy?

– Gdzie? W tym nędznym hoteliku po tamtej stronie ulicy. Kiedy? Teraz. Nigdy jeszcze nie widziałem, jak używasz bidetu, a tylko to obiecuje *tout confort*, raczej niewiele więcej.

– Muszę być w domu nie później niż wpół do dwunastej, a teraz jest już prawie jedenasta.

– To zajmie pięć minut. Proszę.

Rozkraczona, przypominała dziecko, które pierwszy raz w życiu odważyło się przejechać na karuzeli. Usta ułożyły jej się w prostokątną *moue*, kiedy korzystała z tego ordynarnego urządzenia. Smutne, posępne ulicznice robią to bez żadnego wyrazu na twarzy, z mocno zaciśniętymi ustami. Skorzystała z niego dwa razy. Ich krótka zabawa i jej powtórzenie trwały piętnaście minut, nie pięć. Bardzo zadowolony z siebie, Van poszedł z nią kawałek brązowo-zielonym Bois de Belleau w kierunku jej *osobniaczoka* (małego pałacyku).

– To mi przypomina – powiedział – że nie używam już naszego mieszkania na Alexis. Ostatnich siedem czy osiem lat spędzili w nim pewni biedacy, rodzina policjanta, który kiedyś był lokajem stryjaszka Dana w jego wiejskim majątku. Mój policjant teraz już nie żyje, a wdowa i trzech synów wrócili do Ladory. Chcę zrezygnować z tego mieszkania. Czy przyjęłabyś je jako spóźniony prezent ślubny od wielbiciela? Świetnie. Któregoś dnia zrobimy powtórkę. Jutro muszę być w Londynie, a trzeciego mój ulubiony liniowiec „Admiral Tobakoff" zabierze mnie do Manhattanu. *Au revoir*. Powiedz mu, żeby uważał na niskie nadproża. Rogi mogą okazać się bardzo wrażliwe, kiedy są nowe. Greg Erminin mówił mi, że Lucette zatrzymała się w „Alfonsie IV".

– To prawda. A gdzie jest ta druga?

– Chyba pożegnamy się tutaj. Jest za dwadzieścia dwunasta. Lepiej powoli zmierzaj do siebie.

– *Au revoir*. Jesteś bardzo zepsutym chłopakiem, a ja jestem bardzo zepsutą dziewczyną. Ale to było zabawne, mimo że rozmawiałeś ze mną nie jak z przyjaciółką ze swojej sfery, tylko tak, jak pewnie rozmawiasz z kurewkami. Czekaj. Masz tu ściśle tajny adres, pod który zawsze – (grzebiąc w torebce) – możesz do mnie napisać – (znajdując wizytówkę z herbem męża i gryzmoląc na niej pocztowy kryptogram) – to jest w Malbrook w stanie Mayne, gdzie każdego roku spędzam sierpień.

Rozejrzała się dokoła, stanęła na paluszkach jak baletrina i pocałowała go w usta. Słodka Cordula!

3

Ciemnowłosy, przylizany, obdarzony burbońskim podbródkiem portier w nieokreślonym wieku, w uniwersyteckich czasach nazwany przez Vana Alfonsem V, był przekonany, że właśnie widział Mademoiselle Veen w salonie Récamier, gdzie prezentowano złote woale Viviana Vale'a. Machając gwałtownie połą i trzaskając wahadłowymi drzwiami, Alfons wypadł z portierni i poszedł sprawdzić. Oko Vana ponad wygiętą rączką parasola wędrowało po obrotowym stojaku z wydaniami Sapsuckera w miękkiej oprawie (z charakterystycznym pręgowanym dzięciołem na wszystkich grzbietach): *Gitanilla*, *Salzman*, *Salzman*, *Salzman*, *Zaproszenie do orgazmu*, *Strużka*, *Gang Go-go*. *Próg bólu*, *Dzwony Chose*, *Gitanilla* – w tym momencie obok przeszli bardzo „arystokratyczny" kolega Demona z Wall Street Kithar K.L. Sween, który pisał wiersze, oraz jeszcze starszy potentat handlu nieruchomościami Milton Eliot, żaden z nich nie zauważył wdzięcznego Vana, mimo że jego obecność zdradzało kilka luster.

Portier wrócił, kręcąc głową. Z czystej dobroci serca Van dał mu goalowską gwineę i powiedział, że wróci o wpół do drugiej. Przeszedł przez hol (gdzie autor *Strof agonicznych* oraz pan Eliot, *affalés dans des fauteuils*, tak że marynarki nasunęły się na ramiona, porównywali cygara) i opuściwszy hotel bocznym wejściem, przeszedł przez rue des Jeunes Martyres, by napić się czegoś u Piecyna.

Wchodząc, przystanął na chwilę, żeby oddać płaszcz, zatrzymał jednak czarną fedorę i cienki jak trzcina parasol, podpatrzył bowiem u swego ojca, że tak właśnie czyni w tego rodzaju cieszących się dość wątpliwą reputacją, ale eleganckich miejscach, których przyzwoite kobiety nie odwiedzają, przynajmniej jeśli ktoś im nie towarzyszy. Skierował się do baru i przecierając soczewki okularów w czarnej oprawce, poprzez optyczną mgłę (najnowsza zemsta przestrzeni!) dostrzegł dziewczynę, której sylwetkę – jak pamiętał – widywał to tu, to tam (znacznie wyrazistszą!) od czasów dorastania, idącą samotnie, pijącą samotnie, zawsze samotną, jak *Incognita* Błoka. Miało się osobliwe wrażenie – jakby jakiś fragment odegrano raz jeszcze przez pomyłkę, kawałek zdania umieszczono w korekcie w niewłaściwym miejscu, przedwcześnie wyświetlono scenę, powtarzała się jakaś skaza, czas popłynął w niewłaściwym kierunku. Pośpieszył na nowo zaopatrzyć uszy w czarne łuki oprawki i podszedł w milczeniu. Przez dłuższą chwilę stał za nią, bokiem do pamięci i czytelnika (tak jak ona do nas i baru), wygięta rączka okutanej jedwabiem laseczki, też widzianej z profilu, uniosła się niemal do jego ust. Otóż i ona – na złotawym tle parawanu *sakarama* ustawionego koło baru, do którego zbliżała się jakby sunąc po lodzie, jeszcze wyprostowana, ale zarazem niemal gotowa już usiąść, bo jedną rękę w białej rękawiczce zdążyła położyć na kontuarze. Miała na sobie zapiętą wysoko romantyczną czarną suknię z długimi rękawami, obfitą spódnicą, dopasowanym stanikiem i plisowanym kołnierzykiem, z którego miękkiej czarnej korony wdzięcznie wyrastała długa szyja. Ponurym wzrokiem rozpustnika lustrujemy czystą dumną linię tego gardła, tego przechylonego podbródka. Lśniące czerwone wargi, rozchylone, żarłoczne i czarodziejskie, odsłaniają boczny blask dużych zębów górnych. Znamy, kochamy tę wystającą kość policzkową (z atomem puszku do pudrowania przylegającego do gorącej różowej skóry) i zakręcone w górę czarne rzęsy, i umalowane kocie oko – cały ten profil przypominamy sobie w milczeniu. Spod falującego szerokiego opadającego ronda jej kapelusza z czarnego rypsu, zdobnego wielką czarną kokardą, na płonący policzek opada w umyślnym nieładzie spirala umiejętnie zakręconych miedzianych loków, a światło barowych „klejnotnych żarówek" igra na *bouffant* włosach na czole, włosach, które widziane z ukosa, wypukle wymykały się spod ekstrawaganckiego nakrycia głowy z szerokim rondem, wprost ku wąskim brwiom. Jej irlandzki profil, ocukrzony szczyptą rosyjskiej miękkości, która dodawała jej urodzie wyglądu tajemnego wyczekiwania i tęsknego zaskoczenia, mam nadzieję, będzie uznany przez przyjaciół i wielbicieli moich wspomnień za arcydzieło natury, nieporównanie doskonalsze i świeższe niż portret podobnie ustawionej nędznej dziewki z jej paryską *gueule de geuenon* na plugawym plakacie namalowanym dla Piecyna przez wrak artysty.

– Cześć, Ed – powiedział Van do barmana i wtedy odwróciła się, usłyszawszy jego drogi zachrypnięty głos.

– Nie sądziłam, że zobaczę cię w okularach. Prawie dostał ci się *le paquet*, który szykowałam dla faceta „wgapiającego się", jak sądziłam, w mój kapelusz. Van, kochany! *Duszka moj*!

– Twój kapelusz – powiedział – jest absolutnie lautréamontański, to jest, chciałem powiedzieć, lautrekaskowski, nie, nie mogę znaleźć przymiotnika.

Ed Barton podał Lucette coś, co nazywała chambéryzette.

– Dla mnie *gin and bitter*.

– Jestem taka szczęśliwa i smutna – mruknęła po rosyjsku. – *Mojo grustnoje szczastje*! Jak długo będziesz w starej dobrej Lutecji?

Van odpowiedział, że następnego dnia wyjeżdża do Anglii, a potem 3 czerwca (był zaś 31 maja) zaokrętuje się na liniowiec „Admiral Tobakoff" i popłynie z powrotem do Stanów. A więc ona popłynie razem z nim – zawołała – to wspaniały pomysł, wszystko jedno, gdzie ją prąd poniesie, naprawdę, na wschód czy zachód, do Tuluzy czy Los Teques. Zauważył, że jest już zdecydowanie za późno, żeby dostać kabinę (na tym niezbyt wielkim statku, znacznie krótszym niż „Queen Guinevere"), i zmienił temat.

– Ostatni raz widziałem cię – powiedział Van – dwa lata temu, na stacji kolejowej. Właśnie wyjeżdżałaś z willi „Armina", a ja właśnie przyjeżdżałem. Miałaś na sobie sukienkę w kwiaty, te na sukience mieszały się z kwiatami, które niosłaś, bo poruszałaś się bardzo szybko – wyskoczyłaś z zielonej kolaski i popędziłaś do Ekspresu Auzońskiego, który przywiózł mnie do Nicei.

– *Très expressioniste*. Nie widziałam cię, bo inaczej zatrzymałabym się, żeby powiedzieć ci, czego się właśnie dowiedziałam. Wyobraź sobie, że mama znała całą prawdę – twój gadatliwy tatuś powiedział jej wszystko o Adzie i tobie!

– Ale nie o tobie i o niej.

Lucette poprosiła go, żeby nie wspominał tej obrzydliwej, nieznośnej dziewczyny. Była wściekła na Adę, a do tego zazdrosna – *per procura*. Ten Andriej Ady czy raczej działająca w jego imieniu siostra, bo on sam nawet na to jest zbyt głupi, zbiera postępową filisterską sztukę, odciski narzędzi pucybutów i rozmazane na płótnie ekskrementy, imitacje bazgrołów imbecyla, prymitywne bożki, aborygeńskie maski, *objets trouvés* czy raczej *troués*, przykładem wypolerowana belka z wypolerowaną dziurką *à la* Heinrich Heideland. Przyjechawszy po raz pierwszy na ranczo, nowo poślubiona ujrzała dziedziniec ozdobiony rzeźbą, jeśli to właściwe słowo, ustawioną przez samego starego Heinricha i czterech jego dobrze zbudowanych asystentów, był to olbrzymi i obrzydliwy kawał mieszczańskiego mahoniu, wysoki na dziesięć stóp, zatytułowany *Macierzyństwo*, mamusia (*à rebours*) wszystkich gipsowych gnomów i odlewanych muchomorów zainstalowanych przez poprzednich Vinelanderów przed ich daczami na Lasce.

Barman stał, wycierając kieliszek nieskończonym powolnym ruchem dłoni i słuchając oskarżycielskiej przemowy Lucette z bladym uśmiechem absolutnego zachwytu.

– A jednak (*odnako*) – powiedział Van po rosyjsku – Marina mówiła mi, że kiedy gościłaś u nich w 1896, bardzo ci się podobało.

– Gdzie tam (*niczego podobnogo*)! Porzuciłam Agawię bez bagażu, w nocy, ciągnąc za sobą łkającą Brigitte. Nigdy nie widziałam takiego domu. Ada zmieniła się w niemą *brune*. Rozmowa przy stole ograniczała się do trzech „k" – kaktusów, krów i kuchni, do czego Dorothy dodawała komentarze o kubistycznym mistycyzmie. On jest jednym z tych Rosjan, co *szłopajut* (człapią) do łazienki na bosaka, golą się w bieliźnie, noszą podwiązki, uważają podciąganie spodni za nieprzyzwoite, ale sami, wyjmując drobne, przytrzymują lewą kieszeń prawą ręką lub odwrotnie, co jest nie tylko nieprzyzwoite, ale i wulgarne. Demon jest może rozczarowany tym, że nie mają dzieci, ale w sumie po pierwszym przypływie teściowskich uczuć zdecydowanie „ugrypił" faceta. Dorothy to nadęty i świętoszkowaty potwór, przyjeżdża do nich na całe miesiące, układa menu i ma prywatną kolekcję kluczy do pokojów służby – o czym nasza niema brunetka powinna by wiedzieć – i kluczyków do otwierania ludzkich serc, nawiasem mówiąc próbowała zrobić praktykującego prawosławnego nie tylko z każdego amerykańskiego Murzyna, którego złapała, ale i z naszej dość prawosławnie *rieligioznoj* matki, osiągnęła zresztą tylko to, że akcje Trimutri poszły w górę. Pewnej pięknej, nostalgicznej nocy…

– *Po-russki* – powiedział Van, zauważywszy, że jakaś angielska para zamówiła coś do picia i usadowiła się, by w milczeniu sobie posłuchać.

– *Kak-to noczju* (pewnej nocy), kiedy Andriej wyjechał, zdaje się, że wyciąć sobie migdałki, nasza kochana czujna Doroczka przyszła zbadać podejrzany hałas w pokoju mojej służącej i zobaczyła biedną Brigitte uśpioną w fotelu na biegunach, a Adę i mnie *triachnuwszych starinoj* (wytrząsające przeszłość) na łóżku. To właśnie wtedy powiedziałam Dorze, że nie zniosę dłużej jej zachowania, i natychmiast wyjechałam do Monarch Bay.

– Niektórzy są naprawdę dziwni – powiedział Van. – Jeśli skończyłaś to lepkie coś, chodźmy do twojego hotelu i zjedzmy lunch.

Miała ochotę na rybę, on zaś wybrał sałatę i mięso na zimno.

– Wiesz, na kogo wpadłem dziś rano? Na tego poczciwca Grega Erminina. To on powiedział mi, że tu jesteś. Jego żona *est un peu snob*, nie?

– Każdy jest *un peu snob* – powiedziała Lucette. – Twoja Cordula, która też kręci się po okolicy, nie może wybaczyć Szurze Tobak, skrzypaczce, że jest sąsiadką jej męża w książce telefonicznej. Zaraz po lunchu pójdziemy do mojego pokoju, numer dwadzieścia pięć, tyle akurat mam lat. Mam bajeczny japoński *diwan* i mnóstwo orchidei, właśnie przysłanych przez jednego z moich wielbicieli. Ach, mój Boże – przychodzi mi to teraz do głowy – muszę się przyjrzeć tym kwiatom, może są dla Brigitte, która pojutrze wychodzi za mąż, o piętnastej trzydzieści, za szefa kelnerów w „Alfonsie III", w Auteuil. Tak czy owak, są zielonkawe, z pomarańczowymi i fioletowymi plamkami, to jakiś rodzaj delikatnego *Oncidium*, „cyprysowe żaby" – to jedna z tych idiotycznych nazw handlowych. Wyciągnę się na kanapie jak męczennica, pamiętasz?

– Czy ciągle jesteś pół-męczennicą, to jest, chciałem powiedzieć, pół-dziewicą? – zainteresował się Van.

– Ćwierć – odpowiedziała Lucette. – Och, spróbuj mnie, Van! Moja kanapa jest czarna z żółtymi poduszkami.

– Możesz przez chwilę posiedzieć mi na kolanach.

– Nie... chyba że się rozbierzemy i wbijesz mnie na pal.

– Moja droga, jak wielokrotnie ci już przypominałem, należysz do książęcego rodu, ale wyrażasz się jak najbardziej rozwiązła Lucynda, jaką można sobie wyobrazić. A może to taka chwilowa moda w twojej paczce?

– Nie mam żadnej paczki, jestem samotnicą. Raz na jakiś czas wychodzę z dwoma dyplomatami, Grekiem i Anglikiem, wolno im obmacywać mnie i bawić się ze sobą. Pewien kiepski, ale popularny w „towarzystwie" malarz pracuje nad moim portretem, on i jego żona mogą mnie pieścić, kiedy jestem w odpowiednim nastroju. Twój przyjaciel Dick Cheshire posyła mi prezenty i typy zwycięskich koni na wyścigach. To bardzo nudne życie, Van.

– Lubię... och, mnóstwo rzeczy – ciągnęła melancholijnym zadumanym tonem, dźgając widelcem pstrąga błękitnego, który, sądząc po powykręcanym kształcie i wybałuszonych oczach, został ugotowany żywcem i skończył w konwulsjach okropnej męki. – Uwielbiam flamandzkie i holenderskie obrazy olejne, kwiaty, jedzenie, Flauberta, Williama, łażenie po sklepach, łódki, łyżwy, pocałunki pięknych i bestii… ale nie wiadomo dlaczego to wszystko, ten sos, wszelkie bogactwa Holandii tworzą jedynie swego rodzaju *tonieńkuju-tonieńkuju* (cieniutką) warstwę, pod którą nie ma absolutnie nic, oczywiście oprócz twojego obrazu, a on dodaje głębi i pstrągowej męki pustce. Jestem jak Dolores – kiedy mówi, że jest „tylko obrazem namalowanym na powietrzu".

– Nigdy nie mogłem skończyć tej powieści, zbyt pretensjonalna.

– Pretensjonalna, ale prawdziwa. Tak właśnie odczuwam swoje istnienie… fragment, smuga koloru. Pojedź ze mną gdzieś daleko, gdzieś, gdzie są freski i fontanny, dlaczego nie możemy ruszyć gdzieś, gdzie są stare fontanny? Statkiem? Wagonem sypialnym?

– Bezpieczniej i szybciej samolotem – powiedział Van. – I na Loga, mów po rosyjsku.

Pan Sween, jedzący lunch z młodym człowiekiem zadającym szyku baczkami torreadora i innymi urokami, skłonił się z godnością w kierunku ich stolika, potem w kilwaterze ciemnowłosej, eburowo bladej damy pojawił się oficer marynarki w lazurowym mundurze Gwardii Golfsztromu i powiedział:

– Cześć, Lucette, cześć, Van.

– Cześć, Alf – rzekł Van, a Lucette odpowiedziała na pozdrowienie roztargnionym uśmiechem; ponad wspartymi na blacie splecionymi rękami drwiącym wzrokiem śledziła oddalającą się damę. Van odchrząknął, ponuro spoglądając na swą przyrodnią siostrę:

– Musi mieć przynajmniej trzydzieści pięć lat – mruknęła Lucette – ale ciągle ma nadzieję, że zostanie jego królową.

(Jego ojciec, Alfons I Portugalski, marionetkowy władca, manipulowany przez Wuja Wiktora, ostatnio posłuchał sugestii Gamaliela i przekazał władzę rządowi republikańskiemu, ale Lucette mówiła o kruchej piękności, a nie o kapryśnej polityce.)

– To była Lenora Colline. O co chodzi, Van?

– Koty nie powinny gapić się na gwiazdy. Podobieństwo jest znacznie mniejsze niż dawniej, chociaż, oczywiście, nie wiem, jak wyglądają zmiany, co się tyczy drugiej strony. *A propos*, jak się rozwija kariera?

– Jeśli chodzi ci o karierę Ady, to mam nadzieję, że to także klapa, tak samo jak jej małżeństwo. Tak więc wszystkie wysiłki Demona doprowadzą jedynie do tego, że to ja cię zdobędę. Niezbyt często chodzę do kina, a kiedy spotkałyśmy się na pogrzebie, odmówiłam rozmów i z Dorą, i z nią, toteż nie mam nawet przybliżonego pojęcia, jak ostatnio wyglądają jej wyczyny sceniczne czy filmowe.

– Czy ta kobieta powiedziała bratu o waszych niewinnych igraszkach?

– Oczywiście, że nie! *Drożit* (drży) o jego szczęście. Ale jestem pewna, że to ona zmusiła Adę do napisania, że „nie wolno mi nigdy więcej próbować rozbić udanego małżeństwa". Wybaczam to Dariuszce, urodzonej szantażystce, ale nie Adoczce. Niezbyt podoba mi się twój *cabochon*. To znaczy wygląda ładnie na twojej kochanej włochatej ręce, tylko że tata nosił zupełnie taki sam na swej wstrętnej różowej łapie. Ojciec należał do typu milczących badaczy. Kiedyś wziął mnie na dziewczęcy mecz hokejowy i musiałam go ostrzec, że zacznę krzyczeć „ratunku", jeśli nie przerwie swoich badań.

– *Das auch noch* – westchnął Van i włożył do kieszeni ciężki pierścień z ciemnym szafirem. Wrzuciłby go do popielniczki, gdyby nie był to ostatni prezent od Mariny.

– Słuchaj, Van – powiedziała (dopijając czwarty kieliszek szampana). – Dlaczego nie zaryzykować? Wszystko jest całkiem proste. Żenisz się ze mną. Dostajesz mój Ardis. Mieszkamy tam, piszesz tam. Ja wtapiam się w tło, nigdy ci nie przeszkadzam. Zapraszamy Adę – oczywiście samą – żeby pobyła trochę w swoim majątku, bo zawsze sądziłam, że matka właśnie jej zostawi Ardis. Na czas, kiedy ona tam jest, ja wyjeżdżam do Aspen, Gstaad lub Schittau i żyjesz sobie z nią w kryształowej kuli, śnieg pada wszędzie dokoła, jakby miał padać zawsze, *pendant que je* szusuję na nartach w Aspenis. Potem nagle wpadam jak bomba, ale ona może zostać, jest miłym gościem. Pałętam się w okolicy na wypadek, gdybyście mnie potrzebowali. A potem ona wraca do męża na parę okropnych miesięcy, co powiesz?

– Tak, fantastyczny plan – powiedział. – Jest tylko jeden szkopuł: ona nigdy nie przyjedzie. Jest teraz trzecia, muszę zobaczyć się z facetem, który ma wyremontować willę „Armina", którą ja odziedziczyłem i w której będzie rezydował jeden z moich haremów. To klepanie rozmówcy po nadgarstku nie jest najładniejszą cechą odziedziczoną przez ciebie po przodkach z irlandzkiej strony. Odprowadzę cię teraz to twojego apartamentu. Zdecydowanie potrzebujesz trochę odpoczynku.

– Muszę do kogoś zadzwonić, to ważna, bardzo ważna rozmowa, ale nie chcę, żebyś słuchał – powiedziała Lucette, szukając w małej czarnej torebce klucza.

Weszli do holu jej apartamentu. Tam, zdecydowany zaraz wyjść, zdjął okulary i przycisnął usta do jej ust, smakowała zupełnie tak samo jak Ada w Ardisie wczesnym popołudniem, słodka ślina, słony nabłonek, wiśnie, kawa. Gdyby nie użył sobie tak dobrze i tak niedawno, mógłby nie oprzeć się pokusie, niewybaczalnemu dreszczowi. Pociągnęła go za rękaw, kiedy zaczął się cofać ku drzwiom.

– Pocałujmy się jeszcze raz, pocałujmy się jeszcze raz! – powtarzała, jak dziecko, sepleniąc, ledwie poruszając rozchylonymi wargami, w szalonym bezładnym oszołomieniu, starając się ze wszystkich sił nie pozwolić mu przemyśleć sytuacji, powiedzieć „nie".

Stwierdził, że to wystarczy.

– Ale dlaczego? Proszę!

Odsunął jej zimne rozdygotane palce.

– Dlaczego, Van? Dlaczego, dlaczego, dlaczego?

– Doskonale wiesz dlaczego. Kocham ją, a nie ciebie, i zdecydowanie odmawiam komplikowania wszystkiego przez jeszcze jeden kazirodczy związek.

– A to pyszne – powiedziała Lucette – parę razy posunąłeś się ze mną dość daleko, nawet kiedy byłam dzieckiem; odmowa pójścia dalej to z twojej strony zwyczajne wykręty, a poza tym zdradzałeś ją z tysiącami dziewcząt, ty wstrętny oszuście!

– Nie powinnaś mówić do mnie tym tonem – powiedział Van, podle korzystając z jej żałosnych opowieści jako pretekstu do odejścia.

– Przepra, kocham cię – szepnęła nieprzytomnie, próbując krzyczeć szeptem, bo korytarz pełen był drzwi i uszu, Van jednak oddalił się, machając w powietrzu obiema rękami i nie oglądając się za siebie, wszelako bez urazy, i zniknął.

4

Obecności dra Veena w Anglii wymagała pewna irytująca kwestia.

Stary Paar z Chose napisał mu, że „Klinika" chciałaby, aby zbadał szczególny przypadek chromestezji, ale biorąc pod uwagę niektóre jego aspekty (na przykład niewielkie prawdopodobieństwo oszustwa), byłoby dobrze, by Van pofatygował się osobiście i zdecydował, czy warto podjąć wysiłki i przetransportować pacjenta samolotem do Kingston w celu prowadzenia dalszej obserwacji. Niejaki Spencer Muldoon, urodzony bez oczu, czterdziestoletni, kawaler, pozbawiony przyjaciół, trzecia niewidoma postać w tej kronice, znany był ze swych halucynacji w atakach gwałtownej paranoi, wykrzykiwał wtedy nazwy kształtów i substancji, które nauczył się identyfikować za pomocą dotyku albo – jak sądził – rozpoznawał dzięki grozie opowieści o nich (przewracające się drzewa, wymarłe gady), a które teraz napierały na niego ze wszystkich stron; ataki owe przetykane były okresami otępienia, po których zawsze następował powrót do zwykłego „ja" i wówczas przez tydzień lub dwa pacjent czytał palcami swoje książki dla niewidomych albo słuchał, za przepełnionymi rozkoszą czerwonymi powiekami, nagrań muzyki, śpiewu ptaków i poezji irlandzkiej.

Jego zdolność do dzielenia przestrzeni na szeregi i rzędy rzeczy „silnych" i „słabych", przypominające wzór na tapecie, pozostawała zagadką do pewnego wieczoru, kiedy student badacz (S.B. – chciał pozostać anonimowy), który zamierzał przejrzeć pewne wykresy związane ze zmianami stanu innego pacjenta, przypadkiem zostawił w zasięgu Muldoona jedno z tych podłużnych pudełek nowych, niezatemperowanych kredek, takich, co to wystarczy je sobie tylko wyobrazić (Dixon Pink Anadel!), by pamięć zaczęła przemawiać językiem tęczy: barwy ich pomalowanego i wypolerowanego drewna ułożone były spektralnie w zgrabnym blaszanym pojemniku. Dzieciństwo biednego Muldoona nie mogło wracać do niego w tego rodzaju tęczowych wspomnieniach, ale kiedy jego szukające po omacku palce otworzyły pudełko i obmacały kredki, na bladej jak pergamin twarzy pojawił się wyraz swego rodzaju zmysłowej przyjemności. Zauważywszy, że brwi ślepca lekko uniosły się przy czerwonej kredce, wyżej przy pomarańczowej, jeszcze wyżej przy ostrym krzyku żółtej, a potem opadały przy reszcie spektrum kolorów, S.B. mimochodem powiedział mu, że drewno jest różnie zabarwione – „czerwono", „pomarańczowo", „żółto" itd., a Muldoon także mimochodem rzucił w odpowiedzi, że różnie się je też czuje.

W trakcie kilku testów, przeprowadzonych przez S.B. i jego kolegów, Muldoon wyjaśnił, że przesuwając palcami po różnych kredkach, doświadcza gamy „parzów", szczególnych wrażeń jakoś zbliżonych do mrowiących następstw kontaktu skóry z parzącymi pokrzywami (wyrastał na wsi gdzieś między Ormagh i Armagh i w swym awanturniczym wieku chłopięcym często wpadał, biedne stworzenie w grubych buciorach, do rowów, a nawet jarów), i w niesamowity sposób mówił o „silnym" zielonym parzu kawałka bibuły i mokrym słabym różowym parzu oddychającego nosa siostry Langford – określił ich kolory przez porównanie z kredkami, które na początku dali mu badacze. W rezultacie testów niepodobna było nie uznać, że koniuszki palców pacjenta przekazują do jego mózgu „dotykową transkrypcję tęczowego spektrum", jak ujął to Paar w szczegółowym raporcie przesłanym Vanowi.

Kiedy ten ostatni przyjechał, Muldoon nie wyszedł jeszcze całkiem z kolejnego stanu odrętwienia, dłuższego niż którykolwiek z poprzednich. Van, mając nadzieję zbadać go nazajutrz, spędził cudowny dzień, dyskutując z grupą pełnych entuzjazmu psychologów, i z zainteresowaniem zlokalizował wśród pielęgniarek znajomy zez Elsie Langford, wychudłej dziewczyny z gorączkowymi wypiekami na twarzy i wystającymi zębami, która w zagadkowy sposób zamieszana była w aferę z „duchem" w innym zakładzie leczniczym. Przyjął starego Paara obiadem w swoim mieszkaniu w Chose i powiedział mu, że będzie chciał biedaka r a z e m z panną Langford przetransportować do Kingston, możliwie najszybciej, kiedy tylko pacjent będzie się do tego nadawał. Biedak jednak zmarł tej nocy we śnie, pozostawiając całą sprawę zawieszoną w powietrzu i otoczoną nimbem promienistego braku znaczenia.

Van, którego kwitnące różowo kasztany Chose zawsze wprawiały w nastrój do amorów, postanowił roztrwonić niespodziewanie podarowany przez los czas, pozostający do wyjazdu do Ameryki, na dwudziestoczterogodzinną kurację w najmodniejszej i najlepszej spośród Willi Wenus w Europie; jednakże podczas długiej jazdy w staromodnej, pluszowej, lekko napachnionej (muszkat? tytoń turecki?) limuzynie, którą zwykle wynajmował w „Albanii", swym londyńskim hotelu, na podróże po Anglii, inne niespokojne odczucia dołączyły do jego posępnej żądzy, bynajmniej jej nie rozpraszając. Miękko się kołysząc, stopę w pantoflu oparłszy na podnóżku, rękę wsunąwszy w pętlę, wspominał swoją pierwszą podróż kolejową do Ardisu i próbował, co czasem zalecał pacjentom, poćwiczyć „mięsień świadomości", a konkretnie wrócić nie tylko do nastroju, który poprzedzał radykalną zmianę w życiu, ale też do stanu całkowitej niewiedzy o tej zmianie. Orientował się, że nie da się tego zrobić, że możliwe są tylko uparte próby, ale nie sukces, ponieważ nie pamiętałby przedmowy do Ady, gdyby życie nie przewróciło kartki, przez co teraz promienny tekst następnej strony przebijał błyskiem wszystkie czasy gramatyczne jego umysłu. Zastanawiał się, czy będzie pamiętał obecną banalną podróż. Angielska późna wiosna wraz ze wszystkimi skojarzeniami literackimi trwała w wieczornym powietrzu. Wbudowane w samochód „canoreo" (staroświecki aparat muzyczny, na który dopiero niedawno zezwoliła wspólna angielsko-amerykańska komisja) grało rozdzierającą serce włoską piosenkę. Czym jest? Kim jest? Po co jest? Myślał o swym rozleniwieniu, swej niezdarności, rujnacji ducha. Myślał o swej samotności, i o związanych z nią namiętnościach i niebezpieczeństwach. Widział przez szybę tęgie, zdrowe, godne zaufania fałdy karku swojego szofera. Szereg bezsensownych obrazów przesuwał się przez jego świadomość – Edmund, Edmond, całkiem prosta Cordula, fantastycznie skomplikowana Lucette i w wyniku mechanicznego skojarzenia zdeprawowana dziewczynka imieniem Lisette, w Cannes, z piersiami jak urocze wrzody, której kruchymi faworami zarządzał w starej kabinie kąpielowej cuchnący starszy brat.

Wyłączył canoreo, wyjął zza ruchomej ścianki butelkę brandy i pociągnął łyk z gwinta, bo wszystkie trzy kieliszki były brudne. Czuł się otoczony przez walące się wielkie drzewa i potworne bestie niespełnionych, być może niemożliwych do spełnienia zadań. Jednym z tych zadań była Ada, której – dobrze to wiedział – nigdy się nie wyrzeknie; jej oddałby resztki swego „ja" przy pierwszym sygnale trąbki przeznaczenia. Drugim zadaniem było jego dzieło filozoficzne, które w osobliwy sposób hamowała zaleta autora – owa oryginalność stylu, która wyłącznie stanowi o prawdziwej uczciwości pisarza. Musiał napisać je po swojemu, ale koniak okazał się straszny, a historia myśli najeżona była kliszami, i właśnie tę historię musiał przezwyciężyć.

Wiedział, że nie całkiem jest uczonym, ale za to w pełni artystą. Paradoksalnie i niepotrzebnie przejawiało się to w jego „karierze akademickiej", w nonszalanckich i aroganckich wykładach, w sposobie prowadzenia seminariów, w publikowanych sprawozdaniach o chorych umysłach, w tym, że zacząwszy jako ktoś w rodzaju młodego geniusza przed dwudziestką, osiągnął w wieku lat trzydziestu jeden „zaszczyty" i „rangę", jakich wielu niewiarygodnie pracowitych ludzi nie osiąga w wieku pięćdziesięciu. W chwilach smutku, takich jak ta, przypisywał przynajmniej część sukcesu swej pozycji społecznej, bogactwu i licznym darom, którymi (jak gdyby poszerzając obszar przesadnie wysokich napiwków dawanych wychudłym żebrakom, sprzątającym pokoje, obsługującym windy, uśmiechającym się w korytarzach hoteli) obsypywał wartych tego studentów i warte tego instytucje. Być może Van Veen nie mylił się tak bardzo w swoich gorzkich domysłach, jako że na naszej planecie (i, zgodnie z jego własnymi dziełami, na bliźniaczej także) wyjątkowo nieruchawa administracja, jeśli nie wstrząśnie nią nagłe wzniesienie nowego budynku albo kaskada funduszy, woli bezpieczną bezbarwność akademickiej przeciętności niż podejrzane błyski jakiegoś V.V.

Kiedy dotarł do swego bajkowego i haniebnego celu, śpiewały słowiki. Jak zwykle, odczuł przypływ brutalnej euforii, gdy samochód wjechał w wysadzaną dębami aleję pomiędzy dwoma rzędami fallicznych posągów prezentujących broń. Stały i chętnie widziany gość z piętnastoletnim stażem, nie zadał sobie trudu „zatelefonowania" (nowy oficjalny termin). Smagnął go reflektor: niestety przyjechał na wieczór „galowy"!

Członkowie zwykle posyłali swych szoferów na specjalny ogrodzony parking koło domku strażnika, gdzie znajdowała się miła kantyna dla służących, z napojami bezalkoholowymi oraz paroma niedrogimi i nieładnymi kurewkami. Tego wieczoru jednak kilka dużych samochodów policyjnych zajmowało miejsca w garażu i wylewało się do sąsiedniego lasku. Van powiedział Kingsleyowi, żeby poczekał chwilę pod dębami, założył wenecką maskę i poszedł zbadać sytuację. Ulubiona dróżka między murami zaprowadziła go na jeden z dużych trawników, lamujących aksamitem podjazd pałacu. Teren był oświetlony bladym blaskiem i równie pełen ludzi jak Park Avenue – to skojarzenie samo się narzucało, bo przebrania przebiegłych tajniaków od razu przypomniały Vanowi kraj rodzinny. Niektóre z tych osób znał nawet z widzenia, patrolowali klub jego ojca w Manhattanie, ilekroć dobry Gamaliel (niewybrany znowu po czwartej kadencji) akurat jadł tam obiad, mogąc sobie pozwolić na swobodny stan zramolenia. Udawali tych, do których udawania byli przyzwyczajeni: sprzedawców grejpfrutów, czarnoskórych domokrążców proponujących banany i banjo, przestarzałych czy w każdym razie pojawiających się w nieodpowiednim czasie „gryzipiórków", śpieszących falami do nieprawdopodobnych biur, oraz perypatetycznych rosyjskich czytelników gazet, zwalniających, by w końcu stanąć jak w transie, a potem znowu ruszyć z twarzami skrytymi za płachtą „Estotskich wiesti". Van przypomniał sobie, że Mr. Alexander Screepatch, nowy prezydent Ameryk Zjednoczonych, krwisty Rosjanin, przyleciał właśnie, żeby zobaczyć się z królem Wiktorem, i trafnie wywnioskował, że obaj panowie pogrążyli się w kojących objęciach panienek. Komiczny aspekt maskarady tajniaków (pasującej być może do trącącego myszką wyobrażenia o amerykańskiej ulicy, ale niezbyt odpowiedniej w dziwacznie oświetlonym labiryncie angielskich żywopłotów) osłabił jego rozczarowanie, kiedy z dreszczem odrazy pomyślał o dzieleniu zabawy z postaciami historycznymi lub kontentowaniu się robiącymi dobrą minę do złej gry dziewuszkami, które postaci te napoczęły i odrzuciły.

W tym momencie owinięty w prześcieradło posąg chciał spytać Vana o hasło, ale pośliznął się na swym piedestale i wylądował na plecach wśród paproci. Zignorowawszy upadłego boga, Van wrócił do ciągle jeszcze pulsującego jolls-joyce'a. Czerwony na twarzy Kingsley, stary wypróbowany przyjaciel, zaproponował, że zawiezie go do innego domu, dziewięćdziesiąt mil na północ, ale Van dla zasady odmówił i kazał jechać z powrotem do „Albanii".

5

3 czerwca o piątej po południu jego statek wypłynął z Le Havre-de-Grâce, wieczorem tego samego dnia Van wszedł na pokład w Old Hantsport. Większą część popołudnia spędził, grając w tenisa królewskiego z panem Delaurier, słynnym murzyńskim trenerem, i czuł się bardzo oklapnięty i senny, gdy obserwował, jak na zewnętrznym zboczu wygiętej fali niskie płomienne słońce drobi się na zielono-złote plamki o kilka długości węża morskiego od sterburty. Po chwili postanowił się położyć, zszedł na pokład A, pochłonął kilka wyglądających jak na jakiejś martwej naturze owoców, przygotowanych dlań w jego salonie, spróbował przeczytać w łóżku korektę eseju do księgi pamiątkowej na osiemdziesięciolecie profesora Counterstone'a, odłożył ją i zapadł w sen. Koło północy rozpętała się gwałtowna burza, ale mimo kołysania i jęków („Tobakoff" był zgorzkniałym statkiem) Van spał głęboko, jedyną reakcją jego śpiącego umysłu był senny obraz wodnego pawia, powoli tonącego, by w końcu wykonać salto na podobieństwo perkoza nurkującego niedaleko brzegu jeziora noszącego jego nazwę w pradawnym królestwie Arrowroot. Zastanawiając się nad tym bardzo wyrazistym snem, dostrzegł jego źródło w swej niedawnej podróży do Armenii, dokąd udał się polować na dzikie ptactwo razem z Armboroughem i wyjątkowo

wykształconą i kształtną siostrzenicą owego gentlemana. Chciał zapisać sen i ze zdziwieniem stwierdził, że wszystkie trzy ołówki nie tylko opuściły jego nocny stolik, ale jeszcze jeden za drugim ułożyły się w zgrabnym szeregu pod zewnętrznymi drzwiami sąsiedniego pokoju, przebywszy w trakcie nagle przerwanej ucieczki spory kawałek pokrytej niebieskim dywanem podłogi.

Steward przyniósł mu „kontynentalne" śniadanie, okrętową gazetę i listę pasażerów pierwszej klasy. W artykule *Włochy – turystyka* gazetka informowała go, że rolnik z Domodossoli wykopał kości i czaprak jednego ze słoni Hannibala i że dwóch amerykańskich psychiatrów (nazwisk nie podano) dosięgła szczególna śmierć w łańcuchu górskim Bocaletto: starszy gość zmarł na atak serca, a jego młodszy przyjaciel popełnił samobójstwo. Zastanowiwszy się chwilę nad chorobliwym zainteresowaniem Admirała dla włoskich gór, Van wyciął artykulik i sięgnął po listę pasażerów (miło zwieńczoną herbem, który zdobił też papier listowy Corduli), by zobaczyć, czy jest na niej ktoś, kogo należałoby unikać w najbliższych dniach. Lista zdradziła nazwisko Robinsonów, Roberta i Rachel, pary starych należących do rodziny nudziarzy (Bob przeszedł niedawno na emeryturę, przedtem kierując przez wiele lat jednym z biur stryjaszka Dana). Wędrując dalej, jego wzrok przeskoczył dra Veena i zatrzymał się przy kolejnym nazwisku. Co ścisnęło mu serce? Czemu przesunął językiem po swych grubych wargach? Puste formuły odpowiednie dla napuszonych powieściopisarzy dawnych czasów, którzy sądzili, że mogą wyjaśnić wszystko.

Tafla wody w wannie przekrzywiała się i kołysała, naśladując powolną huśtawkę błękitnego, biało nakrapianego morza w bulaju jego sypialni. Zadzwonił do panny Lucindy Veen, której apartament znajdował się na Pokładzie

Głównym na śródokręciu, dokładnie nad nim, ale była nieobecna. Włożywszy biały golf i przyciemnione okulary, ruszył na jej poszukiwanie. Nie było jej na Pokładzie Rozrywkowym, skąd spojrzał w dół i zauważył jakąś inną rudowłosą, na leżaku Pokładu Słonecznego: dziewczyna siedziała, pisząc list z namiętną szybkością, i pomyślał, że gdyby kiedykolwiek porzucił ciężką faktografię dla lekkiej fikcji, wymyśliłby zazdrosnego męża używającego lornetki, by odczytać z tej oddalonej pozycji wylew niedozwolonych uczuć.

Nie było jej na Pokładzie Spacerowym, gdzie owinięci kocami staruszkowie czytali numer jeden z list bestsellerów, *Salzmana*, i z burczeniem w brzuchu czekali na bulion o jedenastej. Udał się do baru z grillem, gdzie zarezerwował stolik dla dwóch osób. Potem poszedł do restauracji i serdecznie przywitał się z łysym zażywnym Tobym, który pracował na „Queen Guinevere" w 1889, 1890 i 1891 roku, kiedy ona była jeszcze niezamężna, a on był pełnym urazy durniem. A mogli byli uciec do Lopadusy jako Mr. i Mrs. Dairs albo Sardi!

Wyśledził ich przyrodnią siostrę na Pokładzie Dziobowym, wyglądała niebezpiecznie ładnie w wydekoltowanej sukience w jaskrawe kwiaty, którą szarpał wiatr. Rozmawiała z opalonymi, ale bardzo starymi Robinsonami. Przyczesując dłonią powiewające włosy, odwróciła się do niego z miną, która wyrażała triumf zmieszany z zakłopotaniem. Zaraz potem porzucili Roberta i Rachel, którzy nadal promiennie uśmiechali się w ich kierunku, machając tak samo uniesionymi rękami do niej, do niego, do życia, do śmierci, do szczęśliwych dawnych dni, kiedy Demon spłacił wszystkie długi karciane ich syna, tuż przed tym, jak ten zginął w wypadku, czołowo zderzywszy się z jakimś innym samochodem.

Z wdzięcznością spałaszowała *pożarskije kotlety*; nie łajał jej za pojawienie się w charakterze swego rodzaju transcendentalnego (bardziej niż transatlantyckiego) pasażera na gapę; pragnąc ze wszystkich sił go zobaczyć, zjadła byle jakie śniadanie, a przy tym poprzedniego dnia nie była na kolacji. Jej, która tak lubiła przepaści i stromizny morza, kiedy uprawiała sporty wodne, oraz dziury powietrzne, kiedy latała, zrobiło się niedobrze na pokładzie transatlantyku, pierwszego w jej życiu, ale Robinsonowie dali jej cudowne lekarstwo, spała dziesięć godzin, przez cały czas w ramionach Vana, a teraz miała nadzieję, że oboje, on i ona, są w miarę obudzeni, jeśli nie liczyć pewnego rozmazania krawędzi, efektu działania medykamentu.

Z dużą dozą życzliwości spytał jej, dokąd zamierza się udać.

Do Ardisu, razem z nim – brzmiała natychmiastowa odpowiedź – na zawsze. Dziadek Robinsona umarł w Arabii w wieku stu trzydziestu jeden lat, więc Van ma przed sobą jeszcze cały wiek, ona zbuduje dla niego, w parku, kilka pawilonów, w których będzie trzymał swoje kolejne haremy, haremy będą przekształcane w domy starców, a potem w mauzolea. Powiedziała też, że w kajucie kochanej Corduli i Tobaka, którą „wydębiła od nich w ciągu minuty", nad ich łóżkiem wisi przedstawiający wyścigi konne obraz *Tom Cox dosiada Bladego Ognia*, zastanawiała się, jak też może on wpływać na ich życie seksualne w trakcie rejsów. Van przerwał nerwową paplaninę Lucette, pytając, czy na kurkach przy jej wannie tak samo jak u niego są napisy „Gorąca wewnętrzna, Zimna słona"? Tak – zawołała – gorące wnętrze, inna słona, skłonny Salzman, płomienna pokojówka, kapitan w śpiączce!

Znowu spotkali się po południu.

Większość pasażerów pierwszej klasy „Tobakoffa” po południu 4 czerwca 1901 roku, na Atlantyku, na długości geograficznej Islandii i szerokości Ardisu, wydawała się niezbyt skłonna do igraszek na świeżym powietrzu: żar kobaltowego nieba raz po raz rozdzierały lodowate powiewy, woda w staroświeckim basenie rytmicznie obmywała zielone płytki, ale Lucette była śmiałą dziewczyną, przyzwyczajoną tak samo do orzeźwiających powiewów, jak do obrzydliwego słońca. Wiosna w Fialcie i upalny maj na Minataorze, słynnej sztucznej wyspie, nadały brzoskwiniowy odcień jej członkom, które wydawały się lakierowane, gdy były mokre, ale odzyskiwały naturalną świeżość, gdy bryza osuszała skórę. Z zarumienionymi policzkami i blaskiem miedzi wysuwającej się spod ciasno opiętego gumowego czepka na kark i czoło przypominała Anioła w hełmie, postać z jukońskiej ikony, która podobno w magiczny sposób zmieniała anemiczne blondynki w *konskije dieti*, piegowatych rudych chłopaków, dzieci Słonecznego Konia.

Po krótkiej kąpieli wróciła na rozpalony taras, gdzie leżał Van, i powiedziała:

– Nie możesz sobie wyobrazić – („Mogę sobie wyobrazić wszystko” – upierał się Van) – no dobrze, możesz sobie wyobrazić, jakiego oceanu mleczka i jakich potoków kremów muszę użyć – w zaciszu balkonów albo odosobnieniu morskich grot – żeby móc się pokazać żywiołom. Zawsze balansuję na delikatnej granicy między oparzeniem a opalenizną albo *zwischen Lobster und Obst*, jak czytam w dzienniku Herba, mojego ukochanego malarza, opublikowanym przez jego ostatnią księżną; jest napisany trzema pomieszanymi ze sobą językami i uroczy. Pożyczę ci go. Bo widzisz, kochanie, czułabym się pstrą oszustką, gdyby niewielkie części ciała, które skrywam w miejscu publicznym, nie były w tym samym kolorze, co te, które pokazuję.

– Podczas oględzin w 1892 wydawałaś mi się cała w kolorze piaskowym – powiedział Van.

– Teraz jestem całkiem inną, nową dziewczyną – szepnęła. – Szczęśliwą nową dziewczyną. Sama z tobą na porzuconym okręcie, przynajmniej na dziesięć dni przed okresem. Posłałam ci głupi liścik do Kingston, na wypadek, gdybyś się nie pojawił.

Na wpół leżeli teraz na macie na brzegu basenu, twarzą w twarz, w symetrycznych pozach, on podtrzymywał głowę prawą dłonią, ona opierała się na lewym łokciu. Ramiączko jej zielonego biustonosza zsunęło się w dół szczupłego ramienia, odsłaniając krople i strużki u podstawy jednego z sutków. Kilkucalowa przepaść dzieliła jego koszulkę od nagiego brzucha, czarną wełnę jego kąpielówek od zielonej i mokrej maski łonowej. Słońce pokryło glazurą jej kość biodrową; zacienione wgłębienie wiodło do pięcioletniego śladu po usunięciu wyrostka robaczkowego. Jej na wpół przesłonięty wzrok śledził go z ciężką, matową chciwością. I miała rację: naprawdę byli całkiem sami. Posiadł Marion Armborough za plecami jej wuja w znacznie bardziej skomplikowanych okolicznościach: motorówka skacząca niczym latająca ryba i jego gospodarz, trzymający śrutówkę tuż koło kierownicy. Bez żadnej radości poczuł, jak ciężko prostuje się potężny wąż pożądania; ponuro pomyślał, że nie zamęczył demona w Willi Wenus. Pozwolił dotknąć się jej ślepej dłoni, która torowała sobie drogę w górę jego uda, i zaczął przeklinać naturę za to, że zasadziła w kroczu mężczyzny sękate drzewo, nabrzmiałe plugawym sokiem. Nagle Lucette cofnęła rękę szepcząc na wydechu dystyngowane „*merde*". Eden pełen był ludzi.

W kierunku basenu biegło z przenikliwym wrzaskiem dwoje na wpół nagich dzieci. Murzyńska niańka w gniewnym pościgu wymachiwała ich malutkimi stanikami. Z wody wynurzyła się i prychnęła łysa głowa, rezultat niespodziewanego samorództwa. Z szatni wyszedł nauczyciel pływania. Jednocześnie obok Veenów przeszła wysoka wspaniała istota o eleganckich kostkach i odrażająco mięsistych udach, omal nie nastąpiwszy na wysadzaną szmaragdami papierośnicę Lucette. Jeśli nie liczyć złotej wstążki i rozjaśnionej grzywy, długie, pokryte fałdami, beżowe plecy istoty były nagie aż po wierzchołki jej powoli i ponętnie przelewających się pośladków, które w swym naprzemiennym ruchu ukazywały niższe wypukłości pod przepaską biodrową z lamy. Tycjanowska Tytanka już miała zniknąć za zaokrąglonym białym rogiem, gdy lekko odwróciła brązową twarz i rzuciła Vanowi głośne: „Halo!".

– *Kto sija pawa*? (kim jest ta imponująca dama?) – chciała wiedzieć Lucette.

– Myślałem, że mówiła do c i e b i e – odpowiedział Van. – Nie rozpoznałem twarzy i nie pamiętam tyłka.

– Posłała ci szeroki uśmiech, taki z dżungli – powiedziała Lucette, poprawiając zielony hełm wzruszająco wdzięcznymi ruchami uniesionych skrzydeł i wzruszająco błyskając rdzawym upierzeniem pach.

– Idziesz ze mną... hm? – zaproponowała, wstając z maty.

Pokręcił głową, patrząc na nią.

– Wstajesz – powiedział – jak Aurora.

– Jego pierwszy komplement – zauważyła Lucette, lekko przekrzywiając głowę, jak gdyby mówiła do niewidzialnego powiernika.

Włożył przyciemnione okulary i obserwował ją, jak stoi na trampolinie, przy wdechu żebra ramowały wklęsłość jej brzucha: właśnie miała wbić się ardisem w bursztyn. Zastanawiał się, robiąc myślowy przypis, który może się któregoś dnia przydać, czy okulary słoneczne lub inne przyrządy optyczne, niewątpliwie deformujące nasze pojęcie „przestrzeni", wpływają również na styl naszych wypowiedzi. Dwie dobrze ukształtowane dziewczynki, niania, lubieżny tryton, *magister natatorium*, wszyscy patrzyli tam, gdzie Van.

– Mam gotowy drugi komplement – powiedział, kiedy wróciła i usiadła przy jego boku. – Pływasz bosko. J a zanurzam się w wodę z okropnym pluśnięciem.

– Ale ty płyniesz szybciej – poskarżyła się, zsuwając ramiączka i wyciągając się na brzuchu. – *Mieżdu proczim* (nawiasem mówiąc), czy to prawda, że w czasach Tobakoffa marynarzy nie uczono pływać, żeby nie umarli ze zdenerwowania, gdyby statek szedł na dno?

– Możliwe, że zwykłych marynarzy – powiedział Van. – Kiedy statek samego miczmana Tobakoffa rozbił się koło Gavaille, ten całymi godzinami pływał sobie spokojnie w koło, odstraszając rekiny fragmentami starych pieśni i tym podobnymi, aż wreszcie uratowała go łódź rybacka, jest to, jak mi się zdaje, jeden z tych cudów, które wymagają od wszystkich zainteresowanych odrobiny współpracy.

W zeszłym roku, w czasie pogrzebu, oznajmiła, Demon jej opowiedział, że kupuje wyspę na Gavailles („niepoprawny marzyciel" – rzekł Van, przeciągając z afektacją samogłoski). – W Nicei „tryskał łzami jak fontanna", ale z jeszcze większym zapamiętaniem płakał na wcześniejszej ceremonii w Valentinie, w której biedna Marina też nie mogła uczestniczyć. Ślub – wyobraź sobie, w obrządku greckim – wyglądał jak kiepsko odegrany epizod ze starego filmu, pop był zramolały, diakon pijany, a gruby biały welon Ady – być może na szczęście – nie przepuszczał światła, jak żałobna zasłona wdowy. Van powiedział, że nie będzie tego słuchał.

– Ależ musisz – rzuciła w odpowiedzi – *chotia by potomu* (choćby dlatego), że jeden z jej *szafierów* (kawalerów, którzy na przemian trzymają ślubną koronę nad głową panny młodej) chwilami niewzruszonym profilem i bezczelną pozą (stale trzymał ciężki metalowy wieniec zbyt wysoko, zbyt atletycznie wysoko, jak gdyby specjalnie oddalał go od jej głowy, jak tylko się dało) bardzo przypominał ciebie, wydawał się twoim bladym, źle ogolonym bliźniakiem, którego wydelegowałeś ze swej siedziby, gdziekolwiek wtedy byłeś.

W miejscu miło zwanym Udręka na Terra del Fuego. Poczuł niesamowite mrowienie, kiedy przypomniał sobie, że po tym, jak otrzymał tam zaproszenie na ślub (posłane pocztą lotniczą przez ponurą siostrę pana młodego), przez kilka nocy prześladował go sen, za każdym razem mniej wyraźny (tak jak jej film, który w późniejszej fazie życia miał ścigać w kolejnych migotliwych kinach), śniło mu się mianowicie, że trzyma tę koronę nad jej głową.

– Twój ojciec – dodała Lucette – zapłacił jakiemuś gościowi z „Belladonny", żeby robił zdjęcia, ale oczywiście prawdziwa sława zaczyna się, kiedy nazwisko aktora znajdzie się w krzyżówce tego filmowego pisma. Jak wszyscy wiemy, nie zdarzy się to nigdy, nigdy! Nienawidzisz mnie teraz?

– Nie – powiedział, przesuwając dłonią po jej nagrzanych słońcem plecach i trąc kość ogonową, żeby wywołać kocie mruczenie. – Niestety nie! Kocham cię sercem brata i może nawet jeszcze tkliwiej. Chcesz, żebym zamówił coś do picia?

– Chciałabym, żebyś to robił wciąż i wciąż – mruknęła z nosem wciśniętym w gumową poduszkę.

– O, idzie kelner. Co weźmiemy – honolulczyki?

– Wypijesz je sobie z panną Condor (nosowo wymawiając pierwszą sylabę), kiedy ja pójdę się ubrać. Na razie chcę tylko herbaty. Nie wolno mieszać narkotyków i alkoholi. A ja muszę dziś wieczorem zażyć słynną pigułkę Robinsonów. Dziś wieczorem.

– Proszę dwie herbaty.

– I mnóstwo kanapek, George. Z *foie gras*, z szynką, z czymkolwiek.

– To bardzo niełądnie – zauważył Van – wymyślać imię dla biedaka, który nie może odpowiedzieć: „Tak, mademoiselle Condor". Nawiasem mówiąc, najlepszy anglo-francuski kalambur, jaki kiedykolwiek słyszałem.

– Ale on naprawdę ma na imię George. Był dla mnie strasznie miły wczoraj, kiedy zwymiotowałam na środku herbaciarni.

– Dla słodkich tylko słodycz – mruknął Van.

– Bardzo mili byli też starzy Robinsonowie – bez wielkiego składu mówiła dalej. – Nieduże było prawdopodobieństwo, że się tu znajdą, prawda? Coś jakby chodzą za mną, dość wzruszająco, odkąd w pociągu na statek przez przypadek jedliśmy lunch przy tym samym stoliku, uświadomiłam sobie, kim są, ale byłam pewna, że nie rozpoznają we mnie tej grubej dziewczynki, którą widzieli w osiemdziesiątym piątym czy szóstym, ale są hipnotycznie gadatliwi – początkowo myśleliśmy, że jest pani Francuzką, ten łosoś jest naprawdę wyśmienity, z jakiego jest pani miasta? – a ja jestem słaba i głupia i tak po nitce do kłębka. Młodych ludzi płynący czas mniej wprowadza w błąd niż tych, co usadowili się w starości, oni sami mało się już zmieniają i nie nawykli do zmian w dawno niewidzianych młodych.

– To bardzo bystra obserwacja, kochanie – powiedział Van – z tym tylko zastrzeżeniem, że sam czas jest nieruchomy i niezmienny.

– Tak, to zawsze jestem j a na twoich kolanach i cofająca się droga. Drogi się ruszają?

– Drogi się ruszają.

Wypiwszy herbatę, Lucette przypomniała sobie, że umówiła się z fryzjerem, i szybko poszła. Van zdjął koszulkę i poleżał chwilę, rozmyślając, dotykając wysadzanej zielonymi klejnotami papierośnicy z pięcioma papierosami „płatek róży" w środku, starając się znaleźć przyjemność w żarze platynowego słońca w aureoli „film-koloru", ale każde drgnienie i zakołysanie się statku tylko podsycało ogień złej pokusy.

Chwilę potem, jak gdyby wyszpiegowawszy, że jest sam, *pawa* (pawica) pojawiła się znowu – tym razem z przeprosinami.

Uprzejmy Van wstał, przesunął okulary na czoło i zaczął przepraszać ze swej strony (za to, że bezwiednie wprowadził ją w błąd), ale jego mała przemowa urwała się, kiedy spojrzał w twarz dziewczyny i ujrzał w niej ordynarną i groteskową karykaturę niemożliwych do zapomnienia rysów. Ta skóra Mulatki, te blond srebrzyste włosy, te grube fioletowe usta odtworzyły w gruboziarnistym negatywie j e j kość słoniową, j e j kruczą czerń, j e j blade wydęte wargi.

– Powiedziano mi – wyjaśniła – że mój wielki przyjaciel, Vivian Vale, *kuturia, wuzawe entendiu?* – zgolił brodę, a w takim wypadku wyglądałby dość podobnie do pana, tak?

– Logicznie rzecz biorąc, nie, *madame* – odpowiedział Van.

Zawahała się przez ułamek sekundy, oblizując wargi, nie wiedząc, czy jest niegrzeczny czy przeciwnie, grzeszny i gotowy – i w tym momencie Lucette wróciła po swoje „płatki róży".

– Do zobaczenia *aprej* – powiedziała panna Condor.

Wzrok Lucette, zdający się mówić „krzyżyk na drogę", odprowadził ten leniwy ruch pośladkowych płatów i fałd.

– Oszukałeś mnie, Van. To jest, to naprawdę jest jedna z twoich potwornych dziewczyn!

– Przysięgam – powiedział Van – że to ktoś całkiem obcy. Nie oszukałbym cię.

– Oszukiwałeś mnie wiele, wiele razy, kiedy byłam małą dziewczynką. Jeśli robisz to teraz, *tu sais que j'en vais mourir*.

– Obiecałaś mi harem – łagodnie ofuknął ją Van.

– Nie dzisiaj, nie dzisiaj! Dzisiejszy dzień jest święty.

W miejsce policzka, który zamierzał pocałować, pojawiły się jej szybkie, szalone usta.

– Chodź zobaczyć moją kabinę – poprosiła, kiedy odepchnął ją z siłą wywołaną zwierzęcą reakcją na ogień jej ust i języka. – Muszę ci pokazać ich poduszki i pianino. We wszystkich szufladach jest zapach Corduli. Błagam cię!

– Teraz uciekaj – powiedział Van. – Nie masz prawa podniecać mnie w ten sposób. Wynajmę pannę Condor na swoją przyzwoitkę, jeśli nie będziesz zachowywać się przyzwoicie. Kolacja piętnaście po siódmej.

W sypialni znalazł poniekąd spóźnione zaproszenie na kolację do stołu kapitańskiego. Było zaadresowane do dra Ivana Veena z małżonką. Płynął raz tym statkiem, pomiędzy rejsami na „Queen Guinevere", i pamiętał kapitana Cowleya jako nudziarza i ignoranta.

Wezwał stewarda i kazał mu odnieść zaproszenie, wprzódy napisał na nim: „Adresaci nieznani". Dwadzieścia minut leżał w wannie. Próbował skupić się na czymś innym niż ciało histerycznej dziewicy. Odkrył w korekcie podstępną opustkę: brakowało całej linijki, ale zdefektowany akapit wyglądał całkiem wiarygodnie – w oczach mechanicznie czytającego – ponieważ zdanie z uciętym końcem i początek następnego, od małej litery, teraz ze sobą połączone, zdołały stworzyć prawidłowy składniowo urywek, którego beztreściowości w obecnym szaleństwie ciała nigdy by nie odkrył, gdyby sobie nie przypomniał (przypomnienie to potwierdził potem maszynopis), że w tym momencie powinien się znaleźć, dość stosowny, jeśli wszystko rozważyć, cytat: *Insiste, anime meus, et adtende fortiter* (Nie ustawaj, duszo moja, nie trać odwagi).

– Na pewno nie wolisz restauracji? – spytał, kiedy Lucette, nawet jeszcze bardziej naga w krótkiej sukni wieczorowej niż w bikini, przyłączyła się do niego przy drzwiach baru z grillem. – Jest tam mnóstwo ludzi, jest wesoło i jazzband się masturbuje. Nie?

Delikatnie pokręciła zdobną klejnotami główką.

Zjedli ogromne mięsiste „krewetki gru-gru" (żółte larwy ryjkowca z rodzaju wołków, *Calandra palmarum*) oraz pieczeń z niedźwiadka *à la Tobakoff*. Zajętych było tyko jakieś pół tuzina stolików i jeśli pominąć nieprzyjemną wibrację silnika, której nie zauważyli podczas lunchu, wszystko było powściągliwe, ciche i przytulne. Skorzystał z jej osobliwego skromnego milczenia i szczegółowo opowiedział o świętej pamięci macaczu kredek, panu Muldoonie, jak również o pewnym przypadku glosolalii badanym w Kingston, kobiecie z Jukonska, która mówiła kilkoma przypominającymi słowiańskie dialektami, istniejącymi być może na obszarach Terry, ale z pewnością nie w Estotii. Niestety pod powierzchnią słów jego uwagę zajmował inny casus (przy czym sylaba „cas" nawiązywała do zabaw kalamburowych).

Zadawała pytania z oddaniem ślicznej sarniej studentki, ale ze strony profesora nie wymagało zbyt wielkiego przygotowania naukowego zauważenie, że urocze zaambarasowanie i niskie tony, nadające futrzaną miękkość jej głosowi, są równie nienaturalne, jak nienaturalna była jej popołudniowa żywiołowość. W istocie miotała się w drgawkach uczuciowego zamętu, nad którym zapanować mogła jedynie heroiczna samokontrola amerykańskiej arystokratki. Dawno temu uznała, że jeśli zmusi mężczyznę, którego absurdalnie, ale nieodwołalnie kocha, by chociaż raz odbył z nią stosunek, zdoła w taki czy inny sposób, z pomocą jakiegoś niesamowitego aktu natury przekształcić krótką chwilę dotykowego kontaktu w wieczną więź duchową; była jednak przekonana również, że gdyby nie nastąpiło to pierwszej nocy podróży, to ich związek wtopi się z powrotem w męczący, beznadziejny, beznadziejnie znajomy wzór żartów i żartobliwych replik na żarty z erotycznym pierwiastkiem, który rozumie się sam przez się, ale który pozostaje równie nieprzyzwoity jak zawsze. Rozumiał jej stan czy przynajmniej z perspektywy czasu sądził w rozpaczy, że go rozumiał, ale wtedy żadnego remedium oprócz olejku atlantyckiej prozy dra Henry'ego nie można już było znaleźć w apteczce przeszłości – z trzaskającymi drzwiami i spadającą szczoteczką do zębów.

Ponuro spoglądał na jej szczupłe nagie ramiona, takie ruchliwe i sprężyste, że człowiek się zastanawiał, czy nie mogłaby ich skrzyżować przed sobą niczym stylizowanych skrzydeł anielskich, i czując upokorzenie pomyślał, iż jeśli podporządkuje się swemu najgłębszemu kodeksowi honorowemu, będzie musiał znieść pięć takich dni wypełnionych męką rui, nie tylko dlatego, że Lucette jest urocza i wyjątkowa, ale także dlatego, że on nigdy nie potrafił wytrzymać bez uciech z dziewczętami więcej niż czterdzieści osiem godzin. Obawiał się właśnie tego, czego tak pragnęła ona: że jeśli tylko posmakuje raz jej rany i odczuje jej uścisk, Lucette uczyni go swym nienasyconym jeńcem na całe tygodnie, a może nawet miesiące czy lata, ale że w nieunikniony sposób nadejdzie kiedyś przykra rozłąka, a nowa nadzieja i stara rozpacz nigdy nie będą w stanie znaleźć równowagi. Co najgorsze jednak, świadomy pociągu do chorego dziecka i wstydzący się za ten pociąg, czuł w mrocznym wykręceniu powracających emocji, jak wstyd zaostrza żądzę.

Wypili słodką i gęstą kawę na modłę turecką, Van ukradkiem spojrzał na zegarek, żeby sprawdzić – co? Jak długo jeszcze da się wytrzymać torturę wyrzeczeń? Jak szybko nadejdą pewne wydarzenia, na przykład konkurs tańca w sali balowej? Ile ma lat? (Lucinda Veen, jeśli odwrócić ludzki „bieg czasu", skończyła pięć godzin.)

Była takim wzruszającym maleństwem, że wychodząc z baru, nie zdołał się powstrzymać – albowiem zmysłowość jest najlepszą pożywką fatalnego błędu – i popieścił jej lśniące młode ramię i na chwilę, najszczęśliwszą w jej życiu, zamknął w wydrążeniu dłoni jego idealną wypukłość – niby w zabawie bilboquetem. Potem szła przed nim, tak świadoma jego wzroku, jakby właśnie walczyła o nagrodę za „elegancję postawy". Jej suknię potrafił opisać jedynie słowem „strusia" (jeśli istnieją strusie o miedzianych lokach), akcentował za to kołyszący się chód oraz długość nóg w gładkich pończochach. Ujmując rzecz obiektywnie, szyk Lucette był bardziej błyskotliwy niż szyk jej „waginalnej" siostry. Kiedy przecinali pomosty, gdzie rosyjscy marynarze, z sympatią patrzący na ładną parę, która mówiła ich niezrównanym językiem, pośpiesznie rozciągali owinięte w aksamit sznury, albo kiedy spacerowali po takim czy innym pokładzie, Lucette zdawała mu się jakąś akrobatyczną istotą, odporną na surowość morza. Z arystokratycznym niezadowoleniem dostrzegał, że jej lekko pochylona głowa i czarne skrzydła, i swobodny krok przyciągają nie tylko niewinne błękitne oczy, ale także zuchwałe spojrzenie lubieżnych towarzyszy podróży. Głośno zawołał, że spoliczkuje następnego łobuza, i wykonując groteskowe zadzierzyste gesty, mimowolnie cofnął się i wpadł na złożony leżak (Van także przewijał taśmę czasu w tył, na mniejszą skalę), co wywołało skowyczący śmiech Lucette. Czując się teraz znacznie szczęśliwsza, ciesząc się z jego szampańskiej galanterii, skierowała Vana daleko od miraży swych admiratorów, z powrotem do windy.

Bez wielkiego zainteresowania obejrzeli zbytkowne przedmioty na wystawie sklepu. Lucette uśmiechnęła się szyderczo na widok kostiumu kąpielowego przetykanego złotą nicią. Vana zbiła z tropu obecność szpicruty i czekana. Pół tuzina egzemplarzy *Salzmana* w lśniących obwolutach efektowną stertą piętrzyło się między zdjęciem przystojnego, zadumanego i obecnie kompletnie zapomnianego autora oraz bukietem nieśmiertelników w wazie z okresu Mingo-Bingo.

Chwycił się mocno czerwonej liny i oboje weszli do salonu.

– Do kogo jest podobna? – spytała Lucette. – *En laid et en lard?*

– Nie wiem – skłamał. – Do kogo?

– Dajmy temu spokój – powiedziała. – Dzisiaj jesteś mój. Mój, mój, mój!

Cytowała Kiplinga – fragment, który Ada powtarzała czasem, zwracając się do Dacka. Van rozglądał się w poszukiwaniu ostatniej deski prokrustowskiej prolongaty.

– Słuchaj – powiedziała Lucette. – Zmęczyło mnie to chodzenie, osłabłam, mam gorączkę, nie znoszę sztormów, chodźmy wszyscy do łóżka!

– O, popatrz! – zawołał, celując palcem w plakat. – Wyświetlają coś pod tytułem *Ostatnia przygoda Don Juana*.

Pokaz przedpremierowy, dozwolone od lat osiemnastu. Tip-top „Tobakoff".

– To będą nudy bez wódy – powiedziała Lucy (Szkoła Houssaie, 1890), on jednak już odsunął zasłonę u wejścia. Weszli na początek puszczanej przed głównym filmem krótkometrażówki, która przedstawiała rejs wycieczkowy na Grenlandię – wzburzone morskie fale w jarmarcznym technicolorze. Była to podróż dość nie *à propos*, jako że ich „Tobakoff" nie rozważał możliwości wpłynięcia do Godhavn; w dodatku sala kinowa kołysała się w zupełnie innym rytmie niż ruchy kobaltowo-szmaragdowych fal na ekranie. Nic dziwnego, że w kinie było dość *emptowato*, jak zauważyła Lucette, potem powiedziała jeszcze, że Robinsonowie uratowali jej życie, bo poprzedniego wieczoru dostała od nich tubkę pigułek quietus.

– Chcesz jedną? Przez jeden dzień nie wpadniesz w matnię nudności. Matnię, mat nie. Kalambur. Możesz ją żuć, jest słodka.

– Świetna nazwa. Nie, dziękuję, słodyczy moja. Poza tym zostało ci tylko pięć.

– Nie martw się, mam wszystko zaplanowane. Może być mniej niż pięć dni.

– Mówiąc ściśle, więcej, ale nieważne. Nasze miary czasu są bez znaczenia, najdokładniejszy zegar to komedia, musisz tylko poczekać, a kiedyś o tym przeczytasz.

– A może nie. To znaczy, może zabraknie mi cierpliwości. Służąca Leonarda nie skończyła nigdy czytać z jego dłoni. Mogę zapaść w sen, zanim skończę twoją następną książkę.

– Legenda krążąca na zajęciach z historii sztuki – powiedział Van.

– To już ostatnia góra lodowa, poznaję po muzyce. Chodźmy, Van! Chyba, że chcesz zobaczyć Hoolle'a jako Hooana.

W ciemności musnęła wargami jego policzek, chwyciła jego rękę i pocałowała palce, a on nagle pomyślał: „W końcu dlaczego nie? Dzisiaj? Dzisiaj".

Czerpał przyjemność z jej niecierpliwości, głupiec – pozwalał, żeby ta niecierpliwość go podniecała, kretyn – szeptał, podsycając nowy, swobodny, morelowy płomień oczekiwania:

– Jeśli będziesz grzeczna, napijemy się czegoś w moim salonie o północy.

Film się już zaczął. Trzy główne postaci – trupi Don Juan, brzuchaty Leporello na ośle i niespecjalnie nieodparta, najwyraźniej czterdziestoletnia Donna Anna – grane były przez doświadczone gwiazdy, których obrazy przemknęły w krótkiej czołówce jako tzw. półfotosy czy, jak mówią niektórzy, przeświecania. Wbrew oczekiwaniom, film okazał się całkiem niezły.

W drodze do oddalonego zamku, gdzie wielce moralna dama, którą jego miecz uczynił wdową, ma z nim spędzić – co obiecała po uporczywych naleganiach – długą noc miłosną w swej bezgrzesznej i zimnej komnacie, starzejący się libertyn pielęgnuje swą potencję, odrzucając zaloty szeregu hożych dziewoi. Pewna *gitana* wróży smętnemu rycerzowi, że nim dotrze do zamku, ulegnie sztuczkom jej siostry, Dolores, tancerki (podwędzonej, co jeszcze miał stwierdzić proces sądowy, z opowieści Osberga). *Gitana* coś przepowiedziała również Vanowi, nim bowiem Dolores wynurzyła się z namiotu cyrkowego, by napoić konia Juana, Van wiedział już, kto to będzie.

W magicznych promieniach kamery, w kontrolowanym delirium gracji baleriny dziesięć lat jej życia spłynęło z niej i nagle była *that slip of a girl qui ne porte pas* (jak zażartował kiedyś, by rozeźlić jej guwernantkę błędnym przekładem jakiegoś fikcyjnego Francuza), ten zapamiętany banalny szczegół wtargnął w dreszcz jego aktualnego wzruszenia z irytującą głupotą niewinnego cudzoziemca pytającego zaabsorbowanego podglądacza o drogę w labiryncie nędznych uliczek.

Lucette rozpoznała Adę kilka sekund później i wtedy chwyciła go za nadgarstek:

– Och, straszne! Coś takiego musiało się stać. To ona! Chodźmy, proszę cię, chodźmy. Nie wolno ci patrzeć, jak się upokarza. Jest okropnie umalowana, każdy jej gest jest dziecinny, fałszywy.

– Jeszcze tylko minutę – powiedział Van.

Okropne? Fałszywy? Była doskonała, i obca, i tak dotkliwie znana. Jakiś trik sztuki, jakieś czary przypadku sprawiły, że parę krótkich scen, które jej dano, utworzyło doskonałe kompendium jej osoby, takiej, jaką była w 1884, 1888 i 1892.

Gitanilla pochyla głowę nad żywym stołem usłużnych pleców Leporella, by na skrawku pergaminu naszkicować drogę do zamku. Przez jej długie czarne włosy, rozdzielone ruchem ramienia, bielą prześwieca jej szyja. To już nie Dolores innego mężczyzny, tylko dziewczynka maczająca i obracająca pędzelek do akwarel w farbie krwi Vana, a zamek Donny Anny jest teraz bagiennym kwiatem.

Don przejeżdża obok trzech wiatraków, czarno kręcących się na tle złowieszczego zachodu słońca, i ratuje dziewczynę przed młynarzem, który oskarża ją o kradzież garści mąki i rwie jej cienką suknię. Z zadyszką, ale ciągle ochoczy, Juan przenosi ją przez strumyk (jej nagi palec u nogi akrobatycznie łaskocze jego twarz) i stawia na darni w gaju oliwnym. Teraz stoją twarzą w twarz. Ona zmysłowo dotyka wysadzanej klejnotami głowicy jego szpady, ociera się twardym dziewczęcym brzuchem o obciągnięte haftowaną materią uda i nagle grymas przedwczesnego spazmu wykrzywia pełną ekspresji twarz Dona. Ze złością wyplątuje się z jej ramion i chwiejnym krokiem idzie z powrotem ku swemu wierzchowcowi.

Van jednak dopiero znacznie później zrozumiał (kiedy zobaczył – m u s i a ł zobaczyć, a potem znowu i jeszcze raz – cały film, z melancholijnym i groteskowym zakończeniem w zamku Donny Anny), że to, co zdawało się przypadkowym uściskiem, stanowiło zemstę Kamiennego Rogacza. Wzburzony ponad wszelką miarę postanowił wyjść, jeszcze zanim scena w gaju oliwnym zaczęła za pomocą przenikania przechodzić w następną. Właśnie wtedy, wyrażając dezaprobatę dla filmu, podniosły się trzy starsze panie o kamiennych twarzach, siedzące obok Lucette (wystarczająco szczupłej, żeby mogła nadal siedzieć), i trzema energicznymi szarpnięciami przecisnęły się koło Vana (który wstał). Jednocześnie dostrzegł, że dwoje widzów, dawno niewidziani Robinsonowie, których zapewne oddzielały od Lucette owe trzy damy, przesuwa się teraz ku jego towarzyszce. Promieniejąc i rozpływając się w uśmiechach życzliwości i skromności, przysunęli się i opadli na fotele koło Lucette, która odwróciła się do nich ze swym ostatnim, ostatnim, ostatnim bezinteresownym darem niewzruszonej uprzejmości, silniejszej niż klęska i śmierć. Przechylali się już ponad nią ku Vanowi, promienieli przy tym zmarszczkami i wyciągali ręce do uścisku, on jednak skwapliwie skorzystał z ich wtargnięcia, wymamrotał usprawiedliwienie komicznego kiepskiego marynarza, po czym opuścił salę, zostawiając ją na pastwę mrocznego rozkołysu.

Wykonując szereg działań o sześćdziesięcioletniej historii, które teraz mogę zmiażdżyć i unicestwić, tylko ślęcząc nad ciągiem słów tak długo, aż pojawi się właściwy rytm, ja, Van, wróciłem do swojej łazienki, zatrzasnąłem drzwi (natychmiast szeroko się otwarły, ale potem z własnej woli znów się zamknęły) i uciekłem się do tymczasowego środka, mniej przesadnego niż Ojciec Sergiusz (który w znanej anegdocie hrabiego Tołstoja odciął sobie nie ten członek), energicznie pozbywając się natarczywego napięcia, co ostatni raz robiłem siedemnaście lat temu. I jakże smutny, jakże znaczący był fakt, że obraz rzucony na ekran jego paroksyzmu, podczas gdy niemożliwe do zamknięcia na klucz drzwi znowu szeroko się otwarły, ruchem przygłuchego, przykładającego dłoń do ucha, to nie niedawny i pasujący tu wizerunek Lucette, tylko nieścieralna wizja pochylonego nagiego karku, rozdzielonego strumienia czarnych włosów i pędzla z odrobiną fioletu na czubku.

Potem, dla bezpieczeństwa, powtórzył obrzydliwą, ale niezbędną czynność.

Teraz widział całą sytuację beznamiętnie i czuł, że postąpił słusznie, idąc do łóżka i wyłączając światło „ektryczne" (substytut z powrotem przenikający do międzynarodowego użytku). Niebieskie widmo kajuty stopniowo sadowiło się na swoim miejscu w miarę, jak jego oczy przywykały do ciemności. Gratulował sobie siły woli. Z radością witał tępy ból swego wyschniętego korzenia. Z radością witał myśl, która nagle wydała mu się absolutnie słuszna i nowa, i wściekle rzeczywista jak powoli powiększająca się szczelina drzwi salonu: następnego ranka (oddalonego co najmniej i w najlepszym razie o siedemdziesiąt lat) wytłumaczy Lucette, jako filozof i brat innej dziewczyny, że wie, jak dręczące i absurdalne jest uzależnienie całego swego duchowego losu od jednego fizycznego kaprysu, że jego sytuacja bardzo przypomina jej sytuację, ale że on przynajmniej znalazł w sobie dość siły, by żyć, pracować i nie marnieć z rozpaczy, ponieważ nie chciał zrujnować jej życia krótkim romansem i ponieważ Ada jest ciągle dzieckiem. W tym momencie powierzchnia logiki zaczęła się marszczyć falami snu, ale na dźwięk telefonu wrócił do pełnej świadomości. Aparat zdawał się przysiadać przy każdym nowym wybuchu dzwonienia i początkowo Van chciał pozwolić mu dzwonić ile sobie chce. Później jego nerwy poddały się natarczywemu sygnałowi i chwycił słuchawkę.

Bez wątpienia miał moralną słuszność, posługując się pierwszym pretekstem, by trzymać ją z daleka od swego łóżka; wiedział jednak również, jako gentleman i artysta, że gruda słów, którą zwymiotował, jest prymitywna i okrutna, ponieważ ona mu wierzy i nie może go uznać za prymitywnego lub okrutnego:

– *Można pridti tiepier'* (mogłabym teraz przyjść)? – spytała Lucette.

– *Ja nie odin* (nie jestem sam) – odparł Van.

Nastąpiła chwila milczenia; potem odwiesiła słuchawkę.

Kiedy się wymknął, ona pozostała uwięziona między przytulnymi Robinsonami (Rachel, wymachując dużą torebką, natychmiast przecisnęła się na miejsce opuszczone przez Vana, a Bob przesunął się o jeden fotel. Przez swego rodzaju *pudeur* nie powiedziała im, że aktorka (niejasno i przelotnie oznaczona jako „Theresa Zegries" w przesuwających się napisach na końcu filmu), której udało się dostać małą, ale znaczącą rolę fatalnej Cyganki, to nie kto inny, tylko blada uczennica widziana zapewne przez nich w Ladorze. Byli prozelitami abstynencji i zaprosili Lucette na „kolę" do swojej kabiny, małej, dusznej i tak kiepsko odizolowanej od otoczenia, że słychać było każde słowo i każdy jęk dwojga dzieci, które kładła do łóżka milcząca, wymęczona przez chorobę morską niańka, tak późno, tak późno... nie, to nie były dzieci, tylko prawdopodobnie bardzo młodzi i bardzo rozczarowani nowożeńcy w podróży poślubnej.

– Rozumiemy – powiedział Robert Robinson, idąc do swej przenośnej lodówki po kolejną butelkę – świetnie rozumiemy, że dr Veen zatopiony jest w swojej inter asującej pracy, osobiście żałuję czasem swego przejścia na emeryturę, ale, jak pani uważa, Lucy – *prosit!* – czy zechciałby zjeść jutro obiad z panią, z nami i może jeszcze jedną parą, z którą z pewnością chętnie by się spotkał? Czy pani Robinson ma mu wysłać formalne zaproszenie? Może i pani się podpisze?

– Nie wiem, jestem bardzo zmęczona – powiedziała – a kołysze coraz bardziej. Chyba pójdę do swojej klitki i zażyję państwa quietus. Tak, koniecznie musimy zjeść razem obiad, wszyscy. Naprawdę potrzebowałam napić się czegoś zimnego... to było bardzo dobre.

Odłożywszy słuchawkę z macicy perłowej, przebrała się w czarne spodnie i cytrynową bluzkę (przygotowane na następny ranek), bezskutecznie szukała chwilę arkusika zwykłego papieru listowego, bez karaweli albo herbu, wyrwała wyklejkę z dziennika Herba i spróbowała wymyślić coś zabawnego, nieszkodliwego i błyskotliwego, co można by napisać w liściku pożegnalnym. Zaplanowała jednak wszystko oprócz liściku, toteż rozdarła puste życie na pół i wrzuciła kawałki do muszli klozetowej; nalała sobie z uwiązanej na łańcuszku karafki szklankę martwej wody, połknęła jedną po drugiej cztery zielone pastylki i, posysając piątą, poszła do windy, która w okamgnieniu zawiozła ją wprost ze złożonego z trzech pomieszczeń apartamentu do wyłożonego czerwonymi dywanami baru na pokładzie spacerowym. Tam dwaj podobni do ślimaków młodzi mężczyźni właśnie ześlizgiwali się ze swoich czerwonych muchomorowatych stołków, kiedy skierowali się ku wyjściu, starszy powiedział:

– Możesz sobie robić durnia z jego lordowskiej mości, ale nie ze mnie, o, nie.

Wypiła „kozackiego kucyka" z wódką klass, obrzydliwy, ordynarny, ale mocny koktajl, potem następny i ledwie zdołała wlać w siebie trzeci, bo już wściekle popłynęła. Płyń wściekle, Tobakowicz, żeby uciec rekinom!

Nie miała ze sobą portmonetki i omal nie spadła z groteskowego wypukłego stołka, kiedy grzebała w kieszonce bluzki w poszukiwaniu zabłąkanego banknotu.

– Czas już dziecku do łóżeczka – powiedział barman Toby z ojcowskim uśmiechem, który mylnie wzięła za grymas pożądania. – Czas spać, panienko – powtórzył i poklepał ją po nagiej ręce.

Lucette wzdrygnęła się i zmusiła do odpowiedzi wyraźnej i wyniosłej:

– Pan Veen, mój kuzyn, jutro panu zapłaci i wepchnie te sztuczne zęby do gardła.

Sześć, siedem... nie, więcej, jakieś dziesięć stopni w górę. *Dix marches*. Nogi i ramiona. *Dimanche. Déjeuner sur l'herbe. Tout le monde pue. Ma belle-mère avale son râtelier. Sa petite chienne*, po zbyt wielkim wysiłku, dwa razy przełyka ślinę i cicho wymiotuje różowym budyniem na piknikową *nappe*. *Après quoi* oddala się rozkołysanym krokiem. Te stopnie to niełatwa sprawa.

Pełznąc w górę, musiała czepiać się poręczy. Przesuwała się zygzakiem, jak kaleka. Gdy wreszcie znalazła się na otwartym pokładzie, poczuła mocne uderzenie czarnej nocy i ruch przypadkowego domu, który miała opuścić.

Chociaż Lucette nigdy jeszcze nie skonała – nie, nie s k a k a ł a, Violet – z takiej wysokości, w takim chaosie cieni i wijących się jak węże odblasków, zaledwie z lekkim pluśnięciem przebiła falę, która wygięła się na jej spotkanie. Doskonałość tego kresu popsuł fakt, że instynktownie zamachem ramion wynurzyła się na chwilę, zamiast poddać się pod wodą swej odurzonej ospałości, jak planowała ostatniej nocy na brzegu – na wypadek, gdyby miało do tego dojść. Lekkomyślna dziewczyna nie wypróbowała techniki samobójstwa, jak czynią to codziennie, powiedzmy, swobodnie spadający spadochroniarze, pogrążeni w żywiole innego rozdziału. Ponieważ morze było wzburzone, ponieważ nie była pewna, w którą stronę patrzeć przez pianę, ciemność i swe uczułkowione – u, ce, zet, u, eł, ka – włosy, nie była w stanie dostrzec świateł liniowca, łatwego do wyobrażenia wielookiego cielska, potężnie oddalającego się w bezdusznym tryumfie. No proszę, zgubiłem następną karteczkę.

Mam.

Niebo było również bezduszne i ciemne i jej ciało, głowę, a zwłaszcza te cholerne spragnione spodnie nasączała Oceanus Nox, en, o, iks. Przy każdym plaśnięciu i pluśnięciu zimnej i wściekłej soli czuła anyżkowe mdłości, a jej kark i ramiona opanowywał coraz większy bezład..., dobra, niech będzie bezwład i potem kropka. Tracąc stopniowo własny ślad, pomyślała, że należy powiedzieć serii oddalających się dziewcząt, Lucette za Lucette – by powtarzały tę wiadomość jedna drugiej jak w czarodziejskim korytarzu luster – że śmierć równa się jedynie pełniejszemu wyborowi nieskończonych cząstek samotności.

Nie widziała przed sobą w jednym błysku całego swego życia, a wszyscy obawialiśmy się, że będzie je widzieć; czerwona guma ulubionej lalki nadal bezpiecznie gniła pośród niezapominajek na brzegu strumienia nieprzydatnego dla psychoanalityków; widziała natomiast parę drobiazgów, kiedy jak dyletancki Tobakoff pływała w kole krótkiego przerażenia i litościwego odrętwienia. Widziała parę nowych podbitych futrem z popielic pantofli domowych, które Brigitte zapomniała zapakować; widziała Vana wycierającego usta przed odpowiedzią, a potem, nadal zwlekającego z nią i rzucającego serwetkę na stolik, zza którego właśnie oboje wstają; i widziała jeszcze dziewczynę o długich czarnych włosach szybko pochylającą się, by w przelocie klasnąć w dłonie nad jamnikiem w na wpół rozerwanym wianku.

Z niezbyt odległego statku spuszczono wspaniale oświetloną motorówkę z Vanem, nauczycielem pływania i Tobym w sztormiaku z kapturem pośród innych kandydatów na ratowników, ale wtedy już przetoczyło się wiele morskiej wody i Lucette była zbyt zmęczona, by poczekać. Potem noc wypełniła się grzechotem starego, ale jeszcze jarego śmigłowca. Jego skrupulatny reflektor zlokalizował jedynie ciemną głowę Vana, który wypadłszy z łódki, kiedy ta wzdrygnęła się przestraszona swym nagłym cieniem, ciągle wykrzykiwał imię topielicy i miotał się w czarnych, żyłkowanych pianą, wzburzonych wodach.

6

Ojcze!

Załączam niepotrzebujący komentarzy list, który bądź łaskaw przeczytać, a potem, jeśli nie zbudzi Twych zastrzeżeń, przekazać pani Vinelander, której adresu nie znam. Dla Twojej podbudowy moralnej – chociaż w obecnej sytuacji nie ma to raczej znaczenia – informuję, że Lucette nigdy nie była moją kochanką, co pewien obleśny osioł, którego nie mogę wyśledzić, sugeruje w „korespondencji" traktującej o tragedii.

Słyszałem, że w przyszłym miesiącu będziesz z powrotem na Wschodzie. Każ swojej obecnej sekretarce zadzwonić do mnie do Kingston, jeśli chciałbyś się ze mną zobaczyć.

Ado!

Chciałbym skorygować i rozszerzyć sprawozdania o jej śmierci, które opublikowano jeszcze przed moim przyjazdem. Nie „podróżowaliśmy razem". Wsiedliśmy na statek w dwu różnych portach, nie wiedziałem, że jest na pokładzie. Nasze stosunki pozostały takie same jak zawsze. Następny dzień (4 lipca) w całości spędziłem razem z nią z wyjątkiem kilku godzin przed obiadem. Słodko smażyliśmy się na słońcu. Ona rozkoszowała się rześkim wietrzykiem i przejrzystą słoną wodą w basenie. Ze wszystkich sił starała się udawać beztroskę, ale widziałem, jak niedobrze rzeczy się mają. Atmosfery romantycznego przywiązania, którą stworzyła, zauroczenia, które w sobie pielęgnowała, nie dało się stłumić za pomocą logiki. W dodatku w kadrze pojawił się ktoś, z kim nie mogła konkurować. Robinsonowie, Robert i Rachel, którzy, o ile wiem, zamierzali posłać Ci list za pośrednictwem mojego ojca, byli niemal ostatnimi osobami, które rozmawiały z nią tego wieczoru. Ostatnią był barman. Zaniepokoił się jej zachowaniem, poszedł za nią na górę na pokład i widział jej skok, ale nie mógł go powstrzymać.

Jak przypuszczam, to nieuniknione, że po takiej stracie człowiek przypomina sobie każdy szczegół, każdy pęknięty sznurek, każdą wystrzępioną frędzlę, wszystko, co bezpośrednio poprzedzało zdarzenie. Siedziałem z nią przez większą część filmu Zamki w Hiszpanii *(czy jakiś podobny tytuł), jego libertyński bohater właśnie otrzymywał wskazówki, jak dostać się do ostatniego z nich, kiedy postanowiłem zostawić ją pod opieką Robinsonów, którzy dołączyli do nas w okrętowym kinie. Poszedłem spać i zostałem obudzony około pierwszej w nocy czasu morskiego, parę chwil po tym, jak wyskoczyła za burtę. Podjęto akcję ratowniczą na całkiem sporą skalę, ale ostatecznie, po godzinie zamętu i nadziei, kapitan musiał podjąć okropną decyzję o kontynuowaniu podróży. Gdyby okazało się, że jest przekupny, do dziś krążylibyśmy wokół fatalnego miejsca.*

Jako psycholog zdaję sobie sprawę z bezzasadności rozważań, czy Ofelia by się ostatecznie nie utopiła, nawet bez pomocy zdradzieckiej gałęzi, gdyby wyszła za swojego Voltemanda. Traktując rzecz bezosobowo, uważam, że zmarłaby w swym łóżku, siwa i pogodna, gdyby V. ją kochał, ponieważ ten jednak owej nieszczęsnej małej virgo w istocie bynajmniej nie kochał, ponieważ nawet największa cielesna czułość nie mogła ani nie może ujść za prawdziwą miłość i ponieważ, nade wszystko, fatalnej młodej Andaluzyjki, która – powtarzam – weszła w kadr, nie dało się zapomnieć, muszę, droga Ado i drogi Andrieju, dojść do wniosku, że cokolwiek by tu nieszczęsny człowiek wymyślił, ona by i tak pokoncziła s soboj („skończyła ze sobą"). W innych światach, dogłębniej moralnych niż ta kupa gnoju, istnieją może więzy, zasady, transcendentalne pociechy, a nawet niejaka duma z tego, że uczyniło się szczęśliwym kogoś, kogo się nie kocha, ale na tej planecie Lucetty są skazane.

Kilka biednych przedmiocików, należących do niej – papierośnica, tiulowa suknia wieczorowa, książka z rogiem stronicy zagiętym na francuskim pikniku – trzeba było zniszczyć, bo gapiły się na mnie. Z wyrazami głębokiego szacunku.

Synu!

Wypełniłem co do joty Twoje instrukcje dotyczące tego listu. Twój styl epistolarny jest tak zawiły, że mógłbym podejrzewać obecność szyfru, gdybym nie wiedział, że wraz z niegrzecznym starym Lwem i suchotnikiem Antonem należysz do pisarskiej Szkoły Dekadenckiej. Gwiżdżę na to, czy spałeś z Lucette, czy nie, ale wiem od Dorothy Vinelander, że ten dzieciak kochał się w Tobie. Film, który widziałeś, to bez wątpienia Ostatnia przygoda Don Juana, w której Ada rzeczywiście odgrywa (bardzo pięknie) młodą Hiszpankę.

Jakieś przekleństwo ciąży na karierze naszej biednej dziewczynki. Howard Hool utrzymywał po premierze, że zmuszono go do grania nieprawdopodobnej krzyżówki dwu Donów, że początkowo Yuzlik (reżyser) zamierzał oprzeć swoją „fantazję" na prostackiej powieści Cervantesa, że parę kawałków dawnego scenariusza jak brudna wełna przylgnęło do ostatecznego tematu i że jeśli uważnie wsłuchać się w ścieżkę dźwiękową, można usłyszeć, jak jakiś hulaka ucztujący z Donem w tawernie zwraca się do niego per „Kicha". Hool zdołał kupić i zniszczyć pewną liczbę kopii, a inne zaaresztowali prawnicy pisarza Osberga, który twierdzi, że sekwencja z Gitanillą *powtarza coś z jego wymysłów i została mu ukradziona. W efekcie nie sposób nigdzie nabyć szpul z filmem, który zniknie jak przysłowiowy dym, kiedy skończy na prowincjonalnych ekranach. Zjedz ze mną proszę obiad 10 lipca. Obowiązuje strój wieczorowy.*

Cher ami,

Nous fûmes, mon mari et moi, profondément boulversés par l'effroyable nouvelle. C'est à moi – et je m'en souviendrai toujours! – que presqu'à la veille de sa mort cette pauvre fille s'est adressée pour arranger les choses sur le „Tobakoff" qui est toujours bondé, et que désormais je ne prendrai plus, par un peu de superstition et beaucoup de sympathie pour la douce, la tendre Lucette. J'étais si heureuse de faire mon possible, car quelqu'un m'avait dit que vous aussi y seriez; d'ailleurs, elle m'en a parlé elle-même: elle semblait tellement joyeuse de passer quelques jours sur le „pont des gaillards" avec son cher cousin! La psychologie de suicide est un mystère que nul savant ne peut expliquer.

Je n'ai jamais versé tant de larmes, la plume m'en tombe des doigts. Nous revenons à Malbrook vers la mi-août. Bien à vous,

Cordula de Prey-Tobak

Van!

Dodatkowe informacje, których dostarczył Twój drogi (tzn. niewłaściwie ofrankowany!) list, głęboko poruszyły Andrieja i mnie. Dostaliśmy już, przez pana Grombczewskiego, liścik od Robinsonów, którzy nie mogą sobie wybaczyć, biedni pełni najlepszych intencji przyjaciele, że dali jej lekarstwo na chorobę morską, którego przedawkowanie w połączeniu z alkoholem musiało wpłynąć niekorzystnie na jej odporność i zdolność do przeżycia, w wypadku gdyby w ciemnej zimnej wodzie zmieniła zamiar. Nie potrafię wyrazić, mój drogi Van, jaka jestem nieszczęśliwa, tym bardziej że w altanach Ardisu nie mogliśmy nawet przeczuwać istnienia takich nieszczęść.

Moja jedyna miłości!

Nigdy nie wyślę tego listu. Będzie leżał w stalowej kasetce zakopanej pod cyprysem w ogrodzie willi „Armina", a kiedy za pół tysiąclecia przypadkiem go znajdą, nikt nie będzie wiedział, kto to napisał i do kogo adresował swoje słowa. W ogóle bym go nie napisał, gdyby Twoja ostatnia linijka, twój krzyk bólu, nie był jednocześnie krzykiem mojego tryumfu. Brzemię tego podniecenia musi być... [Koniec zdania pokrywała rdzawa plama, kiedy pudełko odkopano w 1928 r. Dalszy ciąg listu brzmi następująco:] ...z powrotem w Stanach, rozpocząłem szczególne poszukiwania. W Manhattanie, w Kingston, w Ladorze, w dziesiątkach innych miast, bez ustanku tropiłem film, którego nie... [mocno odbarwione] na statku, z kina do kina, za każdym razem odkrywając nowy punkt cudownej męki, nowy spazm piękna w Twojej grze. Ten [nieczytelne] to całkowite zaprzeczenie ohydnych fotek ohydnego Kima. Artystycznie i ardystycznie najlepszym fragmentem jest jeden z ostatnich – kiedy bosa idziesz za Donem, który marmurową galeryjką zmierza ku swemu przeznaczeniu, ku szafotowi zakrytego czarnymi zasłonami łoża Dony Anny, wokół którego trzepoczesz, mój motylu-Zegries, prostując komicznie obwisłą świeczkę, szepcząc urocze, ale daremne porady do ucha marszczącej się damy, a potem pochylając się nad mauretańskim parawanem i nagle roztapiając się w tak naturalnym śmiechu, bezradnym i czarującym, że człowiek zastanawia się, czy jakakolwiek sztuka da sobie radę bez erotycznej zadyszki rozweselonej gimnazjalistki. I pomyśl tylko, mój hiszpański bielinku rzeżuchowcu, że całe twoje magiczne rozbrykanie trwało tylko jedenaście mierzonych na stoperze minut w płatach dwu- lub trzyminutowych scen!

Niestety, nadeszła noc, w ponurej okolicy warsztatów i niewyspanych melin, kiedy po raz ostatni i tylko połowicznie, ponieważ w scenie uwodzenia na taśmie pojawiły się czarne plamy, a potem wszystko zwiędło, zdołałem dojrzeć [całe zakończenie listu jest uszkodzone].

7

Powitał świt spokojnego i pełnego dobrobytu wieku (jak dotąd widzieliśmy z Adą ponad połowę tego stulecia), zaczynając swą drugą bajkę filozoficzną, „potępienie przestrzeni” (nigdy niedokończoną, ale tworzącą, przy wstecznym spojrzeniu, przedmowę do *Faktury Czasu*). Część tego traktatu, dość manieryczny kawałek, ale złośliwy i solidny, ukazał się w pierwszym numerze (styczeń 1904) obecnie słynnego amerykańskiego miesięcznika „The Artisan”; komentarz na temat tego fragmentu zachował się w jednym z tragicznie formalnych listów (oprócz tego jednego obecnie zniszczonych), które zwykłą pocztą siostra przysyłała mu wówczas od czasu do czasu. Tego rodzaju jawna korespondencja po wymianie listów związanych ze śmiercią Lucette została nawiązana z milczącym przyzwoleniem Demona:

> Wygnaniec Raju poszybował
> Nad Kaukaz, wzwyż wciąż odlatywał,
> Pod nim jak skała brylantowa
> Peck wiecznym śniegiem połyskiwał.

Istotnie mogło się wydawać, że ciągły wzajemny brak wiedzy o swoim istnieniu jest bardziej podejrzany niż listy podobne poniższemu:

Ranczo „Agawia"
5 lutego 1905 r.

Przeczytałam właśnie Dumania w Sidrze *Iwana Veena i uważam je, drogi Profesorze, za znakomite osiągnięcie. „Zagubione strzały przeznaczenia" i inne poetyckie rysy przypomniały mi o kilku wypadkach, kiedy jakieś dwadzieścia lat temu piłeś u nas na wsi herbatę i jadłeś babeczki. Byłam, jeśli pamiętasz (bezczelne wyrażenie!),* une petite fille modèle *uprawiającą łucznictwo koło pewnej wazy i pewnej balustrady, a Ty byłeś nieśmiałym uczniakiem (w którym, jak zgadła moja mama, byłam odrobinkę zakochana!), posłusznie podnoszącym strzały, które zgubiłam w zagubionych krzakach ogrodu zagubionego zamku, gdzie przebiegało dzieciństwo biednej Lucette i szczęśliwej, szczęśliwej Adette, a gdzie obecnie znajduje się dom starców dla niewidomych Murzynów – jestem pewna, że zarówno moja matka, jak i L. poparłyby sugestię Daszy, by przekazać go jej sekcie. Dasza, moja szwagierka (musisz ją jak najszybciej poznać, tak, tak, tak, to istota marzycielska, urocza i znacznie inteligentniejsza niż ja), która pokazała mi Twoje dziełko, prosi, żebym dodała, że ma nadzieję „odnowić" znajomość z Tobą, może w Szwajcarii, w „Bellevue" w Mont Roux w październiku. Mam wrażenie, że spotkałeś kiedyś ładniutką pannę „Kim" Chanta-Juste, no więc kochana Dasza jest dokładnie w tym samym typie. Jest świetna w dostrzeganiu i tropieniu wszelkiego rodzaju oryginalności, oddaje się najrozmaitszym studiom, których ja nie potrafię nawet określić! Złożyła egzamin w Chose (gdzie studiowała historię – nasza Lucette nazywała to* „Sale Histoire"... *jakie to smutne i jakie zabawne!). Dla niej jesteś* le beau ténébreux, *ponieważ dawno, dawno temu, kiedy ważki miały skrzydła, niedługo przed moim ślubem poszła – chodzi mi o czas, kiedy... uwięzłam w swoim „perystylu" – na jeden z Twoich publicznych wykładów o snach, po którym podeszła do Ciebie ze swoim ostatnim koszmarkiem spisanym na maszynie i starannie spiętym, a Ty zachmurzyłeś się i odmówiłeś jego przyjęcia. No więc nalega na wuja Diemientija, żeby nakłonił* le beau ténébreux *do odwiedzenia hotelu „Bellevue" w Mont Roux w październiku, koło siedemnastego, jeśli pamiętam, a on tylko się śmieje i mówi, że to sprawa Daszeńki i moja.*

Więc jeszcze raz „gratulencje", drogi Iwanie! Jesteś, jak obie uważamy, cudownym, niezrównanym artystą, który też powinien „tylko się śmiać", jeśli kretyńscy krytycy, zwłaszcza Anglicy z niższej wyższej klasy średniej, oskarżą Twój perłystyl o „afektację" i „kokieterię", tak jak amerykański farmer uznaje pastora za „dziwnego", bo ten zna grekę.

PS

Duszewno kłaniajus' *(„kłaniam się dusznie", nieprawidłowe i prostackie wyrażenie ewokujące obraz „kłaniającej się duszy")* naszemu zaoczno dorogomu profiessoru *(„naszemu na ślepo drogiemu profesorowi")*, o kotorom mnogo słyszał *(„o którym dużo słyszałem")* ot dobrogo Diemientija Dedalowicza i siestricy *(„od dobrego Demona i siostry")*.

S uważenijem *(„z poważaniem")*
Andriej Wajnlender

Umeblowana przestrzeń, *l'espace meublé* (znana nam tylko jako umeblowana i pełna, nawet jeśli jej zawartością jest „nieobecność substancji" – co sytuuje również rozum), jest – jeśli chodzi o tę planetę – w większości wodnista. W tej postaci zniszczyła ona Lucette. Inna jej odmiana, mniej lub bardziej atmosferyczna, ale nie mniej grawitacyjna i odrażająca, zniszczyła Demona.

Pewnego ranka w marcu 1905 r. na tarasie willi „Armina", siedząc bezczynnie na dywaniku, otoczony jak sułtan przez cztery czy pięć leniwych kobiet, Van otworzył amerykański dziennik wydawany w Nicei. Gigantyczna maszyna latająca z niewyjaśnionych przyczyn rozleciała się na wysokości piętnastu tysięcy stóp nad Pacyfikiem pomiędzy wyspami Lisianski i Lajsanow w rejonie Gavaille – była to jedna z największych, czwarta albo piąta, katastrofa lotnicza w młodym stuleciu. Na liście „czołowych ofiar" wybuchu znajdowali się szef reklamy w dużym domu towarowym, p.o. główny majster działu blach Fac-simile S.A., kierownik w wytwórni płytowej, starszy wspólnik kancelarii adwokackiej, architekt z bogatym doświadczeniem lotniczym (pierwszy błąd druku, niedający się poprawić), wiceprezes towarzystwa ubezpieczeniowego, inny wiceprezes, tym razem rady regulacyjnej, cokolwiek by to miało znaczyć...

– Jestem godna – powiedziała *maussade* libańska piękność, licząca piętnaście gorących wiosen.

– Zadzwoń – powiedział Van, dalej w stanie dziwnego zafascynowania czytający katalog opatrzonych etykietkami żywotów:

...dyrektor wielkiej hurtowni napojów alkoholowych, szef przedsiębiorstwa produkcji akcesoriów do turbin, fabrykant ołówków, dwu profesorów filozofii, dwu reporterów (koniec z reportażami), zastępca kontrolera banku hurtowni alkocholu (błąd druku, źle umieszczone słowa), zastępca kontrolera spółki powierniczej, prezes, sekretarz agencji wydawniczej...

Nazwiska tych wielkich szych, jak również jakichś osiemdziesięciu innych mężczyzn, kobiet i milczących dzieci, którzy zginęli w błękitnym powietrzu, były trzymane w tajemnicy, póki nie udało się dotrzeć do wszystkich krewnych, ale wstępną listę banalnych abstrakcji uznano za zbyt imponującą, by nie opublikować jej od razu dla pobudzenia apetytu. Dopiero więc następnego dnia Van dowiedział się, że prezesem banku, ofiarą plątaniny przekręceń na końcu wiadomości był jego ojciec.

„Zagubione strzały przeznaczenia każdego człowieka leżą rozrzucone wokół niego" itd. (*Dumania w Sidrze*).

Po raz ostatni Van widział się z ojcem w ich domu wiosną 1904 r. Obecne były również inne osoby: stary Eliot, agent handlu nieruchomościami, dwu prawników (Grombczewski i Gromwell), dr Aix, znawca sztuki, Rosalind Knight, nowa sekretarka Demona, oraz wielce uroczysty Kithar Sween, bankier, który w wieku lat sześćdziesięciu pięciu został awangardowym pisarzem i w ciągu jednego cudownego roku napisał *Wypełnionych ludzi* i *Cztery kwarty*, pisane wolnym wierszem satyry na anglo-amerykańskie zwyczaje żywieniowe i nadużywanie piwa, oraz *Kardynała Griszkina*, umyślnie wysubtelnioną opowieść wychwalającą wiarę katolicką. Poematy były tylko błyskami w oku sowy, co się tyczy powieści, to padło w odniesieniu do niej określenie „pionierska", tak nazwali ją cenieni młodzi krytycy (Norman Girsh, Louis Deer i wielu innych), którzy chwalili dzieło nabożnymi głosami w tonie tak wysokim, że zwykłe ludzkie ucho nie mogło wiele wychwycić z tej sopranowej elokwencji; wszystko to jednak wydawało się pasjonujące, a po wielkim wybuchu nekrologowych esejów w 1910 (*Kithar Sween. Człowiek i pisarz*, *Sween jako poeta i osobowość*, *Kithar Kirman Lavehr Sween. Zarys biografii*) i satyry, i powieść miały zostać zapomniane tak dokumentnie jak kontrola regulacji dokonana przez p.o. głównego majstra albo zakaz Demona.

Rozmowa przy stole dotyczyła głównie interesów. Demon kupił niewiele wcześniej niedużą, doskonale okrągłą wyspę na Oceanie Spokojnym, z różowym domkiem na zielonej skarpie i piaszczystą plażą przypominającą z lotu ptaka falbanę, i zamierzał teraz sprzedać znajdujące się we wschodniej części Manhattanu drogocenne małe *palazzo*, którego Van nie chciał. Pan Sween, chciwiec i stary wyjadacz z krzykliwymi pierścieniami na grubych palcach, powiedział, że mógłby kupić budynek, gdyby Demon dorzucił do niego parę obrazów. Z interesu nic nie wyszło.

Van kontynuował swoje badania na własną rękę do czasu, gdy powierzono mu (w wieku trzydziestu pięciu lat!) Katedrę Filozofii im. Rattnera na Uniwersytecie w Kingston. Decyzja Rady była rezultatem katastrofy i desperacji; dwaj inni kandydaci, solidni uczeni, znacznie starsi i ogólnie rzecz biorąc lepsi od niego, cenieni nawet w Tatarii, dokąd często jeździli, ręka w rękę, spoglądając wokół promiennym wzrokiem, tajemniczo znikli (być może zginęli pod fałszywymi nazwiskami w nigdy niewyjaśnionym wypadku nad uśmiechniętym oceanem) „za pięć dwunasta", bo katedra miała być zdemontowana, gdyby nie udało się jej obsadzić przez określony prawem okres, i z tylnego saloniku przyniesiono by wówczas inny, mniej pożądany, ale całkiem przyzwoity pulpit wykładowcy. Van ani nie potrzebował, ani nie cenił sobie tego stanowiska, ale przyjął je powodowany dobroduszną perwersją lub perwersyjną wdzięcznością, lub też po prostu pamięcią o ojcu, który był jakoś wmieszany w całą sprawę. Nie brał swoich zadań zbyt poważnie, redukując je do absolutnego minimum, które sprowadzało się do jakichś dziesięciu wykładów na rok, wygłaszanych monotonnym nosowym głosem, dobywającym się na ogół z nowego i trudnego do zdobycia urządzenia, „nagrywacza głosu", ukrytego w kieszeni kamizelki wśród antyinfekcyjnych tabletek „Wenus" - poruszał w milczeniu ustami i myślał o zalanej blaskiem lampy niedokończonej stronie rozrzuconego po biurku w gabinecie rękopisu. Spędził w Kingston dwadzieścia ponurych lat (urozmaiconych wyjazdami za granicę), był nieznaną postacią, o której nie krążyły anegdoty na uniwersytecie ani w mieście. Niezbyt lubiany przez poważnych kolegów, nieznany w miejscowych knajpach, nieżałowany przez studentów-mężczyzn, przeszedł na emeryturę w 1922 r. i osiedlił się w Europie.

8

przyjazd mont roux bellevue niedziela
obiad adoracja smutek tęcze

Van dostał ten odważny telegram razem ze śniadaniem w sobotę 10 października 1905 r. w „Manhattan Palace" w Genewie i tego samego dnia udał się do Mont Roux na drugim końcu jeziora. Zatrzymał się tam jak zawsze w hotelu „Les Trois Cygnes". Jego niski, kruchy, ale niemal mitycznie wiekowy portier zmarł podczas pobytu Vana cztery lata wcześniej i zamiast pomarszczonego oblicza Juliena i jego dyskretnego uśmiechu wtajemniczenia, uśmiechu, który lśnił jak lampa przez pergamin, starego grubego Vana powitała różowa okrągła twarz dawnego boya, noszącego teraz surdut.

– Lucien – powiedział Van, spoglądając sponad okularów – mogą do mnie przychodzić, co wiedziałby twój poprzednik, różnego rodzaju dziwni goście, czarodzieje, zamaskowane damy, szaleńcy, *que sais-je*? I oczekuję cudów dyskrecji od wszystkich trzech niemych łabędzi. Oto wstępna premia.

– *Merci infiniment* – powiedział portier i, jak zawsze, Van był nieskończenie wzruszony uprzejmą hiperbolą, która nie przeszkadzała w filozoficznym myśleniu.

Zajął dwa obszerne pokoje, 509 i 510: typowy dla Starego Świata salon ze złoto-zielonymi meblami oraz uroczą sypialnię połączoną z kwadratową łazienką, na którą w oczywisty sposób przerobiono zwykły pokój (koło roku 1875, kiedy hotel remontowano i nadawano mu przepych). Z podniecającym przedsmakiem oczekiwanych wydarzeń, odczytał z ośmiokątnej tabliczki na delikatnym czerwonym sznurku słowa: Nie przeszkadzać. *Prière de ne pas déranger*. Proszę zawiesić tabliczkę na zewnętrznej klamce i zawiadomić centralę telefoniczną. *Avisez en particulier la téléphoniste* (żadnej emfazy, żadnej dziewczyny o przejrzystym głosie w wersji angielskiej).

W kwiaciarni na *rez-de-chaussée* zamówił orgię orchidei, a w obsłudze pokoi jedną kanapkę z szynką. Przeżył jakoś długą noc (alpejskie kawki dręczyły bezchmurny świt) w łóżku co najmniej o jedną trzecią mniejszym niż olbrzymie łoże w ich niezapomnianym mieszkaniu sprzed dwunastu lat. Śniadanie zjadł na balkonie, zignorował przybyłą na rekonesans mewę. Pozwolił sobie na obfitą sjestę po późnym lunchu; po raz drugi się wykąpał, żeby utopić czas, i spacerowym krokiem dotarł po paru godzinach, zatrzymując się przy co drugiej ławce na promenadzie, do nowego „Bellevue Palace", stojącego zaledwie pół mili na południowy wschód.

Jedna czerwona łódka naruszała czystość błękitnego lustra (w czasach Casanovy musiały ich być setki!). Perkozy zostawały tu na zimę, ale łyski jeszcze nie wróciły.

Ardis, Manhattan, Mount Roux, nasz mały rudzielec nie żyje. Wspaniały portret ojca pędzla Wrubla, te obłąkane brylanty patrzące na mnie, wmalowane w e mnie.

Ruda Góra, porośnięte lasem wzgórze za miastem, okazało się godne swej nazwy i jesiennej reputacji dzięki ciepłemu blaskowi kędzierzawych kasztanów, a po drugiej stronie Lemanu (Leman oznacza kochankę) majaczył wierzchołek Sex Noir, Czarnej Skały.

Było mu gorąco i niewygodnie w jedwabnej koszuli i szarej flaneli spodni, włożył jeden ze starszych garniturów, ponieważ go wyszczuplał, powinien był jednak zostawić wyjątkowo ciasną kamizelkę. Nerwowy jak chłopiec na pierwszej randce! Zastanawiał się, czego raczej powinien sobie życzyć – że jej obecność będzie rozcieńczona obecnością innych czy że zdoła zostać z nim sam na sam, przynajmniej przez kilka pierwszych minut? Czy okulary i czarny wąsik naprawdę odmładzają go, jak zapewniały uprzejme kurwy?

Kiedy wreszcie dotarł do białego, z niebieskimi roletami „Bellevue" (lubianego przez bogatych Estotilandczyków, Rheinlandczyków i Vinelandczyków, ale pozostającego poniżej najwyższej klasy starych, płowozłotych, wielkich, rozłożystych, uroczych „Trois Cygnes"), z przerażeniem zobaczył, że jego zegarek się leni i wciąż jeszcze wskazówkom daleko do siódmej, najwcześniejszej godziny obiadu w tutejszych hotelach. Przeszedł więc z powrotem przez uliczkę i wypił w jakiejś knajpce podwójnego kirscha z kostką cukru. Martwa i wyschnięta ćma zmrocznik leżała na parapecie okiennym w ubikacji. Na szczęście symbole nie istnieją ani w snach, ani w szczelinach życia pomiędzy nimi.

Pchnął obrotowe drzwi „Bellevue", potknął się o jakąś pstrokatą walizkę i wpadł do hotelu pociesznym biegiem. Portier ofuknął nieszczęsnego ubranego w zielony fartuch *cameriere*, który zostawił bagaż w przejściu. Tak, czekają na niego w salonie. Jakiś niemiecki turysta podbiegł do niego, żeby przeprosić – żywiołowo i nie bez humoru – za stojący na drodze przedmiot, który, jak powiedział, należał do niego.

– Jeśli tak – zauważył Van – nie powinien pan pozwalać kurortom umieszczać naklejek na intymnych wyrostkach.

Jego odpowiedź była niezręczna, a cały epizod miał lekki posmak paramnezji, w następnej chwili został śmiertelnie postrzelony z tyłu (takie rzeczy się zdarzają, niektórzy turyści są bardzo niezrównoważeni) i wszedł w nową fazę egzystencji.

Zatrzymał się na progu salonu, ledwie jednak zaczął lustrować jego rozproszoną ludzką zawartość, w oddalonej grupce dało się zauważyć jakieś nagłe ożywienie. To Ada, gardząc etykietą, rzuciła mu się na spotkanie. Jej samotny i pośpieszny pęd wstecznie pochłaniał wszystkie lata ich rozłąki i ze lśniącej czernią nieznajomej z modną, wysoko piętrzącą włosy fryzurą zmieniła się w bladoręką dziewczynę w czerni, dziewczynę, która zawsze należała do niego. Na tym akurat zakręcie czasu byli jedynymi ożywionymi osobami w ogromnym pomieszczeniu, toteż kiedy jak na scenie spotkali się w jego połowie, wszystkie głowy obróciły się ku nim, wszystkie oczy na nich spojrzały; to jednak, co powinno być punktem kulminacyjnym jej rozpędu, ekstazy jej oczu i płomiennych klejnotów, czyli wielka eksplozja elokwentnej miłości, napiętnowane zostało niestosownym milczeniem; nie pochylając się, podniósł do ust i pocałował jej łabędzią rękę, potem zaś stali nieruchomo, patrząc na siebie, on bawiąc się monetami w kieszeniach spodni pod połami „garbatej" marynarki, ona dotykając swego naszyjnika, każde z nich jak gdyby odbijało niepewne światło, w które katastrofalnie wyrodziła się cała promienność ich wzajemnego powitania. Była bardziej Adą niż kiedykolwiek, ale jej nieśmiały, dziki urok wzbogacił się szczyptą nowej elegancji. Jej jeszcze bardziej niż przedtem czarne włosy zaczesane były do tyłu i tworzyły wysoki kok, a przypominająca Lucette linia odsłoniętej szyi, smukłej i prostej, okazała się rozdzierającą serce niespodzianką. Spróbował sformułować krótkie zdanie (by uprzedzić ją o fortelu, który wymyślił, żeby umożliwić ich rendez-vous), ale przerwała jego odchrząkiwanie, mamrocząc stanowczy nakaz: – *Sbrit' usy* (te wąsy muszą zniknąć) – i odwróciła się, żeby zaprowadzić go w oddalony kąt, z którego przez tyle lat starała się do niego dotrzeć.

Pierwszą osobą, której go przedstawiła na tej wyspie foteli i androidów, była podnosząca się właśnie zza niskiego stolika, z miedzianą popielniczką w centrum, obiecana *belle-soeur*, niska tłustawa kobieta w szarej sukni guwernantki, o twarzy niezwykle owalnej, z równo przyciętą kasztanową grzywką, ziemistą cerą, dymnie niebieskimi pozbawionymi uśmiechu oczyma i małą, przypominającą ziarno dojrzałej kukurydzy mięsistą naroślą po jednej stronie nosa, po namyśle dodaną przez naturę do hiperkrytycznego zakrzywienia nozdrza, jak się to często zdarza przy seryjnej produkcji rosyjskich twarzy. Następna wyciągnięta ręka należała do przystojnego, wysokiego, wyjątkowo okazałego i serdecznego arystokraty, który nie mógł być nikim innym niż księciem Grieminem z niedorzecznego libretta i którego mocny, uczciwy uścisk dłoni kazał Vanowi marzyć o jakimś płynie dezynfekującym, który zmyłby wszelki ślad kontaktu z jakąkolwiek częścią ciała jej męża wystawioną na widok publiczny. Kiedy jednak Ada, znów promienna, dokonała trzepotliwej prezentacji za pomocą niewidzialnej różdżki, osoba, którą Van mylnie wziął za Andrieja Vinelandera, zmieniła się w Yuzlika, utalentowanego reżysera pechowego filmu o Don Juanie.

– Vasco da Gama, jak sądzę – mruknął Yuzlik.

Obok niego, ignorowani przezeń i nieznani Adzie z nazwiska, a obecnie dawno martwi wskutek ponurych bezimiennych chorób, stali w służalczych pozach dwaj agenci

Lemoria, błyskotliwego aktora komediowego (brodatego gbura o niezwykłym, dzisiaj także zapomnianym talencie, który Yuzlik bardzo chciał wykorzystać w kolejnym filmie). Lemorio przedtem już dwakroć wystawił go do wiatru, raz w Rzymie, raz w San Remo, zawsze wysyłając dla nawiązania „wstępnego kontaktu" tych samych nędznie wyglądających, niekompetentnych, w gruncie rzeczy obłąkanych agentów, z którymi teraz Yuzlik nie miał już o czym rozmawiać, wyczerpawszy wszystkie tematy: aktualne plotki, życie seksualne Lemoria, chuligańskie wybryki Hoole'a, jak również koniki jego, Yuzlika, trzech synów oraz koniki ich, agentów, adoptowanego dziecka, uroczego euroazjatyckiego chłopaka, który niedługo przedtem zginął podczas awantury w nocnym klubie, co zamykało t ę sprawę. Ada ucieszyła się obecnością Yuzlika w salonie „Bellevue", nie tylko dlatego, że stanowił przeciwagę dla zakłopotania i oszustw, ale również dlatego, że miała nadzieję wśliznąć się w obsadę *Co wiedziała Daisy*; wszelako, nie dysponując w zamęcie swej duszy żadnymi zawodowymi urokami, szybko zrozumiała, że jeśli Lemorio zostanie ostatecznie zaangażowany, to zażąda, żeby jej rolę oddać jednej ze swych kochanek.

W końcu Van dotarł do męża Ady.

Van mordował poczciwego Andrieja Andriejewicza Vinelandera na wszystkich mrocznych rozstajach umysłu tak często i tak dokumentnie, że teraz ubrany w obrzydliwy żałobny dwurzędowy garnitur biedak, z ciastowatymi, miękkimi rysami, zebranymi byle jak, workowatymi oczami smutnego psa i kropkowanymi liniami potu na czole demonstrował wszelkie przygnębiające cechy niepotrzebnie wskrzeszonego nieboszczyka. Wskutek niespecjalnie dziwnego niedopatrzenia (lub raczej podpatrzenia) Ada zapomniała przedstawić sobie wzajemnie obu panów. Jej mąż wyartykułował swoje imię, patronimik i nazwisko z dydaktyczną intonacją typową dla rosyjskiego filmu edukacyjnego.

– *Obnimiemsia, dorogoj* (uściskajmy się, stary) – dodał dźwięczniejszym głosem, nadal jednak z pogrzebową miną (osobliwie przypominającą wyraz twarzy Kosygina, burmistrza Jukonska, kiedy przyjmował od skautki kwiaty albo odwiedzał miejsca zniszczone trzęsieniem ziemi). Jego oddech zalatywał czymś, co Van ze zdumieniem rozpoznał jako silny środek uspokajający, którego głównym składnikiem była neocodeina, zapisywany w przypadkach psychopatycznego pseudobronchitu. Kiedy zaniedbana zmarszczona twarz Andrieja się przybliżyła, można było dostrzec rozmaite brodaweczki i guziki, z których żadna ani myślała zawadiacko usadowić się po jednej stronie nosa i tworzyć dodatek do niego jak u jego młodszej siostry. Ciemnobrązowe włosy przystrzygał maszynką tak często i krótko, jakby był w wojsku. Miał *korriektnyj* i schludny wygląd estotyjskiego *hobereau* raz-na-tydzień-biorącego-kąpiel.

Tłumnie ruszyliśmy do sali restauracyjnej. Van otarł się o przeszłość, kiedy gwałtownie wyciągnął rękę, by wyprzedzić zamierzającego otworzyć drzwi kelnera, i przeszłość (ciągle bawiąca się j e g o naszyjnikiem) nagrodziła go ukradkowym spojrzeniem *à la* Dolores.

Przypadek dopilnował rozsadzania ich przy stole.

Agenci Lemoria, starsza para, nie połączona małżeństwem, ale żyjąca jak mąż z mężem już wystarczająco długo, by świętować srebrnoekranowe wesele, pozostali przy stole nierozłączni pomiędzy Yuzlikiem, który ani razu się do nich nie odezwał, i Vanem, którego dręczyła Dorothy. Co się tyczy Andrieja (który zrobił drobny „znak krzyża" nad nierozpinalnym brzuchem zanim zawiązał na szyi serwetkę), to znalazł się między siostrą a żoną. Zażądał „cart de van" (ku lekkiemu rozbawieniu prawdziwego Vana), ale będąc miłośnikiem mocnych alkoholi, rzucił tylko tępe spojrzenie na stronę ze „szwajcarskimi białymi" i „zrzucił odpowiedzialność" na Adę, która natychmiast zamówiła szampana. Następnego dnia wczesnym rankiem miał ją poinformować, że jej „*kuzien proizwodit* (sprawia) *udiwitielno simpaticznoje wpieczatlenije* (zdumiewająco sympatyczne wrażenie)". Aparat werbalny poczciwca składał się niemal wyłącznie ze zdumiewająco sympatycznych rosyjskich banałów, ale – nie lubiąc opowiadać o sobie – mówił on niewiele, zwłaszcza że dźwięczny monolog jego siostry (uderzający falami o skałę Vana) zafascynował go i pochłonął jak dziecko. Dorothy poprzedziła długo odkładaną wypowiedź o swym ulubionym koszmarze sennym skromną skargą („Wiem oczywiście, że dla pańskich pacjentów złe sny to *żydowskaja prierogatiwa*"). Ale uwaga jej niechętnego analityka za każdym razem, kiedy wracała do niej od talerza, koncentrowała się tak zdecydowanie na prawosławnym krzyżu niemal liturgicznych rozmiarów lśniącym na jej skądinąd nijakiej piersi, że uznała za właściwe przerwać opowieść (o sennej erupcji wulkanu) i powiedzieć:

– Z pańskiej twórczości wnoszę, że jest pan strasznym cynikiem. Och, zgadzam się z Simonem Traserem, że odrobina cynizmu zdobi prawdziwego mężczyznę, ale muszę pana ostrzec, że nie toleruję żartów z prawosławia, na wypadek, gdyby chciał pan jakiś opowiedzieć.

Teraz Van miał już serdecznie dość swojej pomylonej, ale na nieciekawy sposób, towarzyszki. Zdążył właśnie złapać swój kieliszek, który niemal przewrócił gestem mającym zwrócić uwagę Ady i powiedział tonem, określonym później przez nią jako napastliwy, złowieszczy i w ogóle nie do przyjęcia:

– Jutro rano, *je veux vous accaparer, ma chère*. Jak mój adwokat albo twój, albo obaj być może poinformowali cię, konta Lucette w kilku bankach szwajcarskich... – i zaczął rozwodzić się nad przygotowaną wersją stanu rzeczy, od początku do końca wymyśloną. – Proponuję – dodał – żebyśmy, jeśli nie masz innych zobowiązań (tu posłał pytające spojrzenie, które przeskoczyło przez Vinelanderów i spoczęło na trójce filmowców, a wszyscy trzej zaczęli kiwać z idiotyczną aprobatą), razem poszli zobaczyć się z *maître* Joratem czy Ratonem, nazwisko zawsze wylatuje mi z pamięci, *enfin*, z moim doradcą w Luzon, pół godziny jazdy samochodem stąd; wręczył mi on pewne dokumenty – mam je w hotelu – które muszę dać ci do popisu, to znaczy... chodzi o to, że popiszesz się, podpisując je... cała sprawa jest dość nudna. Wszystko jasne? Jasne.

– Ależ, Ado – obwieściła Dora – zapominasz, że jutro rano chciałyśmy zwiedzić Instytut Harmonii Kwiatowej w Château Piron!

– Zrobicie to pojutrze albo we wtorek. Albo we wtorek za tydzień – powiedział Van. – Z radością zawiózłbym całą waszą trójkę do tego fascynującego *lieu de méditation*, ale mój szybki mały unseretti ma miejsce tylko dla jednego pasażera, a sprawa niewykrywalnych depozytów jest, jak mi się zdaje, bardzo pilna.

Yuzlik płonął chęcią powiedzenia czegoś. Van ustąpił pełnemu najlepszych intencji automatowi.

– Jestem szczęśliwy i zaszczycony, mogąc zasiąść przy jednym stole z Vasco da Gamą – powiedział Yuzlik, unosząc kieliszek ku efektownej maszynerii swej twarzy.

Ciągle ten sam błąd, który zresztą pozwolił Vanowi domyślić się źródła mało znanej informacji; pojawiła się ona w *Kurantach Chose* (wspomnieniach dawnego kumpla

Vana, obecnie lorda Chose, książce, która wspięła się na wierzchołek treliażu „bestsellerów" i przywarła do niego, głównie ze względu na kilka nieprzyzwoitych, ale bardzo zabawnych odwołań do Willi Wenus w Ranton Brooks). Gdy przeżuwał szpik odpowiedniej odpowiedzi wraz z kęsem szarlotki (nie szarlatańskiej „*charlotte russe*", podawanej w większości restauracji, tylko gorącej chrupiącej skorupki z jabłkowym nadzieniem, czyli prawdziwego kasztelstrudla, dzieła Takomina, hotelowego szefa kuchni, pochodzącego z Rose Bay w Kalifornii), rozdzierały go dwa sprzeczne pragnienia: po pierwsze miał ochotę znieważyć Yuzlika za to, że parę dań temu długo dotykał dłoni Ady, prosząc ją o podanie masła (był nieporównanie bardziej zazdrosny o tego wilgotnookiego mężczyznę niż o Andrieja i z dreszczem dumy i nienawiści przypomniał sobie, jak w Sylwestra 1893 roku zaatakował swego krewnego, fircykowatego Vana Ziemskiego, który pozwolił sobie na podobną pieszczotę, odwiedziwszy ich stolik w restauracji, i którego szczękę później pod takim czy innym pretekstem złamał w klubie młodego księcia), po drugie chciał mu powiedzieć, jak bardzo podoba mu się *Ostatnia przygoda Don Juana*. Z oczywistych powodów nie mogąc zaspokoić pierwszego pragnienia, wyrzekł się drugiego jako sekretnie trącącego uprzejmością tchórza i zadowolił się, połknąwszy nasyconą bursztynem miazgę, następującą odpowiedzią:

– Książka Jacka Chose jest z pewnością bardzo zabawna, zwłaszcza kawałek o jabłkach i biegunce i wyjątki z Albumu Muszli Wenus – (oczy Yuzlika strzeliły w bok, udając wysiłek pamięci, potem skłonił się w przesadnym hołdzie dla wspólnego wspomnienia) – ale ten drań nie powinien był ani ujawniać mojego nazwiska, ani przekręcać mojego tespionimu.

Podczas tego ponurego obiadu (rozjaśnionego tylko szarlotką i pięcioma butelkami moëta, z których Van wypił ponad trzy) unikał spoglądania na część Ady nazywaną „twarzą", żywą, boską, tajemniczo skandaliczną część, którą w tak istotnej formie pośród ludzi spotyka się rzadko (ciastowate i brodawkowate maski się nie liczą). Z kolei Ada nie mogła się powstrzymać i co chwila zwracała ku niemu ciemne oczy, jak gdyby z każdym spojrzeniem odzyskiwała równowagę; kiedy jednak towarzystwo poszło z powrotem do salonu, by wypić tam kawę, Vana dopadły kłopoty z ogniskowaniem, gdyż liczba jego *points de repère* katastrofalnie zmniejszyła się wraz z odejściem trzech filmowców.

ANDRIEJ *Adoczka, duszka* (kochanie), *rasskaży że pro ranczo, pro skot* (opowiedz o ranczu, o bydle), *jemu że lubopytno* (to na pewno go zainteresuje).

ADA (jak gdyby budząc się z transu) *O czom ty* (mówiłeś coś)?

ANDRIEJ *Ja goworiu, rasskaży jemu pro twojo żytjo bytjo* (mówiłem, żebyś opowiedziała mu o swoim życiu codziennym, powszednim). *Awos' zaglaniet k nam* (może wpadnie do nas).

ADA *Ostaw', czto tam intieriesnogo* (daj spokój, co tam interesującego)?

DASZA (*zwracając się do Iwana*) Niech pan jej nie słucha. *Massa intieriesnogo* (mnóstwo interesujących rzeczy). *Dieło brata ogromnoje, wołnujuszczije dieło, triebujuszczeje nie mieńsze truda, czem uczonaja dis-*

siertacyja (jego sprawy to wielka rzecz, są bardzo wymagające, jak zajęcia uczonego). *Naszy sielskochoziajstwiennyje maszyny i ich tieni* (nasze maszyny rolnicze i ich cienie) – *eto cełaja kollekcyja priedmietow modiernoj skulptury i żywopisi* (to prawdziwa kolekcja sztuki współczesnej), jak sądzę uwielbia pan sztukę współczesną tak samo jak ja.

IWAN (*do Andrieja*) Zupełnie się nie znam na rolnictwie, ale mimo to dzięki.

(*Chwila milczenia*)

IWAN (*nie bardzo wiedząc, co jeszcze dodać*) Tak, chętnie obejrzałbym któregoś dnia pańskie maszyny. Takie rzeczy zawsze przypominają mi prehistoryczne potwory o długich szyjach, no wie pan, kiedy tu czy tam szczypią trawę albo po prostu dumają nad smutnym faktem zagłady swego gatunku... ale może myślę teraz o koparkach...

DOROTHY Maszyny Andrieja nie są bynajmniej prehistoryczne! (*Śmieje się ponuro.*)

ANDRIEJ *Słowom, miłosti prosim* (tak czy owak, serdecznie zapraszam). *Budietie żarit' wierchom s kuzinoj* (będziecie z kuzynką cudownie spędzać czas na koniach).

(*Chwila milczenia*)

IWAN (*do Ady*) Dziewiąta trzydzieści jutro rano, czy to nie będzie dla ciebie za wcześnie? Zatrzymałem się w „Trois Cygnes". Przyjadę po ciebie swoim malutkim samochodem, nie na koniu (*posyła Andriejowi trupi uśmiech*).

DASZA *Dowolno skuczno* (jaka szkoda), że wycieczkę Ady nad Leman zepsują rozmowy z prawnikami i bankierami. Jestem pewna, że większość tych spraw udałoby się załatwić, gdyby Ada parę razy wpadła *chez vous*, zamiast jeździć do Luzon czy Genewy.

Paplanina jak z domu wariatów zwróciła się ku kontom Lucette, Iwan Diemientiewicz wyjaśnił, że zawieruszała jej się jedna książeczka czekowa za drugą i nikt nie wie dokładnie, w jak wielu różnych bankach trzymała spore sumy. Po chwili Andriej, wyglądający teraz jak zsiniały burmistrz Jukonska po otwarciu Wielkanocnego Targu Bazi albo po zmaganiach z pożarem lasu za pomocą gaśnicy nowego typu, z chrząknięciem wstał z krzesła, przeprosił, że idzie spać tak wcześnie, i uścisnął dłoń Vana, jakby żegnali się na zawsze (co istotnie czynili). Van został z dwiema damami w zimnym i pustym salonie, gdzie niepostrzeżenie dokonano powodowanej oszczędnością redukcji światła faradycznego.

– Jak się panu podobał mój brat? – spytała Dorothy. – *On riedczajszyj czełowiek* (to wyjątkowo rzadka istota ludzka). Nie potrafię wręcz panu powiedzieć, jak głęboko wstrząsnęła nim straszna śmierć pańskiego ojca i, ma się rozumieć, dziwny koniec Lucette. Nawet on, najlepszy z ludzi, nie mógł powstrzymać się od dezaprobaty dla jej paryskiego *sans-gêne*, ale bardzo podziwiał jej wygląd zewnętrzny, jak przypuszczam, pan także – nie, nie, proszę się nie wypierać! – bo, jak zawsze mówiłam, jej uroda zdawała się uzupełniać urodę Ady, te dwie połówki tworzyły coś w rodzaju doskonałego piękna, w rozumieniu platońskim – (znów ten ponury uśmiech). – Ada to z pewnością „doskonała piękność", prawdziwa *muirninoczka*, nawet kiedy wykrzywia się tak jak teraz, ale jest piękna tylko według naszych małych ludzkich norm, w cudzysłowie naszej społecznej estetyki – prawda, profesorze? – w sposób, w jaki posiłek, małżeństwo albo francuska uliczniczka mogą zostać nazwane doskonałymi.

– Dygnij – posępnie powiedział Van do Ady.

– Och, moja Adoczka wie, jak jej jestem oddana – (otwierając dłoń, by ująć cofniętą już rękę Ady). – Dzielę wszystkie jej problemy. Jakże wielu *podżarych* (obciśniętych w kroku) kowbojów musiałyśmy wyrzucić, bo *diełali jej głazki* (pożerali ją wzrokiem)! I jak wiele bolesnych strat musiałyśmy wspólnie przeżyć, odkąd zaczęło się nowe stulecie! Jej matka i moja matka, arcybiskup Iwankowieru i dr Swissair z Lumbago (gdzie mama i ja odwiedziłyśmy go w 1888, by złożyć mu hołd), trzech znakomitych wujków (których, na szczęście, prawie nie znałam) i twój ojciec, który, jak zawsze twierdziłam, znacznie bardziej przypominał rosyjskiego arystokratę niż irlandzkiego barona. Nawiasem mówiąc, w majakach na łożu śmierci – Ado, będziesz niezadowolona, jeśli ujawnię mu *ces potins de famille*, prawda? – naszą cudowną Marinę prześladowały dwa urojenia, które wzajemnie się wykluczały: że jesteś mężem Ady i że jesteście bratem i siostrą, i te dwie wizje sprawiały jej wielki psychiczny ból. Jak pańska szkoła psychiatryczna tłumaczy tego rodzaju konflikt?

– Nie chodzę już do szkoły – powiedział Van, tłumiąc ziewnięcie – a poza tym w swoich pracach nie próbuję niczego „tłumaczyć", po prostu opisuję.

– Ale nie może pan jednak zaprzeczyć, że pewne spostrzeżenia...

Rozmowa toczyła się podobnie przez godzinę i jeszcze trochę i zaciśnięte szczęki Vana zaczęły boleć. W końcu Ada wstała i Dorothy poszła za jej przykładem, ale podnosząc się, jeszcze mówiła:

– Jutro na obiad przychodzi nasza droga ciocia Biełoskunska-Biełokonska, urocza stara panna, która mieszka w willi nad Valvey. *Terriblement grande dame et tout ça. Elle aime taquiner* Andriusza *en disant qu'un simple cultivateur comme lui n'aurait pas dû épouser la fille d'une actrice et d'un marchand de tableaux*. Czy nie zechciałby pan do nas dołączyć, Jean?

Jean odpowiedział:

– Niestety nie, droga Dario Andriejewna. *Je dois „surveiller les kilos"*. Poza tym muszę jutro przy obiedzie omówić z kimś kwestie zawodowe.

– Mógłby pan przynajmniej – (uśmiechając się) – nazywać mnie Daszą.

– Robię to dla Andrieja – wyjaśniła Ada – w istocie wielka dama, o której mowa, to wulgarne stare ścierwo.

– Ado! – powiedziała Dasza z miną wyrażającą łagodny wyrzut.

Zanim obie panie weszły do windy, Ada spojrzała na Vana, a on – bynajmniej nie nowicjusz w kwestiach strategii miłosnej – powstrzymał się od wspomnienia o „zapomnianej" przez nią na oparciu krzesła czarnej jedwabnej torebce. Poszedł z nimi tylko do korytarza prowadzącego do wind i, ściskając swój zastaw, oczekiwał na jej planowany powrót za hotelową kolumną w stylu mieszanym, wiedząc, że za chwilę, kiedy oczko windy zaczerwieni się pod szybkim kciukiem, powie swojej przeklętej towarzyszce (już z pewnością korygującą opinię o „*beau ténébreux*"):

„*Ach, sumoczku zabyła* (zapomniałam torebki)!" – i natychmiast śmignąwszy z powrotem, jak Ninon Vere'a, znajdzie się w jego ramionach.

Ich otwarte usta z czułą furią spotkały się ze sobą, a potem Van rzucił się na jej nową, młodą, boską, japońską szyję, której pragnął jak prawdziwy Jupiter Olorinus przez cały wieczór.

– Popędzimy prosto do mnie, jak tylko się obudzisz, daj spokój kąpieli, wskakuj w co się nawinie z twoich ciuszków i lenkłusuj na dół... – i czując, że płonący sok przelewa się przez krawędź, znów zaczął ją pożerać i czynił to do chwili (Dorothy musiała już zajechać do nieba!), gdy zatańczyła trzema palcami na jego wilgotnych ustach – i uciekła.

– Wytrzyj szyję! – zawołał za nią szybkim szeptem (kto i gdzie w tej opowieści, w tym życiu próbował też *szeptem krzyczeć*?).

Tej nocy w pomoëtowym śnie siedział na talku tropikalnej plaży pełnej smażących się na słońcu ciał, przez chwilę pocierał czerwony, podrażniony oszczep wijącego się chłopca, a w następnym momencie patrzył przez ciemne okulary na symetryczne cienie po obu stronach lśniącego kręgosłupa z bledszym wycieniowaniem pomiędzy żebrami, należącymi do Lucette lub Ady siedzącej na ręczniku w pewnej odległości od niego. Potem dziewczyna odwróciła się i położyła na brzuchu, ona też miała okulary przeciwsłoneczne, i ani ona, ani on nie mogli wzajemnie określić dokładnego kierunku spojrzenia przedzierającego się przez czarny bursztyn, a jednak dzięki dołeczkowi leciutkiego uśmiechu wiedział, że ona patrzy na jego (był j e g o przez cały czas) obnażony szkarłat. Ktoś powiedział, kręcąc w pobliżu stolikiem: „To jedna z sióstr Vane" – i Van obudził się, z zawodowym uznaniem mamrocząc oniryczny kalambur, łączący jego imię i nazwisko, i wyjął z uszu woskowe kulki, i w cudownym akcie powrotu do normalności i przywrócenia połączeń z korytarza dobiegł brzęk przejeżdżającego przez próg sąsiedniego pokoju stolika śniadaniowego, i oto, już przeżuwająca i poplamiona kroplami miodu do jego sypialni weszła Ada. Była dopiero za piętnaście ósma.

– Mądra dziewczynka! – powiedział Van – ale wpierw muszę iść do *petit endroit* (WC).

To spotkanie i dziewięć następnych utworzyły najwyższy łańcuch górski ich dwudziestojednoletniej miłości: jej trudną, niebezpieczną i niesłychanie promienną pełnoletność. Nieco włoski styl pokoju, wymyślne kinkiety, zdobne ornamentami na bladym szkle w kolorze karmelu, białe guziki każące pojawić się światłu lub pokojówce, opatrzone żaluzjami i firankami i zasłonięte ciężkimi storami okna, które sprawiały, że ranek równie trudno było rozebrać jak świętoszkę w krynolinie, wypukłe drzwi ogromnej białej przypominającej „Dziewicę Norymberską" szafy, a nawet podbarwiona rycina Randona przedstawiająca dość surowy trójmasztowiec na zygzakowatych falach portu w Marsylii – krótko mówiąc, albergowa atmosfera tych nowych schadzek dodała im powieściowego smaczku (Aleksiej i Anna mogli tu postawić gwiazdki!), który Ada z radością przyjęła jako ramę, jako formę, jakieś wsparcie i osłonę życia, poza tym nie wspomaganego przez opatrzność na Desdemonii, gdzie jedynymi bogami są artyści. Kiedy po kilku godzinach szalonej miłości Van i pani Vinelander porzucili pełną przepychu kryjówkę i wyszli w niebieską mgłę niezwykłego października, który pozostawał rozmarzony i ciepły przez cały czas trwania cudzołożnego związku, mieli wrażenie, że nadal znajdują się pod ochroną owych pomalowanych Priapów, których Rzymianie kiedyś ustawiali w gajach Rufomonticulus.

– Odprowadzę cię do domu, właśnie wróciliśmy z rozmowy z luzońskimi bankierami i odprowadzam cię z mojego hotelu do twojego – była to *phrase consacrée*, którą Van wypowiadał nieodmiennie, by zawiadomić siły losu o aktualnej sytuacji. Niewielkim środkiem ostrożności, stosowanym przez nich od samego początku, było absolutne unikanie dwuznacznego pokazywania się na balkonie od strony jeziora, widocznym dla każdego żółtego czy liliowego kwiatuszka na rabatach po bokach promenady.

Hotel opuszczali tylnym wyjściem.

Wysadzana bukszpanami droga, nad którą panowała wiecznozielona sekwoja (przybysze z Ameryki brali ją za „cedr libański", jeśli w ogóle ją zauważali) prowadziła ich do absurdalnie nazwanej rue du Mûrier, gdzie książęca paulownia („rzeczywiście, morwa!" – prychała Ada), stojąca uroczyście na niestosownym tarasie nad publiczną toaletą, hojnie rozrzucała sercowate ciemnozielone liście, ale zachowywała ich wystarczająco dużo, by pogrążać w arabeskach cienia południową stronę swego pnia. Miłorząb (znacznie mocniej błyszczący zielonkawym złotem niż jego sąsiadka, blado żółknąca miejscowa odmiana brzozy) wyznaczał róg brukowanej uliczki prowadzącej w dół ku nabrzeżu. Szli na południe słynną promenadą Fillieetaz, która biegła wzdłuż szwajcarskiej strony jeziora z Valvey do Château de Byron (albo „Zamku Szyją"). Sezon już się skończył i zimujące ptaki, jak również dość liczni ubrani w pumpy przybysze z Europy Środkowej zastąpili angielskie rodziny oraz rosyjskich arystokratów z Nipissingu i Nipigonu.

– Moja górna warga czuje się nieprzyzwoicie goła. (Zgolił wąsik w obecności Ady, wydając z siebie jęki bólu).

– I nie mogę się powstrzymać przed wciąganiem przez cały czas brzucha.

– Ależ wolę cię z tą miłą nadwagą, jest cię więcej. Odpowiedzialny jest chyba gen matki, bo Demon był coraz to szczuplejszy. Wyglądał całkiem jak Don Kichot, kiedy widziałam go na pogrzebie matki. Wszystko to było bardzo dziwne. Nosił niebieską żałobę. Syn D'Onsky'ego, człowiek bez ręki, objął go tą drugą i obaj trysnęli łzami *comme des fontaines*. Jakiś mężczyzna w sutannie, który wyglądał jak statysta odgrywający technikolorowe wcielenie Wisznu, wygłosił niezrozumiałe kazanie. Potem mama poszła z dymem. Demon powiedział do mnie łkając: „J a nie zawiodę biednych robaków!". Dosłownie parę godzin po tym, jak złamał to przyrzeczenie, mieliśmy na ranczo niespodziewanych gości – niewiarygodnie pełną gracji ośmioletnią dziewuszkę z twarzą zakrytą czarnym woalem, kogoś w rodzaju duenny, też w czerni, oraz dwu goryli. Wiedźma zażądała fantastycznej sumy, której Demon – jak stwierdziła – nie zdążył uiścić, za „dziurę w błonie dziewiczej", musiałam zawołać jednego z naszych najsilniejszych chłopaków, żeby wyrzucił *wsiu* (całą) *kompaniju*.

– Niesamowite – powiedział Van – coraz młodsze dzieci, mam na myśli dziewczęta, nie silnych milczących chłopców. Jego stara Rozalinda miała dziesięcioletnią siostrzenicę, zupełne pisklę. Niedługo chyba jego terenem łowieckim stałyby się inkubatory.

– Nigdy nie kochałeś ojca – powiedziała Ada ze smutkiem.

– Ależ kochałem i kocham – z czułością, szacunkiem, ze zrozumieniem, bo w końcu drugorzędna poezja ciała nie jest mi nieznana. Ale dla nas, to znaczy ciebie i mnie, został pochowany tego samego dnia co stryjaszek Dan.

– Wiem, wiem, to żałosne! I po co to było? Może nie powinnam ci tego mówić, ale jego odwiedziny w Agawii robiły się z każdym rokiem coraz rzadsze i krótsze. Tak, to było żałosne. Kiedy człowiek słuchał, jak rozmawiają z Andriejem. To znaczy, Andriej *n'a pas le verbe facile*, za to doceniał, nie całkiem go rozumiejąc, dziki strumień fantazji Demona i falę fantastycznych zmyśleń, często kręcił głową z tym swoim rosyjskim „tssk-tssk" i wykrzykiwał: „Jakiż z pana *bałagur* (dowcipniś)!". A pewnego dnia Demon ostrzegł mnie, że już nigdy nie przyjedzie, jeśli jeszcze raz usłyszy kiepski dowcip Andrieja (*Nu i bałagur-że wy, Diemientij Łabirintowicz*) albo jeśli przyjdzie mu słuchać tego, co Dorothy, *l'impayable* („niezrównana w swej bezczelności i niedorzeczności") Dorothy, myśli o mojej wycieczce w góry jedynie w towarzystwie Mayo, młodego kowboja, który miał mnie chronić przed lwami.

– Można by się dowiedzieć czegoś więcej na ten temat? – spytał Van.

– Nikt się nie dowiedział. Wszystko to wydarzyło się, kiedy akurat nie rozmawiałam z mężem ani ze szwagierką, nie panowałam więc nad sytuacją. Tak czy owak, Demon nie przyjechał nawet, kiedy był tylko o dwieście mil od nas, zamiast tego po prostu wysłał z jakiegoś domu gry twój uroczy, naprawdę uroczy list o Lucette i moim filmie.

– Chciałoby się poznać też pewne szczegóły dotyczące związku małżeńskiego – częstotliwość stosunków intymnych, prywatne nazwy dla sekretnych brodawek, ulubione zapachy...

– *Płatok momientalno* (natychmiast chusteczkę)! Twoje prawe nozdrze jest pełne płynnego nefrytu – powiedziała Ada, a potem wskazała okrągłą tabliczkę na trawniku, z napisem w czerwonym otoku: *Chiens interdits*, oraz rysunkiem przedstawiającym nieprawdopodobnego czarnego kundla z białą wstążką wokół szyi. – Dlaczego – zastanawiała się – szwajcarscy urzędnicy zabraniają krzyżowania szkockiego teriera z pudlem?

Ostatnie motyle 1905 roku, niemrawe pawiki i rusałki admirowane, jeden perłowiec i jeden szlaczkoń, próbowały jak najlepiej wykorzystać skromne kwiaty. Z ich lewej strony tuż koło promenady, gdzie odpoczywali, przejechał tramwaj, ostrożnie pocałowali się, kiedy ucichł wizg jego kół. Szyny, uderzone promieniami słońca rozbłysły pięknym kobaltowym blaskiem – południem w języku jasnego metalu.

– Weźmy trochę sera i białego wina pod tą pergolą – zaproponował Van. – Vinelanderowie zjedzą dziś lunch *à deux*.

Jakieś mechaniczne urządzenie wyrzucało z siebie krzykliwe dźwięki rodem z dżungli, a otwarte torby jakiejś pary z Tyrolu stały nieprzyjemnie blisko, więc Van przekupił kelnera, by wyniósł im stolik poza lokal, na pomost martwej przystani. Ada podziwiała populację wodnego ptactwa: kaczki czernice, czarne, ale z kontrastującymi z tą czernią białymi bokami, przypominały klientów (to i pozostałe porównania pochodzą od Ady), wychodzących ze sklepu z podłużnymi płaskimi pakunkami (nowy krawat? rękawiczki?) pod obiema pachami, a czarny czubek na łebku kojarzył się z głową Vana, czternastoletniego i mokrego, zaraz po nurkowaniu w strumieniu. Łyski (w końcu jednak wróciły) pływały, poruszając osobliwie szyjami, jak gdyby coś pompowały, i przypominały idące konie. Małe perkozy, a także duże, z grzebieniami, zadzierały głowy, w ich postawie było coś heraldycznego. Mają – powiedziała Ada – wspaniałe rytuały ślubne, nieruchomieją z dziobami ku sobie, o tak (wyginając palce wskazujące na kształt nawiasów), wyglądają jak dwie podpórki do książek, między którymi nie ma ani jednego tomu, i na przemian potrząsają błyskającymi miedzią głowami.

– Spytałem cię o rytuały Andrieja.

– Ach, Andriej jest taki podniecony tym, że może zobaczyć te wszystkie europejskie ptaki! Jest wielkim myśliwym i zna zwierzynę naszego Zachodu wyjątkowo dobrze. Mamy na Zachodzie cudownego małego perkoza z czarną wstęgą wokół grubego białego dzioba. Andriej mówi na niego *piestrokluwaja czomga*. A ta duża *czomga* tam to *chochłuszka*, tak j ą nazywa. Jeśli jeszcze raz tak się skrzywisz, kiedy mówię coś całkiem niewinnego i ogólnie rzecz biorąc, chyba ciekawego, pocałuję cię przy wszystkich w czubek nosa.

Odrobinę sztuczne, nie w najlepszym stylu Veenów. Zaraz jednak odzyskała formę:

– Patrz tam, patrz, mewy bawią się w kurczęta!

Grupa *rieuses*, z których kilka ciągle nosiło jeszcze letnie czepki, czarne i ciasno przylegające, usadowiła się na czerwonej balustradzie biegnącej wzdłuż brzegu jeziora, ogonami do dróżki, i czekały, aż się okaże, które z nich wysiedzą na grzędzie, kiedy nadejdzie kolejny przechodzień. Gdy zbliżyli się Ada z Vanem, większość z furkotem pofrunęła ku wodzie; jedna szarpnęła piórami na ogonie i uczyniła ruch analogiczny do „zgięcia kolan", ale nie poddała się i została na balustradzie,

– Wydaje mi się, że w Arizonie tylko raz widzieliśmy ten gatunek, w miejscu zwanym Saltsink, to coś w rodzaju sztucznego jeziora. Nasze zwykłe mewy mają całkiem inne koniuszki skrzydeł.

Perkoz dwuczuby, który pływał w pewnym oddaleniu, powoli, bardzo powoli zaczął się zanurzać, a potem nagle zanurkował jak wyskakująca z wody ryba, ukazując lśniący biały brzuszek, i zniknął.

– Dlaczego do diabła – spytał Van – nie dałaś jej w ten czy inny sposób do zrozumienia, że nie jesteś na nią zła? Twój obłudny list bardzo ją zasmucił.

– Phi! – wyrzuciła z siebie Ada. – Postawiła mnie w bardzo kłopotliwej sytuacji. Rozumiem doskonale, że była wściekła na Dorothy (która miała najlepsze intencje, biedna głuptaska, była na tyle głupia, że ostrzegła mnie przed możliwymi „infekcjami", takimi jak „labialna lesbianitis". L a b i a l n a l e s b i a n i t i s!), ale nie było powodu, żeby Lucette szukała Andrieja w mieście, chcąc mu powiedzieć, że jest świetną przyjaciółką mężczyzny, którego kochałam przed ślubem. Nie ośmielił się naprzykrzać mi się swą rozbudzoną ciekawością, ale poskarżył się Dorothy na *nieoprawdannuju żestokost'* (niczym nieusprawiedliwione okrucieństwo) Lucette.

– Ado, Ado – jęknął Van. – Pozbądź się tego swojego męża w r a z z jego siostrą, zrób to z a r a z.

– Daj mi dwa tygodnie – powiedziała – muszę wrócić na ranczo. Nie mogę znieść myśli, że będzie grzebała w moich rzeczach.

Początkowo wszystko zdawało się przebiegać zgodnie z podpowiedziami jakiegoś przyjaznego ducha.

Ku wielkiej wesołości Vana (niesmacznych przejawów owego zadowolenia Ada ani nie akceptowała, ani nie potępiała) Andriej przez większą część tygodnia leżał złożony przeziębieniem. Dorothy, urodzona pielęgniarka, znacznie przewyższała Adę (która nie będąc nigdy chora, nie mogła znieść niedomagań innych) w gotowości zajmowania się cierpiącym, na przykład czytania pocącemu się i duszącemu pacjentowi starych numerów pisma „Gołos Fieniksa"; jednakże w piątek hotelowy lekarz wysłał go do pobliskiego Szpitala Amerykańskiego, gdzie nawet jego siostrze nie zezwolono na odwiedziny „z uwagi na ciągłą konieczność prowadzenia rutynowych badań" lub może dlatego, że biedak chciał stawić czoło katastrofie w mężnej samotności.

W następnych dniach Dorothy wykorzystała brak obowiązków i mnóstwo wolnego czasu do szpiegowania Ady. Była pewna trzech rzeczy: że Ada ma w Szwajcarii kochanka, że Van jest jej bratem i że organizuje on dla swej zniewalającej siostry schadzki z mężczyzną, którego kochała przed ślubem. Zabawnym zbiegiem okoliczności wszystkie trzy założenia były prawdziwe, ale zmieszane ze sobą tworzyły nonsens, stanowiło to dla Vana kolejne źródło wesołości.

„Trzy Łabędzie" osłaniały ich bastion. Każdy, kto się pojawił, w cielesnej powłoce lub w postaci bezcielesnego głosu, otrzymywał od portiera lub jego akolitów informację, że Van wyszedł, Madame André Vinelander jest osobą nieznaną, i że jedyne, co można zrobić, to zostawić wiadomość. Samochód, zaparkowany w ustronnym gaju, nie mógł zdradzić jego obecności. Przed południem z reguły jeździł windą dla służby, która umożliwiała wyjście bezpośrednio na podwórze. Lucien, człek inteligentny, szybko nauczył się rozpoznawać kontralt Dorothy: „*La voix cuivrée a téléphoné*", „*La Trompette n'était pas contente ce matin*" itd. A potem przyjazne Losy wzięły sobie dzień wolny.

Andriej miał pierwszy obfity krwotok podczas podróży w interesach do Phoenix któregoś dnia w sierpniu. Uparty, niezależny, niezbyt bystry optymista, uznał, że to krew z nosa, która popłynęła niewłaściwą drogą, i nikomu nie powiedział o tym incydencie, żeby uniknąć „głupiego gadania". Od lat męczył go soczysty kaszel palacza, który wypalał dwie paczki dziennie, ale kiedy parę dni po owym „wypływie postnosowej krwi" wycharknął do umywalki szkarłatny śluz, postanowił skończyć z papierosami i ograniczyć się do *cygarkow* (małych cygar). Kolejny *contretemps* wydarzył się w obecności Ady, tuż przed ich wyjazdem do Europy; zdołał schować poplamioną krwią chusteczkę, zanim ją zobaczyła, ale pamiętała, jak zaniepokojonym głosem powiedział „*Wot tie na*" (a to ci dopiero). Podobnie jak większość innych Estotyjczyków wierząc, że najlepszych lekarzy można znaleźć w Środkowej Europie, obiecał sobie, w wypadku gdyby znowu zaczął kasłać krwią, odwiedzić specjalistę z Zurychu, którego nazwisko dostał od członka swojej „loży" (jak nazywało się miejsce, gdzie spotykali się bracia-groszoroby). Amerykański szpital w Valvey, znajdujący się tuż koło rosyjskiej cerkwi, wzniesionej przez Władimira Szewalje (Chevalier), brata jego dziadka, okazał się wystarczająco dobry, by zdiagnozować zaawansowaną gruźlicę lewego płuca.

Wczesnym popołudniem w środę 22 października Dorothy „jak oszalała" próbująca „zlokalizować" Adę (która po swej zwykłej wizycie w hotelu „Trzy Łabędzie" spędziła kilka owocnych godzin w „Salonie Fryzjersko-Kosmetycznym" Pafii) zostawiła wiadomość dla Vana, który otrzymał ją dopiero późnym wieczorem, kiedy wrócił z wycieczki do Sorcière w kantonie Valais, mniej więcej sto mil na wschód, gdzie kupił willę dla siebie „*et ma cousine*" i zjadł kolację z byłą właścicielką, wdową po bankierze, miłą Mme Scarlet, i jej jasnowłosą krostowatą, ale śliczną córką Eveline; obie wydawały się podniecone erotycznie szybkością transakcji.

Ciągle był spokojny i pewny siebie. Starannie przeczytawszy histeryczne sprawozdanie Dorothy, nadal wierzył, że nic nie zagraża ich przeznaczeniu, że – co byłoby najlepsze – Andriej zaraz umrze, oszczędzając Adzie kłopotów z rozwodem, albo że w najgorszym wypadku zapakują go do sanatoryjnej powieści, by spędził tam parę ostatnich stron epilogowego sprzątania z dala od rzeczywistości i c h połączonych żywotów. W piątek rano o dziewiątej, jak umówili się poprzedniego dnia, podjechał pod „Bellevue" z przyjemną perspektywą jazdy autem do Sorcière, by pokazać jej dom.

Nocą burza z piorunami bardzo stosownie przetrąciła kręgosłup cudownego lata. Jeszcze bardziej stosownie nagły przypływ jej miesiączki skrócił czwartkowe pieszczoty. Padało, kiedy zatrzasnął drzwiczki samochodu, podciągnął welwetowe spodnie i, przekraczając kałuże, przeszedł między ambulansem i dużym czarnym yakiem czekającymi jeden za drugim przed hotelem. Wszystkie drzwi i klapy yaka były szeroko otwarte, dwu boyów zaczęło pod nadzorem szofera piętrzyć w środku bagaże, a rozmaite części starego wynajętego samochodu dyskretnymi skrzypnięciami odpowiadały na stęknięcia ładujących.

Nagle uświadomił sobie gadzi chłód deszczu na łysiejącej głowie i miał właśnie wejść w drzwi obrotowe, kiedy wyrzuciły one z siebie Adę, trochę na podobieństwo tych drewnianych rzeźbionych barometrów, których drzwiczki wypuszczają figurkę albo mężczyzny, albo kobiety. Jej strój – deszczowiec narzucony na zapinaną pod szyją suknię, apaszka na zaczesanych do góry włosach, torebka z krokodylej skóry przewieszona przez ramię, wszystko to tworzyło całość nieco staroświecką, a nawet prowincjonalną. „Nie było na niej twarzy", jak mówią Rosjanie, by opisać minę wyrażającą skrajne przygnębienie.

Zaprowadziła go za róg hotelu do obrzydliwej rotundy, gdzie skryli się przed okropną mżawką, i tu spróbowała go objąć i pocałować, on jednak uchylił się przed jej ustami. Wyjeżdża za parę minut. Karetka przywiozła dzielnego bezradnego Andrieja z powrotem do hotelu. Dorothy udało się zarezerwować trzy miejsca w samolocie z Genewy do Phoenix. Dwa samochody zabierają jego, ją i dzielną siostrę wprost na bezradne lotnisko.

Poprosiła o chusteczkę; wyjął niebieską z kieszeni przeciwwiatrowej kurtki, ale łzy zaczęły już jej ściekać po policzkach i zasłoniła oczy, podczas gdy on stał przed nią z wyciągniętą ręką.

– To część roli? – spytał zimno.

Pokręciła głową, wzięła chusteczkę z dziecinnym „*merci*", wysiąkała nos i westchnęła spazmatycznie, i przełknęła ślinę, i przemówiła, i w następnej chwili wszystko, wszystko było stracone.

Nie może powiedzieć mężowi, kiedy jest chory. Van musi zaczekać, aż Andriej będzie na tyle zdrowy, żeby znieść nowinę, a to pewnie trochę potrwa. Oczywiście ona musi zrobić wszystko co możliwe, by całkiem go wyleczyć, w Arizonie jest prawdziwy cudotwórca...

– To coś w rodzaju łatania gościa przed powieszeniem – powiedział Van.

– I pomyśleć tylko – zawołała Ada, kanciasto machnąwszy wyprężonymi rękoma, jak gdyby upuszczała pokrywkę albo tacę – pomyśleć, jak starannie wszystko ukrywał! Ma się rozumieć, że nie mogę go teraz zostawić!

– Tak, tak, znamy te historie – flecista, którego trzeba wyleczyć z impotencji, zuchwały chorąży, który może nie wrócić z dalekiej wojny!

– *Ne ricane pas*! – zawołała Ada. – Biedaczek, biedaczek! Jak możesz szydzić?

Od młodych lat dla natury Vana typowe było wyładowywanie wściekłości i rozczarowania w patetycznych i tajemniczych wykrzyknikach, które sprawiały taki ból jak wyszczerbiony paznokieć zaczepiony o atłas wyściełający piekło.

– Zamku prawy, zamku jasny! – zawołał teraz. – Heleno Trojańska, Ado Ardisowska! Zdradziłaś Drzewo i zdradziłaś Ćmę.

– *Pieriestań!* (przestań, *cesse*)!

– Ardis Pierwszy, Ardis Drugi, *Mann* w chacie w tan, a teraz Czerwona Góra...

– *Pieriestań!* – powtórzyła Ada (jak idiota zwracający się do epileptyka).

– *Oh! Qui me rendra mon Hélène...*

– Ach, *pieriestań!*

– *...et le phalène.*

– *Je t'emplie* („*prie*" i „*supplie*"), przestań, Van. *Tu sais que j'en vais mourir.*

– Lecz, lecz, lecz – (za każdym razem waląc się w czoło) – być o krok od, od, od... a potem ten idiota przemienia się w Keatsa.

– *Boże moj*, muszę iść. Powiedz mi coś, kochany, mój jedyny, coś, co by mi mogło pomóc!

Otwarła się wąska szczelina milczenia i słychać było tylko, jak deszcz bębni w okap.

– Zostań ze mną, dziewczyno – powiedział Van, zapominając o wszystkim: o dumie, wściekłości, konwencji codziennego współczucia.

Przez chwilę zdawała się wahać czy przynajmniej rozważać wahanie, ale z podjazdu dobiegł ich donośny głos – Dorothy w szarej pelerynce i męskim kapeluszu, energicznie machała na Adę nieotwartym parasolem.

– Nie mogę, nie mogę, napiszę do ciebie – wymamrotało moje biedne kochanie zalane łzami.

Van pocałował ją w chłodną jak liść rękę, troskę o swój samochód pozostawił hotelowi „Bellevue", troskę o swe ruchomości wszystkim Łabędziom, Mme Scarlet troskę o problemy skórne Eveline i grząskimi drogami przeszedł około dziesięciu kilometrów do Rennaz, a potem poleciał do Nicei, Biskry, Cape, Nairobi, ku łańcuchowi Basset...

Nad Basset wzwyż wciąż odlatywał...

Czy będzie do niego pisywała? O, tak, pisywała! Wszystko poszło fantastycznie! W niekończącym się wyścigu fantazja rywalizowała z faktami pod chichot dziewcząt. Andriej żył jedynie kilka miesięcy, *po palcam* (licząc na palcach) jeden, dwa, trzy, cztery... powiedzmy pięć. Andriej poczuł się dobrze wiosną 1906 czy 1907, miał wygodnie nieczynne płuco i brodę w kolorze słomy (nic lepszego niż roślinność twarzy, by zająć pacjenta). Życie rozwidlało się i rozwidlało. Tak, powiedziała mu. Znieważył Vana na pomalowanym na fiołkowo ganku hotelu w Douglas, gdzie ten oczekiwał swej Ady w ostatecznej wersji *Les Enfants maudits*. Monsieur de Tobak (wcześniejszy rogacz) i lord Erminin (sekundant *pour la seconde fois*) byli świadkami pojedynku w towarzystwie kilku wysokich juk i niskich kaktusów. Vinelader miał na sobie surdut w swoim stylu, Van – biały garnitur. Żaden z przeciwników nie chciał ryzykować, wystrzelili więc jednocześnie. Obaj upadli. Kula pana Surdutina uderzyła w podeszwę lewego buta Vana (białego, z czarnym obcasem), podcinając mu nogę i powodując lekkie *fourmillement* (bieganinę podnieconych mrówek) w jego stopie – to było wszystko. Van trafił przeciwnika w podbrzusze – ciężka rana, która zagoiła się w odpowiednim czasie, jeśli zagoiła się w ogóle (tu rozwidlenie tonie we mgle). W istocie wszystko przebiegało znacznie bardziej nijako.

Napisała więc, jak obiecała? Ależ tak, tak! W ciągu siedemnastu lat otrzymał od niej około stu krótkich listów, z których każdy zawierał około stu słów, co czyni mniej więcej trzydzieści drukowanych stron na mało znaczące tematy – głównie na temat zdrowia jej męża oraz miejscowej fauny. Dorothy Vinelander przez kilka pełnych jadu lat pomagała Adzie pielęgnować Andrieja na ranczo Agawia (żałowała jej każdej marnej godzinki poświęconej łowom na motyle, ich preparowaniu i hodowli gąsienic!), potem poczuła się urażona, że bratowa wybrała dla niekończących się nigdy pobytów leczniczych, których wymagało zdrowie męża, słynną i znakomitą Klinikę Grotonowicza zamiast sanatorium dla elity prowadzonego przez księżnę Ałaszyn i udała się do pewnego subarktycznego miasteczka pełnego monasterów (Ilemna, obecnie Nowostabia), gdzie w końcu poślubiła niejakiego Broda, Breda czy Brieda, czułego i namiętnego, śniadego i przystojnego, który objeżdżał całe Siewiernyja Tierritorii, handlując cyboriami i innymi artykułami sakralnymi, a później miał kierować – i może nawet nadal, pół wieku później, kieruje – archeologicznymi rekonstrukcjami w Goriełoje („laskańskim Herculanum"); jakie skarby wykopał na gruncie małżeństwa, to inna sprawa.

Stan Andrieja stale, lecz bardzo powoli się pogarszał. W ciągu ostatnich dwu lub trzech lat bezczynnej egzystencji na rozmaicie członowanych łóżkach, gdzie każda płaszczyzna mogła być przechylana na setki sposobów, nie dysponował już zdolnością mówienia, chociaż wciąż potrafił kiwać i kręcić głową, marszczyć brwi w wyrazie skupienia i słabo się uśmiechać, kiedy poczuł zapach jedzenia (źródła, co tu dużo mówić, pierwszych naszych błogostanów). Zmarł pewnej wiosennej nocy, sam, w szpitalnej izolatce, a w lecie tego samego roku (1922) wdowa po nim podarowała swoje zbiory muzeum Parku Narodowego i poleciała do Szwajcarii na „rozmowę informacyjną" z pięćdziesięciodwuletnim Vanem Veenem.

Część czwarta

Tu lubiący przerywać natręt spytał z miną kogoś, kto prosi gentlemana o prawo jazdy, jak „prof." pogodził odmowę przyznania przyszłości statusu Czasu z faktem, że ona, przyszłość, raczej nie może być uznana za nieistniejącą, skoro „posiada przynajmniej jeden raz, to znaczy rys, implikujący tak ważną ideę jak idea absolutnej konieczności".

Wyrzucić go. Kto powiedział, że j a umrę?

By obalić twierdzenie deterministy w elegantszy sposób: nieświadomość, daleko od tego, by czekać nas gdzieś daleko z zapadnią i pętlą, otacza ze wszystkich wyobrażalnych stron zarówno Przeszłość, jak i Teraźniejszość, będąc manifestacją nie samego Czasu, tylko organicznego upadku naturalnego dla każdej rzeczy czy to świadomej Czasu, czy nie. Wiem, że inni umierają, to jednak jest dla sprawy nieistotne. Wiem też, że ty i – prawdopodobnie – ja urodziliśmy się, ale to n i e d o w o d z i tego, byśmy przeszli temporalną fazę zwaną Przeszłością: moja teraźniejszość, mój krótki okres świadomości, mówi mi, że tak było, ona, a nie milczący grom nieskończonej nieświadomości właściwej moim narodzinom pięćdziesiąt dwa lata i sto dziewięćdziesiąt pięć dni temu. Moje najdawniejsze wspomnienie odnosi się do połowy lipca 1870 roku, czyli do siódmego miesiąca mojego życia (oczywiście u większości ludzi zdolność zapamiętywania wrażeń zaczyna się nieco później, w wieku lat trzech lub czterech), wtedy to pewnego ranka w naszej willi na Riwierze kawał zielonego ornamentu gipsowego, oderwany w wyniku trzęsienia ziemi, uderzył w moją kołyskę. Sto dziewięćdziesiąt pięć dni poprzedzających to wydarzenie, jako nieodróżnialne od nieskończonej nieświadomości, nie może być włączone w czas perceptywny, toteż jeśli chodzi o mój umysł i dumę z mego umysłu, mam dzisiaj (połowa lipca 1922 r.) dokładnie pięćdziesiąt dwa lata *et trêve de mon style plafond peint*.

W tym samym sensie indywidualnego, perceptywnego czasu mogę, co się tyczy przeszłości, włączyć bieg wsteczny, cieszyć się momentem przypomnienia w równym stopniu, w jakim cieszyłem się rogiem obfitości, z którego wypadł stiukowy ananas, co o włos minął moją głowę, i założyć, że w następnej chwili jakiś kosmiczny lub cielesny kataklizm mógłby mnie… nie, nie zabić, tylko pogrążyć w permanentnym stanie stuporu, należącego do typu sensacyjnie nowego dla nauki, w ten sposób pozbawiając naturalny rozpad jakiegokolwiek logicznego czy temporalnego sensu. Co więcej, to rozumowanie odnosi się też do znacznie mniej interesującego (aczkolwiek ważnego, ważnego) Czasu Uniwersalnego („mieliśmy tu miażdżący czas, walący po głowach"), znanego również jako Czas Obiektywny (w istocie wyjątkowo prymitywnie spleciony z czasów indywidualnych), jednym słowem, do historii ludzkości, humoru i tym podobnych. Nic nie przeszkadza rodowi ludzkiemu nie mieć w ogóle żadnej przyszłości, jeśli na przykład nasz rodzaj poprzez niedostrzegalne (oto cały trik mojego rozumowania) stopnie wykształci jakiś gatunek *novo sapiens* lub jakiś inny podrodzaj, który będzie się cieszyć innymi typami istnienia i marzenia, niezależnymi od ludzkiego pojęcia Czasu. Człowiek, w tym znaczeniu, nigdy nie umrze, ponieważ może nie być takiego taksonomicznego punktu w rozwoju ewolucyjnym, który mógłby być określony jako ostatnie ogniwo człowieka w łańcuchu minimalnie zmieniających się osobników, w którym pojawi się Neohomo albo jakaś potworna pulsująca maź. Myślę, że nasz przyjaciel nie będzie już nas niepokoił.

Celem przyświecającym mi przy pisaniu *Faktury Czasu*, dzieła trudnego, rozkosznego i błogosławionego, które zamierzam położyć na majaczącym już w ciemności biurku jeszcze nieobecnego czytelnika, jest oczyszczenie mojego własnego pojęcia Czasu. Zamierzam zbadać samą istotę Czasu, nie jego bieg, ponieważ nie sądzę, by jego istotę można było zredukować do jego biegu. Zamierzam pieścić Czas.

Można być zakochanym w Przestrzeni i jej możliwościach: weźmy na przykład szybkość, charakterystyczną dla niej gładkość świstu szabli; wyrazistą chwałę opanowania pędu; radosny okrzyk wirażu. Można też być miłośnikiem Czasu, smakoszem trwania. Czas daje mi zmysłową przyjemność, jego substancja i jego rozpiętość, opadanie jego fałd, sama niewyczuwalność jego szarawej gazy w chłodzie ciągłości. Chcę coś z nim zrobić, nacieszyć się pozorem posiadania. Zdaję sobie sprawę z tego, że wszyscy, którzy próbowali dotrzeć do zaczarowanego zamku, zagubili się w ciemności albo ugrzęźli w Przestrzeni. Świadom też jestem tego, że Czas jest bulionem dla hodowli metafor.

Czemu to takie trudne, tak upokarzająco trudne: ustawić ostrość umysłu na pojęciu Czasu i utrzymać ją na nim w celu dokładnego zbadania? Jakiż to wysiłek, jakaż szarpanina, jakże to irytująco męczące! Jak gdyby człowiek grzebał jedną ręką w samochodowym schowku w poszukiwaniu mapy drogowej, wyławiając Czarnogórę, Dolomity, banknoty, telegram, wszystko oprócz skrawka chaotycznej krainy pomiędzy Ardez i Cośtamsoprano, w mroku, w deszczu, starając się skorzystać z czerwonego światła w gęstej jak smoła czerni, podczas gdy wycieraczki poruszają się metronomicznie, chronometrycznie; ślepy palec przestrzeni szturcha i rozdziera tkaninę czasu. Aureliusz Augustyn także, on także w zmaganiach z tym samym tematem piętnaście stuleci temu doznał tej osobliwie fizycznej męki pustoszejącego umysłu, poczuł *szczekotiki* (łaskotanie) przybliżenia, uniki zmęczonego mózgu, on jednak przynajmniej mógł ponownie zapełnić umysł ofiarowaną przez Boga energią (dać tu przypis o tym, jak cudownie jest obserwować go komprymującego i mieszającego swoje refleksje, między piaskami i gwiazdami w gwałtownych napadach modlitwy).

Znowu się zabłąkałem? Gdzież to byłem? Gdzie jestem? Grząska droga. Zatrzymany samochód. Czas jest rytmem: owadzi rytm ciepłej wilgotnej nocy, drobne fale umysłu, oddychanie, bęben w mojej skroni – oto nasze precyzyjne zegarki; a rozum koryguje gorączkowe pulsowanie. Pewien mój pacjent potrafił dostrzec rytm błysków następujących po sobie w odstępie trzech milisekund (0,003!). Dalej.

Co mnie pchnęło, co dodało mi otuchy parę minut temu na postoju myśli? Tak. Być może jedyną rzeczą, która napomyka coś w kwestii poczucia czasu, jest rytm; nie powtarzające się rytmiczne bębnienie, tylko luka między dwoma uderzeniami, szara luka między czarnymi uderzeniami: Czuły Interwał. Samo regularne pulsowanie jedynie przywołuje z powrotem żałosną ideę mierzenia, ale w przerwach czai się coś jakby prawdziwy Czas. Jak mam wydobyć go z miękkiego wydrążenia? Rytm nie powinien być ani zbyt wolny, ani zbyt szybki. Jedno uderzenie na minutę – to znacznie przekracza moje poczucie następstwa, a pięć drgnięć na sekundę tworzy beznadziejnie rozmazaną plamę. Przestronny rytm rozpuszcza Czas, szybki wypiera go. Dajcie mi, powiedzmy, trzy sekundy, a wtedy będę mógł zrobić i jedno, i drugie: dostrzec rytm i zgłębić interwał. Powiedziałem „wydrążenie"? Mroczna studnia? Ależ to tylko Przestrzeń, czarny charakter z komedii, wraca tylnymi drzwiami z wahadłem, którym handluje, kiedy ja po omacku szukam znaczenia Czasu. Tym, co usiłuję schwytać, jest właśnie czas, który Przestrzeń pomaga mi mierzyć, nic więc dziwnego, że nie mogę uchwycić Czasu, jako że gromadzenie wiedzy „zabiera czas".

Jeśli moje oko mówi mi coś o Przestrzeni, to moje ucho mówi mi coś o Czasie. Podczas jednak gdy Przestrzeń można oglądać, być może w sposób naiwny, ale bezpośrednio, to Czasu mogę słuchać tylko między uderzeniami, w krótkiej wklęsłej chwili, niepewnie i nerwowo, coraz wyraźniej uświadamiając sobie, że słucham nie samego Czasu, tylko krwi płynącej w moim mózgu, a potem żyłami szyjnymi ku sercu, z powrotem do siedliska osobistych udręk, które nie mają związku z Czasem.

Kierunek Czasu, ardis czasu, jednokierunkowy ruch Czasu – oto coś, co w pewnej chwili wydaje mi się przydatne, ale w następnej wyrodnieje i osuwa się na poziom iluzji niejasno związanej z misteriami wzrostu i grawitacji. Nieodwracalność Czasu (który, przede wszystkim, nie prowadzi donikąd) to bardzo parafiańska kwestia: gdyby nasze organy i orgitrony nie były asymetryczne, nasza wizja Czasu mogłaby być amfiteatralna i ogólnie rzecz biorąc potężna jak poszarpana noc i postrzępione góry wokół małej, migoczącej, zadowolonej wioski. Mówi się nam, że jeśli stworzenie traci zęby i staje się ptakiem, najlepsze, co ten ostatni może uczynić, kiedy znowu będzie potrzebował zębów, to wykształcić ząbkowany dziób, a nie prawdziwe uzębienie, niegdyś przezeń posiadane. Miejscem akcji jest tu eocen, aktorami są gady kopalne. Zabawny przykład oszustw natury, ale dla kwestii istoty Czasu, liniowego czy cyklicznego, ma znaczenie równie niewielkie jak fakt, że piszę od lewej do prawej, dla biegu mojej myśli.

A skoro mówimy o ewolucji – czy możemy sobie wyobrazić pochodzenie, szczeble rozwoju i odrzucone mutacje Czasu? Czy kiedykolwiek istniała pierwotna forma Czasu, w której, powiedzmy, Przeszłość nie różniła się jeszcze wyraźnie od Teraźniejszości i przeszłe cienie i kształty prześwitywały przez ciągle miękkie, długie, larwalne „teraz"? Czy też ewolucja odnosi się jedynie do mierzenia czasu – od klepsydry do zegara atomowego i od zegara atomowego do przenośnego pulsara? I ile trzeba było czasu, żeby Stary Czas stał się Newtonowskim? *Ponder the egg*, jak powiedział pewien francuski kogut do swych angielskich kur.

Czysty Czas, Perceptywny Czas, Dotykalny Czas, Czas wolny od zawartości, kontekstu i komentarza – to mój czas i temat. A cała reszta jest liczbowym symbolem albo jakimś aspektem Przestrzeni. Faktura Przestrzeni nie jest fakturą Czasu i pstrokata mutacja wyhodowana przez relatywistów to czworonóg z jedną nogą zastąpioną widmem nogi. Mój czas to także Nieruchomy Czas (zaraz pozbędziemy się płynącego czasu, czasu zegarów wodnych i water-klozetów).

Jedyny Czas, jaki mnie interesuje, to Czas przeze mnie zatrzymany, który z uwagą badają mój umysł i moja napięta wola. Toteż wciąganie w to „mijającego" czasu byłoby bezsensowne i złe. Ma się rozumieć, kiedy moja myśl

„próbuje" słów, golę się dłużej, ma się rozumieć, nie jestem świadom opóźnienia, póki nie spojrzę na zegarek, ma się rozumieć, w wieku lat pięćdziesięciu rok zdaje się przemijać szybciej, ponieważ jest to mniejsza cząstka nagromadzonych zasobów mojej egzystencji, jak również dlatego, że nudzę się rzadziej niż w dzieciństwie między nudną grą i jeszcze nudniejszą książką. Jednakże to „przyśpieszenie" znajduje się w dokładnej zależności od czyjegoś braku uwagi dla Czasu.

To dziwne przedsięwzięcie – ta próba ustalenia natury czegoś składającego się z widmowych faz. Wierzę wszelako, że mój czytelnik, który teraz marszczy się nad tymi linijkami (zapominając, co najmniej, o śniadaniu), zgodzi się ze mną, że nie ma nic wspanialszego niż samotna myśl; a samotna myśl musi kroczyć czy – by posłużyć się analogią nie aż tak pradawną – jechać, powiedzmy, wrażliwym, wspaniale zrównoważonym greckim samochodem, który wykazuje przyjemny temperament i pewność w trzymaniu się drogi na każdym zakręcie alpejskiej szosy.

Zanim pójdziemy dalej, trzeba nam się rozprawić z dwoma błędami. Pierwszym jest wymieszanie elementów temporalnych z przestrzennymi. Przestrzeni, temu oszustowi, w tych notatkach (które zacząłem redagować podczas trwającej pół dnia przerwy w rozstrzygającej podróży) postawiliśmy zarzuty już wcześniej; jej proces odbędzie się w późniejszej fazie naszych dociekań. Drugi błąd dotyczy odwiecznego nawyku mowy. Uważamy Czas za rodzaj strumienia, mającego niewiele wspólnego z rzeczywistym górskim potokiem, rysującym się biało na tle czarnego urwiska, albo mdłą w kolorystyce wielką rzeką w wietrznej dolinie, strumienia niezmiennie płynącego przez nasze chronograficzne krajobrazy. Tak jesteśmy przyzwyczajeni do mitycznych spektakli, tak chętni do skraplania każdego kawałka życia, że w końcu stajemy się niezdolni do mówienia o czasie bez mówienia o fizycznym ruchu. W istocie, rzecz jasna, poczucie tego ruchu pochodzi z wielu naturalnych czy przynajmniej dobrze znanych źródeł – wrodzonej ciału świadomości obiegu krwi, prastarego zawrotu głowy na widok wschodzących gwiazd i, oczywiście, naszych metod mierzenia, takich jak pełzająca linia cienia rzucana przez pręt zegara słonecznego, strużka w klepsydrze, kłus wskazówki sekundowej – i tutaj wracamy do Przestrzeni. Zauważcie ramy i pojemniki. Przekonanie, że Czas „płynie", równie naturalne jak głuche uderzenia jabłka o ogrodowy stolik, implikuje fakt, że napływa on i płynie przez coś innego, a jeśli uznamy to „coś" za Przestrzeń, to będziemy mieli tylko metaforę ściekającą po lasce mierniczej.

Ale uważaj, *anime meus*, na falę modnej sztuki, podobną fali w karbowanych włosach; unikaj proproustowego łoża i morderczego kalamburu, *la pointe assassine* (samego w sobie będącego samobójstwem, co zauważą ci, co znają Verlaine'a).

Jesteśmy już gotowi wziąć się do Przestrzeni. Bez skrupułów odrzucamy sztuczny koncept czasu splamionego przestrzenią, czasu, na którym pasożytuje przestrzeń, czasoprzestrzeni relatywistycznej literatury. Każdy, komu się to podoba, może utrzymywać, że Przestrzeń jest zewnętrznym obliczem Czasu albo ciałem Czasu, albo że Przestrzeń jest nasycona Czasem i odwrotnie, albo że w jakiś szczególny sposób Przestrzeń jest jedynie odpadkiem Czasu, nawet jego trupem, albo że w ostatecznym, bardzo, bardzo ostatecznym rozrachunku Czas j e s t Przestrzenią; tego typu gadanina może być atrakcyjna, zwłaszcza kiedy jesteśmy młodzi; nikt jednak nie zdoła mnie przekonać, że ruch materii (powiedzmy, wskazówki) przez wykrojony kawałek Przestrzeni (powiedzmy, tarczę) jest z natury tożsamy z „upływem" czasu. Ruch materii jedynie przemierza inną rozpościerającą się namacalną materię, względem której jest mierzony, ale nie mówi nam niczego o rzeczywistej strukturze nienamacalnego Czasu. Podobnie taśma z podziałką, nawet nieskończenie długa, to nie Przestrzeń sama w sobie, choćby najprecyzyjniejszy licznik samochodowy nie reprezentuje drogi, którą widzę jako czarne lustro deszczu pod obracającymi się kołami, słyszę jako lepki szelest, czuję powonieniem jako wilgotną lipcową noc w Alpach i odbieram dotykowo jako gładką podporę. My, biedni Przestrzeniowcy, w swym trójwymiarowym Lacrimavalu lepiej jesteśmy przystosowani do Rozciągłości niż do Trwania; nasze ciało zdolne jest sięgać dalej niż butne świadome wspomnienie. Nie jestem w stanie nauczyć się na pamięć (chociaż jeszcze wczoraj starałem się go rozłożyć na mnemoniczne elementy) numeru swego nowego samochodu, ale czuję asfalt pod oponami przednich kół, jak gdyby były one częściami mojego ciała. Jednakże Przestrzeń sama w sobie (tak jak i Czas) nie jest czymś, co mogę pojąć: miejscem, gdzie występuje ruch. Plazmą, w której materia – koncentracja plazmy Przestrzeni – jest zorganizowana i zawarta. Możemy zmierzyć kulki materii i odległości między nimi, ale plazma Przestrzeni sama w sobie jest niepoliczalna.

Mierzymy czas (wskazówka sekundowa pędzi albo wskazówka minutowa przeskakuje od jednego namalowanego znaczka do drugiego) za pomocą kategorii przestrzennych (nie znając także i ich natury), ale przemierzanie Przestrzeni nie zawsze wymaga Czasu albo przynajmniej nie wymaga więcej czasu niż punkt „teraz" zwodniczej teraźniejszości zawiera w swym wydrążeniu. Perceptywne opanowanie jednostki przestrzeni jest w gruncie rzeczy natychmiastowe, kiedy na przykład doświadczone oko kierowcy dostrzega przy szosie znak – czarne usta i zgrabną archiwoltę wpisaną w czerwony trójkąt (mieszanina koloru i kształtu rozpoznana w „bezczasie" i odczytana prawidłowo jako „tunel"), albo coś o nie tak już bezpośrednim znaczeniu, jak przykładowo uroczy symbol Wenus , który mógłby zostać fałszywie zinterpretowany jako pozwolenie dla kurewek, by podniesionym kciukiem zatrzymywały pojazdy, ale który w istocie mówi wiernemu lub turyście, że w miejscowej rzece odbija się kościół. Proponuję wprowadzenie znaku paragrafu dla osób, które czytają, prowadząc samochód.

Przestrzeń jest związana z naszymi zmysłami: wzrokiem, dotykiem i wysiłkiem mięśniowym; Czas pozostaje w niejasnym związku ze słuchem (niemniej człowiek głuchy odbierałby „bieg" czasu nieporównanie lepiej niż niewidomy i pozbawiony kończyn ideę „biegu"). „Przestrzeń jest tym wszystkim, co roi mi się w oczach; czas tym, co brzęczy mi w uszach" – powiada współczesny poeta John Shade, cytowany przez wymyślonego filozofa („Martina Gardinera") w *Dwojakim wszechświecie*, s. 165. Kiedy Monsieur Bergson posługuje się nożyczkami, Przestrzeń sfruwa na ziemię, ale Czas pozostaje między myślicielem i kciukiem. Przestrzeń podrzuca swoje jajka do gniazda Czasu, tu jakieś „przed", tam jakieś „potem" – i pstrokaty ląg „punktów świata" Minkowskiego. Odcinek Przestrzeni jest organicznie łatwiej mierzalny umysłowo niż „odcinek" Czasu. Pojęcie Przestrzeni musiało zostać ukształtowane przed pojęciem Czasu (Guyau u Withrowa). Nieuchwytna próżnia (Locke) nieskończonej Przestrzeni staje się uchwytna dla umysłu, bo jest odróżnialna (i rzeczywiście inaczej jej sobie nie można wyobrazić) od jajowatej „pustki" Czasu. Przestrzeń rozkwita na wyrażeniach niewymiernych, Czas jest nieredukowalny do pierwiastków i ptaszków na tablicy.

Ten sam fragment Przestrzeni może wydawać się bardziej rozległy musze niż S. Alexandrowi, ale to, co wydaje mu się mgnieniem oka, nie jest dla muchy „całymi godzinami", gdyby tak bowiem było, muchy nie czekałyby, aż je pacną. Nie mogę sobie wyobrazić Przestrzeni bez Czasu, ale doskonale mogę sobie wyobrazić Czas bez Przestrzeni. „Czasoprzestrzeń" czy „Czaso-przestrzeń" to obrzydliwa hybryda, w której nawet ewentualny dywiz wygląda na oszukaństwo. Można nienawidzić Przestrzeni i miłować Czas.

Istnieją ludzie, którzy potrafią złożyć mapę drogową. Autor tych słów do nich nie należy.

W tym momencie powinienem chyba powiedzieć coś o swoim stosunku do „Względności". Nie jest on pozytywny. To, co wielu kosmogonistów skłonnych jest uznać za prawdę obiektywną, okazuje się w istocie dumnie obnoszącą się jako prawda wrodzoną skazą matematyki. Ciało zaskoczonej osoby poruszającej się w Przestrzeni maleje zgodnie z kierunkiem ruchu, a kurczy się katastrofalnie, kiedy prędkość zbliża się do granicy, poza którą – wskutek nakazu podejrzanej formuły – żadnej prędkości już być nie może. To pech owej osoby, nie mój, ja bowiem odrzucam historyjkę o jej zwalniającym bieg zegarku. Czas, który dla właściwego jego ujęcia wymaga maksymalnie czystej świadomości, to najbardziej racjonalny składnik życia, a moje *ratio* czuje się urażone przez te wymysły fantastyki technologicznej. Szczególnie groteskowym wnioskiem wyciągniętym (jak mi się zdaje, przez Engelweina) z teorii względności – i jeśli konkluzje są prawidłowe, mogącym ją unicestwić – jest ten, zgodnie z którym galaktonauta i jego zwierzęta domowe, odwiedziwszy prędkościowe kurorty Przestrzeni, wróciliby młodsi od tych potencjalnych siebie samych, którzy cały czas siedzieliby w domu. Wyobraźcie ich sobie, jak gramolą się ze swej aeroarki, przypominając owe odmłodzone pajacykowatymi strojami „Lwy", sączące się z jednego z wielkich wynajmowanych autokarów, które, okropnie migając, zatrzymują się przed waszym niecierpliwym sedanem akurat tam, gdzie szosa traci pierwotną szerokość, by się przecisnąć przez wąskie tereny górskiej wioski.

Postrzegane zdarzenia mogą być widziane jako jednoczesne, kiedy należą do tego samego momentu uwagi; w ten sam sposób (podstępne porównanie, niemożliwa do usunięcia przeszkoda) można wizualnie posiąść segment przestrzeni – powiedzmy, czerwony pierścień z widzianym z przodu samochodem-zabawką w jego białym rdzeniu, zakazujący uliczki, w którą jednak skręciłem jednym wściekłym *coup de volant*. Wiem, zwolennicy względności, uwikłani w swoje „sygnały świetlne" i „podróżujące zegary", starają się na kosmiczną skalę unicestwić ideę jednoczesności, ale wyobraźmy sobie gigantyczną dłoń z kciukiem na jednej gwieździe i małym palcem na innej, czyż obydwa nie będą ich dotykać w tym samym czasie, a może dotykowe zbiegi okoliczności są jeszcze bardziej mylące niż wizualne? Chyba lepiej wycofam się z tej dróżki.

W najbardziej produktywnych miesiącach posługi biskupiej Augustyna Hipponę dotknęła taka susza, że zegary wodne trzeba było zastąpić klepsydrami piaskowymi. Definiował on Przeszłość jako to, czego już nie ma, a przyszłość jako to, czego nie ma jeszcze (w istocie przyszłość to urojenie, należące do innej kategorii myśli, zasadniczo różnej od kategorii, do której należy Przeszłość, która przynajmniej była tu przed chwilą – gdzie ją włożyłem? Do kieszeni? Ale samo szukanie jest już „przeszłością").

Przeszłość jest niezmienna, niedotykalna i „niemożliwa do odwiedzenia" – te słowa nie pasują do takiego czy innego fragmentu przestrzeni, którą widzę, na przykład, jako białą willę i należący do niej jeszcze bielszy (nowszy) garaż oraz siedem cyprysów nierównej wysokości – wysoka niedziela i niski poniedziałek – strzegących prywatnej drogi, co skręca obok rzewni i krzaku dzikiej róży i prowadzi do drogi publicznej, łączącej Sorcière z szosą do Mont Roux (wciąż oddalonego o sto mil).

Teraz przechodzę do rozważań o Przeszłości jako nagromadzeniu wrażeń zmysłowych, nie jako o rozpadzie czasu, sugerowanym przez odwieczne metafory odmalowujące przejście. „Bieg czasu" to tylko wytwór umysłu, niemający obiektywnego odpowiednika, ale dla którego łatwo można wskazać przestrzenne analogie. Zobaczyć go można jedynie w lusterku wstecznym – kształty i cienie, limby i modrzewie milcząco uciekają: wieczna katastrofa mijającego czasu, *éboulements*, osuwiska, górskie drogi, gdzie kamienie zawsze spadają, a ludzie zawsze pracują.

Tworzymy modele przeszłości, a potem używamy ich jak modeli przestrzennych do zmaterializowania i mierzenia Czasu. Weźmy dobrze znany przykład. Zembre, malownicze stare miasto nad rzeką Minder, niedaleko Sorcière, w kantonie Valais, stopniowo zatraciło się pośród nowych budynków. Na początku obecnego stulecia nabrało zdecydowanie nowoczesnego charakteru i konserwatorzy zdecydowali się działać. Dzisiaj, po latach starannej odbudowy, naprzeciw zmodernizowanego miasta stoi replika starego Zembre wraz z zamkiem, kościołem i młynem, przeniesionego na drugą stronę Minder i oddzielonego od niego o długość mostu. Jeśli zastąpimy widok przestrzenny (spojrzenie ze śmigłowca) widokiem temporalnym (spojrzenie wspominającego) oraz materialny model starego Zembre mentalnym modelem owego miasta w Przeszłości (powiedzmy, około roku 1822), to nowe miasto i model starego okażą się czymś innym niż dwa punkty w tym samym miejscu, ale w różnym czasie (w perspektywie przestrzennej *znajdują się* one w tym samym czasie i w różnych miejscach). Przestrzeń, w której zakrzepło nowe miasto, jest bezpośrednio rzeczywista, podczas gdy przestrzeń obrazu retrospektywnego (rozpatrywane niezależnie od materialnego kształtu odbudowanych obiektów) migoce w przestrzeni wyobrażonej i nie dysponujemy żadnym mostem, pozwalającym tam przejść. Innymi słowy (jak przyjęło się mówić, kiedy zarówno pisarz, jak i czytelnik zabrną w końcu w beznadziejną plątaninę myśli), tworząc model starego miasta w umyśle (oraz nad Minder) uprzestrzenniamy go (czy też w istocie wyciągamy z jego żywiołu na brzeg Przestrzeni). Tak więc termin „jeden wiek" *nie* odpowiada w żadnym znaczeniu stu stopom stalowego mostu pomiędzy nowoczesnymi miastami i miastami modelami. To właśnie chcieliśmy udowodnić i istotnie udowodniliśmy.

Przeszłość jest więc trwałym nagromadzeniem obrazów. Łatwo można ją kontemplować i jej słuchać, doświadczać jej i doświadczać jej smaku, dowolnie, tak że przestaje oznaczać uporządkowane następstwo powiązanych ze sobą wydarzeń, czym jest w szerokim sensie teoretycznym. Teraz jest szczodrym chaosem, z którego duch absolutnej pamięci, wezwany tego letniego ranka w 1922 roku, może wyciągnąć wszystko, co chce: brylanty rozrzucone na parkiecie w 1888, rudą piękność w czarnym kapeluszu w paryskim barze w 1901, wilgotną czerwoną różę pośród sztucznych w 1883, w 1880 zadumany półuśmiech młodej angielskiej guwernantki, delikatnie naciągającej z powrotem napletek swego pupila po wieczornej przyjemności, małą dziewczynkę zlizującą w 1884 śniadaniowy miód ze straszliwie obgryzionych paznokci rozpostartych palców, tę samą osobę w wieku lat trzydziestu trzech, wyznającą pod sam koniec dnia, że nie lubi kwiatów w wazonach, okropny ból w boku, kiedy dwoje dzieci z koszykiem grzybów wyjrzało z wesoło płonącego lasu sosnowego, i wystraszony klakson belgijskiego samochodu, który kierowca dogonił i wyprzedził wczoraj na zakrywającym widoczność zakręcie alpejskiej szosy. Tego typu obrazy nie mówią nam nic o fakturze czasu, tkaninie, w którą są wplecione, być może z wyjątkiem jednej rzeczy, akurat dość trudno uchwytnej. Czy ubarwienie przypomnianego obiektu (lub cokolwiek innego, co dotyczy jego oddziaływania wizualnego) zmienia się przy zmianie dat? Czy na podstawie jego odcienia mogę stwierdzić, z jakiego okresu mojej przeszłości pochodzi, wcześniejszego, późniejszego, z niższej, z wyższej warstwy w stratygrafii pamięci? Czy istnieje umysłowy uran, którego senny rozpad delta pozwoliłby określić wiek wspomnienia? Podstawowa trudność, śpieszę wyjaśnić, polega na tym, że eksperymentator nie może użyć t e g o s a m e g o obiektu w różnych momentach (powiedzmy, holenderskiego pieca z małymi niebieskimi żaglówkami na kaflach w pokoju dziecinnym w Ardis Manor w 1884 i 1888 r.), ponieważ złożony obraz w umyśle tworzą co najmniej dwa wrażenia, wzajem od siebie coś zapożyczające. A kiedy wybierane są dwa różne obiekty (powiedzmy, dwie twarze dwu pamiętnych stangretów: Bena Wrighta - rok 1884, i Trofima Fartukowa - rok 1888), nie da się, przynajmniej według moich badań, uniknąć wtargnięcia nie tylko różnych cech charakterystycznych, ale i różnych okoliczności uczuciowych, które nie pozwalają, by oba obiekty były traktowane jako zasadniczo równe przed, by tak rzec, odsłonięciem ich i poddaniem działaniu Czasu. Nie twierdzę jednak, że takich obiektów nie da się odkryć. W swej działalności zawodowej w laboratoriach psychologicznych wypracowałem wiele subtelnych testów (z których jeden, metoda ustalenia dziewictwa kobiety bez badania ciała, nazwana została moim nazwiskiem). Mamy przeto prawo przyjąć, że eksperyment m o ż n a przeprowadzić – i jakież to kuszące: odkrycie pewnych precyzyjnych poziomów malejącego nasycenia lub pogłębiającego się blasku, tak precyzyjnych, że „coś", co mętnie odbieram jako obraz pamiętanej, ale niezidentyfikowanej osoby i co „jakoś" przypisuje ów obraz raczej memu wczesnemu chłopięctwu niż wiekowi dojrzewania, daje się oznakować jeśli nie imieniem, to przynajmniej konkretną datą, np. 1 stycznia 1908 r. (eureka, „np." okazało się skuteczne – był to dawny wychowawca mojego ojca i to on dał mi na ósme urodziny *Alicję w camerze obscurze*).

Nasze postrzeganie Przeszłości nie jest naznaczone łańcuchem następstw w tak dużym stopniu jak nasza percepcja Teraźniejszości i chwil bezpośrednio poprzedzających jej punkt realności. Zwykle golę się każdego ranka i przyzwyczajony jestem zmieniać żyletkę po dwu goleniach; od czasu do czasu zdarza mi się przeskoczyć jeden dzień i wtedy muszę następnego zeskrobywać potężną i głośną szczecinę, której upartą obecność moje palce sprawdzają ciągle pomiędzy pociągnięciami maszynki; w takich wypadkach używam żyletki tylko raz. Otóż kiedy wyobrażam sobie serię ostatnich aktów golenia, pomijam element następstwa; jedyną rzeczą, którą chcę wiedzieć, jest to, czy żyletka w moim srebrzystym pługu wykonała swą pracę raz czy dwa razy; jeśli raz, to obecne w moim umyśle następstwo dwu dni rośnięcia szczeciny nie ma znaczenia, w istocie mam skłonność do tego, by słyszeć i czuć najpierw drugi, piekący poranek, a dopiero p o t e m dołożyć doń dzień bez golenia, w konsekwencji czego broda rośnie mi, by tak rzec, w przeciwną stronę.

Jeśli teraz, mając do dyspozycji kilka nędznych strzępów wiedzy, odnoszącej się do barwnej treści Przeszłości, zmienimy punkt widzenia i spojrzymy na nią po prostu jako na spójną rekonstrukcję minionych wydarzeń, z których część jest przez zwykły umysł zachowana mniej wyraźnie, jeśli zachowana jest w ogóle, możemy oddać się łatwiejszej zabawie ze światłem i cieniem jej alej. Pamięciowe obrazy zawierają też postobrazy dźwięku, jak gdyby przeżute przez ucho, które zanotowało je chwilę wcześniej, gdy umysł zajęty był unikaniem przejechania dzieci ze szkoły, tak więc w istocie możemy odtworzyć wiadomość wysłaną przez zegar na kościelnej wieży, wyjechawszy z Turtsen i zostawiwszy za sobą jego wyciszoną, ale ciągle odzywającą się echem iglicę. Analiza tych ostatnich kroków bezpośredniej Przeszłości wymaga mniej fizycznego czasu niż potrzebował go mechanizm zegara, by wyrzucić z siebie uderzenia i właśnie w tym tajemniczym „mniej" kryje się szczególna charakterystyka wciąż świeżej Przeszłości, w którą Teraźniejszość wślizguje się w trakcie tych króciutkich oględzin fantomów dźwięku. Owo „mniej" wskazuje na to, że Przeszłość nie potrzebuje zegarów i że następstwo wydarzeń nie jest czasem zegarowym, lecz czymś zgodniejszym z autentycznym rytmem Czasu. Wcześniej sugerowaliśmy, że niewyraźne interwały między mrocznymi uderzeniami dają d o z n a n i e faktury Czasu. To samo, w sposób mniej precyzyjny, odnosi się do wrażeń wynikających z postrzegania luk niepamiętanego lub „neutralnego" czasu pomiędzy wyraźnymi wydarzeniami. Tak się zdarzyło, że pamiętam kolorystycznie (szarawy błękit, fiolet, czerwonawa szarość) swoje trzy wykłady pożegnalne – wykłady publiczne na wielkim uniwersytecie trzy miesiące temu – o Czasie Monsieur Bergsona. Mniej wyraźnie przypominam sobie (i w gruncie rzeczy mogę je w umyśle całkowicie zdusić) sześciodniowe interwały między błękitem a fioletem i między fioletem a szarością. Jednakże z zupełną jasnością widzę okoliczności towarzyszące samym wykładom. Na pierwszy z nich (poświęcony Przeszłości) troszeczkę się spóźniłem i z dreszczem, który nie był bynajmniej nieprzyjemny, mając takie wrażenie, jakbym szedł na własny pogrzeb, patrzyłem na jasno oświetlone okna Counterstone Hall i na małą postać studenta Japończyka, też spóźnionego: wyprzedził mnie i dziko gnając zniknął w bramie znacznie wcześniej niż ja dotarłem do półkolistych schodów. Podczas drugiego – o Teraźniejszości – kiedy poprosiłem publiczność o pięć sekund ciszy i „wewnętrznej uwagi", potrzebnych do zilustrowania tezy o prawdziwej percepcji czasu, którą właśnie miałem wygłosić – czy też raczej miał ją wygłosić klejnocik w kieszeni mojej kamizelki – pomieszczenie wypełniło potężne chrapanie białobrodego śpiocha i sala się oczywiście zatrzęsła. Podczas trzeciego i ostatniego wykładu, o Przyszłości („Fałszywym Czasie"), mój sekretnie nagrany głos działał przez kilka minut, po czym uległ tajemniczej mechanicznej katastrofie i wolałem symulować atak serca i zostać na zawsze (jeśli chodzi o wykładanie) odwieziony w mroki nocy, niż próbować odcyfrować i posortować plik zmiętych i bladych notatek, jakie w dobrze znanych snach prześladują kiepskich mówców (są one, zdaniem dra Froida z Signy-Mondieu-Mondieu, rezultatem faktu, że śniący czytał we wczesnym dzieciństwie cudzołożne listy miłosne rodziców). Podaję te śmieszne, lecz istotne szczegóły, by pokazać, iż wydarzenia wybierane dla potrzeb testu powinny być nie tylko wyraziste i uszeregowane (trzy wykłady podczas trzech tygodni), ale także związane ze sobą głównym rysem (niepowodzenia wykładowcy). Dwa interwały, po pięć dni każdy, widzę jako bliźniacze wgłębienia, oba po brzegi wypełnione swego rodzaju gładką, szarawą mgłą z ledwo widoczną sugestią rozsypanego konfetti (które, być może, nagle by się zabarwiło, gdybym pozwolił przypadkowemu wspomnieniu uformować się, między diagnostycznymi granicami). Wskutek przynależności do rzeczy nieżywych tego mętnego kontinuum nie można dotknąć, posmakować, posłuchać, w przeciwieństwie do Wydrążenia Veena między rytmicznymi uderzeniami; kontinuum to dzieli jednak z nim jeden niezwykły rys: nieruchomość perceptywnego Czasu. Synestezja, do której jestem ogromnie skłonny, okazuje się bardzo pomocna przy tego typu zadaniu - zadaniu, które zbliża się właśnie do najważniejszej fazy, rozkwitu Teraźniejszości.

Na wierzchołku Przeszłości wieje teraz wiatr Teraźniejszości - na wysokich przełęczach, których osiągnięcie przez całe życie napełniało mnie dumą - na Umbrail, Flüeli, Furce mojej najczystszej świadomości! Przemiana chwil następuje w punkcie postrzegania tylko dlatego, że ja sam jestem w stanie ciągłej trywialnej metamorfozy. Żeby dać sobie czas na ustalenie Czasu, muszę nadać umysłowi kierunek przeciwny do tego, w którym się poruszam, jak czyni to ktoś, kto jadąc obok długiego szeregu topól, chce wyodrębnić i zatrzymać jedną z nich i sprawia w ten sposób, że zielona rozmazana plama ukazuje i proponuje, tak, proponuje każdy ze swych liści. Jakiś kretyn siedzi mi na ogonie.

Ten akt uwagi jest tym, co w zeszłym roku określiłem jako „Rozmyślną Teraźniejszość", by odróżnić tę formę od bardziej ogólnej, nazwanej (przez Claya w 1882 r.) „Zwodniczą Teraźniejszością". Świadoma konstrukcja jednej i swojski bieg drugiej dają nam trzy lub cztery sekundy tego, co może być odczute jako „terazość". Owa „terazość" to jedyna rzeczywistość, jaką znamy; następuje ona po kolorowej nicości „już nie" i poprzedza absolutną nicość przyszłości. Tak więc w całkowicie dosłownym sensie możemy powiedzieć, że świadome ludzkie życie trwa zawsze tylko chwilę. Ponieważ w żadnej z chwil rozmyślnej uwagi poświęconej naszemu własnemu przepływowi świadomości nie możemy być pewni, czy po danej chwili nastąpi kolejna. Jak wyjaśnię później, nie wierzę, by „antycypacja" („radosne oczekiwanie na awans lub obawa przed popełnieniem gafy", jak ujmuje to pewien niefortunny myśliciel) odgrywała znaczącą rolę przy kształtowaniu zwodniczej teraźniejszości, nie wierzę też, by przyszłość tworzyła trzecie skrzydło Czasu, nawet jeśli rzeczywiście oczekujemy tego czy owego – zakrętu na dobrze znanej drodze albo malowniczego nachylenia dwu spadzistych wzgórz, jednego z zamkiem, drugiego z kościołem, ponieważ im bardziej klarowna jest ta zapowiadająca wizja, tym mniej bywa prorocza. Gdyby ten drań za mną zdecydował się zaryzykować, to teraz zderzyłby się czołowo z ciężarówką, która wyjechała zza zakrętu, a ja oraz widok zniklibyśmy w karambolu.

Nasza skromna Teraźniejszość jest więc odcinkiem czasu, którego człowiek jest świadom bezpośrednio i faktycznie, z ciągle żywą świeżością Przeszłości nadal postrzeganej jako cząstka „terazości". Z punktu widzenia życia codziennego i zwyczajnej wygody ciała (stosunkowo zdrowego, stosunkowo silnego, wdychającego zielony wietrzyk, delektującego się posmakiem najcudowniejszej potrawy na świecie – jajek na miękko) nie jest rzeczą ważną to, że nigdy nie możemy cieszyć się p r a w d z i w ą Teraźniejszością, która jest chwilą o zerowym trwaniu, oznaczoną intensywnym kleksem, tak jak pozbawiony wymiarów punkt geometryczny przedstawiany jest za pomocą pokaźnej kropki z farby drukarskiej na dotykalnym papierze.

Według psychologów i policjantów normalny kierowca może postrzegać, wzrokowo, odcinek czasu długości zaledwie jednej dziesiątej sekundy (miałem pacjenta, dawnego hazardzistę, który potrafił rozpoznać kartę w pięciokrotnie szybszym błysku!). Byłoby rzeczą interesującą zmierzenie momentu potrzebnego nam, by uświadomić sobie, że oczekiwania spełniły się z takim bądź innym skutkiem. Zapachy mogą być bardzo nagłe, ucho i zmysł dotyku u większości ludzi działają szybciej niż oko. Tych dwoje autostopowiczów wydziela dość mocny zapach, mężczyzna – odrażający.

Jako że Teraźniejszość jest jedynie wyobrażonym punktem pozbawionym świadomości bezpośredniej przeszłości, musimy zdefiniować ową świadomość. Nie po raz pierwszy będziemy mieli do czynienia z inwazją Przestrzeni, jeśli powiem, że to, czego jesteśmy świadomi jako „Teraźniejszości", jest stałym budowaniem Przeszłości, w którego rezultacie spokojnie i niepowstrzymanie podnosi się jej powierzchnia. Jakież to żałosne! Jakież magiczne!

Oto i one – dwa skaliste wzgórza z ruinami na szczycie. Zachowałem je przez siedemnaście lat w umyśle z romantyczną kalkomaniacką wyrazistością, ale – przyznaję – nie całkiem precyzyjnie; pamięć lubi *otsiebiatinę* („to, co człowiek wnosi od siebie"); ale mała niedokładność została teraz skorygowana i ten akt artystycznej korekty wzmacnia tylko dojmujące doznanie Teraźniejszości. Najostrzejsze poczucie „terazości" w sferze wizualnej to rozmyślne przyswojenie sobie odcinka Przestrzeni odebranego za pomocą oka. Jest to jedyny kontakt Czasu z Przestrzenią, ale jego echa rozchodzą się szeroko. Aby była wieczną, Teraźniejszość musi odwołać się do świadomego objęcia nieskończonej rozciągłości. Wtedy i tylko wtedy Teraźniejszość jest porównywalna z Bezczasową Przestrzenią. Zostałem ranny w pojedynku z Oszustem.

A teraz wjeżdżam do Mont Roux, pod girlandami rozdzierającego serce powitania. Mamy dziś poniedziałek 14 lipca 1922 r., na moim zegarku jest teraz 17.13, 11.52 na zegarze wbudowanym w deskę rozdzielczą samochodu, 4.10 na wszystkich chronometrach w mieście. Autor znajduje się w złożonym stanie radosnego podniecenia, zmęczenia, oczekiwania i paniki. Z dwoma austriackimi przewodnikami i czasowo adoptowaną córką wspinał się w niezrównanych górach bałkańskich. Większą część maja spędził w Dalmacji, a czerwiec w Dolomitach i w obu miejscach otrzymał listy od Ady informujące, że jej mąż umarł (23 kwietnia w Arizonie). Ruszył na zachód za kierownicą ciemnoniebieskiego argusa, droższego mu niż szafiry i motyle z rodziny *Morphidae*, gdyż Ada akurat zamówiła dokładnie takie samo auto czekające na nią w Genewie. Zakupił trzy dodatkowe wille, dwie nad Adriatykiem i jedną w Ardez w północnym Grisons. W niedzielę 13 lipca wieczorem w pobliskiej Alvenie portier hotelu „Alraun Palace" wręczył mu depeszę, która czekała na niego od piątku:

> BĘDĘ MONT ROUX TROIS CYGNES PONIEDZIAŁEK PORA OBIADU CHCĘ ŻEBYŚ DEPESZOWAŁ SZCZERZE JEŚLI DATA I CAŁE TRALALA CI NIE ODPOWIADA

Za pomocą najnowszego „momentogramu" przekazał na genewskie lotnisko wiadomość kończącą się ostatnim słowem jej depeszy z 1905 r. i mimo groźby ulewnej nocy wsiadł do samochodu i ruszył do Vaud. Jadąc zbyt szybko i zbyt lekkomyślnie, jakoś przeoczył drogę na Oberhalbstein na rozwidleniu koło Sylvaplany (150 kilometrów na południe od Alveny), wykręcił z powrotem na północ, przez Chiavennę i Splügen, by dotrzeć do szosy nr 19, na której panowały apokaliptyczne warunki (niepotrzebne nadłożenie stu kilometrów), przez pomyłkę skręcił na wschód do Chur, wykonał nienadający się do druku zakręt w kształcie „U" i w ciągu kilku godzin przejechał 175 kilometrów na zachód, docierając do Brig. Blady rumieniec świtu w lusterku wstecznym dawno już zmienił się w żarliwie jasne światło dzienne, kiedy skręcił na południe, nową drogą z Pfynwald, do Sorcière, gdzie siedemnaście lat wcześniej kupił dom (obecnie willa „Jolana"). Kilku służących, których zostawił tam, żeby opiekowali się budynkiem, skorzystało z jego długiej nieobecności i znikło, toteż z entuzjastyczną pomocą dwojga autostopowiczów, którzy ugrzęźli w okolicy - obrzydliwego młodziana z Hilden i jego długowłosej, flejtuchowatej i sennej Hildy - musiał się włamać do własnego domu. Jego wspólnicy zawiedli się, jeśli liczyli na łupy i trunki. Wyrzuciwszy ich, na próżno zabiegał na pozbawionym pościeli łóżku o względy snu i w końcu udał się do oszalałego od ptaków ogrodu, gdzie dwoje jego przyjaciół kopulowało w pustym basenie; znów trzeba ich było przegonić. Było teraz koło południa. Przez kilka godzin pracował nad *Fakturą Czasu*, zaczętą w Dolomitach w „Lammermoor" (nienależącym do najlepszych spośród jego ostatnich hoteli). Praktyczny sens tej pracy polegał na tym, że pozwalała mu nie myśleć o próbie szczęścia czekającej go 150 kilometrów na zachód; nie przeszkodził natomiast zdrowej ochocie na zjedzenie ciepłego śniadania oderwać go od bazgrołów i zmusić do poszukiwań zajazdu w drodze do Mont Roux.

„Trzy Łabędzie", gdzie zarezerwował pokoje 508, 509 i 510, zmieniły się trochę od roku 1905. Korpulentny Lucien z nosem jak śliwka w pierwszej chwili go nie poznał, a potem zauważył, że Monsieur z pewnością „nie zmarniał", chociaż w istocie niemal powrócił do wagi sprzed siedemnastu lat, zrzuciwszy parę kilo na Bałkanach, wspinając się z małą zwariowaną Acrazią (teraz ulokowaną w modnej szkole z internatem pod Florencją). Nie. Madame Vinn Landère nie dzwoniła. Tak, hol odnowiono. Hotelem kieruje teraz szwajcarski Niemiec Louis Wicht, który przejął stanowisko dyrektora po zmarłym teściu Luigim Fantinim. W salonie, widzianym przez rozsunięte drzwi, pamiętny potężny olej – trzy Ledy o rozłożystych zadach, wymieniające się odbiciami w jeziorze – zastąpiono neoprymitywistycznym arcydziełem przedstawiającym trzy żółte jaja i parę rękawic hydraulika na tle czegoś, co wyglądało jak mokra posadzka łazienki. Kiedy Van w towarzystwie idącego za nim ubranego na czarno recepcjonisty wkroczył do wnętrza „dźwigu", ten zareagował na nacisk jego stopy głuchym szczęknięciem, a potem, ruszywszy, zaczął gorączkowo przekazywać szczegółowe informacje o jakichś zawodach, być może wyścigu rowerków trójkołowych. Van nie mógł powstrzymać się od żalu, że ta ślepa funkcjonalna komórka (mniejsza nawet niż winda do wywożenia śmieci na zapleczu, której używał dawniej) zastąpiła luksusowe pomieszczenie z dawnych czasów, wznoszącą się salę lustrzaną, której przesławny operator (siwe bokobrody, znajomość ośmiu języków) przemienił się w guzik.

W przedpokoju numeru 509 Van rozpoznał obraz *Bruslot à la sonde* koło białej szafy, wyglądającej jakby była w ciąży (jej krągłe przesuwane drzwi z pewnością zahaczyłyby o róg dywanu, obecnie usuniętego). W samym salonie znajomo wyglądały jedynie damskie biureczko oraz widok z balkonu. Wszystko inne – półprzezroczyste ornamenty w kształcie kłosów pszenicznych, szklane kielichy kwiatów, pokryte jedwabiem fotele – zostało zastąpione wystrojem *hochmodern*.

Wziął prysznic i przebrał się, i skończył buteleczkę koniaku wyjętą z neseseru, i zadzwonił na genewskie lotnisko, i dowiedział się, że ostatni samolot z Ameryki właśnie wylądował. Wyszedł na spacer i zobaczył, że słynny okaz „murier", który na wywyższonym tarasie przy końcu brukowanej uliczki rozpościera swe ogromne członki nad skromną toaletą, kwitnie właśnie licznymi fioletowoniebieskimi kwiatami. Napił się piwa w kawiarni naprzeciw stacji kolejowej, po czym machinalnie wszedł do kwiaciarni obok. Musiał mieć silną sklerozę, żeby zapomnieć, co powiedziała ostatnim razem o swojej dziwnej antofobii (jakoś wyrastającej z rozpusty *à trois* przed trzydziestu laty). Róż w każdym razie nigdy nie lubiła. Wpatrzył się w małe różyczki-karolki z Belgii, ale niedługo wytrzymał ich wzrok, spojrzał na „różowe sensacje" na długich łodygach i cynobrowe „supergwiazdy". Były tam też cynie i chryzantemy, i doniczkowe afalandry, i dwie pełne wdzięku złote rybki we wbudowanym w ścianę akwarium. Nie chcąc rozczarować uprzejmego starego kwiaciarza, kupił siedemnaście pozbawionych zapachu róż baccara, poprosił o książkę telefoniczną, otworzył ją na stronie Mont Roux, Ad-Au, natknął się na „Addor, Yolande, Mlle secrét., rue des Délices, 6" i z amerykańską przytomnością umysłu posłał tam swój bukiet.

Ludzie śpiesznie wracali już z pracy do domu. Mademoiselle Addor w sukience z plamami potu wdrapywała się na schody. Ulice były znacznie cichsze w stłumionej Przeszłości. Na rogu Chemin de Mustrux (dawne zniekształcenie nazwy miasta) nie stał już słup ogłoszeniowy, na którym wisiały kiedyś plakaty z obecną królową

Portugalii, wówczas aktorką. Czy ciężarówki mustrukszą z rykiem silników przejeżdżać Mustruxem?

Pokojówka zasunęła zasłony. Rozsunął je gwałtownym szarpnięciem, jak gdyby zdecydowany był maksymalnie przedłużyć torturę tego dnia. Balkon z kutymi żelaznymi prętami wystawał wystarczająco daleko, by wyłapać ukośne promienie słońca. Przypomniał sobie ostatnie swoje spojrzenie rzucone na jezioro tego ponurego dnia w październiku 1905 po rozstaniu z Adą. Czernice podnosiły się i opadały na ospowatym od deszczu spęcznieniu w intensywnej radości wywołanej podwojeniem wody; wzdłuż dróżki dla pieszych nad jeziorem na grzbietach nadbiegających szarych fal wiła się piana, co chwila kipiel unosiła się wystarczająco wysoko, by przelać się przez murek. Teraz jednak, tego promiennego letniego wieczoru, fale się nie pieniły, ptaki nie pływały, widać było tylko parę mew biało trzepocących nad swymi czarnymi odbiciami. Rozległe urocze jezioro spoczywało w sennym spokoju, zdobne zielonymi falami, lamowanymi błękitem, z łatami jasnej gładzizny pomiędzy obszarami zmarszczonymi drobnymi fałdkami; a w dolnym prawym rogu obrazu, jak gdyby artysta chciał dać bardzo szczególny przykład światła, olśniewająca łuna zachodzącego słońca pulsowała poprzez nadbrzeżną topolę włoską, która wydawała się zarówno płynna, jak i płonąca.

Jakiś daleki dureń odchylony do tyłu na nartach wodnych za szybką motorówką zaczął pruć płótno; na szczęście przewrócił się, zanim zdążył wyrządzić wiele szkody, w tej samej chwili w salonie zadzwonił telefon.

Tak się zdarzyło, że nigdy, przynajmniej nigdy w dorosłym życiu nie rozmawiała z nim przez telefon; toteż aparat zachował samą istotę, jasną wibrację jej strun głosowych, mały „skok" w krtani, śmiech przywierający do konturów zdania, jak gdyby w dziewczęcej wesołości obawiała się, że spadnie z szybkich słów, na których jedzie. Był to tembr ich przeszłości, zdawało się, że przeszłość cudem połączyła się z nim telefonicznie („Ardis, jeden, osiem, osiem, sześć" – *comment? Non, non, pas huitante-huit – huitante-six*). Złociście, młodzieńczo głos musował wszystkimi melodyjnymi rysami, które znał, albo, by ująć to lepiej, które sobie przypomniał, natychmiast, w kolejności, w jakiej się pojawiały: ten *entrain*, ten wybuch quasi-erotycznej przyjemności, ta pewność i to ożywienie i – co było szczególnie zachwycające – fakt, że pozostawała całkowicie i niewinnie nieświadoma urzekających go modulacji.

Były problemy z jej bagażem. Ciągle jeszcze są. Jej dwie pokojówki, które miały dzień wcześniej polecieć z jej kuframi Laputą (samolot transportowy), gdzieś ugrzęzły. Wszystko, co ma, to mała walizeczka. Portier właśnie gdzieś w tej sprawie dzwoni. Czy Van nie zszedłby na dół? Jest *niewierojatno gołodnaja* (niewiarygodnie głodna).

Głos w telefonie, wskrzeszając przeszłość i łącząc ją z teraźniejszością, z ciemniejącymi szaroniebieskimi górami po drugiej stronie jeziora, z cekinami słonecznej poświaty tańczącymi za topolą i przenikającymi topolę, tworzył najważniejszy element najgłębszej percepcji dotykalnego czasu, skrzące się „teraz", będące jedyną realnością faktury Czasu. Po chwale szczytu następują trudności zejścia.

Ada ostrzegła go w ostatnim liście, że „poważnie się zmieniła, zarówno jeśli chodzi o kontury, jak i kolory". Nosiła gorset, podkreślający nieznane dostojeństwo jej ciała okrytego powiewną suknią z czarnego aksamitu zarówno ekscentryczną, jak i kojarzącą się z klasztorem, suknią w typie lubianym przez ich matkę. Włosy podcięła na pazia i pomalowała na lśniący brąz. Jej szyja i ręce były nadal tak delikatnie blade jak dawniej, ale pokazały się na nich fałdki i żyłki. Obficie szafowała kosmetykami, by zakamuflować zmarszczki w zewnętrznych rogach grubo pokrytych szminką ust i mocno podcieniowanych oczu, których nieprzejrzysta tęczówka wyglądała teraz mniej tajemniczo niż krótkowzrocznie, ze względu na nerwowy trzepot przyczernionych rzęs. Zauważył, że jej uśmiech ujawnia złotą koronkę na górnym zębie przedtrzonowym; miał podobną po drugiej stronie ust. Metaliczny połysk jej grzywki zasmucił go mniej niż ta aksamitna suknia, z obszernym dołem, kwadratowymi ramionami, długa do połowy łydki, z poduszeczkami na biodrach, mającymi zarówno pomniejszyć talię, jak i ukryć, przez amplifikację, zarys pełnej teraz miednicy. Nic nie zostało z jej tyczkowatej gracji, a nowa miękkość i aksamit miały w sobie irytująco dostojną atmosferę zapór i obrony. Kochał ją zbyt czule, zbyt nieodwołalnie, by nadmiernie go przygnębiły obawy natury seksualnej; jednakże jego zmysły z pewnością pozostały nieporuszone, tak bardzo nieporuszone, że prawdę powiedziawszy, ani trochę nie pragnął (kiedy oboje podnosili skrzące się kieliszki szampana, parodiując rytuały godowe perkoza dwuczubego) angażować swą męską dumę w niezbyt entuzjastyczny uścisk po obiedzie. Jeśli oczekiwano tego po nim, to niedobrze, jeśli nie, nawet gorzej. Przy ich wcześniejszych spotkaniach po latach skrępowanie, trwające jako tępy ból po ostrych cierpieniach wywołanych zabiegami chirurgicznymi Losu, szybko tonęło w pożądaniu, pozostawiając życiu zadanie odnajdywania właściwej postawy. Teraz zostawieni byli sami sobie.

Utylitarne banały ich rozmowy przy stole czy raczej jego posępnego monologu wydały mu się zdecydowanie poniżające. Obszernie wyjaśnił – walcząc z jej uważnym milczeniem, brodząc przez kałuże pauz, czując do siebie odrazę – że miał długą i trudną podróż, że źle spał, że pracuje nad badaniem natury Czasu, tematem oznaczającym walkę z ośmiornicą własnego umysłu. Spojrzała na zegarek.

– To, co ci mówię – powiedział surowo – nie ma nic wspólnego z chronometrami.

Kelner przyniósł im kawę. Uśmiechnęła się i uświadomił sobie, że jej uśmiech ma związek z rozmową przy sąsiednim stoliku, gdzie nowo przybyły gość, tęgi smutny Anglik, oraz *maître d'hôtel* zaczęli omawiać menu.

– Te *bananas* na początek, proszę – powiedział Anglik.

– To nie banany, proszę szanownego pana, *mais „ananas"*, *pineapple*, sok ananasowy.

– Aha. No to proszę mi podać jakąś zupę bez dodatków.

Młody Van uśmiechnął się w odpowiedzi do młodej Ady. To dziwne, ale ta krótka wymiana zdań przy sąsiednim stoliku zadziałała jak swego rodzaju cudowny wyzwalacz.

– Kiedy byłem dzieckiem – powiedział Van – i pierwszy czy raczej drugi raz przyjechałem do Szwajcarii, myślałem, że „Verglas" na tabliczkach przy drodze to jakieś magiczne miasto, zawsze zaczynające się za rogiem, u stóp każdego zaśnieżonego stoku, nigdy niewidziane, ale czekające na swoją godzinę. Dostałem twoją depeszę w Engadine, gdzie są p r a w d z i w e magiczne miejsca, takie jak Alraun czy Alruna, co oznacza małego arabskiego demonka w lustrze niemieckiego czarodzieja. *A propos*, mamy dawny apartament na górze z dodatkową sypialnią numer pięć, zero, osiem.

– Mój Boże, boję się, że musisz zrezygnować z nieszczęsnego 508. Gdybym została na noc, 510 wystarczyłoby dla nas obojga, ale mam dla ciebie złe wieści: nie mogę zostać. Zaraz po obiedzie muszę wrócić do Genewy, żeby odzyskać swoje rzeczy i pokojówki, które władze, jak się zdaje, posłały do Ośrodka dla Zbłąkanych Kobiet, ponieważ nie mogły zapłacić całkiem średniowiecznych nowych *droits de douane*. Czyż Szwajcaria nie należy niejako do stanu Waszyngton, *après tout*? Nie rób takiej niezadowolonej miny – (klepiąc jego dłoń pokrytą brązowymi plamkami, na której ich wspólne znamię zagubiło się pośród piegów późnego wieku jak dziecko w jesiennym lesie, *on peut les suivre en reconnaisant* tylko zniekształcony kciuk Mascodagamy i piękne paznokcie w kształcie migdałów). – Obiecuję skontaktować się z tobą za dzień lub dwa, a potem popłyniemy do Grecji, razem z Baynardami, mają jacht i trzy zachwycające córki, które ciągle kąpią się w samej opaleniźnie, w porządku?

– Nie wiem, czego bardziej nie znoszę – odparł – jachtów czy Baynardów. Ale czy mógłbym ci pomóc w Genewie?

Nie mógłby. Baynard ożenił się z jego Cordulą, po sensacyjnym rozwodzie – szkoccy weterynarze musieli odpiłować rogi jej męża (ostatnie przypomnienie tego żartu).

Argusa Ady jeszcze nie dostarczono. Ponury czarny blask wynajętego yaka i staroświeckie getry kierowcy przypomniały mu jej odjazd w 1905.

Odprowadził ją i wjechał, jak szklany diabełek Kartezjusza, jak widmowy Czas stojący na baczność, z powrotem na swoje samotne piąte piętro. Gdyby żyli ze sobą przez tych nieszczęsnych siedemnaście lat, nie musieliby przeżywać szoku i upokorzenia; ich starzenie się byłoby stopniowym przystosowywaniem się, równie niezauważalnym jak sam Czas.

Tak samo jak w Sorcière na ratunek przyszło mu jego dzieło w trakcie powstawania, plik notatek zaplątanych pomiędzy piżamami, Van połknął tabletkę favodormu i czekając, aż wyzwoli go ona od siebie samego, co zajmowało około czterdziestu minut, usiadł przy damskim biureczku do „lucubratiunculi".

Czy spustoszenia i zniewagi wyrządzone przez wiek, nad którymi boleją poeci, mówią naturaliście cokolwiek o istocie Czasu? Bardzo niewiele. Tylko wyobraźnię powieściopisarza może zająć to owalne pudełeczko, kiedyś zawierające „Duvet de Ninon" (puder do twarzy z rajskim ptakiem na wieczku), zapomniane w nie całkiem zamkniętej szufladzie bramy tryumfalnej biurka, nieświętującej wszakże tryumfu nad Czasem. Ten niebiesko-zielono-pomarańczowy drobiazg wyglądał jakby był tu po to, by on sobie pomyślał, iż rzecz owa czekała siedemnaście lat na powolną jak we śnie rękę speszonego, uśmiechającego się znalazcy: nędzna sztuczka pozornego odzyskania, zainscenizowany zbieg okoliczności – i fatalna gafa, gdyż pudełeczko należało do Lucette, obecnie syreny w gajach Atlantyku (a nie do Ady, obecnie cudzoziemki w czarnej limuzynie gdzieś koło Morges), która przedkładała ten puder nad inne. Lepiej wyrzucić je, żeby nie wprowadziło w błąd słabszego filozofa; to, co mnie interesuje, to delikatna faktura Czasu, wolna od wszelkich haftowanych wydarzeń.

Zreasumujmy.

Fizjologicznie poczucie Czasu to poczucie ciągłego stawania się, a jeśli „stawanie się" ma głos, to może nim być, co nie byłoby nienaturalne, ciągła wibracja; ale na Loga, nie mylmy Czasu z Brzęczeniem w uszach ani jakby dobywającego się z muszli szumu trwania z pulsowaniem naszej krwi. Z drugiej strony, ujmując rzecz filozoficznie, Czas to tylko pamięć w trakcie powstawania. W każdym indywidualnym życiu od kolebki do śmiertelnego łoża przebiega formowanie i wzmacnianie tego k r ę g o s ł u p a ś w i a d o m o ś c i, który jest czasem silnych. „Być" znaczy wiedzieć, że „byłeś". „Nie być" zakłada tylko nowy rodzaj (fałszywego) czasu: przyszłość. Odrzucam go. Życie, miłość, biblioteki nie mają przyszłości.

Czas to wszystko, co chcecie, tylko nie popularny tryptyk: nieistniejąca już Przeszłość, pozbawiony trwania punkt Teraźniejszości i „jeszcze nie", które może nigdy nie nadejść. Nie. Są tylko dwa skrzydła. Przeszłość (zawsze istniejąca w moim umyśle) i Teraźniejszość (której mój umysł nadaje trwanie, a więc realność). Nawet dorzucając trzecią część, skrzydło spełnionych oczekiwań, przewidzianego, przeznaczonego, zdolność przeczucia, doskonałą prognozę, ciągle zwracamy nasz umysł do Teraźniejszości.

Przeszłość postrzegana jest jako magazynowanie Czasu, a Teraźniejszość to proces owego postrzegania, przyszłość zaś nie jest elementem Czasu, nie ma nic wspólnego z Czasem ani z mglącą gazą jego struktury fizycznej. Przyszłość jest szarlatanem na dworze Chronosa. Myśliciele, myśliciele społeczni odczuwają Teraźniejszość jako dążenie za granice siebie samej ku na razie nieurzeczywistnionej „przyszłości", ale to topienie się w utopii, lewicowa polityka. Technologiczni Sofiści dowodzą, że korzystając z Praw światła, używając nowoczesnych teleskopów odczytujących zwykły druk w kosmicznych dalach, oczami naszych nostalgicznych przedstawicieli na innej planecie, możemy w istocie zobaczyć własną przeszłość (Goodson odkrywający Goodsona i tego typu rzeczy) w tym dokumentalne świadectwo naszej niewiedzy o tym, co trzymano dla nas w zapasie (i naszej wiedzy t e r a z), w konsekwencji czego Przyszłość istniała wczoraj, z czego wolno wyciągnąć wniosek, że istnieje dzisiaj. Może to i dobra fizyka, ale logika obrzydliwa, i Żółw Przeszłości nigdy nie przegoni Achillesa przyszłości, niezależnie od tego, jak zanalizujemy odległości na naszych zamglonych szkolnych tablicach.

Postulując przyszłość w najlepszym przypadku (w najgorszym uciekamy się do trywialnych trików), niezmiernie rozszerzamy zwodniczą teraźniejszość, każąc jej wypełnić dowolną ilość czasu wszelkiego rodzaju informacjami, przewidywaniami i przeczuciami. W najlepszym wypadku „przyszłość" to idea hipotetycznej teraźniejszości oparta na naszym doświadczeniu następstwa, na naszej wierze w logikę i nawyk. W istocie, rzecz jasna, nasze nadzieje nie w większym stopniu mogą powołać ją do życia niż nasze żale zmienić Przeszłość. Ta ostatnia ma przynajmniej smak, strój i styl naszego indywidualnego jestestwa. Natomiast przyszłość jest daleka od naszych wyobrażeń i uczuć. W każdej chwili przedstawia ona nieskończoność rozwidlających się możliwości. Determinizm zlikwidowałby samo pojęcie czasu (w tym momencie nadpłynęła pierwsza chmurka wypuszczona przez pigułkę). To, co nieznane, jeszcze niedoświadczone i niespodziewane, wszystkie wspaniałe iksy wzajemnych przecięć stanowią nieodłączną część ludzkiego życia. Determinizm, ogałacając wschód słońca z niespodzianki, wymazałby wszystkie słoneczne promienie...

Pigułka zaczęła naprawdę działać. Skończył się przebierać, wkładać piżamę, co polegało na serii ruchów, na ogół dotąd niedokończonych, które zaczął godzinę wcześniej, i wśliznął się do łóżka. Przyśniło mu się, że wygłasza jakiś tekst w sali wykładowej transatlantyku i że jakiś włóczęga podobny do autostopowicza z Hilden szyderczo pyta, jak wykładowca wyjaśni fakt, że w snach mamy świadomość czekającego nas obudzenia, czy nie jest to analogiczne do pewności śmierci, a jeśli tak, to przyszłość...

O brzasku zerwał się i usiadł na łóżku z gwałtownym jękiem, cały drżący: jeśli nie podejmie natychmiast działania, utraci ją na zawsze! Postanowił bez zwłoki pojechać na Manhattan w Genewie.

Z radością przyjął powrót wypolerowanych powierzchni po tygodniu czarnych zanieczyszczeń sięgających w muszli tak wysoko, że nie potrafiła go usunąć żadna liczba spłukiwań. To coś związanego z oliwą z oliwek i włoskim typem klozetów. Ogolił się, wykąpał, szybko ubrał. Czy to zbyt wcześnie, żeby zamówić śniadanie? Czy powinien zadzwonić do jej hotelu, zanim wyruszy? Czy powinien wynająć samolot? Czy może prościej będzie...

Drzwi balkonowe w salonie były otwarte na oścież. Obłoki mgły ciągle jeszcze przecinały granat gór za jeziorem, tu i tam jednak szczyt wieńczyła ochra pod bezchmurnym turkusem nieba. Cztery ciężkie ciężarówki grzmiąc, zgrzytając i grzechocząc, przeciągnęły jedna za drugą. Podszedł do balustrady balkonu i zaczął się zastanawiać, czy kiedykolwiek uległ znanemu kaprysowi rozmazania się, rozprysnięcia... uległ? No jak, uległ? W istocie nigdy nie wiadomo. Piętro niżej, trochę z boku stała Ada, pochłonięta widokiem.

Widział jej brązowe równo podcięte włosy, jej biały kark i białe ramiona, blade kwiaty na jej cienkim szlafroku, jej nagie nogi, jej srebrne pantofle na wysokim obcasie. W zamyśleniu, młodzieńczo, zmysłowo drapała się w udo u dołu prawego pośladka: różowa sygnatura Ladory na welinie o pełnym komarów zmierzchu. Czy spojrzy w górę? Wszystkie jej kwiaty promiennie zwróciły się ku niemu, a ona królewskim gestem uniosła i ofiarowała mu szczyty, mgłę i jezioro z trzema łabędziami.

Zszedł z balkonu i zbiegł krótkimi spiralnymi schodami na czwarte piętro. W głębi żołądka ssała go obawa, że może to nie być pokój 410, jak przypuszczał, ale 412 lub nawet 414. Co się stanie, jeśli go nie zrozumiała i nie będzie go wypatrywać? Zrozumiała, wypatrywała.

Kiedy „trochę później" Van klęczał i odchrząknąwszy, całował jej drogie zimne ręce, z wdzięcznością, wielką wdzięcznością, rzucając wyzwanie śmierci, miażdżąc zły los i czując, jak jej blask pochyla się nad nim, spytała:

– Naprawdę myślałeś, że wyjechałam?

– *Obmanszczica* (kłamczucha), *obmanszczica* – powtarzał Van w gorączce i uniesieniu błogiego nasycenia.

– Kazałam mu zawrócić – powiedziała – gdzieś koło Morżej („morsów" lub „koni morskich", rosyjska gra ze słowem Morge – być może wiadomość od syreny). A ty spałeś, mogłeś spać!

– Pracowałem – odparł. – Pierwszy szkic mojej pracy jest gotowy.

Wyznała, że wróciwszy w połowie nocy, wzięła do pokoju z hotelowej biblioteczki (klucz miał nocny portier, zapalony czytelnik) tom *Encyclopædia Britannica*, o, ten, z artykułem o Czasoprzestrzeni:

– „Przestrzeń – mówi tutaj ten artykuł, co dość wymowne – oznacza pewną własność, ty jesteś moją własnością, z racji czego, ty jesteś moją racją, ciała sztywne mogą zajmować różne pozycje". Ładne? Ładne.

– Nie wyśmiewaj się, moja Ado, z naszej prozy filozoficznej – zaprotestował jej kochanek. – Wszystko, co w tej chwili ważne, to fakt, że dałem nowe życie Czasowi, odcinając od niego jego siostrę syjamską Przestrzeń oraz fałszywą przyszłość. Moim celem było napisanie swego rodzaju długiego opowiadania w formie traktatu o Fakturze Czasu, studium jego woalowatej substancji, ilustrowanego metaforami, coraz liczniejszymi, bardzo stopniowo tworzącymi logiczną historię miłosną, rozwijającą się od przeszłości do teraźniejszości, rozkwitającą jako konkretna opowieść, i równie stopniowo odwracającą analogie i rozpadającą się znów w bezbarwną abstrakcję.

– Zastanawiam się – powiedziała Ada – czy próba odkrycia tych rzeczy warta jest barw witrażu. Możemy poznać czas, możemy poznać jakiś czas. Nigdy nie zdołamy poznać Czasu. Nasze zmysły po prostu nie nadają się do jego percepcji. To tak, jakby...

Część piąta

1

Ja, Van Veen, pozdrawiam was – życie, Ado Veen, drze Lagosse, Stiepanie Nutkinie, Violet Knox, Ronaldzie Orangerze. Dzisiaj jest dzień moich dziewięćdziesiątych siódmych urodzin i słyszę, siedząc w swoim wspaniałym nowym fotelu „Wieczne odpoczywanie", zgrzyt łopaty i skrzypienie kroków w skrzącym się śniegiem ogrodzie, i mojego rosyjskiego pokojowca, który jest bardziej głuchy, niż sądzi, wysuwającego i wsuwającego w garderobie szuflady z kółkiem w nosie. Ta część piąta nie jest pomyślana jako epilog; jest to prawdziwy wstęp do mojej prawdziwej w dziewięćdziesięciu siedmiu procentach i w trzech procentach prawdopodobnej *Ady albo żaru, kroniki rodzinnej*.

Ze wszystkich należących do nich licznych domów w Europie i tropikach ich ulubionym stał się zamek zbudowany niedawno w Ex w Alpach szwajcarskich, z kolumnami od frontu i blankowanymi wieżyczkami, zwłaszcza w połowie zimy, kiedy słynne skrzące się powietrze, *le cristal d'Ex*, „dorównuje najwyższym formom ludzkiej myśli – czystej matematyce i łamaniu szyfrów" (niepublikowana reklama).

Przynajmniej dwa razy w roku nasza szczęśliwa para pozwalała sobie na dość długie podróże. Ada nie hodowała już ani nie kolekcjonowała motyli, ale w swej aktywnej i zdrowej starości uwielbiała filmować je w ich naturalnym otoczeniu, w głębi swego ogrodu albo na końcu świata, furkocące i fruwające, przysiadające na pąkach lub paskudztwach, szybujące nad gazonem lub granitem, walczące lub współżyjące ze sobą. Van towarzyszył jej w fotograficznych podróżach do Brazylii, Konga, Nowej Gwinei, ale w skrytości ducha przedkładał drugą kolejkę w namiocie nad drugą godzinę czatowania pod drzewem na jakiś rzadki okaz, który miałby się skusić na przynętę i znaleźć na kolorowej taśmie filmowej. Trzeba by jeszcze jednej książki, żeby opisać przygody Ady w Adalandii. Filmy – i ukrzyżowanych aktorów (opisane egzemplarze pod szkłem) – można po wcześniejszym umówieniu się obejrzeć w Lucinda Museum, Park Lane 5, w Manhattanie.

2

Żył zgodnie z dewizą przodków: „Tak zdrowy jak zdrowy jest Veen, może być tylko jego syn”. W wieku lat pięćdziesięciu, spoglądając za siebie, mógł dostrzec tylko jeden zwężający się w coraz większej dali korytarz szpitalny (z parą odchodzących gdzieś zgrabnych stóp w białych bucikach), którym był wieziony. Zaczął jednak dostrzegać, że na jego dobrym fizycznym samopoczuciu pojawiają się drobne widlaste rysy, jak gdyby nieunikniony rozkład słał mu poprzez nieruchomy szary czas pierwszych emisariuszy. Zapchany nos powodował sen o duszeniu się, a w drzwiach najlżejszego przeziębienia czaiła się z tępą włócznią neuralgia międzyżebrowa. Im większy był jego nocny stolik, tym gęściej zalegały jego blat takie absolutnie niezbędne w nocy rzeczy, jak krople do nosa, pastylki eukaliptusowe, woskowe zatyczki do uszu, tabletki na trawienie, środki nasenne, woda mineralna, maść cynkowa, zapasowa nakrętka do jej tubki na wypadek, gdyby oryginalna pierzchnęła pod łóżko, i wielka chustka do nosa do wycierania potu zbierającego się między prawą szczęką a prawym obojczykiem, które nie przyzwyczaiły się ani do jego nowej tuszy, ani do decyzji spania stale na jednym boku, by nie słyszeć własnego serca; pewnej nocy w roku 1920 popełnił błąd, obliczając maksymalną liczbę jego pozostających jeszcze uderzeń (pozwalającą na kolejne pół wieku), i teraz niedorzeczny pośpiech odliczania irytował go, przyśpieszając rytm, w którym słyszał swoje umieranie. W trakcie samotnych i całkiem zbytecznych podróży wytworzyła się w nim niezdrowa wrażliwość na nocne odgłosy w luksusowych hotelach (gogofonia ciężarówki odpowiadała trzem stopniom męki; głupawe krzyki wymieniane przez praktykantów sobotnią nocą na pustej ulicy – trzydziestu; przenoszone przez kaloryfery chrapanie na dole – trzystu); jednakże zatyczki do uszu, chociaż niezastąpione w chwilach całkowitej rozpaczy, miały tę wadę (zwłaszcza po wypiciu nadmiernej ilości wina), że wzmacniały puls w skroniach, dziwne odgłosy w jeszcze niezgłębionej jamie nosowej oraz okropny trzask kręgów szyjnych. Echu owego trzasku, przesyłanego za pomocą naczynek do mózgu, zanim władzę przejął system snu, przypisywał osobliwe detonacje gdzieś w głowie w chwili, gdy zmysły oszukiwały świadomość. Miętówki na nadkwasotę i podobne środki okazały się niewystarczające do tego, by złagodzić coś w rodzaju dobrej staroświeckiej zgagi, która atakowała go zawsze po pewnych zawiesistych sosach; z drugiej jednak strony z młodzieńczym zapałem oczekiwał cudownego działania łyżki rozpuszczonej w wodzie sody oczyszczonej, która z pewnością wywoła kilka beknięć równie wielkich jak dymki w komiksach jego lat chłopięcych.

Zanim spotkał (w wieku lat osiemdziesięciu) taktownego i tkliwego, sprośnego i wykształconego dra Lagosse, który odtąd mieszkał i podróżował z nim i Adą, nie znosił lekarzy. Pomimo własnych studiów medycznych nie potrafił się otrząsnąć ze skrytego, naiwnego poczucia, godnego ostatniego kmiota, że lekarz, który napompował ciśnieniomierz albo posłuchał jego świszczącego oddechu, rozpoznał już (ale ciągle utrzymuje to w tajemnicy) chorobę, która z pewnością musi doprowadzić do śmierci. Przypominał sobie (nie bez ironicznego grymasu) swego zmarłego szwagra, kiedy łapał się na tym, że ukrywa przed Adą kłopoty z pęcherzem albo zawroty głowy po obcięciu paznokci palców u nóg (czynność tę wykonywał sam, gdyż nie mógł znieść, żeby jakakolwiek ludzka ręka dotykała jego nagiej stopy).

Jak gdyby starając się jak najlepiej wykorzystać swoje ciało – wkrótce miało przecież zostać usunięte jak talerz, z którego ktoś zgarnia ostatnie słodkie okruchy – cenił teraz takie małe przyjemności, jak wyciśnięcie robaka z wągra albo wydobycie za pomocą długiego paznokcia małego palca swędzącego bursztynu z głębi lewego ucha (prawe było mniej interesujące) lub też pozwolenie sobie na to, co Bouteillan zwykł nazywać *le plaisir anglais* – wstrzymując dech i leżąc po brodę w wannie, gładko i sekretnie wypuszczał z siebie wodę.

Z drugiej strony, cierpienia życia dotykały go dotkliwiej niż w przeszłości. Jęczał, kiedy ryk saksofonu rozdzierał mu błonę bębenkową lub kiedy podludzki młody kretyn pozwalał cisnąć grom swemu piekielnemu motocyklowi. Obstrukcyjne zachowanie głupich, nieprzyjaznych rzeczy – podsuwająca się niewłaściwa kieszeń, pękające sznurowadło, leniwy wieszak, który w ciemnościach szafy ze wzruszeniem ramion zrzuca z siebie ubranie – sprawiały, że słowami Edypa przeklinał swych rosyjskich praszczurów.

Przestał się starzeć mniej więcej w wieku lat sześćdziesięciu pięciu, ale przedtem w jego mięśniach i kościach dokonały się bardziej radykalne zmiany niż u ludzi, co nigdy nie uprawiali takich ćwiczeń, jakimi on cieszył swą młodość. Squash i tenis zwolniły miejsce dla ping-ponga; a później pewnego dnia ulubiona rakietka, jeszcze ciepła od jego dłoni, pozostała zapomniana w klubie, którego jej właściciel już nigdy nie odwiedził. W szóstej dziesiątce lat wcześniejsze walki zapaśnicze i walki na pięści ustąpiły ćwiczeniom z workiem treningowym. Niespodzianki sprawiane przez grawitację uczyniły zjazdy na nartach groteską. W wieku lat sześćdziesięciu mógł jeszcze skrzyżować z kimś florety, ale po paru minutach treningu oślepiał go pot, toteż szermierka podzieliła los tenisa stołowego. Nigdy nie zdołał przezwyciężyć snobistycznych uprzedzeń w stosunku do golfa, zresztą było już za późno, żeby zacząć go uprawiać. W wieku lat siedemdziesięciu spróbował przed śniadaniem biegać po położonej na uboczu uliczce, ale podrygiwanie piersi przypomniało mu aż nazbyt niemiło, że jest o trzydzieści kilogramów cięższy niż w młodości. W wieku lat dziewięćdziesięciu wciąż jeszcze tańczył na rękach – w powracającym śnie.

Zwykle dwie lub trzy tabletki nasenne pomagały mu przez kilka godzin odganiać od siebie potwora bezsenności i pławić się w tym czasie w błogosławionej mgle, ale niekiedy, zwłaszcza po zakończeniu jakiejś pracy umysłowej, noc nieznośnie pozbawiona snu zmieniała się w poranną migrenę. Żadna tabletka nie była w stanie poradzić sobie z tą udręką. Wyciągał się na łóżku, zwijał w kłębek, rozwijał z kłębka, włączał i wyłączał lampkę na nocnym stoliku (nowy bulgoczący surogat prawdziwych „bursztynków", których zakazano ponownie w 1930 r.) i jego nieustępliwa istota pogrążała się w fizycznej rozpaczy. Puls uderzał mocno i regularnie; żołądek w odpowiedni sposób strawił kolację; dzienna norma burgunda (jedna butelka) nie została przekroczona, a jednak ta przeklęta bezsenność czyniła zeń wygnańca we własnym domu: Ada spała głębokim snem albo wygodnie sobie czytała o parę drzwi dalej; w jeszcze bardziej oddalonych pomieszczeniach rozmaici domownicy dawno przeszli do obozu wrogiej masy miejscowych śpiących, którzy zdawali się spowijać okoliczne góry czernią swego spoczynku; jemu jednemu odmówiono nieświadomości, którą tak bardzo pogardzał i do której tak wytrwale się umizgał.

3

W ciągu lat ich ostatniego rozdzielenia jego libertynizm pozostawał zasadniczo równie zapamiętały jak wcześniej; niekiedy jednak liczba stosunków spadała do jednego na cztery dni, a czasami ze zdumieniem uświadamiał sobie, że cały tydzień przeszedł mu w niewzruszonej cnocie. Po szeregu wyrafinowanych kokot stale jeszcze następowała w przypadkowym porządku seria czarujących amatorek w takim czy innym kurorcie lub też szereg ten mógł być rozerwany przez miesiąc pomysłowych zabiegów miłosnych w gronie frywolnych pań z towarzystwa (ze szczególnym dreszczem pożądania przypominał sobie rudą Angielkę, dziewicę, Lucy Manfristan, uwiedzioną przezeń w otoczonym murami ogrodzie jej normandzkiej posiadłości 4 lipca 1914 roku i zabraną do Fialty nad Adriatykiem); te fałszywe romanse jednak tylko go męczyły; porzucił *palazzinę* z niezbyt dobrze działającą kanalizacją, spaloną słońcem pannicę odesłał z powrotem i szukał czegoś naprawdę paskudnego i rozpustnego, by ożywić swą męskość.

Zaczynając w 1922 r. nowe życie z Adą, Van postanowił, że będzie jej bezwzględnie wierny. Jeśli nie liczyć kilku potajemnych i boleśnie wycieńczających ustępstw na rzecz tego, co dr Lena Wien jakże trafnie nazwała „onanistycznym voyeuryzmem", jakoś zdołał utrzymać się przy swym postanowieniu. Próba była pod względem moralnym satysfakcjonująca, pod fizycznym niedorzeczna. Przekleństwem pediatrów często bywają nieznośne rodziny, a nasz psycholog dotknięty był nie tak znowu rzadkim rozszczepieniem osobowości. Jego miłość do Ady była warunkiem egzystencji, stałym szumem szczęścia niepodobnym do niczego, z czym zetknął się zawodowo w życiu dziwaków i obłąkańców. Rzuciłby się natychmiast we wrzącą smołę, żeby ją uratować, tak jak gotów był bezzwłocznie bronić swego honoru, gdyby ktoś rzucił mu rękawicę. Ich wspólne życie antyfonicznie odpowiadało ich pierwszemu latu w 1884 r. Nigdy nie odmówiła mu pomocy w osiągnięciu coraz cenniejszej, bo coraz rzadszej satysfakcji dzielonego w pełni zmierzchu. Widział w niej odbite to wszystko, czego jego wybredny i gwałtowny duch szukał w życiu. Przemożna czułość rzucała go czasami na kolana, do jej stóp, i kazała przyjmować teatralne, choć całkowicie szczere pozy, które zdumiałyby i zastanowiły każdego, kto wszedłby do pokoju z odkurzaczem. A jednocześnie tego samego dnia inne jego kasetki i przegródki pęczniały od pragnień i żalów oraz planów gwałtu i buntu. Najniebezpieczniejsze były chwile, kiedy przenosili się do nowych willi, z nową służbą i nowymi sąsiadami, wówczas bowiem jego zmysły w każdym fantastycznym i lodowatym szczególe wystawione były na działanie kradnącej brzoskwinie Cyganeczki albo bezczelnej córki praczki.

Na próżno powtarzał sobie, że te zdrożne zachcianki ze względu na ich zasadniczą nieistotność nie różnią się od analnego świądu, którego człowiek usiłuje się pozbyć, gwałtownie się drapiąc. Wiedział jednak, że ośmieliwszy się zaspokoić owo analogiczne pragnienie młodej dziewoi, ryzykuje rujnację życia z Adą. Jak strasznie i niepotrzebnie mogłoby to ją zranić, zobaczył pewnego dnia w roku 1926 albo 1927, kiedy pochwycił jej pełne dumnej rozpaczy spojrzenie nieskierowane na nic szczególnego. Szła właśnie do samochodu, który czekał, by zabrać ją na wycieczkę, w której on też miał uczestniczyć. W ostatniej chwili jednak zrezygnował, udając kulejący chód i grymas bólu wywołane atakiem podagry, a uczynił to, ponieważ zdał sobie sprawę – podobnie jak Ada – że śliczna tubylcza dziewczyna, paląca papierosa na tylnej werandzie, zaoferuje panu swoje owoce mango, gdy tylko gospodyni pana pojedzie na festiwal filmowy do Sindbadu. Szofer otwierał już drzwiczki, kiedy z głośnym wrzaskiem Van dogonił Adę, po czym pojechali razem, ze łzami w oczach, gadatliwi, żartując z jego głupoty.

– To zabawne – powiedziała Ada – jakie czarne i połamane mają tu zęby, te *bladuszki*.

(„Ursus". Lucette w połyskliwej zieleni. „Cicho, wzburzone namiętności". Bransolety i piersi Flory. Trąbik czasu.)

Odkrył, że można znaleźć subtelną rozrywkę w stałym zwalczaniu pokusy i stałym marzeniu o tym, że jakoś, kiedyś człowiek jej ulegnie. Odkrył również, że niezależnie od tego, jakie płomienie tańczą w tych przynętach, nie potrafi spędzić choćby jednego dnia bez Ady; że samotność, której potrzebuje do popełnienia grzechu, to nie kwestia paru sekund za wiecznie zielonymi krzakami, że niezbędna byłaby wygodna noc w fortecy nie do zdobycia, i wreszcie, że pokusy, rzeczywiste lub wyczarowane przed zaśnięciem, są coraz rzadsze. W wieku lat siedemdziesięciu pięciu zbliżenia z chętnie współdziałającą Adą, raz na dwa tygodnie, na ogół *Blitzpartien*, dawały mu pełną satysfakcję. Następujące po sobie sekretarki, które angażował, stawały się coraz brzydsze (kulminacją była istota rodzaju żeńskiego z włosami koloru orzecha kokosowego i końskimi ustami, która pisała liściki miłosne do Ady); a kiedy Violet Knox przerwała tę bezbarwną serię, Van Veen miał lat osiemdziesiąt siedem i był całkowitym impotentem.

4

Violet Knox [obecnie pani Ronaldowa Oranger – wyd.], urodzona w roku 1940, zamieszkała z nami w 1957. Była (i teraz, dziesięć lat później nadal jest) uroczą blond Angielką z oczami lalki, aksamitną skórą i drobnym opiętym tweedem tyłeczkiem [...]; ale tego typu uroki nie karmią już mojej wyobraźni. Osoba ta jest odpowiedzialna za pisanie na maszynie tych wspomnień, pociechy moich – bez wątpienia – ostatnich dziesięciu lat życia. Dobra córka, nawet jeszcze lepsza siostra i siostra przyrodnia. Przez dziesięć lat wspierała dzieci swojej matki z dwu małżeństw, odkładając też [coś] na bok. Płaciłem jej [szczodrze] miesięczną pensję, w pełni świadom konieczności zapewnienia zimnokrwistego milczenia sumiennej i zbitej z tropu pannicy. Ada nazywała ją „*Fiałoczką*" i pozwalała sobie na luksus podziwiania szyi „małej Violet", jej różowych nozdrzy i jasnego końskiego ogona, jakby wziętych z kamei. Niekiedy podczas obiadu, delektując się likierami, moja Ada spoglądała na moją maszynistkę (wielką miłośniczkę ku-an-tro) rozmarzonym wzrokiem, a potem, szybciutko, cmokała ją w zaczerwieniony policzek. Położenie mogło być znacznie bardziej skomplikowane, gdyby rzecz działa się dwadzieścia lat wcześniej.

Nie wiem, dlaczego poświęciłem tyle uwagi siwym włosom i obwisłemu przyrządowi czcigodnego Veena. Rozpustnicy są niepoprawni. Płoną, wyrzucają z siebie kilka ostatnich zielonych iskier i gasną. Badacz własnej natury i jego wierna towarzyszka znacznie większą uwagę powinni poświęcić niewiarygodnemu przypływowi intelektualnemu, twórczemu wybuchowi w mózgu tego dziwnego, samotnego, dość odrażającego dziewięćdziesięciolatka (okrzyki „nie, nie!" w czytelniczym, siostrzanym, edytorskim nawiasie).

Bardziej gwałtownie niż kiedykolwiek nie znosił wszelkiej fałszywej sztuki, od prymitywnych banałów rzeźb z jakichś rupieci po wyróżnione kursywą fragmenty mające u pretensjonalnych powieściopisarzy ukazać wodospady myśli podobnych im bohaterów. Miał nawet jeszcze mniej niż dawniej cierpliwości dla szkoły psychiatrycznej „Siga" (Signy-M.D.-M.D.). Epokowe wyznanie jej twórcy („W czasach studenckich stałem się de*flora*torem, ponieważ nie zdałem egzaminu z botaniki") umieścił jako motto jednego ze swych ostatnich artykułów (1959), zatytułowanego *Farsa terapii grupowej w leczeniu nieprzystosowania seksualnego*, wyjątkowo niszczącej i satysfakcjonującej napaści (Związek Doradców Małżeńskich i Katartystów początkowo chciał go pozwać do sądu, później jednak uznał, że lepiej dać sklęsnąć nabrzmiałym gniewem policzkom).

Violet puka do drzwi biblioteki i wpuszcza pulchnego, niskiego człowieka w muszce, pana Orangera, który zatrzymuje się na progu, trzaska obcasami i (podczas gdy ciężki pustelnik odwraca się z niezgrabnym machnięciem ratynowej szaty) niemal kłusem rzuca się naprzód. Nie tyle, żeby mistrzowskim ruchem ręki powstrzymać lawinę kartek, które łokieć wielkiego męża posyła w dół zbocza katedry, ile po to, by dać wyraz zapałowi i szacunkowi.

Ada, która bawiła się tłumaczeniem (dla Orangerowskich edycji *en regard*) Gribojedowa na francuski i angielski, Baudelaire'a na angielski i rosyjski i Johna Shade'a na rosyjski i francuski, często czytała Vanowi głębokim mediumicznym głosem opublikowane wersje innych trudzących się na tym polu półprzytomności. Wierszowane przekłady na angielski szczególnie często powodowały rozciągnięcie twarzy Vana w groteskowym uśmiechu, który (jeśli sztuczna szczęka została w szklance) bardzo upodabniał ją do greckiej maski komicznej. Trudno mu było zdecydować, kto brzydził go bardziej, czy pełna najlepszych chęci miernota, której starania o wierność oryginałowi przekreślał brak artystycznej przenikliwości oraz zabawne błędy w interpretacji tekstu, czy zawodowy poeta, ozdabiający własnymi wymysłami martwego i bezradnego autora (tu wąsy, tam genitalia): była to metoda, którą autor parafrazy ślicznie kamuflował nieznajomość języka wyjściowego, posługując się mieszaniną wykwitów nieudolnej uczoności i kaprysów kwitnącego imitatorstwa.

Kiedy pewnego popołudnia w 1957 r. Ada, pan Oranger (urodzony katalizator) i Van omawiali te kwestie (właśnie ukazała się książka Ady i Vana *Informacja i forma*), nasz stary polemista uświadomił sobie, że wszystkie ogłoszone przezeń prace – nawet skrajnie zawiłe i fachowe *Samobójstwo i zdrowie psychiczne* (1912), *Compitalia* (1921) i *Kiedy psychiatra nie może spać* (1932), by wymienić tylko niektóre – nie były rozwiązywaniem problemów epistemologicznych, postawionych sobie przez erudytę, tylko żwawymi i wojowniczymi ćwiczeniami stylu literackiego. Zapytano go, czemu wobec tego nie pozwolił sobie na większą swobodę, czemu nie wybrał wielkiego boiska na mecz między Inspiracją a Zamysłem, i od słowa do słowa, ustalono, że napisze wspomnienia, które zostaną opublikowane pośmiertnie.

Był bardzo powolnym autorem. Sześć lat zajęło mu pisanie pierwszego szkicu i dyktowanie go pannie Knox, potem poprawił maszynopis, przepisał go w całości piórem (1963–1965) i ponownie podyktował całość niezmordowanej Violet, której śliczne paluszki wystukały ostateczną wersję w roku 1967. E, p. i... dlaczego „y", moja droga?

5

Ada, której doskwierała niedostateczna sława brata, poczuła się uspokojona i podniesiona na duchu, kiedy przyszedł sukces *Faktury Czasu* (1924). To dzieło - mówiła - zawsze w pewien osobliwy, subtelny sposób przypomniało jej gry w światło i cień, w które grała jako dziecko na ustronnych dróżkach parku w Ardisie. Twierdziła, że jest jakoś odpowiedzialna za metamorfozy uroczych larw, które uprzędły jedwab „Czasu Veena" (jak nazywano teraz tę koncepcję, wymieniając ją jednym tchem z „Trwaniem Bergsona" i „Jasną Lamówką Whiteheada"). Ale bliższy jej sercu - ze względu na pozaliterackie skojarzenia z ich wspólnym pobytem w Manhattanie na przełomie 1892 i 1893 r. - był znacznie wcześniejszy i słabszy utwór, biedne małe *Listy z Terry*, zachowane jedynie w sześciu egzemplarzach, z których dwa znajdowały się w willi „Armina", a pozostałe na regałach bibliotek uniwersyteckich. Sześćdziesięcioletni Van zrzędliwie i pogardliwie odrzucił jej nieśmiałą propozycję, żeby je wznowić, publikując razem z *Dumaniami w Sidrze* i bardzo ciekawym wymierzonym w Signy'ego pamfletem o czasie w snach. Siedemdziesięcioletni Van pożałował swej wzgardy, kiedy Victor Vitry, błyskotliwy reżyser francuski, nakręcił całkowicie nieautoryzowaną ekranizację *Listów z Terry*, napisanych przez „Voltemanda" pół wieku wcześniej.

U Vitry'ego Teresa odwiedza Antyterrę w roku 1940, ale jest to rok 1940 według kalendarza terrańskiego, czyli u nas mniej więcej 1890. Ten pomysł pozwolił dać kilka razy przyjemnego nura w styl życia i obyczaje naszej przeszłości (czy pamiętałaś, że konie nosiły kapelusze - tak, k a p e l u s z e - kiedy fale upału zalewały Manhattan?) i stworzyć wrażenie, które literatura *physics fiction* mocno wyeksploatowała, że w swej podróży kapsulistka cofa się w czasie. Filozofowie zadawali paskudne pytania, ale spragnieni oszustwa widzowie całkowicie ich ignorowali.

O ile bezchmurna dwudziestowieczna historia Demonii, z której jedną półkulą radziła sobie anglo-amerykańska koalicja, a drugą, za złotą kurtyną, tajemniczo rządziła Tataria, biegła gładko, o tyle układankę terrańskich autonomii rozsypywał szereg wojen i rewolucji. Robiący bez wątpienia wrażenie przegląd dziejów Terry, zainscenizowany przez Vitry'ego, zdecydowanie największego geniusza filmowego spośród tych, co kiedykolwiek reżyserowali obraz na taką skalę i z taką liczbą statystów (niektórzy twierdzili, że było ich ponad milion, inni utrzymywali, że zaangażowano pół miliona osób i ustawiono tyleż luster), ukazywał, jak upadały królestwa i stawały na nogi dyktatury, a republiki na wpół siedziały, na wpół leżały w różnych niewygodnych pozycjach. Koncepcja była kontrowersyjna, jej realizacja nienaganna. Podziwiaj wszystkich tych malutkich żołnierzyków szybko pędzących po pokrytych szramami okopów pustkowiach, gdzie eksploduje błotnista ziemia, a różne rzeczy w niemej francuszczyźnie to tu, to tam robią *pouf-pouf*.

W roku 1905 Norwegia, potężnie się wstrząsnąwszy i przez pewien czas lekko dygocząc grzbietem, oderwała się od Szwecji, bliźniaczej olbrzymki, podobny akt separacji uchwalił z nawiasowymi wybuchami *vive émotion* parlament francuski, oddzielając Kościół od państwa. Potem, w 1911 r., norweskie oddziały pod dowództwem Amundsena dotarły do bieguna południowego i jednocześnie Włosi wtargnęli do Turcji. W 1914 Niemcy napadły na Belgię, Amerykanie zaś rozdarli na dwoje Panamę. W 1918 wraz z Francuzami pokonali Niemców, którzy zajęci byli pokonywaniem Rosji (ta pokonała swoich własnych Tatarów trochę wcześniej). W Norwegii była Siegrid Mitchel, w Ameryce Margaret Undset, a we Francji Sidonie Colette. W 1926 po kolejnej fotogenicznej wojnie padł Abd-el-Krim i Złota Orda znowu podporządkowała sobie Ruś. W 1933 do władzy doszedł w Niemczech Athaulf Hindler (znany też jako Gittler, od słowa *Gitter* – „krata") i konflikt, nawet bardziej spektakularny niż wojna w latach 1914–1918, zaczął zbliżać się wielkimi krokami, wtedy jednak Vitry porzucił stare filmy dokumentalne i Teresa, grana przez jego żonę, opuściła Terrę w kosmicznej kapsule, zdążywszy jeszcze przedtem dać sprawozdanie z Igrzysk Olimpijskich w Berlinie (większość medali zdobyli Norwegowie, ale to Amerykanie zwyciężyli w szermierce, co stanowiło wybitne osiągnięcie, oraz w finałowym meczu piłki nożnej wygrali z Niemcami trzy do jednego).

Van i Ada obejrzeli film dziewięć razy w siedmiu różnych językach, a potem zakupili kopię do użytku domowego. Uznali tło historyczne za absurdalnie naciągane i rozważali podjęcie kroków prawnych przeciwko Vitry'emu, nie chcieli go skarżyć o kradzież pomysłu LzT, ale o zniekształcenie obrazu terrańskiej polityki, tak pracowicie ustalonego przez Vana na podstawie źródeł pozazmysłowych oraz snów szaleńców. Ale upłynęło pięćdziesiąt lat, a poza tym opowieści nigdy nie zgłoszono jako tekstu podlegającego ochronie prawa autorskiego, w istocie trudno by nam było nawet dowieść, że „Voltemand" to Van. Dziennikarze jednak wyniuchali autora, który we wspaniałomyślnym geście zgodził się na opublikowanie tej informacji.

Do wyjątkowego sukcesu filmu przyczyniły się trzy okoliczności. Jednym z powodów był oczywiście fakt, że oficjalna religia, niechętna popularności Terry u żądnych sensacji sekt, starała się nie dopuścić obrazu na ekrany. Drugą atrakcją była krótka scena, której sprytny Vitry nie wyciął: kiedy akcja cofnęła się do rewolucji w dawnej Francji i filmowano egzekucję, pewien pechowy statysta, wcielający się w jednego z pomocników kata, tak niefortunnie wpychał pod gilotynę komediowego aktora Stellera, grającego niechętnego do współpracy króla, że przypadkowo został ścięty. Wreszcie trzeci i nawet jeszcze bardziej ludzki powód był taki, że urocza wykonawczyni pierwszoplanowej roli kobiecej, Norweżka z pochodzenia, Gedda Vitry, podnieciwszy wprzódy widzów kusymi spódniczkami i seksownymi szmatkami w sekwencjach egzystencjalnych, gdy doleciała do Antyterry, wysiadła z kapsuły całkiem naga, chociaż oczywiście w miniaturowych rozmiarach, milimetr wprawiającej w szaleństwo kobiecości tańczył w „uroczym kręgu mikroskopu" jak jakiś sprośny elf i ukazywał w pewnych pozach, niech mnie szlag, błysk włosków na łonie, przyprószonych złotym proszkiem!

W sklepach z pamiątkami pojawiły się malutkie laleczki LzT, breloczki z korali i kości słoniowej *à la* LzT, wszędzie od Agonii w Patagonii do Marszczojaj w Le Bras d'Or powstawały kluby LzT. Dziewuszki LzT, drobiąc kroczki, wychodziły z przydrożnych barów w kształcie statków kosmicznych i niosły gościom minimenu. Z niesamowitej liczby listów, które piętrzyły się na biurku Vana przez kilka lat jego światowej sławy, można było wyczytać informację, że tysiące mniej lub bardziej niezrównoważonych osób (taki potężny był wizualny wpływ filmu Vitry'ego–Veena) wierzy w sekretną tożsamość Terry i Antyterry, ukrywaną przez władze. Rzeczywistość Demonii skurczyła się do wymiarów przypadkowego złudzenia. W istocie przeszliśmy przez to wszystko. Politycy zwani w zapomnianych komiksach Stary Kapeluch i Wujek Joe naprawdę istnieli. Kraje tropikalne kojarzyły się nie tylko z rezerwatami dzikiej przyrody, ale i głodem, śmiercią, niewiedzą, szamanami i agentami z dalekiego Atomska. Nasz świat w gruncie rzeczy *był* światem połowy XX wieku. Terra wracała do zdrowia przetrwawszy łamanie kołem i wbijanie na pal, zbirów i zbójów, jakich nieuchronnie stwarzają Niemcy, kiedy starają się ziścić swe sny o chwale. Rosyjscy chłopi i poeci nie zostali przed wiekami przetransportowani do Estotii i w kanadiańską tundrę, tylko umierali i umierają właśnie w tym momencie w obozach niewolniczej pracy Tatarii. Nawet gubernatorem Francji nie był Charlie Chose, układny bratanek lorda Goala, tylko francuski generał o przykrym usposobieniu.

6

Nirwana, Nevada, Vaniada. Ale, ale, czy nie powinienem dodać, moja Ado, że dopiero podczas ostatniej rozmowy z biedną atrapą matki, z mamekinem, wkrótce po moim niewczesnym i patetycznym... chciałem powiedzieć: przedwczesnym i profetycznym... koszmarze sennym na temat „czyraka mamy”, użyła *mon petit nom*, Wania, Waniusza, nigdy nie zrobiła tego wcześniej i zabrzmiało to tak dziwnie, tak czu... (głos cichnie, bulgot w kaloryferach).

– Mamekin – (ze śmiechem). – Anioły też mają miotły, żeby wymiatać z duszy okropne obrazy. Moja czarna niania nosiła szwajcarskie koronki z białymi kaprysikami.

Nagle lód z hałasem spada wewnątrz rynny: stalaktyt ze złamanym sercem.

W ich wspólnej pamięci nagrane było i odtwarzane wczesne zainteresowanie osobliwą ideą śmierci. Jest taki dialog, który miło byłoby odegrać na zielonym ruchomym tle jednej z naszych ardisowskich dekoracji. Rozmowa o „podwójnej gwarancji” w wieczności. Zacznij tuż przed nią.

– Wiem, że w Nirwanie jest Van. Będę z nim w głębi *mojego ada*, mego Hadesu – powiedziała Ada.

– Tak, tak, tak (tu sceniczne efekty: głosy ptaków i potakujące gałęzie, i to, co nazywałaś „złotymi kroplami”).

– Jako kochankowie i rodzeństwo – zawołała – mamy podwójną szansę na to, żeby Terra nie terroryzowała nas innymi możliwościami i żebyśmy byli razem w wieczności. Cztery pary oczu w raju.

– Świetne, świetne – powiedział Van.

Coś w tym rodzaju. Jeden wielki problem. Dziwne migotanie miražu reprezentujące tu śmierć nie powinno pojawić się w kronice zbyt wcześnie, a jednak powinno przenikać już pierwsze sceny miłosne. Trudne, ale nie niemożliwe (mogę zrobić wszystko, mogę tańczyć tango i stepować na rękach, na swych fantastycznych rękach). *A propos*, kto umiera pierwszy?

Ada. Van. Ada. Vaniada. *Nadie*. Każde z nich miało nadzieję odejść pierwsze, przyznając w ten sposób, przez implikację, dłuższe życie drugiemu, i każde życzyło sobie odejść później, by oszczędzić drugiemu bólu i kłopotów wdowieństwa. Dla ciebie jakimś rozwiązaniem byłoby poślubienie Violet.

– Dzięki. *J'ai tâté de deux tribades dans ma vie, ça suffit*. Nasz drogi Émile mówi „*terme qu'on évite d'employer*". Jakże to prawdziwe!

– Jeśli nie Violet, to może gauginowskiej tubylki. Albo Yolandy Kickshaw.

Dlaczego? Dobre pytanie. Tak czy owak, nie można dawać tej części do przepisania Violet. Obawiam się, że zranimy sporo osób (ażurowy amerykański zaśpiew)! Dajże spokój, sztuka nie robi krzywdy. Robi, i to jaką!

W istocie kwestia pierwszeństwa śmierci nie ma teraz większego znaczenia. Chodzi mi o to, że do czasu, kiedy zacznie się horror, bohater i bohaterka powinni stać się tak o r g a n i c z n i e bliscy sobie, że będą częściowo splątani, stopieni, współbolący, i nawet jeśli koniec Vaniady opisze się w epilogu, my, pisarze i czytelnicy, nie powinniśmy być w stanie stwierdzić (krótkowzroczni, krótkowzroczni), kto właściwie żyje jeszcze dalej – Dava czy Vada, Anda czy Vanda.

Miałam w szkole koleżankę, która nazywała się Vanda. A ja znałem dziewczynę o imieniu Adora, takiego dzieciaka z mojego ostatniego floramoru. Co każe widzieć mi w tym kawałku najczystszy *sanglot* w całej książce? Co jest najgorsze w umieraniu?

No bo rozumiesz, że są trzy jego aspekty (z grubsza odpowiadające szeroko rozpowszechnionemu trójpodziałowi czasu). Po pierwsze, jest tu odarcie na zawsze ze wszystkich wspomnień – to banał, ale ileż odwagi trzeba mieć, żeby przechodzić przez ten banał ciągle na nowo i nie porzucić procederu gromadzenia ciągle na nowo bogactw świadomości, które zostaną ci wyrwane! Dalej drugi aspekt: obrzydliwy ból fizyczny, z oczywistych powodów nie będziemy się nad nim zatrzymywać. I wreszcie mamy bezkształtną pseudoprzyszłość, pustą i czarną, wieczne trwanie nietrwałości, największy paradoks eschatologiczny naszego zamkniętego w pudełku mózgu!

– Tak – powiedziała Ada (w wieku lat jedenastu, raz po raz wstrząsając głową) – tak, ale weź kogoś dotkniętego paraliżem, kto całą przeszłość zapomina stopniowo, udar po udarze, kto jak grzeczny chłopiec umiera we śnie i kto przez całe życie wierzył w nieśmiertelność duszy, czyż to nie upragnione, całkiem pocieszające rozwiązanie?

– Nędzne to pocieszenie – powiedział Van (w wieku lat czternastu, umierając od całkiem innego pragnienia). – Tracisz nieśmiertelność, kiedy tracisz pamięć. I jeśli potem miejscem twojego lądowania jest Terra Caelestis, dokąd docierasz razem z poduszką i nocnikiem, to będziesz mieszkać nie z Szekspirem czy choćby Longfellowem, tylko z gitarzystami i kretynami.

Upierała się, że jeśli nie ma przyszłości, to człowiek ma prawo ją wymyślić, a wobec tego jego własna przyszłość istnieje, na tyle, na ile istnieje on sam. Osiemdziesiąt lat szybko minęło, zwykła zamiana szkiełka w latarni magicznej. Większą część poranka spędzili na przerabianiu swego przekładu fragmentu (wersy 569–572) słynnego poematu Johna Shade'a:

...Sowiety my dajom
Kak byt' wdowcu; on potieriał dwuch żon;
On ich wstrieczajet – lubiaszczich, lubimych
Riewnujuszczich jego drug k drużkie...

(...Wdowiec rad spragniony
Słucha rad naszych, miał w życiu dwie żony
Obie spotyka, obie kocha, obie
Kochają, są zazdrosne...)

Van zwrócił uwagę, że jest tu pewien szkopuł – oczywiście każdemu wolno wyobrazić sobie jakiegokolwiek rodzaju zaświaty: uogólniony raj obiecywany przez orientalnych proroków i poetów albo jakąś indywidualną kombinację. Jednakże praca wyobraźni natrafia na beznadziejną przeszkodę logiczną: nie można na przyjęcie przyprowadzić ze sobą przyjaciół czy, jeśli ktoś chce, wrogów. Przeniesienie wszystkich naszych zapamiętanych relacji w życie elizejskie w nieunikniony sposób zmienia je w podrzędną kontynuację naszej cudownej śmiertelności. Tylko Chińczyk albo upośledzone umysłowo dziecko może sobie wyobrażać, że w następnym odcinku świata powita je, łasząc się na różne sposoby i merdając ogonem, komar zlikwidowany osiemdziesiąt lat wcześniej na obnażonej nodze, która zresztą później została amputowana, a teraz zbliża się za gestykulującym komarem, hop, hop, hop, oto jestem, przyklej mnie sobie.

Nie roześmiała się, powtarzała w duchu linijki, które sprawiły im tyle kłopotu. Psychoanalni wymóżdżacze ze szkoły Signy'ego oznajmiliby radośnie, że w rosyjskiej wersji opuszczono trzykrotne „obie" wcale nie dlatego, ale skąd, wcale nie dlatego, że wepchnięcie trzech nieporęcznych amfibrachów w pentametr wymagałoby dodania przynajmniej jednego wersu, który mógłby unieść ten bagaż.

– Och, Van, Van, nie kochaliśmy jej wystarczająco mocno. To j ą powinieneś był poślubić, tę, co podkuliwszy bosą stopę, w czarnym stroju baletnicy siedzi na balustradzie, wtedy wszystko byłoby w porządku – przebywałabym w gościnie u was obojga w Ardis Hall, a my, zamiast przyjąć to szczęście, które mogliśmy dostać za darmo, zamiast przyjąć to wszystko, z a d r ę c z y l i ś m y ją na śmierć!

Czy to już czas na morfinę? Nie, jeszcze nie. Temat „czas i ból" w *Fakturze* nie został poruszony. Szkoda, jako że w ból wnika element czystego czasu, w gęste, stałe, twarde trwanie bólu typu „nie mogę już tego znieść"; nie ma w tym nic z szarej gazy, to twarde i nieprzeniknione jak czarny pień, nie mogę, ooo, zawołaj Lagosse'a.

Van znalazł go czytającego w pogodnym spokoju ogrodu. Lekarz wszedł za Adą do domu. Veenowie przez całe pełne cierpienia lato wierzyli (albo wzajemnie zmuszali się do wierzenia), że to ataczek neuralgii.

Ataczek? Ataczysko, olbrzym z wykrzywioną z wysiłku twarzą, zaciskający i wykręcający narzędzia tortur. To dość upokarzające, że ból fizyczny czyni człowieka całkowicie obojętnym na takie kwestie moralne, jak los Lucette, to dość zabawne – czy to właściwe słowo? – że człowiek troszczy się o zagadnienia stylu nawet w tych potwornych chwilach. Szwajcarski lekarz, któremu wszystko opowiedzieli (okazało się, że na akademii medycznej poznał bratanka dra Lapinera) okazał żywe zainteresowanie niemal skończoną, ale tylko częściowo poprawioną książką i zabawnie powiedział, że zamiast osoby czy osób wolałby zobaczyć, póki nie jest za późno, *le bouquin guéri de tous ces accrocs*. Było za późno. To, co – jak wszyscy sądzili – miało okazać się szczytowym osiągnięciem Violet, idealnie czyste drukowane specjalnymi kursywowymi czcionkami (wyidealizowana wersja charakteru pisma Vana) i na specjalnym papierze atticus dzieło, egzemplarz nr 1, oprawny w fioletową cielęcą skórę, przygotowany na dziewięćdziesiąte siódme urodziny Vana, natychmiast zmieniło się w prawdziwe piekło zmian i poprawek zrobionych czerwonym atramentem i niebieskim ołówkiem. Można nawet przypuścić, że jeśli nasza para, rozciągana na łożu tortur czasu, kiedykolwiek postanowi umrzeć, to śmierć przeniesie ją, by tak rzec, do skończonej książki, do Edenu lub Hadesu, do prozy samego utworu lub poezji jego reklamowej notki.

Ich niedawno zbudowany zamek w Ex został oprawiony w kryształ zimy. W najnowszym *Kto jest kim* lista jego najważniejszych artykułów w wyniku dziwacznej pomyłki zawierała tytuł pracy, której nigdy nie napisał, chociaż wiele trudu kosztowało go jej obmyślanie: *Nieświadomość i nieświadome*. Teraz nie trudził się już nad nią, za to ogromnym trudem było dokończenie *Ady*.

– *Quel livre, mon Dieu, mon Dieu* – zawołał dr [profesor – wyd.] Lagosse, ważąc w dłoniach egzemplarz nr 1, na którym płascy bladzi rodzice nie będą już się mogli oprzeć, objaśniając przyszłym dzieciakom zagubionym w brązowolistnych lasach tajemniczy pierwszy obrazek z książeczki w pokoju dziecinnym w Ardisie: dwie osoby w jednym łóżku.

Ardis Hall – sady i eskapady, żary i altany Ardisu – to lejtmotyw, bezustannie falujący w Adzie, obszernej i cudownej kronice, której zasadnicza część zainscenizowana jest na tle jasnej jak ze snu Ameryki – czyż bowiem nasze wspomnienia z dzieciństwa nie są porównywalne do płynących ku Vinelandii karaweli, wokół których leniwie krążą białe ptaki snów? Protagonista, potomek jednej z naszych najznakomitszych i najbogatszych rodzin, to dr Van Veen, syn barona „Demona" Veena, niezapomnianej postaci tak charakterystycznej dla Manhattanu i Reno. Koniec niezwykłej epoki zbiegł się z nie mniej niezwykłymi latami chłopięcymi Vana. Żadne dzieło światowej literatury, może z wyjątkiem wspomnień hrabiego Tołstoja, nie jest w stanie rywalizować pod względem czystej radości i arkadyjskiej niewinności z „ardisowską" częścią tej książki. Rozwój płomiennego dziecięcego romansu w majątku wiejskim kolekcjonera dzieł sztuki Daniela Veena, stryja protagonisty, ukazuje nam seria porywających scen z udziałem Vana i ślicznej Ady, prawdziwie nadzwyczajnej *gamine*, córki Mariny, rozmiłowanej w teatrze żony Daniela. Już na pierwszych stronach znajdujemy sugestię, że związek ten nie jest po prostu niebezpiecznym *cousinage*, ale odznacza się cechami zabronionymi przez prawo.

Na przekór wielu komplikacjom fabularnym i psychologicznym opowieść posuwa się ostrym kłusem. Nim zdążymy się zatrzymać, by odetchnąć i dokładniej przyjrzeć się nowemu otoczeniu, okolicy, gdzie – jeśli tak można powiedzieć – zrzucił nas z grzbietu latający dywan pisarza, już kolejna ponętna dziewczyna, Lucette Veen, młodsza córka Mariny, także traci głowę dla Vana, nieodpartego rozpustnika. Jej tragiczne przeznaczenie jest jedną z największych atrakcji tej zachwycającej książki.

Reszta opowieści o Vanie koncentruje się na otwarcie i barwnie przedstawionym długoletnim romansie z Adą, przerwanym przez jej małżeństwo z hodowcą bydła z Arizony, człowiekiem, którego legendarny przodek odkrył nasz kraj. Po śmierci męża Ady następuje ponowne połączenie naszych kochanków. Starość spędzają, podróżując razem i mieszkając w rozmaitych willach (jedna piękniejsza od drugiej), które Van zbudował był w różnych miejscach na całej zachodniej półkuli.

Subtelność malarskiego szczegółu to jedna z nie najmniej ważnych piękności tej kroniki: treliażowa galeria, malowany sufit, ładna zabawka, która osiadła na mieliźnie wśród niezapominajek, motyle i motylkowate orchidee na marginesach romansu, zamglony widok dostrzeżony z marmurowych schodów, widziana od przodu łania w starym parku rodzinnym i wiele, wiele innych rzeczy.

VIVIAN DARKBLOOM

Noty do „Ady"

s. 13 Wszystkie nieszczęśliwe rodziny...: wyśmiane są tu niedobre tłumaczenia rosyjskich klasyków. Pierwsze zdanie powieści Tołstoja zostało odwrócone, a Anna Arkadiewna otrzymała absurdalny męski patronimik, podczas gdy niepoprawne zakończenie żeńskie dodano do jej nazwiska. „Mount Tabor" i „Pontius" odwołują się do transfiguracji (jak mi się zdaje jest to termin p. G. Steinera) oraz zdrad, na które wielkie teksty wystawiane są przez zadufanych i ignoranckich autorów „przekładów".

s. 13 Siewiernyja Tierritorii: Terytoria Północne. Tu i dalej transkrypcja opiera się na starej ortografii rosyjskiej.

s. 13 granoblastycznie – w mozaikowym bezładzie.

s. 14 Tofana: aluzja do „aqua tofana" (zob. w dowolnym dobrym słowniku).

s. 14 koronne poroże: w pełni rozwinięte, z końcowymi odnogami.

s. 15 Jezioro Kitież: aluzja do legendarnego miasta Kiteż, które w rosyjskiej bajce błyszczy na dnie jeziora.

s. 16 p. Eliot: spotkamy go znowu na stronach 549 i 603 w towarzystwie autora *Wypełnionych ludzi* i *Strof agonicznych*.

s. 16 w kierunku przeciwnym do wyprawy Fileasa Fogga: Fileas Fogg, globtroter Jules'a Verne'a, podróżował z zachodu na wschód.

s. 16 Dobranockowe Dzieciaki: ich imiona (z pewnymi przeinaczeniami) zaczerpnięte są z komiksu dla dzieci francuskojęzycznych.

s. 19 dr Lapiner: z jakiegoś trudnego do wyjaśnienia, ale przecież niebudzącego niechęci powodu większość lekarzy w niniejszej książce nosi, jak się okazuje, nazwiska związane z królikami. Francuski *„lapin"* w Lapiner odpowiada rosyjskiemu *„Krolikowi"*, nazwisku ulubionego lepidopterysty Ady (s. 20 *et passim*), a rosyjski *„zajac"* (zając) brzmi jak

„Seitz" (niemiecki ginekolog na stronie 278); w nazwisku Nikulina („wnuka wielkiego badacza gryzoni Kunikulinowa", s. 519) kryje się łaciński „*cuniculus*", a grecki „*lagos*" w „Lagosse" (lekarz, który opiekuje się starym Vanem). Zauważymy jeszcze Coniglietto, włoskiego specjalistę od raka krwi, s. 453.

s. 19 *miziernoj*: francusko-rosyjska forma angielskiego słowa „*miserable*" w znaczeniu „marny".

s. 19 *c'est bien le cas de le dire*: pasuje jak ulał.

s. 19 *lieu de naissance*: miejsce urodzenia.

s. 20 Jane Austen: aluzja do szybkiego przekazywania informacji narracyjnych za pośrednictwem dialogu w powieści *Mansfield Park*.

s. 20 małej stabianki z kwiatami: aluzja do sławnego fresku (tzw. *Wiosna*) ze Stabiae, znajdującego się w Muzeum Narodowym w Neapolu, dziewczyna rozrzucająca kwiaty.

s. 23 Biełokonsk: rosyjski bliźniak „Whitehorse" (miasto w północno-zachodniej Kanadzie).

s. 24 malinami; ribbon boule: aluzje do komicznych błędów w Lowellowskich wersjach wierszy Mandelsztama (w „New York Review" z 23 grudnia 1965).

s. 26 *en connaisance de cause*: ze znajomością rzeczy (fr.).

s. 27 Aardvark: najwyraźniej uniwersyteckie miasto w Nowej Anglii.

s. 27 Gamaliel: znacznie bardziej udany mąż stanu niż nasz W.G. Harding.

s. 28 ciekawa sytuacja: brzemienność.

s. 29 Lolita w Teksasie: miasto takie istnieje czy też raczej istniało, gdyż, jak przypuszczam, zostało przemianowane po ukazaniu się osławionej powieści.

s. 31 *beau milieu*: w samym środku.

s. 31 Farabóg: zapewne bóg elektryczności.

s. 31 Braques: aluzja do bric-à-bracowego malarza.

s. 35 *entendons-nous*: niech to będzie jasne (fr.).

s. 36 Jukoniec: mieszkaniec Jukonu (ros.).

s. 38 jantar: bursztyn (fr. *l'ambre*), aluzja do elektryczności.

s. 38 śliczne pacholę, chłopcze itd.: parafraza wierszy Housmana.

s. 39 ballatetta: rozbity i zniekształcony fragment z „małej ballady" włoskiego poety Guido Cavalcantiego (1255–1300). Odpowiednie wersy przedstawiają się następująco: „ty przestraszony i słaby głosie, co dobywasz się łkający z mego zgnębionego serca, idź z moją duszą i tą śpiewką, opowiadając o zniszczonym umyśle".

s. 42 *Christosik*: Chrystusik (ros.).

s. 42 *rukuliruszczij*: ros. z fr. *roucoulant*, gruchający.

s. 43 spytała: „szpitala", pożyczone z fragmentu *Samotni* Dickensa. Kalambur nędzarza Jo, a nie nędzny kalambur *à la* Joyce.

s. 45 *aujourd'hui*: dzisiaj (fr.).

s. 46 *Princesse lointaine*: Daleka księżniczka, tytuł francuskiej sztuki.

s. 48 *pour attraper le client*: żeby nabrać klienta.

s. 53 *Je parie*...: Założę się, że panicz mnie nie poznaje.

s. 53 *tour du jardin*: spacer po ogrodzie.

s. 55 lady Amherst: w umyśle dziecka Marina pomieszała się z uczoną damą, od której nazwiska pochodzi nazwa często występującego bażanta.

s. 56 z lekkim uśmiechem: ulubione sformułowanie Tołstoja, oznaczające chłodną wyższość, jeśli nie arogancję w sposobie mówienia danej postaci.

s. 57 *pollice verso*: łac., kciukami w dół.

s. 60 Sumieriecznikow: nazwisko pochodzące od słowa „sumierki" (po rosyjsku „zmrok").

s. 64 uroczego hiszpańskiego wiersza: w istocie dwu wierszy Jorge Guillena – *Descanso en jardin* oraz *El otoño: isla*.

s. 68 *Monsieur a quinze ans*... itd.: Jaśnie pan ma, jak sądzę, piętnaście lat, a ja mam dziewiętnaście, to wiem. (...) Jaśnie pan na pewno miał dziewczyny z miasta; co do mnie, jestem dziewicą albo prawie. Co więcej...

s. 68 *rien qu'une petite fois*: choćby tylko raz.

s. 70 *mais va donc jouer avec lui*: no, idź, pobaw się z nim.

s. 70 *se morfonde*: smucić się.

s. 70 *au fond*: w istocie.

s. 71 *je l'ignore*: nie wiem.

s. 71 *cache-cache*: zabawa w chowanego.

s. 72 *infusion de tilleul*: napar lipowy.

s. 74 *Les Amours du docteur Mertvago*: gra z „Żywago" („żyw" znaczy po rosyjsku „żywy", a „miortw" – „martwy").

s. 74 *grand chêne*: wielki dąb

s. 75 *quelle idée*: co za pomysł!

s. 77 *Les Malheurs de Swann*: skrzyżowanie *Les Malheurs de Sophie* pióra Mme de Ségur (z domu hrabiny Rostopczin) i *Un amour de Swann* Prousta.

s. 83 *monologue intérieur*: tak zwany chwyt „strumienia świadomości", zastosowany przez Lwa Tołstoja (na przykład przy opisie wrażeń Anny, kiedy jej powóz toczy się ulicami Moskwy).

s. 87 *soi-disant*: tak zwany.

s. 87 Fowlie: zob. Wallace Fowlie, Rimbaud (1946).
s. 87 *les robes vertes et déteintes filletes*...: zielone i sprane sukienki młodych dziewcząt.
s. 87 *angieł moj*: (ros.) „Mój aniele!".
s. 88 *en vain* itd.: In vain one gains in play/The Oka river and Palm Bay... [Próżno człek wygrywa Okę/Albo nawet Palm Zatokę...].
s. 89 *bambin angélique*: chłopczyku-aniołku.
s. 92 *groote*: (nider.) wielki.
s. 92 *un machin*...: wihajster tak długi, że nie wiem, który niemal zranił pośladki dziecka.
s. 94 trzciny myślące: Pascalowska metafora człowieka, *un roseau pensant*.
s. 96 rakietrosy: stary anagram. Prowadzi tu do parodii freudowskich sennych szarad (symboli w orkanie orkiestry), s. 97.
s. 96 *buvard*: bibularz.
s. 97 *kamargskij*: La Camargue, bagienna okolica na południu Francji skojarzona z rosyjskim słowem „komar", po angielsku *mosquito*, po francusku *moustique*.
s. 98 *sa petite collation du matin*: lekkie śniadanie.
s. 99 *tartine au miel*: chleb z masłem i miodem.
s. 101 Osberg: kolejny dobroduszny anagram, zawierający nazwisko pisarza, z którym w dość komiczny sposób porównywany był autor *Lolity*. Nawiasem mówiąc, wymowa tego tytułu nie ma nic wspólnego z angielską ani rosyjską (bez obrazy pewnej anonimowej sowy w niedawnym numerze „Times Literary Supplement").
s. 101 *mais ne te*...: nie wierćżesz się tak, kiedy wkładasz spódnicę! Panienka z dobrego domu...
s. 102 *très en beauté*: wyglądająca bardzo ładnie.
s. 102 *calèche*: wiktoria.
s. 103 *pieczenieg*: dzikus.
s. 105 *grande fille*: dziewczynka, wchodząca w okres dojrzewania.
s. 108 *La Rivière de diamants*: Maupassanta ani jego *La Parure* (s. 111) Antyterra nie znała.
s. 108–109 *copie* itd.: kopiowania na swym poddaszu.
s. 109 *à grand eau*: nie żałując wody.
s. 109 finzżpce: fiolet-indygo-niebieski-zielony-żółty-pomarańczowy-czerwony.
s. 111–112 *sans façons*: bezceremonialnie.
s. 113 *décharné*: wychudły.
s. 113 *cabane*: chałupa.
s. 113 *allons donc*: ależ co wy.

s. 114 *pointe assassine*: moment (w opowiadaniu czy wierszu), który zarzyna wartość artystyczną.

s. 114 *quitte a tout dire* itd.: nawet powiedziawszy wszystko wdowie, jeśli będzie trzeba.

s. 114 *il pue*: on śmierdzi.

s. 115 *Atala* – krótka powieść Chateaubrianda.

s. 116 *un juif*: Żyd.

s. 118 *et pourtant*: a przecież.

s. 118 *ce beau jardin...*: ten piękny ogród kwitnie w maju, ale zimą nigdy, nigdy, nigdy nie jest zielony itd.

s. 122 *czort!*: ros., do diabła.

s. 129 *milejszyj*: ros., najdroższy.

s. 129 *partie...*: zewnętrzna i mięsista część, która obramowuje usta (...) dwa brzegi prostej rany (...) to członek, który liże.

s. 130 *pascaltrezza*: w tym kalamburze, który łączy Pascala i słowa *scaltrezza* (wł. „bystry umysł") oraz *treza* (prowansalski wyraz oznaczający „plecionkę ze źdźbeł"), francuskie „*pas*" neguje „*pensant*" w połączeniu z „*roseau*" w słynnym powiedzeniu Pascala „człowiek to trzcina myśląca".

s. 133 Katia: pierwsza naiwna w *Ojcach i dzieciach* Turgieniewa.

s. 133 *trouvaille*: szczęśliwe znalezisko.

s. 134 Ada, która lubiła krzyżować ze sobą orchidee: krzyżuje tu ze sobą dwu francuskich autorów, Baudelaire'a i Chateaubrianda.

s. 134 *mon enfant....*: moje dziecko, moja siostro, pomyśl o grubości wielkiego dębu w Tagne, pomyśl o górze, pomyśl o słodyczy...

s. 134 *recueillie*: skupionej, zamarłej.

s. 140 *puisqu'on...*: skoro poruszamy tę kwestię.

s. 142 *hument*: wdychają.

s. 142 *tout le reste*: całą resztę.

s. 142 *zdrawstwujtie: apofieoz*: ros., i oto: apoteoza.

s. 143 Mlle Stopchine: reprezentantka Mme de Ségur, z domu Rostopczin. Autorki *Les Malheurs de Sophie* (których miejsce nomenklaturowo zajęły na obszarach Antyterry *Les Malheurs de Swann*).

s. 143 *au feu!*: pali się!

s. 143 *flambait*: była w płomieniach.

s. 143 Ashette: Kopciuszek, we francuskim oryginale Cendrillon.

s. 144 *en croupe*: siedzącymi za jeźdźcem.

s. 146 *à reculons*: tyłem.

s. 150 Kwestia Nilu rozwiązana: słynny telegram wysłany przez badacza Afryki.

s. 150 *parlez pour vous*: proszę mówić za siebie.
s. 150 *trempée*: przemoczona.
s. 156 *je l'ai vu* itd.: widziałam to w jednym z koszy w bibliotece.
s. 156 *aussitôt après*: zaraz potem.
s. 157 *ménagez...*: licz się ze słowami.
s. 158 *leur chute...*: ich opadanie jest powolne (...) można śledzić je wzrokiem, rozpoznając...
s. 158 Lowden: hybrydyczne nazwisko łączące w sobie dwu współczesnych bardów.
s. 158 *baguenaudieur*; francuska nazwa moszenka południowego.
s. 159 Floeberg: w tym pseudocytacie naśladowany jest styl Flauberta.
s. 161 *pour ne pas...*: by w jej głowie nie pojawiły się jakieś myśli.
s. 161 *en lecture*: wypożyczone.
s. 162 *cher, trop cher René*: drogi, zbyt drogi (słowa jego siostry w *René* Chateaubrianda).
s. 163 *Chiron*: lekarz wśród centaurów, aluzja do najlepszej powieści Updike'a.
s. 163 londyńskiego tygodnika: odwołanie do rubryki Alana Briena w piśmie „New Statesman".
s. 163 *Höhensonne*: niem., lampa kwarcowa.
s. 164 *bobo*: małe skaleczenie.
s. 164 *démission...*: pełne łez wypowiedzenie.
s. 165 *les deux enfants...*: przeto dwoje dzieci mogło uprawiać miłość bez obaw.
s. 166 *fait divers*: wydarzenie, wiadomość dziennikarska
s. 168 *qui le sait*: kto wie
s. 169 Heinrich Müller: autor *Syfoxusa* itp.
s. 171 *Ma sœur, te souvient-il encore*: pierwszy wers trzeciego sześciowiersza *Romance à Hélène* Chateaubrianda („Combien j'ai douce souvenence"), napisanej do owerniackiej melodii, którą słyszał podczas wycieczki na Mont Dore w 1805 r., wiersz autor później włączył do opowieści *Le Dernier Abencerage*. Ostatni (piąty) sześciowiersz zaczyna się: „*Oh! Qui me rendra mon Hélène. Et ma montagne et le grand chêne*", słowa te są jednym z lejtmotywów niniejszej powieści.
s. 171 *siestra moja...*: siostro moja, czy pamiętasz górę i dąb wysoki, i Ladorę?
s. 171 *Oh! Qui me rendra...*: o, kto mi odda mą Alinę i wielki dąb, i me wzgórze?
s. 172 Lucile: imię prawdziwej siostry Chateaubrianda.
s. 172 *La Dore...*: Dore i zwinną jaskółkę.

s. 173 *vendange*: winobranie.
s. 176 Rockette: odpowiada *La Petite Rocque* Maupassanta.
s. 176 *chaleur du lit*: ciepło łóżka.
s. 178 *choroszo*: ros., dobrze.
s. 180 *mironton...*: refren ludowych piosenek.
s. 182 lettrocalamitas: gra z wł. słowem *elettrocalamita* – „elektromagnes".
s. 186 wnukiem Bagrowa: aluzja do *Lat dziecięcych Bagrowa-wnuka* pomniejszego pisarza Siergieja Aksakowa (A.D. 1791–1859).
s. 187 *hobereaux*: drobni właściciele ziemscy.
s. 188 *biriulki proszłogo*: ros., głupstewka przeszłości.
s. 191 *traktir*: ros., gospoda.
s. 191 (avoir le) *vin triste*: wstawić się na smutno.
s. 191 *au cou rouge...*: z czerwonym i grubym karkiem wdowca wciąż pełnego ognia.
s. 191 *gloutonnerie*: żarłoczność.
s. 192 *tant pis*: szkoda.
s. 192 *je rêve...*: Chyba śnię. To niemożliwe, by ktokolwiek smarował masłem to niestrawne i obrzydliwe brytyjskie ciasto.
s. 192 *et ce n'est que...*: a to tylko pierwszy kawałek.
s. 192 *lait caillé*: kwaśne mleko.
s. 194 *tous les...*: wszystkie opony są nowe.
s. 194 *tel un...*: tak dzika lilia ufająca pustyni.
s. 194 *non...*: nie, jaśnie panie, po prostu bardzo pana lubię i pańską młodą damę też.
s. 196 *qu'y puis-je?*: cóż mogę na to poradzić?
s. 196 potykając się o melony (...) aroganckie wysokie kopry włoskie: aluzje do fragmentów *Ogrodu* Marvella i *Mémoire* Rimbauda.
s. 201 *d'accord*: zgoda.
s. 205 *la bonne surprise*: jaka miła niespodzianka.
s. 206–207 *amour propre, sale amour*: kalambur wzięty ze *Zmartwychwstania* Tołstoja.
s. 207 *quelque petite...*: jakąś małą praczkę.
s. 208 Toulouse'a: Toulouse-Lautrec.
s. 208 *dura*: ros., głuptaska.
s. 210 *Jeździec bez głowy*: tytuł Mayne'a Reida przypisany jest tu Puszkinowi, autorowi *Jeźdźca miedzianego*.
s. 210 Lermontow: autor *Demona*.
s. 210 Tołstoj: bohater Tołstoja Hadżi Murat (kaukaski przywódca) jest tu stopiony z generałem Muratem, szwagrem Napoleona, i z francuskim

przywódcą rewolucyjnym Maratem, zabitym w kąpieli przez Charlotte Corday.

s. 213 Lutecja: Lutèce, dawna nazwa Paryża.

s. 215 *constatait*....: stwierdził z przyjemnością.

s. 216 jutrzenka drżała, starzec ochoczy Chose: szczypta Baudelaire'a.

s. 218 *gołubianka*: ros., mały niebieski motyl.

s. 218 *petit bleu*: tak w Paryżu potocznie nazywa się pocztę pneumatyczną (ekspresowe wiadomości na niebieskim papierze).

s. 219 *cousin*: komar.

s. 220 *mademoiselle*...: panienka ma niezłe zapalenie płuc, niestety, proszę pana.

s. 221 graniał maza: perfumy nazwane od słów „grań ałmaza" (faseta brylantu) odnoszących się w *Demonie* Lermontowa do góry Kazbek.

s. 225 *inquiétante*: niepokojąca.

s. 229 yellow-blue Vass (żółto-niebieski Vass): wyrażenie to brzmi podobnie do *ja lublu was* („kocham panią, pana" po rosyjsku).

s. 232 *mais, ma pauvre ami*...: ale, moja biedna przyjaciółko, to była imitacja.

s. 233 *niczego nie podiełajesz*: ros., nic się nie da zrobić.

s. 234 *elle le mangeait*...: pożerała go wzrokiem.

s. 235 *petits vers*...: ulotne wiersze i jedwabniki.

s. 237 wujaszku Vanie: aluzja do linijki w sztuce Czechowa *Wujaszek Wania* – „ujrzymy niebo całe w diamentach".

s. 242 *Les Enfants maudits*: przeklęte dzieci.

s. 243 *du sollst*...: niem., nie słuchaj.

s. 243 *on ne parle pas*...: tak nie mówi się przy psie.

s. 245 *que voulez-vous dire*: co pan chce powiedzieć?

s. 247 czywartek: w ten sposób Rack wymawia słowo „czwartek".

s. 247 *furchtbar*: niem. „okropne".

s. 248 Ero: tak w *Niewidzialnym człowieku* Wellsa połykający „h" policjant nazywa zdradzieckiego przyjaciela bohatera.

s. 251 *mais qu'est-ce*...: ale co zrobił ci twój kuzyn?

s. 255 *petit-beurre*: herbatnik.

s. 262 *unschiklich*: niem. niestosowny (rozumiane przez Adę jako „nieszykowny").

s. 265 *ogoń*: ros., ogień.

s. 266 Mikrogalaktykami: na planecie Terra znane jako *Les Enfants du capitaine Grant* Jules'a Verne'a.

s. 267 *ailleurs*: gdzie indziej.

s. 268 *ałfawit*: ros., alfabet.

s. 270 *particule*: *de* lub *d'*.

s. 270 Pat Ricjański: gra ze słowem „patrycjuszowski". Przypomina się Podgoretz (po rosyjsku ktoś spod góry, pan Podgórski, ang. Underhill), który obdarzył tym epitetem popularnego krytyka, potencjalnego specjalistę od języka rosyjskiego, w tej postaci, w której używany jest w Mińsku i gdzie indziej; Mińsk oraz szachy pojawiają się również w rozdziale szóstym *Pamięci, przemów* (*Speak, Memory*, wydanie nowojorskie z 1989 r., s. 133).

s. 272 Gierszeżniewski: nazwisko pewnego slawisty miesza się tu z nazwiskiem Czyżewskiego, też slawisty.

s. 274 *je ne peux* itd.: nie mogę zrobić nic, no nic.

s. 274 *Buchstaben*: niem., litery.

s. 274 *c'est tout simple*: to całkiem proste.

s. 275 *pas facile*: niełatwe.

s. 275 Cendrillon: Kopciuszek.

s. 275 *mon petit* (...) *que dis je*: kochanie (...) w istocie.

s. 279 *elle est folle*...: ona jest szalona i zła.

s. 279 Piwna Wieża: kalambur odwołujący się do „Tourbière".

s. 280 *czajku*: ros. herbatki.

s. 280 *iwaniljicz*: puf odgrywa wspaniałą rolę w *Śmierci Iwana Iljicza* Tołstoja, gdzie wzdycha głęboko pod przyjacielem wdowy.

s. 280 *cousinage*...: kuzynostwo to niebezpieczna bliskość.

s. 280 *qu'on s'embrassait*: całowali się po wszystkich kątach.

s. 281 *jerunda*: ros., bzdura.

s. 281 *hier und da*: niem., tu i tam.

s. 282 *raffolait*...: szalał za jedną ze swoich klaczy.

s. 283 *tant mieux*: tym lepiej.

s. 283 *tout est bien*: wszystko w porządku.

s. 284 Tuzenbach: Van recytuje ostatnie słowa nieszczęsnego barona z Czechowowskich *Trzech sióstr*, który nie wie, co powiedzieć, ale odczuwa potrzebę powiedzenia czegoś Irinie przed udaniem się na fatalny dlań pojedynek.

s. 285 *kontrietan*: rosyjska niewłaściwa wymowa *contretemps*.

s. 288 *kamieristoczka*: ros., młoda pokojówka.

s. 288 *en effet*: istotnie.

s. 288 *petit nègre*: mały Murzyn na kwitnącym polu.

s. 289 *ce sera*...: będzie to obiad dla czworga.

s. 290 kiwając lewym palcem wskazującym: ów gen nie minął jego córki (zob. s. 273–274, na których zapowiedziana jest też nazwa kremu).

s. 290 Lowka: obraźliwe lub ludowe zdrobnienie imienia Low (Leon).

s. 293 *antrienu...*: nieprawidłowa, naznaczona rosyjskim akcentem, wymowa francuskiego *entre nous sois dit*, między nami mówiąc.

s. 293 *filius aquae*: „syn wody", kiepski kalambur odwołujący się do *filum aquae*, środkowa droga. „nić strumienia".

s. 295 *un petite juive...*: bardzo arystokratyczna Żydóweczka.

s. 295 *ça va*: rozumie się.

s. 295 *seins durs*: nieprawidłowa wymowa *sans dire*, „bez mówienia".

s. 296 *passe encore*: jeszcze ujdzie.

s. 297 *Lorsque...*: Kiedy jej narzeczony poszedł na wojnę, nieszczęsna i szlachetna dziewczyna zamknęła fortepian, sprzedała słonia.

s. 298 Przypadkiem wiersze...: „Przypadkiem wiersze ocalały; jak wiesz mam je u siebie. Tu je wplotę" (*Eugeniusz Oniegin*, rozdz. szósty, XXI, 1–2).

s. 299 *Klubsessel*: niem. fotel klubowy.

s. 300 *devant les gens*: przy służbie.

s. 300 Fanny Price: bohaterka *Mansfield Park* Jane Austen.

s. 301 *grib*: ros., grzyb.

s. 301 *wodoczki*: ros. wódeczki.

s. 303 *zakusocznyj stoł*: stół z zakąskami.

s. 303 *petits soupers*: intymne kolacyjki.

s. 303 *piersty*: najwyraźniej Puszkinowski *winograd*:

> Podłużny taki i przejrzysty
> Jak palce którejś z młodych dziew
> (młodej dziewczyny - *diewy mołodoj*, *jeune fille*)

s. 303 *ciel-étoilé*: gwiaździste niebo.

s. 307 *nie pichtitie*: ros., proszę nie oddychać chrapliwie.

s. 309 *vous me comblez*: dogadzacie mi.

s. 309 *gelinotte*: jarząbek.

s. 310 *le feu...*: jakże delikatny ogień dziewictwa, co na jej czole...

s. 310–311 *po rasczotu po mojemu*: aluzja do Famusowa (w *Gorie ot uma* Gribojedowa), obliczającego ciążę znajomej damy.

s. 311 *protiestuju*: ros., protestuję.

s. 311 *sieriozno*: ros., poważnie.

s. 311 *quoi que ce soit*: cokolwiek by to mogło być.

s. 311 *en accuse...*: ...zdradza piękno.

s. 311 kerletyczne: anagram przymiotnika „elektryczne".

s. 312 *Terastes...*: łacińska nazwa wymyślonej „kuropatwy Patersona" z Wind River Range w stanie Wyoming.

s. 313 Wielki i dobry człowiek: określenie, którym brytyjski polityk Winston Churchill z entuzjazmem obdarzył Stalina.

s. 314 *voulu*: zamierzone.
s. 315 *echt deutsch*: niem., prawdziwie niemiecki.
s. 315 *Kegelkugel*: niem. kula kręgielna.
s. 316 *partir*...: wyjechać to trochę umrzeć, a umrzeć to wyjechać trochę zbyt daleko.
s. 317 tangelo: skrzyżowanie mandarynki i grejpfruta.
s. 318 *falsziwo*: ros. fałszywe.
s. 319 *rozy* (...) *bieriozy*: ros. róże (...) brzozy.
s. 319 *ou comme ça?*: albo po prostu?
s. 325 *sale*...: brudny mały filister.
s. 325 *d'accord*: w porządku.
s. 327 że...: ros, wykoślawienie *je t'en prie*.
s. 327 Trigorin...: odwołanie do sceny z *Mewy*.
s. 328 Houssaie: po francusku *hollywood* (miejsce zarosłe ostrokrzewami). *Golliwud-toż* to po rosyjsku „znane też jako Hollywood".
s. 329 *enfin*: w końcu.
s. 330 *odmoczati*: pseudorosyjski kalambur odwołujący się do „oddawać mocz".
s. 330 *cœur de bœuf*: serce byka (chodzi o kształt).
s. 333 *quand tu voudras*: kiedy zechcesz, mój chłopcze.
s. 335 *la maudite*: przeklęta (guwernantka).
s. 335 *vos*...: fr.-ros., twoje wyrażenia są dość swobodne.
s. 336 *qui tâchait*...: który próbował zawrócić jej w głowie.
s. 337 *ombres*...: cienie i kolory.
s. 343 *qu'on la coiffe*...: czesać się na wolnym powietrzu.
s. 343 *un air entendu*: rozumiejące spojrzenie.
s. 347 *ne sait quand*...: nie wie, kiedy wróci.
s. 348 *mon beau page*: mój piękny paziu.
s. 351 *c'est ma dernière*: to moja ostatnia noc we dworze.
s. 352 *je suis*...: jestem twoja, wkrótce świt.
s. 352 *parlez por vous*: mów za siebie.
s. 353 *immonde*: ohydny.
s. 353 *il la mangeait*...: pożerał ją odrażającymi pocałunkami.
s. 356 *qu'on vous culbute*: że cię przewracają.
s. 360 *marais noir*: czarny przypływ.
s. 365 *j'ai des ennuis*: mam kłopoty.
s. 365 *topinambour*: roślina topinambur, zwana też bulwą; kalambur wykorzystujący słowo „kalambur".
s. 365 *on n'est pas*...: cóż za nikczemne zachowanie.

s. 366 Tapper: willa „Dorian” podobnie jak nazwisko „Charlus” wskazują na homoseksualny charakter przeciwnika Vana oraz sekundantów.

s. 368 Rafin, Esq.: kalambur odwołujący się do nazwiska „Rafinesque”, które dało nazwę jednemu z fiołków.

s. 368 Do-Re-La: Ladore w muzycznym rozbiciu i przemieszaniu.

s. 371 *partie...*: piknik.

s. 374 *pałata*: ros., sala szpitalna.

s. 377 *twoju mat'*: ros. „twoją matkę”, zakończenie popularnego rosyjskiego przekleństwa.

s. 378 *ich bin....*: niem., jestem niepoprawnym żartownisiem.

s. 381 stryj: „Mój zacny stryj dał znać o sobie” (*Eugeniusz Oniegin*, rozdz. pierwszy, I, w. 1)

s. 386 *encore un...*: jeszcze jedna „dziecięca zjawa” (kalambur).

s. 390 ostatni akapit Części Pierwszej naśladuje swą znaczącą skrótowością intonacji (jak gdyby wypowiadany był przez głos z zewnątrz) słynne zakończenie Tołstoja, przy czym Van występuje w roli Kitty Lowin.

s. 395 *poule*: kurewka.

s. 395 komsi...: *comme-ci comme ça* w naznaczonej rosyjskim akcentem błędnej wymowie – tak sobie.

s. 395 *miestieczko*: ros., małe miejsce.

s. 395 *bâteau ivre*: statek pijany, tytuł wiersza Rimbauda, tu użyty w miejsce „statku szaleńców”.

s. 396 *poszłost'*: ros., wulgarność.

s. 397 *da*: ros., tak.

s. 399 *ce qui...*: co wychodzi na jedno.

s. 399 *maux*: męki.

s. 399 osnówka: tkanka okrywająca łupinę pewnych nasion.

s. 400 Grant: w *Dzieciach kapitana Granta* Jules'a Verne'a słowo „agonia” (w znalezionym liście) okazuje się częścią „Patagonii”.

s. 405 cyraniana: aluzja do *Histoire comique des états de la Lune* Cyrana de Bergerac.

s. 405 *Niekto*: ros., quidam.

s. 406 *romanczik*: ros., krótka powieść.

s. 406 Sig Leymanski: anagram imienia i nazwiska szelmowskiego brytyjskiego powieściopisarza zainteresowanego prozą o fizyce.

s. 409 Abencerrajess, Zegries: rody Maurów z Grenady (ich spór zainspirował Chateaubrianda).

s. 412 *fille de joie*: kurwa.

s. 419 *maison close*: burdel.

s. 420 *wyszybała*: ros. wykidajło.
s. 423 *Künstlerpostkarte*: niem., artystyczna karta pocztowa.
s. 423 *la gosse*: dziewczynka.
s. 425 *subsidunt*: góry padają, zapadają się wyżyny.
s. 428 *smorchiama la secandela*: zgaśmy świecę.
s. 431 Marmlad u Dickensa: lub raczej Marmieładow u Dostojewskiego, na którego Dickens (w przekładzie) wywarł duży wpływ.
s. 432 *frôlements*: muśnięcia.
s. 436 *störben*: kalambur odwołujący się do niem. *sterben*, umrzeć.
s. 438 *qui prend*...: który wzlatuje.
s. 438 nasze dawne...: Swinburne.
s. 439 Larousse: kalambur odwołujący się do słowa „*rousse*" (po francusku „rudzielec")
s. 440 *pourtant*: jednak.
s. 441 *cesse*: przestań.
s. 441 *Glanz*: niem., połysk.
s. 441 *Mädel*: niem., dziewczyna.
s. 442 *wsio sdiełali*: ros., zrobili wszystko.
s. 444 relansuję: od fr. *relancer*, ścigać.
s. 448 *coigner*...: kalambur („to coin a phrase" [jak to się mówi]).
s. 448 *fraise*: truskawkowa czerwień.
s. 448 *krestik*: anglorosyjskie słowo oznaczające mały grzebień (ang. *crest*).
s. 448 *vanouissements*: mdlejąc w objęciach Vana.
s. 452 nie umiem...: Hamlet.
s. 452 *si je puis*: jeśli mogę tak to ująć.
s. 452 *la plus laide*...: najbrzydsza dziewczyna na świecie może dać dużo więcej, niż ma.
s. 454 *Wattebausch*: niem. kłębek waty.
s. 455 *à la queue*...: gęsiego.
s. 457 wyrabiać *folies*: fr. „faire des folies" – wyprawiać szaleństwa.
s. 458 *komondi*: rosyjska francuszczyzna, „*comme on dit*" – jak mówią.
s. 458 *Vieux-Rose*: książki pani Ségur-Rostopczin z Bibliothèque Rose.
s. 461 *l'ivresse*...: upojenie szybkością, niedzielne koncepcje.
s. 462 *un baiser*: jeden pocałunek, tylko jeden.
s. 472 *ébats*: igraszki.
s. 474 *mossio*...: *monsieur* pani kuzyn.
s. 475 *jolies*: ładne.
s. 475 *n'aurait*...: nigdy nie powinna była pani przyjąć tego drania.

s. 477 Sumieriecznikow: jego nazwisko pochodzi od ros. słowa *sumierki* – zmierzch, zob. też s. 60.

s. 478 *zdrastie*: skrócone *zdrawstwujtie*, zwykłe rosyjskie pozdrowienie.

s. 479 lit...: kalambur odwołujący się do ang. „eider-down bed", co oznacza łóżko z puchową pierzyną".

s. 480 *d'ailleurs*: zresztą.

s. 480 *pietarda*: ros., petarda, pan Ben Wright, prawdziwy poeta, kojarzony jest z *pets* (pierdnięciami).

s. 481 *bajronka*: od nazwiska Byrona (po rosyjsku Bajron).

s. 482 *réjouissant*: komiczny.

s. 482 Beckstein: przestawione sylaby.

s. 482 *Miłość w cieniu lip*: O'Neil, Tomasz Mann i jego tłumacz spletli się w tym akapicie.

s. 483 *auch*: niem., też.

s. 485 *éventail*: wachlarz.

s. 485 *fotoczki*: ros., zdjęciuszka.

s. 486 *cul*: zadek.

s. 486 *artis*: łac., sztuki.

s. 486 Carte du Tendre: Mapa czułej miłości, siedemnastowieczna sentymentalna alegoria.

s. 488 *Knabenkräuter*: niem., orchidee (i jądra).

s. 488 *perron*: ganek.

s. 491 romanse, *cyganszczina*: pseudocygańskie piosenki rosyjskie.

s. 495 *winoczerpij*: ros., podczaszy.

s. 495 *ziernistaja ikra*: ros., kawior ziarnisty.

s. 495 *uż gasli*...: ros., już gasły w pokojach światła.

s. 497 *Nikak-s niet*: ros., w żadnym razie.

s. 498 słynna mucha: zob. s. 167, *Serromyia*.

s. 498 *Vorschmacks*: niem., przystawki.

s. 502 *et pour cause*: i nic dziwnego.

s. 502 *karawanczik*: ros., mała karawana (wielbłądów).

s. 503 *Oberart*...: niem., nadgatunek, podgatunek.

s. 505 *spazmoczka*: ros., mały spazm.

s. 506 *bretteur*: pojedynkowicz, zawadiaka.

s. 506 *au fond*: w gruncie rzeczy.

s. 511 *fokus-pokus*: ros., podrabiana magia.

s. 511 *au dire*...: zdaniem krytyki.

s. 512 *finestra*, *siestra*: wł., okno, ros., siostra.

s. 513 Arinuszka: stylizowane na ludowość zdrobnienie imienia Irina.

s. 513 *Oh! Qui me rendra...*: Och, kto mi odda/moje wzgórze i wielki dąb.
s. 515 *puerulus*: łac., chłopczyk.
s. 515 *matowaja*: ros., matowa.
s. 515 *en robe...*: w różowo-zielonej sukni.
s. 520 W4: „wieża 4", szachowe określenie pozycji (kalambur odwołujący się do nazwiska kobiety).
s. 523 *c'est le mot*: to właściwie słowo.
s. 524 *pleureuses*: żałobne szaty.
s. 525 *Boże moj*: ros., o, mój Boże.
s. 531 sałata: pieniądze.
s. 534 *secondes pensées...*: po namyśle decyduje się rozważniej.
s. 534 *bonne*: służąca.
s. 540 *désolé...*: żałuję, że nie mogę być z wami.
s. 543 więc jesteś żonaty...: zob. *Eugeniusz Oniegin*, rozdz. ósmy, XVIII, w. 1–4.
s. 544 *za twojo...*: twoje zdrowie.
s. 545 *guwiernantka...*: guwernantka-literatka,
s. 547 *moue*: nieznaczny grymas.
s. 549 *affalés...*: rozparci w fotelach.
s. 551 *bouffant*: spiętrzone.
s. 551 *gueule...*: małpia buzia.
s. 552 *grustnoje...*: ros., zwraca się do niego per „moje smutne szczęście".
s. 553 *troués*: z dziurą lub dziurami.
s. 553 ugrypić: z *prendre en grippe*, poczuć niechęć.
s. 557 *das auch noch*: niem., i jeszcze to.
s. 558 *pendant que je*: podczas gdy ja.
s. 566 *wiesti*: ros., wiadomości.
s. 571 *Obst*: niem., owoce.
s. 575 Kocham cię sercem brata itd.: *Eugeniusz Oniegin*, rozdz. czwarty, XVI, w. 34.
s. 577 *kuturia...*: nieprawidłowa wymowa słowa „*couturier*" – krawiec. „wuzawe entendiu" – słyszał pan (o nim).
s. 578 *tu sais...*: wiesz, że to mnie zabije.
s. 579 *Insiste...*: cytat ze św. Augustyna.
s. 580 Henry: styl Henry'ego Jamesa sugeruje rozstrzelone „że".
s. 582 *en laid et en lard*: w obrzydliwej i tłustej wersji.
s. 583 *emptowato*; mieszanina ros. i ang. – pustawo.
s. 584 *slip*: fr., majtki.
s. 588 *pudeur*: skromność, wstydliwość.

s. 589 *prosit*: niem., zdrowie!

s. 590 *Dimanche...*: Niedziela. Śniadanie na trawie. Wszyscy cuchną. Moja teściowa połyka protezę dentystyczną. Jej mała suczka... Po czym... (zob. s. 571, dziennik malarza, który czytała Lucette).

s. 591 Nox: łac., noc.

s. 596–597 *Cher ami...*: Drogi przyjacielu! Mój mąż i ja jesteśmy głęboko wstrząśnięci przeraźliwą wiadomością. To do mnie – i nigdy tego nie zapomnę – właściwie w przeddzień śmierci zwróciła się ta biedna dziewczyna, chcąc załatwić miejsce na „Tobakoffie", który zawsze jest zatłoczony i którym już nigdy nie popłynę, odrobinę z powodu przesądu i w ogromnej mierze ze względu na współczucie dla uroczej, tkliwej Lucette. Z jakąż radością uczyniłam wszystko, co mogłam, kiedy ktoś powiedział mi, że i Pan tam będzie. W istocie powiedziała to ona sama; wydawała się taka wesoła, tak cieszyła ją perspektywa spędzenia kilku dni na górnym pokładzie ze swym ukochanym kuzynem! Psychologia samobójstwa jest tajemnicą, której nie potrafi objaśnić żaden uczony. Nigdy nie wylałam tylu łez, ledwie trzymam pióro. Wracamy do Malbrook mniej więcej w połowie sierpnia. Pańska jak zawsze.

s. 599 Wygnaniec Raju itd.: parodia czterech linijek z *Demona* Lermontowa (zob. też s. 221).

s. 600 *le beau ténébreux*: posępny bajroniczny młodzieniec.

s. 606 *que sais-je?*: cóż ja wiem?

s. 606 *Merci...*: Nieskończone dzięki.

s. 608 *cameriere*: wł., służący hotelowy, który wnosi bagaże na górę, sprząta odkurzaczem pokoje itd.

s. 610 libretto: chodzi o libretto opery *Eugeniusz Oniegin*, trawestację poematu Puszkina.

s. 612 *korriektnyj*: ros., przyzwoity.

s. 612 *hobereau*: drobny właściciel ziemski.

s. 613 cart de van: nieprawidłowa amerykańska wymowa *carte des vins*.

s. 613 *żydowskaja*: ros. (ordynarnie), żydowska.

s. 614 *je veux...* chcę cię zabrać, moja droga.

s. 614 *enfin*: krótko mówiąc.

s. 614 Luzon: nieprawidłowa amerykańska wymowa nazwy „Lausanne" (Lozanna).

s. 614 *lieu*: miejsce.

s. 617 (*Chwila milczenia*): zarówno ta uwaga, jak i cała rozmowa to parodia Czechowowskich manieryzmów.

s. 619 *muirninoczka*: irlandzko-rosyjski wyraz pieszczotliwy.

s. 619 *potins de famille*: plotki familijne.

s. 620 *terriblement*...: strasznie wielka dama i w ogóle. Lubi mu dokuczać, mówiąc, że taki prosty farmer jak on nie powinien się był żenić z córką aktorki i handlarza dziełami sztuki.

s. 620 *je dois*...: muszę uważać na wagę.

s. 621 Olorinus: z łac. *olor* – łabędź (kochanek Ledy).

s. 621 lenkłusuj: zniekształcone „kłusuj" (pod wpływem „Ninon de Lenclos", kurtyzany we wspomnianej wyżej powieści Vere'a de Vere.

s. 622 Aleksiej i Anna: Wroński i jego kochanka.

s. 623 *phrase consacrée*: utarte wyrażenie.

s. 623 Szyją: Chillon.

s. 624 D'Onsky: zob. s. 24.

s. 624 *comme des fontaines*: jak fontanny.

s. 625 *N'a pas le verbe facile*: nie jest elokwentny.

s. 625 *chiens*...: psom wstęp wzbroniony.

s. 627 *rieuses*: mewy śmieszki (z czarnymi głowami).

s. 628 „Gołos...": ros., „Głos Phoenix".

s. 629 *la voix*...: telefonował metaliczny głos. Trąbka dziś rano nie wydawała się zadowolona.

s. 630 *contretemps*: niefortunny wypadek.

s. 633 *phalène*: ćma (zob. też s. 171).

s. 633 *tu sais*...: wiesz, że mnie to zabije.

s. 633 *Boże moj*: ros., o, mój Boże.

s. 640 *et trêve*...: i dosyć tego mojego stylu *à la* plafonowe malarstwo.

s. 643 ardis: strzała.

s. 644 *ponder*...: kalambur odwołujący się do fr. *pondre*, znieść jajko (aluzja do pytania: co było pierwsze – jajko czy kura.

s. 646 *anime*: łac., duszo.

s. 646 *pointe assasine*: z wiersza Verlaine'a.

s. 647 Lacrimaval: szwajcarsko włoski, pseudotoponim, „dolina (padół) łez".

s. 650 *coup de volant*: skręt kierownicy.

s. 653 senny rozpad delta: aluzja do dezintegracji elementu wyobraźniowego.

s. 658 niefortunny myśliciel: Samuel Alexander, filozof brytyjski.

s. 661 willa „Jolana": nazwana na cześć motyla należącego do podrodzaju Jolana, znajdującego pożywienie w Pfynwald (zob. też s. 159).

s. 662 Vinn Landère: francuskie wykoślawienie nazwiska „Vinelander".

s. 662 *à la sonde*: przy sondowaniu (ten sam statek na s. 622).

s. 665 *comment*...: słucham? Nie, nie 88, tylko 86.

s. 668 *droits*...: opłaty celne.
s. 668 *après tout*: w końcu.
s. 668 *on peut*...: zob s. 298.
s. 669 lucubratiuncula: odrobina pisania przy lampie.
s. 669 *duvet*: puszek.
s. 672 prościej będzie: wzlecieć z balkonu.
s. 673 syrena: aluzja do Lucette
s. 677 Stiepan Nutkin: pokojowiec Vana.
s. 686 *bladuszki*: kurewki (echo s. 492).
s. 686 *Blitzpartien*: niem., błyskawiczne partie (rozgrywane szybko partie szachowe).
s. 690 *Compitalia*: łac., rozdroża.
s. 691 E, p. i: litery te odnoszą się do słowa „epistemologicznych" powyżej.
s. 698 *j'ai tâté*...: znałem w życiu dwie lesbijki, to wystarczy.
s. 698 *terme*...: termin, którego należy unikać.
s. 702 *le bouquin guéri*...: książka uleczona ze wszystkich swych skaz.
s. 702 *quel livre*...: co za książka, mój Boże.
s. 703 *gamine*: dziewczyna.

Komentarz tłumacza

Strona tytułowa

Ada albo Żar – tytuł parodiuje skłonność osiemnasto- i wczesnodziewiętnastowiecznych autorów powieści do nadawania im tytułów będących kobiecymi imionami zakończonymi na „a", por. *Clarissa* Samuela Richardsona, *Amelia* Henry'ego Fieldinga, *Evelina* Fanny Burney, *Belinda* Marii Edgeworth, *Emma* Jane Austen. Parodiuje też skłonność do tytułów dwuczłonowych, takich jak: *Julia albo Nowa Heloiza* (*Julie ou la Nouvelle Héloïse*) Jeana-Jacques'a Rousseau, *Justyna, czyli niedole cnoty* (*Justine ou les malheurs de la vertu*) markiza de Sade, *Marta Namiestniczka albo Ujarzmienie Nowogrodu* (*Marfa Posadnica, ili Pokorienije Nowgoroda*) Nikołaja Karamzina, *Malwina czyli Domyślność serca* Marii Wirtemberskiej, *Pamela albo Cnota nagrodzona* (*Pamela, Or Virtue Rewarded*) Richardsona, *Atala, czyli miłość dwojga dzikich na pustyni* (*Atala ou les amours de deux sauvages dans le désert*) François-René de Chateaubrianda.

Ada po rosyjsku może oznaczać drugi przypadek liczby pojedynczej słowa *ad* („piekło"). Można to imię przeczytać również: *a, da*, czyli „ach, tak". Ada jest imieniem jednej z postaci (Ada Clare) wysoko cenionej przez Nabokova *Samotni* (1852–1853, *Bleak House*) Charlesa Dickensa. W wierszowanej tragedii lorda Byrona *Kain* (1821, *Cain*) Adah (w polskim przekładzie Józefa Paszkowskiego Ada) jest zarówno żoną, jak i siostrą bliźniaczką Kaina, który staje się uczniem Lucyfera. Imię Ada Byron nadał też jako drugie córce (1815–1852), nazwał ją mianowicie Augusta Ada, pierwszym imieniem uczciwszy swoją ukochaną przyrodnią siostrę. Pojawiające się w Biblii (konkretnie w Księdze Rodzaju) imię Ada (Adah) oznacza po hebrajsku „ozdobę". Ada jako skrócona forma imion pochodzenia germańskiego Adela i Adelaida odnosi się do wyrazu *adal* – „szlachetny ród"; Adelaida oznacza osobę ze szlachetnego rodu.

Żar – ang. *ardour*, brzmi podobnie jak Ada po rosyjsku i polsku (po angielsku imię to czyta się „ejda").

Kronika rodzinna – aluzja do powieści Siergieja Aksakowa (1791–1859) *Siemiejnaja chronika* (1856, Kronika rodzinna). Powieść ta podzielona jest tak jak *Ada* na pięć części.

s. 7

Erasmus Veen – zapewne aluzja do Erasmusa Darwina (1731–1802), ang. lekarza, przyrodnika i poety, autora poematu *The Botanic Garden* (1791, Ogród botaniczny), dziadka Charlesa. Nazwisko Veen kojarzy się z imieniem Wenus w wymowie ang., a także z ros. słowem *wina*, znaczącym to samo co „wina" po polsku.

Dedalus – aluzja do mitycznego Dedala, wynalazcy różnych mechanizmów, który na skrzydłach uciekł z Labiryntu. Syn Dedalusa Veena, Demon, otrzymuje wobec tego rolę Ikara.

s. 13

„Wszystkie nieszczęśliwe rodziny są do siebie podobne..." – *Anna Karenina* (Nabokov wolałby w przekładzie tytuł *Anna Karenin*) Lwa Tołstoja (1828–1910) zaczyna się w istocie zdaniem: „Wszystkie szczęśliwe rodziny są do siebie podobne, każda nieszczęśliwa rodzina jest nieszczęśliwa na swój sposób" (przeł. Kazimiera Iłłakowiczówna).

Stonelower – aluzja do eseisty i teoretyka przekładu George'a Steinera (ur. 1929) oraz poety i tłumacza Roberta Lowella (1917–1977), którego przekłady z poezji rosyjskiej Nabokov ostro krytykował.

księcia Piotra Ziemskiego – nazwisko to kojarzy się z poetą rosyjskim, księciem Piotrem Wiaziemskim (1792–1878), którego matka była Irlandką i nosiła nazwisko O'Reilly.

Jukon – na Ziemi to zarówno rzeka w Kanadzie i Stanach Zjednoczonych, jak i terytorium autonomiczne na północnym zachodzie Kanady.

Estotią – Estotiland to nazwa nadawana przez dawnych podróżników i badaczy najdalej na północny wschód położonej części Ameryki Północnej, czyli obecnemu północno-wschodniemu Labradorowi.

s. 14

Kaługa – na bliźniaczej planecie Antyterry, czyli naszej Ziemi, miasto w Rosji nad Oką, na południowy zachód od Moskwy.

New Cheshire – na Ziemi taki stan nie istnieje, Cheshire to hrabstwo w Anglii.

Ładoga – na Ziemi jezioro w Rosji, największe jezioro w Europie, wypływa z niego Newa.

w stanie Mayne – w ziemskiej Ameryce takiego stanu nie ma, jest za to stan Maine. Mayne może być aluzją do pisarza Thomasa Mayne'a Reida (1818–1883), zob. komentarz do s. 210.

Tofana – *aqua tofana* to trucizna, która Sycylijka imieniem Tofana w końcu XVII wieku sprzedawała kobietom, pragnącym pozbyć się męża.

Waltera D. Veena – „D. Veen" to odwołanie do Josepha Duveen, pierwszego barona Millbank (1869–1939), słynnego handlarza dziełami sztuki.

Demon – aluzja do poematu Michaiła Lermontowa (1814–1841) *Demon* (rozpoczęty w 1828, ostatnia wersja ukończona w 1841, wyd. 1856) oraz do rosyjskich dzieł, na które wywarł on wpływ, opery *Demon* (1871) Antona Rubinsteina (1829–1894), cyklu obrazów Michaiła Wrubla (1856–1910) oraz poematu Aleksandra Błoka (1880–1921) *Wozmezdije* (1911, Odwet).

Veen Kruk – odwołanie do poematu Edgara Allana Poe (1809–1849) *The Raven* (1845, Kruk).

s. 15

koło Ladory – miejsce i rzeka nazwane od la Dore, rzeki w departamencie Puy-de-Dôme w środkowej Francji, upamiętnionej w *Romance à Hélène* François-René Chateaubrianda („Du château que baignait la Dore"), napisanym podczas podróży do Mont Dore w Owernii. Por. komentarz do s. 171.

w Ardisie – nazwa Ardis dźwiękowo kojarzy się z łac. słowem *paradisus* oznaczającym „raj" (a także z ang. *paradise*, fr. *paradis*, wł. *paradiso*), wywodzącym się z gr. *paradeisos* („zamknięty park", „ogród", „sad"), wyrazu pochodzenia perskiego.

Kitież – jak pisze w swych notach Vivian Darkbloom, jest to aluzja do legendarnego miasta Kitież. Miało ono na początku XIII w. pogrążyć się wraz ze wszystkimi mieszkańcami w wodach jeziora Swietłojar w pobliżu Niżnego Nowogorodu. Chodziło o to, by miasto nie wpadło w ręce atakujących Tatarów. Według jednej z wersji legendy prawowierni chrześcijanie mogą w toni zobaczyć kopuły cerkwi i usłyszeć dobywający się z niej dźwięk dzwonów. Legenda ta zainspirowała wielu pisarzy, malarzy i kompozytorów rosyjskich.

Ługi – ziemska Ługa to miasto w Rosji, na południe od Petersburga.

s. 16

p. Eliot, żydowski handlowiec – aluzja do T.S. Eliota (1888–1965), angielskiego poety i eseisty. Ze względu na pewne antysemickie uprzedzenia zmienił się tu w Żyda. Por. komentarz do s. 549 i 603.

manhattańskiego – antyterrański Manhattan nie jest dzielnicą, tylko miastem.

Dobranockowe Dzieciaki – aluzja do ziemskiej serii siedmiominutowych filmów kukiełkowych *Bonne nuit les petits*, stworzonej przez Claude'a Laydu i wyświetlanej przez I kanał telewizji francuskiej w latach 1962–1970.

Nicky'ego i Pimpernellę – aluzja do sztuki (1903) i powieści (1905) brytyjskiej pisarki pochodzenia węgierskiego baronowej Emmy (Emmuski – używała tej formy imienia) Orczy (1865–1947) *The Scarlet Pimpernel* (1905, dosłowny polski przekład tytułu: Szkarłatny kurzyślep, nie pasuje do utworu) oraz do średniowiecznej opowieści francuskiej (napisanej w dialekcie pikardyjskim) *Aucassin et Nicolette* (przełom wieku XII i XIII). Ta ostatnia to historia miłosna, w której tytułowe postaci, pokonawszy wiele przeszkód, łączą się w końcu ze sobą.

w dniu św. Adelajdy – Nabokovowi chodzi o 16 grudnia, dzień śmierci św. Adelajdy.

s. 17

heliocolor – helio- (w złożeniach Słońce, światło słoneczne – z gr. *helios*) i color (jak w nazwach technicolor, kodakcolor).

s. 18

Brig (Brigue) – miasto w kantonie Valais (Wallis), w Szwajcarii.

chalet (fr.) – „górska chata" lub „willa w stylu górskiej chaty".

s. 19

płatek orchidei – orchidee, czyli ozdobne rośliny z rodziny storczykowatych (*Orchidaceae*), są jednym z motywów powracających powieści; budzą one wyraźne skojarzenia seksualne, gdyż łac. nazwa *testiculus* („orchidea", „storczyk") pochodzi od słowa *testes* („jądra"), co znajduje uzasadnienie w podobieństwie kwiatu do jąder. Istnieje rodzaj orchidei o nazwie Ada (należą do niego *Ada aurantiaca* i *Ada lehmanni*).

Alpes Maritimes – na Ziemi departament w południowo-wschodniej Francji.

łapoczka (ros.) – dosłownie „łapka".

s. 20

niedźwiedzią łapą lub niedźwiedzią stopą – nazwa łacińska *Heracleum sphondilium*, stąd skojarzenie ze Stabiami, trzecim obok Pompei i Herkulanum miastem zniszczonym w 79 r. w wyniku wybuchu Wezuwiusza.

Pied de Lion (fr.) – „niedźwiedzia łapa", nazwa wielu różnych kwiatów, tu chodzi o szarotkę alpejską (*Leontopodium alpinum*).

s. 22

przeróbki słynnego rosyjskiego romansu – szczegóły fabuły wskazują jako na obiekt przeróbki na antyterrański odpowiednik powieści wierszem

Eugeniusz Oniegin (nap. 1823–1831, opublikowany częściami 1825–1832, całość 1833, *Jewgienij Oniegin*) Aleksandra Puszkina (1799–1837).

księciem N. – w *Eugeniuszu Onieginie* książę N. jest mężem Tatiany, por rozdz. ósmy, XXI, wers 6.

francuski pisarz minionych wieków – chodzi o Jeana-Jacques'a Rousseau (1712–1778), wyrażenie „*cabinet reculé*" znaleźć można w *Nowej Heloizie* (1761), cz. II, list XXVI.

s. 23

rozmowa ze starą nianią – w *Eugeniuszu Onieginie* strofy XVII–XXI rozdz. trzeciego.

list miłosny – Tatiana pisze go w strofie XXI rozdz. trzeciego, przytoczony jest po strofie XXXI.

stara Eskimoska wyczłapała z listem – w *Eugeniuszu Onieginie* Tatiana prosi nianię, by posłała wnuczka z listem do tytułowego bohatera (rozdz. trzeci, XXXIV–XXXV).

s. 24

kilku młodych wesołych ogrodników, noszących (...) stroje gruzińskich górali, objadało się malinami – u Puszkina nie ma ogrodników, pojawiają się oni tutaj, gdyż Nabokov parodiuje groteskowo nieadekwatny przekład antystalinowskiego wiersza Osipa Mandelsztama (1891–1942) „*My żywiom pod soboj nie czuja strany...*" (nap. 1933, „Żyjemy nie czując kraju pod sobą..."), dokonany przez Roberta Lowella. W ostatnim dwuwierszu Mandelsztam pisze: „*Czto ni kazń u niego, – to malina/I szyrokaja grud' osietina*" („Każda egzekucja dla niego to malina/I szeroka jest pierś Osetyńca". Lowell zaś przekłada: „*After each death, he is like a Georgian tribesman,/putting a raspberry in his mouth*" („Po każdej śmierci jest jak gruziński góral [dosłownie członek szczepu],/wkładający sobie do ust malinę").

parę (...) dziewcząt służebnych (...) pilnie zrywało z gałęzi drzew owocowych prawoślaz i fistaszki – u Puszkina nie ma oczywiście tego typu absurdów: „Nie słychać nic – tylko na grzędzie/Dziewczyny, z chruścin zbierające/Jagody, chórem pieśń nuciły" (rozdz. trzeci, XXXIX, przeł. Adam Ważyk).

wszyscy puścili się w dziki taniec nazwany w komicznym programie *kurva* albo „ribbon boule" – w *Piosence dziewcząt* (po strofie XXXIX rozdz. trzeciego dzieła Puszkina mowa jest o „taneczku" (w oryginale „*chorowod*", co z dzikością się nie kojarzy), ale dziewczęta jedynie śpiewają. *Kurva* albo „ribbon boule" to kolejna aluzja do umiejętności przekładowych Lowella, który w tłumaczeniu wiersza Mandelsztama „*Niet, nie spriatat'sia mnie ot wielikoj mury...*" (nap. 1931, „Nie, nie zdołam się schować przed wielką brednią...") słowa *„Cztob objechat' wsiu kurwu-Moskwu"* („Żeby objechać całą kurwę-Moskwę" oddał: *„to (...) ride around Moscow's ribbon of boulvards"* („żeby (...) objechać wstęgę moskiewskich bulwarów"). W ribbon boule słychać też echo francuskiego słowa *ribambell* – „długi szereg (osób lub przedmiotów)", „sznur", „gromada" czy „korowód".

Iwerii – nawiązanie do łac. Iberii, co oznacza nie tylko Półwysep Iberyjski, ale również Transcaucasię, czyli wschodnią część obecnej Gruzji.

płatki śniegu zdobiły gwiazdkami jego cylinder – odwołanie do wyobrażenia Wuja Sama z górą cylindra zdobną gwiazdami i pasami flagi amerykańskiej.

s. 25

sztuki Parmigianina – malarz Giralomo Francesco Maria Mazzuoli (1503–1540), znany jako Parmigianino, urodził się bowiem i działał głównie w Parmie. Opisany w tym fragmencie rysunek piórkiem odwołuje się do słynnych fresków Parmigianina w parmeńskim kościele Santa Maria della Steccata, przedstawiających Adama i Ewę (powstały 1531–1539), a szczególnie do małego (9×3,3 cm) szkicu postaci Adama (obecnie w galerii Uffizi), na którym jego poza dokładnie odpowiada opisanej tu pozie nagiej dziewczyny.

D'Onsky – nazwisko to zdaje się łączyć nazwiska dwu postaci Puszkinowskiej powieści wierszem, tytułowego Eugeniusza Oniegina oraz Leńskiego (ang. Lensky).

s. 26

w *Eugeniuszu i Łarze* – sztuka zapewne łącząca elementy Puszkinowskiego *Eugeniusza Oniegina* oraz powieści Borisa Pasternaka (1890–1960) *Doktor Żywago* (1957), gdzie główna postać kobieca ma na imię Łara (w przekładzie polskim Lara). Możliwe jednak również, że Łara odwołuje się do Olgi i Tatiany Łariny z arcydzieła Puszkina.

Lenorze Kruk – odwołanie do dwu poematów Edgara Allana Poe – *Lenory* (1831) i *Kruka*.

damy z Czech (...) prosiła o poparcie, które pomogłoby jej uzyskać pracę w Dziale Szklanych Ryb i Kwiatów muzeum w Bostonie – aluzja do kolekcji szklanych modeli roślin w Muzeum Zoologii Porównawczej Uniwersytetu Harvarda, gdzie – w dziale entomologicznym – Nabokov pracował w latach 1941–1948. Twórcami szklanych modeli byli Czesi (stąd „dama z Czech"), bracia Leopold i Rudolf Blaškowie, wiele z modeli przedstawia orchidee, będące jednym z motywów powracających *Ady*, niektóre ilustrują rolę owadów w ich zapładnianiu.

dackel (niem.) – kolokwialne określenie jamnika.

s. 27

Gamaliel – na Ziemi postać z Biblii. W Dziejach Apostolskich występuje w Sanhedrynie w obronie apostołów: „pewien faryzeusz, imieniem Gamaliel, uczony w Prawie i poważany przez cały lud, kazał na chwilę usunąć Apostołów i zabrał głos w Radzie: «Mężowie izraelscy – przemówił do nich – zastanówcie się dobrze, co macie uczynić z tymi ludźmi. (...) Odstąpcie od tych ludzi i puśćcie ich. Jeżeli bowiem od ludzi pochodzi ta myśl czy sprawa, rozpadnie się, a jeżeli rzeczywiście od Boga pochodzi, nie potraficie ich zniszczyć i może się z czasem okazać, że walczycie z Bogiem». Usłuchali go" (Dz 5, 34–39, cyt. według Biblii Tysiąclecia).

s. 28

Douglas d'Artagnan – kontaminacja imienia amerykańskiego aktora Douglasa Fairbanksa (1883–1939) i nazwiska bohatera *Trzech muszkieterów* (1844, *Les trois mousquetaires*) Alexandre'a Dumasa, ojca (1802–1870) oraz licznych ich ekranizacji. Fairbanks grał w filmie *The Three Musketeers* (1921), reżyserowanym przez Freda Niblo (1874–1948).

monsieur de Pastrouil – słowo *pastrouil* to fr. regionalizm nicejski: „gadanina", „plotki", „gaduła", „kumoszka", „plotkarz". Nazwę Pastrouil noszą często nicejskie bary, piwiarnie i kawiarnie.

s. 29

Lucile – imię siostry Chateaubrianda (1768–1848).

s. 31

Bóg elektryczności (por. *Noty Vivian Darkbloom*) nazywa się Farabogiem zapewne ze względu na Michaela Faradaya (1791–1867), angielskiego fizyka i chemika badającego między innymi zjawiska elektryczne.

bric-à-Braques – żart polegający na połączeniu sformułowania bric-à-brac (rupiecie, starzyzna, starocie, graciarnia, tandeta) z nazwiskiem francuskiego malarza, grafika i rzeźbiarza Georges'a Braque'a (1882–1963), jednego z najważniejszych przedstawicieli kubizmu.

s. 32

Abraham Milton – połączenie ziemskich Abrahama Lincolna (1809–1865), prezydenta USA, i Johna Miltona (1608–1674), poety angielskiego, autora *Raju utraconego* (1667, *Paradise Lost*) i *Raju odzyskanego* (1671, *Paradise Regained*).

bien rangé (fr.) – „stateczne", „uporządkowane".

Van Veen – Van jest tu formą imienia Ivan (Iwan), ale całe „Van Veen" brzmi jak niderlandzkie nazwisko i jest zarazem jedną z aluzji do historii malarstwa w powieści, jako że Otto van Veen (1556–1629) to malarz flamandzki, nauczyciel Rubensa.

s. 33

w kwietniu (mój ulubiony miesiąc) – aluzja do początku *The Waste Land* (1922, Ziemia jałowa) T.S. Eliota: „Najokrutniejszy miesiąc to kwiecień" (przeł. Czesław Miłosz).

annus mirabilis (łac.) – „cudowny rok".

w dniu świętego Jerzego – 23 kwietnia.

peri – w mitologii perskiej czarodziejka wielkiej urody (jedna z wielu), rusałka, baśniowa istota skrzydlata, stąd nazywa się tak urodziwe dziewczyny.

s. 34

Altar – zapewne antyterrański odpowiednik Gibraltaru.

w jej „wojnie światów" – aluzja do powieści H.G. Wellsa (1866–1946) *Wojna światów* (1898, *The War of the Worlds*) o inwazji Marsjan na Ziemię.

Jałta – na Ziemi miasto na Krymie, uzdrowisko i port nad Morzem Czarnym.

Ałtyn-Dag (Ałtyn-Tag) – inaczej Altun Shan, na Ziemi góry w Chinach, północne odgałęzienie Kunlunu.

s. 36

Wark – antyterrańska wersja Newark w stanie New Jersey, a więc po wschodniej stronie kontynentu, oddalonego od Seattle (stan Waszyngton) o całą jego szerokość.

Mark Kennensie – w nazwie tej kryje się niemieckie słowo *Mark* („granica", „marchia") oraz pytanie *Kennen Sie*? („Czy pan zna?"). Ponadto są tu skomprymowne trzy stany: Arkansas, Kentucky i Tennessee.

Manitobogan – połączenie kanadyjskiej prowincji Manitoba ze słowem „tobogan" (niskie, wygięte z przodu sanki, służące do transportowania chorych lub rannych).

W swych wędrownych latach studenckich – aluzja do powieści Goethego *Wilhelm Mesisters Lehrjare* (1795–96, Lata nauki Wilhelma Meistra) i *Wilhelm Meisters Wanderjahre* (1821, wyd. zmienione 1829, Lata wędrówki Wilhelma Meistra).

Brown Hill College – antyterrański odpowiednik słynnej założonej w 1885 r. żeńskiej uczelni wyższej Bryn Mawr College pod Filadelfią (*bryn* znaczy po walijsku „wzgórze" [ang. *hill*], *mawr* – „duże").

s. 37

appenzeller – szwajcarska rasa psów.

s. 38

flou (fr.) – „rozmyta", „miękka".

s. 39

Arlington... Jack Black – generał John J. („Black Jack") Pershing (1860–1948), który dowodził podczas I wojny światowej siłami USA i uznany został za jej największego amerykańskiego bohatera, pochowany jest na Cmentarzu Narodowym w Arlington.

Finito (wł.) – „skończone".

s. 41

biegły w krzaki, by tam wzajemnie się onanizować jak w powieści hrabiego Tołstoja *Anna Karenina* – nawiązanie do fragmentu rozdz. XV części VI *Anny Kareniny*, gdzie Dolly beszta córkę, a potem zwraca się do Lewina: „– Cóż to za obrzydliwa dziewczynka! (...) Skąd się u niej biorą te ohydne skłonności?

– I cóż ona takiego zrobiła? – spytał dość obojętnie Lewin, który miał ochotę poradzić się Darii Aleksandrowny w swoich sprawach i był zły, że przyszedł nie w porę.

– Poszła z Griszą do malin i tam... nawet opowiedzieć nie potrafię, co ona tam robiła. Po tysiąc razy żałuję miss Elliot. Ta niczego nie upilnuje, to maszyna... *Figurez vous que la petite...* [proszę sobie wyobrazić, że mała...]

Tu Dolly opowiedziała przestępstwo Maszy.

– To niczego nie dowodzi; to wcale nie złe skłonności, tylko po prostu figle – uspokajał ją Lewin". (przeł. Kazimiera Iłłakowiczówna).

ich i jej matka miały to samo imię – Daria (Dolly).

Sex Rouge – góra w Szwajcarii, w kantonie Valais.

s. 42

Signor Konduktor, aj want go Lago di Luga, hijer geld (niegramatyczna mieszanina włoskiego, niemieckiego i angielskiego) – „Panie konduktorze, chcę pojechać do Lago di Luga, tu pieniądze".

„Quelques Fleurs" – autentyczne perfumy wprowadzone na rynek w 1912 r. przez Roberta Bien-Aimé z Parfum Houbigant, najstarszej z francuskich firm działających w tej dziedzinie, założonej przez Jean-Jacques Houbiganta w roku 1775; nazwę tę nosi także puder.

petite maman (fr.) – „mamusią".

s. 43

dracunculi (łac.) – „małe smoki".

Niejaki dr Froid – odwołanie do twórcy psychoanalizy Sigmunda Freuda (1856–1939).

dra Froita z Signy-Mondieu-Mondieu – kolejne odwołanie do Freuda. Signy ma się kojarzyć z imieniem Sigmund, Mondieu (franc. „Mój Boże") chyba z ang. skrótem M.D. oznaczającym lekarza medycyny.

Vienne w departamencie Izery – Vienne to po francusku Wiedeń, gdzie Freud działał. Izera to rzeka w Republice Czeskiej (Freud urodził się Przyborze na Morawach), dopływ Łaby. Z kolei Izara to rzeka w Austrii i Niemczech, dopływ Dunaju, nad którym leży Wiedeń. W południowo-wschodniej Francji istnieje departament Isère, gdzie płynie rzeka Isère i znajduje się miasto Vienne.

Eleonora Bonvard – postać ta w literaturze Antyterry odpowiada zapewne Emmie Bovary.

s. 45

fetus in utero (łac.) – „płód w łonie matki".

Aujourd'hui (fr.) – „dzisiaj".

chic et nunc – nawiązanie to łac. *hic et nunc* („tu i teraz"). *Chic* (fr.) – „szyk", „elegancja".

psykitsch – słowo łączące niem. *psychisch* („psychiczny", „mentalny") i *Kitsch* („kicz").

landparty – odwołanie do niem. *Landpartie* („wycieczka na wieś").

s. 46

Princesse lointaine – odwołanie do tytułu poetyckiego dramatu Edmonda Rostanda (1868–1918) *La Princesse lointaine* (1895, Księżniczka zza morza, dosłownie: „Daleka księżniczka"); utwór ten oparty jest na legendzie o trubadurze Jaufre Rudelu. Jak powiada jego żywot (*vida*), Prowansalczyk pokochał księżniczkę Tripoli, „nie widząc jej, tyle że dużo dobrego posłyszał był o niej od pielgrzymów, co wracali z Antiochii. Wiele pieśni o niej układał, których nuta była wdzięczna, a słowa proste" (przeł. Zofia Romanowiczowa). Chcąc ją zobaczyć, wyruszył na wyprawę krzyżową. Na statku zachorował, w Tripoli zaniesiono go do gospody i umarł tam w ramionach powiadomionej o wszystkim księżniczki.

très lointaine (fr.) – „bardzo daleka".

tiepier' iz ada – zapewne aluzja do Szeherezady.

s. 47

pani Tapirov – po francusku *tapir* znaczy „przycupnąć', „skulić się", „ukryć się".

s. 49

wdziękami Kupida pędzla Bronzina – chodzi o obraz *Wenus, Satyr i Kupido* pędzla Angelo di Cosimo di Mariano, zwanego il Bronzino (1503–1572), datowany 1550–1555; obecnie znajduje się on w rzymskiej Galleria Colonna.

Cheshire, as w grze w rugby – postać ta może skojarzyć się z asem lotnictwa podczas II wojny światowej pułkownikiem Geoffreyem Leonardem Cheshire (1917–1992).

Weszka Fiki – ta bohaterka komiksów zastępuje na „bliźniaczej planecie" ziemską Myszkę Miki (Mickey Mouse) z filmów rysunkowych Walta Disneya (1901–1966).

Zografos – nazwisko znaczące, po grecku „malarz".

s. 50

Log – antyterrańskie określenie Boga, kojarzy się z ang. rzeczownikiem *Lord* („Pan"), ros. *bog* („bóg") oraz z gr. logosem, czyli „słowem", por. „Na początku było Słowo, a Słowo było u Boga, i Bogiem było Słowo" Jan 1,1, cytat według Biblii Tysiąclecia).

s. 51

calèche (fr.) – „kolaska". Darkbloom utożsamia ją w swych *Notach* z wiktorią.

s. 52

Gamlet – *hamlet* to po angielsku „wioska", „osada", w tradycyjnej transkrypcji rosyjskiej słowo to pisałoby się *gamlet*, podobnie jak tytuł tragedii Szekspira (*Gamlet, datskij princ*).

s. 53

Bouteillan – z francuskiego *bouteiller* („piwniczny", „podczaszy").

farmanekin – manekin jest modelem człowieka, farmanekin zaś samolotu, odwołanie do braci Farman, Henri'ego (1874–1958) i Maurice'a (1877–1964), francuskich pionierów lotnictwa, konstruktorów, pilotów i przemysłowców, założycieli fabryki samolotów. Jedna z ich konstrukcji przypomina „pudełkowy latawiec".

Soni Ebur – ebur to kość słoniowa, Sonia stanowi odwołanie do ros. *son* – „sen". W mitologii greckiej fałszywe sny przechodziły przez bramę z kości słoniowej, co potwierdzają słowa Penelopy z XIX pieśni *Odysei*: „Dwojakie bowiem są wrota dla zwiewnych snów: jedne z rogu/A wtóre z kości słoniowej. Jakoż te sny, co przychodzą/Wrotami, wyrzezanymi w słoniowej kości, zaiste/Są-li zwodniczym omamem i czcze jest wszelkie ich słowo" (przeł. Józef Wittlin).

s. 54

wiktoria – rodzaj powozu, lekki pojazd z dwoma miejscami.

s. 55

drugą żonę Lincolna – ziemski Abraham Lincoln był żonaty tylko raz.

królowa Józefina – prawdopodobnie chodzi o Józefinę de Beauharnais (Marie Josephine Tascher de la Pagerie, 1763–1814), cesarzową Francji w latach 1894–1809, żonę Napoleona I, z którą rozwiódł się on w 1809 r.

s. 56

olej pędzla Treshama – ziemski malarz o tym nazwisku nosił imię Henry (1749–1814) i był członkiem Akademii Królewskiej.

s. 60

przyjaciela Linneusza i autora księgi pod tytułem *Flora Ladorica* – *Flora Lapponica* (1737) była pierwszą pracą, która przyniosła uznanie wielkiemu szwedzkiemu przyrodnikowi, twórcy współczesnego systemu klasyfikacji organizmów, Linneuszowi, czyli Carlowi von Linné (1707–1778).

s. 61

Anna Pawłowna Romanow (1795–1865) – żona króla Niderlandów Wilhelma II (1792–1849), istotnie na jej cześć nazwano paulownię, drzewo z rodziny trędownikowatych.

córki Pawła, przezywanego „Paweł minus Piotr" – Anna Pawłowna była córką cara Pawła I, syna, jak głosiła plotka, późniejszej carycy Katarzyny i jej męża, wielkiego księcia Piotra, tylko pułkownika Sałtykowa.

oryks (*Oryx gazella*) – antylopa afrykańska o krępej budowie ciała i długich rogach, na ogół prostych.

okapi (*Okapi johnstoni*) – ssak z rodziny żyraf, rudobrązowy, nogi ma w białe pręgi, występuje w lasach w dorzeczu Konga.

„Jedź dalej, czytelniku" („*mimo, czitatiel*", jak napisał Turgieniew) – cytat z powieści Turgieniewa *Dym* (1867), gdzie pod koniec rozdziału 19. narrator powiada: „*Strasznaja, tiomnaja istorija. Mimo, czitatiel, mimo!*" (Straszna mroczna historia. Wymiń ją, czytelniku, wymiń); w polskim przekładzie Tadeusza Stępniewskiego mamy: „Straszna, ciemna historia. Zostawmy ją, czytelniku". Podobny cytat można jednak znaleźć u Chateaubrianda w *Pamiętnikach zza grobu* (ukończone 1841, *Mémoirs d'outre-tombe*) pod koniec rozdz. 7. piątej księgi cz. I: „*Lecteur, je t'arrête. Passe maintnant, lecteuer, franchis le fleuve de sang*" (Stój, czytelniku. Jedź teraz, czytelniku, przekrocz tę rzekę krwi).

s. 64

Juan Labrador de Extremadura – Juan Fernandez „el Labrador" (?–1657), hiszpański malarz martwych natur, ur. w wiosce Jaraicejo w Estremadurze.

Zurbaran – Francisco de Zurbaran (1598–1664), słynny barokowy malarz hiszpański.

aroma (hiszp.) – „aromat", „zapach".

hombre (hiszp.) – „człowiek", „mężczyzna".

pewien termin anatomiczny z „j" zwisającym pośrodku – mogłoby to być *ojo* („oko"), chodzi jednak raczej o *cojon* (wulgarnie „jądro"), słowo używane częściej w liczbie mnogiej: *cojones* („jaja").

s. 66

nieaudobonisty – odwołanie do Johna Jamesa Audubona (1785–1851), amerykańskiego ornitologa i autora wizerunków ptaków w słynnej pracy *Ptaki Ameryki* (4 tomy, 1827–38, *Birds of America*).

s. 67

czerń *soubret* z falbaniastym *frissonet* – ma to chyba w języku Demona oznaczać strój typowy dla subretki (słowa ukute od fr. *soubrette* – „subretka" i *frisson* – „dreszcz", „drżenie").

s. 69

*Finalement (*fr.) – „w końcu".

le docteur Chronique (fr.) – „doktor Chroniczny".

s. 70

stamnos – duże gliniane naczynie używane przez starożytnych Greków i Rzymian do przechowywania wina, kształtem zbliżone do amfory.

s. 71

rond-point (fr.) – „okrągły placyk".

s. 74

Les Amours du docteur Mertvago, romans mistyczny pióra pewnego pastora – aluzja do powieści Borisa Pasternaka *Doktor Żywago*. „Pastor" odsyła do nazwiska pisarza, początek tytułu (*les amours* – „miłostki") – do romansowych elementów fabuły (przede wszystkim miłości Żywago do Łary), nazwisko doktora to efekt wykorzystania gry antonimów: *żywoj* (ros.) – „żywy", *miortwyj* (ros.) – „martwy", co zresztą wyjaśnia Vivian Darkbloom.

s. 77

Les Malheurs de Swann (fr.) – *Nieszczęścia Swanna*; jak zauważa Vivian Darkbloom, połączenie dwu tytułów: *Les Malheurs de Sophie* – (1859, *Nieszczęścia Sophie*) to powieść dla dzieci Sophie de Ségur (1799–1874), pisarki francuskiej pochodzenia rosyjskiego; *Un amour de Swann* (*Miłość Swanna*) – druga część *Du Côté de chez Swann* (W stronę Swanna), pierwszego tomu *W poszukiwaniu straconego czasu* Marcela Prousta (1871–1922).

s. 83

Dack – od niemieckiego *Dackel*, zob. komentarz do s. 26.

„*monologue intérieur*" Paula Bourgeta – francuski pisarz i krytyk Paul Bourget (1852–1935) jako pierwszy użył terminu „monolog wewnętrzny", uczynił to w swej powieści *Cosmopolis* (1893).

od starego Lowy – chodzi o Lwa Tołstoja.

Elsie de Nord – odwołanie do Elsynoru, miejsca akcji Szekspirowskiego *Hamleta*.

Lowin – Lewin, postać z *Anny Kareniny*, w rosyjskich drukach litery „je" i „jo" na ogół nie różnią się od siebie.

s. 85

Diamentowy naszyjnik – antyterrańska wersja *Naszyjnika* (*La Parure*, 1884) Guy de Maupassanta (1850–1893).

s. 86

Je vous en prie, mes enfants! (fr.) – „Proszę was, moje dzieci!".

s. 87

œuvres complètes (fr.) – „dzieła zebrane".

na swoim *ciel de lit*, co Fowlie oddaje jako „łoże nieba" zamiast dać „baldachim" – odwołanie do błędów w angielskim tłumaczeniu wiersza Arthura Rimbauda (1854–1891) *Mémoire* (Pamięć) dokonanym przez Wallace'a Fowlie, *ciel de lit* to baldachim nad łóżkiem.

Fałszywy *louis d'or* w tym zbiorze spaskudzonej francuszczyzny to transformacja *souci d'eau* (naszej knieci błotnej) w oślą „troskę wody" – a miał przecież do dyspozycji z tuzin synonimów – kolejne odwołanie do pomyłki angielskiego tłumacza Rimbauda. W oryginale jest: *„Plus pure qu'un louis, jaune et chaude paupière/Le souci d'eau"*. Fowlie (w wydaniu z 1946 r., w następnym błędy zostały skorygowane) przekłada: *„More golden than a louis, pure and warm eyelied:/the care of water"*. Adam Ważyk tłumaczy ten fragment na polski: „Pod żółtą, czystszą od luidora powieką/kaczeniec w wodzie – kwiat twej, Małżonko, wierności". *Louis d'or* to luidor, istniejąca od 1640 r. do początków XIX w. złota moneta francuska z popiersiem lub głową królów na awersie, później z wyobrażeniem geniusza Republiki.

d'or... oślą – odwołanie do utworu Lucjusza Apulejusza z Medaury *Metamorfozy albo Złoty osioł* (ok. 124–180, *Metamorphoseon libri XI*).

molikwiat – nazwa fikcyjna, odwołanie do Molly Bloom z *Ulissesa* (1922, *Ulysses*) Jamesa Joyce'a (1882–1941).

Ogrodu Marvella – chodzi o poemat angielskiego poety Andrew Marvella (1621–1678) *The Garden* (powstały ok. 1650 r.). „...dla liścia palmy, dębu lub wawrzynu" to drugi wers *Ogrodu*: „Próżność dokona każdego wyczynu /Dla liścia palmy, dębu lub wawrzynu" (przeł. Stanisław Barańczak). W czasach antycznych liśćmi tymi wieńczono (w tej kolejności) zwycięzców, władców i poetów oraz uczonych.

s. 88

fête-d'enfants (fr.) – „dziecięca uroczystość, zabawa dziecięca".

s. 89

a neuf ans (fr.) – „w wieku lat dziewięciu".

et la Lesbie de Catulle (fr.) – „i Lesbię Catullusa". Pod imieniem Lesbii Catullus (ok. 84–54 p.n.e.) opiewał w swych lirykach ukochaną Klodię, znaną z urody, ale niecieszącą się najlepszą opinią siostrę trybuna ludowego Klodiusa.

s. 92

„footballu amerykańskiego", czegoś w rodzaju rugby – na Ziemi w rugby, grę, której powstanie zainspirowało wydarzenie (złamanie reguł gry w piłkę nożną) w angielskiej szkole w Rugby w 1823 r. i której pierwsza drużyna powstała w 1839, zaczęto grać w amerykańskich szkołach średnich w drugiej połowie XIX wieku, wprowadzali tę grę angielscy żołnierze i koloniści. Od 1866 popularyzował ją amerykański dziennikarz H. Chadwick. W 1872 w rejonie Zatoki San Francisco powstały pierwsze kluby. W 1874 odbył się pierwszy udokumentowany mecz między uniwersytetami Harvarda i McGill. Wcześniej, w 1869, na teren kilku uczelni amerykańskich wprowadzono brytyjską piłkę nożną, do której bardzo szybko zaczęto wprowadzać rozmaite lokalne odmiany. W 1876 powołano organizację o nazwie American Intercollegiate Football Association (Amerykański Międzyuczelniany Związek Futbolowy), która ustaliła przepisy gry bliższe rugby niż europejskiej piłce nożnej. W 1877 ustalono liczbę przebywających na boisku graczy na 15, w 1880 zmniejszono ją do 11, co obowiązuje do dzisiaj. W 1888 postawiono na samodzielny rozwój gry, niezależny od europejskiej piłki nożnej i rugby. Do stworzenia zasad footballu amerykańskiego najbardziej przyczynił się Walter Camp (1859–1925), zwany jego „ojcem".

Goodson River – zabawa z rosyjską wymową nazwy rzeki Hudson, przy której ujściu leży Nowy Jork. Rzekę nazwał swoim imieniem angielski żeglarz Henry Hudson (ok. 1550–1611). W *Adzie* pojawia się później port lotniczy im. Goodsona.

Niechoroszaja, niechoroszaja sobaka (ros.) – „niedobry, niedobry pies".

s. 94

anthemion – występujący przede wszystkim w starożytnej ceramice i architekturze greckiej ornament składający się z ułożonych przemiennie elementów stylizowanej palmety (motyw dekoracyjny w formie liścia palmy) i innego motywu roślinnego.

tout ceci (fr.), *wsio eto* (ros.) – „to wszystko".

sitkańskiego – w ziemskiej Ameryce są dwie Sitki, w stanie Kansas i na Alasce.

s. 95

Lugano – na Ziemi miasto i jezioro w Szwajcarii, w kantonie Ticino.

s. 97

moustique moscovite (fr.) – „moskit moskiewski"

lucyfery – *Colothorax lucifer* to rodzaj kolibrów występujących na południowym zachodzie Ameryki Północnej, tu jednak skojarzenie to jest raczej drugoplanowe, a chodzi chyba przede wszystkim o odwołanie do znaczenia słowa „lucyfer" (od łac. *lux* – „światło"), będącego nazwą gwiazdy zarannej, czyli planety Wenus. Nieprzypadkowe są też zapewne asocjacje diabelskie.

s. 101

jour de fête (fr.) – „imieniny".

Osberg – anagram nazwiska Borges. Krytyka światowa często zestawiała ze sobą twórczość Nabokova i Argentyńczyka Jorge Luisa Borgesa (1899–1986).

Per contra (łac.) – „przeciwnie".

s. 102

szattalska jabłoń – wymyślone drzewo, aluzja do Szatt al-Arab, rzeki powstałej z połączenia Tygrysu z Eufratem i płynącej przez miejsca, gdzie wedle tradycyjnych opinii miał się znajdować biblijny raj.

Vass z Manhattanu – aluzja do ziemskiego projektanta mody Billa Blassa (1922–2002) z Piątej Alei na Manhattanie.

s. 103

pani Forestier – bohaterka opowiadania Guy de Maupassanta *Naszyjnik*.

pieczenieg (ros.) – „Pieczyng", Pieczyngowie to koczownicze plemiona tureckie osiadłe w IX w. nad Morzem Czarnym, najeżdżali na Ruś, w 1036 r. zostali rozgromieni przez Jarosława Mądrego, gra ros. słów *pieczenieg* i *pieczeń* – „wątroba".

s. 104

perłowiec kibo – wymyślony motyl z autentycznej rodziny rusałkowatych (*Nymphalidae*).

Szare Perełki – najwyżej ceniony i najdroższy rodzaj kawioru bieługi.

s. 106

fling – żywy szkocki taniec odznaczający się gwałtownymi ruchami rąk i nóg.

inne brzegi, inne fale – autoaluzja, tytuł, który sam autor tłumaczy na angielski jako *Other Shores*, nosi rosyjska wersja autobiografii Nabokova (w oryginale *Drugije bieriega*, w polskim przekładzie Eugenii Siemaszkiewicz *Tamte brzegi*). Zarazem aluzja do napisanego w 1835 r. wiersza Puszkina „...*Wnow' ja posietił*..." („...Znowu odwiedziłem..."), w którym czytamy: „*Wot chołm lesistyj, nad kotorym czasto/Ja siżywał niedwiżnym – i gladieł/Na oziero, wospominaja s grustju/Inyje bieriega, inyje wołny*".

W polskim przekładzie Seweryna Pollaka: „Oto pagórek leśny, często na nim/Siadałem i bez ruchu na jezioro/Patrzałem, wspominając z utęsknieniem/O innych brzegach i o innych falach”.

Saint-Malo – miasto w Bretanii, port u ujścia rzeki Rance do kanału La Manche. Urodził się tam Chateaubriand, tam też znajduje się jego grób.

s. 107

Dedalus Veen – zob. komentarz do s. 7 (drzewo genealogiczne).

żagiel tarencki – Tarent to miasto i port we Włoszech.

Wiekczeło – anagram ros. słowa *czełowiek* („człowiek”).

s. 109

„Moja ty biedna Matyldo!...” – zakończenie *Naszyjnika* Maupassanta, wykorzystano przekład Adolfa Sowińskiego.

s. 111

insecte (fr.) – „owad”.

Escient (fr.) – „świadomość (czego)”, „dokładna znajomość rzeczy”.

A bon escient le professeur Einstec suivit l'insect (fr.) – „Ze znawstwem profesor Einstec śledził owada”.

Ceintes (fr.) – „przepasane [kobiety]” lub „opasane murami [miasta]”. Zarazem nasuwa się skojarzenie ze słowem *enceintes* – „brzemienne”, „ciężarne”.

Inceste (fr.) – „incest”, „kazirodztwo”.

Essexem, Middlesexem i Somersetem – nazwiska lokajów to nazwy trzech angielskich hrabstw.

s. 114

pointe assassine (fr.) – „mordercza puenta”, zob. komentarz do s. 646.

s. 115

Atala – romantyczna opowieść Chateaubrianda, której akcja toczy się w Ameryce, wyd. 1801.

s. 117

taksik (ros.) – „jamniczek”.

s. 118

Anatole Ségur – autor tomu *Bajki* (1848), syn Sofii Ségur-Rostopczin.

Ce beau jardin – parodystycznie przeinaczony przez Adę monolog króla Lira (akt V, scena 3) po śmierci Kordelii, zawierający francusko-angielską grę słów: *never* (ang. „nigdy”) – *n'est vert* (fr. „nie jest zielony”). Lir mówi:

Why should a dog, a horse, a rat, have life,
And thou no breath at all? Thou'lt come no more,
Never, never, never, never, never!

Pies, koń, mysz może żyć, a ty i tchnienia
Wydać nie możesz! O, ty już nie wrócisz,
Nigdy nie wrócisz, nigdy, nigdy, nigdy!
(przeł. Józef Paszkowski)

s. 121

l'ardeur de la canicule (fr.) – „żar kanikuły".

s. 123

Je raffole... – por. s. 75.

s. 124

ardilla (hiszp.) – „wiewiórka".

avournine – trudno ustalić, co słowo to ma znaczyć, być może ma się kojarzyć z fr. czasownikiem *avoir* („mieć", także mieć kobietę) i z żeńską końcówką rzeczownika, jak na przykład w słowie *cousine* („kuzynka"). Domysł ten jest jednak, trzeba przyznać, wątpliwy.

s. 126

ensellure (fr.) – „wygięcie kręgosłupa".

s. 128

Ophrys – dwulist, rodzaj orchidei imitujących owady. Do zapylenia dochodzi, kiedy samiec owada usiłuje spółkować z kwiatem. Nazwy gatunków są wymyślone. *Scolopax* to ptak, bekas, *veenae* – od nazwiska Veen.

s. 129

Monsieur Littré – Emile Littré (1801–1881), leksykograf francuski, autor wielkiego *Słownika języka francuskiego* (1863–1873, *Dictionnaire de la langue française*).

zatoka – *guba* może istotnie oznaczać po rosyjsku nie tylko „wargę", ale i „zatokę".

s. 130

Wicklow – miasto we wschodniej Irlandii, nad Morzem Irlandzkim, w prowincji Leinster.

s. 131

Samojeda – Samojedzi to grupa ludów syberyjskich, należą do nich Nieńcy, Nganasanie, Eńcy i Selkupowie. Samojed to także wywodząca się z Syberii rasa psów należąca do grupy szpiców.

finis (łac.) – „koniec".

s. 133

Culex chateaubriandi (łac.) – komar Chateaubrianda, gatunek wymyślony.

s. 134

Mon enfant, ma sœur... – jak pisze Vivian Darkbloom Ada krzyżuje tu ze sobą wiersze dwu francuskich poetów Chateaubrianda i Baudelaire'a, konkretnie są to: Chateaubrianda *Le montagnard émigré* (Góral-wychodźca) z opowieści *Les Aventures du dernier Abencerage* (napisana 1809, wyd. 1826, Ostatni z Abenserażów) oraz Baudelaire'a *L'Invitation au voyage* (Zaproszenie do podróży) z *Les Fleurs du Mal* (1857, Kwiaty zła), którego początek brzmi następująco:

Mon enfant, ma sœur,	Dziecino, siostro miła,
Songe à la douceur	Wiesz, jaka by to rozkosz była
D'aller là-bas vivre ensemble!	Pojechać tam i żyć we dwoje,
Aimer à loisir,	Kochać w każdej godzinie,
Aimer et mourir	Umrzeć, gdy wszystko minie,
Au pays qui te resemble	W owym kraju jak odbicie twoje
	(przeł. Ewa Wende)

Por. też komentarz do s. 15 i 171.

s. 135

dwu starych gniewnych – odwołanie do terminu „młodzi gniewni", którym zwykło się określać pokolenie brytyjskich pisarzy, do których należeli John Osborne (1929–1994), autor dramatu *Miłość i gniew* (1956, *Look Back in Anger*), a także Kingsley Amis (1922–1995), Alan Sillitoe (ur. 1928) i Colin Wilson (ur. 1931).

dipterysta – badacz rzędu muchówek, czyli dwuskrzydłych (*Diptera*), do których należy między innymi rodzina komarów.

s. 137

codetta (muz.) – mała coda.

s. 139

in copula (łac.) – „przy spółkowaniu".

s. 140

Marmurowy Gość – aluzja do tytułu małej tragedii Aleksandra Puszkina *Kamienny gość* (1839, *Kamiennyj gost'*). Por. komentarz do s. 586.

arbre de Noël (fr.) – „choince".

s. 143

Les Sophismes de Sophie (fr.) – „Sofizmaty Zofii".

Bibliothèque Vieux Rose – ziemska powieść *Les Malheurs de Sophie* ukazała się w Bibliothèque Rose, w której publikowano literaturę dla grzecznych dzieci. *Vieux* („stary") to uzupełnienie antyterrańskie. Fr. *vieux rose* oznacza kolor „zgaszony róż".

Château Baignet (fr.) – „zamek nad wodą", „skąpany w wodzie zamek".

s. 144

Wyjechali, o mnie zapomnieli – stary lokaj Firs istotnie wypowiada te słowa w ostatniej kwestii *Wiśniowego sadu* (1904, *Wiszniowyj sad*) Antona Pawłowicza Czechowa: „Wyjechali! (Siada na kanapie.) O mnie zapomnieli..." (przeł. Tadeusz Łopalewski).

s. 148

parties très charnues (fr.) – częściami bardzo mięsistymi.

lumbus (łac.) – mięsień lędźwiowy.

splenius (łac.) – płaski mięsień po obu stronach karku.

elettricità (wł.) – „elektryczność".

s. 150

Speke – John Hanning Speke (1827–1864), brytyjski podróżnik, badacz Afryki. Odkrył Jezioro Wiktorii i miejsce wypływu Nilu z tego jeziora.

s. 154

Balticomore – połączenie Bałtyku i Baltimore, na Ziemi miasta w stanie Maryland.

Como – na Ziemi miasto we Włoszech nad jeziorem o tej samej nazwie.

s. 155

baguenaudier (fr.) – moszenek południowy (*Colutea arborescens*), ozdobny krzew osiągający do pięciu metrów wysokości, o liściach pierzasto złożonych, kwiatach żółtych, motylkowych, i strąkach pęcherzowato rozdętych, przypominających mosznę. Rośnie w południowo-zachodniej Europie i Afryce Północnej, łatwo dziczeje. Wszystkie części rośliny zawierają gorzki alkaloid, cytyzynę.

s. 157

oriflamme – nazwa bojowego proporca królów Francji.

s. 158

François Coppée (1842–1908) – poeta i dramaturg francuski. Cytowany wiersz to *Poranek październikowy* (*Matin d'octobre*) ze zbioru *Czerwony zeszyt* (1874, *Le Cahier rouge*). W oryginale przełożony przez Adę czterowiersz (druga strofa sonetu) brzmi następująco: „Leur chute est lente. On peut les suivre/Du regard en reconaissant/Le chêne a sa feuille de cuivre, /L'érable a sa feuille de sang". Warto zauważyć, że jak powiada Nabokov w autobiografii, Coppée był ulubionym poetą jego francuskiej guwernantki. W przekładzie pojawia się słowo *chute* („upadek"), które jest dwuznaczne, może bowiem kojarzyć się z grzechem.

Lowden – poeta wymyślony, nazwisko przywołuje Roberta Lowella (1917–1977) i Wystana Hugha Audena (1907–1973), o których przekładach czy raczej parafrazach poetyckich (m.in. z poezji rosyjskiej) Nabokov miał opinię bardzo krytyczną.

Berceau des Baguenaudiers (fr.) – „altana moszenków".

s. 159

Robin Sherwood – aluzja do Robin Hooda, legendarnego bohatera, którego areną działania były lasy Sherwood.

Floeberga – Floeberg to zapewne antyterrański odpowiednik Gustave'a Flauberta (1821–1880). Nazwisko to kojarzy się z lodem: ang. *floe* („kra") i *iceberg* („góra lodowa"), zapewne ze względu na lodowaty Flaubertowski obiektywizm i lodowatą precyzję stylu i kompozycji, a może także dlatego, że czytelnicy jego dzieł często dostrzegają tylko wierzchołek góry lodowej.

s. 160

Jeremy Taylor (1613–1667) – pisarz, kaznodzieja i teolog angielski, biskup.

s. 161

liczyła ona 14841 pozycji – liczba pozycji zgromadzonych w bibliotece jest idealnie symetryczna, można ją czytać tak samo, zaczynając z obu stron, poza tym środkowa ósemka jest sumą otaczających je czwórek.

Verger – nazwisko postaci oznacza po francusku „sad", co kojarzy się z rajskim ogrodem i zakazanym owocem, warto dodać, że *verge* to „prącie".

s. 162

cher, trop cher René (fr.) – „drogi, zbyt drogi René", aluzja do powieści Chateaubrianda *René*, a konkretnie do listu, który pisze w nim do tytułowej postaci jego siostra Amélie: *Il vaut mieux, mon cher René, ressembler un peu plus au commun des hommes, et avoir un peu moins de malheur, quoi, cher, et trop cher René, mon souvenir s'effacera-t-il si promptement de ton cœur? Oh mon frère. Si je m'arrache a vous dans le temps c'est pour n'être pas séparée de vous dans l'éternité.* W polskim tłumaczeniu: „Jak to, drogi, zbyt drogi René, zali pamięć moja wymaże się tak rychło z twego serca? O bracie, jeśli oddzieram się od ciebie w czasie, to dlatego, aby nie być rozłączona z tobą w wieczności" (przeł. Tadeusz Boy-Żeleński).

Wiertograd (w archaicznym ros.) – „ogród".

Szastr – aluzja do wydawnictwa literatury erotycznej Kama-Shastra, założonego przez Richarda F. Butrona (1821–1890).

Nefzawich – szejk Nefzawi, pochodzący zapewne z Tunisu arabski autor napisanego prawdopodobnie na przełomie XIII i XIV w. traktatu o erotyce znanego w Polsce jako *Ogród rozkoszy*, przełożonego na angielski przez Richarda F. Burtona jako *Parfumed Garden*. Tytuł oryginału brzmi *Er-Raud al-atir fi nuzhat al-chatir*, co znaczy *Pachnący ogród, czyli przechadzka wyobraźni.*

s. 163

Chiron – jak notuje Vivian Darkbloom, mamy tu do czynienia z aluzją do książki Johna Updike'a (ur. 1931), a jest nią powieść *Centaur* (1963, *The Centaur*), której narrator cierpi na łuszczycę.

s. 164

bobo (fr.) – Darkbloom tłumaczy „małe skaleczenie", dodać wypada, że jest to wszelka tego typu drobna dolegliwość, stłuczenie, zadrapanie, zadraśnięcie, pryszczyk, w języku dziecięcym „kuku".

bubo (med.) – „obrzmienie gruczołów chłonnych".

pod skrótem PS – od *psoriasis*, łac. nazwy łuszczycy, za którą to nazwą idzie też wiele innych języków.

s. 165

Les Muses s'amusent (fr.) – „Muzy się zabawiają".

Sex et lex (łac.) – „płeć i prawo".

Bald (ang.) – „łysy".

s. 166

Jukonsk – zob. komentarz do s. 13.

s. 168

Sole sura metoda... – ta mieszanina wykoślawionej angielszczyzny i amalgamatu języków romańskich daje się odcyfrować tak oto: „Dla silnego faceta jedyna pewna metoda oszukania natury to kontynuować-kontynuować-kontynuować, aż rozkosz wypełni się po brzegi, a potem, w ostatniej chwili, przerzucić się na inną bruzdę; ponieważ jednak kobieta namiętna lub ciężka nie może odwrócić się odpowiednio szybko, zmianę ułatwia pozycja od tyłu (torovago: od *a tergo* (łac.) – «od tyłu»)". „Gropa" może przywodzić na myśl rosyjski wulgaryzm *żopa* („dupa").

Gasp – prawdopodobnie antyterrański odpowiednik Gaspé, półwyspu w południowo-wschodniej Kanadzie.

s. 169

cheramie – *chére amie* (fr.) – „droga przyjaciółka"; zarazem *chère* to po francusku „jadło, jedzenie, strawa".

le sieur (fr.) – „imć", „pan", ironicznie lub pogardliwie.

Herr Masocha – na ziemi Leopold Ritter von Sacher-Masoch (1836–1895) to pisarz austriacki, odwołujący się w swych utworach, z których najsłynniejsza jest *Wenus w futrze* (1870, *Venus im Pelz*), do perwersji seksualnych. Nawiązując do jego nazwiska, psychiatra Richard von Krafft-Ebing ukuł termin masochizm (w pracy *Pychopatia sexualis*, 1886).

Heinrich Müller – aluzja do Henry'ego Millera (1891–1980).

s. 171

Siostrzyczko... – por. komentarz do s. 134; utwór Vana jest aluzją do wiersza Chateaubrianda napisanego zapewne w roku 1802 lub 1803 i opublikowanego po raz pierwszy w „Mercure de France" 31 marca 1806 pt. *Le Montagnard émigré* (Góral na wygnaniu). Utwór ten, znany też jako *Romance à Hélène* (Do Heleny. Romanca), był potem wielokrotnie przedrukowywany. Autor włączył go do opowieści *Les Aventures du dernier Abencerage*. Oto tekst francuski (w *Ostatnim z Abenserażów* autor pomija piątą zwrotkę, ujętą tu w nawias kwadratowy): *Combien j'ai douce souvenance / Du joli lieu de ma naissance! / Ma sœur, qu'ils étaient les beaux jours / De France! / O mon pays, sois mes amours, / Toujours. / Te souvient-il que notre mère / Au foyer de notre chaumière, / Nous pressait sur son cœur joyeux, / Ma chère? / Et nous baisions ses blancs cheveux, / Tous deux. / Ma sœur, te souvient-il encore / Du château que baignait la Dore? / Et de cette tant vieille tour / Du Maure, / Où l'airain sonnait le retour / Du jour? / Te souvient-il du lac tranquille / Qu'effleurait l'hirondelle agile, / Du vent qui courbait le roseau / Mobile, / Et du soleil couchant sur l'eau,/ Si beau? / [Te souvient-il de cette amie, / Tendre compagne de ma vie? / Dans le bois en cueillant le fleur / Jolie, / Hélène appuyait sur mon Cœur / Son cœur.] / Oh! Qui me rendra mon Hélène, / Et ma montagne, et le grand chêne? / Leur souvenir fait tous les jours / Ma peine: / Mon pays sera mes amours / Tojours!* Polski przekład Edmunda Leszczyńskiego (bez strofy piątej): „Z jaką dziwną rozkoszą przywykłem / Wracać myślą w me rodzinne strony. / Francjo, kraju dzieciństwa stracony, / Choć w marzeniu ukołysz mnie nikłem, / Ciebie wielbi wygnaniec daleki, / Na wieki... / Jak tam błogo było w tej izdebce, / Gdy igraliśmy u kolan matki! / Czy pamiętasz, siostro, nasze kwiatki, / Czy ci jeszcze jakiś głos nie szepce / Drogich imion, słów-pieszczot minionych, / Z dni onych? / Czy ci czasem serce nie zatłukło, / Gdyś wybiegła wspomnieniem daleko, / Pod te mury zamkowe nad rzeką, / Z mauretańską wieżycą wysmukłą, / Gdzie ze szczytu witał dźwięk spiżowy / Dzień nowy?... / Pomnisz, siostro, jezioro kochane, / Jak się marszczy srebrno-modra łuska, / Gdy ją chyża jaskółeczka muska, / Jak się złocą trzciny rozszeptane, / Gdy na toni swą tęczę położy / Blask zorzy? / O Heleno, stracona przed laty, / Gdzieś ty? Wszystko co drogie przepadło! / Próżno wzdycham i, z twarzą pobladłą, / Wzgórza, drzewa wspominam i kwiaty! / Tęsknię, kocham cię kraju daleki, / Na wieki...".

s. 172

Zamek Bryant – Château-Bryant, kolejna aluzja do Chateaubrianda.

s. 173

Brantôme – aluzja do francuskiego pisarza Pierre'a de Bourdeilles Brantôme'a (1540–1614).

Exot. lub. – exotica lubrica, łac. egzotyczne (dzieła) nieskromne.

Jego Królewska Mość Wiktor – odpowiednik ziemskiej królowej Wiktorii (1819–1901, panowała od 1837).

s. 174

nimfetka – Nabokov sam ukuł to słowo, wprowadzając je w *Lolicie*.

trompe-l'œil (fr.) – „malarstwo iluzjonistyczne".

s. 175

Palma Vecchio – renesansowy malarz wenecki, ur. ok. 1480, zm. 1528.

Dosso Dossi – renesansowy malarz włoski, ur. ok. 1480, zm. 1542.

s. 179–180

poeta laureat Robert Brown – aluzja do Roberta Browninga (1812–1899), który nie był jednak poetą laureatem. Słynnym poetą laureatem działającym w tym samym okresie był Alfred Tennyson (1809–1892, poeta laureat od 1850 do śmierci).

s. 180

Peter i Margeret – wiersz ten nie jest pióra Browninga ani Tennysona, tylko samego autora *Ady*, odwołuje się do osób autentycznych, pułkownika lotnictwa Roberta Townsenda oraz siostry królowej Elżbiety II, którą pułkownik chciał poślubić, na co nie wyraził zgody Kościół anglikański, jako że Townsend był rozwiedziony.

...znajduje się pióro i widzi na własne oczy Peacocka – aluzja do wiersza Browninga *Memorabilia*, który rozpoczyna się od słów „Ah, did you once see Shelley plain..." (Ach, czyś na własne oczy oglądał Shelleya...), kończy zaś opisem znalezionego pióra orła. Tu Shelleya zastępuje prozaik Thomas Love Peacock (1785–1866), autor powieści *Opactwo koszmarów* (1818, *Nightmare Abbey*), gdzie w satyrycznym oświetleniu przedstawił m.in. Shelleya będącego pierwowzorem postaci Scythopa Glowry'ego. *Peacock* to po angielsku „paw".

Kotczesz – aluzja do Kota z Cheshire z *Przygód Alicji w Krainie Czarów* (1865, *Alice's Adventures in Wonderland*) Lewisa Carrolla (właśc. Charles Lutwidge Dodgson, 1832–1898).

s. 182

Vanvitellego... arie Giorgia Vanvitellego – nazwisko Vanvitelli należy chyba przeczytać jako *Van v Italii* (ros.), czyli „Van we Włoszech". Nie istnieje kompozytor oper, librecista ani operowy śpiewak czy operowa postać o tym nazwisku. Najbliższe skojarzenia to Giovanni Vitali (1646–1692), kompozytor, autor sonat i baletów, oraz późnobarokowy włoski architekt, rzeźbiarz i malarz Luigi Vanvitelli (1700–1773).

s. 184

wesołych kurortów w Luizjanie i Nevadzie – chodzi zapewne o Nowy Orlean i Reno.

s. 185

Un régulier angiełoczek (fr., ros.) – „prawdziwy aniołek".

s. 186

une grande cocotte (fr.) – „kokota najwyższej klasy".

s. 187

des hobereaux irlandais, quoi (fr.) – „z irlandzkich ziemian, a jak".

s. 188

cette Lucette (fr.) – „ta Lucette".

Ah, cette Line – „ach, ta Line".

s. 189

Mokuba – miasto i prowincja w Mozambiku.

Karamzin – Nikołaj M. Karamzin (1766–1826) – ros. pisarz, tłumacz, historyk i wydawca, reformator języka, czołowy przedstawiciel sentymentalizmu w literaturze swego kraju, autor wielotomowej *Historii państwa rosyjskiego* (*Istorija gosudarstwa Rossijskogo*, 1816–pośm. 1829), a także m.in. *Listów podróżnika rosyjskiego* (1791–1795, całość 1801, *Pis'ma russkogo putieszestwiennika*), w których opowiada o wrażeniach z podróży po Europie Zachodniej.

s. 191

gloutonnerie impardonable (fr.) – „niewybaczalnej żarłoczności" (Darkbloom tłumaczy tylko jedno słowo).

s. 192

fruit-cake (ang.) – „keks".

s. 194

Remouvez votre (fr.) – „zabierz stąd swój".

zanim Ludwik XVI wyemigrował do Anglii – na Ziemi Ludwik XVI, jak wiadomo, wyemigrować nie zdążył.

s. 195

podobna jest do młodej sopranistki Marii Kuzniecowej – ziemska Maria Kuzniecowa-Benois (1880–1966) to sopran, solistka Teatru Marińskiego w latach 1905–1913 i 1916–1917, od 1918 na emigracji we Francji, jej wielkim osiągnięciem była partia Tatiany w *Eugeniuszu Onieginie*.

w operze Czajkowa *Oniegin i Olga* – Czajkow to antyterrański odpowiednik Piotra Czajkowskiego (1840–1893), a opera *Oniegin i Olga* – jego *Eugeniusza Oniegina* (1879, *Jewgienij Oniegin*).

s. 196

Moore'a – aluzja do *Otella. Maura* (Moor) *weneckiego* – sygnał obudzonej zazdrości Vana. Warto zauważyć, że Moore po przestawieniu liter tworzy imię Romeo i że słowo „Maur" (wieża Maura) pojawia się w *Le Montagnard émigré* Chateaubrianda.

stellarów – miejscowa waluta, od łac. *stella* („gwiazda"), co stanowi odwołanie do amerykańskiego gwiaździstego sztandaru. W ziemskiej Ameryce w latach 1879–1880 były w obiegu tak nazywane eksperymentalne złote monety czterodolarowe.

s. 201

Duse – Eleonora Duse (1858–1924), sławna aktorka włoska, słynąca m.in. z wybitnych ról szekspirowskich.

Cordelii O'Leary – aluzja do postaci Kordelii z Szekspirowskiego *Króla Leara*.

s. 202

Tiltil (Tyltyl) – postać z dramatu Maurice'a Maeterlincka *L'oiseau bleu* (1909, Błękitny ptak), w którym występuje też jego siostra Mitil (Mytyl). W sztuce tej nie występuje natomiast Sinobrody, bohater innego dramatu belgijskiego pisarza, *Ariana i Sinobrody* (wyst. 1902, *Ariane et Barbe-Bleu*).

Mytilène, petite isle (fr.) – „Mitylena, mała wyspa". W tytule tym kryje się aluzja do powieści rosyjskiego pisarza Marka Ałdanowa (właśc. Landau, 1886–1957, od 1919 na emigracji we Francji) *Święta Helena, malutka wyspa* (1923, *Swiataja Jelena, maleńkij ostrow*), jednej z części tetralogii poświęconej rewolucji francuskiej. Tytuł przekładu francuskiego tej powieści brzmi oczywiście *Saint-Hélène, petite île*.

Louisa Pierre'a – aluzja do Pierre'a Louysa (właśc. Louis, 1870–1925), francuskiego pisarza, autora tomu poematów prozą *Les Chansons de Bilitis* (1894, Pieśni Bilitis). Miały to być tłumaczenia nieznanej przedtem poetki starogreckiej, przyjaciółki Safony. W drugiej części tomu, *Elegiach z Mityleny*, bardzo wyraźne są motywy lesbijskie.

Mitylena – główne miasto wyspy Lesbos.

s. 203

ambiwertyk – typ pośredni między intro- i ekstrawertykiem.

lezbianioczka (ros.) – „lesbijeczka".

s. 204

panna Cleft – nazwisko znaczące, *cleft* (ang) – „szczelina", „szpara".

s. 206–207

amour-propre (fr.) – „miłość własna"; *sale amour* (fr.) – „brudna miłość". Wyrażenie *amour-propre* mogłoby jednak znaczyć także „miłość czystą" i to możliwe teoretycznie znaczenie jest tu żartobliwie wykorzystane. Darkbloom pisze, że kalambur wzięty jest z powieści Lwa Tołstoja *Zmartwychwstanie* (1899, *Woskriesienije*). Oto bardziej konkretna lokalizacja: w rozdziale XXVII części pierwszej natrafiamy na dialog dwu postaci kobiecych o bohaterze powieści, Niechludowie, który dopiero co je opuścił:

> – Co to znaczy? *Comme cela m'intrigue* [To bardzo mnie intryguje] – zapytała Katarzyna Aleksiejewna, gdy Niechludow wyszedł. – Muszę się koniecznie dowiedzieć. Jakaś *affaire d'amour-propre: il est très susceptible, notre cher Mitia* [sprawa miłości własnej: nasz drogi Mitia jest bardzo drażliwy].
>
> „*Plutôt une affaire d'amour sale*" [Raczej sprawa miłości brudnej] – chciała powiedzieć Missi, patrząc przed siebie zgaszonym wzrokiem, zupełnie innym niż ten, którym patrzyła na Niechludowa, ale nie powiedziała nawet Katarzynie Aleksiejewnie tego kalamburu w złym tonie, i rzekła tylko:
>
> – Każdy z nas miewa swoje złe i dobre dni.
>
> (przeł. Wacław Rogowicz)

pulchne i krągłe policzki Albertyny – motyw policzków tej postaci wielokrotnie powraca w cyklu powieściowym Prousta, por. np. „Mijając brunetkę o pulchnych policzkach (...). skrzyżowałem na chwilę wzrok z jej (...) spojrzeniami (...)"; „tej dziewczyny o pulchnych policzkach (...) w ścisłym znaczeniu słowa «odnaleźć», nigdy nie odnalazłem" (Marcel Proust, *W poszukiwaniu straconego czasu*, II: *W cieniu zakwitających dziewcząt*, cz. 2: *Imiona miejscowości: Miejscowość*); „twarz Albertyny (...) ukazywała (...) płaszczyzny (...) tak jędrne i gładkie, że można by je porównać z bogatą karnacją niektórych kwiatów"; „pozwalając spojrzeniu ślizgać się po różowej krągłości jej policzków" (III: *Strona Guermantes*, rozdz. drugi, fragment *Wizyta Albertyny*, wszystkie urywki przeł. Tadeusz Boy-Żeleński).

s. 208

On fait son grand Joyce après son petit Proust (fr.) – „Do swego wielkiego Joyce'a po swym małym Prouście". Poprzedni akapit nawiązuje pod koniec do rozdziału 16. *Ulissesa*, a niezdarność stylistyczna do umyślnej nieporadności stylu w tym rozdziale.

s. 210

eulerowskiego – Leonhard Euler (1707–1783), matematyk, fizyk i astronom szwajcarski.

Jeździec bez głowy – jak zauważa Darkbloom, „Tytuł Mayne'a Reida przypisany jest tu Puszkinowi". *Jeździec bez głowy* (1865, *The Headless Horseman*) to na Ziemi przygodowa powieść dla młodzieży pióra amerykańskiego pisarza pochodzenia irlandzkiego Thomasa Mayne'a Reida, Aleksander Puszkin zaś jest autorem poematu *Miednyj wsadnik* (1833, wyd. 1837, Jeździec miedziany). Powieść Reida należała do ulubionych dziecięcych lektur Nabokova.

s. 215

biednych Jeana i Jacques'a – Jean i Jacques to imiona Rousseau (1712–1778), filozofa i pisarza, piewcy uczucia oraz powrotu do natury.

St. Priest nazwisko znaczące: „święty ksiądz".

couleur (fr.) – „kolor".

s. 216

„uczeń" po niemiecku – *Schüler*.

Starzec ochoczy Chose – aluzja do wiersza Charles'a Baudelaire'a *Świt* (*Crépuscule du matin*):

L'aurore grelottante enrobe rose et verte
S'avançait lentement sur le Seine déserte,
Et le sombre Paris en se frottant les yeux,
Empoignait ses outils, vieillard laborieux.

Jutrzenka w sukni zielono-różanej
Drżąc podążała nad pustą Sekwanę,
I ciemny Paryż przecierając oczy
Chwytał narzędzia, jak starzec ochoczy.
(przeł. Maria Leśniewska)

Inne, mniej tu pasujące tłumaczenie tego wiersza przedstawia się tak:

Dzwoniąc zębami, zorza różowo-zielona
W opuszczonej Sekwany szła wolno ramiona
I oto ciemny Paryż, przecierając oczy,
Chwytał w garść swe narzędzia – stary dziad roboczy.
(przeł. Czesław Jastrzębiec-Kozłowski)

s. 219

dziecinne koniki – *dada* to w dziecięcej francuszczyźnie konik. *Da* (ros.) – „tak".

cousin – fr. *cousin* to zarówno „kuzyn", jak i potocznie „komar".

Oh, pardon... (fr.) – „Och, przepraszam, chwileczkę, proszę pana".

qui vive (fr.) – „w pogotowiu" (samo *qui vive* to zapytanie warty „kto idzie?", ale *être sur qui vive* to „być w pogotowiu").

s. 220

Tamara – aluzja do bohaterki *Demona* Lermontowa.

s. 222

„The Ranter" – *ranter* (ang.), „pompatyczny deklamator", „napuszony kaznodzieja", „patetyczny mówca", „frazesowicz". Aluzja do pisma uniwersytetu w Cambridge „Granta".

Cudzoziemiec ekscentryk – akrobata ekscentryk to specjalizacja w zakresie sztuki cyrkowej.

spoza „złotej kurtyny" – aluzja do ziemskiej „żelaznej kurtyny", wyrażenia tego użył Winston Churchill w przemówieniu w Fulton 5 III 1946 (a wcześniej, w maju i czerwcu 1945 w telegramach do Harry'ego Trumana), mówiąc: „Od Szczecina nad Bałtykiem do Triestu nad Adriatykiem opuściła się na kontynent żelazna kurtyna".

s. 223

uratował psychiatrę P.O. Tiomkina przed sztyletem jakiegoś księcia Potiomkina, zagubionego psychicznie młodzieńca z Sewastopola w stanie Idaho – w ziemskiej Ameryce miasto Sewastopol (ang. Sebastopol) znajduje się w stanie Kalifornia, a miasteczko o tej samej nazwie w stanie Missisipi. Ziemscy Potiomkinowie to rosyjski ród, najsłynniejszym jego przedstawicielem był książę (od 1784) Grigorij A. Potiomkin (1739–1791), faworyt carycy Katarzyny II (był uczestnikiem przewrotu pałacowego, który wyniósł ją na tron), zasłużony dla przyłączenia do Rosji Krymu (1783), gdzie znajduje się Sewastopol, nazywany tak od 1784 (wcześniejsza nazwa Achtiar). Nazwisko „Tiomkin" nosił m.in. urodzony w Rosji amerykański kompozytor muzyki filmowej, Dimitri Tiomkin (1894–1979). Skojarzenia filmowe przywołują z kolei słynny niemy film Siergieja Eisensteina (1898–1948) *Pancernik Potiomkin* (1925, *Bronienosiec Potiomkin*).

s. 226

nad ardisem – *ardis* (gr.) to „koniuszek strzały", „grot strzały", występuje też w tekście jako metonimia całej strzały.

s. 237

ujrzymy niebo całe w diamentach – cytat z zakończenia *Wujaszka Wani* (1897, *Diadia Wania*) Antona Czechowa (1860–1904): akt IV, fragment zamykającej sztukę wypowiedzi Soni, wykorzystano przekład Jarosława Iwaszkiewicza.

s. 238

Guillaume de Monparnasse – pseudonim Mlle Larivière odwołuje się do dwu pisarzy, Guy de Maupassanta, który na naszej planecie jest autorem *Naszyjnika*, oraz poety Guillaume Apollinaire'a, do paryskiej dzielnicy Montparnasse, położonego na lewym brzegu Sekwany tradycyjnego zakątku artystów, oraz greckiego masywu górskiego Parnas – *mon Parnasse* to po francusku „mój Parnas" – według antycznej mitologii jednej z siedzib Apollina i Muz, u której stóp tryska źródło Kastalskie, mające dawać natchnienie.

Bilitis – zob. komentarz do s. 202.

s. 239

obmanipulacje – w słowie tym ukryty jest rosyjski wyraz *obman* – „oszustwo", „kłamstwo", „złudzenie".

s. 243

śląską rzeką – chodzi o Odrę.

Nurżyńskiego – nazwisko kontaminujące nazwiska dwu słynnych tancerzy rosyjskich, Rudolfa Nuriejewa (1938–1993) i Wacława Niżyńskiego (1890–1950).

s. 245

rakomodowacz – z francuskiego *raccomoder* lub włoskiego *raccomodare* – „naprawić".

E tu? (wł.) – „a dla ciebie?".

zucchero (wł.) – „cukier".

s. 246

pokatiwszis' so smiechu wrodie Ady – w istocie ros. *pokatywat'sja so smiechu* znaczy „pokładać się (tarzać się, turlać się) ze śmiechu".

s. 247

drei Wochen (niem.) – „trzy tygodnie".

s. 249–250

cedrem płaczącym... pęczkami liści – niewystępujący na Ziemi cedr płaczący w przeciwieństwie do ziemskich cedrów jest widocznie drzewem liściastym. Wzmianka o „libańskim błękicie nieba" odwołuje się do pochodzącego z Libanu ziemskiego gatunku, cedru libańskiego (*Cedrus libani*). Wyrażenia „cedry libańskie", „cedry Libanu" kilka razy występują w Biblii (np. Sędz. 9,15, Izaj. 2,13).

s. 250–251

z wolego oka wieży wprost w zachód słońca jeden po drugim wylatywały nietoperze – wydaje się, że nietoperze zastępują w scenerii *Przeklętych dzieci* sowy z *Pamiętników zza grobu* Chateaubrianda, gdzie, jak czytamy w opisie zamku w Combourgu (księga trzecia) ptaki te „wychodziły z blanków z nadejściem nocy". I dalej: „Sowy, przelatujące z wieży na wieżę, krążąc między księżycem i mną, kreśliły na zasłonach łóżka ruchomy cień swych skrzydeł" (przeł. Joanna Guze).

s. 256

troussant la raimée (fr.) – „podkasując gałęzie" (*raimée* to gwarowa wymowa wyrazu *ramée*).

nocturna (łac.) – „nocna".

s. 257

ebur – zob. komentarz do s. 53.

s. 263

Szeherem...Adą – aluzja do Szeherezady.

s. 265

châteaux (fr.) – „zamkach".

delicia (hiszp.) – „przyjemność", „rozkosz".

s. 268

Per contra (łac.) – „z drugiej strony".

Szalony Kapelusznik (Mad Hatter), a właściwie po prostu Kapelusznik, to postać z *Przygód Alicji w Krainie Czarów* Lewisa Carrolla. Przez czytelników ten Carrollowski Kapelusznik nazywany jest często „szalonym". U Carrolla Kot nazywa obłąkanymi i Kapelusznika, i Marcowego Zająca:

> „*Tam* – powiedział Kot, wykonując kolisty ruch prawą łapą – mieszka Kapelusznik; złóż wizytę jednemu i drugiemu, jeśli zechcesz: obaj są obłókani".
>
> (przeł. Maciej Słomczyński)

Autor *Alicji* odwołuje się tu do angielskich powiedzonek „mad as a hatter" i „mad as a March hare".

Nowy Amsterdam – na Ziemi dawna nazwa dzisiejszego Nowego Jorku, na jego obecnym miejscu powstała w 1826 r. tak właśnie nazwana osada.

s. 269

flawinowymi – *flavus* to po łacinie „żółty", żółtawy", „złotożółty", flawina to żółty barwnik fluoryzujący.

s. 270

Awidow – nazwisko odwołujące się do angielskiego słowa *avid* – „chciwy", „zapalony", „namiętny", „żądny". Poza tym Klim Awidow bliski jest anagramowi imienia i nazwiska autora.

Jurojin – bóg japoński, jedno z siedmiu bóstw szczęścia, bóg długowieczności (imię to czyta się „dziurodzin", ale pisze się po rosyjsku z użyciem llitery „ju").

u Gritza – na Ziemi Gritzowi odpowiada zapewne Ritz.

„odrzucenie pierwszej litery... *particule*" – *particule* (fr.) to w tym wypadku przyimek *de* (*d'*) przed nazwiskiem, oznaczający pochodzenie szlacheckie. Popularnym rosyjskim nazwiskiem jest Dawidow.

Pat Ricjanski, Underhill i Wilson – odwołanie do Normana Podhoretza czy, jak nazywa go Vivian Darkbloom, Podgoretza (Underhill to istotnie jak gdyby przekład jego nazwiska ze słowiańszczyzny na angielski), autora artykułu *Edmund Wilson – ostatni patrycjusz*, i Edmunda Wilsona (1895–1972). Ten drugi był długo serdecznym przyjacielem Nabokova, kiedy jednak skrytykował jego angielski przekład *Eugeniusza Oniegina*, przyjaźń została zerwana. W swym tekście o przekładzie dzieła Puszkina Wilson twierdził m.in., że Nabokov rekomenduje mińską wymowę rosyjską.

s. 271

Lalla Rookh – tytuł osadzonego w scenerii orientalnej poematu epickiego (i zarazem imię jego bohaterki) irlandzkiego poety Thomasa Moore'a (1779–1852); utwór ukazał się w roku 1817.

s. 272

Ożegow, Dal – czterotomowy *Tołkowyj słowar' żywowgo wielikorusskogo jazyka* (1863–1866, potem wielokrotnie wznawiany, m.in. w wersji zredagowanej i uzupełnionej przez Jana Baudouina de Courtenay) Władimira Dala był ulubionym słownikiem języka rosyjskiego Nabokova, natomiast do jednotomowego radzieckiego słownika S.I. Ożegowa (1949) pisarz miał stosunek pogardliwy.

dra Gierszeżniewskiego – obok Dmytro Czyżewskiego (1894–1977), ukraińskiego slawisty, znanego puszkinologa, fikcyjne nazwisko odwołuje się jeszcze do Michaiła Gierszenzona (1869–1925), historyka literatury, idei i rosyjskiej myśli społecznej. Poza tym „Gier" może odwoływać się do niem. „Herr", jako że Czyżewski na emigracji mieszkał w Niemczech.

s. 273

Benten (Benzaiten) – bogini japońska należąca do siedmiu bóstw szczęścia. Przedstawia się ją siedzącą na smoku i dzierżącą japoński instrument strunowy biwa.

kierosin (ros.) – „nafta".

spiektrik (ros.) – zdrobnienie od *spiektr* („widmo", np. słoneczne).

choczu na diwanie sidiet' (ros.) – „chcę siedzieć na kanapie". 1. przypadek nazwy mebla: *diwan*.

s. 279

Mansfield Park – tytułowa posiadłość z powieści Jane Austen (1775–1817), wydanej w 1814 r.

cette fille (fr.) – „ta dziewczyna".

„Piwnej Wieży" – jak pisze Vivian Darkbloom, jest to „kalambur odwołujący się do «Tourbière»". *Tour* to po francusku „wieża", a *bière* to „piwo", ale słowo *tourbière* oznacza „torfowisko".

s. 280

Berenika – tragedia Racine'a (1639–1699) *Bérénice* (1670).

cousinage-dangereux-voisinage – cytat z *Wojny i pokoju* Lwa Tołstoja, gdzie słowa te wypowiada Anna Michajłowna Drubiecka (t. I, cz. I, rozdz. 9).

adage (fr.) – „sentencja", „maksyma".

s. 281

w żart – dosłowne tłumaczenie ros. *w szutku* („żartem", „dla żartu").

A propos de coins – „*à propos* kątów".

Jak często razem siedzieliśmy w kącie – nieco wykoślawiony cytat ze sceny 6, I aktu *Mądremu biada* (ukończone 1824, wyst. 1831, *Gorie ot uma*) Aleksandra S. Gribojedowa (1795–1829). W rosyjskim oryginale jest to tylko jeden wers: „My w tiomnom ugołkie, i każetsia, czto w etom". W przekładzie Juliana Tuwima: „A my szur-szur w kąciku... O – w tym! Pomnę przecie".

Kaczałow – na Ziemi w teatrze MChT *Mądremu biada* zrealizowano w roku 1906. W roli Czackiego wystąpił znany aktor Wasilij I. Kaczałow (1875–1948), który do zespołu Moskiewskiego Teatru Artystycznego należał od roku 1900.

s. 283

opéra bouffe (fr.) – „opera buffo", „opera komiczna".

s.285

kontrietan – z fr. *contretemps* („niestosowna pora").

s. 287

Très américain (fr.) – „bardzo amerykański".

Mój kraj, słodki mój kraj – aluzja do słów słynnej patriotycznej piosenki amerykańskiej *My Country, 'Tis of Thee* (Mój kraju, to o Tobie), znanej też pod tytułem *America* (Ameryka). Piosenka przedstawia Stany Zjednoczone jako krainę wolności. Tekst napisał Samuel Francis Smith (1808–1895).

Boże, chroń Amerykę – *God Save America*, tytuł innej pieśni patriotycznej.

Bahamudy – kontaminacja Wysp Bahama i Bermudów.

s. 288

gorniszon – zapewne kontaminacja ros. słowa *gornicznaja* („pokojówka") i fr. *cornichon* („korniszon", ale i „głuptasek").

Akapułkowo – kontaminacja ziemskiego Acapulco w Meksyku i Pułkowa w Rosji.

s. 290

Wzgórek Wenery – w tym wypadku termin związany z chiromancją, część dłoni u nasady kciuka. Dzieli on asocjacje związane z planetą Wenus. Duży wzgórek oznacza silną seksualność.

s. 291

biljard (ros.) – „bilard".

s. 292

Bonsoir (fr.) – „dobry wieczór".

s. 293

usque ad Russkum (łac.)... *filius aque* (łac.) – skomplikowana gra słów (bardziej skomplikowana, niż sugeruje Vivian Darkbloom): od *usque ad Russkum* („aż do Ruskich"), przez *usquebaugh* (ang. z gaelickiego), co oznacza whisky, oraz *usque ad filum aquae* (łac.), co oznacza „aż do środka strumienia", do *filius aquae* („syn wody"). *Filius Aquae* oznaczałoby „syn Aquy".

s. 294

Mad Avenue (ang.) – aleja Szalona. Nazwa niezbyt prawdopodobna, niemniej jednak w wielu amerykańskich miejscowościach znajduje się Madison Avenue (od nazwiska czwartego prezydenta USA).

s. 295

ça va seins durs (fr.) – gra słów: *ça va sans dire* („rozumie się samo przez się") i *seins durs* („twarde piersi").

s. 297

Vivian Darkbloom tłumaczy w swym komentarzu wersję Demona. Jest ona komiczną parafrazą utworu Coppéego *La veillée* (Czuwanie), który zaczyna się następująco:

Dès que son fiancé fut parti pour la guerre,
Sans larmes dans les yeux ni désespoir vulgaire,
Irène de Grandfief, la noble et pure enfant,
Revêtit les habits qu'elle avait su couvent.

Kiedy jej narzeczony poszedł na wojnę,
Nie płacząc i nie oddając się banalnej rozpaczy,
Irène de Grandfief, szlachetne i czyste dziecię,
Znowu włożyła szaty, który nosiła w klasztorze.

s. 299

jeune fille fatale (fr.) – „dziewczyna fatalna".

s. 300

Fanny Price (...) W scenie na schodach – Fanny Price, wrażliwa młoda dziewczyna z ubogiej rodziny, to bohaterka powieści Jane Austen (1775–1817) *Mansfield Park* (1814); w scenie na schodach Fanny żałośnie płacze.

s. 301

chaudfroids (fr.) – „drób (lub dziczyzna) w galarecie".

foie gras (fr.) – „gęsie wątróbki".

s. 303

calville (fr.) – „kalwila" (odmiana jabłoni).

wydłużonych winogron w rodzaju *piersty* – aluzja do wiersza Puszkina *Winograd* (1824), w którym podmiot zwraca się do tytułowego winogradu, kończąc wypowiedź słowami:

Krasa mojej doliny złacznoj,
Ograda osieni złatoj,
Prodołgowatyj i prozracznyj,
Kak piersty diewy mołodoj.

W istniejącym tłumaczeniu polskim:

Szczęście jesiennych dni złocistych,
Urodo kwietnej mej doliny,
Pięknie podłużny i przejrzysty
Jak palce miłej mi dziewczyny.
(przeł. Włodzimierz Słobodnik)

potępionymi drzwiami – odwołanie do francuskiego frazeologizmu *une porte condamné*, co dosłownie tłumaczyłoby się jako „potępione drzwi", ale co oznacza drzwi zamurowane lub zabite.

s. 304

ospedale (wł.) – „szpital".

s. 306

à quatre mains (fr.) – „na cztery ręce".

s. 307

...nie wywołują Proustowskich następstw – chodzi o ataki astmy, które zapach szparagów powodował u kucharki ciotki Leonii w Combray (*W stronę Swanna* Marcela Prousta).

de vos domestiques (fr.) – „waszych służących".

s. 308

bals masqués (fr.) – „bale maskowe".

moi, qui vous parle (fr.) – „ja, który z tobą rozmawiam".

s. 310

La féve de Diane (fr.) – „migdał Diany", w cieście znajduje się migdały, a tu kawałki śrutu, metaforyczne migdały rzymskiej bogini łowów.

s. 310–311

po rasczotu po mojemu (według moich obliczeń) – cytat ze sceny 1, II aktu *Mądremu biada*. W oryginale: „Ona nie rodiła, no po rasczotu/Po mojemu: dołżna rodit". W przekładzie Juliana Tuwima: „Nie urodziła jeszcze, ale jak obliczę,/To już powinna".

Une rivière de diamants? (fr.) – „Brylantowy naszyjnik?".

s. 312

Perun – najwyższy bóg panteonu słowiańskiego, gromowładca i władca burzy, pan błyskawic.

asperges en branches (fr.) – „pędów szparagów".

saucisson d'Arles (fr.) – „kiełbasa z Arles".

s. 313

małą schizmę – na Ziemi były nią reformy nikoniańskie (1454), nie przyjęte przez część rosyjskich prawosławnych (staroobrzędowcy), którzy byli potem prześladowani (przykładowo protopop Awwakum został spalony). Staroobrzędowcy odrzucali m.in. znak krzyża robiony trzema palcami.

Wielkie Jezioro Niewolnicze – na Ziemi jezioro w północno-zachodniej Kanadzie.

Siemion Afanasjewicz Wiengierow – ziemski Wiengierow (1855–1910) był profesorem uniwersytetu w Petersburgu, wybitnym literaturoznawcą, również zajmującym się Puszkinem.

chacun à son goût (fr.) – „każdemu wedle jego gustu".

s. 314

profitrol – *profiterole* to po angielsku i francusku mały śmietankowy ptyś, wypełniony słodką, słoną lub pikantną masą, *profit* to po angielsku „zysk", *rolls* – „bułki" lub „ciasteczka", ale także „zwitki banknotów" i (w amerykańskim slangu) „forsa"; po rosyjsku *profit* oznacza to samo, co po polsku, a *rol* to „rulon".

chocolat-au-lait (fr.) – „czekolada mleczna".

s. 315

A l'eau! (fr.) – „do wody!", brzmi tak samo jak ang. hello.

s. 319

Światła w pokojach gasły, ciemno – *Uż gasli w komnatach ogni*, najbardziej znany tekst Konstantina Romanowa, muzykę napisał do niego Piotr Czajkowski. Por. s. 495.

Konstantina Romanowa – na Ziemi Konstantin Konstantinowicz Romanow (1858–1815), wielki książę, prezes Imperatorskiej Akademii Nauk, opublikował kilka drugorzędnych tomów poetyckich pod kryptonimem K.R.

s. 322

Timura i Naboka – Timur, czyli Tamerlan (1336–1405), twórca mongolsko-tureckiego państwa rozciągającego się od Chin po Morze Czarne ze stolicą w Samarkandzie, założyciel dynastii Timurydów. O Naboku autor pisze w rozdz. trzecim *Pamięci, przemów*: „protoplastą naszego rodu był Nabok Murza (*floreat* 1380), zruszczony książę tatarski na Rusi" (przeł. Anna Kołyszko).

colazione (wł.) – „śniadanie".

s. 324

à reculons (fr.) – „cofając się".

„Więc pijmy, więc pijmy..." (Libiamo, libiamo) – na Ziemi aria Alfreda Germonta, toast na cześć rządzącej światem miłości, z I aktu opery Giuseppe Verdiego *Traviata* (1853, *La Traviata*). Nabokov odwołuje się tu do rosyjskiego słowa *trawa*, które znaczy to samo co po polsku.

s. 325

sales petits bourgeois (fr.) – „wstrętnych drobnomieszczan".

ombre chevalier – słowo *ombre* oznacza po francusku nie tylko „cień", ale i rybę, „palię alpejską" (*Salvelinus alpinus*).

soi-disant (fr.) – „rzekomy", „tak zwany", „domniemany".

une acte gratuite (fr.), powinno być „*un acte gratuite*" (w rodzaju męskim), co oznacza „czyn bezinteresowny".

je me regrette (fr.) – „żal mi siebie".

je regrette (fr.) – „żałuję", „przykro mi".

s. 327

Dorn – postać z *Mewy* (1896, *Czajka*) Antona Czechowa. Cały fragment do słowa „zagadnieniem..." to cytat z zakończenia *Mewy*. Później następują słowa: „(*o ton niżej, półgłosem*) Niech pan wyprowadzi stąd Irenę Nikołajewnę dokądkolwiek. Bo widzi pan – Konstanty Gawriłowicz się zastrzelił...". Cytat z *Mewy* w przekładzie Artura Sandauera.

s. 332

Scrotomoff – ang. *scrotum off* oznacza „precz z moszną".

s. 333

Handkuss (niem.) – „pocałunek w rękę".

me faites-vous un duel? (fr.) – „proponuje mi pan pojedynek?".

s. 335

„Tattersalii" – tytuł nawiązuje do znanego londyńskiego biura bukmacherskiego Tattersall's oraz do nazwiska Richarda Tattersona (1724–1795), który zorganizował pierwsze londyńskie aukcje koni czystej krwi.

próbując schwycić za ogon – aluzja do sztuki teatralnej Pabla Picassa (1881–1973) *Pożądanie schwytane za ogon* (powst. 1941, wyd. 1945, *La désir attrapé par la queue*).

s. 337

Ombres et couleurs (fr.) – ziemski Chateaubriand takiej książki nie napisał.

s. 342

Un moment (fr.) – „chwileczkę".

s. 345

obuwik – roślina z rodzaju (*Cypripedium*) z rodziny storczykowatych (*Orchidaceae*), tu chodzi o odmianę północnoamerykańską.

s. 346

bernerować – od fr. *berner* („kpić", „drwić [z kogoś]", „oszukiwać").

s. 347

Malbrough – aluzja do starej francuskiej piosenki *Malbrouk s'en va-t--en-guerre*, błędnie, acz powszechnie kojarzonej z wyprawami zbrojnymi Johna Churchilla księcia Marlborough (1650–1722). Znacznie wcześniej śpiewano ją o księciu Gwizjuszu, a pochodzi ona być może ze źródeł arabskich. W literaturze rosyjskiej piosenka ta cytowana jest w *Wojnie i pokoju* Lwa Tołstoja (śpiewa ją ojciec Andrieja Bołkońskiego).

pogonia – rodzaj orchidei.

s. 348

Mon page, mon beau page – cytat z piosenki o „Malbrouku".

s. 350

Adorno – aluzja do nazwiska niemieckiego filozofa i socjologa Theodora Adorno (1903–1969), przedstawiciela frankfurckiej szkoły neomarksizmu.

bergamaskowych lamp – bergamasca (fr. *bergamasque*) to bądź osiemnastowieczny taniec pokrewny tarantelli, bądź mieszkaniec włoskiego Bergamo i wywodząca się stamtąd postać *commedia dell'arte*; tu zapewne chodzi o aluzję do jednego z najsłynniejszych wierszy Paula Verlaine'a (1844–1896), *Blasku księżyca* (*Clair de lune*), którego pierwsza zwrotka brzmi następująco:

Votre âme est un paysage choisi
Que vont charmant masques et bergamasques
Jouant du luth et dansant et quasi
Tristes sous leurs déguisements fantasques.

Twa dusza jest jak pejzaż wyrafinowany,
Gdzie niejedna urocza maska, bergamaska
Przy wtórze lutni idzie z inną maską w tany
Smutna pod swym przebraniem dziwnym jak z obrazka.

s. 351

C'est ma dernière nuit au château (fr.) – „To moja ostatnia noc w pałacu".

s. 352

Votre demoiselle (fr.) – „Pańska panna".

Mais le musicien allemand, monsieur Rack (fr.) – „Ależ niemiecki muzyk, pan Rack".

s. 353

l'immonde monsieur Rack (fr.) – „ohydnnym panem Rackiem".

s. 357

rym do „patio" – rymem tym jest oczywiście „fellatio".

s. 358

Au revoir (fr,) – „do widzenia".

s. 359

en rapport (fr.) – „w kontakcie".

monsieur le comte (fr.) – „pan hrabia".

„Malbrook" – zob. komentarz do s. 347.

s'en va t'en guerre (fr.) – „ruszy na wojnę".

s. 360

Maidenhair – *maidenhair* to po angielsku kobiece owłosienie łonowe, ale także paproć, adiantum (złotowłos).

W powieści Tołstoja – chodzi o *Annę Kareninę*. W scenie samobójstwa Anny, która rzuca się pod pociąg, a także w dwu scenach wcześniejszych Tołstoj zbliżył się do techniki strumienia świadomości.

Francuza i Irlandczyka – Édouarda Dujardina (1861–1949) i Jamesa Joyce'a.

N'est vert, n'est vert, n'est vert. L'arbre aux quarante écus d'or (fr.) – „Nie jest zielone, nie jest zielone, nie jest zielone. Drzewo za czterdzieści złotych ecu". Drzewem za czterdzieści złotych ecu Francuzi nazywają miłorząb (*Ginkgo biloba*). Por. przypis do s. 118.

s. 366

Tapper – nazwisko kojarzące się z fr. słowem *tapette* oznaczającym homoseksualistę.

s. 370

Dormilony – od fr. *dormir* – „spać".

s. 371

Cierpieniami młodego Veena – aluzja do powieści Goethego *Cierpienia młodego Wertera* (1774, *Die Leiden des jungen Werther*).

s. 372

paradoksa – aluzja do określenia lord Paradoks, nadanego Oscarowi Wilde'owi (1854–1900). Jeden z sygnałów homoseksualnych skłonności Johnny'ego i jego przyjaciół.

s. 376

Górę Wellingtona – Mount Wellington, na Ziemi góra na Tasmanii, wys. 1271 m, u jej stóp znajduje się Hobart, największe miasto wyspy.

Sala numer pięć – aluzja do opowiadania Antona Czechowa *Sala numer sześć* (1892, *Pałata No 6*).

s. 377

jak woźnica Oniegina – odwołanie do wariantu tekstu Puszkina, rozdz. pierwszy, LII.

„Gołos" („Logos") – Nabokovowi chodzi tu o fakt, że oba słowa utworzone są z tych samych liter (jeśli weźmiemy polską transkrypcję wyrazu rosyjskiego, jedynie w przybliżeniu ze względu na „l" i „ł"), w istocie znaczą one jednak trochę co innego, bo *gołos* to po rosyjsku „głos", *logos* – po grecku „słowo", „mowa".

Lamorta – *la mort* to po francusku „śmierć".

s. 382

Le château de la Flèche (fr.) – „Zamek Strzały".

Flesh Hall (ang.) – „Dwór Ciała". *Flèche* i *Flesh* czyta się tak samo.

s. 383

Non, non, non (fr.) – „Nie, nie, nie".

s. 384

beszmet – u ludów kaukaskich rodzaj kurtki do kolan.

s. 385

peri – zob. komentarz do s. 33.

Arrêtez près de (fr.) – „Proszę się zatrzymać przy".

pour messieurs (fr.) – „dla mężczyzn".

s. 387

waregowskie – za Ziemi Waregowie to wojownicy pochodzenia skandynawskiego, którzy w VIII w. zaczęli infiltrować tereny Rusi, by wkrótce potem stworzyć tam organizm państwowy. Od Waregów wywodziła się dynastia Rurykowiczów.

s. 388

tribadka – zrusyfikowana i zdrobniona forma słowa „trybada" (lesbijka).

s. 390

Gdy na początku września... – koniec cz. I *Ady* jest aluzją do końca cz. I *Pani Bovary* (1857, *Madame Bovary*) Gustave'a Flauberta: „Kiedy w marcu wyjeżdżali z Tostes, pani Bovary była w ciąży" (przeł. Ryszard Engelking). Vivian Darkbloom nie wspomina tej oczywistej i najważniejszej tu aluzji, za to przywołuje Lwa Tołstoja. Istotnie, można w tym miejscu zacytować też zakończenie rozdz. XX części piątej *Anny Kareniny*: „Doktor potwierdził słuszność swoich przypuszczeń co do Kitty: powodem jej niedomagania była ciąża" (przeł. Kazimiera Iłłakowiczówna).

s. 394

Biessborodko – ziemski książę Aleksandr A. Biessborodko (1746–1799) był prototypem ojca Pierre'a Biezuchowa z *Wojny i pokoju* Lwa Tołstoja. Wraz z młodszym bratem Iwanem brał udział w walkach z Turkami.

s. 395

girlinière (pseudofrancuski) – słowo ukute na wzór *garçonnière* („garsoniera"), wyraz *garçon* („chłopiec") zastąpiono tu angielskim *girl* („dziewczyna").

komsi-komsa – wykoślawione fr. *comme ci, comme ça* („tak sobie", „jako tako").

Bâteau ivre Boscha – na Ziemi wiersz, a nie obraz, *Bâteau ivre* (1871, Statek pijany) jest dziełem Arthura Rimbauda; Hieronymus Bosch (ok. 1450–1516) natomiast namalował *Statek szaleńców* (obecnie Luwrze), na obrazie istotnie widoczny jest popijający na olinowaniu masztu-drzewa mężczyzna w błazeńskim stroju.

z poematem satyrycznym Branta – chodzi o poemat niemieckiego satyryka Sebastiana Branta (1457–1521) *Statek głupców* (1494, *Das Narrenschiff*); wielu ziemskich badaczy dostrzega związek poematu Branta i obrazu Boscha.

s. 396

cottage orné (fr.) – „dekoracyjny domek".

s. 397

albergo (wł.) – „hotel", „zajazd".

w Nevadzie – na Ziemi Nevada jest stanem w zachodniej części Stanów Zjednoczonych, a nie miastem, jedynym stanem, w którym dozwolony jest hazard.

legendarna rzeka Starej Rusi – chodzi o Newę, rzeczywistą rzekę w Rosji.

s. 398

z Czechowowskich *Czterech sióstr* – na Ziemi dramat nosi tytuł *Trzy siostry* (1901, *Tri siostry*) i nie występuje w nim Warwara.

zasada Stana – aluzja do metody Stanisławskiego.

Nektarniki (*Nektaniridae*) – rodzina ptaków licząca 104 gatunki, z których niemal połowa zamieszkuje Afrykę. Nektarniki mają długi i wąski, daleko wysuwalny język, a jego część jest rozdwojona na połówki, z których każda może zwijać się w rurkę służącą do ssania nektaru z kwiatów.

s. 399

Je réalise (fr.) – anglicyzm, kalka *I realize* („rozumiem", „uświadamiam sobie").

Fartukow – nazwisko od ros. rzeczownika *fartuk* („fartuch", chodzi o skórzany fartuch, nakrycie nóg jadących w powozie).

je suis sur la verge (fr.) – odwołanie do ang. zwrotu *I'm on the verge of...* („jestem na granicy [czego]", „jestem bliski' [czego]"); z tym jednak, że po francusku *verge* nie oznacza „skraju", „progu", granicy", tylko m.in. (por. komentarz do s. 161) „członek męski".

s. 400

El Paso – na Ziemi miasto w USA, w stanie Teksas, na granicy z Meksykiem.

Horn kapitana Granta – na Ziemi przylądek Horn na wyspie Horn w archipelagu Ziemi Ognistej, najdalej na południe wysunięty punkt Ameryki Południowej. Grant oczywiście odsyła (co potwierdza też Vivian Darkbloom) do powieści Jules'a Verne'a (1828–1905) *Dzieci kapitana Granta* (1868, *Les enfants du capitaine Grant*).

targelion – jedenasty miesiąc roku attyckiego (druga połowa maja i pierwsza połowa czerwca).

demoiselles (fr.) – „panny".

s. 405

Countersotone – nazwisko znaczące, ang. *counterstone* to „kamień węgielny".

s. 406

romanczikow (ros.) – „powieściuszek".

Sig Leymanski – chodzi o brytyjskiego pisarza Kingsleya Amisa (1922–1995), którego zainteresowanie literaturą *science fiction* potwierdza studium *New Maps of Hell: A Survey of Science Fiction* (1961, Nowe mapy piekła. Omówienie fantastyki naukowej) oraz wydane razem z Robertem Conquestem antologie *Spectrum* (I–V, 1961–1966).

s. 408

Doumercy – zapewne aluzja do Paula Doumera (1857–1932), francuskiego polityka z Partii Radykalnej wybranego na prezydenta w roku 1931 i zabitego w zamachu przez rosyjskiego emigranta.

chan Sosso – aluzja do Iosifa W. Stalina (1879–1953), który w dzieciństwie zdrobniale nazywany był Soso.

Trst – chorwacka (a także serbska i słoweńska) nazwa Triestu.

s. 409

Voltemand (Voltimand, Voltymand, Woltymand) – w *Hamlecie* Williama Szekspira dworzanin, duński poseł wysłany na dwór norweski, występuje w scenie 2. aktu I i scenie 2. aktu II.

Abencerrajes... Zegries – Abenceragowie i Zegries, dwa potężne w XV w. rody mauretańskie, których rywalizacja przyczyniła się do upadku emiratu Grenady i, jak pisze Darkbloom, zainspirowała Chateaubrianda (do napisania *Les Aventures du dernier Abencerage*), zob. też komentarz do s. 134.

łapoczka – por. komentarz do s. 19.

s. 410

gromwell (ang.) – „nawrot (*Lithosperum*)".

s. 411

Terre à terre (fr.) – „przyziemny".

„Prowincjonalna Brew" („The Village Eyebrow") – aluzja do nowojorskiego tygodnika „The Village Voice", *eyebrow* na zasadzie dźwiękowej kojarzy się ze słowem *highbrow* („intelektualista", „intelektualny", „przeintelektualizowany").

Mispela (kolejne botaniczne nazwisko – „nieszpułka") – *Mispel* to nieszpułka po niemiecku.

Goluba University – aluzja do uniwersytetu Columbia: *gołub* (ros. „gołąb"); *columba* (łac. „gołąb").

Osberg – por. komentarz do s. 101.

Ben Sirine'a – autoaluzja, Sirin to pseudonim używany przez Nabokova w rosyjskim okresie twórczości. W dokonanym przez Burtona angielskim przekładzie traktatu Nefzawiego (zob. komentarz do s. 162) w zamieszczonej w rozdziale IX dygresji o interpretacji snów czytamy: „Osoby, które chciałyby dowiedzieć się więcej na ten temat, muszą jedynie sięgnąć do traktatu Ben Sirine'a".

kapitan de Roux – aluzja do kapitana R., który według Burtona miał odnaleźć i przetłumaczyć z arabskiego na francuski traktat Nefzawiego.

adaptacji traktatu Nefzawiego o najlepszej metodzie współżycia płciowego z kobietami otyłymi lub garbatymi – Nefzawi istotnie dość szeroko rozpisuje się na ten temat w rozdz. VI swego traktatu.

s. 412

Mandałatow – nazwisko znaczące, manda to po rosyjsku „narządy płciowe".

Zielsko wypiera kwiaty (Melville & Marvell) – obraz zielska wypierającego kwiaty można znaleźć w wierszu amerykańskiego prozaika i poety Hermana Melville'a (1819–1891) *Zniszczona willa* (*The Ravaged Villa*); poemat Anglika Andrew Marvella *Ogród* jest jednym z głównych układów odniesienia *Ady*.

s. 413

Mieksikansk – na Ziemi stolicą Meksyku jest Miasto Meksyk (Ciudad Mexico).

Witch (ang.) – „wiedźma". To samo oznacza po rosyjsku *wied'ma*. Viedma na Ziemi jest autentycznym toponimem, jest to nazwa miasta w Argentynie (prowincja Río Negro).

Grant's Horn – zob. komentarz do s. 400.

Valparaiso – na Ziemi miasto w Chile nad Oceanem Spokojnym.

Bogota – na Ziemi stolica Kolumbii, położona w Andach na wysokości ok. 2600 m nad poziomem morza.

Cape – na Ziemi Cape Town (Kapsztad) to stolica konstytucyjna Republiki Południowej Afryki, port nad Oceanem Atlantyckim.

s. 415

Deuil (fr.) – „żałoba".

s. 416

kallipygiańskiego – ze starogreckiego: „pięknotyłego", „o pięknej pupie", „o pięknych pośladkach" (od *kallos* – „piękny" i *pyge* – „pośladki"). Nawiązanie do przydomku bogini miłości Afrodyty – *Kallipygos*.

floramorami – nazwa ta łączy imiona dwojga bogów rzymskich, bogini kwiatów i kwitnącej wiosennej roślinności Flory oraz boga miłości Amora.

s. 417

Perłoworóżowa Księga – Różowym Przewodnikiem nazywał się przewodnik po lepszych domach publicznych Paryża.

s. 418

Robert Adam (1728–1792) – architekt brytyjski epoki klasycyzmu. Twórca wielu budowli w Londynie i Edynburgu, jak również rezydencji wiejskich.

Madam-I'm-Adam – zdanie to (ang. „Pani, jestem Adam") czyta się tak samo od początku do końca i od końca do początku.

Newport – ziemskie miasta o tej nazwie znajdują się w Anglii na wyspie Wight, w Walii nad Kanałem Brystolskim i w USA w stanie Rhode Island, oczywiście z wyspą Rodos kojarzy się ta ostatnia lokalizacja.

Ruinen – małe miasto w Holandii niedaleko Meppel, po niderlandzku nazwa nie ma związku z ruinami.

Zwolle – na Ziemi miasto w Holandii nad kanałem Overijssel.

s. 419

Dudoka – Willem Dudok (1884–1974), architekt holenderski, jeden z pionierów architektury nowoczesnej.

s. 420

château (fr.), *castello* (wł.) – „zamek".

bautta (wł.) – „maska z kapturem".

s. 421

Intacta (łac.) – „nietknięta".

s. 424

Salopian (ang.) – osoba ze Shropshire. Nazwa ta może się skojarzyć z fr. wyrazami *salaud* („świntuch"), *sale* („brudny", „plugawy"), *salope* („zdzira", „dziwka", „szmata"), jak również *pian* („malinica", inaczej „frambezja" lub „jagodzica", długo uważana za odmianę syfilisu zakaźna choroba skórna zaliczana do krętkowic endemicznych, częsta w okolicach okołozwrotnikowych).

s. 425

subsidunt montes et iuga celsa ruunt – cytat z wiersza Lucjusa Annaeusa Seneki (ok. 4 p.n.e–65), który, jak się uważa, został przezeń napisany podczas wygnania na Korsyce, przekład w Vivian Darkbloom, *Noty do Ady*. Wiersz Seneki zaczyna się następująco: „Omnia tempus edax depascitur, omnia carpit, /Omnie sede movet, nil sinit esse diu", czyli „Żarłoczny czas pożera wszystko, wszystko rwie, /Wszystko zabiera ze swego miejsca i niczemu nie pozwala długo trwać".

s. 428

Kaczurin – nazwisko to można uznać za autoaluzję, pojawia się bowiem w kilku utworach Nabokova, w *Darze*, *Bladym ogniu* i, będąc też elementem tytułu, w poemacie *Do księcia S. M. Kaczurina* (*K kniaziu S. M. Kaczurinu*).

Bardzo daleki zegar na wieży kościoła... – autoaluzja, w przedostatnim akapicie powieści *Nieprawe godło* (1947, *Bend Sinister*) czytamy: „Zegar z jakiejś wieży, której nigdy nie umiałem zlokalizować i właściwie ani razu nie słyszałem za dnia, dwakroć uderzył, zawahał się i pozostał w tyle za gładką, szybką ciszą, wciąż płynącą żyłami w moich obolałych skroniach" (przeł. Michał Kłobukowski).

s. 432

talamiczne – od anatomicznego łac. terminu *thalamus*, oznaczającego wzgórze, część międzymózgowia.

Dunne – John William Dunne (1875–1949), brytyjski inżynier lotniczy i myśliciel, autor m.in. takich dzieł, jak *An Experiment with Time* (1927, Eksperyment z czasem) i *The Serial Universe* (1934, Serialny wszechświat). Zajmował się snami proroczymi i stanami hipnagogicznymi. Jego zdaniem, czas linearny jest iluzją narzuconą przez ludzką świadomość. Przeszłość, teraźniejszość i przyszłość istnieją jednocześnie. Jorge Luis Borges jest autorem eseju poświęconego Dunne'owi, *El tiempo y J.W. Dunne* (1940, Czas i J.W. Dunne).

gitana (hiszp.) – „Cyganka".

El Motela – odwołanie do hiszp. słowa *motel*. El – hiszp. rodzajnik określony.

Ramera – odwołanie do hiszp. słowa *ramera*, oznaczającego „prostytutkę".

s. 435

tułowia Waltera Raleigha – Walter Raleigh (ok. 1554–1618), ang. pisarz i żeglarz, oskarżony o spisek przeciwko królowi i ścięty.

s. 436

Sie werden noch mit einer (niem.) – „Pan jeszcze z".

störben – forma w języku niemieckim nieistniejąca. Kojarzy się z czasownikiem *stören* („przeszkadzać").

nertoros (gr.) – „podziemni bogowie", „umarli".

s. 437

skrzydłem *à terre* – *à terre* (fr.) to „na ziemi"; odwołanie do słowa „pied-à-terre", dosłownie „noga na ziemi".

s. 438

la rose et le sort (fr.) – „róża i los".

„Nasze dawne miłe – trupy albo żony" – Darkbloom identyfikuje autora tych słów jako Swinburne'a, jest to jednak cytat niedokładny – z poematu tego poety *Dolores* (XX), w istocie fragment ten brzmi następująco: *Time turns the old days to derision,/Our loves in corpses and wives* (Czas zmienia dawne dni w drwinę,/Nasze miłości w trupy i żony).

s. 439

degrasse – gra z nazwą „Grasse" (*de Grasse* – „z Grasse"), miasta w Prowansji będącego centrum przemysłu perfumeryjnego.

s. 441

Samsara – w religiach Indii i filozofii indyjskiej cykl narodzin i śmierci, kolejnych wcieleń.

s. 443

Gitanilla (hiszp.) – „cyganeczka", prawdopodobnie aluzja do *Lolity* Nabokova.

Klisze w Clichy – aluzja do Henry'ego Millera, autora m.in. *Spokojnych dni w Clichy* (1956, *Quiet Days in Clichy*).

Miortwago na zawsze – por. komentarz do s. 74.

beau monde (fr.) – „elegancki świat".

s. 444

Falknermanna – połączenie Williama Faulknera i Thomasa Manna.

kokotische (niem.) – „kokotowatej".

puella (łac.) – „dziewczyna".

s. 445

gerydon – stolik na jednej nóżce.

s. 446

etogo divana Waniady (ros.) – „tej kanapy Vaniady".

Nu uż i diesiat (ros.) – dosłownie: „No zaraz dziesięć".

s. 447

Potępione dzieci – inna wersja tłumaczenia tytułu *Les Enfants Maudits*.

s. 448

krestik – ros. *kriestik* oznacza „krzyżyk", ang. *crest* – „grzywkę", „kitę", „czub", „grzebień". Nefzawi (por. komentarz do s. 411) w rozdziale IX swego traktatu zatytułowanym *Rozmaite nazwy nadawane przyrodzeniu niewieściemu* podaje m.in. nazwę „Abou terrou (grzebieniasta)" i pisze, że jest to „miano nadawane wulwie przyozdobionej czerwonym grzebieniem, podobnym do tego, jaki ma kogut. A grzebyczek ów powiększa się w chwili, gdy niewiasta przeżywa szczyt rozkoszy" (przeł. Ida Lisowicz). Richard Burton w komentarzu do swego angielskiego przekładu stwierdza jednoznacznie, że autorowi chodzi o łechtaczkę.

une rousse (fr.) – „rudą".

une brune (fr.) – „brunetkę".

vanouissements – gra słów z fr. *évanouissements* („omdlenia").

s. 449

Stervie – ros. *stierwa* to „ścierwo", „kanalia".

L'adorée (fr.) – „uwielbiana", „adorowana", „ubóstwiana".

francuskie dziecięce słowo z dwoma „p" – *pipi* („siusiu").

la durée (fr.) – „trwanie", „czas trwania".

s. 450

dorée (fr.) – „złocona", „pozłacana".

dans ton petit cas (fr.) – „w twoim wypadeczku". Dwuznacznik, gdyż we francuszczyźnie szesnastowiecznej słowo *cas* było swobodnym określeniem kobiecych (i męskich) narządów płciowych. Dziś używane jest w tym znaczeniu rzadko.

La Condition humaine - *Dola człowiecza* (1933), powieść André Malraux (1901–1976).

Męski stan - komicznie nieadekwatny przekład tytułu *La Condition humaine*, aluzja do ziemskiego tłumaczenia powieści na angielski (A. Macdonald), zatytułowanego *Man's Estate*.

malheureux (fr.) - „nieszczęsnego", gra z nazwiskiem Malraux.

Pompier - nazwisko znaczące, francuski przymiotnik *pompier* w odniesieniu do artysty to „pompierski", czyli „banalny", „mdły", „konwencjonalny", „pompatyczny", „pretensjonalny".

s. 451

Koulak tasmanien d'origine holladaise (fr.) - „Tasmański kułak pochodzenia holenderskiego". Ang. *vandemonian* oznacza białego mieszkańca Tasmanii, zwłaszcza zesłanego tam karnie przed rokiem 1853. Do 1856 Tasmania nazywała się Ziemią van Diemena.

glandulella (łac.) - „żołądzik".

s. 452

au dessus de son inscrutable (fr.) - dosłownie „nad swym nieprzeniknionym", chodzi jednak o grę słów: *inscrire* - „wpisywać", „zapisywać", *table* - „stół", „stolik".

Nie umiem skandować westchnień moich - cytat z 2. sceny aktu II *Hamleta* Williama Szekspira (przekład Józefa Paszkowskiego), słowa te pochodzą z czytanego przez Poloniusza listu Hamleta do Ofelii.

Twój na zawsze, dopóki ta machina pozostanie jego własnością - dalszy cytat z listu Hamleta.

s. 454

w łaskatielnoj formie (ros.) - „w formie pieszczotliwej".

Fuerteventura - na Ziemi jedna z Wysp Kanaryjskich. Trochę ironiczne, gdyż *ventura* to po hiszpańsku „pomyślność", „szczęście", „dobry los".

c'est dans la famille (fr.) - „to cecha rodzinna".

s. 456

bergères (fr.) - berżer (szerokich wyściełanych foteli).

torchères (fr.) - „kandelabrów".

s. 457

Tobak - od ros. *tabak* - „tytoń".

Portret Włodzimierza Chrystiana, króla Danii - kilku władców Danii nosiło podobne do Władimir imię Waldemar (np. Waldemar I Wielki, władał w latach 1157–1182, Waldemar IV Odnowiciel, władał 1340–1375), a kilku innych Chrystian (np. Chrystian I, władał 1448–1481). Włodzimierz

Wielki, książę kijowski, miał w swym życiu epizod skandynawski, nie duński jednak, lecz szwedzki.

Sustermans – aluzja do Joosta Sustermansa (1597–1681), flamandzkiego malarza działającego na dworze Cosimo II Medici.

rovesciata (wł.) – „przewrotka".

fameux (fr.) – „sławetny".

epées (fr.) – „na szpady".

Jean Nicot (ok. 1530–1600) – uczony i dyplomata francuski, autor pierwszego słownika języka francuskiego; przywiózł do Francji tytoń, słowo „nikotyna" pochodzi od jego nazwiska.

Tobago – na Ziemi wyspa (pojedyncza) na Oceanie Atlantyckim u północno-wschodnich wybrzeży Ameryki Południowej. Wraz z drugą wyspą, Trynidadem, tworzy państwo, niepodległe od 1962 r.

mon cher (fr.) – „mój drogi".

s. 458

Wstrętny bostończyk – zapewne aluzja do powieści politycznej Williama J. Lederera i Eugene'a Burdicka *Wstrętny Amerykanin* (1958, *The Ugly American*).

Pionierzy – *The Pioneers* (1823) powieść Jamesa Fenimore'a Coopera (1789–1851).

piogeny – czynniki ropotwórcze.

Herodas (III w. p.n.e.) – poeta grecki, przedstawiciel literatury aleksandryjskiej, autor mimijambów, humorystycznych scenek (mimów) pisanych wierszem (cholijambem). Wywodził się prawdopodobnie z wyspy Kos. Jedyne jego znane dzisiaj dzieła, osiem scenek (ok. 700 wersów), zachowały się na papirusie odkrytym w egipskim Al-Fajum, opublikowano je po raz pierwszy w 1891 r.

s. 459

en regard (fr.) – „na sąsiedniej stronie".

świadectwem szaleństwa – odwołanie do słów Laertesa w *Hamlecie* (akt IV, scena 5): „document in madness" (na polski tłumaczono to na ogół „nauka jest w szaleństwie", zresztą słusznie, ale jak dowodzą dokładnie przeglądane i poprawiane przez Nabokova tłumaczenia *Ady* na francuski i niemiecki, chodziło mu tu o znaczenie „świadectwo szaleństwa"). Z kolei „zielem skruchy" nazywana jest ruta, którą wkrótce po słowach Laertesa wspomina Ofelia, mówiąc o niej zresztą jako o „zielu łaski" (przekład Józefa Paszkowskiego).

walentynkowy stan – stan Arizona, przyjęty w skład USA w dzień św. Walentego (14 II 1912).

s. 461

quatre à quatre (fr.) – „po kilka stopni naraz" (schodził).

Le château que baignait le Dorophone (fr.) – „zamek skąpany w Dorofonie".

s. 465

pan Arshin – nazwisko znaczące, „arszyn" to stara ros. miara długości (0,71 m).

s. 468

tendresse (fr.) – „czułość".

s. 469

da, da (ros.) – „tak, tak".

s. 470

ancilla (łac.) – „służka", „służąca".

„Pennsilvestris" – aluzja do nazwy stanu Pensylwania, wywodzącej się od nazwiska „Penn" oraz łac. słowa *silva* („las"); *silvestris* to po łacinie „leśny" lub „lesisty". W Pennsilvestris kryje się rzeczownik penis.

s. 471

almeczek – „alme" to egipska tancerka-kurtyzana.

Ragusa – włoska nazwa chorwackiego Dubrownika; także miasto na Sycylii.

s. 472

N'exagérons pas, tu sais (fr.) – „No wiesz, nie przesadzajmy".

omniscient (fr., ang.) – „wszechwiedzący".

omni-incest (fr.) – „wszechkazirodczy".

pas petite moi (fr.) – „nie [moja] mała" (język dziecka lub kogoś źle mówiącego po francusku).

à la Russe (fr.) – „na sposób rosyjski".

s. 477

Quercus ruslan Chat. – *quercus* to po łacinie „dąb", *ruslan* odwołuje się do *Rusłana i Ludmiły* Aleksandra Puszkina, który to poemat, jeśli nie liczyć *Ofiarowania*, zaczyna się słowami „Jest nad zatoką dąb zielony" (przeł. Jan Brzechwa), Chat. może kojarzyć się z Chateaubriandem, tak ważnym dla powieści.

wujaszka Wani – odwołanie do tytułu sztuki Czechowa.

Lumières (fr.) – „światła", odwołanie do braci Auguste'a i Louisa Lumière, wynalazców kinematografu i twórców pierwszych filmów.

s. 478

tsigans (fr.) – „Cyganami".

Marco d'Andrea – Marco d'Andrea Marchetti da Faenza (1527?–1588), malarz włoski.

Domenico Benci – Domenico di Lorezo di Benci (lub Beceri, daty życia nieznane), renesansowy malarz włoski.

Giovanni del Brina - Giovanni di Matteo del Brina (ok. 1549–1599), malarz włoski.

s. 479

Palazzo Vechcio - inaczej Palazzo della Signoria, dawna siedziba rady miejskiej Florencji, wzniesiona w XIII w.

liriodendron (łac.) - „drzewo tulipanowe", „tulipanowiec".

s. 480

czełowiek - zob. komentarz do s. 107.

satyrion - dawna nazwa orchidei, które uważano za afrodyzjaki.

s. 482

Miłością w cieniu lip - odwołanie do sztuki Eugene'a O'Neilla (1888–1953) *Pożądanie w cieniu wiązów* (1924, *Desire under Elms*). Nazwisko Eelmann łączy w sobie nazwiska O'Neilla (a także angielskie słowo *elm* - „wiąz") i Thomasa Manna. Zarazem lipy przywołują nazwę berlińskiej ulicy Unter den Linden.

„auto" przełożone jest jako „wagon" - auto, samochód to po niemiecku *Wagen*.

s. 483

do kanikularnych diabłów - odwołanie do ros. powiedzenia *k czertiam sobaczjim* („do diabła", dosłownie „do psich diabłów"); przymiotnik „kanikularny" odnosi się do kanikuły, której nazwa (związana z gwiazdozbiorem Psa Wielkiego) pochodzi od łac. *canis* („pies").

one (ang.) - „jednym" (z nich).

wann (niem.) - „kiedy".

s. 484

perłowce - rodzaj motyli, najczęściej mają górną stronę skrzydeł ciemnobrunatną, a dolną rdzawobrunatną ze srebrnymi plamami i przepaskami.

argyninnarium - perłowce to po łacinie *argynnidae*.

s. 485

la force des choses (fr.) - „siła rzeczy" (*par la force des choses* znaczy „siłą rzeczy").

s. 486

Carte du Tendre (fr.) - „Mapa Krainy Czułości", alegoryczna mapa z powieści Madeleine de Scudéry (1607–1701) *Klelia, czyli Historia rzymska* (10 tomów, 1654–1660, *Clélie, histoire romaine*).

Souvenance (fr.) - „wspomnienie".

s. 487

costume sport (fr.) - „sportowy garnitur".

s. 489

lektury składały się z *Gwen de Vere* i *Klary Miortwago* – Klara Miortwago to kolejne odwołanie do *Doktora Żywago* Borisa Pasternaka i jego najważniejszej postaci kobiecej, Łary. Zarazem Klara i de Vere kojarzą się z wierszem Alfreda Tennysona *Lady Clara Vere de Vere*, a Gwen to zapewne aluzja do innego jego wiersza, *Ginewra* – imiona Gwen i Ginewra (Guinevre) są ze sobą spokrewnione, gdyż Ginewra pochodzi z walijskiego Gwenhwyfar, czyli „biała fala".

s. 491

kantarydowozielonej – kantaryda (*Lytta vesicatoria*), chrząszcz z rodziny majkowatych, mający we krwi substancję zwaną kantarydyną, inaczej mucha hiszpańska, także środek sporządzony z owego chrząszcza.

Ucha (ros.) – zupa rybna.

„aï" – rodzaj wina musującego, nazwa pochodzi od miasta Ay w Francji (Departament Marny), gdzie była pierwsza winnica, wino to chętnie pijane było w Rosji, wspomina je w poemacie *Uczty* (*Piry*) Jewgienij Baratynski, a przede wszystkim Puszkin w *Eugeniuszu Onieginie*.

Grigorjewa – Apołłon A. Grigorjew (1822–1864), poeta i krytyk rosyjski, pisywał cygańskie romanse; najsłynniejszy z nich to *Cyganskaja wiengierka* (1857), znany też od pierwszych słów jako *Dwie gitary*.

Glinki – nie jest do końca jasne, czy chodzi tu o znanego kompozytora Michaiła I. Glinkę (1804–1857), czy o poetę Fiodora N. Glinkę (1786–1880), dalej mowa jest o tym pierwszym czy raczej o jego antyterrańskim odpowiedniku, kompozytorze, ale zarazem o jego „amfibrachach", mamy więc chyba do czynienia z syntezą obu, choć z drugiej strony cytowany dalej tekst nie jest autorstwa F. Glinki, to utwór innego poety. Muzykę do tego utworu napisał M. Glinka (por. komentarz do s. 493).

s. 492

łkanie bezsennej skrzypki – aluzja do jednego z najbardziej znanych wierszy Paula Verlaine'a *Chanson d'automne* (Piosnka jesienna), której pierwsza strofa brzmi następująco:

Les sanglots longs
Des violons
De l'automne
Blessent mon cœur
D'une langueur
Monotone.

W najbardziej znanym polskim przekładzie pióra Leopolda Staffa:

Łkanie bezsennej
Skrzypki jesiennej
Sierocej
Serce mi rani
Grąży w otchłani
Niemocy

s. 493

Do ciemnego salonu księżycowa łuna... – przekład Leopolda Lewina.

Cicho, wzburzone namiętności! – pierwszy wers wiersza *Somnienije* (1838, Zwątpienie) Nestora W. Kukolnika; do tekstu tego muzykę napisał Michaił Glinka. Po rosyjsku: *Ujmitieś, wołnienija strasti!*

Czułe całusy zapomniane – *Zabyty nieżnyje łobzanija*, tekst i muzyka Anatolij Lenin.

To się zdarzyło wczesną wiosną, trawa ledwie kiełkowała – *To było rannieju wiesnoj, trawa jedwa wschodiła*, wiersz Aleksieja K. Tołstoja z 1871 r., muzykę do niego napisali m.in. Piotr Czajkowski i Nikołaj Rimski-Korsakow.

Wiele pieśni słyszałem w kraju rodzinnym, i posępne, i inne wesołe – *Mnogo piesien słychał ja w rodonoj storonie, Kak ich s goria, kak s radosti pieli...*, początek *Dubinuszki* (1865, Pałka), pieśni Wasilija I. Bogdanowa, muzyka nieznanego kompozytora. Częstym wykonawcą tego utworu był Fiodor Szalapin.

W nurtach Rossy jest skała – aluzja do wiersza A.A. Nawritskiegio *Utios Stienki Razina* (Skała Stienki Razina), napisanego ok. 1864 r. Jego pierwszy wers brzmi: *Jest' na Wołgie utios, dikim mochom obros.*

s. 494

Dzwonek zabrzmiał przy uprzęży – tekst I. Makarowa napisany w końcu lat czterdziestych lub na początku pięćdziesiątych XIX w. Muzyka A.A. Gurilowa: *Odnozwuczno griemlit kołokolczik.*

jedyny godny zapamiętania liryk Turgieniewa – chodzi o wiersz *W dorogie* (1843, *W drodze*). Zaczyna się on wersami:

Utro tumannoje, utro sedoje,
Niwy pieczalnyje, sniegom pokrytyje...

Muzykę do tego tekstu napisało kilku kompozytorów: W.W. Abaza, A.F. Giedikie i G.Ł. Katuar.

ceniony pseudocygański gitarowy kawałek Apołłona Grigorjewa – w tekście ziemskiego Grigoriewa nie ma oczywiście mowy o kanionie, cytowana zwrotka brzmi następująco:

O, gowori chot' ty s mnoj,
Podruga siemistrunnaja!
Dusza połna takoj toskoj,
A nocz' takaja łunnaja.

s. 495

Uż gasli w komnatach ogni – zob. komentarz do s. 319.

kawałek o ostrym łokciu trębacza – odwołanie do początku wiersza-pieśni Bułata Okudżawy (1924–1997) *Sientimientalnyj marsz* (1957, Sentymentalny marsz): *Nadieżda, ja wiernus' togda, kogda trubacz otboj sygrajet, / kogda trubu k gubam priblizit i ostryj łokot' otwiediot* (Nadziejo, wrócę wtedy, kiedy trębacz zagra sygnał do odwrotu, / kiedy zbliży trąbkę do ust i odwróci swój ostry łokieć". Nabokov przełożył ten utwór na angielski i w 1966 r. wydrukował przekład w piśmie „The New Yorker".

s. 496

vessie (fr.) – „pęcherz moczowy", gra słów z WC.

pokój bouderowy – skojarzenie ze słowem *boudoir* („buduar"), zarazem jednak gra słów, gdyż fr. czasownik *bouder* znaczy „dąsać się", „kaprysić", „wzbraniać się", a rzeczownik *bouderie* to „dąsy", „fochy".

mangeralnię – jadalnię, od fr. *salle de manger*.

być *haut* (fr.) – tu: być „na lekkim rauszu".

s. 497

estanciero (hiszp.) – „hodowca bydła".

s. 499

o-de-grâce (fr.) – dosłownie: „o, zmiłuj się", gra z nazwą wody toaletowej „eau de Grasse" (woda z Grasse, por. komentarz do s. 439) i z innym znaczeniem słowa *grâce* („wdzięk").

s. 500

rivière de diamants (fr.) – „naszyjnik z brylantów".

s. 501

teste (łac.) – „według świadectwa".

Akrazja – imię czarodziejki z poematu angielskiego poety Edmunda Spensera (o. 1552–1599) *The Faerie Queene* (Królowa wieszczek); imię to oznacza: „niepanująca nad sobą".

s. 503

Grillo czy Obieto – malarze fikcyjni, *grillo* to po włosku „świerszcz", ale przenośnie również „kaprys", *obieto* odwołuje się do obiektywizmu.

s. 504

caro (wł.) – „drogi".

Pour Elle – należy to przeczytać po angielsku: *Poor L.* („Biedna L"). Zapewne kryje się w tym podpisie aluzja do najsławniejszej powieści sentymentalizmu rosyjskiego, którą jest *Biednaja Liza* (1792, Biedna Liza) Nikołaja Karamzina.

s. 505

mon petit (fr.) – „mój mały".

s. 506

Pardus – *Panthera pardus* to lampart, czyli pantera.

Peg – zdrobnienie od Pegaz.

Będziesz nosić niebieski woal – niebieski woal nosi Emma Bovary w powieści Flauberta.

Pierre Legrand – w dosłownym tłumaczeniu Piotr Wielki, jak dowodzą portrety, car ten nosił czarne wąsy.

s. 507

zigurat – w starożytnej Mezopotamii monumentalna budowla w kształcie wielokondygnacyjnej schodkowanej wieży.

s. 509

gauche (fr.) – „niezgrabna".

s. 510

w dużo starszych Amsterdamach – zob. komentarz do s. 268.

s. 512

Altshulerze...Altschauera – nazwisko „Altshuler" można by odczytać „Altschüler" („starszy uczeń"), ale pisarz gra tu z rosyjskim słowem *szuler* – „szuler" lub „szachraj", „szalbierz"; „Altschauer" znaczy dosłownie „starszy widz", kojarzy się więc z teatrem, chociaż nie ze sceną, lecz widownią.

la pauvre et noble enfant (fr.) – „biedne i szlachetne dziecko", por. komentarz do s. 297.

Dlaczego? Dlaczego wszystko minęło? – antyterrańskie *Cztery siostry* nie tylko tytułem różnią się od ziemskich *Trzech sióstr* Czechowa (w ziemskiej sztuce nie występuje na przykład żadna mniszka), ale kwestia Iriny pokrywa się z tekstem ziemskim (akt III), ma też rację Van, mówiąc, że „okno" jest w tej wypowiedzi przed „sufitem". Fragment *Trzech sióstr* w przekładzie Natalii Gałczyńskiej.

s. 513

and my colleen (ang.) – „i moją Irlandeczkę".

s. 514

do Moskwy w stanie Idaho – na Ziemi istotnie w stanie Idaho znajduje się miasteczko Moscow.

Pension Russe, 9, rue Gounod, Nice – autentyczny adres Czechowa w 1901 r., kiedy w Moskiewskim Teatrze Artystycznym trwały próby premiery *Trzech sióstr*.

s. 515

Fiedotik, oficer artylerii – w antyterriańskiej sztuce postać ta odpowiada chyba Aleksandrowi Wierszyninowi, dowódcy baterii.

Shpack – po rosyjsku szpak to „skworiec".

Zorza *en robe rose et verte* – cytat wiersza Charles'a Baudelaire'a *Świt* (wcześniej aluzja do niego na s. 216). Aluzją do poety jest nazwisko aktorki. Z kolei wzmianka o końcu aktu I to znowu odwołanie do *Trzech sióstr*, w których właśnie pod koniec aktu I Natasza pojawia się „w różowej sukni z zielonym paskiem".

o nazwisku Dangleleaf – aluzja do Siergieja Diagilewa (1872–1929), słynnego impresaria, twórcy i kierownika zespołu Les Ballets Russes.

s. 516

na Kamie – na Ziemi Kama to rzeka w Rosji, dopływ Wołgi. Najważniejszym miastem nad tą rzeką jest Perm.

s. 519

opuścił właśnie jedno Santiago, by obejrzeć efekty trzęsienia ziemi w innym – na Ziemi miasta o nazwie „Santiago" znajdują się w kilku krajach: Santiago de Compostela w Galicii (Hiszpania), Santiago de los Caballeros w Dominikanie, Santiago de Cuba na Kubie, Santiago del Estero w Argentynie, wreszcie Santiago w Meksyku (w stanie Nuevo Leon).

tent (ang.), *pałatka* (ros.) – „namiot".

s. 522

„play-zero" (ang.) – „stawiać na zero"; *plaisir* (fr.) – „przyjemność", „rozkosz".

Dan opisał swego jeźdźca... – opis zgadza się z dosiadającą człowieka postacią z nożem w ręku, przedstawioną u dołu obrazu Boscha *Sąd ostateczny*.

s. 523

Obraz jest teraz w zbiorach wiedeńskiej Akademii Sztuk Pięknych – również ziemski *Sąd ostateczny* znajduje się w Gamäldegalerie der Akademie der bildenden Künste we Wiedniu.

s. 524

będziesz mógł przerwać sen pięknej, szczęśliwa bestio! – odwołanie do bajkowego tematu Pięknej i Bestii: Piękna zgadza się zostać kochanką Bestii, by uratować życie ojca, a potwór odczarowany dzięki miłości przemienia się w przystojnego księcia. Temat ten wykorzystywany był w utworach literackich i filmowych.

Waregów – zob. komentarz do s. 387.

lu – rodzaj gry karcianej.

s. 525

Jeroen Anthniszoon van Äken – prawdziwe imię i nazwisko Boscha (ok. 1450–1516).

molti aspetti affascinanti (...) *enigmatica arte* (wł.) – „licznych fascynujących aspektów (...) zagadkowej sztuki", cytat z poświęconej Boschowi monografii Maria Buscagliego (Florencja 1966).

s. 527

kolec starej panny z Norymbergi – stara panna (czy żelazna dziewica) z Norymbergi to atrakcja turystyczna tego miasta, średniowieczne narzędzie tortur, pusta wewnątrz metalowa figura człowieka ze sterczącymi do wewnątrz kolcami.

Black Miller – przezwisko to kojarzy się z ang. słowem *blackmailer* („szantażysta").

hrabina Alp – zapewne aluzja do niem. słowa *Alp* („zmora").

s. 531

jego ojciec przebrał się za Borysa Godunowa i (...) stoczył się po stopniach wiodących do burleskowego tronu w całkowitym poddaniu się grawitacji właściwym śmierci – scena śmierci cara w dramacie Puszkina *Borys Godunow*, warto zauważyć, że car mówi do carewicza między innymi:

Tyś mąż i car; swą siostrę miłuj tkliwie,
Jej opiekunem zostajesz jedynym.
(przeł. Seweryn Pollak)

s. 532

meduzi chaos – postać z mitologii greckiej, Meduza, jedna z Gorgon, zamiast włosów miała węże i tak jest przedstawiana.

s. 533

skrzydlak (łac. *pterion*) – punkt na czaszce, mniej więcej u zbiegu kości czołowej, klinowej i ciemieniowej. Brzeg łuskowy (*margo squamosus*) kości ciemieniowej łączy się z przodu ze skrzydłem większym kości klinowej szwem klinowociemieniowym w miejscu zwanym skrzydlak, schowanym pod mięśniem skroniowym. Miejsce to uważane jest za najsłabszą część czaszki.

s. 537

Podróżował, studiował, uczył... – nawiązanie do *Szkoły uczuć* (1869, *L'Éducation sentimentale*) Gustave'a Flauberta, część III, początek rozdz. 6. Brzmi on następująco:

„Podróżował.

Poznał melancholię parostatków, chłód świtów pod namiotem, zawroty głowy od ruin i pejzaży, gorycz przerwanych przyjaźni.

Wrócił".

(fragment przełożył Ryszard Engelking)

jezioro Wan – na Ziemi jest to największe jezioro Turcji; położone jest na Wyżynie Armeńskiej.

s. 542

vollbart (niem.) – „bujna, okalająca twarz broda".

s. 543

Tak ty żenat – cały ten dialog jest aluzją do rozmowy Eugeniusza z księciem w rozdz. ósmym (dokładniejsza lokalizacja: *Noty Vivian Darkbloom*) *Eugeniusza Oniegina*, która zaczyna się słowami *Tak ty żenat*. W polskim przekładzie Adama Ważyka: „«Toś się ożenił? Kiedy?» – «Równo/Dwa lata temu». – «No i proszę./Z kim książę?» – «Z panną Łarionówną». – «Tatianą?» – «Znasz ją?» – «Znam po trosze/Z sąsiedztwa»".

s. 545

„Alfons IV" – zapewne antyterrański odpowiednik eleganckiego paryskiego hotelu „George V".

L'ami Luc – zapewne antyterrański odpowiednik powieści Guy de Maupassanta *Bel Ami* (1885). Odwróceniem imienia „Luc" jest słowo *cul* („tyłek").

s. 546

Veenowie mówią tylko do Tobaków... – odwołanie do wiersza Johna Collinsa Bossidy (1860–1928) *On the Aristocracy of Harvard* (Harvardzka arystokracja): *And this is good old Boston,/The home of the bean and the cod,/Where the Lowells talk to the Cabbots,/And the Cabbots talk only to God* („Oto dobry stary Boston,/Królestwo fasoli i dorsza,/Gdzie Lowellowie rozmawiają z Cabbotami,/A Cabbotowie jedynie z Bogiem").

C'est bizzare (fr.) – „to dziwne".

s. 547

asba – we współczesnym języku literackim *isba*, *asba* w dialekcie egipskim: arabska miara długości, słowo to oznacza również palec.

Eh bien? (fr.) – „to jak?".

tout confort – pełny komfort.

Bois de Belleau – zapewne antyterrański odpowiednik Bois de Boulogne (Lasku Bulońskiego).

s. 549

Alfons V (1396?–1458) – król Aragonii i Sycylii. W 1442 r. przywrócił jedność królestwu Sycylii, usunąwszy z Neapolu Andegawenów. Inny Alfons V, zwany Afrykańczykiem (1432–1481), to król Portugalii (objął tron w 1448), kontynuował wyprawy morskie wzdłuż północno-zachodniego wybrzeża Afryki.

w salonie Récamier – odwołanie do Jeanne Françoise Récamier (1777–1849), która prowadziła słynny salon w Paryżu, odwiedzany przez najważniejsze postaci kultury francuskiej okresu napoleońskiego i epoki Restauracji. Była ona związana z Chateaubriandem. Salony Récamier znajdują się w wielu hotelach. W „salonie Récamier" hotelu Westminister (13 rue de la Paix) odbywają się pokazy mody.

z wydaniami Sapsuckera w miękkiej oprawie (z charakterystycznym pręgowanym dzięciołem na wszystkich grzbietach) – antyterrański odpowiednik edycji wydawnictwa Penguin. Sapsucker znaczy dosłownie „ssacz soku".

Kithar Sween, Milton Eliot – aluzje do T.S. Eliota, który stworzył w swych wierszach postać Sweeneya (Świnieya). Także fakt, że Sween jest bankierem, kojarzy się z Eliotem, który przez pewien czas pracował w banku. Por. komentarz do s. 16 i 603.

Strof agonicznych – aluzja do utworu Eliota *Sweeney Agonistes*.

s. 550

Piecyna – aluzja do nazwiska Fournier (fr. *four* – „piec"), Edouard Fournier był właścicielem kabaretu Le Divan Japonais w Paryżu przy rue des Martyrs (ulica Męczenników), plakat tego lokalu zaprojektował w 1892 r. Henri de Toulouse-Lautrec (1864–1901) i jest to jedno z najsławniejszych jego dzieł.

fedora – rodzaj kapelusza z rondem, najczęściej filcowego, z wklęsłą fałdą wzdłuż główki. Powstał na początku XX w. Nazwa wywodzi się od imienia noszącej takie nakrycie głowy bohaterki sztuki Victoriena Sardou (1831–1908) *Fédora* (1883), księżniczki Fedory Romazow.

Incognita – aluzja do słynnego wiersza Aleksandra A. Błoka *Nieznakomka* (1906, Nieznajoma), gdzie przedstawiony jest portret zawsze samotnej kobiety, która przechodzi pośród pijanych w restauracji i siada przy oknie.

s. 551

le paquet (fr.) – „ochrzan", „reprymenda".

lautreamontański – odwołanie do de Lautréamonta (właśc. Isidore Ducasse, 1846–1870), poety francuskiego, autora *Pieśni Maldorora* (1869, *Les chants du Maldoror*), jednego z dzieł, na które powoływali się surrealiści.

Ed Barton – drukowana w 1963 r. w piśmie „The New Yorker" reklama francuskich win Bartona i Guestiera (fotografia pary przy kontuarze baru) nawiązywała do plakatu *Le Divan japonais* Toulouse-Lautreca, który to plakat zresztą znajduje się w jej lewym górnym rogu.

s. 552

Los Teques – na Ziemi miasto na północy Wenezueli.

Très expressioniste (fr.) – „bardzo ekspresjonistyczne".

s. 553

objets trouvés (fr.) – „przedmioty znalezione", w sztuce awangardowej XX w., poczynając od dadaizmu i surrealizmu, rozmaite przedmioty, naturalne lub wytworzone przez człowieka, zmieniane przez artystów w dzieła sztuki lub ich elementy.

Heinrich Heideland – aluzja do angielskiego rzeźbiarza Henry'ego Moore'a (1898–1986), niem. *Heideland* znaczy to samo co ang. *moore* – „wrzosowisko".

brune (fr.) – „brunetką". Niema *brune* to odwołanie do ang. wyrażenia *dumb blonde*, co dosłownie tłumaczy się jako „głupia blondynka", a oznacza słodką idiotkę.

s. 554

rieligioznoj (ros.) – „religijnej".

Trimutri – w hinduizmie triada Brahma, Wisznu, Siwa.

Po-russki (ros.) – „po rosyjsku".

triachnuwszych starinoj – *triachnut' starinoj* to po rosyjsku „przypominać sobie dawne czasy", dosłownie jednak *triachnut'* to „potrząsać", przekład w nawiasie stanowi więc żart Nabokova.

Monarch Bay – na Ziemi miejscowość wypoczynkowa nad oceanem w Kalifornii.

est un peu snob (fr.) – „jest trochę snobką".

diwan (ros.) – por. komentarz do s. 273.

s. 555

Auteuil – na Ziemi 16. dzielnica Paryża, niedaleko przedmieścia Neuilly-sur-Seine. Okolice te należą do zamieszkanych przez najbogatszych mieszkańców stolicy Francji.

Oncidium – rodzaj należący do rodziny storczykowatych (*Orchidacae*), obejmuje ok. pięciuset gatunków, których ojczyzną jest tropikalna strefa Ameryki, rośliny te charakteryzują się luźnymi wielokwiatowymi gronami.

s. 557

Alfons I – na Ziemi Alfons I (ok. 1110–1185) był pierwszym, a nie ostatnim (ewentualnie ostatnim przed republikańską przerwą) królem Portugalii.

cabochon (fr.) – „drogi kamień, polerowany, ale nieoszlifowany".

s. 558

Aspen – ośrodek narciarski w stanie Kolorado.

Gstaad – miejscowość wypoczynkowa w Szwajcarii.

s. 561

Dixon Pink Anadel – typ kredki, Joseph Dixon (1799–1869) był wynalazcą pracującym nad wykorzystaniem grafitu, na początku XIX w. założył firmę Joseph Dixon Crucible Company produkującą ołówki.

s. 566

z królem Wiktorem – zob. komentarz do s. 173.

s. 567

jeziora noszącego jego nazwę – Jezioro Perkoza (Grebe Lake) znajduje się na Ziemi w Parku Narodowym Yellowstone.

s. 568

Domodossola – miejscowość i gmina w Piemoncie (Włochy), niedaleko granicy szwajcarskiej, w prowincji Cusio Ossola.

s. 570

Tom Cox dosiada Bladego Ognia – oprócz aluzji seksualnej kryje się tu autoaluzja literacka: do tytułu powieści *Blady ogień* (1962, *Pale Fire*).

s. 571

Wiosna w Fialcie – kolejna aluzja do własnej twórczości, tytuł *Wiosna w Fialcie* (*Wiesna w Fialtie*) nosi opowiadanie z 1938 r., od którego nazwę wziął tom *Wiosna w Fialcie i inne opowiadania* (1956, *Wiesna w Fialtie i drugije rasskazy*). Nazwa Fialta jest połączeniem toponimu Jałta i ros. słowa *fiałka* („fiołek") i/lub drugiego toponimu: Flume (obecnie Rijeka).

na Minataorze – Minataor to anagram nazwy Taormina (uzdrowisko na Sycylii u podnóża Etny). Zarazem Minataor kojarzy się z Minotaurem, pół-bykiem, pół-człowiekiem trzymanym w Labiryncie i żywionym ludzkim mięsem.

konskije dieti (ros.) – „końskie dzieci".

zwischen Lobster und Obst (niem.) – „między homarem (ang. lobster) a owocami".

w dzienniku Herba – Herb przez skojarzenie z fr. rzeczownikiem *herbe* („trawa"), obecnym w tytule *Le déjeuner sur l'herbe* (Śniadanie na trawie), przywołuje francuskiego malarza Édouarda Maneta (1832–1883), który w roku 1863 namalował i wystawił tak właśnie zatytułowany obraz. Skojarzenie to potwierdza s. 590. Por. Vivian Darkbloom, komentarz do s. 590.

s. 573

Kto sija pawa? (ros.) – „Kim jest ta pawica?".

s. 574

magister natatorium (łac.) – „nauczyciel pływania".

Gavaille, Gavailles – na Ziemi to zapewne Hawaje.

s. 575

Terra del Fuego – odwołanie do hiszp. Tierra del Fuego („Ziemia Ognista").

Kocham cię sercem brata... – wykorzystano odpowiedni fragment *Eugeniusza Oniegina* (lokalizacja: *Noty Vivian Darkbloom*) w przekładzie Adama Ważyka.

s. 576

foie gras – zob. komentarz do s. 301.

Condor (...) najlepszy anglo-francuski kalambur, jaki kiedykolwiek słyszałem – ang. *condor* („kondor"), fr. *con d'or* („złota cipka").

s. 578

aprej – zniekształcone fr. *après* („później").

tu sais... – przekład daje Vivian Darkbloom, jest to cytat z piosenki *Ay chiquita*.

s. 579

Insiste, anime meus... – cytat z *Wyznań* św. Augustyna, pierwsze zdanie rozdz. 27, ks. 11. Wykorzystano przekład Zygmunta Kubiaka. W tłumaczeniu ks. Jana Czuja fragment ten brzmi: „Nie ustawaj, umyśle mój, i trzymaj się dzielnie".

cas – zob. komentarz do s. 450.

s. 580

dra Henry'ego – odwołanie do Henry'ego Jamesa (1843–1916), co potwierdza Darkbloom.

s. 583

Godhavn (Quequertausag) – na Ziemi osiedle w zachodniej Grenlandii, na wyspie Disko, port rybacki i przeładunkowy.

quietus (łac.) – „spokojny".

s. 584

Donna Anna – po hiszpańsku powinno być doña Anna, później będziemy mieli Donę Annę, co odzwierciedla językowy chaos panujący wokół historii Don Juana, Don Żuana, Don Giovanniego. Zauważmy, że w imieniu Giovanni kryje się Van.

gitana – zob. przypis do s. 432.

that slip of a girl qui ne porte pas (ang., fr.) – „tą szczuplutką dziewczyną, która nie nosi majtek".

s. 586

Kamiennego Rogacza – aluzja do tytułu małej tragedii Puszkina *Kamienny gość*. Por. komentarz do s. 139.

s. 587

Ojciec Sergiusz – odwołanie do znanego opowiadania Lwa Tołstoja *Ojciec Sergiusz* (1890, *Otiec Siergij*).

s. 588

pudeur (fr.) – „wstydliwość".

Theresa Zegries – zob. komentarz do s. 409.

s. 590

Dix marches (fr.) – „dziesięć stopni".

nappe (fr.) – „obrus".

s. 591

Oceanus, Nox (Okeanos, Nyks) – postaci z mitologii greckiej, uosobienie otaczających świat wód oraz uosobienie i bogini nocy, niekiedy uważani za rodzeństwo. Mamy tu też do czynienia z aluzją do wiersza Wiktora Hugo (1802–1885) *Oceanus nox*, który opowiada o marynarzach tonących podczas burzy.

s. 594

Zamki w Hiszpanii – zapewne aluzja do filmu francuskiego reżysera pochodzenia rosyjskiego Rogera Vadima (1928–2000) *Zamek w Szwecji* (1963, *Château en Suede*), ekranizacji sztuki Françoise Sagan (1935–2004), zarazem jednak także odwołanie do fr. idiomu *batir des châteaux en Espagne* – „budować zamki na lodzie".

Ofelia – odwołanie do okoliczności śmierci Ofelii, tak jak przedstawia je w *Hamlecie* królowa (akt IV, sc. 7): „Owdzie nad potokiem stoi/Pochyła wierzba, której siwe liście/W lustrze się czystej przeglądają wody./Tam ona wiła fantastyczne wieńce (...) Otóż chcąc zawiesić/jeden z tych wianków na zwisłej gałęzi,/Niezbyt ostrożnie wspięła się na drzewo,/Złośliwa gałąź złamała się pod nią/I z kwiecistymi trofeami swymi/Wpadło w toń biedne dziewczę" (przeł. Józef Paszkowski). Jest to jeden z fragmentów *Hamleta*, które Nabokov przetłumaczył na rosyjski.

s. 595

Voltemand (Woltemand, Voltymand, Volltimand) – zob. komentarz do s. 409.

virgo (łac.) – „dziewica".

s. 598

motylu-Zegries – chodzi chyba o *Zegris eupheme*, po rosyjsku *bielanka ewfiema*, gatunek motyli krymskich, które badał młody Nabokov. Zob. też komentarz do s. 409.

s. 599

„The Artisan" – aluzja do amerykańskiego pisma „The Partisan Review".

Peck – prawdopodobnie antyterrański odpowiednik Kazbeku, wygasłego wulkanu w Wielkim Kaukazie w Gruzji (5033 m). Być może aluzja do amerykańskiego aktora Gregory Pecka, odznaczającego się wysokim wzrostem.

Wygnaniec Raju poszybował – nawiązanie do wersów 31–34 (początek strofy III) *Demona* Michaiła Lermontowa, wykorzystano przekład Zbigniewa Bieńkowskiego.

s. 600

petite fille modèle (fr.) – „wzorową dziewczynką". *Les petites filles modèles* to tytuł znanej powieści pani de Ségur.

Mont Roux – antyterrański odpowiednik szwajcarskiego Montreux.

Sale Histoire (fr.) – „brzydka historia".

s. 601

Duszewno kłanjajuś (ros.) – „serdecznie pozdrawiam", tłumaczenie w nawiasie jest nieidiomatyczne.

s. 602

maussade (fr.) – „niezadowolona", „ponura".

s. 603

stary Eliot... Kithar Sween... *Wypełnionych ludzi* i *Cztery kwarty*... *Kardynała Griszkina* – złośliwe aluzje do T.S. Eliota i jego twórczości. Przykładowo w wierszu *Poszepty nieśmiertelności* pojawia się „panna Griszkin". Por. komentarz do s. 16 i 550.

s. 607

Avisez en particulier la *téléphoniste* (fr.) – „Zawiadomcie także telefonistkę".

rez-de-chaussée (fr.) – „parterze".

s. 608

Leman – Jezioro Lemańskie, Jezioro Genewskie, największe jezioro w Alpach, we Francji i Szwajcarii, znajdują się nad nim m.in. ziemskie Genewa i Montreux.

Leman oznacza kochankę – archaiczne angielskie *leman* istotnie oznacza kogoś, kogo kocha się występnie, kochankę, jest to również rzadkie słowo oznaczająca ukochanego lub ukochaną, por. też podobieństwo dźwiękowe z fr. *l'amante*, *l'amant*.

Sex (Scex) Noir – autentyczna góra, na południe od Sex Rouge (por. komentarz do s. 41).

s. 610

belle-sœur (fr.) – „szwagierka".

s. 611

Co wiedziała Daisy – kontaminacja tytułów dwu utworów Henry'ego Jamesa, mikropowieści *Daisy Miller* (1877) i opowiadania *Co wiedziała Maisy* (1892, *What Maisy Knew*).

s. 612

Kosygina – na Ziemi Aleksiej N. Kosygin (1904–1980) był działaczem gospodarczym i państwowym ZSRR, w latach 1964–1980 premierem.

s. 613

kuzien (ros.) – „kuzyn".

s. 614

Ratonem – *raton* to w dziewiętnastowiecznym francuskim argot „złodziejaszek".

unseretti – nazwa tego samochodu to zbitka nazwisk amerykańskiego kierowcy wyścigowego Bobby'ego Unsera (ur. 1934) oraz włosko-amerykańskiego kierowcy, tryumfatora m.in. Formuły 1 (ten tryumf święcił już jednak po śmierci Nabokova, w 1978) Mario Andrettiego (ur. 1940), zarazem aluzja do nazwy maserati, marki wł. samochodów sportowych i wyścigowych (nazwa wywodzi się od nazwiska założycieli istniejącej od 1914 r. firmy, braci Maserati).

s. 615

charlotte russe (fr.) – „rosyjska szarlotka", zapewne kryje się tu też zabawne odwołanie do rosyjskiej ruletki.

s. 616

points de repère (fr.) – „punkty orientacyjne".

s. 618

chez vous (fr.) – „do pana".

On riedczajszyj czełowiek (to wyjątkowo rzadka istota ludzka) – angielski przekład nawiasowy Nabokova to tłumaczenie dosłowne, powinno raczej być „to człowiek prawdziwie wyjątkowy".

sans-gêne (fr.) – „bezceremonialność, swoboda, bezwstyd".

s. 619

muirninoczka – jak pisze Darkbloom. „irlandzko-rosyjski wyraz pieszczotliwy", *muirnín* to po gaelicku „kochanie", -oczka to ros. sufiks zdrabniający.

podżarych (ros.) – „szczupłych", „chudych".

Iwankowier – połączenie ziemskich Iwanowa, miasta w europejskiej części Rosji, i Vancouver, miasta w zachodniej Kanadzie.

dr Swissair z Lumbago – Swissair to oczywiście szwajcarskie linie lotnicze, a lumbago to zespół bólów w okolicy lędźwiowo-krzyżowej, kryje się w tym jednak aluzja do dra Alberta Schweitzera (1875–1965), alzackiego teologa, myśliciela, muzyka, muzykologa i lekarza-misjonarza, oraz być może do miejsca, gdzie założył on i prowadził ośrodek leczniczy, m.in. leprozorium – Lambaréné w Gabonie.

s. 620

Valvey – odpowiednik ziemskiego Vevey, sąsiadującego z Montreux miasteczka nad Jeziorem Genewskim, ośrodka turystyczno-wypoczynkowego.

s. 621

To jedna z sióstr Vane – Nabokovowska autoaluzja, *Siostry Vane* (*The Vane Sisters*) to opowiadanie pisarza z 1951 r. (ale opublikowane dopiero w 1959), w którym nieżyjące siostry przesyłają narratorowi wiadomość zza grobu, stąd w tym miejscu odwołanie do wirującego stolika.

s. 622

Randona – Gilbert Randon (1814–1884), francuski plastyk, przede wszystkim karykaturzysta.

Albergowa – zob. komentarz do s. 397.

Aleksiej i Anna – aluzja do *Anny Kareniny* Lwa Tołstoja.

s. 623

Mûrier (fr.) – morwa.

rue du Mûrier – autentyczna uliczka w Montreux, między rue du Cigne i rue du Centre.

Zamek Szyją – chodzi o średniowieczny zamek Chillon, wzniesiony na przybrzeżnej wysepce na Jeziorze Genewskim; w XVI w. służył on jako więzienie, G.G. Byron jest autorem poematu *The Prisoner of Chillon* (1816, Więzień Czyllonu).

Nipissingu i Nipigona – na Ziemi Nipissing to jezioro w Kanadzie w prowincji Ontario (nazwa od szczepu indiańskiego), a Nipigon to gmina, również w prowincji Ontario.

s. 624

kompaniju (ros.) – „towarzystwo".

s. 625

Nu i bałagur-że wy, Diemienti Łabirintowicz (ros.) – „No i jest pan dowcipnisiem, Diemientiju Łabirintowiczu".

s. 626

rusałki admirowane – chodzi o rusałki admirały (*Vanessa atalanta*).

à deux (fr.) – „we dwoje".

s. 627

piestrokluwaja czomga (ros.) – „kolorowodzioby perkoz".

chochłuszka (ros.) – „czubatka".

s. 630

et ma couisine (fr.) – „i mojej kuzynki".

s. 631

sanatoryjnej powieści – aluzja do *Czarodziejskiej góry* (1924, *Der Zauberberg*) Thomasa Manna.

Nie było na niej twarzy – ros. *lica na niej nie było.*

s. 632

Ne ricane pas (fr.) – „nie wyśmiewaj się".

s. 633

Mann (niem.) – „mężczyzna".

Oh! Qui me rendra mon Hélène... (fr.) – „Och! Kto mi odda moją Helenę?". Por. komentarz do s. 171.

prie (fr) – „proszę".

supplie (fr.) – „błagam".

s. 634

Rennaz – miasto w Szwajcarii, w kantonie Vaud.

Biskra, obecnie Biskira – miasto-oaza w północno-wschodniej Algierii.

Cape – zob. komentarz do s. 412.

Basset – na Ziemi Basset nie jest górskim łańcuchem, tylko przełęczą we włoskich Alpach, na wysokości 1424 m nad poziomem morza, łączącą drogę ze znanego ośrodka narciarskiego Sestriere z przełęczą Bourget. Warto zauważyć, że basset to również gra karciana.

Douglas – na Ziemi miasto w USA, w stanie Arizona.

pour la seconde fois (fr.) – „po raz drugi".

fourmillement (fr.) – dosłownie „mrowienie".

s. 635

Ilemna – połączenie jeziora oraz wulkanicznego szczytu Iliamna na Alasce i jeziora Ilmień (Ilmen) w północno-zachodniej Rosji koło Nowogrodu Wielkiego.

Nowostabia – Stabie to miasto w starożytnej Italii zniszczone przez wybuch wulkanu (Wezuwiusza), por. komentarz do s. 20.

Brieda – *bried* to po rosyjsku majaczenie lub brednie.

Goriełoje – na Ziemi Goreloe (pierwotnie Goriełoje), a właściwie Old Goreloe i Novo-Goreloe znajdują się nie na Alasce, ale w kanadyjskiej prowincji Saskatchewan; były to osady imigrantów z Rosji, należących do powstałej w XVI w. i prześladowanej w ojczyźnie sekty Duchoborców (Duchoborów). Archeologów w obydwu miejscach mogłyby ewentualnie zainteresować cmentarze, na których przestano grzebać zmarłych odpowiednio w 1919 i 1910 r.

s. 642

Ardez – wieś we wschodniej Szwajcarii.

Cośtamsoprano – Vicosoprano, miejscowość w Szwajcarii w kantonie Grisons (Graubünden, Grigioni).

Aureliusz Augustyn – św. Augustyn (354–430) w 11 księdze *Wyznań* zajmuje się czasem i wiecznością.

s. 643

studnia... wahadłem – aluzja do opowiadania Edgara Allana Poe *Studnia i wahadło* (1842, *The Pit and the Pendulum*).

s. 644

Ponder the egg – ang. *ponder* – „rozważyć", fr. *pondre* (jak pisze już Darkbloom) – „znieść (jajko)".

s. 646

anime meus (łac.) – „duszo moja".

la pointe assassine (fr.) – Paul Verlaine w wierszu *Art poétique* (1874, *Sztuka poetycka*), pisze w piątej strofie: „Fuis do plus loin la Pointe assassine,/L'Esprit cruel et le Rire impur,/Qui font pleurer les yeux de l'Azur,/Et tout cet ail de basse cuisine!", co Mieczysław Jastrun tłumaczy: „Stroń od puenty zabójczej. Niech zgłuchnie/Okrutny dowcip i śmiech pod piórem,/Co każą płakać oczu lazurom,/Odrzuć tę całą nędznych czosnków kuchnię".

s. 647

Lacrimaval – od łac. i wł. słowa *lacrima* – „łza" i wł. *valle* oraz fr. *val* – „dolina".

s. 648

John Shade... „Martina Gardinera" – na Ziemi John Shade jest wymyślonym poetą, a książka *Dwuręki wszechświat. Lewa strona, prawa strona i upadek parzystości* (1964, *The Ambidextrous Universe: Left, Right and the Fall of Parity)*, wznowiona w 1979 jako *Dwuręki wszechświat. Lustrzana asymetria i światy z odwróconym czasem* (*The Ambidextrous Universe: Mirror Asymmetry and Time-Reversed Worlds*) realnym dziełem realnego autora Martina Gardnera (ur. 1914). Shade to postać z Nabokovowskiego *Bladego ognia* (1962, *Pale Fire*). Cytat (wykorzystano przekład Stanisława Barańczaka) pochodzi z jego poematu (również pt. *Blady ogień*, w oryginale w. 215–216), będącego częścią powieści. Gardner (nie Gardiner), amerykański myśliciel, matematyk i popularyzator nauki istotnie zacytował ten fragment w *Dwurękim wszechświecie*, jako autora podając Shade'a, a więc podejmując zaproponowaną przez Nabokova grę.

Minkowskiego - Hermann Minkowski (1864–1909), niem. matematyk i fizyk, autor prac z teorii liczb, twórca koncepcji czasoprzestrzeni. Ważnym jego osiągnięciem jest wykład szczególnej teorii względności w oparciu o tzw. przestrzeń Minkowskiego. Uznał on, że czas i przestrzeń można uznać za wymiary pewnej przestrzeni czterowymiarowej, czas traktując jako czwarty wymiar.

Guyau - Jean-Marie Guyau (1854–1888), fr. poeta i filozof, autor m.in. *Zarysu moralności bez powinności i sankcji* (1884, *Esquisse d'une morale sans obligation ni sanction*).

u Withrowa - Gerald Withrow (1912–2000), brytyjski matematyk oraz historyk i filozof nauki, autor m.in. *Filozofii naturalnej czasu* (1960, *Natural Philosophy of Time*).

s. 649

S. Alexandrowi - zidentyfikowany w autorskich (Darkbloom) notach jako „niefortunny myśliciel" ze s. 658. Samuel Alexander (1898–1938) to urodzony w Australii filozof brytyjski. Wykładał filozofię w Oksfordzie i Manchesterze. Jego najważniejsze dzieło to *Space, Time, and Deity* (1920, Przestrzeń, czas i bóstwo). Stworzył teorię emergencji. Przestrzeń i czas uważał za niewyobrażalne w oderwaniu od siebie, widział je jako wzajemnie ekwiwalentne. Z czystej czasoprzestrzeni wyłania się w procesie, który filozof nazywa „ruchem", materia tworząca nasz świat materialny.

Engelweina - aluzja do Paula Langevina (1872–1946), fizyka francuskiego (Engelwein to jakby przekład jego nazwiska na niemiecki), twórcy teorii paramagnetyzmu i diamagnetyzmu oraz techniki hydrolokacji ultradźwiękowej.

s. 650

Definiował on Przeszłość jako to, czego już nie ma - „Owe dwie dziedziny czasu - przeszłość i przyszłość - w jakiż sposób istnieją, skoro przeszłości już nie ma, a przyszłości jeszcze nie ma?" (*Wyznania*, ks. 11, rozdz. 14). „Skoro przeszłość i przyszłość istnieją, pragnę wiedzieć, gdzie one są. Tego jeszcze nie umiem dociec. Ale przynajmniej to wiem, że jeśli one gdziekolwiek są, ani przyszłością nie są tam, ani przeszłością, lecz teraźniejszością. Bo jeśliby i tam były przyszłością, to jeszcze by ich nie było; a gdyby tam były przeszłością, to już by ich nie było. Gdziekolwiek więc są i czymkolwiek są, mogą istnieć tylko jako teraźniejsze" (ks. 11, rozdz. 18, przeł. Zygmunt Kubiak).

s. 651

éboulements (fr.) – „osuwiska".

s. 654

Alicję w camerze obscurze – autoaluzja literacka: *Camera obscura* to powieść Nabokova, wydana książkowo w roku 1933 (jej wersja angielska nosi tytuł *Śmiech w ciemności*); ponadto Nabokov przetłumaczył na rosyjski *Alicję w krainie czarów* Lewisa Carrolla, tłumaczenie to, zatytułowane *Ania w stranie czudies*, ukazało się w roku 1923.

s. 657

Umbrail, Flüeli, Furce – Umbrail to przełęcz na granicy Szwajcarii i Włoch, łącząca Santa Marię w Val Mustair i Bormio w dolinie Addy; Flüela jest przełęczą alpejską w Szwajcarii w kantonie Grisons, Furka, również przełęcz w Szwajcarii, to jedna z najwyżej położonych alpejskich przełęczy dostępnych dla pojazdów, leży na wysokości 2436 m n.p.m.

s. 660

szafiry i motyle z rodziny *Morphidae* – zarówno jedne, jak i drugie mają barwę niebieską.

Ardez – miejscowość we wschodniej Szwajcarii,

„Alraun Palace" – Alraun to po niemiecku korzeń mandragory o kształcie człowieka, po polsku istnieje słowo „alrauna", synonim mandragory.

Vaud – kanton, którego stolicą na Ziemi jest Lozanna i w którym znajduje się Montreux.

Oberhalbstein – dolina w katonie Grisons.

Sylvaplana – jezioro w Szwajcarii.

s. 661

Chiavenna – miejscowość i gmina w Lombardii (Włochy).

Splügen – przełęcz między Alpami Zachodnimi a Alpami Wschodnimi na granicy Szwajcarii i Włoch.

Chur – miasto w kantonie Grisons.

Brig – zob. komentarz do s. 18.

Pfynwald – jeden z największych lasów sosnowych w Szwajcarii, w kantonie Valais.

willa „Jolana" – nazwa willi pochodzi od podgatunku motyli (*Jolana jolas*).

s. 662

Louis Wicht – nazwisko znaczące, *Wicht* to po niemiecku m.in. „kreatura", „nikczemnik".

s. 663

hochmodern (niem.) – „bardzo modny", „supernowoczesny".

à trois (fr.) – „we troje".

afalandry – afalandra stercząca (*Aphalandra aquarrosa*) to gatunek byliny z rodziny akantowatych, pochodzący z tropikalnych obszarów Ameryki Południowej, roślina ozdobna, w Europie hodowana w doniczkach, liście wzdłuż nerwów mają jaśniejsze wybarwienia, kwiaty są złocistożółte.

rue des Délices (fr.) – dosłownie „ulica Rozkoszy".

s. 665

entrain (fr.) – „zapał", „entuzjazm".

Laputą – aluzja do *Podróży Guliwera* Jonathana Swifta. Laputa to królestwo, które Guliwer zwiedza w swojej trzeciej podróży, położone na latającej wyspie.

s. 667

Verglas (fr.) – „gołoledź", „oblodzenie".

s. 668

favodorm – antyterrański odpowiednik ziemskiego środka o nazwie phanodorm.

s. 669

Morges – na Ziemi miasto w kantonie Vaud, 35 km od Montreux w kierunku Genewy.

s. 673

Morżej („morsów" lub „koni morskich", rosyjska gra ze słowem Morge) – ros. *morż* to istotnie „mors, koń morski (*Odobaenus rosmarus*)", fr. nazwa zwierzęcia, *morse* (jak i pol. mors), może kojarzyć się z alfabetem Morse'a, a przez to z wiadomością.

tom *Encyclopœdia Britannica*, o, ten, z artykułem o Czasoprzestrzeni – odwołanie do autentycznego artykułu, napisanego przez Alberta Einsteina (1879–1955) i drukowanego *Encyclopœdia Britannica* w edycjach z lat 1929–1970: „Przestrzeń jest przyrodzoną własnością ciał stałych, z racji czego mogą one zajmować różne pozycje".

s. 677

le cristal d'Ex (fr.) – „kryształ z Ex".

s. 681

le plaisir anglais (fr.) – „angielska przyjemność".

s. 684

Fialty – miejscowość fikcyjna, autoaluzja, zob. komentarz do s. 571.

Manfristan – prawdopodobnie nazwisko znaczące, łączące niemieckie słowa *Mann* – „mężczyzna" i *fristen* – „przedłużyć", „prolongować". Imię Lucy i rude włosy kojarzą się, rzecz jasna, z Lucette.

palazzina (wł.) – „willa".

s. 686

„Cicho, wzburzona namiętności!" – zob. komentarz do s. 493.

trąbik (*Buccinum*) – ślimak występujący w morzach północnych.

s. 688

Fiałoczka (ros.) – „fiołeczek" (po rosyjsku rodz. żeński), Po angielsku imię Violet oznacza „fiołek".

s. 689

Siga – zob. komentarz do s. 43.

s. 690

en regard – wydanie zwierciadlane, dwujęzyczne.

John Shade – zob. komentarz do s. 648.

s. 693

W roku 1905 Norwegia (...) oderwała się od Szwecji – norweski parlament (Storting) istotnie 7 VI 1905 r. wypowiedział unię ze Szwecją (trwającą od 1814).

vive émotion (fr.) – „żywego poruszenia".

s. 694

parlament francuski – 9 XII 1905 we Francji uchwalono rozdział Kościoła i państwa.

Amundsena – Roald Amundsen (1872–1928), norweski badacz polarny, pierwszy zdobył biegun południowy (15 XII 1911).

Włosi wtargnęli do Turcji – 29 IX 1911 Włochy wypowiedziały wojnę Turcji i włoska flota zaczęła ostrzeliwać wybrzeże w pobliżu Trypolisu (ziemie dzisiejszej Libii należały wówczas do imperium osmańskiego). W listopadzie Włochy zajęły Trypolis i Cyrenajkę.

Amerykanie zaś rozdarli na dwoje Panamę – w 1914 roku gotowy był Kanał Panamski.

Siegrid Mitchel, Margaret Undset, Sidonie Colette – aluzja do popularnych i nagradzanych pisarek: Amerykanki Margaret Mitchell (1900–1949), Norweżki Sigrid Undset (1882–1949) i Francuzki Colette (1873–1954), która na imię miała istotnie Sidonie.

sprawozdanie z Igrzysk Olimpijskich w Berlinie – igrzyska te odbyły się w roku 1936.

większość medali zdobyli Norwegowie – w istocie większość medali zdobyli Niemcy (89, w tym 33 złote), a po nich USA (56, w tym 24 złote), Norwegowie zajęli w klasyfikacji medalowej miejsce 18. z pięcioma medalami, w tym jednym złotym. Natomiast zwyciężyli oni w klasyfikacji medalowej rozegranych w tym samym roku również w Niemczech (w Garmisch-Partenkirchen) igrzysk zimowych, gdzie zdobyli 15 medali, w tym 7 złotych.

Amerykanie zwyciężyli w szermierce - w istocie Amerykanie nie zdobyli medalu w żadnej broni, ani indywidualnie, ani drużynowo.

Amerykanie (...) w finałowym meczu piłki nożnej wygrali z Niemcami trzy do jednego - w istocie w finale Włochy pokonały Austrię 2:1.

s. 695

Stellera - przez podobieństwo dźwiękowe nazwisko to przywołuje ziemskiego aktora Petera (właśc. Richard Henry) Sellersa (1925–1980), znanego głównie z ról komediowych, m.in. z serii filmów o Różowej Panterze. Sellers grał ważną postać (Clare Quilty) w nakręconej w 1952 r. ekranizacji *Lolity* Nabokova w reżyserii Stanleya Kubricka.

s. 696

Stary Kapeluch - Franklin Delano Roosevelt (1882–1945), prezydent USA w latach 1933–1945.

Wujek Joe - tak w czasie wojny nazywano w Stanach Zjednoczonych Stalina (1879–1953).

gubernatorem Francji nie był Charlie Chose, układny bratanek lorda Goala, tylko francuski generał o przykrym usposobieniu - Charlie, bratanek lorda Goala i generał przywołują oczywiście generała Charles'a de Gaulle'a (1890–1970), prezydenta Francji w latach 1959–1969.

s. 697

mon petit nom (fr.) - „mojego imienia", *petit* zarazem sugeruje zdrobnienie.

s. 698

Nadie (hiszp.) - „nikt".

Émile - Émile Littré, zob. komentarz do s. 129.

s. 699

sanglot (fr.) - „szloch", „spazm płaczu". Aluzja do *Popołudnia fauna* (*L'après-midi d'un faune*) Stéphane'a Mallarmé (1842–1898), konkretnie do wersu *Sans pitié du sanglot dont j'étais encore ivre*. Aluzja ta przywołuje również wcześniejsze wersy opowieści fauna:

> Bo zaledwie zdołałem ukryć śmiech płonący
> W rozkosznych fałdkach jednej skrycie pilnującej
> Paluszkiem małym, aby czysta biel jej pióra,
> Barwiąc się, podniecała małą siostrę, która
> Nie rumieni się nawet, maleństwo naiwne;
> Kiedy z ramion zwątlałych przez omdlenie dziwne
> Zdobycz ma bezlitośnie wymyka się zręczna,
> Na mój spazm niewrażliwa, na zawsze niewdzięczna.
>
> (przeł. Ryszard Matuszewski)

s. 700

Wdowiec rad spragniony... – w przekładzie Stanisława Barańczaka fragment ten przedstawia się następująco: „... Cóż ma począć – powiedz, / Specjalisto, powtórnie ożeniony wdowiec? / Spotyka obie żony – jedna drugiej wprost / Znieść nie może z zazdrości!...)”. W nierymowanym przekładzie Roberta Stillera: „...Udzielamy rad / Wdowcowi. On dwukrotnie był żonaty; / Spotyka żony swe: obie kochane, kochające / Zazdrosne jedna o drugą...”.

s. 701

amfibrachów – Nabokovowi chodzi o słowo *obieich* („obu”).

tę, co podkuliwszy bosą stopę – nawiązanie do poematu Johna Shade’a (w. 577–580): „Druga, także blondynka, choć cień nadał włosom / Rudawy kolor, siedzi, podkuliwszy bosą / Stopę na balustradzie: wilgotne spojrzenie / Wbija w nieprzeniknione błękitu przestrzenie” (przeł. Stanisław Barańczak).

s. 703

Reno – na Ziemi miasto w USA, w stanie Nevada, słynne z kasyn gry. Por. komentarz do s. 184.

cousinage (fr.) – kuzynostwo.

s. 705

Vivian Darkbloom – anagram imienia i nazwiska „Vladimir Nabokov”.

lapin (fr.), *krolik* (ros.), *cuniculus* (łac.), *lagos* (grec.) – „królik”.

Lepidopterysta – specjalista od łuskoskrzydłych czyli motyli (łac. *Lepidopterae*).

s. 706

w nazwisku Conigliettto kryje się wł. słowo coniglio – („królik”).

W.G. Harding – Warren Gamaliel Harding (1865–1923), polityk amerykański, działacz prawicowego skrzydła partii republikańskiej, w latach 1921–1923 dwudziesty dziewiąty prezydent USA. Zmarł na atak serca podczas kadencji. Ze względu na liczne skandale korupcyjne związane z jego współpracownikami większość historyków uważa go za jednego z najmniej udanych prezydentów amerykańskich.

odpowiednie wersy – oryginał strofy wiersza Cavalvantiego:

Tu, voce sbigottita e deboletta
ch’esci piagendo de lo cor dolente,
coll’anima e con questa ballatetta
va’ ragionando della strutta mente.

s. 707

uroczego hiszpańskiego wiersza – słowo *nubarrones* pojawia się (dwukrotnie) w wierszu *Descanso en jardín* (Odpoczynek w ogrodzie), a słowo *canastilla* w wierszu *El otoño: isla* (Jesień: wyspa). Jorge Guillen (1893–1984), podobnie jak Nabokov emigrant (od 1938), jest też autorem wiersza *Ardor* (Żar). Obaj twórcy uczyli w Wellesley College i tam się poznali.

s. 709

pointe assassine – żart Nabokova, fr. *pointe* może oznaczać zarówno puentę, jak i moment.

słynny telegram – w istocie słowa te zostały wypowiedziane przez badacza w Royal Geographic Society w Londynie.

s. 710

Syfoxusa – Henry Miller jest autorem trylogii *Rosy Crucifixion* (Różane ukrzyżowanie), złożonej z powieści *Sexus* (1949), *Plexus* (1953) i *Nexus* (1960).

Combien j'ai douce souvenence (fr.) – „Jakże miłe mi wspomnienie".

Oh! Qui me rendra mon Hélène. Et ma montagne et le grand chêne (fr.) – dosłownie „O, kto mi odda mą Helenę. I moją górę, i wielki dąb".

s. 713

contretemps (fr.) – zob. Vivian Darkbloom, *Noty do* „Ady" (nota do s. 630).

s. 714

Przypadkiem wiersze ocalały... – przekład Adama Ważyka. W oryginale: *Stichi na słuczaj sochranilis'; / Ja ich imieju; wot oni.*

s. 715

marais noir: czarny przypływ – *marais* to po francusku nie przypływ, tylko „trzęsawisko", „bagno". W tekście powieści jest jednak, inaczej niż w przypisie, *marée*, które to słowo istotnie oznacza przypływ.

s. 716

„Dorian" odwołuje się do autora *Portretu Doriana Graya*, Oscara Wilde'a, Charlus to nazwisko postaci cyklu powieściowego Marcela Prousta *W poszukiwaniu straconego czasu*; baron de Charlus jest homoseksualistą.

Mój zacny stryj... – przekład Adama Ważyka; oryginał: *Moj diadia samych czestnych prawił...*

fille de joie: kurwa...*maisons closes*: burdele – w istocie należałoby przetłumaczyć te francuskie wyrażenia jako „prostytutka" i „dom publiczny", Vivian Darkbloom daje jednak bardziej wulgarne odpowiedniki.

s. 718

Vorschmacks: przystawki – w istocie niem. *Vorschmack* odznacza „przedsmak".

s. 719

kalambur odwołujący się do nazwiska kobiety – chodzi o panią Voochterry, która pojawia się na s. 518.

Pominięto tu kwestie, które w pełni wyjaśnia Vivian Darkbloom. Przygotowując te noty, korzystałem m.in. ze znakomitego, ale niestety ledwie zaczętego komentarza Briana Boyda, który drukowany jest na łamach pisma „The Nabokovian", począwszy od numeru 30. (wiosna 1993), i znajduje się też w internecie pod adresem www.ada.auckland.ac.nz. W niektórych wypadkach profesor Boyd udzielił mi też informacji korespondencyjnie, za co mu w tym miejscu dziękuję. Ponadto korzystałem z komentarzy w zawierającym *Adę* tomie IV *Sobranija soczinienij amierikanskogo pierioda* (Sankt-Pietierburg 2000): S. Iljin, A. Luksemburg, *Kommientarii*. Wykorzystałem również objaśnienia Carla R. Proffera: *Ada as Wonderland: A Glossary of Alusions to Russian Literature*, Francisa Bulhofa: *Dutch Footnotes to Nabokov'a Ada* (oba w książce *A Book* of *Things about Vladimir Nabokov*, ed. Carl R. Proffer, Ann Arbor 1974) i J.E. Riversa i Williama Walkera: *Notes to Vivian Darkbloom's Notes to Ada* (w tomie *Nabokov's Fifth Arc: Nabokov and Others on His Life's Work*, ed. J.E. Rivers, Charles Nicol, Austin 1982). Przydatne były też książki: Brian Boyd, *Nabokov's Ada: The Place of Consciousness*, Ann Arbor 1985; Annapaola Cancogni, *The Mirage in the Mirror: Nabokov's Ada and Its French Pre-texts*, New York 1985; Bobbie Ann Mason, *Nabokov's Garden: A Guide to Ada*, Ann Arbor 1974, a także artykuły i noty Alfreda Appela juniora *Ada Described* (w tomie *Nabokov: Criticism, Reminiscences, Translations and Tributes*, ed. Alfred Appela, Jr., Charles Newman, New York 1970), Giennadija Barabtarło (Gennady Barabtarlo) *Pushkin Embedded* („Vladimir Nabokov Research Newsletter" 1982, nr 8) i D. Bartona Johnsona *The Scrabble Game in Ada, or Taking Nabokov Clitorally* i *The Labyrinth of Incest in Ada* (oba w jego książce *Worlds in Regression: Some Novels of Vladimir Nabokov*, Ann Arbor 1985) oraz *Ada's Percy de Prey as the Marlborough Man* („The Nabokovian" 1991, nr 27) i *Ada'a „Malbrough s'en va-t-en guerre"* (w tomie *Nabokov at the Limits. Redrawing. Critical Boundaries*, ed. Lisa Zunshine, New York-London 1999). Za cenne wskazówki dziękuję też redaktorowi książki Ryszardowi Engelkingowi.

Posłowie

Na początek garść cytatów:

„Za następnym zakrętem na łagodnym wzniesieniu ze starych powieści pojawiła się romantyczna posiadłość" (s. 52[1]).

„Potem Van i Ada spotkali się w korytarzu i byliby się pocałowali na jakimś wcześniejszym etapie rozwoju powieści w historii literatury" (s. 122).

„Mieli tylko chwilę, żeby ustalić swoje plany, działo się to, ujmując rzecz historycznie, w początkach rozwoju powieści, która wciąż znajdowała się w rękach pań z plebanii i francuskich akademików, więc takie momenty były bardzo cenne" (s. 158).

„Stangret pijący herbatę ze spodka, który jego wielka łapa przytykała do głośnych ust, zjawił się tu wprost z precelkowego sznurka starych powieści" (s. 191).

„Jednakże – by zastosować formułę narracyjną z długą siwą brodą – stary Francuz znał swego byłego pana zbyt dobrze, żeby oburzać się na salonowy humor" (s. 292).

„Był to – by nie zaprzestać wierności wymaganiom gatunku powieściowego – długi, radosny, wyśmienity obiad" (s. 301).

---

[1] Wszystkie cytaty z *Ady* na podst. niniejszego wydania. Po cytacie w nawiasie podawany jest numer strony.

„Żeby wyrazić się jak postać ze starej powieści – to wydaje się, jakbym już tak dawno, *dawnym dawno*, grywała tutaj w gry językowe z Grace i dwiema innymi uroczymi dziewczynkami" (s. 320).

„Ważny dla powieściowego gatunku temat wiadomości pisanych nabiera teraz rumieńców" (s. 346).

„Włożyła zwiniętą w kłębek chusteczkę z tylu starych powieści z powrotem do torebki, która jednak nadal pozostała otwarta" (s. 441).

„Puste formuły odpowiednie dla napuszonych powieściopisarzy dawnych czasów, którzy sądzili, że mogą wyjaśnić wszystko" (s. 568).

Jesteśmy więc w powieści, która nie wypiera się swego powieściowego charakteru, a nawet przeciwnie: dobitnie go podkreśla. Jesteśmy w powieści, która chce być zarazem historią powieści (do powyższych cytatów dorzućmy liczne odwołania do dzieł konkretnych autorów, m.in. do prozy Chateaubrianda, Jane Austen, Dickensa, Flauberta, Joyce'a, Prousta czy Lwa Tołstoja).

Ada, utwór późny, książka pisarza o bogatym i wybitnym dorobku, sławnego i cenionego, miała być w zamierzeniu autora zwieńczeniem jego dzieła (*Ada* to *summa* Nabokova – powiada Brian Boyd)[1], ale także zwieńczeniem całego gatunku powieści. Niemałe ambicje.

Najwcześniejsze koncepcje związane z nienazywaną tak jeszcze *Adą* pojawiły się w umyśle pisarza[2] już w pierwszej

---

[1] B. Boyd, (hasło) *Ada*, (w:) *The Garland Companion to Vladimir Nabokov*, ed. V.E. Alexandrov, New York 1995, s. 16.

[2] B. Boyd, *Vladimir Nabokov: The American Years*, Princeton, New Jersey 1991, s. 307. Odwołuję się tu przede wszystkim do oryginału biografii pióra Briana Boyda, gdyż polski przekład jest w stosunku do niego drastycznie okrojony i zawiera tylko część informacji. Do wersji polskiej odwołuję się w drugiej kolejności, jeśli zawiera ona odpowiedni urywek tekstu choćby w skróconej formie. B. Boyd, *Nabokov. Dwa oblicza*, oprac. i przeł. W. Sadkowski, Warszawa 2006, s. 305.

połowie roku 1957. W połowie lutego 1959 Nabokov zanotował między innymi:

Przestrzeń, czas – dwie zasadnicze tajemnice. Ludzki umysł nie może sobie wyobrazić przemiany niczego w coś. Strumień czasu to tylko tradycyjny obraz poetycki: czas nie płynie. Czas jest całkowicie nieruchomy[1].

Był to początek medytacji na temat natury czasu i przestrzeni, które po latach miały się ostatecznie przekształcić w *Fakturę Czasu*, „długie opowiadanie w formie traktatu" (s. 673), dzieło fikcyjnego Vana Veena, bohatera *Ady*. Przypomnijmy, że to nie jedyny w twórczości Nabokova utwór bohatera przytoczony *in extenso* w jego powieści. Na przykład cały rozdział *Daru* (niekompletne wyd. czasopiśmiennicze 1937–38, wyd. książkowe 1952) zajmuje książka Fiodora Godunowa-Czerdyncewa *Życie Czernyszewskiego*, poemat Johna Shade'a zajmuje niemałą część *Bladego ognia* (1962, *Pale Fire*).

Niezależnie od medytacji temporalnych dojrzewał w umyśle Nabokova pomysł nowej powieści. 30 listopada 1959 zanotował w dzienniku: „Zacząłem L. na T."[2]. Skrót ten oznaczał tytuł *Listy na Terrę* (*Letters to Terra*). Twórca rozważał również inne tytuły: *Droga Terro* (*Dear Terra*), *Terra incognita*, *Listy z Luny* (*Letters from Luna*). Opisana w *Adzie* pierwsza książka Vana nosi tytuł *Listy z Terry*. Jednakże inne zajęcia (przekłady własnych dzieł, scenariusz do filmu *Lolita*) wciąż odrywały Nabokova od tych projektów.

Na początku 1963 pisarz wrócił do notatek o naturze czasu. Potem pracował nad nimi we wrześniu 1964 i wiosną 1965.

[1] Cyt. za: B. Boyd, *Vladimir Nabokov*, s. 379.
[2] Cyt. za: ibidem, s. 401.

W 1965 Nabokov przygotowywał nową wersję swej autobiografii, *Pamięci, przemów* (1966, *Speak, Memory*). Praca ta, a chodzi tu zwłaszcza o rozdział 12, opisujący miłość autora do „Tamary", czyli właściwie Walentyny (Lusi) Szulginy, niewątpliwie stanowiła swego rodzaju impuls i wstęp do pisania pierwszej z dwu ardisowskich części *Ady*.

Dopiero jednak w lutym 1966, jak zaświadcza w wywiadzie dla tygodnika „Time" sam Nabokov, „cała powieść gwałtownie uzyskała tę formę istnienia, której może i musi być nadany kształt słowny. Odskocznię stanowił telefon Ady (w tym, co jest obecnie przedostatnią częścią książki)"[1]. Wszystko nagle się ułożyło, projekty i notatki, które wydawały się niepowiązane ze sobą, zaczęły tworzyć całość i praca nad powieścią ruszyła z kopyta. Po kilku dniach stało się oczywiste, że jej tytuł będzie brzmiał *Ada*. Nabokov zanotował w dzienniku, że pisze wyjątkowo dużo, zapełnia co najmniej pół tuzina kart bibliotecznych dziennie. *Ada* pochłaniała go coraz bardziej i bardziej. Tworzył swoje dzieło głównie w Palace Hotel w Montreaux, gdzie stale mieszkał, ale także we Włoszech i w szwajcarskich Baix-les-Bains i Verbier. W maju 1967 informował Jasona Epsteina z wydawnictwa Doubleday, Doran & Co.: „Nowa powieść, którą piszę, zabiera mi sporo czasu, ale udaje mi się pokonywać pieszo codziennie do 15 kilometrów po stromych ścieżkach - w poszukiwaniu motyli"[2]. Wczesną jesienią tegoż roku pracował nad książką wyjątkowo intensywnie. Zaczynał dzień o piątej trzydzieści, pisząc w łóżku. O ósmej trzydzieści wstawał i jadł niewielkie śniadanie. Potem kontynuował pracę do dziesiątej trzydzieści. Brał gorącą kąpiel, szedł z żoną na spacer, jadł

---

[1] V. Nabokov, *Strong Opinions*, New York 1973, s. 122.

[2] List datowany 19 V 1976. V. Nabokov, *Selected Letters 1940–1977*, ed. D. Nabokov, M.J. Bruccoli, San Diego 1989, s. 412.

lunch, ucinał sobie drzemkę i od trzeciej do szóstej trzydzieści lub siódmej pisał dalej. W połowie października niemal gotowa była część pierwsza, ale pewnych niewielkich fragmentów wciąż brakowało albo pozostawały niedokończone. Intensywna praca trwała nadal. W lutym 1968 żona pisarza informowała Edwarda E. Boohera z wydawnictwa McGraw-Hill: „W całkowitym zaufaniu chciałabym Panu powiedzieć, że istnieje obecnie 500 przepisanych na maszynie i poprawionych stron, które tworzą pierwszą część książki”[1]. Część czwarta (*Faktura Czasu*) dzięki wcześniejszym notatkom powstała we wrześniu i październiku 1968 w ciągu zaledwie trzech tygodni. Nabokov zaraz potem zabrał się do części piątej. Ukończył powieść 16 października. W cytowanym już wywiadzie mówił: „*Adę* było fizycznie trudniej stworzyć niż moje wcześniejsze powieści, a to ze względu na długość. Jest to w wersji ostatecznej około 2500 kart bibliotecznych, na jakich piszę i potem na nowo przepisuję swoje rzeczy. Madame Callier, która, poczynając od *Bladego ognia*, jest moją maszynistką, zmieniła je w ponad 850 stron maszynopisu”[2]. Lektura korekty powieści zajęła pisarzowi styczeń i dużą część lutego 1969 r.[3].

Książka ukazała się na początku maja 1969 nakładem nowojorskiego wydawnictwa McGraw-Hill Book Company, z którym pisarz zawarł umowę w grudniu 1967 i w którym publikował swoje utwory również później, już do końca życia. Przedtem fragmenty powieści, dziewięć rozdziałów z części pierwszej, ukazały się w „Playboyu”

---

[1] List datowany 23 II 1968. V. Nabokov, *Selected Letters*, s. 427.

[2] V. Nabokov, *Strong Opinions*, s. 122.

[3] Informacje o genezie powieści i pracy nad nią częściowo na podstawie biografii autorstwa Briana Boyda: *Vladimir Nabokov*, s. 401, 487, 505, 509, 519, 524–525, 527–528, 533–534, 566; B. Boyd, *Dwa oblicza*, s. 339, 363, 369, 370, 376–377, 379, 382.

(1969, vol. XVI, nr 4). Pierwsza edycja brytyjska, ogłoszona przez londyńskie wydawnictwo Weidenfeld and Nicolson, trafiła do czytelników w październiku 1969. Pierwsze tłumaczenie na język obcy, włoski, wyszło już w listopadzie 1969. Potem pojawiły się kolejne: niderlandzkie, hiszpańskie (w Meksyku), duńskie, fińskie, chorwackie, niemieckie, francuskie, drugie hiszpańskie (w Hiszpanii), japońskie, portugalskie[1], już po przemianach ustrojowych dwa rosyjskie.

Autor poświęcił sporo czasu na sprawdzanie przekładów powieści na francuski i niemiecki, a nawet na włoski. W liście do Franka E. Taylora z wydawnictwa McGraw-Hill Nabokov pisze: „Borykamy się z problemami włoskiego tłumacza *Ady*"[2]. Translatorzy niemieccy trzykrotnie przybywali w 1973 i 1974 r. do Montreux i w sumie przez dziewiętnaście dni po siedem, osiem godzin każdego z nich razem z autorem i panią Nabokov sprawdzali poprawność i artystyczną klasę przekładu. Do wydawcy francuskiego autor pisał: „Włoskie tłumaczenie biednej dziewuszki zostało *bâclée*, sknocone, sfuszerowane w niecałe dwa miesiące, niemieckie dojrzewało całe lata, a wydawca i tłumacze przyjeżdżali tu na liczne sesje. Ale to francuskiej *Adzie* oddaję krwawicę swojego umysłu, a pobudza mnie ni mniej, ni więcej, tylko osobista iluzja doskonałości"[3]. Nic dziwnego, w końcu francuski był jednym z trzech języków, w których pisarz tworzył, choć w nim akurat napisał zdecydowanie najmniej. Rezultatem długich i męczących zmagań z tłumaczeniem była właściwie autorska wersja powieści, w paru szczegółach nawet różna od angielskiej. W 1975 r.

---

[1] Informacje bibliograficzne za: M. Juliar, *Vladimir Nabokov: A Descriptive Bibliography*, New York 1986, s. 306–308, 589–590.

[2] List datowany 17 IX 1969. V. Nabokov, *Selected Letters*, s. 459.

[3] List do Henri Hella, datowany 30 XI 1974. Ibidem, s. 539.

Nabokov bawił się w myślach pomysłem samodzielnego przełożenia *Ady* na język ojczysty, co przedtem uczynił z *Lolitą* (pierwsze wydanie tego przekładu ukazało się w 1967). W liście do starego przyjaciela, historyka literatury i krytyka Gleba Struve, pisał: „Zastanawiam się teraz nad przetransponowaniem *Ady* na rosyjski – nie na sowiecki żargon (...) ale na romantyczny i precyzyjny rosyjski – i jeśli nie zdołam znaleźć uległego pomocnika, wykonam całą robotę sam"[1]. Zabrakło na to czasu, ale zamiar ten dowodzi, jak wielką wagę pisarz przykładał do tej powieści.

W Stanach Zjednoczonych książka, trzeba przyznać, dobrze przez wydawnictwo reklamowana, zajęła czwarte miejsce na liście bestsellerów „New York Timesa" i utrzymywała się na niej przez dwadzieścia tygodni, co jak na tak ambitny artystycznie utwór wydaje się dużym osiągnięciem. Wydawca był szczęśliwy, że to grube tomiszcze zawierające nader wyrafinowaną prozę sprzedaje się jak świeże bułeczki. Inna sprawa, że „The New York Times" nazwał dzieło Nabokova „bestsellerem nieczytanym przez najszersze kręgi odbiorców"[2]. Później we Francji *Ada* znalazła się na liście bestsellerów aż na miejscu drugim[3]. Z okazji wydania powieści Nabokov wystąpił w słynnym programie telewizyjnym Bernarda Pivot *Apostrophes* (Apostrofy), a Pivot był z tej audycji wyjątkowo dumny. Wywiad przeprowadzono na warunkach, które postawił pisarz: wbrew konwencji programu pytania otrzymał wcześniej, odpowiedzi przygotował sobie – jak czynił to zawsze – na piśmie i jedynie udawał, że

[1] List datowany 21 IV 1975. Ibidem, s. 548.

[2] *Outstanding Books of the Year*. „The New York Times Book Review" 1969, nr z 7 XII, s. 90. Cyt. za: S.J. Parker, *Understanding Vladimir Nabokov*, Columbia 1987, s. 106.

[3] B. Boyd, *Vladimir Nabokov*, s. 652; B. Boyd, *Dwa oblicza*, s. 406.

udziela ich spontanicznie, poza tym Pivot był jego jedynym interlokutorem[1].

Krytycy amerykańscy przyjęli książkę rozmaicie, nie brakowało ani głosów zachwytu, ani recenzji skrajnie negatywnych, choć przeważały te pierwsze.

Alfred Kazin napisał:

Książka ucieka się do pomieszania języków, kontynentów, narodów, miast, wymysłów, radośnie mieszają się one wszystkie ze sobą, gdyż w języku, który nazywa się teraz Vladimir Nabokov, wszystkie oddzielne elementy jego pamięci przekształcają się w tworzącą jedną całość fantazję. Tak jak w Guliwerze, Tristramie Shandym *czy* Alicji w Krainie Czarów *(którą Nabokov przełożył na rosyjski) mamy świadomość transformacji życia w czystą fantazję, czysty obraz, czystą rozkosz.*

Nasz Władimir Władimirowicz to nadzwyczajny artysta, przy obecnym stanie powieści jest sam dla siebie prawem absolutnym. Ada, *która pojawiła się, jak wiadomo, po* Lolicie *i* Bladym ogniu, *książce znacznie bardziej od* Lolity *skomplikowanej, ale większej, tworzy z nimi trylogię, niemającą sobie obecnie równych, jeśli chodzi o pomysłowy szczegół, skalę zainteresowań, formę architektoniczną, kapryśny i genialny język.* Ada *jest fantastyczna*[2].

Alfred Appel junior w opublikowanej w „The New York Times Book Review" recenzji, którą rozszerzył potem i zmienił w artykuł, przypominał, że Nabokov uważał wielkie powieści za wielkie bajki, i stwierdzał: „*Ada* (...) jest wielką bajką, niezwykle oryginalnym tworem wyobraźni.

[1] B. Boyd, *Vladimir Nabokov*, s. 651–652; B. Boyd, *Dwa oblicza*, s. 406.

[2] A. Kazin, *In the Mind of Nabokov*. „Saturday Review", nr z 10 V 1969. Cyt. za przedrukiem w: *Nabokov: The Critical Heritage*, London 1982, ed. N. Page, s. 206.

Opublikowana dwa tygodnie po siedemdziesiątych urodzinach Nabokova, dostarcza kolejnych dowodów na to, że jest on porównywalny z Kafką, Proustem i Joyce'em, owymi wcześniejszymi mistrzami całkowicie wyjątkowych kosmosów prozy artystycznej". Appel nazywa też powieść Nabokova „erotycznym arcydziełem" i „rajską fantazją"[1]. Z kolei Matthew Hodgart pisał: „trzeba powiedzieć wprost, że mimo mnożących się bezustannie kalamburów i zagadek książka ta zawiera najwspanialszą prozę Nabokova. Wizja Ardisu, a zwłaszcza pikników w jego lasach, wydaje się czymś magicznym, a erotyczna liryka jest najwyższej próby"[2].

Profesor Morris Bishop, przyjaciel Nabokova z Cornell University, żartobliwie napisał mu w liście, że *Ada* prawdopodobnie jest najlepiej przyjętym przez krytykę dziełem od czasów *Eneidy* Wergiliusza[3].

W odpowiedzi na chwalby pierwszych recenzentów Morris Dickstein w tekście zatytułowanym *Nabokov's Folly* (Szaleństwo Nabokova) nazwał *Adę* najbardziej przecenioną książką dziesięciolecia, rozdętą, pretensjonalną i pełną zawiłości, *Ulissesem* dla ubogich, i uznał ją za zwycięstwo Nabokova-formalisty, pedanta i miłośnika kalamburów nad Nabokovem-autorem *Lolity* i *Pnina*, dzieł niewyzbytych związku z ludzkimi uczuciami i problemami[4]. Za Brianem Boydem można też przytoczyć dalsze opinie odsądzające autora *Ady* od czci i wiary.

---

[1] A. Appel Jr. Ada *Described*, (w:) *Nabokov: Criticism, Reminiscences, Translations, and Tributes*, ed. A. Appel Jr., C. Newman, New York 1970, s. 160. Cytowane słowa znalazły się już w recenzji.

[2] M. Hodgart, [recenzja z *Ady*]. „New York Review of Books", nr z 22 V 1969. Cyt. za przedrukiem w: *Nabokov: The Critical Heritage*, s. 211.

[3] List datowany 5 VI 1969. Uwaga Bishopa przytoczona za: B. Boyd, *Vladimir Nabokov*, s. 567.

[4] M. Dickstein, *Nabokov's Folly*. „New Republic", nr z 28 VI 1969, s. 27–29.

Angielski prozaik, poeta i krytyk Philip Toynbee „uznał ją za przerażający przykład nieustannego ekshibicjonizmu. Dwa lata później Mary McCarthy stwierdziła, że ponieważ powieść jest wyjątkowo niedobra, będzie musiała ponownie ocenić wcześniejsze utwory Nabokova, nawet *Blady ogień*, który bardzo chwaliła”[1].

Także autorzy książek o Nabokovie, poświęconych mu monografii i opracowań literaturoznawczych, bardzo różnie oceniają jego najobszerniejszą powieść.

Stephen Jan Parker: „Pod wieloma względami *Ada albo Żar. Kronika rodzinna* to apogeum sztuki Nabokova”[2]. Z kolei czeski monografista pisarza powiada: „*Ada* jest dziełem osobliwym, ale doskonałym. Nabokov z wyjątkową precyzją wymyślił na jego potrzeby nie tylko cały nowy świat, ale cały nowy kosmos, nową geografię, nową historię, nową mitologię i nową metafizykę. I przedstawił jeden z najbardziej przekonywających dowodów autonomii literatury i jej niezależności od świata «zewnętrznego», a także swojej wyjątkowej wyobraźni, wynalazczości i pomysłowości. Gdyż mimo palimpsestowego charakteru *Ady* chodzi o jedną z najoryginalniejszych powieści, jakie kiedykolwiek zostały napisane. Przedstawił również jednoznaczny dowód swego talentu poetyckiego – mimo charakteru parodyjnego, całego skomplikowania i wyraźnej literackości *Ada* jest jedną z najbardziej lirycznych, najsilniej oddziałujących i najpiękniejszych historii miłosnych w dziejach powieści. Ale i to jeszcze nie wszystko – niezależnie od tego, z jakiego punktu widzenia na *Adę* spoglądamy, w jaki sposób łączymy ze sobą zabiegi metodologiczne, wciąż bardzo wiele w niej pozostaje...”[3].

---

[1] B. Boyd, *Vladimir Nabokov*, s. 567.
[2] S.J. Parker, op. cit., s. 105.
[3] M. Sýkora, *Vladimir Nabokov. „Americká” témata*, Brno 2006, s. 156.

Z kolei Doglas Fowler pisał: „Jest to powieść Nabokova, która wymaga specjalisty: czytelnika pełnego zrozumienia, mającego dostęp do dobrej biblioteki i mnóstwo czasu. Niestety nie w pełni zasługuje ona na taką szczególną uwagę, ponieważ, jak sądzę, mimo wywierających duże wrażenie fragmentów, jest to bardzo niedoskonała książka"[1].

Andrew Field ma o *Adzie* wyrobioną bardzo negatywną opinię: „To najsłabsza powieść, jaką Nabokov napisał, i najbardziej przeceniona przez wielu krytyków. Ma ona być parodią dziewiętnastowiecznej powieści typu kronika rodzinna, ale taki obiekt parodii wydaje się problematyczny. Co więcej, obecność Nabokova w tekście oznacza, że powieść ta jest parodią parodii, a to zapewne musiało się skończyć niepowodzeniem, przynajmniej w tym wypadku"[2].

Jak słusznie powiada Brian Boyd, „*Ada* najbardziej ze wszystkich dzieł Nabokova dzieli jego czytelników"[3].

Już pierwsze zdanie zasadniczego tekstu *Ady* stanowi nawiązanie do jednego z największych dzieł w historii powieści, Tołstojowskiej *Anny Kareniny*, nawiązanie komiczne, bo cytat jest, jeśli chodzi o sens, „przewrócony do góry nogami" (pojawia się tu ważny dla utworu motyw złego tłumaczenia). Jeszcze jednak przed pierwszym zdaniem, na stronie tytułowej, znajdujemy aluzję do należącej do kanonu rosyjskiej klasyki powieści Siergieja Aksakowa *Siemiejna chronika* i zarazem określenie gatunkowe (swoje dzieło określa tak narrator również w pierwszym akapicie tekstu). Kronika rodzinna może być uznana za podgatunek powieści, jeśli mamy do czynienia z utworami powieściowymi wykorzystującymi chwyty typowe dla

---

[1] D. Fowler, *Reading Nabokov*, Ithaca-London 1974, s. 177, podkr. autora cytatu.
[2] A. Field, *VN: The Life and Art of Vladimir Nabokov*, London 1987, s. 363.
[3] B. Boyd, (hasło) *Ada*, s. 3.

kroniki rodzinnej jako gatunku nieliterackiego (paraliterackiego)[1]. Choć jednak autor przedstawiony, którym jest Van Veen, wyraźnie stylizuje tekst na powieść, to zarazem przedstawia go nam jako relację z wydarzeń rzeczywistych, na początku ostatniej części książki powiada przecież: „Ta część piąta nie jest pomyślana jako epilog; jest to prawdziwy wstęp do mojej prawdziwej w dziewięćdziesięciu siedmiu procentach i w trzech procentach prawdopodobnej *Ady albo żaru. Kroniki rodzinnej*" (s. 677). Inna sprawa, że dowolnie rozumiane określenie „kronika rodzinna" (rodzaj powieści, dokumentalny zapis) zostało przez autora przedstawionego wybrane nie całkiem właściwie[2], gdyż w istocie nie mamy tu do czynienia z szeroką panoramą życia rodziny Veenów, tekst koncentruje się zaledwie na trzech osobach: tytułowej Adzie, Vanie, który jest głównym narratorem (niekiedy na krótko zastępuje go w narratorskiej roli Ada) i zarazem autorem przedstawionym książki, oraz Lucette. Osoby te są istotnie rodzinnie ze sobą związane, i to bardzo blisko. Ada i Van to rodzeństwo (choć nieuważny czytelnik może sądzić, że pokrewieństwo jest nieco dalsze, wprowadzony w błąd

[1] Por. M.N. Epsztiejn, (hasło) *Chronika*, (w:) *Kratkaja litieraturnaja encykłopiedija*, gławnyj riedaktor. A.A. Surkow, t. 8, Moskwa 1975, s. 333–334.

[2] Donald Morton pisze jednak: „powieść ma wszystkie zwykłe cechy, których na ogół oczekuje się po kronice rodzinnej: szeroką gamę postaci, poczucie tła historycznego i geograficznego, swego rodzaju fabułę obejmującą obszerny okres". D. Morton, *Vladimir Nabokov*, New York 1974, s. 134. Również Aleksiej Zwieriew uznaje określenie gatunkowe za w pełni adekwatne, pisząc, że w powieści „rzeczywiście opisana została rozciągnięta na cały wiek historia pewnej niezwykłej rodziny (co prawda w historii tej są ogromne luki czasowe, pomija się dziesiątki lat). Nie należy traktować jej ani jako bajki, ani jako przypowieści, tym bardziej że o alegoriach i przypowieściach Nabokov wypowiadał się zawsze pogardliwie: «literatura idei», co znaczyło, że według systemu jego kryteriów to w ogóle nie literatura. Nie, jest to jednak swego rodzaju kronika rodzinna, przynajmniej, jeśli sądzić po tym, jak wygląda akcja". A. Zwieriew, *Nabokow*, Moskwa 2002 (Żyzń zamiecztielnych ludiej, wyp. 812), s. 357.

już przez drzewo genealogiczne na początku książki, z którego wynika, że są oni kuzynami), Lucette jest najprawdopodobniej ich siostrą przyrodnią, nie ma bowiem w tekście absolutnie żadnych sygnałów pozwalających zakwestionować fakt, że jej ojcem jest Daniel (Dan) Veen, i przypisać ojcostwo jego bratu Diemientijowi (Demonowi). Obok tych osób autor przedstawiony poświęca jeszcze trochę uwagi swemu ojcu, Demonowi, swej matce, Marinie, swej domniemanej matce, a w istocie ciotce, Aquie, i swemu stryjowi, Danowi[1].

W tekście *Ady* pojawiają się liczne chwyty znane z różnych etapów rozwoju powieści, na ogół parodiowane. A więc mamy tu na przykład bezpośrednie zwroty do czytelnika czy komentarze do wydarzeń, charakterystyczne dla narracji auktorialnej[2], częstej w powieści osiemnastowiecznej. Na obecność osobowego narratora wskazuje na przykład zaimek „nasi": „nasze dzieciaki", „nasi kochankowie", „nasi przyjaciele" itp. Włączając się na chwilę w narrację, komentuje to Ada: „lubisz autorski zaimek dzierżawczy, co, Van?" (s. 258). Mamy w tekście listy postaci, element gatunku powieści epistolarnej, najbardziej popularnej również w wieku XVIII i na początku XIX. Mamy oczywiście elementy powieści o dojrzewaniu i powieści

---

[1] Michal Sýkora zwraca uwagę na to, że gatunkowi kroniki rodzinnej nie odpowiada w powieści Nabokova liczba postaci. „*Ada* – pisze – jako kronika rodzinna nie jest kroniką rodu czy społeczności. Nie ma bohatera zbiorowego – z rodziny śledzimy tylko losy trojga rodzeństwa i ich rodziców". Czeski badacz poskreśla też, że „*Ada* inaczej niż kroniki nie podąża za naturalną linią ludzkiego czasu, Vana jako narratora interesuje tylko czas z Adą (...), z życia Vana powieść przedstawia tylko jakieś wysepki czasu, a reszta – jako życie bez Ady – prezentowana jest w dużym skrócie". M. Sýkora, op. cit., s. 126.

[2] Termin wprowadzony przez Franza Stanzla: F. Stanzel, *Sytuacja narracyjna i epicki czas przeszły*, przeł. R. Handke, (w:) *Studia z teorii literatury. Archiwum przekładów „Pamiętnika Literackiego"*, t. I, red. M. Głowiński, H. Markiewicz, Wrocław 1977, s. 212.

o artyście. Mamy strumień świadomości w formie – jeśli stosować terminologię Roberta Humphreya[1] – bezpośredniego monologu wewnętrznego: „*N'est vert, n'est vert, n'est vert. L'arbre aux quarante écus d'or*, przynajmniej jesienią. Nigdy, nigdy nie usłyszę już jej «botanicznego» głosu, obniżającego ton przy *biloba*, «przepraszam, że popisuję się łaciną». *Ginkgo*, giń go, gnik, inkog. Znane też jako *adiantofolia* z Salisbury. In folio Ady, biedna *Salisburia*: anulowana; biedny strumień świadomości, teraz *marée noire*. Kto chce Ardis Hall!" (s. 360). Mamy wreszcie parodię *nouveau roman*, a ściślej rzecz biorąc, chwytów wysoko cenionego zresztą przez Nabokova[2] Alaina Robbe Grilleta: „Można było teraz śledzić okiem artysty przednie i tylne światła samochodu, posuwające się na wschód wzdłuż brzegu AB prostokątnego jeziora, a następnie gwałtownie skręcające po dotarciu do rogu B, pokonujące długość krótszego boku i pełznące z powrotem na zachód, mętne i pomniejszone, ku środkowi drugiego brzegu, gdzie zbaczały na północ i znikały" (s. 145)[3].

Oczywiste jest też nawiązanie do gatunku autobiografii i stylizowanej na autobiografię powieści (notabene, powieść autobiograficzna znajduje się w systemie gatunków epickich w ścisłej bliskości powieści-kroniki)[4]. Warto tu też wyróżnić „autobiografię dzieciństwa"[5], dla której w literaturze rosyjskiej wzorami są *Dietstwo* (1852, Dzieciń-

---

[1] R. Humphrey, *Strumień świadomości – Techniki*, przeł. S. Amsterdamski, (w:) *Studia z teorii literatury*, s. 226–227.

[2] Por. V. Nabokov, *Strong Opinions*, s. 44, 173–174.

[3] Por. też opisowy fragment na s. 502–503, gdzie *expressis verbis* wspomniana jest nowa powieść.

[4] I. Pospíšil, (hasło) *Powieść-kronika*, przeł. K. Kardyni-Pelikánová, (w:) *Słownik rodzajów i gatunków literackich*, red. G. Gazda, S. Tynecka-Makowska, Kraków 2006, s. 573.

[5] M. Malikowa, *W. Nabokow. Awto-bio-grafija*, Sankt-Pietierburg 2002, s. 57.

stwo) Lwa Tołstoja, wymienione już w pierwszym akapicie zasadniczego tekstu *Ady*, oraz *Dietskije gody Bagrowa-wnuka* (1859, Lata dziecięce Bagrowa-wnuka) Siergieja Aksakowa, do których aluzję znajdziemy w 24. rozdziale jej części pierwszej. Z „autobiografią dzieciństwa" połączyć można „autobiografię lat chłopięcych" i powołać się na *Otroczestwo* (1854, Lata chłopięce) Tołstoja. Warto przypomnieć, że głównie dzieciństwu i latom chłopięcym poświęcone są wszystkie wersje autobiografii samego Nabokova i że niezwykle ważny jest w niej motyw „raju utraconego" dzieciństwa, który występuje również w wielu innych utworach pisarza, w tym oczywiście w *Adzie*, gdzie ów raj utracony to pierwszy Ardis, co potwierdza już dźwiękowe podobieństwo nazwy majątku z łacińskim słowem *paradisus*, oznaczającym raj właśnie, a także z angielskim *paradise*, francuskim *paradis* czy włoskim *paradiso*.

Mamy wreszcie odwołanie do gatunku literatury popularnej, powieści science fiction, jako że akcja *Ady* nie toczy się na Ziemi, tylko w innym miejscu fikcyjnego wszechświata, na planecie o nazwie Antyterra (a także dlatego, że Van jest autorem dość dokładnie opisanej w *Adzie* powieści science fiction *Listy z Terry*). Wcześniej Nabokov umieścił akcję innego swego utworu powieściowego, *Zaproszenia na egzekucję* (1935–1936, wyd. książkowe 1938, *Prigłaszenije na kazń*), wprawdzie nie na innej planecie, ale za to w odległej przyszłości. Także akcja opowiadania *Lance* (1951), ostatniego opowiadania w dorobku pisarza, toczy się w nieokreślonej przyszłości, a ponadto mamy w nim do czynienia z motywem podróży międzyplanetarnej i z parodystyczną zabawą konwencjami literatury fantastycznonaukowej.

Czy jednak możemy mieć pewność, że istotnie miejscem akcji *Ady* jest inna, nieznana zresztą naszym astronomom, planeta? Zdawałoby się, że nic nie usprawiedliwia wątpliwości. Wiedząc wszelako, jak stosunkowo często w swych powieściach Nabokov wprowadza narratora niewiarygodnego, mamy prawo podejrzewać o niespolegliwość także Vana Veena. Przypomnijmy fakty z twórczości rosyjsko-amerykańskiego pisarza: z narratorem niewiarygodnym, przedstawiającym fałszywą wizję świata spotykamy się już w mikropowieści *Szpicel* (1930, wyd. książkowe 1938, *Sogladataj*), znanej w Polsce pod tytułem *Oko* (za wersją angielską, *The Eye*, 1965). Później niewiarygodny narrator występuje w *Rozpaczy* (wyd. czasopiśmiennicze 1934, wyd. książkowe 1936, *Otczajanije*) i *Bladym ogniu*, a już po *Adzie* pojawia się w *Patrz na te arlekiny!* (1974, *Look at the Harlequins!*). Niewiarygodnym opowiadaczem jest też Humbert Humbert z *Lolity*. Hermann z *Rozpaczy* ma skłonność do umyślnego oszukiwania adresata tekstu, przede wszystkim jednak jest szalony, dwa powody, które sprawiają, że nie sposób mu ufać[1]. Obłąkani są też narratorzy *Bladego ognia* i *Patrz na te arlekiny!* Relację Humberta Humberta pozbawia wiarygodności zaślepiające go zboczenie i zarazem obsesja.

Nasuwa się przypuszczenie, a nasuwa się *per analogiam*, że także narrator *Ady* może wykazywać odchylenia

[1] Czeski teoretyk literatury Tomáš Kubíček proponuje rozdzielić dwa typy tradycyjnie rozumianego narratora niewiarygodnego, rezerwując ten termin jedynie dla opowiadacza, który wprowadza odbiorcę w błąd umyślnie, z całą świadomością, ze złą wolą. Narratora, który nie zdaje sobie sprawy z tego, że w wykoślawiony sposób przedstawia opowiadane wypadki, proponuje nazwać „częściowo wiarygodnym". T. Kubíček, *Vypravěč. Kategorie narativní analýzy*, Brno 2007, s. 116, 172–173. Najważniejszą cechą narratora niewiarygodnego wydaje się jednak fakt, że nie można jego narracji zaufać, a powody tego faktu mają mniej istotne znaczenie, choć oczywiście podział Kubíčka ma pewien sens. Nie powinniśmy jednak rezygnować z ogólnego terminu „narrator niewiarygodny". Dla Wayne'a C. Bootha narrator jest „w i a r y g o d n y, jeśli mówi lub działa w zgodzie z normami dzieła (to znaczy z normami autora implikowanego), n i e w i a r y g o d n y zaś, jeśli tego nie robi". W.C. Booth, *The Rhetoric of Fiction*, Chicago 1975, s. 158–159, podkr. autora cytatu.

od normy zdrowia umysłowego. Van przedstawia nam się jako psychiatra - zajmuje się terrologią, a ta w okresie jego działalności naukowej jest, jak czytamy (s. 32), gałęzią psychiatrii - ale wolno się zastanawiać, czy przypadkiem nie zna oddziałów psychiatrycznych także jako pacjent. Wówczas moglibyśmy uznać, że akcja powieści toczy się w istocie na Ziemi, a Antyterra, ta tylko trochę inna Ziemia, Ziemia z pewnymi przesunięciami i zmianami czasowymi, historycznymi, politycznymi, technicznymi i kulturalnymi, to wizja chorego umysłu, spoza której prześwituje prawdziwa, jak najbardziej ziemska rzeczywistość.

Pierwsza z wątpliwościami dotyczącymi spolegliwości opowiadającego nam tę historię i realności Antyterry wystąpiła Bobbie Ann Mason. „Van Veen, narrator powieści - pisała - zwariowany na punkcie swej siostry Ady i opętany chęcią odtworzenia w swej kronice Ardisu czy raju swojej wczesnej młodości z nią, ma skłonność do przesady, jak również do okłamywania samego siebie, idealizowania i (zarówno świadomego, jak i nieświadomego) zniekształcania wspomnień i manipulowania pamięcią. Nie potrafi on stawić czoła rzeczywistemu światu, jest to dla niego bardzo trudne, więc posuwa się do fantazjowania i udawania, że jego historia rozgrywa się nie na planecie Ziemia, gdzie żyją i umierają ludzkie istoty, tylko na planecie Antyterra, nazywanej też czasem Demonią, a będącej piekłem, z którego, jak twierdzi, musi uciec; metodą tej ucieczki jest osobisty, samoodzwierciadlający się akt kazirodztwa, mamy tu do czynienia z rozkoszną, erotyczną ucieczką przed okropnymi roszczeniami otaczającego bohatera świata. Van, jak mi się wydaje, wymyśla Antyterrę, aby usprawiedliwić swoje odejście od rzeczywistości: dla niego Demonia to planeta rządzona przez jego ojca Demona i jemu podobnych (tych, co uznają różne tabu, przy czym systemy ich wartości pełne są niekonsekwencji). Jeśli świat jest takim miejscem, to Van może sobie pogratulować, że próbuje stworzyć świat bliższy doskonałości, swój prywatny Ardis czy Eden"[1].

Wydaje się, że można wskazać w tekście powieści kilka momentów sugerujących, że antyterrańska rzeczywistość „naprawdę" nie istnieje. Za taki sygnał dałoby się uznać jedną z uwag wtrąconych przez Adę: „Van, ufam twemu smakowi i talentowi, ale czy jesteśmy całkiem pewni, że powinniśmy ciągle tak ochoczo powracać do tego okropnego świata, który w końcu istniał być może jedynie oneirologicznie, co, Van?" (s. 28, podkr. w tekście Nabokova). „Oneirologicznie", czyli zgodnie z logiką snów (*óneiros* – gr. „sen"), nie jawy, nie „rzeczywistości". Słowo „obłęd" odniesione do samego siebie, opisywanego w trzeciej osobie Vana, pojawia się w pewnym miejscu książki: „Często czuł, że słynne miasta, muzea, prastare katownie i wiszący ogród to tylko punkty na mapie jego obłędu" (s. 538). Inny sygnał wątpliwości co do statusu ontologicznego Antyterry to rozważania wywołane filmową adaptacją powieści Vana: „Rzeczywistość Demonii skurczyła się do wymiarów przypadkowego złudzenia. W istocie przeszliśmy przez to wszystko. Politycy zwani w zapomnianych komiksach Stary Kapeluch i Wujek Joe naprawdę istnieli. Kraje tropikalne kojarzyły się nie tylko z rezerwatami dzikiej przyrody, ale i głodem, śmiercią, niewiedzą, szamanami i agentami z dalekiego Atomska. Nasz świat w gruncie rzeczy był światem połowy XX wieku. Terra wracała do zdrowia, przetrwawszy łamanie kołem i wbijanie na pal, zbirów i zbójów, jakich nieuchronnie stwarzają Niemcy, kiedy starają się ziścić swe sny o chwale. Rosyjscy chłopi

[1] B.A. Mason, *Nabokov's Garden: A Guide to* Ada, Ann Arbor 1974, s. 12.

i poeci nie zostali przed wiekami przetransportowani do Estotii i w kanadiańską tundrę, tylko umierali i umierają właśnie w tym momencie w obozach niewolniczej pracy Tatarii. Nawet gubernatorem Francji nie był Charlie Chose, układny bratanek lorda Goala, tylko francuski generał o przykrym usposobieniu" (s. 696). To już niemal przyznanie się do wymyślenia innej rzeczywistości, rzeczywistości nieprawdziwej.

Świat Antyterry opisany jest bardzo precyzyjnie, ale pewne drobne wątpliwości co do realizacji jego reguł i sprawności mechanizmów mogą się pojawić. Na wymyślonej planecie zakazane jest przez większość długiego życia Vana używanie prądu elektrycznego (ba, nie wolno nawet o nim mówić, a na straży tego zakazu stoją nie tylko normy prawne, ale także moralne i obyczajowe). W związku z tym takie na przykład urządzenia, jak nasz telegraf i telefon, mają inny charakter. W powieści czytamy o „aerogramie" (s. 16, 327, 400, 459, 460), „hydrogramie" (s. 218), „kablogramie" (s. 415, 499), „momentogramie" (nowy wynalazek w 1922 r., s. 660) czy o kuzynie, który „zaaerografował do Mariny" (s. 285), a słowo „telegraficzny" okazuje się nieprzyzwoite (s. 246). Jednakże w pewnym momencie pojawia się informacja, że „szpital w Ladorze zadepeszował" (w oryginale *cable*, s. 519), a później o „depeszy Lucette" (też *cable*, tym razem jako rzeczownik, s. 540); rzecz jasna, depesze mogą tu być niekoniecznie „telegramami", równie dobrze może chodzić o „kablogramy", ale co charakterystyczne, tego neologizmu narrator tym razem nie używa. Możliwe, że to właśnie okres, kiedy telegramy są dozwolone (choć między „aerogramem" Vana i trochę późniejszym pytaniem o „kablogram" Ady w semestrze jesiennym 1892 r. a depeszą szpitala do ich ojca w lutym 1893 upłynęło zaledwie kilka miesięcy i w tekście nie ma wzmianki o żadnej wielkiej zmianie w przepisach prawnych), możliwe jednak również, że przez drobną szczelinę wlewa się tu „prawdziwa", ziemska rzeczywistość. Czytamy wielokrotnie o „dorofonie" (s. 29, 219, 238, 314, 372, 387, 436, 461, 465, 503), dwa razy o „kampusofonie" (pozwalającym zapewne na połączenia w obrębie kampusu uczelnianego, s. 449, 461), ale pojawia się też telefon: dziewczyna na rysunku „przypominała Marinę, kiedy przywołana dzwonkiem telefonu z hotelowej łazienki przysiadała na poręczy fotela i osłaniała słuchawkę" (s. 25, w oryginale *phone*). Oczywiście może tu chodzić o wspomniany niedługo później „telefon hydrodynamiczny" (s. 38), chyba tożsamy z dorofonem. Pod koniec powieści okazuje się, że wprowadzono nową nazwę: „nie zadał sobie trudu «zatelefonowania» (nowy oficjalny termin)" (s. 565). Już przedtem przeczytaliśmy o „książce telefonicznej" (*telephone book*, s. 554). Później spotykamy słowa „telefon" (s. 588, 664, 665), „telefoniczny" (s. 607, 663) i „telefonicznie" (s. 665). Nie ma tu sprzeczności z logiką rzeczywistości innej planety, ale nam, czytelnikom, w każdym razie telefon kojarzy się z rzeczywistością ziemską.

W antyterrańskiej Amerosji płaci się przede wszystkim dolarami, czasem mowa o „złotych dolarach" (s. 22, 354), raz o „zielonym dolarze rosyjskim" (s. 49). Po słowach mlle Larivière: „Sława uderzyła, potoczyły się ruble, a dolary spadły jak deszcz" (s. 238), z nawiasowej uwagi dowiadujemy się, że „w Estotii Wschodniej używano w tym czasie obu walut" (ibidem). Raz jednak czytamy, że Van „[p]odziękował stajennemu garścią stellarów" (s. 196). O takiej walucie nie ma mowy nigdzie indziej. Oczywiście mogą to być po prostu dolary ozdobione gwiazdami ze sztandaru, w dodatku, jak zauważa Boyd, cytując słownik Webstera, w ziemskich Stanach Zjednoczonych w latach 1879–1880 były w obiegu tak nazywane eksperymentalne złote monety czterodolarowe[1], ale można się zastanawiać, czy autora przedstawionego, ma się rozumieć, zgodnie z zamiarem autora rzeczywistego, przypadkiem nie poniosła tu fantazja w wymyślaniu antyterrańskich realiów.

Van studiuje w antyterrańskiej Anglii, na uniwersytecie w Chose (jak się zdaje, jest to odpowiednik ziemskiego Cambridge, gdzie w latach 1919–1922 studiował Nabokov)[2], skąd – jak czytamy – „od czasu do czasu udawał się do Londynu albo Lutecji (jak nazywali to urocze, perłowoszare smutne miasto po drugiej stronie Kanału zamożni, ale bynajmniej nie przerafinowani brytyjscy koloniści)" (s. 213). Lutecja (w oryginale Lute) to, rzecz jasna, Paryż, nazwa ta odwołuje się do jego starożytnej nazwy łacińskiej, Lutetia, po raz pierwszy wspomnianej przez Cezara. Zarazem jednak wielokrotnie czytamy w *Adzie* o Paryżu (s. 134, 181, 288, 311, 358, 390, 393). Ale i Lutecja występuje jeszcze kilka razy (s. 390, 408, 491, 544, 552). Oczywiście łatwo to wytłumaczyć tym, że w antyterrańskiej rzeczywistości używane są obie nazwy, ale Paryż niewątpliwie kojarzy się z realiami świata czytelników, a Lutecja nie.

I jeszcze jedno, antyterrański Bóg nazywa się Logiem: „skrycie nasłuchiwał swędzenia w dolnych partiach ciała, które to swędzenie uważał (słusznie, dzięki Logu) tylko za niewielkie podrażnienie nabłonka" (s. 50); „nazwisko panieńskie, chwała Logu, zostało zapomniane" (s. 61). Nie ma potrzeby mnożyć przykładów. Kiedy jednak Van

[1] B. Boyd, *Nabokov's* Ada: *The Place of Consciousness*, Ann Arbor 1985, s. 7.

[2] Odwieczny rywal Cambridge, starszy uniwersytet w Oksfordzie, zostaje w antyterrańskiej rzeczywistości zdegradowany do roli „pobliskiego żeńskiego college'u" (s. 223).

w swym dziele filozoficznym, *Fakturze Czasu*, wspomina św. Augustyna, oczywiście antyterrańskiego św. Augustyna, który też, tak jak ziemski, jest autorem *Wyznań*, nagle pojawia się słowo „Bóg": „on jednak przynajmniej mógł ponownie zapełnić umysł ofiarowaną przez Boga energią" (s. 642). A później w tym samym dziele Vana mamy Loga: „ale na Loga, nie mylmy Czasu z Brzęczeniem w uszach" (s. 669). Zresztą Bóg wymienia się z Logiem już wcześniej: „Boże (w oryginale: *God*), jak bardzo chciałbym być Guliwerem wielkości skrzacika i badać tę jaskinię"; „Boże jedyny (*God*), przypomina nam wszystkim – powiedział Van" (s. 149). Natrafiamy też na rosyjskie „*Boże moj*" (s. 525, 543, 633). Wygląda to tak, jakby autor przedstawiony zapominał czasami o Logu.

Niezależnie od tego, czy przyjmiemy hipotezę szaleństwa Vana (a mamy chyba zbyt mało dowodów na jej prawdziwość) lub choćby jego umyślnego zacierania prawdziwych miejsc i okoliczności zdarzeń przenoszonych przezeń na fikcyjną planetę, czy też nie, i tak musimy go uznać za narratora przynajmniej nie całkiem spolegliwego.

Przyjrzyjmy się bowiem słownikowej definicji narratora niewiarygodnego: „Narratora wiarygodnego można zdefiniować jako takiego, którego prezentacja danej historii i komentarze na jej temat mogą być odbierane przez czytelnika jako niepodważalnie prawdziwe. Narrator niewiarygodny to taki, którego relacja jest podejrzana, gdyż jego (lub jej) wiedza o opisywanych wydarzeniach okazuje się ograniczona, gdyż jego (lub jej) osobiste zaangażowanie w owe wydarzenia nie pozwala na bezstronność, albo wreszcie dlatego, że jego (lub jej) system wartości wchodzi w konflikt z systemem implikowanym przez samą narrację. Narratorzy niewiarygodni niekoniecznie kłamią, mogą się po prostu mylić w kwestii swych właściwości"[1].

System wartości Vana (na przykład wartości etycznych) niewątpliwie niejednokrotnie wchodzi w konflikt z systemem wartości „implikowanych przez samą narrację".

Trzeba zresztą powiedzieć, że każdy narrator mający cechy osobowe jest przynajmniej trochę niewiarygodny, gdyż człowiek w nieuchronny sposób widzi rzeczywistość subiektywnie, ze swojej wąskiej perspektywy, popełnia błędy, zna tylko niektóre fakty, bywa indoktrynowany, reprezentuje takie czy inne poglądy, ma na ogół tendencję do wyolbrzymiania swojej roli, usprawiedliwiania swoich czynów i przedstawiania swojej osoby w korzystnym świetle. W pełni wiarygodny może być tylko narrator mający cechy boskie, wszechwiedzący przezroczysty narrator klasycznej powieści dziewiętnastowiecznej, jak Stwórca unoszący się nad stworzonym światem[2]. Van niewątpliwie jest narratorem bardzo egotycznym i wykazuje skłonność do autoapoteozy. Jest w powieści chłopcem, a potem młodzieńcem niezwykle wręcz pod wieloma względami zdolnym, inteligentnym, oczytanym, dowcipnym, uroczym, nieodpartym, sprawnym fizycznie. Także jego możliwości seksualne wydają się niemal bajkowe. Bez wysiłku robi błyskawiczną karierę naukową. Jeszcze w latach studenckich osiąga niemały sukces estradowy, występując w numerach wymagających umiejętności chodzenia i tańczenia na rękach. Wyjątkowa pod wieloma względami jest też

---

[1] D. Macey, *Dictionary of Critical Theory*, London 2001, s. 387 (hasło *unreliable narrator*).

[2] Jak wskazuje Tamar Yacobi, wiarygodność musi łączyć się z narratorską wszechwiedzą i pozycją zewnętrzną wobec świata przedstawionego, niewiarygodność zaś z ograniczonym dostępem do wiadomości i pozycją wewnątrz świata przedstawionego. T. Yacobi, *Interart Narrative: (Un)Reliability and Ekphrasis*. „Poetics Today" 2000, vol XXI, nr 4, s. 712.

Ada. Wystarczy choćby wspomnieć, jak wielką wiedzę biologiczną posiada jako dwunastoletnia dziewczynka. Także jej erudycja literacka w tym wieku jest niezwykła. W narracji Vana oboje jawią się nam jako tak dalece wyrastający ponad przeciętność, że musi to wzbudzić niejakie niedowierzanie i wątpliwości.

Nabokov w jednym z wywiadów nazywa Vana „czarującym łajdakiem (*charming villain*)"[1]. W tymże wywiadzie określa Adę jako „zepsutą i lubieżną" i oburza się na Johna Updike'a, który zasugerował „w skądinąd inteligentnym artykule", że tytułowa bohaterka powieści pod pewnymi względami przypomina żonę autora[2]. W innej rozmowie pisarz oznajmia, że Vana „nie znosi"[3]. Wreszcie w liście do profesora Matthew Hoggarta, który zrecenzował powieść dla „New York Review of Books", pisze: „zdecydowanie protestuję przeciw temu, że widzi Pan w połączonych ze sobą na nowo Adzie i Vanie (dość okropnych istotach) obraz mojego życia małżeńskiego"[4]. To oczywiście świadectwa spoza tekstu utworu, ale sam ów tekst potwierdza negatywną ocenę bohaterów, o której pisze też Boyd: „Van i Ada wydają się w *Adzie* ulubionymi bohaterami Nabokova, pisarz jednak bynajmniej nie owija ich ochronnym kokonem pobłażliwości, nie usprawiedliwia ich kosztem innych postaci, przez całą powieść surowo krytykuje ich obojętność wobec losu tych, których lekceważą jako nieistotnych dla własnych potrzeb i pragnień. Kiedy Van ignoruje Lucette, Grega Erminina, Kima Beauharnais, Dana czy Andrieja Vinelandera, kiedy nimi gardzi lub kiedy sprawia im ból, Nabokov każdego z nich broni – niezależnie od tego, czy

---

[1] V. Nabokov, *Strong Opinions*, s. 143.
[2] Ibidem, s. 146.
[3] Ibidem, s. 120.
[4] List datowany 12 V 1969. V. Nabokov, *Selected Letters*, s. 450.

dana postać jest pełna uroku, nieciekawa czy wielce podejrzana – przed tym, którego w oczywisty sposób obsypał łaskami i którego obdarzył wszelkiego rodzaju przewagą"[1].

Zauważmy, do czego zdolny jest Van, do czego sam się przyznaje, tak jednak ustawiając narracyjne oświetlenie, że gotowi jesteśmy zlekceważyć te fakty albo bezrefleksyjnie im pobłażać.

Powodowany zazdrością bohater gotów jest zabijać (sam jednak nie ma oporów przed przyprawianiem komukolwiek rogów), o czym zresztą mówi, jeszcze zanim może mieć do zazdrości powody: „Dziewczyny się nie liczą – powiedział Van – chodzi o facetów, będę zabijał, jeśli zbliżą się do ciebie" (s. 196). Kiedy już takie powody istotnie ma, chce wyzwać rywali na pojedynek i unicestwić ich lub przynajmniej trwale okaleczyć. Wyręcza go Los, ale Van w swym gniewie rwie się do dowolnego pojedynku i pod błahym pretekstem wyzywa na pistolety nieznanego sobie mężczyznę. Oczywiście instytucja pojedynku, mającego formę niemal rytualną, obwarowaną licznymi przepisami, uświęcona jest przez tradycję i przez literaturę („był to rodzaj pojedynku opisany przez większość powieściopisarzy rosyjskich i przez niemal wszystkich rosyjskich powieściopisarzy pochodzenia szlacheckiego", s. 373), co sprawia, że czytelnik ma tu tendencję do mniejszego oburzenia moralnego niż w wypadku innej metody zabójstwa.

W wypadku okaleczenia Kima, chłopca kuchennego z Ardisu (oczywiście wyzwanie służącego na pojedynek nie wchodzi w rachubę), zafascynowanego fotografią, oburzenie to ogranicza fakt, że okazuje się on łajdakiem: szantażuje swymi zdjęciami tytułową bohaterkę powieści

---

[1] B. Boyd, *Nabokov's* Ada, s. 94.

(zauważmy przy okazji, jak konsekwentnie powtarza się przedtem motyw robienia zdjęć, a także, jak elegancko autor sugeruje przebieg wydarzeń prowadzących do obicia szantażysty). Okrucieństwo Vana jest jednak niezaprzeczalne: „Kim (...) znowu niepokoiłby Adę, gdyby nie wyniesiono go z jego domku z jednym okiem zwisającym na czerwonej nitce i drugim pływającym we krwi" (s. 528–529). Zauważmy tu trzy rzeczy. Po pierwsze, użyty został tryb warunkowy, a więc Kim wcale nie niepokoił Ady powtórnie. Po drugie, właściwym powodem zachowania Vana jest potrzeba wyładowania wściekłości po wymuszonym rozstaniu z ukochaną. I wreszcie po trzecie, Kim zostaje oślepiony, co w wypadku entuzjasty fotografii jest szczególnie bolesne. Dodajmy, że Van powoduje także spalenie jego archiwum fotograficznego „i przy okazji większej części sosnowego lasu w Kaługano" (s. 534).

Warto zauważyć, że Van sam stosuje szantaż, szantaż uczuciowy – mianowicie w stosunku do Lucette:

– *Kochanie – powiedział Van – pomóż mi, proszę. Opowiadała mi* [Ada – L.E.] *o swoim walentyńskim estanciero, ale nie mogę sobie teraz przypomnieć nazwiska, a nie chcę jej przeszkadzać.*

– *Nigdy ci go nie podała – powiedziała lojalna Lucette – więc nie masz czego sobie przypominać.(...)*

– *Proszę cię, lisiczko! Nagrodzę cię bardzo specjalnym całusem.*

– *Ech, Van – powiedziała, głęboko westchnąwszy. – Obiecujesz, że jej nie powiesz, kto ci powiedział?*

– *Obiecuję. Nie, nie, nie – ciągnął, teraz z rosyjskim akcentem, kiedy Lucette w bezmyślnym zapamiętaniu miłości chciała przycisnąć swój brzuch do jego.* – Nikak-s niet: *nie w usta, nie w ten kawałek nad górną wargą, nie w czubek nosa, nie w płynne oko. W pachę lisiczki, o tak... (...) Ręka do góry! Kierunek – Raj! Terra! Wenus! – rozkazał Van i na kilka skoordynowanych uderzeń dwu serc przycisnął pracowite usta do gorącego, wilgotnego, niebezpiecznego wgłębienia.*

Gwałtownie usiadła na krześle, przyciskając dłoń do czoła.

– Światła rampy wyłączyć! – powiedział Van. – A teraz nazwisko tego gościa.

– Vinelander – odpowiedziała.

(s. 497–498)

Podejrzana wydaje się też etyka lekarska Vana. „To prawda, że jeden pacjent, który wpadł w obłęd wskutek kontaktu ze splotem czasu, to zbyt mała próbka w porównaniu z wielką grupą gadatliwych akrofobów i czytelnicy oskarżający Vana o nierozwagę i brak rozsądku (...) nabiorą o nim lepszej opinii, jeśli dowiedzą się, że nasz młody badacz robił, co mógł, by pan C.L. (ów chronofob) nie wyszedł ze swej rzadkiej i ważnej choroby nazbyt szybko" (s. 464). Tu narrator usiłuje wręcz narzucić nam, czytelnikom, kryteria oceny jego osoby (wykorzystuje chwyty retoryczne). Liczyć się ma jego praca badawcza, a to, że Van jako lekarz powinien dążyć do możliwie najszybszego wyleczenia pacjenta, nie jest ważne.

To chyba nie przypadek, że imię czy raczej zdrobnienie Van może się skojarzyć z angielskim słowem *vanity* – „próżność". Dodajmy przy okazji, że Bobbie Ann Mason podkreśla zbieżność dźwiękową nazwiska Veen z rosyjskim słowem „wina" (po polsku, jak wiadomo, znaczącym to samo co po rosyjsku)[1].

---

[1] B.A. Mason, op. cit., s. 23.

Pełen przyzwolenia jest też stosunek narratora do ojca. Nic dziwnego, to od Demona Van przejął wiele cech charakteru i od niego nauczył się wielu sposobów zachowania. Ojciec często nawet w drobnych sprawach jest dla niego wzorem i autorytetem: „Wchodząc, [Van – L.E.] przystanął na chwilę, żeby oddać płaszcz, zatrzymał jednak czarną fedorę i cienki jak trzcina parasol, podpatrzył bowiem u swego ojca, że tak właśnie czyni w tego rodzaju cieszących się dość wątpliwą reputacją, ale eleganckich miejscach, których przyzwoite kobiety nie odwiedzają, przynajmniej jeśli ktoś im nie towarzyszy" (s. 550). Jak zauważa Boyd, „To od Demona Van nauczył się przedmiotowego stosunku do kobiet, wykorzystywania ich bez zmrużenia powiek, postawy, z którą przyjeżdża do Ardisu i którą manifestuje podczas próby zbliżenia się do Blanche"[1]. Także podobnie jak jego ojciec Van reaguje w stanie zazdrości: „powiedziałaś coś, jak sądzę do mężczyzny, z którym spędziłaś noc (i którego chętnie bym sprzątnął, gdybym nie miał jeszcze większej ochoty go wykastrować)" (s. 29) – to akurat słowa Demona, ale równie dobrze mogłyby być słowami młodszego Veena.

Oczywiste są poza tym pedofilskie skłonności starzejącego się Demona: „coraz bardziej zajmowały go hiszpańskie dziewczęta, każdego roku coraz to młodsze, aż w końcu pod koniec wieku, kiedy miał lat sześćdziesiąt i włosy ufarbowane na kolor ciemnego granatu, zapłonął namiętnością do nieznośnej dziesięcioletniej nimfetki" (s. 468). Zaraz po tragicznej śmierci Demona, jak Van i czytelnik dowiadują się od Ady, na ranczo jej męża pojawili się niespodziewani goście, między innymi ośmioletnia dziewuszka i jej opiekunka, zapewne rajfurka: „Wiedźma zażądała

[1] B. Boyd, *Nabokov's* Ada, s. 136.

fantastycznej sumy, której Demon – jak stwierdziła – nie zdążył uiścić, za «dziurę w błonie dziewiczej»" (s. 624). Komentarz Vana to jak zwykle u Veenów żart: „Niedługo chyba jego terenem łowieckim stałyby się inkubatory" (ibidem).

Jak powiada w jednym z wywiadów Nabokov: „W istocie wierzę, że pojawi się ktoś, kto oceni mnie na nowo i stwierdzi, że wcale nie byłem pozbawionym powagi ognistym ptakiem, tylko surowym moralistą, depczącym grzech, zwalczającym głupotę, drwiącym z prostactwa i okrucieństwa oraz przyznającym całkowitą władzę czułości, talentowi i dumie"[1]. Za *Adą* nie wlecze się żaden morał[2], ale etyczna postawa reprezentującego samego pisarza autora implikowanego jest jasna i zdecydowana, a hierarchia wartości moralnych niewzruszona.

Wielu badaczy zwraca szczególną uwagę na postać Lucette jako kluczową dla wymowy utworu. Bobby Ann Mason pisze: „Relacje Ady i Vana z Lucette zajmują w powieści miejsce centralne, ponieważ to, jak ją traktują, staje się źródłem winy i smutku w ich życiu"[3]. Z kolei Brian Boyd powiada: „Nabokov uczynił z Lucette centralny punkt ważnych motywów *Ady* i jej wzajemnych połączeń strukturalnych. Fakt ten i jego konsekwencje są trudne do odkrycia, ponieważ Van jest bardzo świadomym opowiadaczem, który w żarze namiętnej miłości swojej i Ady widzi wspaniałe usprawiedliwienie. Chociaż smuci go śmierć przyrodniej siostry, nie dostrzega rozmiarów swojej i Ady odpowiedzialności za tę tragedię ani tego, że sposób,

---

[1] V. Nabokov, *Strong Opinions*, s. 193.

[2] „Nie jestem czytelnikiem ani autorem prozy dydaktycznej, a za *Lolitą* (...) nie wlecze się żaden morał". *Vladimir Nabokov o książce pod tytułem „Lolita"*, (w:) V. Nabokov, *Lolita*, przeł. M. Kłobukowski, s.l. (Warszawa) 1997, s. 380.

[3] B.A. Mason, op. cit., s. 22–23.

w jaki ją traktowali, rzuca jasne światło na całe ich niewłaściwe postępowanie. Trudno odkryć znaczenie Lucette, ponieważ dla celów Nabokova nader istotne jest, byśmy początkowo nie w pełni uświadamiali sobie, jaką krzywdę Van i Ada jej wyrządzają, i byśmy w konsekwencji zdali sobie sprawę, jak łatwo prześlepić odpowiedzialność wynikającą z faktu, że losy ludzkie tak mocno są ze sobą splecione"[1].

Cały czas widzimy Lucette oczami Vana i Ady (dopiero list wysłany przez nią do przyrodniego brata przed fatalnym rejsem, podczas którego popełnia samobójstwo, pozwala nam przez chwilę patrzeć z jej punktu widzenia). A w optyce kochanków jest ona zwłaszcza na pierwszym etapie ich miłości prawdziwym utrapieniem: „Lucette robiła wszystko, co tylko można, by uwolniwszy się spod opieki leniwej służącej, towarzyszyć kuzynowi i siostrze. Złowieszcze słowa: «Cóż, jeśli panicz Van pozwoli ci przyjść», albo: «Tak, panna Ada na pewno nie będzie miała nic przeciwko temu, żebyś poszła na grzyby razem z nią», stały się czymś w rodzaju dzwonu obwieszczającego pogrzeb miłosnej swobody" (s. 176). „W każdej chwili, kiedy nie znajdowała się pod opieką swojej schizofrenicznej guwernantki, nie czytała, nie chodziła na spacery czy nie kładziono jej do łóżka, Lucette stanowiła prawdziwe utrapienie. (...) Lucette (...) zdawała się czaić za każdym parawanem, wyglądać z każdego lustra" (s. 256).

Dwoje młodych geniuszy wytęża całą swoją inteligencję, żeby choć na chwilę pozbyć się dokuczliwego dzieciaka, a czytelnik im w tych próbach gorąco kibicuje.

Z bezwzględnością Vana i Ady, także i później, gdy ich przyrodnia siostra nie jest już dzieckiem, kontrastuje do-

---

[1] B. Boyd, *Nabokov's* Ada, s. 42.

broć i życzliwość Lucette, która nawet tuż przed samobójczą śmiercią, zamiast wyjść z okrętowego kina z Vanem i próbować jeszcze o niego walczyć, towarzyszy parze starych nudziarzy, prawie ich nie znając: „Promieniejąc i rozpływając się w uśmiechach życzliwości i skromności, przysunęli się i opadli na fotele koło Lucette, która odwróciła się do nich ze swym ostatnim, ostatnim, ostatnim bezinteresownym darem niewzruszonej uprzejmości, silniejszej niż klęska i śmierć" (s. 586).

Jak wykazuje Boyd, bezinteresowność Lucette zapewne przetrwała jej ziemski czy raczej antyterrański kres. Przez analogię bowiem do innych powieści Nabokova uznaje on, że Lucette może po swej śmierci delikatnie wpływać na losy żywych. Van po latach rozłąki spotyka się w Mont Roux z Adą, która mocno zmieniona fizycznie nie budzi w nim dawnego pożądania, i przystaje na to, by wyjechała natychmiast do Genewy załatwić sprawę zatrzymanych bagaży i pokojówek. W wynajętym pokoju hotelowym, tym samym, w którym mieszkał kilkanaście lat wcześniej, znajduje w szufladzie biurka „owalne pudełeczko, kiedyś zawierające «Duvet de Ninon» (puder do twarzy z rajskim ptakiem na wieczku)", i uznaje, że to „nędzna sztuczka pozornego odzyskania, zainscenizowany zbieg okoliczności – i fatalna gafa, gdyż pudełeczko należało do Lucette, obecnie syreny w gajach Atlantyku (a nie do Ady, obecnie cudzoziemki w czarnej limuzynie gdzieś koło Morges), która przedkładała ten puder nad inne" (s. 669). Potem Ada wyrzuca Vanowi, że spał spokojnie, kiedy ona w wynajętym samochodzie z szoferem oddalała się od niego, być może mając zamiar oddalić się na zawsze: „Kazałam mu [szoferowi – L.E.] zawrócić – powiedziała – gdzieś koło Morżej („morsów" lub „koni morskich", rosyjska gra ze słowem Morge – być może wiadomość od syreny). A t y spałeś, mogłeś spać!” (s. 673). Zwraca tu uwagę powracający po kilku stronach rzeczownik „syrena”, który poprzednio odnosił się do Lucette (dużo wcześniej pojawia się on w liście Vana do niej: „*podstępnie skłoniliśmy naszą Esmeraldę i syrenkę do brzydkich figli*”, (s. 504) i najprawdopodobniej odnosi się do niej i tutaj. Zresztą sam Nabokov – jako Vivian Darkbloom – potwierdza w komentarzu, że syrena to „aluzja do Lucette” (s. 722).

Zauważmy też sen Vana przed ostatecznym połączeniem się z Adą:

Przyśniło mu się, że wygłasza jakiś tekst w sali wykładowej transatlantyku i że jakiś włóczęga podobny do autostopowicza z Hilden szyderczo pyta, jak wykładowca wyjaśni fakt, że w snach mamy świadomość czekającego nas obudzenia, czy nie jest to analogiczne do pewności śmierci, a jeśli tak, to przyszłość...

O brzasku zerwał się i usiadł na łóżku z gwałtownym jękiem, cały drżący: jeśli nie podejmie natychmiast działania, utraci ją na zawsze!

(s. 671–672)

Tu transatlantyk musi skojarzyć się z Lucette, bo właśnie skacząc do morza przez burtę transatlantyku popełniła ona samobójstwo. W dodatku we śnie pojawia się słowo „śmierć”. To pozwala nam spekulować co do możliwości wpływu umarłej na ów sen. A „wiadomość od syreny” pozwala się domyślać jej wpływu na zmianę decyzji Ady, która zawraca do Mount Roux, dając Vanowi kolejną szansę, którą ten już wykorzysta.

Słowo „wiadomość” także wiąże się z Lucette, bo w jednym z kluczowych momentów powieści przekazuje ona Vanowi wiadomość od Ady, co prowadzi do połączenia kochanków na pewien czas. Działa przy tym absolutnie bezinteresownie, a nawet wbrew swym „żywotnym uczuciowym interesom". Owo przekazanie dokonuje się w Voltemand Hall (s. 440), a Voltemand (Voltimand, Voltymand, Woltymand) to epizodyczna postać z Szekspirowskiego *Hamleta*, duński poseł na dworze norweskim, a więc między innymi ten, kto przekazuje listy; istotnie, w scenie 2 aktu II poseł ów przynosi Klaudiuszowi pismo od norweskiego władcy. Van wydaje swoją powieść *Listy z Terry* pod pseudonimem Voltemand właśnie, utożsamia się więc jakoś z tą postacią, ale jej funkcję naprawdę pełni, jako przekazicielka listu Ady, jego przyrodnia siostra[1], która wiele lat później, w momencie dla Ady i Vana kluczowym, jest – można by wnioskować – autorką wiadomości z Terry, czyli z zaświatów („wiadomość od syreny"). Lucette kojarzy się z korespondencją także dlatego, że „[j]esienią 1891 przysłała mu [Vanowi – L.E.] z Kalifornii chaotyczne, nieprzyzwoite, szalone, niemal dzikie wyznanie miłosne w postaci dziesięciostronicowego listu" (s. 437), a przede wszystkim dlatego, że planując popełnić samobójstwo, gdyby podczas rejsu na „Admirale Tobakoffie" już pierwszego dnia nie zdobyła Vana, wysyła do niego do Ameryki swego rodzaju list pożegnalny, który on przeczyta dopiero po jej śmierci, a więc już jako list od umarłej. Mowa jest w tym liście o wierszu, którego Van kazał jej się nauczyć na pamięć, kiedy była dzieckiem. Charakterystyczne, że w wierszu tym, przypisanym w tekście fikcyjnemu antyterrańskiemu autorowi (w istocie jednak napisanym przez Nabokova), pojawia się słowo „mara" (s. 181). Poza tym, jak powiada pisarz w liście do badaczki swej twórczości Bobbie Ann Mason, a więc w świadectwie metatekstowym,

[1] Podkreśla ten fakt Brian Boyd: *Nabokov's* Ada, s. 193

„jest to stylizowany migawkowy obraz tajemniczej osoby odwiedzającej dostępne dla turystów miejsce, gdzie w legendarnych czasach («legendarnych» w rozumieniu Antyterry) niejaki Peter T. po raz ostatni rozmawiał z siostrą królowej. Chociaż nazywa on starego przewodnika «marą», w istocie to właśnie on, w cofniętym czasie, jest widmowym turystą, marą samego Petera T."[1].

Jak pisze Boyd, słowa „wiadomość od syreny" w intencji wypowiadającej je Ady brzmią niepoważnie, nie traktuje ona bowiem tego konceptu serio, ale dla nas, „czytelników, którzy potrafią wykryć wszystkie wzory łączące Lucette z listami i wiadomościami z zaświatów (...), ta myśl nie wydaje się żartem, tylko realną możliwością, którą Nabokov wplótł w deseń powieści"[2].

Lucette od początku otacza aura śmierci. Słowo to pojawia się już, kiedy widzimy ją po raz pierwszy: „na wiosnę miała zapalenie płuc i wciąż jeszcze otaczał ją welon osobliwego oddalenia, nadając jej wygląd, który dzieci, zwłaszcza psotne, otarłszy się o śmierć, zachowują jeszcze przez jakiś czas" (s. 54). Dość szybko znajdujemy zapowiedź jej krótkiego życia: „Pozbawiona blasku biel skóry Ady (w wieku lat dwunastu, szesnastu, dwudziestu, trzydziestu trzech itd.) była nieporównanie bardziej wyjątkowa niż złotawy rumieniec Lucette (w wieku lat ośmiu, dwunastu, szesnastu, dwudziestu pięciu, *finis*)" (s. 131).

Postać ta kojarzona jest przez narratora z Szekspirowską Ofelią (znów odwołanie do *Hamleta*). Podstawą skojarzenia jest oczywiście fakt, że obie zakończyły życie jako topielice. W rozmowie przy okazji przekazania Vanowi li-

---

[1] B.A. Mason, op. cit., s. 185 (przypis 2).

[2] B. Boyd, *Vladimir Nabokov: The American Years*, s. 358. Boyd dowodzi również, że to Lucette mogła wpłynąć na decyzję Vana o napisaniu *Ady*. Idem, *Nabokov's* Ada, s. 187–195.

stu Ady Lucette bezbłędnie lokalizuje źródło cytatu: „Twój na zawsze, dopóki ta machina pozostanie jego własnością”, a jest nim *Hamlet*. To zakończenie listu księcia duńskiego do Ofelii, który w scenie 2, aktu II Królowi i Królowej czyta Poloniusz. Znamienne, że jest to ta sama scena, w której wcześniej pojawia się na chwilę Voltemand i wręcza Klaudiuszowi pismo od króla norweskiego.

W mowie pozornie zależnej słyszymy głos Ady: „Mała Lucette opowiedziała mu [Vanowi– L.E.] o późniejszej eskapadzie, prawda? W o f e l i j n y m obłędzie kalamburując o kobiecym żołędziu? Rozwodząc się nad rozkoszami clitoryzmu?” (s. 471, podkr. moje – L.E.). Mamy tu oczywiście aluzję do sceny obłąkania Ofelii (*Hamlet*, akt IV, sc. 5).

W liście Vana do ukochanej, biorącym pod uwagę cenzorskie oko Demona (z tego względu w liście tym pojawia się nawet bezpośredni zwrot do męża Ady), nadawca wraca do szekspirowskich aluzji:

Jako psycholog, zdaję sobie sprawę z bezzasadności rozważań, czy Ofelia by się ostatecznie nie utopiła, nawet bez pomocy zdradzieckiej gałęzi, gdyby wyszła za swojego Voltemanda. Traktując rzecz bezosobowo, uważam, że zmarłaby w swym łóżku, siwa i pogodna, gdyby V. ją kochał, ponieważ ten jednak owej nieszczęsnej małej virgo *w istocie bynajmniej nie kochał, ponieważ nawet największa cielesna czułość nie mogła ani nie może ujść za prawdziwą miłość i ponieważ, nade wszystko, fatalnej młodej Andaluzyjki, która – powtarzam – weszła w kadr, nie dało się zapomnieć, muszę, droga Ado i drogi Andrieju, dojść do wniosku, że cokolwiek by tu nieszczęsny człowiek wymyślił, ona by i tak* pokończiła s soboj *(„skończyła ze sobą”). W innych światach, dogłębniej moralnych niż ta kupa gnoju, istnieją może więzy, zasady, transcendentalne pociechy, a nawet niejaka duma z tego, że uczyniło się szczęśliwym kogoś, kogo się nie kocha, ale na t e j planecie Lucetty są skazane.*

(s. 594–595)

Widać tu doskonale, że nad żalem po śmierci Lucette góruje chęć porozumienia z kochanką, upewnienia jej, że „*fatalnej młodej Andaluzyjki*", czyli Ady właśnie, ona bowiem grała w filmie ową „Andaluzyjkę", „*nie dało się zapomnieć*".

Jak próbowaliśmy dowieść wyżej (podążając za argumentacją Briana Boyda), Lucette mogła po swej śmierci pomóc w ostatecznym połączeniu się bohaterów powieści (w lipcu 1922 r., Van ma wtedy pięćdziesiąt dwa lata, Ada zaś lat pięćdziesiąt), po którym żyli oni „długo i szczęśliwie".

Notabene, owo „długie i szczęśliwe" życie powieściowych kochanków jest ze strony Nabokova swoistą prowokacją. W artykule dołączanym do wydań *Lolity* jako posłowie pisarz wymienia dwa tematy, które, jak uważa, podobnie jak temat jego najsłynniejszej powieści, stanowią dla większości wydawców amerykańskich absolutne tabu: „małżeństwo, w którym dochodzi do pomieszania rasy białej z czarną, uwieńczone zupełnym i triumfalnym sukcesem, owocujące tłumem dzieci i wnuków; oraz zupełny ateista, który wiedzie żywot szczęśliwy i pożyteczny, a umiera we śnie, mając sto sześć lat"[1]. Vanovi z *Ady* pod koniec powieści już dość niedaleko do setki, a jego stwórcy udało się znaleźć tabu nawet bardziej efektowne, bo niemal powszechne, obowiązujące w większości kręgów kulturowych - kazirodztwo. Tyle że od napisania *Lolity*

[1] *Vladimir Nabokov o książce pod tytułem „Lolita"*, (w:) V. Nabokov, *Lolita...*, op.cit.

czasy się zmieniły, cenzura obyczajowa zanikła i wydawcy nie mieli już obaw przed przekraczaniem tabu.

Jak się zdaje, incest potrzebny był Nabokovowi nie tylko jako zasadniczy element prowokacji. Chodziło też o wydobycie z miłości Vana do Ady silnego pierwiastka narcystycznego (temat narcyzmu był już istotny w powieści *Rozpacz*). Van Veen i jego siostra są bardzo do siebie podobni, co w powieści jest wyraźnie akcentowane. Ada to nieomal drugi Van, jego lustrzane odbicie. Motyw ten powraca: „Na grzbiecie lewej dłoni miała taką samą brązową plamkę, jaka znaczyła jego prawicę" (s. 132). To zdecydowanie wygląda tak, jakby Van stał przed lustrem, którym jest Ada (zauważmy przy okazji, że jest to imię „zwierciadlane", czyta się tak samo od przodu i od tyłu). „Podbicie prawej stopy oraz grzbiet lewej dłoni miały na sobie te same malutkie, nierzucające się w oczy, ale niemożliwe do usunięcia, i święte znamiona, którymi natura naznaczyła jego prawą rękę i lewą stopę" (s. 263). Podobnie pod koniec powieści okazuje się, że nie tylko natura naznacza rodzeństwo piętnem odzwierciedleń. „Zauważył, że jej uśmiech ujawnia złotą koronkę na górnym zębie przedtrzonowym; miał podobną po drugiej stronie ust" (s. 666). Na tym oczywiście nie koniec motywu podobieństwa. „Jej [Ady – L.E.] czysto irlandzki nos był miniaturą nosa Vana" (s. 80). I jeszcze: „Ich usta były absurdalnie podobne, jeśli chodzi o styl, zabarwienie i fakturę. Górna warga Vana przypominała kształtem długoskrzydłego ptaka morskiego, lecącego prosto na człowieka, a warga dolna, gruba i posępna, dodawała jego zwykłemu wyrazowi twarzy nutę brutalności. Nic z tej brutalności nie rysowało się w przypadku warg Ady, ale wygięta w kształt łuku górna i duża, lekceważąco wysunięta i matoworóżowa dolna powtarzały w kobiecej tonacji usta Vana" (s. 129). Ada zdaje sobie sprawę, że fizycznie są z bratem „bardziej bliźniakami” (s. 184) niż kuzynami (ich oficjalne pokrewieństwo). Wzmocnieniu motywu bliźniaczego podobieństwa służą postaci autentycznych bliźniaków, Grace i Grega Ermininów.

Podobieństwo Ady i Vana nie ogranicza się jednak do wyglądu fizycznego. Bohaterka zdaje sobie z tego w pewnym momencie sprawę, pisze przecież w jednym z listów: „Nigdy nie uświadamiałam sobie faktu, że paleotropikalne nektarniki (poszukaj ich w książkach!) to «mimotypy» kolibrów Nowego Świata, a wszystkie moje myśli, najdroższy, to mimotypy twoich” (s. 398). Adę i Vana łączy wyjątkowość: niezwykła inteligencja, wiedza, erudycja i niezwykłe apetyty seksualne. Narrator używa w pewnym miejscu określenia „nadimperialna para, *swierchimpieratorskaja czeta*” (s. 94), co podkreśla wyjątkowość, a zarazem stanowi zawoalowaną obronę incestu, jako że wśród władców tabu kazirodztwa czasami nie obowiązywało, na przykład „w peruwiańskich i egipskich rodzinach królewskich małżeństwa między rodzeństwem były czymś normalnym. Aby zostać następcą króla, w niektórych dynastiach dziedzic tronu musiał ożenić się z siostrą”[1].

Zacytujmy Bobbie Ann Mason: „*Ada* mówi o kazirodztwie, a kazirodztwo, przez sposób potraktowania, jest w książce w gruncie rzeczy tożsame z solipsyzmem. Van i Ada Veen, brat i siostra, są do siebie podobni jak bliźnięta i namiętnie się kochają, ale ich miłość zasadniczo jest jak masturbacja przed lustrem”[2].

Niewątpliwie Nabokovowi zależy na zaakcentowaniu narcyzmu w miłości bohaterów. Zarazem jednak możemy w ich

---

[1] Ar [L. Aresin], [hasło] *Tabu kazirodztwa*, (w:) L. Aresin, K. Starke, *Erotyka od A do Z*, przeł. K. Jachimczak, R. Wojnakowski, Katowice 2007, s. 360.

[2] B.A. Mason, op. cit., s. 13.

podobieństwie dostrzec odwołanie do znanej z *Uczty* Platona (wypowiedzianej tam ustami Arystofanesa) historii dwu połówek, na które Zeus rozciął człowieka, i które tęsknią do siebie, i koncepcji pierwotnej androgynicznej doskonałości, ważnej między innymi dla rosyjskiego srebrnego wieku[1], z całą pewnością mającego zasadniczy udział w ukształtowaniu osobowości artystycznej młodego Nabokova.

Nie przypadkiem u chronologicznych i koncepcyjnych początków *Ady* znajdują się zapiski o czasie. Czas jest jednym z głównych tematów tej książki. Nie tylko czas, który próbuje się tu określić filozoficznie (usiłuje to mianowicie uczynić Van w *Fakturze Czasu*)[2], ale także czas rozumiany potocznie, łączony z przemijaniem, starzeniem się, zbliżaniem się śmierci. Trudno więc byłoby twierdzić, że jest to powieść wyzbyta związków z autentycznymi ludzkimi problemami.

W koncepcji czasu przedstawionej w eseju filozoficznym Vana kluczową rolę odgrywa pamięć. Van próbuje się zmierzyć z upływającym czasem, także walcząc orężem sztuki. Jak powiada Nabokov w jednym z wywiadów, „zarówno pamięć, jak i wyobraźnia są negacją czasu"[3].

---

[1] Por. I. Malej, *Eros w symbolizmie rosyjskim (filozofia – literatura – sztuka)*, Wrocław 2008, s. 227–247.

[2] Nabokov w jednym z wywiadów powiada: „Nie zdecydowałem się jeszcze, czy zgadzam się z nim [Vanem Veenem – L.E.] we wszystkich poglądach na fakturę czasu. Chyba raczej nie". V. Nabokov, *Strong Opinions*, s. 143. W innym zaś czytamy: „Moja koncepcja faktury czasu nieco przypomina swój obraz w części czwartej *Ady*. Teraźniejszość jest jedynie wierzchołkiem przeszłości, a przyszłość nie istnieje". Ibidem, s. 184. Tak czy owak, musimy pamiętać, że *Faktura Czasu* to w *Adzie* dzieło jej bohatera i charakteryzuje tylko jego, a nie na przykład autora implicytnego. Notabene, przekonanie o nieistnieniu przyszłości nie kłóci się z koncepcją losu czy Losu, ten bowiem musi liczyć się z niepowodzeniem niektórych swoich zabiegów, z czego wynika, że przyszłość nie jest z góry wyznaczona: „Jednakże przewidziawszy właśnie taką ewentualność, Los przygotował inne zagranie" (s. 520).

[3] V. Nabokov, *Strong Opinions*, s. 78.

Wyeksponowaniu elementów temporalnych służy chwyt dobrze znany z historii powieści: nadanie dużego stopnia jawności sytuacji narracyjnej i wyraźne określenie czasu narracji skontrastowanego z czasem fabuły. Nabokov chwytu tego w *Adzie* używa (w odniesieniu do czasu narracji Van stosuje na ogół narrację pierwszoosobową, w odniesieniu do czasu fabuły – trzecioosobową), wprowadzając jeszcze czas pracy fikcyjnego edytora (znamy jego imię i nazwisko – Ronald Oranger) nad tekstem, a więc okres, kiedy jego autora nie ma już pośród żywych. Fiński nabokovista Pekka Tammi doliczył się dwudziestu czterech osobnych interwencji edytora[1]. Zresztą od początku jesteśmy świadomi faktu, że autor przedstawiony *Ady* i jej główni bohaterowie w momencie naszej lektury (czy raczej w momencie lektury jakiegoś wpisanego w tekst abstrakcyjnego czytelnika) są martwi, jako że po karcie tytułowej natrafiamy na notkę:

Z wyjątkiem p. Ronalda Orangera, jego żony, kilku postaci marginalnych i paru osób niebędących obywatelami amerykańskimi wszyscy, którzy w książce są wymienieni z nazwiska, już nie żyją.
[Wyd.]

(s. 9)

Pierwszy pomysł napisania *Ady* błyska autorowi przedstawionemu jesienią 1892 r. według kalendarza antyterrańskiego, gdy po kilkuletnim rozstaniu znów łączy się z ukochaną. Kiedy razem oglądają zdjęcia zrobione w Ardisie przez szantażystę Kima, Van mówi: „Żałuję, że mi

[1] P. Tammi, *Problems of Nabokov's Poetics. A Narratological Analysis*, Helsinki 1985 (Annales Academiae Scientiarum Fennicae, ser. B, tom 231), s. 177.

to pokazałaś. Ten małpiszon sprostytuował nasze pamięciowe fotografie. Albo wybatożę mu mordę tak, że mu oczy wypłyną, albo uratuję nasze dzieciństwo, zmieniając je w książkę: *Ardis*, kronika rodzinna" (s. 486). Ada gorąco ten ostatni pomysł popiera, ale jej kochanek jeszcze w trakcie tej samej rozmowy z niego rezygnuje: „Po namyśle uznałem, że jednak nie napiszę tej kroniki rodzinnej" (s. 488). Zresztą, jak się z czasem przekonujemy, Van realizuje pierwszy człon alternatywy.

Właściwy proces twórczy zaczyna się dużo później, Van ma już osiemdziesiąt siedem lat: „Kiedy pewnego popołudnia w 1957 r. Ada, pan Oranger (urodzony katalizator) i Van omawiali te kwestie (właśnie ukazała się książka Ady i Vana *Informacja i forma*), nasz stary polemista uświadomił sobie, że wszystkie ogłoszone przezeń prace - nawet skrajnie zawiłe i fachowe *Samobójstwo i zdrowie psychiczne* (1912), *Compitalia* (1921) i *Kiedy psychiatra nie może spać* (1932), by wymienić tylko niektóre - nie były rozwiązywaniem problemów epistemologicznych, postawionych sobie przez erudytę, tylko żwawymi i wojowniczymi ćwiczeniami stylu literackiego. Zapytano go, czemu wobec tego nie pozwolił sobie na większą swobodę, czemu nie wybrał wielkiego boiska na mecz między Inspiracją a Zamysłem, i od słowa do słowa ustalono, że napisze wspomnienia, które zostaną opublikowane pośmiertnie" (s. 690–691).

Proces ów trwa długo: „Był bardzo powolnym autorem. Sześć lat zajęło mu pisanie pierwszego szkicu i dyktowanie go pannie Knox, potem poprawił maszynopis, przepisał go w całości piórem (1963–1965) i ponownie podyktował całość niezmordowanej Violet, której śliczne paluszki wystukały ostateczną wersję w roku 1967" (s. 691). „Ostateczna wersja" błyskawicznie jednak okazuje się nieostateczna: „To, co - jak wszyscy sądzili - miało okazać się szczytowym osiągnięciem Violet, idealnie czyste drukowane specjalnymi kursywowymi czcionkami (wyidealizowana wersja charakteru pisma Vana) i na specjalnym papierze atticus dzieło, egzemplarz nr 1, oprawny w fioletową cielęcą skórę, przygotowany na dziewięćdziesiąte siódme urodziny Vana, natychmiast zmieniło się w prawdziwe piekło zmian i poprawek zrobionych czerwonym atramentem i niebieskim ołówkiem" (s. 702).

W gruncie rzeczy wersja ostateczna nie powstanie nigdy, Van nie zdąży jej stworzyć, o czym świadczą niektóre fragmenty tekstu, zawierające na przykład zapisane przez maszynistkę skierowane do niej uwagi dyktującego (przykładowo: „jej ciało, głowę, a zwłaszcza te cholerne spragnione spodnie nasączała Oceanus Nox, en, o, iks", s. 591), a także niektóre uwagi edytora, dość nieudolnego i dość nieodpowiedzialnego.

Do tekstu Vana trafia też jego *Faktura Czasu*, napisana wcześniej, kiedy miał lat 52 – „mam dzisiaj (połowa lipca 1922 r.) dokładnie pięćdziesiąt dwa lata" (s. 640) – i wypełniająca większość części czwartej kroniki rodzinnej.

Niekiedy sytuacja narracyjna i czas narracji (w poniższym wypadku niejako podwójny czas narracji) przywoływane są w sposób wyjątkowo wyrazisty:

(...) zbiła mnie z tropu twoja... jak to ująć... niepowściągliwość.

– Idiota – powiedziała odwrócona do ściany Ada, nie podnosząc głowy.

Lato 1960? Zatłoczony hotel gdzieś między Ex i Ardez? Powinniśmy zacząć stawiać daty na każdej stronie rękopisu, przez wzgląd na moich nieznanych mi wędrujących wśród snów podróżników.

(s. 152)

Sytuację narracyjną uświadamiają też wtręty pisane ręką Ady (Tammi naliczył ich czterdzieści dwa)[1], z których najwcześniejszy znajdujemy już w pierwszym rozdziale części pierwszej, ostatni zaś w piątym części drugiej. Fiński badacz pyta w związku z tym: „Czy ma to doprowadzić nas do wniosku, że u m i e r a ona [Ada - L.E.] po tym momencie, nigdy nie docierając do końca manuskryptu brata?"[2]. Byłby to chyba wniosek zbyt daleko idący, gdyż jej obecność czujemy do końca. Być może jednak powinniśmy domyślać się osłabienia jej sił witalnych, choroby. Zwłaszcza, że przy jednym z jej wtrętów czytamy: „Zapisek Ady na marginesie, 1965 r.; słabo przekreślony znacznie później ręką drżącą i niepewną" (s. 28, czyja jednak dłoń, zastanawiamy się, dokonała skreślenia - Ady czy Vana?).

Tak czy owak, bardzo prawdopodobna wydaje się teza, że oboje umierają w trakcie pracy nad rękopisem. W wypadku Vana mamy kilka sygnałów zbliżającej się śmierci, np. „Czy to już czas na morfinę? Nie, jeszcze nie. Temat «czas i ból» w *Fakturze* nie został poruszony. Szkoda, jako że w ból wnika element czystego czasu, w gęste, stałe, twarde trwanie bólu typu «nie mogę już tego znieść»; nie ma w tym nic z szarej gazy, to twarde i nieprzeniknione jak czarny pień, nie mogę, ooo, zawołaj Lagosse'a (s. 701). Albo: „Jestem słaby. Piszę niedobrze. Być może umrę dziś w nocy. Mój latający dywan nie szybuje już nad baldachimem wierzchołków drzew i rozdziawionych piskląt, i jej rzadkich orchidei. Wstawić" (s. 267).

Pociechą może być dzieło: „Można nawet przypuścić, że jeśli nasza para, rozciągana na łożu tortur czasu, kiedykolwiek postanowi umrzeć, to śmierć przeniesie ją, by

[1] P. Tammi, op. cit., s. 176, podkr. autora cytatu.
[2] Ibidem.

tak rzec, do skończonej książki, do Edenu lub Hadesu, do prozy samego utworu lub poezji jego reklamowej notki" (s. 702). Na końcu tekstu istotnie znajduje się reklamowa notka[1], która jednak nie jest już dziełem Vana[2], chyba że uznamy ją za jego parodię takiej notki, tylko raczej napisana została przez edytora[3].

Ada i Van mogą liczyć na nieśmiertelność sztuki, na „schronienie w sztuce"[4]. I tam, w dziele sztuki, jest ich raj odzyskany. I piekło odzyskane, bo jedno i drugie wypełnia tę książkę.

LESZEK ENGELKING

---

[1] Jak zauważa Annapaola Cancogni, w wypadku owej notki mamy do czynienia z tym, co współczesna nauka o literaturze nazywa mise-en-abyme (termin wymyślony, czy raczej przeniesiony z heraldyki do literaturoznawstwa i historii sztuki, przez André Gide'a, w dzienniku), czyli miniaturą obrazu umieszczoną w tym właśnie obrazie. A. Cancogni, *The Mirage in the Mirror. Nabokov's* Ada *and Its French Pre-Texts*, New York–London 1985, s. 117.

[2] Innego zdania jest Cancogni: ibidem.

[3] Za tekst pióra Rolanda Orangera uznaje ją Tammi, op. cit, s. 178, jak również Sýkora, op. cit., s. 128.

[4] V. Nabokov, *Lolita*, s. 374.

Nota edytorska

Niniejsze wydanie *Ady* zostało oparte na edycjach: V. Nabokov, *Ada or Ardor*, New York 1990 oraz V. Nabokov, *Ada or Ardor*, London 2000.

Integralnymi częściami powieści, oprócz głównego tekstu, są: drzewo genealogiczne, rzekome ingerencje wydawcy (nota na str. 9, kilka uwag w tekście ujętych w nawiasy kwadratowe i opatrzonych dopiskiem „wyd.") oraz *Noty do „Ady"* podpisane „Vivian Darkbloom". Tych ostatnich nie powinien Czytelnik traktować jak komentarza filologicznego, tylko jak dalszy ciąg lektury – stąd decyzja wydawcy, żeby zachować je w oryginalnej formie, nie zawsze zgodnej z zasadami tworzenia aparatu krytycznego.

Ten tom opowiadań zawiera utwory z lat dwudziestych minionego stulecia, a więc z okresu, w którym powstały dopiero pierwsze trzy powieści Nabokova. Wtedy właśnie pisarz tworzy i publikuje szczególnie wiele krótkich form narracyjnych, niemal połowę swego dorobku w tej dziedzinie. To pasjonujące odkrywać w tych tekstach zaczątki pomysłów, wątków i koncepcji artystycznych, rozwiniętych w jego późniejszej twórczości. Przede wszystkim jednak już wtedy tworzy pierwsze swoje nowelistyczne arcydzieła.

Najgłośniejsza powieść Vladimira Nabokova (1899–1977), jednego z najwybitniejszych pisarzy XX wieku, jest opisem seksualnej obsesji czterdziestoletniego mężczyzny na punkcie dwunastoletniej dziewczynki Dolores. Powieść przetłumaczoną na kilkadziesiąt języków wydawano w atmosferze kontrowersji i protestów, a autora pomawiano o pornografię i pedofilię. Obecnie uznawana jest za jedno z arcydzieł literatury światowej. Sfilmował ją w 1962 roku Stanley Kubrick i ponownie w 1997 Adrian Lyne.

Książkę wydrukowano na papierze
Amber Graphic 70 g/m²

Amber
BY ARCTIC PAPER
www.arcticpaper.com

Warszawskie Wydawnictwo Literackie
MUZA SA
ul. Marszałkowska 8, 00-590 Warszawa
tel. 022 6290477, 022 6296524
e-mail: info@muza.com.pl

Dział zamówień: 022 6286360, 022 6293201
Księgarnia internetowa: www.muza.com.pl

Warszawa 2009
Wydanie I

Skład i łamanie: MAGRAF s.c., Bydgoszcz
Druk i oprawa: COLONEL s.c., Kraków

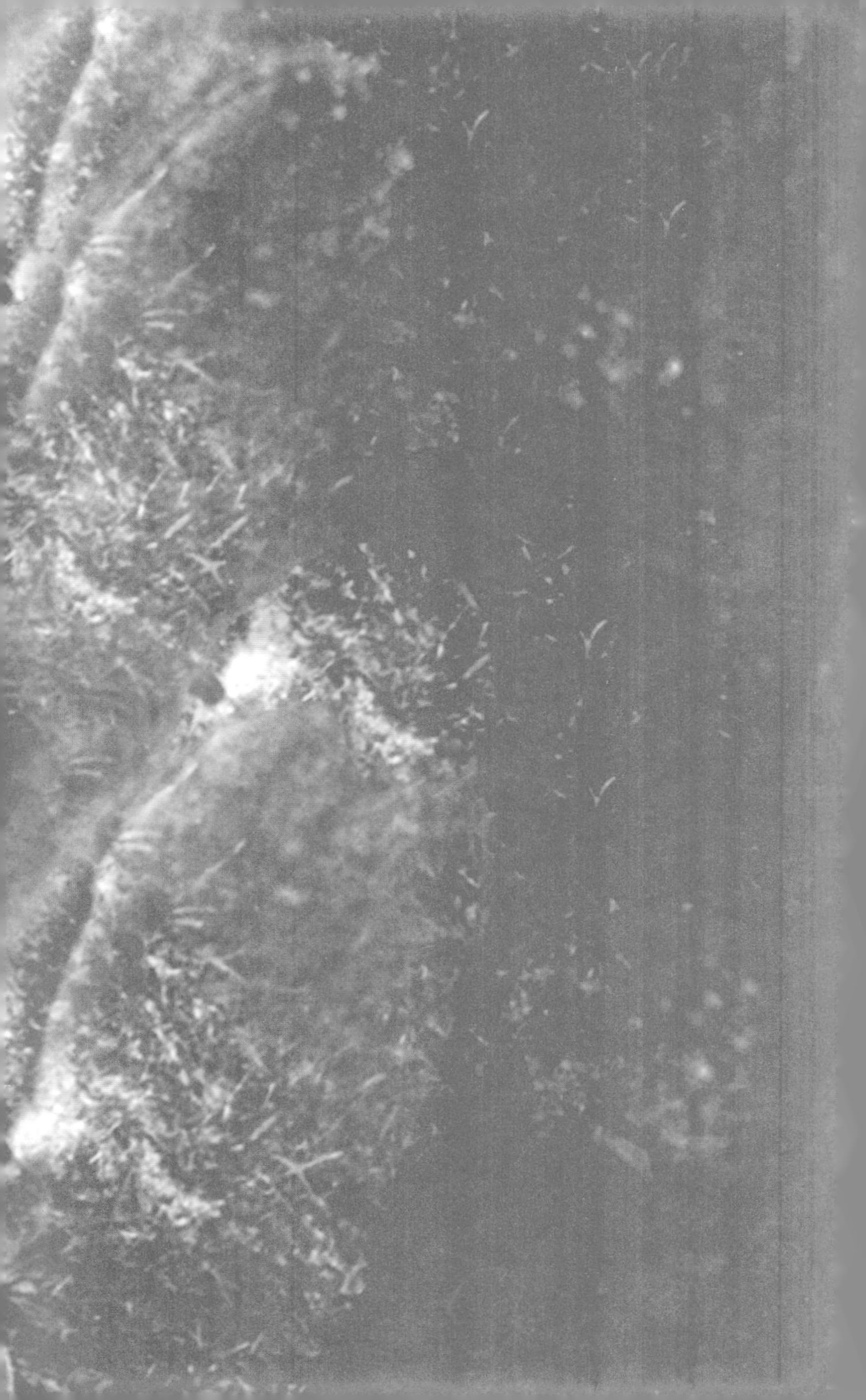